新星

柯云路改革四部曲

NEW
STAR

柯云路 ◎ 著

江苏凤凰文艺出版社
JIANGSU PHOENIX LITERATURE AND
ART PUBLISHING LTD

北京华语联合出版有限责任公司

图书在版编目（ＣＩＰ）数据

新星 / 柯云路著. -- 南京：江苏凤凰文艺出版社，
2018.6
 ISBN 978-7-5594-1641-4

Ⅰ．①新… Ⅱ．①柯… Ⅲ．①长篇小说 - 中国 - 当代
Ⅳ．①I247.5

中国版本图书馆CIP数据核字（2018）第042592号

书　　　名	新星
作　　　者	柯云路
责 任 编 辑	邹晓燕　黄孝阳
出 版 发 行	江苏凤凰文艺出版社
出版社地址	南京市中央路 165 号，邮编：210009
出版社网址	http://www.jswenyi.com
发　　　行	北京时代华语国际传媒股份有限公司　010-83670231
印　　　刷	北京市松源印刷有限公司
开　　　本	690×980 毫米　1/16
印　　　张	26
字　　　数	420 千字
版　　　次	2018 年 6 月第 1 版　2018 年 6 月第 1 次印刷
标 准 书 号	ISBN 978-7-5594-1641-4
定　　　价	118.00 元

说他是新星，

因为他刚刚升起，

因为他正在闪烁……

引　言

县积而郡，郡积而天下。郡县治，

天下无不治……

摘自《古陵县志》序
光绪六年（庚辰）

苍茫的群山川野都在黑暗中沉睡着。一座千年木塔黑森森地矗立着。寒凉的风从山那边刮过来，塔上一层层檐角下的小铜钟叮叮当当地响着。那钟声融入初夏凌晨广大而清凉的黑暗中，单调寥寞，幽远苍凉。在四面的远山引起梦幻般的、似有似无的微弱回音。一千年来就这样叮叮当当地响着。

突然，塔里塔外的一层层电灯亮了。

古木塔立刻在黑苍苍的天地间明亮而庄严地呈现出雄奇宏伟的形象。这是一座九层木塔。最高一层挂着一块大金匾，上书三个大字：释迦塔。

我们年轻的主人公李向南在一个瘦削驼背的看塔老头陪同下，踏进了红漆大门，扑面而来的是潮湿陈旧的木头气息。这座塔里陈设着古陵县出土和流传的历史文物，是古陵县的小小博物馆。这是第一层。一个个玻璃柜内的红绒布上陈放着几千万年前的动物化石：有犀牛角，有猛兽的牙齿、骨骼。何其遥远。

李向南俯身看着玻璃柜内的说明卡片，微微笑了笑。那时还没有人类。

沿着沉闷粗重的木楼梯盘旋而上，第二层，陈列着旧石器时代的造物。有人骨化石、石器、骨器。石器都是些尖状物，说斧不很像斧，说矛头不完全像矛头。外形粗糙混沌，几乎很难看出这些被人类打击加工过的石器与天然的石头有何差别。骨器则是几十枚骨针，这是人类所制，无须考古学家考证也一目了然的。大自然的任何磨损，野兽的任何咀嚼，都不可能加工出这样尾部有孔、规格一样的细针来。那时的人类就懂得缝纫了，想到这一点觉得颇难思议。还有穿孔的兽骨、兽齿在玻璃柜内的红绒布上摆着，那是人类当时的装饰品。稍有温饱，就知道爱美。这些可爱的原始人类。一张张说明卡片标出：这些石器、骨器是几十万年前至一万年前的人类留下的。

第三层是新石器时代的考古发现。这里陈列的石器形状清楚、表面光滑、锋刃锐利。石斧、石刀、石镞、石杵、石制纺轮，样样如此。磨石的使用，用它来打磨石器，结束了人类几十万年用敲击方法加工石器的历史。仅此一步，何其简单又何其艰难的一步，使人类跨入了一个新的文明时期：新石器时代。

想到这一点，李向南颇为感慨。

他俯身细看着玻璃柜内的物品，里面还有骨针、骨锥，有几个粗陶的钵、罐、鼎，其中一个表面红色、里外磨光的彩绘陶盆吸引了他的注意，构图典雅，形制优美，是我国中原地区仰韶文化的器物，约五千年前的原始工艺品。仰韶文化也流入了千里外的古陵，这令人惊叹。再一想古代种种文明都能在当时遍布地球，更难以思议。但稍一计算又很简单：一种人类文明只要一年时间扩散百里，一百年就可扩散万里，几百年便可遍及世界。百年，在人类史上又算什么呢？在这样漫长的时间面前，地球这个空间是显得很狭小的。

这是第四层了。从四面敞开的窗户能感到劲吹的高空凉风。这里陈列的是商周时期的青铜器。有矛，有刀，有锛，有觚，有爵，有造型浑厚、纹饰精湛的商代乳钉纹铜瓿，有铭文简短、形制古朴的西周饕餮纹分裆鼎。那阴冷的绿色铜锈及其冰凉沁人的气味，显示着那个历史的古老年龄，同时让人想起奴隶主政权的阴森野蛮、庞大和沉重。铜器中最多的还是矢镞、弓箭。这个旧石器时代后期就有的伟大发明，与火的使用在一起，使人类战胜了野兽和大自然。而制造第一支弓和箭的人，是人类史上最伟大的无名英雄。他是谁，大概永远无从考证的了。再过一万年，现代的一切变成了古老的历史，人们会进行怎样的研究考证呢？

盘旋着沉闷发响的木楼梯一级级而上，一种沧桑之感涌上心胸。

这是第五层了，也是最高一层。这座塔外面看有九层，是明五暗四。这内里的五层是塔的顶端了。透过四面黑洞洞的窗户，穿堂风颇有凛冽之感。这一层陈列的东西是两千年来的。汉代的一个石雕老虎，古朴憨拙，北齐的几个小释迦石雕，唐朝的一个缺胳膊的石观音，还有就是大量的瓷器，瓶罐盆壶。有宋代的白釉画花、白釉红绿彩，有元代的青花瓷器，有明代的五彩瓷器，还有就是清代的珐琅瓶盆等，琳琅满目。显示出人类社会越来越繁华喧闹的生活。

古陵不愧为古陵。自己上任来这里当县委书记刚刚两周，今天是第一次登上这座古塔。一层层看了几千万年来古陵的自然史，几十万年来的人类史，几千年来的文字史。他关了电灯，来到塔外转圈的扶栏前远眺。

刚才在雪亮的灯光中，天空一片漆黑。现在关了灯，看出黑暗的天幕正露出若有若无的微明。一颗硕大的星孤寂地亮着。远处是黑魆魆的起伏群山。风疾劲地吹着他的脸和胸膛，带来湿凉透人的露气和夏天田野的麦香。的确良衬衫哗啦啦抖动着。塔檐下的小铜钟叮叮当当地响着。黑暗的天空苍茫混沌，令人冥想。

东方渐渐透亮，黎明正在慢慢露出清凉的额头。

在它的目光投射下，一层层夜幕被掀掉了，古陵的山川田野、沟沟壑壑，都一点点在黑暗中浮现出来。北面、西面都是大山，群峰交叠，层峦起伏，渐渐近来，变为一些黄土丘陵，再近来，变成一些黄土崖直落而下，化为一片川地。县城及离城不远的这座木塔坐落在这片川地中一块隆起的高地上。四面环绕着铺满鹅卵石的河滩。河滩流着弯弯细水，河滩垒堰填起的地里，已有点点人影在弯腰锄玉米。平川地沿河滩走向继续朝东朝南展去，直至在天边被山脉挡住。

这是黄河流域一个古老的县。

古陵，此县名早在春秋时期已然有了，与孔子的名字一样古老。秦齐燕韩赵魏的战车兵戈都在这里奔突交战过。攻者毁城，占者筑城，反复多次。直至近代又被东洋西洋的枪炮洗劫过。现在城墙还留有一些残垣断壁。对面丘陵和山脚下的一个个村庄，至今还保留着转圈围护的堡墙，记载着自古以来的兵燹匪劫。

古老的县又是一个贫苦的县。《古陵县志》中曾这样记叙：

……古陵农民用力多而奏功少，冬春苦寒，夏苦水，秋苦霜。山角河浚有隙地，则毕力争垦，老弱妇女无荒以嬉者。三月播菽，四月播黍秋，六月而耘，八月而获风雨时矣。有年庆矣，所收亩不过数斗……

远远地，传来一声火车的长鸣，在群山回响着，在黎明中显得苍凉。一条铁路穿过山岭越过平川在县城南面擦过，给古陵绘上现代色彩的一笔。随着火车的奔驰声，黎明震惊了，更高地抬起额头，大海般淡淡地抖动着光波，天开始真正亮了。苍莽浑朴的山川田野越来越清晰地展现出来。横刮过群山的晨风苍凉而豪迈。塔上的钟声叮叮当当响成一片。远处传来下坡的马车拉杆刹闸的尖厉的吱咯吱咯声。对面山上有个高亢苍老的嗓音，唱起一支古老的民歌："这山唱着那山听，不知谁是知心人……"歌声在黎明中悠扬地回响着，远近几十里山上山下，一个个村堡在槐树顶上升起淡淡的炊烟。

　　古老而贫穷的古陵。

　　如今，他决心要来揭开它新的一页。

　　一千年后，这一页或许也将陈列在这古木塔中……

第一章

北京来的火车在古陵站停了。

睡眼惺忪的旅客带着来自京都繁华的印象贴着车窗玻璃看着这偏僻的小县城、简陋的小站，脸上露出一种恍惚。空间的跨度给他们带来了时间上的隔世之感。这儿的文明比北京可能落后一个世纪。

不多的一二十个人下车，不多的七八个人上车。下车的人在清晨的凉风中打个冷战，清醒了一夜的瞌睡，在冷清的站台上左右张望着。或有人接，或没人接。三三两两提着旅行袋、网兜、大包小包，从歪歪斜斜的绿栅栏小门中出站。车站门外有棵据说是东周时期的古柏，传闻孟子曾在这棵老态苍苍的柏树下坐过，所以又叫"留孟柏"。下面寥落地摆着几个卖瓜子的小摊，一个油锅正吱吱地炸着油条。

刚从古塔下来的李向南正背着手和围个白围裙炸油条的胖老头随便说话。

他扭头扫了一下最先出站的人，一下愣住了。

是她。虽然十几年没见了，虽然她的穿着打扮与十几年前迥然不同了，虽然年华与风霜使她改变了神态气质，然而，她还是她。天下万物，没有比人更具有易变性的，也没有比人更具有稳定性的了。

她第一个走出站口，立住，掠了一下头发，往这儿的小摊扫了一眼，很礼貌地对一个提着篮子招揽着卖花生的小孩摇了摇头，就继续朝前走。她依然很美。黑亮的眼睛含着淡淡的忧郁，苗条的身材显出柔和的曲线，这都让人想到"年轻""姑娘""爱情"这些词语，想到二十岁这样的年龄。然而，她那种中年知识女性才采用的严肃不苟的装束，朴素的白衬衫，灰的确良裤，梳到后面挽起的头发，没留一绺刘海的额头，还有那种什么都看透的淡然，都使人感到她是个有曲折经历、不容随便亲近的成熟女性。年龄又像有三十多岁。

她今年二十八岁了吧？

她，应该说林虹，在黎明中走来。她没有看见李向南。她离开古陵一个月了，还不知道他来古陵。如果看见他，而且知道他来这里担任县委书记，她会是什么反应？自己和她面对面时又会是什么心情？

看着她远去的背影，李向南微微摇了摇头。一切都还无法想象，未知数太多。但她毕竟回来了，而她的回来对于他是一件重大事情。她不仅将纠葛起自己的感情，还将在自己这个县委书记面临的政治局势中纠葛起政治风波。

这位古陵县陈村中学的语文教师林虹，是当前全县政治冲突中的焦点人物之一。

"喂，你是古陵的吗？"一个气喘吁吁的女孩子的爽朗声音。李向南转过头。眼前是一个挺拔精干的姑娘。二十出头的样子，梳着运动头。她满额是汗地提着两个沉甸甸的大旅行袋，挎着书包网兜。

"是啊。"李向南微微笑着答道。他感到很有意思，古陵县的县委书记能不是古陵的人吗？

"那你帮我个忙吧。"姑娘说。

"可以。"

"帮我提一件，你没看我提不动了。"她被所负的重量坠得身子有些歪斜。

"好。"李向南伸手接过两个旅行袋。

"嗳，帮我提一个就行了。你提两个，我倒空手了，那多不像话啊。"

"你不是还背着书包网兜吗？拿在手里，就不空手了。"

"你这个人还挺有幽默感。"姑娘边走边口齿脆利地说。

李向南笑而不语。

"你知道我说的'幽默'是啥意思吗？"姑娘转头打量了一下李向南。

"可能知道点吧。"李向南觉得很有趣。

"越说你幽默，你越幽默了。你真是古陵的吗？"

"还能是假的？"

"是不是来出差的，怎么看着你这么面生？"

"这么大一个县，你都认识？"

"大什么呀？芝麻大一点。县城里的人我差不多都面熟。"

"我要是农村的呢？"

"不会。古陵人有古陵味，一看就能感觉出来。"

"你有特异功能？"

"很可能。你是新调来的？"

"可以这么说吧。"

"你来干什么，农机厂？"

"你怎么知道我是农机厂的？"

姑娘又看了李向南一眼："你长得黑瘦，给我的感觉是。"

她说着笑了，李向南也笑了。

"那我不应该是打铁的摇煤球的吗？"

"不，你一看就是知识分子，没大知识，也起码上过初中。"姑娘又看了看这个高瘦清癯的年轻人，"属于那种劳动型的知识分子。"

"你眼光还挺尖锐啊。"李向南说，"还能看出什么？"

"还能看出你个性很强。"

"是吗？"李向南对这个姑娘越来越感兴趣，她不像小县城里的女孩子。

"你是技术员，还是当小干部？"

"嗯……说小干部更准确些。"

"那你很可能是个小小的铁腕人物。"

"这你也能看出来，凭什么？"

"凭感觉和印象啊。"姑娘转过头问，"你听说过我吗？"

"没有。"

"那你肯定刚调来。"

"你叫什么名字？"李向南很感兴趣地问，"古陵县的知名人士？"

"我？……我叫小莉。"

"你父母在哪儿工作？"

"我父母？……"姑娘一笑，"他们不在古陵。"

"你一个人在古陵？"

"我叔叔在古陵。"

"你叔叔在古陵哪儿工作？"

"县委。"

"县委？他叫什么？"

"他？"姑娘诡谲地一笑，"姓顾。"

"姓顾？叫什么？"

姑娘又一笑："顾荣。"

"你是顾小莉？"李向南一下站住了。

"是。"姑娘快活地眨着眼睛。

李向南凝视着她，微微点点头："这就有点复杂性啰。"

"有啥复杂性？"

李向南风趣地笑笑，没有回答。眼前的这个姑娘就是省委第一书记顾恒的女儿。她本人是县委宣传部一个挂名的副部长。大学毕业后自己要来古陵县，立志搞文学深入生活，已经在省级刊物上发表过一两篇小说。她的叔叔顾荣则是古陵县的县委副书记兼县长。在顾荣和李向南之间，正在展开着一场影响全县的政治斗争。

上级领导的女儿，政治对手的侄女，这双层的关系是有些复杂。

这位省委书记的女儿将在古陵县的这场斗争中扮演什么角色呢？

李向南心里微微一动，似有某种期待，他决心争取她，征服她。一个女孩子，当她处在一个特殊位置上时，常常会影响很多事情。

"你去北京了？"李向南边走边问，"有什么收获？"

"开阔开阔了思想。"

"北京思想是比较活跃。"

"哪像咱们古陵这土地方，闭塞保守土里土气的。是个人就头脑简单，思想僵化。"小莉一脸轻蔑，"从北京到这儿，一下火车听着古陵人说话的口音都觉得刺耳。"

"你就这么看不起古陵？"

"中国农民太愚昧。县城里的干部也都是穿了干部服的农民，保守狭隘。"

"那你叔叔呢？"李向南问。

"他？也好不了多少。"

这就是她对她叔叔顾荣的看法？李向南含着笑打量了她一眼，"那你怎么还要来古陵县？"

"我有我的目的。"小莉一笑。

"你不是写小说的吗？"

"你也听说了？那你消息还挺灵通的。"小莉一笑，"我是要写农村题材。写城市有什么啊？上海才有几百年历史？中国农村几千年历史。要写出在世界上有影响的作品，就必须写出中国几千年的民族文化和民族个性。"

"野心还不小啊！"

"你看文艺刊物吗？"

"看一点。"

"那上面有几篇像样的反映农村的小说？城里的人一看，觉得还挺农村味，真正在农村待的人一看，味就不对。你从古陵一下车，在县城街上一走，看着这两边的土山村堡，风一吹来，立刻就闻到一股黄河流域农村的味道。再到村里跑跑，掏钱打上一斤白酒，和农民坐在炕上聊聊，喝一碗小米稀饭，就知道农村味是怎么回事啦。"

好一个不知天高地厚的姑娘！李向南心中宽厚地笑了笑，问："你经常去农村跑？"

"那当然。哼，那些作家成天喊着写农民，我看他们对农民就一点真情实感都没有，连语言都不对劲。酸不溜溜，装得挺土气，其实都是从他们抽过滤嘴烟的嘴里说出来的。"

"你思想够偏激的。"李向南颇感有趣。

"我才不偏激呢，你看——"他们走的是火车站通往县城的一条土马路，两边拉开着间距的是城关公社、农机修配厂、农林局、畜牧局等半开不关的大门，一个个漆色模糊的木牌无精打采地拉着还没睡醒的长脸。一个土院墙的大门上贴着两个斗大的"囍"字，那是一家住宅。门口进出着喜庆的人们，东喊西吆喝地张罗着，院子里冒起着腾腾蒸气，五六个孩子在街上劈劈啪啪放鞭炮。

"看什么，结婚？"

"是。你一看就能感到中国农民的性格。"

"什么性格？"

"一双长满干皮粗茧和裂纹的大手，一手慢慢搓着一把黄土，一手高兴地捏着把唢呐。"

"好一个比喻！"李向南不禁赞叹起这个姑娘的艺术气质来，"这到底是什么性格啊？"

"勤苦耐劳，喜庆豁达。"

"这是你总结的八个字？评价很高啊。"李向南说，"这和你刚才说农民愚昧保守可是完全矛盾的。"

"这有什么矛盾。"小莉不在意地扬了一下脸，不加解释地接着往下说道，"中国农民最苦，可他们苦惯了，他们的性格最稳定、最豁达了。他们每个人都比卓别林伟大，比卓别林的性格更成熟。"

"这个评价就更高了。"

"农村的姑娘失恋了，顶多哭两个晚上，第三天照样扛着锄头下地，拿着针线坐门口。家里死了人，哭是哭，可还要摆席，唱戏，吹唢呐，放鞭炮。中国管婚丧叫红白喜事，你看，他们多豁达。他们才不哼哼唧唧、缠缠绵绵呢，他们都用喜剧的态度来对待悲剧。"

"因为他们受的苦最多，所以他们的心就有了忍耐力。"李向南赞同道，"几千年来，他们经历的悲剧大概是最多的，如牛负重，所以他们也就锻造出了用喜剧态度对待悲剧的性格。就是你刚才说的豁达喜庆。是吧？"

"嗬，看不出你还有点思想呢。"小莉闪亮着羚羊一样的眼睛看着李向南，兴奋地笑道，"考考你，你看那边过来的一男一女是不是一块的，他们什么关系？"

路上是三三两两去县城赶集的农民，有的骑着自行车驮着轻声哼唧的猪崽，有的颤悠着扁担担着蔬菜，有的吱吱咯咯拉着平车装满着西瓜，还有扬着鞭子的驴车马车。稀疏的人流中，一前一后走着两个年轻人。前面是个后生，留着分头，穿一身有些不合体的新涤卡衣服，神情不安地慢慢走路；后面是个女子，像姑娘又像小媳妇，穿着件花褂子，挎着篮子低着头。两个人相隔总有十几步远，各走各的，谁也不看谁。

"他俩相干吗？"李向南问道。

"你连这个都不能确定？"

李向南摇了摇头。

"他俩肯定是一路的，而且，他们肯定是只订了婚还没结婚的关系。"

"这能看出来？"李向南惊讶道。

"不信你去问问。"

李向南点点头和那个后生走到了并肩，问道："你是哪个村的？"

"孙堡的。"后生答道。

"去县城？干啥？"

后生脸红了，支吾了一下，回头朝那个女子瞥了一眼，"去照个相。"

"照相？"

"刚订了婚。"

李向南不禁为小莉的判断力惊叹了。"你是怎么看出来的？"他又和小莉走到一起时，问道。

"我也说不上来，就是一眼看上去的感觉。"

"这可是艺术家才有的天赋。"李向南说，"来，我也考考你，你看看这换豆腐的，能看出什么？"他们路过的这家门前，台阶下正停着一副豆腐挑子，拿毛巾擦汗的老汉正和站在门口打听价钱的主妇对答。

"拿什么换哪？"

"黄豆黑豆都行，一斤换一斤半。"

"要小米、玉米吗？"

"不要。"

"拿钱买呢？"

"两毛六一斤。"

"拿粮票换行不？"

"行，两斤粮票换一斤。"

"你等着。"女人转身进门了。

"一看，这卖豆腐老头就是个光棍汉。"小莉说道，"那位大嫂肯定儿女都大了，不在身边。"

"你能看出这些来？"李向南又惊讶了，"好，这些先不说，你从他们刚才的对话中能知道什么有关农业生产和经济方面的情况吗？"

"你问这？"小莉费解地看着李向南，摇了摇头，"不知道。"

"我告诉你好吗？"

小莉点点头。

"第一，现在粮食集市上，黄豆黑豆卖三角九、四角钱一斤，对吗？"

小莉转着脑子核算了一下，一斤豆子换一斤半豆腐，一斤豆腐卖两角六。

"对。"她点了一下头。

"第二，这老头家不缺口粮。他村里其他人家也不富余豆子。"

"嗯……是。"

"所以这老头不是山上的，是这川地的。"

"这一眼能看出来。"

"第三，现在粮票在有些场合也起着钞票的流通作用，合一角三一斤。第四，这一点结合上咱们县城镇居民粮食供应的比例和牌价——这供应比例和牌价你知道吧？"

"知道。"

"这结合着就能推算出，现在古陵粮食集市上，麦子三角八一斤，玉米一角四一斤，高粱一角三一斤，小米三角钱一斤。"

"你是不是打听过？"

"不，我这是算出来的。"

"怎么算？"

"这个算法稍有些复杂，有时间我给你细讲。"

"那我去集市上核对一下。"

"不用，你问问这卖豆腐老头，他肯定知道。"

小莉走到卖豆腐的老汉面前，问道："大爷，您是哪个村的？"

"我宋庄的。"

"大爷，这会儿去集上称点麦子、小米、玉米，您知道价吗？"

"麦子，三毛八，好点的三毛九，差点的三毛六七。玉米一毛四，小米是三毛。你们这是打外地刚来的？"

"是。"

李向南也走上来，他掏出烟递给老汉一支，老汉慌不迭地推让着，连连谢着接过来，李向南给他点着了火。

"大爷，您家几口人啊？"李向南和气地问。

"我是一个人吃了全家饱，光棍一人。"老汉喷出烟来笑呵呵说道。

李向南和小莉含笑对视了一下，都为对方的判断惊叹着。

"你们宋庄学校前面那段拐弯坡路修好了吗？"李向南又问。

"修好了，修好了。"老汉连连点着头说道，"坏了两年也没人修，一下雨就翻大车。前两天县里来的李书记下了指示，不修好，就把公社大队干部都抹了，这不是都怕掉乌纱帽，才三天就修好了，昨儿早晨都走大车了。"

"咱们县新调来县委书记了？"小莉看着李向南惊异地问。

"……好像是。"李向南一笑。

"你还不知道？"卖豆腐老汉说道开了，"这可算个青天大人。"

"青天？这么叫可不好，把他要叫垮了。"李向南说道。

"大伙儿现在都叫他李青天——连山上村子都这么叫。我们村的海狗，老婆被公社干部糟蹋上吊了，自个儿还被戴上坏分子帽子，冤了十几年，告天告地告不准，这不是李书记刚来，就给他申了冤。"

买豆腐的大嫂拿着碗从院门走出来。李向南打量了她一下，冲老汉道了再见，提起旅行袋和小莉一起又往前走了。

"你怎么不打问打问那个大嫂家的情况了？"小莉问。

"你的艺术直感我完全信得过，免验了。"李向南风趣地答道。

"嘀，工业术语也上来了。"小莉说，"你是理智思维型的大脑。"

"咱们这不成了互相吹捧了？"李向南哈哈大笑。

小莉也被他的笑声感染了，快活地笑起来。

"哎，新调来的县委书记啥样？"

"平常样吧。"李向南含着一丝幽默说道。

"是老的还是年轻的？"

"还算年轻的吧，三十一二岁。"

"结婚没有？"

"结没结婚有什么关系？"

"这一点对判断他很重要。"

"听说他没结婚。"

"三十岁了还没结婚？那不是性格孤僻，就是事业家，要不就是野心家。"

"这么绝对？"

"他能力强吗？"

"别人说他可能有点吧。"

"那古陵就有麻烦了。"小莉自言自语道。

"怎么有能力倒麻烦了？"李向南问。

"你不了解情况，别问了。"

李向南又打量了小莉一眼。这位省委书记的女儿很有意思，她对顾荣的态度也颇耐人寻味。

"小莉。"随着一声叫，一辆自行车在他们面前停住。

两个人一抬头，正是顾荣。

"叔叔，我可在站台等你了。怎么也不见你来，东西又多，我又拿不了。"

"怪我，吉普车临时出故障了，只好找个自行车。"顾荣那张刻满有力皱纹的、有点虎相威严的大脸盘上堆满了长辈的歉意。看见旁边提着旅行袋的李向南，他怔了一下，有些不自然地笑笑："向南，怎么叫你碰上了？"

"可让我卖苦力了。"李向南开玩笑地双手把旅行袋提了提。

"来来，有功必赏，中午管饭。叫小莉帮着炒菜。"顾荣伸手把旅行袋接过来，放到自行车上。

"你和我叔叔认识？"小莉惊异地问。

"那当然啰。"李向南诙谐地一笑。

"从北京来一路上还顺利吧？"三人一同走着，顾荣推着车顺口问道。

"和那个林虹碰上了，还是面对面的座位。"小莉说。

"她去北京干什么？"顾荣又问，觉得失口，瞥了李向南一眼。

"谁知道她，可能是上访告您状去了吧？"

"你认识林虹？"李向南问小莉。

"她？哼，我早认识了。"

李向南看了看小莉。她对林虹的情绪怎么这样尖刻？只是因为林虹反对了她的叔叔顾荣吗？

"你对她什么看法呀？"李向南不露声色地问道。

"对她能有什么看法？烂货。"

这句恶毒而又刻薄的骂人话使李向南震惊了。这难道是刚才那个活泼可爱的姑娘吗？

"算了，不说这些了。"顾荣岔开话题，"见到你爸爸了吗？"

"没有，我没去省里，直接回来的。"小莉答道，又接着自己刚才的情绪说，"叔叔，林虹愿意告状就让她告，你什么也别在乎。关键是你把古陵的政局稳住就行了，主要是掌握住干部，别在县委内部出反对派。"

"好了，不谈这些了。你搞你的文学，少掺和政治。"顾荣连忙挥手打岔。侄女这些话当着李向南的面说出来，使他极为尴尬。

李向南打量了一下小莉。这个姑娘远不像刚才印象的那么简单。年纪轻轻还颇有权术。看来，这位省委书记的女儿将是整个古陵局势中不可轻视的角色。

"叔叔，新来县委书记了？他和你关系怎么样，融洽吗？你现在一定要笼络住他。"

"小莉你胡说些什么呀。你还不知道吗？"顾荣仰身大笑，连忙打断她的出谋划策。

他指着李向南刚要介绍，又被小莉跳跃而出的新话题打断了。

"叔叔，这是开什么会啊？"小莉手一指，问道。

快进县城了。路边是县招待所，大门口的人进进出出络绎不绝。在他们旁边，一群两脚露湿的农民正围着一个农村干部乱哄哄说道："我们天不亮三十里路赶来，就是为这事。一定把咱们意见带上会去。千万。"招待所门外好几堆这样的人群，都在闹闹嚷嚷说着什么，嘈嘈乱乱地快挤上街来。

"那墙上不是写着呢。"顾荣冷冷地一指。在招待所大院门两边的墙上贴着大幅标语："热烈欢迎参加提意见提建议大会的全县各单位代表！"

"开了几天啦？"小莉问。

"三天，今天是最后一天。"顾荣答道。

"怎么叫提意见提建议大会啊，有这样的名？"

"这个名不好？"李向南问。

"提什么意见？"

"给县委提意见嘛。"李向南笑着回答。

小莉疑惑地看看顾荣。

"说穿了，是给我提意见。"顾荣冷冷地说。

小莉愣了："这像个整风会。"

"那还用说？"顾荣没好气地说。

"整你？这是新来的县委书记搞的？"小莉睁大眼看着顾荣。

这时，一个戴眼镜的中年人走过来，是县科委主任庄文伊。

"小莉回来了？"庄文伊看见了小莉。

"回来了。"小莉答道。

"李书记，这是你要的材料。"庄文伊把一卷材料递给李向南。

"好。"李向南点头收下。

小莉惊愣了，看着李向南。

"总结大会准时开吗？"庄文伊问。

"还是准九点开吧？"李向南商量地转头问顾荣。

"可以。"顾荣表情冷淡地答道。

"那我走了，我正参加着小组讨论呢。"庄文伊匆匆走了。

"你就是新调来的县委书记？"小莉看着李向南问道。

"应该是吧。"李向南不失幽默地回答。

一米七八的高个子，黑而清瘦的脸，炯炯有神的眼睛，络腮胡，一身洗得发淡的深灰色的确良衣服，裤腿挽到小腿肚，赤脚穿着一双旧凉鞋。

新来的年轻县委书记沉稳含笑地站在小莉面前。

第二章

清晨，一阵急促的电话铃声在古陵县群众来信来访接待站的办公桌上响起来。在信访站值班的小周一骨碌爬起来，揉着眼，愣怔了一会儿才反应过来，欠身拿起电话，心中预感到出了什么急事。他是个复转军人，矮个子，浓眉大眼，显得很机灵。

电话是昨天刚到古陵县上任的县委书记李向南打来的，让他立刻去一趟。

听说县委书记很年轻，才三十来岁。

可年轻的县委书记上任第二天就找他这个接待站的小干事干什么？而且这么早。抬头看看窗外，灰蒙蒙的，那棵歪头榆树还是黑苍苍的呢。

当小周忐忑不安地穿过寂静无人的县委大院走进县委书记朴素的办公室时，李向南正伏在办公桌上往一张信笺上写着什么。门窗敞开着，地已经洒水扫过。晨光照亮的办公桌上，荧光台灯还在不惹人注意地幽幽亮着。看见小周进来，他抬起头，黑瘦清癯的脸上露出笑容。他拉过椅子，亲热地请小周在桌前坐下。

"我想了解一下群众来信来访情况，知道你是最熟悉情况的，是活档案。"他笑了笑，炯炯有神的眼睛里布着一些血丝。

小周略松了口气，有些腼腆地笑了一下，心中感到一阵热乎。他是接待站的元老，从一开始成立就来了。虽然接连几届的接待站主任在向县委汇报工作时都由他准备材料，但从来没有一个领导注意过他这个默默无闻的小干事。

"你能不能用二十分钟时间先把整个情况概括地讲一下？要扼要，但又不要遗漏任何实质情况。有统计数字的地方，最好用统计数字说明问题。"李向南停了一下，看着小周。

小周因为头一次面对面向县委领导做这样重要的汇报，有些紧张。

"这样讲有困难吗？要不要先想一想？我可以给你一刻钟时间先考虑一下。"李向南抬腕看了看表，同时从写字台右上角拉过来一摞文件放到面前。

"不用。"

"那好。"李向南赞赏地点了一下头，推开刚要掀开的文件材料，抽出几张空白活页纸，拿起了一支粗铅笔。

小周咳嗽了一声，开始了非常有条理的汇报：一年来来信来访共有多少件次；其中各种性质的问题各占多少；接待工作的日常情况；和公检法、组织部、统战部、民政局、纪检委等部门的联系情况；转到每个部门的案件的数字……简单扼要，处处有统计数字。李向南一边听着，简单插话提着问题，一边做着记录，看得出他对小周的汇报很满意。当他听到两年来实行的每月逢十常委接待日时，很感兴趣地嗯了一声。"好，"他停住笔皱起眉计算道，"逢十？一个月是三天常委接待，一年是三十六天，太少了点。老百姓眼巴巴的，一个月只有三天能见咱们的大常委？"他带点诙谐地笑了笑，"县里十二个常委，一个人一年才轮上三天接待日。最好改成逢五、逢十，增加一倍。那样，一个常委一年才轮六天，也不多嘛。你说呢？……嗯，这个——"他翻开台历很快地记了几个字，"等明天县委会上再研究吧。你接着往下说。"

小周咳嗽了一下，接着往下汇报："两年来，经常委批示的来信来访案件，一共七百四十件。其中……"

小周正说着有关常委批示的案件的统计数字，被李向南打断了。他问："县委批示过的案件中，问题还没得到解决的有多少？占多大比例？"

小周愣了："这个……没统计过。"

是的，这样的问题从来没统计过。哪一级领导也没要过这样的数字。熟悉来信来访情况的小周一下感到了这句问话的分量。

李向南略皱起眉沉思了一两秒钟，放下手中的笔，拉开椅子站起来，用手一指问道："这位吴嫂，你认识吗？"小周这才注意到在办公室一角的书架后面，低头端坐着一位四十多岁的农村大嫂。她穿着洁净的蓝布褂子，头发挽着髻，有一种勤俭麻利的劳动气质。裤腿被露水打湿了，想必是天不明就一路田间小径赶来的。当她抬眼看小周时，眼睛里露出一种小周十分熟悉的善良神情。

他当然知道这位吴嫂。她是陈村的一个寡妇，因为对大队干部分配包产到户的土地不公平提过意见，一直受打击报复。再加上她不姓陈，所以这种打击报复在村里又带有大姓欺负小姓的性质。鸭子拥进她的秧田，猪拱了她的菜地，大大小小的灾难落在这个势单力薄的妇女头上。半年来她已经上访了几十次，县委常委也批示过几次，但转来转去不得解决。

"现在，许多事情光批示一下还是解决不了的。"年轻的县委书记严肃地看着小周说道。

"我回去统计一下，看看批示过的案件没解决的有多少，有的案子还反复批示过。"

"对，就应该搞一个这样的调查统计。"

"我下个星期把调查结果送来。"

"不，我只给你们两天时间，我相信你们的效率。"李向南亲切地笑了笑，"你回去向主任汇报一下，你们辛苦辛苦。查卷宗，打电话，坐车跑。没车，坐我的车去，加班加点。后天，"他看了看手表，"这个时间，早晨七点，把调查统计送来。没困难吧？"

小周摇了摇头，表示没困难。

李向南满意地点了下头。他翻开后天的台历页写上："7点，信访站小周"，然后温和地说："不要太笼统。要一个一个案子调查，一步步追究，为什么没解决，到底卡在哪一级，哪一个人，原因是什么？具体搞清楚一件事情比泛泛了解一百件事情更重要。你说对吧？"

"对。"

李向南一边低下头在一张空白活页纸上很快地写着什么，一边接着讲："我们搞整顿也好，改革也好，说到底是为了提高效率……一个问题，群众上访几十回解决不了，那还有什么效率？"

小周低头看到他在纸上振笔疾书的草字是：

批示了的案件为什么还解决不了？（调查提纲）

一、总数；

二、类别；（如何分类？）

三、典型案件；（三至五个！）

四、阻力，各方面原因；

……

"过一会儿，"李向南一边用力划着惊叹号问号，批注着自己刚刚写下的东西，一边看了看手表说道，"八点钟，我让秘书把调查提纲给你们送去，供你们拟定提纲时参考。"他把活页纸用铅笔压住，站起来走到吴嫂面前，安慰道："吴嫂，你的事情一定能解决。"吴嫂顺从地点点头，这样的官话她想必是听到多少次了。"不过，你要稍微等一等。"

吴嫂眼里一下露出失望，过去那种"很快给你解决"的答复都拖延至今，这"等一等"不是更没年没月了吗？

"李书记，您让我还等到什么时候去啊，让我再等半年、一年？"

"你不要急。可能要等一上午，行吗？……中午饭我让办公室同志给你安排。"

"等一上午？"吴嫂不相信自己的耳朵，不知说什么好。

年轻的县委书记转身对着小周："请你帮助我打几个电话，以我的名义请陈村公社的主任、陈村大队的支部书记和大队长，还有批示过这个案件的县委常委同志上午十一点来我办公室开会。陈村离县城五六里地，来得及赶到，请他们务必准时。你们接待站也来个同志。"

"好。"

上午十一点，通知的人都准时到了。半个小时，问题彻底解决了。大队支书和大队长表了态，村里再出现欺负吴嫂的情况，不管是谁，就撤销他们两人的职务。

"好，到时候我坚决撤销你们职务，这绝不是开玩笑。"李向南神情严肃地说道，然后转向吴嫂，"你还有啥意见吗？……吃了饭再回去吧。"

吴嫂握着年轻县委书记的手，眼窝里滚出了泪。家里有猪、有鸡、有孩子，都等着她喂，她不吃饭，要立刻赶回去。李向南用自己的吉普车把她连同公社主任、大队支书和大队长一起送回陈村去了……

第三章

　　"这就是县委书记召见我的情况，那是他刚到古陵第二天。"小周一边走一边佩服不已地说道，"真是雷厉风行的工作效率。"

　　"是挺有效率的。"林虹淡淡地笑了笑，显出一些感兴趣的样子应和道。她是个很知道尊重对方但又不失分寸的女子。

　　他们走在火车站通往县城的路上。林虹一出火车站没多远，就碰上了跑步晨练的小周。他的弟弟是林虹班上的学生，林虹家访时认识了他。这个单身小伙子对比自己大三四岁的女教师一直有着特殊的关心。

　　"召见我第二天，我们信访接待站就贴出布告了，李书记通知的，常委接待日改为逢五、逢十。"

　　"是吗？"林虹看着路上三三两两去县城赶集的农民，又表示感兴趣地淡淡应和着。寒凉的晨风从山那边掠过川地嗖嗖地吹来，带来黄土的气息，炊烟的气息，麦的清香。一个头扎白手巾的农民挑着两大捆扫帚，哼着戏曲一颤一悠地从旁边擦身走过。

　　"第三天早晨准七点，我就把常委批示了还没解决的案件调查统计给他送去了。结果当天就打印出来发给县委常委每人一份，而且当天就在县委常委会上进行了讨论。这种工作效率，你能想象吗？"

　　"哦。"

　　"第四天更神，就是在县里已经传遍的：李书记在一天内亲自解决了十四个老大难的群众上访案件。从早晨一直到半夜，我都在场。"

　　"一天解决十四个，怎么解决？"林虹问道。

"跟吴嫂的事一样，把每件事情各有关方面的人都找来，都是当场研究当场决定的。十四件事都按钟点排好队，七点钟解决拖拉机站坑害农民的案件，预先就通知有关人七点以前准时到；八点钟解决张庄大队干部殴打小学教师的案件，预先就通知有关人八点以前到。原告、被告、各方面的干部、批示过这个案件的常委、信访站的、司法部门的，都来。一个案件接一个案件检查解决。一天解决十四个积压案件，有的积压几年了，这一下就把全县轰动了。"小周眉飞色舞地讲着。既有对新来的县委书记的由衷崇拜，也有对林虹的特殊热情。

林虹依然淡淡地笑笑，但此时她真的有些感兴趣了，看来新来的县委书记确实有点传奇色彩。

"现在关于县委书记的故事可多了，我给你举个例子吧，"小周露出卖弄的神情，"现在写上一条反对官僚主义的大标语，他就是这条标语后面的惊叹号。"

林虹不仅在脸上而且在心里都微微笑了。这个年轻人天真得像个小孩，怪有趣的。至于他对自己的特殊热情，林虹早就觉察了。看着他和自己并肩走时极力直着身子，伸着脖子，好使自己显得高一些的下意识行为，林虹便觉得可笑又可爱。她知道怎么既不伤对方自尊心，但又保持有明确界限的距离。拒绝爱情而又保持友谊，这对于任何一个被爱慕的女性来讲，都是最复杂的外交艺术。小周一路上的讲述，使她清楚了在她离开的这段时间里古陵发生了巨大变化。新来的县委书记两周以来富有魄力的除旧布新，已经深刻触动了古陵县的利益结构。

"现在，新来的县委书记为一方，顾县长为一方，两方尖锐对立。"小周用两个拳头使劲相抵比画着。

"对立什么啊？"

"他们两个人明显就代表两种不同的色彩和势力啊。"因为和林虹讲话，小周还特意用了"色彩"这样文雅的字眼，"林虹，你还是这场冲突中的焦点人物呢。"

林虹脸上露出一丝自嘲，"我算什么焦点人物？"她无意当这种焦点人物。她只是因为一个偶然的冲动才捅了一下马蜂窝，她至今为此付出的代价太大了。

看到林虹的神情，小周一下子有些局促不安，不知说什么好了。"我不是说你过去是焦点，是说你现在是焦点……这次提意见提建议会上，大家都把你受打击迫害的问题提出来了。"

"我不想当他们政治斗争的工具。"

小周看了看林虹，沉默不语了。

半年前，林虹向省报写了封信，举报古陵县领导徇私舞弊。县委常委的几个子弟，为首的是县委副书记兼县长顾荣的儿子顾小荣，走私贩运大宗银元，触犯刑法，该捕的不捕，该判的不判。这原是尽人皆知的事情，在县委、公检法系统内部有矛盾斗争，几起几伏，影响很大。但是，在古陵，这是最高一级的"高干"子弟走私，法律在权势面前畏缩了。由于林虹的检举，省报来了记者。"高干子弟"走私一案才又闹开了。林虹被卷进了漩涡，成了引人注目的人物。

但是，随后的几起几落，"高干子弟"们似乎都没事了，林虹却要被调到最偏僻的山区去教书，她单身宿舍的玻璃也接二连三被打碎。打击报复落在她头上，同时也有不少人站出来支持她，陈村中学的领导就抵制了上边的调令。在两种势力的冲突中，林虹很快成了焦点人物。这已是有几个月的事情了。

"新来的县委书记对我的事表态了？"林虹问道，她觉得刚才的态度有些过分。

"李书记还没表过态，是这次提意见提建议会上各小组提出来的，呼声很强烈。"小周解释道。

"什么叫提意见提建议大会啊？"

"这个名字又普通又怪吧？"小周抓了抓头发，炫耀地笑了一下，"这是李书记提议召开的。全县上上下下，不管是谁，只要你对县委领导提过意见、提过建议，不管是什么方式，写信了，报告了，谈话了，告状了，上条陈了，就都请了来。一千多人的名单都是李书记一个个审定的，听说其中有四百多人是他亲自提名的。"

"他来古陵半个月就能掌握这么多人的情况？这个县委书记有多大年纪，从哪儿调来的？"

"他挺年轻的，三十来岁，省里调来的。原来也是你们北京学生。"

"他叫什么？"

"他姓李，你看，"小周来不及回答她的问题，一指前面，"那不是开会会场。"

前面就是县委招待所，大门外沿街堆满了嗡嗡闹闹的人群，三三两两、一簇一堆地延伸到这儿。他们在人群前走过，林虹立刻受到了注目。

最先投射来的是男性的注视。林虹感到了，那是一切漂亮女性都应习惯的特殊境遇。接着有更多的目光转向她，是由一些认得她的人的窃窃低语的介绍引起的。"那是林虹？""是，那个就是林虹。"人们交头接耳的说话声她能隐隐听见。她旁若无人地走着，并不时微笑着和小周说两句话，帮助小周摆脱在众人注视下的困窘。

在人群的注视和议论面前走过时保持常态，这需要勇气和自制力。林虹不愿意自己成为新闻人物，她知道，那对于一个漂亮的独身女性要承受多大的压力。然而，事到如此，她也有足够的忍受力。一个人只要知道自己应该轻视什么，而且能确实轻视它，就能获得坚强。

离招待所越近，对她的指点和议论也越厉害。路边相挨着一个百货商店和县剧团，院门站着一群女人，她们对林虹的指点和议论格外劲头十足："这是个风流寡妇。""可你看她那样子，装得还挺正经。""越风流的人表面越正经。""你问她？她过去就因为作风不正派，待一个地方臭一个地方，最后躲到咱们古陵来了。""她结了几次婚？""谁知道，听说她男人发现她是破鞋，不要她了。""哟，这样的人还能当老师啊。"

县剧团的副团长，一个胖得像麻袋的中年妇女议论得最起劲。我们往下就会从她身上看出，对林虹的舆论毁谤来自怎样深刻的利害背景。而女人的嫉妒，也在这里表现出全部恶毒性。有人嫉妒林虹的美貌。有人嫉妒林虹走路时沉静文雅的风度。有人嫉妒林虹的文化教养。总之，人人嫉妒自己认为有但实际上没有的东西。在嫉妒时，人人又显示着自己的优越性。

"这种女人臭塌了。"一个细骨伶仃的中年演员轻蔑地骂道，这是在显示她有个好名声，虽然实际上她可能名不副实。

"像她这样的女人，哪个男人还要她？"一个胖乎乎的售货员瞥着白眼，显示出她有个名正言顺的丈夫，虽然她经常挨丈夫打骂。

"不正经。风流货！"她们又共同用嗤之以鼻的斥骂来表现自己的正派。其实，对"不正经"的过分义愤，往往是因为自己就不正经；对"风流"的过分义愤，则常常是反映着对风流的羡嫉。

议论和辱骂的声音越来越大，故意想让林虹听见似的。

林虹脸色变得苍白，嘴唇不易觉察地纤颤着。这是舆论对弱者的残酷宰割。

她依然略仰着额头目视前方很沉静地走着。

她的沉静使那群女人议论的声音更高了："这不是把接待站的小矮个儿又勾搭上了。""呸！"一个很响的唾声。

林虹慢慢转过头，冷冷地朝那儿看了一眼，又继续朝前走。小周低着脑袋，他隔着空气能感到林虹身体的颤抖，但是他没有勇气出来维护林虹。

这时，那个像麻袋一样肥胖的女人突然叫起来，"小周！"

小周不得不停住。

胖女人赶到前面，迎面挡住小周和林虹："你这是去车站接人了？"她看了看小周手里的旅行袋，有意高声说道。

"我，我是早晨跑步来的，碰上她……"小周脸涨得通红解释着。

"你这是接的你的谁啊？"胖女人打趣地问小周道，然后又转向林虹，亲亲热热地大嗓门问道："你是从哪儿来啊？"

"这是陈村中学的林老师。"小周连忙解释道。

"你就是林虹啊，早就听说你的大名了，反潮流的英雄啊。"

林虹气得嘴唇一阵哆嗦，她克制住自己："小周，这位是谁，你不给介绍介绍？"

"噢，这是老傅，傅红花，县剧团副团长，是咱们县委常委冯耀祖的爱人。"小周连忙介绍道。

林虹似笑非笑地看了傅红花一眼："你叫傅红花？"她平和地打量着对方，"你的儿子也是因为走私银元被抓过吧？"

傅红花一时张口结舌。

"你做家长的以后要好好教育孩子。是不是？"林虹像老师耐心劝诫学生家长似的温和说道。

傅红花紫红的胖脸更紫了，被堵得好几秒钟说不上话来。

"我不用你来教训我！"她突然气急败坏地嚷道。

"你要记住，身教重于言教。上梁不正下梁歪。是吧？"林虹像没听见对方嚷似的，依然平和地看着对方说道，然后转过身，"小周，咱们走吧。"

两个人又往前走了。后面还在骂什么，林虹不去管了。一个人只有不断把过去抛在后面置之度外，才能往前生活。小周低头走着。他被疚愧压迫着。一个男子汉在自己爱慕的女性受侮辱时不能挺身而出，是最大的懦弱。

"林虹，我……"他困难地说道。

林虹宽谅地笑笑。她的心在那一场酷刑后还在哆嗦，但她的脸却能平静地微笑。

"我……你拿上旅行袋，我回去骂她一顿。"小周把旅行袋塞到林虹手里，转身要走。

"你这是闹什么，犯不着理她们。"

"那……"小周看了一下旁边一堆堆的人群，他俩已经走到招待所门口，"你今天参加会吧。到会上找李书记告她。"

"人家开会，我随便参加，算什么呀？"

"开会名单中就有。上午李书记做总结报告，你不赶上听听？"

林虹略犹豫了一下。

"听听会怕什么，就是开会名单上没你，也可以去嘛。"小周说。

"这么多人，我不去凑热闹。"林虹说着转过头朝后看了一眼，停住了话。她看见顾荣推着自行车同顾小莉已经走到跟前。她没看见李向南刚刚和顾荣他们分手。

"小周！"叫他的是小莉，旁边扶着车站着顾荣。"你过来一下。"小莉口气中有一种不容违抗的意味。

小周看了看林虹，有些不知如何是好。他完全清楚小莉对林虹的敌对态度。

"小周，你过来呀！"小莉有些不耐烦了。

林虹双手在前提着书包站在一边，好像这一切与她无关。

"小周，你来，我和你说点事。"小莉的声音显得温和多了。

小周看了林虹一眼，别别扭扭走到小莉面前。"小莉，你也回来了？"他不太自然地笑笑，"顾县长，您去接小莉了？"

顾荣和蔼地点点头。

"什么叫我'也——'回来了？"小莉开心地咯咯一笑，"这是在开提意见大会吧？"

"是。"

"开会名单不是你定的吧？"小莉含着一丝讥嘲打趣地看着小周。

"当然不是。"

"那你管谁开会谁不开会呢，谁没资格开会，自己不清楚？"小莉嗤笑着，

"有的人就怕见人，见不得人，你硬要把人拉进去开会，那不是难为人家吗？"

"小莉你……"小周气愤得说不上话来，他回过头。

林虹已经丢下一个对小莉的冷冷打量，转身走进招待所大门了。

"别觉着自己了不起！"林虹那把对方看得明明白白的打量激恼了小莉，她看着林虹的背影，低声冷笑着。

"你这样太不好了。"小周说道，转身也进了县委招待所。

顾荣冷冷地看着林虹的背影，只有他才清楚林虹和小莉还有一层什么关系。

第四章

　　招待所大院内，中间一条柏墙相夹的砖路，两边是一排排青砖平房。

　　林虹在柏墙相夹的路上走着。

　　刚才路边人群的指指点点、交头接耳又在眼前闪过，傅红花紫红色的胖脸、小莉的冷蔑目光……她脸上平静如水，心头却一阵又一阵哆嗦着。这就是当"焦点人物"付出的代价。她为什么要卷到这场政治漩涡中来呢？政治不是让她这种满身伤痕的人来参加的。对于"高干子弟"走私和县领导徇私舞弊，她本不感兴趣。这就是社会。但是，她为什么突然有了义愤呢？

　　那是一个雨雪霏霏的夜晚。

　　怯怯的敲门声。

　　"谁啊？请进。"林虹从单身宿舍的桌前站起来。

　　门被慢慢推开了。随着一股寒气，一个黑脸皱巴的老农民站在门口。

　　"进来吧，大叔。"林虹认得他，来人是她的学生李石头的父亲。

　　老头进来了，带着两脚泥泞。瑟瑟地从怀里摸出两张揉皱的纸，摊在桌上："林老师，求您给写个状子吧。"

　　"您先坐下。"林虹客气地说道。

　　他的儿子李石头因为数十次遭到县粮食局长的儿子的殴打，气不过，用石头打破了局长家的一块玻璃，就被拘留了，三个月没放，听说关在里边被打得站不起来了。

　　"林老师，我只能求您了……"老头打着寒战，透湿的衣服贴在身上。当林虹把一杯热水递给他时，他慌窘地推谢着，手打着战把水洒了一地。

"林老师，您能给写写不？"这是个忠厚善良的父亲，他的儿子是林虹班上最好的学生，林虹很喜欢他。

"大叔，您坐下，我帮您写。"林虹说道。

老汉拿着写好的状子千恩万谢走了。老汉在把状子揣到怀里的时候，是小心翼翼的，好像儿子的命运全在上头。他大概不会知道，这样一张状子常常不会解决什么问题。

是因为对弱者的同情，还是因为对权势欺人者的仇恨，林虹回到屋里就给省报写了信，对顾荣等人包庇子女走私犯罪的事情进行了举报。那个欺负她学生的粮食局长的儿子也是和顾荣儿子一伙儿的……

小周从后面跟上来了。

"这个顾小莉实在太不像话了，仗着自己是高干子女。"他气愤地说。

"这有什么不像话的？"林虹含着一丝讥讽说道，"善于利用自己的特权也是一种聪明。"

"这算什么聪明。"

林虹善意地讥笑道："那你就不懂了。"

"仗着老子是省委书记，叔叔是县长……"

"已经过去的事还说什么呀。"林虹打断了小周，脸上依然是淡淡的神情。

"我真不知道你怎么这么大涵养，男人都没有像你这样的。"

"可能是他们受的气还太少吧。"有谁像她这样在二十多岁就经历过那样多的折磨和凌辱呢？没有"涵养"她就活不到现在。她不想再回顾刚才的事情。忍受力很大程度在于能够"忘却过去"和"转移注意"。痛苦是在咀嚼中加倍的。

"这么早就讨论开了？"林虹问。

"是，大伙儿劲可大了。"小周答道。

才早晨六点多钟，招待所大院路两边一排排房子前都是一圈圈蹲着坐着的人群。他们在利用早饭前的时间开小组会。两个穿黄袈裟的老和尚迎面沿着柏墙走来，他们抬眼瞅了一下林虹，便低眉垂目地走过。

"怎么还有和尚？"林虹问。

"要讨论开辟佛山、金光寺旅游区的事，李书记就把他们请来了。"小周答道。

这里一圈人看着都是农民和农村干部，正在讨论封山育林，七嘴八舌的。一个长脸的农村干部一合笔记本从烟雾中站起来，"好，那咱们再把这条建议添上。这是咱们小组的第三十四条建议。大家都同意吗？"他摊着双手扫视着众人问。

"同意！"人们兴奋地齐声答道。

"我提上个补充，"一个穿着崭新青布鞋扎着白头巾的老汉磕了一下旱烟袋说道，"上山采药得准吧？"

"那刚才不是说过了嘛。"人们一起说道。

老汉喜眉喜眼地笑了："那我就不提了。"大伙儿哄然大笑了。

这儿一圈人更热烈，不断地鼓掌。

人群中站着一个矮胖的港商，他满面红光，一再摆手让大家不要鼓掌："我这次回家乡探亲，被请来参加这个会，听着各位这几天的讨论，这三十万元，我无偿捐赠家乡修筑公路，聊表心意。各位不要鼓掌，支援家乡建设，人人有责……"他的讲话还是被掌声打断了。

"这个人是香港东星股份公司的董事长，老家是咱们古陵县猫儿岭的。他建议县里修一条公路开发西山野生资源和发展旅游，李书记就把他也请来开会了。"小周一边走一边对林虹介绍着。

"这会开得挺红火的。"林虹随口说道。

当他们在两边一圈圈人群旁走过时，纷纷沓沓地听到人们的各种谈论：架桥，封山，责任制，计划生育，砖窑，开发北山煤矿，修路，学校，锅炉，化肥，育种，养兔，养蜂，专业承包，卖猪难，花生卖不出去，粮食局问题，修佛山金光寺，某人有冤枉，哪个干部欺负人，来信来访，让李书记来评理，县里谁谁是官僚……简直是五花八门，无奇不有。

看来新来的县委书记确实掀动了形势。一瞬间，林虹心中掠过一个念头：新来的县委书记若是真能把顾荣这样一批官僚掀掉，也挺好的。她微微蹙了一下眉。自己不是对政治毫无热情吗，怎么又有这样的冲动呢？她迅速把自己审视了一遍，心中浮起一丝淡淡的自我讥讽。

看来，事关切身利益时，谁也不能对政治毫不关心。

这里一大圈人正围坐在排房前的空地上激烈地争论着。小周和林虹站住了，这是林虹要来的小组。陈村中学的老校长，一个白发如银的老太太正安静地端坐在人群中。

这是大会的一个中心组，组很大，有一二百人。对古陵县委全局性工作提出意见和建议的人都被集中在这里，里面有一多半是县委县政府及基层的干部。

这个组争论的问题明显尖锐，正在发言的是县科委主任庄文伊，很多人叫他"庄子"。他站在那儿激烈地挥动着手势，"咱们这三天会开得热烈吗？热烈。大家给县委提意见诚恳吗？诚恳。踊跃吗？踊跃。到半夜还灯火通明的，元宵节也没这么热闹过；这不是，五六点就又坐在一块儿讨论。提的建议多不多？现在已经四千多条。提的意见多不多？是建议的两倍，八千多条。连县群众来信来访接待站哪一天没按时开门这样的问题都没漏下。"他停顿了一下，扶了扶被汗水从鼻梁上滑下来的眼镜，继续讲着，"现在，上上下下的矛盾都揭露了，关键看县委常委的态度。是变还是不变，是行动还是不行动……"

"你也是县委委员嘛。"有人笑着打断他的话。是这个组的组长、县委常委冯耀祖，略有些浮肿的大圆脸，肥厚的脖颈，头发稀疏，有些秃顶。

林虹站在柏树后面，心中涌上一阵恶心。

这个冯耀祖她当然认识，就是那个傅红花的丈夫。

"我这个县委委员管什么用？"庄文伊尖锐地质问，"关键在几个主要负责人。不要动不动就说都有责任，那全县人岂不都有责任？什么事都有个重点，你说现在关键不在县委常委？"

"啊……一般来说是这样吧。"冯耀祖胖脸堆笑地敷衍着。

"别的不说，"庄文伊毫不放松，"这次会上，各组差不多都提到干部子弟走私和陈村教师林虹受打击迫害。这两件事又是一件事，都涉及到我们县委常委内某几位领导干部。"他看了冯耀祖一眼，然后用手一指大家，"我们坐在这儿开了几天会，到底有没有用，先从这件事能不能解决看。"

因为冯耀祖在场，人群一下子略有些沉寂。

冯耀祖阴不阴阳不阳地干笑几声："这事儿我说两句。有人说这事和我儿子有牵连，我不是站在这个立场上说话。儿子真要犯法了，我做家长的，自己就要把他送法院去。我是说，第一，这件事，事实到底怎么样？"

"群众说的都不是事实？"庄文伊问道。

"群众的舆论哪儿来的？说到底，还不是少数人造出来的？"冯耀祖慢吞吞地拖着腔，"群众莫非都亲眼看见了？法律不是靠道听途说。该是啥是啥。有问题，有公检法。公检法是看事实的。这又不是搞群众运动。"

"有人就不让公检法看事实。"庄文伊说。

"那是你这样认为。"冯耀祖冷冷地回了一句，继续讲道，"第二，有罪就法办，没问题就澄清，这本来是很简单的事情，为什么在全县闹成这么大舆论？完全是有些人别有用心。"

"你这是什么意思？"庄文伊质问道。

人群中也有不满的声音。

"我当然不一定指你。"冯耀祖漠然地瞟着庄文伊。

"总该有所指吧？"

"是有所指。"冯耀祖冷冷一笑，"譬如说，陈村中学那个林虹，你们知道她什么背景吗？"

"你说什么背景？"

"她一贯生活作风败坏，你知道吗？"

"不知道。"

"不知道，为什么随便肯定这样一个人？"

"我肯定她提的问题！"庄文伊被激怒了，"回避一个人提出的问题而对她进行人身攻击，这是打击报复惯用的手段。"

冯耀祖看了看庄文伊，继续说道："还有，她对顾县长有仇隙，你们知道吗？这种泄私愤的背景，我们也不该考虑吗？"

人们愣怔地相视着，猜不透此话的含义。

林虹站在柏树后面漠然地注视着，"可惜我没带夹子。"她轻蔑地说。

"干啥，记录？"小周问。

"给他画幅像。"林虹看着人群中的冯耀祖说道。

"看，李书记来了。"小周连忙说道。

一个高瘦的年轻人的背影不知何时已经站在人圈中。

"耀祖同志，你在讲什么呢？"新来的县委书记开始问话，那声音林虹感到有些耳熟。

"我？……我在讲要尊重事实，说话要负责任。"

"你尊重了事实没有？"县委书记的话很沉稳，含着威严。

"我讲的当然是事实。"

"你亲眼见的？"

"不是。"

"从档案材料里看的？"

"不，不是……"

"那你从哪儿来的事实？"

"我……反正她反对顾县长有背景。"

"这么多提过意见的人都有背景吗？"县委书记用手一指人群。

"我没说大伙儿。"

年轻的县委书记微微颔首："你这样随随便便败坏一个女教师的名誉，有没有背景啊？"

"我是实事求是。"

"是吗？"听见年轻的县委书记轻轻冷笑了一声，"这样单纯？"

"我能有什么背景？"冯耀祖擦着胖脸上的油汗。

年轻的县委书记用手一指人群："我倒可以告诉你，其实人人都有背景，你相信吗？"

"我……"

"我这个县委书记也有背景。"

"我没这样说。"

"这是我说的。世界上谁的政治行动没背景？有背景是正常的。"县委书记停顿了一下，依然凝视着冯耀祖，"你有背景，也是必然的喽，用不着掩饰嘛。"

冯耀祖连连擦着脸上的汗："林虹如果揭发的是事实，她为什么躲着不敢来开会？"

"你怎么知道她不敢来开会？"年轻的县委书记问道。

林虹不禁被感动了。习惯忍受凌辱的人，对温暖的感觉并不麻木。

"林虹！"陈村中学的老校长转头看见了站在柏墙后面的林虹，站了起来。林虹微微闭了一下眼，沉静地绕出柏墙走向人群。人们的目光转向她。她正视着冯耀祖走到人群面前："你还愿意把更多的事实说一说吗？"

"我……"冯耀祖不知为何显出一股紧张不安来。

"林虹，你回来了？"老校长拉着林虹的手问。

"是，我想证明我对事实还敢负责。"

"林虹，这是新来的李书记，他很关心你。"老校长介绍道。

林虹转过头和李向南的目光相遇了，林虹愣住了。

"是你？……"林虹的声音低得几乎听不见。

"是我。"李向南深深地凝视着她说道。

第五章

他和她，十几年前在北京同一所中学。

1965 年，李向南进校时是高一（3）班，林虹正好是初一（3）班。那时学校里高初中之间建立"兄弟姐妹班"，李向南被班里委派到初一（3）班当课外辅导员，帮助他们进行军体训练，维持晚自习秩序等。

第一天课外操练队列，李向南把男生女生分成两队。男生队立正、稍息、左转、右转训练时，女生队就列成横队在一旁观看，然后由她们对男生队进行评议。再反过来训练女生队。训练男生队时，女生队发出一阵交头接耳的笑声。这笑声分散着男生队的注意力，李向南有些生气。

"你们不要笑，要遵守队列纪律，认真看男生队有什么优点和缺点。"他走到女生队面前批评道。

女生们吐着舌头克制住笑闹。

有一个女生刚才笑得最厉害，这时候便调皮地挺胸站好。别人也学着她的样子，一个个演戏似的板起脸来，眼里却露出掩不住的恶作剧。李向南一下感到她是个中心人物。她长得很漂亮，漂亮得有些夺目，使他不敢仔细看她。

"队列训练要严肃。"他微垂着眼严肃地说，同时却感到她的眼睛一直含着笑，调皮而大胆地看着自己。这让他尤其恼火。他板起脸转过身继续训练男生队。女生队中的说笑虽然比刚才好一些，却一直没停。李向南这时更清楚地注意到：姑娘们都是以那个女生为中心的。她用手捂着嘴说句什么，左右的女生们便都转过来看他这个辅导员，发出一阵压低的笑声。

轮到训练女生队了，李向南格外严肃。但他一做示范，姑娘们就止不住笑。

他一转过身准备批评她们，她们又在那个姑娘的带头下装起严肃来。

"你们到底笑什么？"他实在冒火了，停止队列训练，站在女生横队面前问道。

姑娘们都不笑了。

"队列动作有什么可笑的？你们现在已经是中学生了，为什么还这样不严肃？"

姑娘们互相看看，咬着嘴唇垂下眼。

"到底因为什么笑？"

"我们认为辅导员应该带头严肃。"那个姑娘抬手指了指他的腿。

李向南低头一看，发现自己的左裤腿很滑稽地比右裤腿短了两三寸。中午在左膝盖上补的一个大补丁，把裤腿皱巴巴地提了起来。姑娘们又发出一阵压低了的嗤嗤笑声。

"你如果不会补，我们可以帮你补。"那个姑娘很认真地说。

姑娘们又都掩着嘴笑了。这次连站在一旁的男生队也大笑起来。

"你这是捣乱。"

"我没捣乱。"那个姑娘说着低下头。

李向南弯腰把两个裤腿都挽了挽，挽齐，然后直起腰。

"严肃了吗？"他阴沉地问道。那个姑娘抬眼看了他一下，又低下头。

"严肃了没有？"他提高声音问道。

那个姑娘沉默着。

"严肃了没有？"李向南冒火地大声问道。

"严肃了。"那个姑娘小声回答。

"好，听口令，立正——！"队伍立正了，鸦雀无声。李向南提前中止了训练。回到宿舍，他换下那条出尽洋相的裤子，狠狠地扯下那块倒霉补丁，把裤子往床上一扔，仰身倒在了床上。

这时响起小心翼翼的敲门声。

"谁啊？进来吧，装模作样的真讨厌。"

门推开了，是她。他愣了一下，从床上坐起来。

"辅导员，接着给我们训练吧。"她说。

"不训练了。"李向南说着，转身胡乱收拾着自己的床。

姑娘低着头："是我错了。"

李向南不知说什么好。

"我们都来了。"她指了指窗外。窗外操场上，初一（3）班的全体女生都整整齐齐列成横队站在那里。"我从小特别任性，以后多批评我。"她看着李向南诚恳地说。

她就是林虹。这就是他们相识的第一天。

第二天，学校举行新生运动会。李向南参加的是一千五百米长跑。操场上彩旗飘扬，人山人海。足球场上正在进行投掷比赛，环球场的四百米跑道上进行着中长跑比赛。

枪声一响，一千五百米比赛开始了。

李向南冲了出去。初一（3）班的同学正好坐在起跑线附近，他一起跑，他们就为他们的辅导员加油。第一圈过去了，他听到了他们的呐喊。第二圈经过他们，又听到他们为他喊加油，他听到了其中有林虹使劲的喊声，看到了她那双闪亮的眼睛。他跑得很好，一路遥遥领先。在第三圈经过他们时，也就是离终点还有三百米时，一个意外发生了，一颗出轨的手榴弹从足球场内横飞过来，砸在他左脚上，他一下摔倒在跑道上，人群一片惊叫。他捂着脚在地上左右滚了滚，咬着牙站了起来。脚一落地疼得钻心，后面的人一个又一个追上来，有人放慢速度，冲他伸出手来，跑道外也有人跑进来搀他。他摆了摆手，一颠一瘸地在跑道上走起来，接着又咬着牙跑起来。初一（3）班的同学立刻大声地喊起来："李向南——加——油——！李向南——加——油！"他瞥见了林虹双手握拳在用力喊着。他咬紧牙冲刺到了终点。当他从跑道上下来时，立刻疼得连路也不能走了。

班里同学架着他从医务所包扎后出来，林虹等在门口。

"伤得重吗？"她急切地问。

他摇了摇头。

"疼吗？"

"有点。"他试着左脚落了一下地，立刻疼得额头上冒出了汗，"走不成路了。"

"可你当时怎么跑下来的？"

"主要是听见你们喊加油了。"他笑着说。

下午，李向南正一个人在宿舍里看《世界通史》，她来了。

"把你那条破裤子给我吧，我帮你补。"

"你会补？"李向南问。他已经知道，林虹的父母都是大学教授，她是独生女；她学习非常好，文理科都是初一年级最拔尖的，而且会画国画，弹钢琴，拉小提琴。可她还会做针线？

"我会，小时候在幼儿园缝布娃娃的时候学的。"她笑着说，"我小时候可逞强了，什么都要学会。"

"我已经重新补好了。"李向南说。

"那以后再破了，我帮你补吧。"林虹的目光又落在李向南看的书上，"你也喜欢历史？"

"怎么？"

"我爸爸是研究历史的。"

"那我有问题可以去请教他了？"

"当然可以。"

"你手里拿的是什么？"

"给，我给你画了两张漫画。"

李向南接过来一看，止不住笑了。一张的题目是《严肃的辅导员》，画着他站在那儿喊口令，训练队列，两条裤腿醒目而滑稽地长短不一，和他那严厉的神情恰成为令人捧腹的幽默对比。另一张画是《他跑到了终点》。他正在跑道上前后摆着胳膊全力冲刺，左脚被夸张成绑着白纱布，肿得像冬瓜一样，不成比例。

李向南笑个不止，眼泪都出来了。

"像你吗？"

"像，像。你画得真像。"

"送给你要吗？"

"当然。我一定把它保存起来，看看我有多么可笑！"

林虹也快活地咯咯笑起来，他和她的友谊就这样开始了……

第六章

　　李向南在县委招待所转了一圈，看了看各组的讨论情况，就回到了县委。古陵县正在展开着一场较量，他要抓紧做些部署。他没能来得及和林虹谈谈。重逢引起的回忆及感情潮涌，现在也只能先抑制一下，稍微从容一些再慢慢咀嚼吧。

　　"向南，上古木塔啦，感觉如何？"县委办公室主任康乐见他沉思地走进办公室，问道。

　　"不胜感慨。"李向南说。

　　"念天地之悠悠，独怆然而涕下？"康乐笑着打趣。

　　"倒没那么伤感。"

　　"去会场了，气氛如何？"

　　"决战前夕吧。"

　　"我感觉古陵这气氛是越来越浓了。你这半个月纵深推进太快，小心两侧被袭击，后路被抄。"康乐说道。

　　"你们帮我保护两侧。"李向南一笑。

　　"谁管你。"康乐又打趣地笑了。

　　康乐，一看就是典型的老三届。宽宽的肩膀，壮实的身体，高高的鼻梁，一双锐利的鹰眼透着诙谐的笑意，平时总是大大咧咧的。今天依然是一副随便说笑的样子，眼睛却显出一丝严峻。他是来古陵插队的知青，留在县里不回去，是因为要搞小说创作。李向南上任头两天，首先对身边的县委办公室做了精简整顿，把康乐由办公室副主任提拔为主任。

"你安这个差使给我干啥？我只想挂名当个副职。你这不是成心不让我写小说吗？"

"同甘共苦。我当县委书记又忙又吃劲，你就不能当个办公室正职分担点？这也能为你写小说收集素材嘛。"

"北京人提拔北京人，你不避嫌？你也插过队，不知道小县城排外思想最严重了？你为此要付出代价的。"

"是要付出代价，上来就调整机构，裁汰冗员，所以你更得出力才行，要不我就得不偿失了。"

"得了，叫你抓住差了。不过你要当心，我可是文人无行啊。"

"白天给我当好办公室主任，晚上去当你的文人，谁管你有行无行！"

这完全是两个北京学生之间坦率随便的交谈。

"那几个文件都准备好了吗？"李向南问，脸色变得严肃起来。

"准备好了。"

"昨天安排的那几件事呢？"

"也落实了。"

"要的几个长途挂了吗？"

"挂了，我把你的话转告了，一切都如所料。还有什么吩咐吗，县委书记大人？"康乐又露出一股大大咧咧，他总是不习惯太刻板。忽然，他一抬眼，收住了嬉笑。

"小胡来了？"他亲热地招呼道。

一个戴着黑框眼镜的年轻人走进办公室。他手里拿着一卷纸，冷冷地看了看李向南和康乐，没有说话。这也是原来县委办公室的副主任胡小光。高中毕业后插队，后抽调到县农机厂工作，再后来到地区党校学习了几个月就分到县委办公室，最初是负责给原县委书记郑达理（现调任地委书记）写讲话稿，颇得郑达理信任，后来被提成副主任。李向南这次也把他"精简"出县委办公室，调到政策研究室当副主任了。

"小胡，今天来得早啊。"李向南和蔼地招呼道。

小胡垂着眼不看李向南。

"人被赶走了，还不许回来拿东西？"他冷冷地说道，在一张办公桌前坐下，稀哩唿噜地收拾着桌上的东西。

李向南和康乐交换了一下目光。这个小胡被调出县委办公室后，锁着原有的办公桌不腾，摆出个明显的不满姿态。这会儿他打开一个个满登登的抽屉，乒乒乓乓地翻腾着，也不见他拿出什么东西。李向南看着他，露出一丝笑意。小胡感到了李向南的目光，仍继续翻腾，几个抽屉翻来覆去地拉出关进着。

"小胡，你这是静坐示威来了？"李向南幽默地说。

小胡还是低着头使劲抽拉着抽屉。

"调你去政策研究室，是工作需要嘛，这你想不通？"

"哼！……"

"我对你去政研室，是抱很大希望的。"

"来这一套！"小胡用几乎只有自己才能听见的声音说道。要打击就打击，要排斥就排斥，何必来这一套冠冕堂皇？谁不知道县委办公室是权力中心，从来都是最亲信的人才能干？谁不知道政策研究室是个形同虚设的冷衙门？小胡这些话自然没说出声，他咬着嘴唇拿起桌上自己带来的那一卷纸，手有些紧张地颤着，手心全是汗湿。他终于下定决心，站了起来。

这时办公室又气冲冲进来一个身穿白府绸短袖衬衫的老头。他的脸瘦削细长，头发霜白。这是分管文教和信访的县委常委胡凡，也是胡小光的父亲。这个"三八"式的老干部一进门就冲儿子嚷道："你给我滚回家去！"

"你管不着！"小胡硬拗地顶撞着。

"你把它交给我！"胡凡伸手指着儿子手中的那卷纸。

"老胡，你让他交什么啊？"李向南平和地问，显出县委书记的风度来。

"交他的混账东西！你交不交？"

"不交，这是我的政治态度！"

"什么政治态度？交给我吧。"李向南对小胡说。小胡透过眼镜片冷冷地翻了李向南一眼。胡凡伸手一把从小胡手里夺过那卷纸，双手要撕。李向南严肃地伸出手："老胡，我看看。"

"李书记，这……"

"我看看。县委机关一个干部的政治态度，我这县委书记不该关心关心吗？"

李向南从胡凡手里拿过了那卷纸。小胡看了李向南一眼，扭过头去。李向南把那卷纸展开，白纸黑字，是一副对联。上联："得道多助"；下联："失道寡助"；横批："看你清醒不清醒？"

李向南微蹙眉心，目光阴沉地看了看，略点了点头，转头问小胡："这是准备送给我这县委书记的？"

小胡背对着李向南不回答。

"他这是捣乱！"胡凡冒火地叫道。

"是不是送给我的呀，小胡？"李向南继续问。

"你可以这样认为。"小胡答道。

"那好，我收下了。我认为这副对联写得很好。来，康乐，"李向南一挥手，"帮我把它贴上。"

康乐愣了，胡凡也愣了。小胡回过头迅速地看了李向南一眼。

"得道多助，五湖四海；失道寡助，众叛亲离。这很好嘛。"李向南慢慢点着头说，"每天抬头看看这两句话，查查自己得道没得道，再问问自己：'看你清醒不清醒？'这副对联很对我口味。"

李向南说着拿过一大瓶浆糊，同康乐两人把对联展开，抹上浆糊，双手提着走到屋外。李向南的县委书记办公室就在隔壁。上下联和横批立刻贴好了。李向南退后几步，上下端详着，连连说道："好，这副对联写得好。"

胡凡木怔怔地站在旁边看着。

小胡站在屋里一直没出来，他冷冷地看着外面的李向南。

"不过，对联还缺一副。"李向南打量着自己的办公室说道。县委书记办公室是两间屋，中间相通，但又各有一门。"来，康乐，咱们再写一副贴上。"

李向南说着又同康乐一起回到办公室："小胡，你的毛笔字不错，再帮着写一条。"李向南招呼道。

小胡沉着脸不说话。

"这不是工作，有求可以不应。"李向南幽默地说，"来，康乐，那你写。用什么纸？还是白纸。白纸黑字最警醒。"

康乐立刻裁好了三条白纸。

"上联——'求通民情'；"李向南口述着，"对，'求通民情'，也是四个字，和小胡那一副规格相同。下联——'愿闻己过'……写好了吗？横批：'看你开明不开明？'"

第二副对联很快又贴在另一个门上了。于是，在县委书记办公室的两个房门上，白纸黑字醒目地贴上了两副对联。

李向南背着手端详着："好，很好……"他微微点着头，问道，"康乐，这一副'求通民情，愿闻己过'，你知道是谁的话吗？"

"谁的话？"

"这是明代大哲学家王阳明的。每赴新任，他就叫两个人各扛一块高脚牌，一块是'求通民情'，另一块就是'愿闻己过'。"李向南略含讥讽地笑了笑，"我就不相信我还不如这位明朝人开明。"

小胡低着头从办公室出来，悄悄往院子外边走。

"小胡！"李向南叫道。

小胡站住了。

"我叫你考虑一下政策研究室的工作，你考虑了吗？"

小胡沉着脸不回答，拔脚又要走。

"这不是我个人求你写字，有求可以不应，"李向南严肃地说，"这是我代表县委对你的工作要求。"小胡站住了。"有意见尽可以提，工作必须考虑。考虑好了，找我汇报。"李向南严厉地说。

"我可以走了吗？"小胡垂着眼问。

"这就是你的政治态度？"李向南一指门上小胡送来的那副对联。

小胡僵硬地沉默着，过了一会儿冷冷地说道，"这不光是我一个人的政治态度！"

李向南阴沉地打量了他一下。

"好，那你可以转告所有和你政治态度相同的同志，"李向南一指门上的两副对联，"我的政治态度就是这两句话。一句，求通民情，愿闻己过，欢迎同志们提意见。还有一句，和他们一样：得道多助，失道寡助。只不过是各人对'道'的理解可能不太一样吧。大家要以国计民生、天下大利为道。失此道，可是难免要众叛亲离的。"

小胡想说什么没说，走了。

"看见没有，这就是你付出的代价。"康乐看着小胡的背影说。

"要想哄着所有人高兴，那就什么改革也不要搞了。即使那样，也无法使所有人高兴。"李向南严肃地说，"该触犯的就要触犯。"

"李书记，我，咳，我没管教好他。"胡凡一指小胡走出去的院门，气得白胡茬直颤，"你说我该怎么管他？"

"这已经不是你能管得了，要靠形势发展。"李向南说。

"李书记，我看他们不像话，胡说八道什么的也有。说你召开提意见大会是……这话我不学了。"

"有些事不理睬就行了。他打他的，我打我的，明白吗？"李向南说道，这位老干部勤恳老实，但水平低些，看问题简单，"他们胡说八道他们的，咱们抓紧时间干事就对了。好，康乐，你把今天大会上有关事部署一下，我去外面走走。"

"你不是还要会见欧洲客人吗？"康乐说。

"不是安排时间了，八点到九点？"李向南答道。

"刚好谈一个钟头？"

"不是都说中国人没有效率概念吗，咱们来一个有的。"李向南笑着说。

"今天大会，大摊牌？"

"该摊的牌就摊，我不是一直在摊吗？"

"你不准备准备？"

"一边转着一边就准备了。"

每天早晨在县城里走走看看，这是李向南来古陵后的习惯，也是当县委书记的一种享受。如果他不是县委书记，这每天在街上的散步，兴致就要差得多吧。

他一边沉思着今天大会上的讲话，一边缓步在街上走着。一个五十来岁的妇女推着一辆清洁车在清扫马路，她直起腰来对李向南拘谨地打招呼："李书记。"他回了个招呼。一群刚打完篮球的中学生，肩上搭着衣服，拍着球，汗气腾腾地迎面走来。他们见了李向南也尊敬地打着招呼，他点点头，回了县委书记应该有的和蔼与微笑。中学的老传达魏老头在校门口浇着一排刚种下的小柏树，他照例向李向南问了好。一辆毛驴大粪车吱吱咕咕臭烘烘地从旁边经过，李向南也背着手和戴个破草帽赶车农民同行一段，打问一下村里情况。他问的话既随便又有目的性。哪个村的，村里责任制搞得怎么样，农民对队干部还害怕吗，队干部对现行政策有情绪没有，你家包着几亩地，搞点什么家庭副业？……如此等等。一个百货商店的售货员正仰着头下门板，看见李向南过来，连忙笑着招呼道："李书记又转转？"李向南点点头。赶粪车的农民惊喜地立住了："您就是李书记？"他笑笑点点头，感到一种有趣的享受和满足。

不过，这种奢侈性的情致他今天很少。他一边走一边在思索有关的斗争策略。他一来古陵，就采取了稳步进取、全面展开的部署，他没想到，一旦行动开，各方面的震动这样强烈。很多事情既比他想得简单，一发动就起来，又比他想得复杂，阻力重重。他现在需要全面感觉和权衡一下自己所处的局势。

一辆漂亮的轻便凤凰车急拐弯飞鸟一样掠过街道，在李向南身旁嘎地一声刹住。车上跳下一个鲜活的姑娘，是小莉。她穿着件乳白色带红条的短袖弹力衫，一条紧身咖啡色筒裤，苗苗条条，容光焕发。

"你干吗呢？"李向南问道，同时注意着小莉的表情。她现在势必已听到顾荣的讲述，对自己会是什么态度呢？

"我骑自行车锻炼呢。"

"刚下火车不累？"

"坐火车憋坏了。我每天早晨都要骑车用最高速度把县城大街小巷转一遍。"

李向南笑了："你这样打扮可够入时的。"

"你觉得我这样好看吗？"小莉挺直了一下身子，问道。

李向南又笑了："好看是好看——"

"好看就行。"

"不过，在这小县城里，太刺激人啰。"

"你也是老正统。这土县城死水一潭就要刺激，要不太保守。你不同意对现状刺激刺激？"

"我同意刺激，但不一定要这样刺激。譬如说我要穿身奇装异服，我这县委书记就不用干了，要'刺激'现状也没法'刺激'了。"李向南说。

"那是你不解放，怕传统舆论。我不怕。我从来就不在乎别人议论。"她瞟了一眼从身边走过的几个正对她窃窃议论的女学生，"她们议论我，不是羡慕，就是嫉妒。羡慕，我感到光荣；嫉妒，我感到骄傲。"

李向南望着她笑了，接着往前走。小莉推车并肩跟着他。

"嗳，你是不是在和我叔叔针锋相对？"小莉问。

"这怎么说呢？"李向南含蓄地沉吟了一下。

"你别绕弯子，他就这样认为。"

"你怎样认为？"李向南问。

"我？……也是这样认为。"

"你什么立场？"李向南审慎地问。

"我？"小莉看了李向南一眼，"还没找到我的立场呢。"她停了一下，"你今天大会讲话是不是要向我叔叔开火？"

"我要向古陵的落后和保守开火。"

"你别笼笼统统。我看出你是个很有手腕的人，城府很深。"

"你怎么看出的？"李向南问道，心里却再一次惊叹这个姑娘的心计。

"这一眼就看出来了，你对怎么搞垮你的对立面是有全面考虑的。"

"我并不想搞垮谁。"

"那是你条件不成熟。条件成熟了，你肯定要把反对你的人都搞掉。"

李向南转头看了小莉一眼，这个姑娘又可爱又可怕，尤其她是省委书记的女儿。不过，李向南自有自己的对策。

他赞赏地笑了笑："你哪儿来的这样的政治头脑？"

"天生的。"

李向南又笑了笑："和你坦率说吧，小莉，我的思想是：第一，坚持改革现状的路线，制定正确的战略和蓝图；第二，为了贯彻改革的路线，我要采取各种措施，包括组织措施；第三，我最终希望所有人，包括我的反对派都能拥护我的改革路线。"

"征服你的反对派？"

"你愿意用征服这个词，也可以这样说吧。你对这持什么态度？"

"我刚才不是说，我还没找到我的立场呢。"

"现在呢？"

小莉转头看了李向南一眼："要说，我当然希望你彻底失败。这是我的立场。可我……"她又看了李向南一眼，"也希望你成功。"

"为什么？"

小莉用姑娘特有的目光明朗地看着李向南："不为什么。"

李向南心中微微一动，有些微妙而敏感的意识。他长者般地笑了："矛盾。"完全变成县委书记的口吻。

"我从来就不管矛盾不矛盾。"

李向南又看了小莉一眼，这是一个他从来没有见过的姑娘。

他们走到了这条街的尽头。这里立着一个小小的城门楼，是明朝留下的建筑。城门楼上有三间红漆花格木门的小房子，城楼的楼梯口旁挂着个白地黑字的木牌：古陵县群众来信来访接待站。过了城门洞，前面不远就该是喧闹嚣杂的自由集市了。一过城门洞，他们就走不动了，这里熙熙攘攘挤满了人。

"告诉你了，这事情去找司法部门，找公社嘛！"城门楼上站着一个高胖魁梧、满脸黑胡茬的干部，正在朝下尽量克制着不耐烦大声嚷道，"你们大伙儿解散。听见没有？我命令你们解散。这不是看热闹的地方！"

是县委组织部长罗德魁。

一个脸色憔悴的妇女背着孩子从城门楼侧梯上心有不甘地一步步扶着墙走下来，走两步又仰头向上央告着。城门楼下是围观的人。根据李向南的指示，接待站每天早晨六点半开始接待。罗德魁今天在这儿值班。

"怎么回事啊？"李向南走进围观的人群。周围有人认出是县委书记，都窃窃私语着很快静下来。小莉也锁上车挤进了人群。那位妇女抬眼看了看向她问话的人，眼泪就要往下落。

"她说她丈夫几年前抓住了偷仓库粮食的大队长的兄弟，反被诬陷为盗贼，吊打一夜逼死了。"罗德魁在城门楼上大声说。

李向南望了望城门楼，又问这位农村妇女："是这样吗？"

妇女点着头："他们打了他一夜，又逼他，又……"

李向南和善地伸手打断了她的话："先不用详细说。你告诉我，这几年你上访几次了？"

"连这次有五十次了。"

"你是哪个村的，离这儿多少里地？"

"马家岭的，离这儿八十里地。"

李向南目光凝视地点点头："你家还有什么人吗？"

"就我们娘俩。"

"县委过去对你的上访批示过吗？"

"嗯。"

"为什么没解决？被谁卡住了？"

妇女犹豫地看看李向南。

"不敢说？怕？"李向南耐心地开导她，"你要告凶手，可有人保凶手，是吧？你不敢说怎么行呢？有县委给你做主，不用怕。"

"……"

"那你丈夫的冤，永远也申不了啦。"

"不，我要找李青天。"

"李青天没有，李书记有一个。"

"我就要找李书记。"

"我就是。"

"你就是？"妇女愣怔了一会儿，张嘴开始急急说道，"公社副书记是他大舅。他们……"

"你先告诉我，那个副书记叫什么？"

"马二定。"

"你来县里上访，来回一百六十里地，是走着？……当天回不去，吃住在哪儿？"

妇女满脸凄苦地摇了摇头，又把孩子往上背了背。

"好，过三天，我们和有关部门一起调查清楚了，给你解决结果。好不好？你再等一等，吃住的地方，我们请接待站的同志替你安排一下。"

"真有着落了？"妇女声音喑哑，干涩的眼睛里涌出两颗浑浊的泪珠。

"我代表县委告诉你，不能再叫你上访第五十一次了。"李向南说着上了城门楼，小莉也跟了上去。她对这个新来的县委书记越来越感兴趣。

"李书记，她上访了几年，拿不出人证物证。你今天怎么能一下就肯定她确实冤枉呢？"罗德魁直挺挺地站在那里，迎着李向南很不满地说道。

李向南阴沉地打量了一下这位组织部长。这个从部队转业下来的政工干部，从一开始就抵制李向南在干部上的调整，特别是对李向南提拔了两个大学生到农机厂、水泥厂当厂长尤其不满，也可以算是"反对派"吧。

"一个妇女背着孩子，来回步行一百六十里路，上访五十次，近一万里路，没冤枉，她能这样做吗？"他带着批评口吻一句一句慢慢说道，"孤儿寡妇，如果不是事实，她会诬陷别人吗？这是个常识，常情。"

"常识，常情，可法律要人证物证。"

"那就靠我们去调查了。"

"这应该是公检法的事。"

"公检法的工作常常受地方上各种因素的干扰，我们要帮助去排除。"

"几年都没解决的事，三天就能解决了？你以县委名义应承人家，这不是闹被动吗？"

李向南火了，他看着罗德魁问道："你到过农村吗？"

罗德魁愣住了，不知是什么意思。

"你知道不知道，像这样的案子，案情从来是最简单的。复杂是复杂在权势的庇护。把这层一打破，不用三天就搞清楚。你相信吗？"

"我……不相信。"

"要不要我这个县委书记给你立军令状？"李向南冒火道，"我可以叫你相信。"

罗德魁不吭声了。

李向南拿起桌上的电话："要县委办公室。"

电话要通了。

"康乐吗？你马上给我查一下，马家岭公社党委副书记马二定来县里开会没有？……没有？好，立刻给马家岭公社挂电话，让马二定今天中午以前赶到县委，我找他谈话。"

"要是打电话找不见他呢？"康乐在电话里问。

李向南看了一下手表："现在正是有线广播时间，让广播站广播一下通知，不管他在古陵哪儿，都立刻赶来。务必今天中午赶到。"

"好。"

"另外，你挂个电话，让公安局、法院的负责人现在来我这儿一下。对，就在接待站。……没上班呢？让值班的立刻去家里叫一下。"李向南又看了一下表，"让他们七点半以前赶到这儿。"

"好。"

"还有，你到后面宿舍院找一下纪检委的老魏，让他也来一下。对，现在就去。你也有个思想准备，这儿有个案子，前两天我见过材料，我准备成立联合调查组去解决，有可能派你也去一趟。"

"好！"

李向南挂了电话，扫了一下屋里的人：罗德魁，小莉，还有接待站几个工作人员。他的目光突然停住了，顾荣背着手站在门口。

他笑着打招呼："老顾，你来了？"

"顾书记。"罗德魁也连忙尊敬地打着招呼。

顾荣随便点了点头："我早来了。"同时看了小莉一眼。

"我在处理一个群众来访。"李向南说道。

"你处理吧。"顾荣毫无表情，语气冷淡。

"你们还有什么不同意见吗？"李向南转头问。

"我有个意见，"罗德魁看了看顾荣的脸色，对李向南说，"我们现在不应该宣扬个人迷信，让老百姓叫青天。"

屋里的空气有些紧张。

"你宣扬过吗？"李向南看着罗德魁，略含威严地问。

"我当然没有。"

"我宣扬过吗？"

"我没有具体说你。"

"县委常委中谁在宣扬，你能指出来吗？"

"我不知道。"

"你不知道，我也不知道。我想，可能没有人宣扬吧？"李向南审视地盯着对方。

"现在老百姓中就有这种个人迷信的习惯势力，我们应该加强集体领导。"

"每个常委都应该不出头露面解决问题？"

"起码不应该造成个人迷信的形势。"

"那我告诉你一个消除个人迷信的方法好不好？"

罗德魁看着李向南。

"我告诉你，你最好想办法多给老百姓及时解决一些实际问题，这样大家也就叫你罗青天了。"李向南眯眼看着对方，用训导的口吻说道。

"我不要别人对我个人迷信。"

李向南不无讥讽地微微一笑："常委人人都这样多一点、快一点给老百姓办事，关心他们疾苦，人人就都成青天了。到那时候，老百姓就一个青天也不叫了，集体的权威也就有了。"

罗德魁张着嘴答不上话来。小莉目不转睛地看着李向南。

他看了小莉一眼，走到顾荣身边，"老顾，今天开会前，我想预先再和你交换一下意见。"

"会上见吧。"顾荣冷冷地说。

第七章

每天早晨在县城转一圈，也是顾荣的习惯和享受。

当他背着手在清冽的空气中从这条街慢慢走到那条街时，能在人们笑脸相迎充满敬意的招呼中，感到一种当家长的权威地位和心理满足。这是他每日清晨必做的精神操。再瞌睡倦怠，一做这套精神操也便舒畅抖擞起来。然而，李向南来的这两周，不仅在各个方面侵犯他的利益，居然也和他争夺起这个特权。顾荣清晨在县城踱步而行时，不时与李向南相撞。这让他恼火。因为一见面，他就想到李向南是县委第一把手这个巨大的现实。他顾荣虽然是老古陵，根深叶茂，权重威高，然而，人们对第一把手的敬重和笑脸绝不会比对他的少。

他当然不会退却。他每天清晨散步更一天不漏，更早。

和李向南照面就照面，越是照面，越是让他意识到清晨出来散步的必要性。今天早晨为了去车站接小莉，他四点就起来了。这会儿回到家，虽然有点疲困，但一看表，还不到七点，他又背着手出了门。

刚出院子，冯耀祖低着胖脑袋迎面而来："顾书记，我正找你。"

"怎么了，慌慌张张的？"顾荣不满地批评道。

"今天早晨小组讨论会上，他们就干开了！"

"他们是谁啊？"

"李向南、庄文伊他们呗。噢，那个林虹也回来了。"

顾荣又不满地看了看他："就这些？"

"就这些。"冯耀祖小心地看着顾荣。

"那有什么？"顾荣有些不耐烦，边说边迈开方步往外走。

"那……该怎么办？"冯耀祖略哈着腰跟了两步，小心翼翼地问。

"怎么办？"顾荣冷冷地看了冯耀祖一眼，刻满有力皱纹的大脸盘上浮出一丝不屑，"该吃饭就吃饭，该睡觉就睡觉。就这么办。"

冯耀祖愣怔地站在那儿。

顾荣走了两步站住，回头看了他一眼，有些不耐烦地训斥道："以静制动，懂不懂？"

冯耀祖似懂非懂地点着头。

"你这两天不在学太极拳吗？懂不懂因势利导，顺势化劲，四两拨千斤？"

"……懂，懂。"冯耀祖依然似懂非懂。

"要从容点，看着情况来，不要帮倒忙。这能懂吧？"

"我懂。"这下，冯耀祖真懂了。

"这就行了。"顾荣脸色和缓了。恩威并施原是有些人的必要手段。

"没条件，形势不成熟，宁肯稳稳当当坐在那儿不动，不要毛毛躁躁的。"他谆谆教导地说，"搞那些说三道四、流言蜚语没多大意思，别鼓捣那些小聪明。你不是会下象棋吗？有时候局势僵着，需要走两步闲棋。"

"我懂了，什么事有机会才下手。"

"什么叫'有机会才下手'，这是谁的语言？"顾荣又微微瞪起眼，略含不满地嗔道。

"啊……"冯耀祖满脸堆笑，"什么事要因势利导，实事求是。"

同一种意思有多种说法，这是人类的语言艺术。冠冕堂皇的言语比露骨的言语更含蓄，因而也更可怕。

顾荣目光中含着批评，看着冯耀祖爱护而又讽刺地哼了一声，又朝前走了。这些人吃了一辈子政治饭，也没学会怎么当领导。

他顾荣自己呢？

1945 年在古陵参加革命，一开始当文书，也是个蓬蓬勃勃的愣头青。新中国成立后在县里当干部，左左右右，上上下下，在县里许多"衙门"干过，很有些跌宕起伏。几十年来历经运动，用他的话讲，正面经验反面教训都有。他总算真正了解了中国国情，懂得了主观要符合客观。每想到此，他不胜感慨。现在，他有了一整套习惯性的经验，有着一整套政治章法和条件反射。他总能恰如其分地适应各种环境。论能力，他或许可以管一个地区，甚至管一个省，他思想深处十分自信这一点。但是，他也有一言难尽的种种曲折，始终不得施展他的能力。搞政治，条件和机遇常常比才能更重要。对于这一点，他也有他的理论解释：条件和机遇是客观的，才能是主观的，客观决定主观。这不是唯物主义的结论吗？

如果问他有什么特点，几乎很难说他有什么突出的特点。特点就是棱角，有那么多棱角对于搞政治是并不适宜的。或者说他很全面，或者说他没任何特点。既有一定的文化，有，但并不太多。这个分寸对于一个真正的领导干部形象是很重要的；又有相当的经验。适度的耐心，适度的果断，适度的和蔼，适度的严厉，适度的风趣，适度的幽默，适度的谦虚，适度的威严，适度的原则性，适度的灵活随和。一切都是适度的，可以说他是个标准的领导干部。

万事适度，这不是政治老练的标志吗？

这位顾荣连他的举止言谈，音容笑貌，包括开会时讲话的神态，抽烟喝茶的架势，握手的握法，见了年轻人一边握手一边轻轻拍拍对方肩膀的亲切样子，叫小鬼的叫法，嘘寒问暖时关怀的风度，都像我们银幕上领导干部的标准形象。他自然要用这个"标准"来衡量别人啰。

他家在县委后面。出小院，进大院，便到了县委机关。康乐和县委图书资料室的干事李小芹各在胸前抱着一大堆书刊过来。

"顾书记。"康乐站住打了个招呼。

顾荣含笑点点头。除了对自己的亲信，他对其他人向来是和蔼的。

"这是向南贴的？"顾荣一抬头，看见县委书记办公室门上的对联，脸色有些难看。特别是第一副对联，白纸黑字，刺得他有些悻恼。

"是。"康乐答道，他观察着顾荣脸色陡然变阴，觉得很有意思。

顾荣鼻孔里无声地哼了一下，转身要走。

"这一条，得道多助，是小胡一早情绪老大送来的。"康乐这才来得及把话又补充上。

顾荣站住，立刻反应过来，想见到这里的一切，脸色又变了过来。得道多助，失道寡助，看你清醒不清醒？他重新抬头端详这副对联，眼前浮现出小胡那针对李向南的充满敌意的目光。

"这像什么样子？"他皱着眉头说，"一个干部，跑到县委书记门口来贴这样的白对子，简直不成体统。"

"向南让贴的。"

"谁让贴也不行，对领导有意见可以提，搞这些名堂干什么？你通知胡小光，自己贴的自己来撕了。撕完了，准备做检查……岂有此理。"

顾荣一瞬间感到这件事是个可以大做一下文章的政治题目。借此，可以大大激化胡小光及一批干部对李向南的敌对情绪。许多重要的时机都是这样凭经验在瞬间抓住的。抓住一个具体时机，胜过几大篇苦思冥想。

"这是向南自己亲手贴上的。"康乐却又添上一句。

"向南自己贴的？"

"是。"康乐看着顾荣的表情说明道，"向南很喜欢这副对子，自己把它贴上了。他还嫌不够，又添了这一副。"

顾荣不自然地点点头。闹了半天，是这么回事。他又瞥了一下那副对联：求通民情，愿闻己过，看你开明不开明？这又像是针对他一样刺眼了。

"顾书记，你早晨也转转？"康乐换了话题。

什么叫早晨"也"转转？他顾荣还要跟着李向南学吗？但是，顾荣并没有流露什么。他沉稳地点点头："我这是多年老习惯啰，古陵的县委书记来了去，去了来，换了多少任，我这副书记就多少年还在古陵街上转。"他说着略挺起肚子风趣地笑了。

对这个李向南亲手提拔的年轻人，他也要尽量笼络。从对方营垒中挖出一个胜过己方十个。再说，康乐和李向南又能有多深关系？年轻人和年轻人其实常常是最难处的，这是自己有过的经验。

"您是老古陵了。"康乐也笑道。

"是啊。"顾荣随手翻了翻康乐双手抱的书刊，"……《经济战略学》，《中国经济问题研究》。这是杂志，《经济动态》，《中国社会科学》……你这是闹什么呢？"他关心地问。

"这些书是向南让我帮他找来看的。"

"大知识分子啊。"顾荣淡淡地叹道，然后和善地摆摆手，转身走了。他见不得李向南这一套。来古陵没两天，要这书，要那报，没有就让订，到地区到大学去找。就是当省委书记吧，也不一定要摆这个谱。

他出了县委的青砖围墙大院，到了街上。快七点了，商店饭馆都在纷纷准备开门。清真小吃店里的豆腐脑、油炸糕满街飘香，隔着窗户，可以看见穿白褂子的厨师晃来晃去地忙碌。一条黑狗响着脖铃，摇着带白尖的尾巴从街上跑过。人们照例和他尊敬地打招呼。"顾书记！""顾县长！"他也含笑点点头，摆摆手。精神操开始了，他稍稍变得愉快温和。然而，他头脑中还萦绕着古陵县的政治局势。在今天的提意见大会上，李向南会怎么样呢？

"顾县长，您也转啊？"打招呼的是中学的一个数学老师，迎面过来。

顾荣笑着点点头。

"李书记刚转过去，您又转过来。"老师说道，"你们当领导的都愿意早晨转转，体察民情吧？"

顾荣点点头，擦肩过去了。原来，这位老师的"你也转转"，也是指他在李向南之后。难道不是他在古陵每天早晨转了多少年吗？怎么现在倒成了"也"转转啦？看来今天又要和李向南碰上。不碰上是不可能的。一个古陵县城太小了，容不下他们两个人。他不愿意和李向南相碰。难道自己怵他吗？不，他不会这样承认。他不怵任何人。他什么都经历过，什么都能应付。

他和什么样的对手没交过手？会败在这个年轻人手里？

李向南的情况他是知道的。北京学生，在农村当过几年生产队长，后来被调到省调研室。1977年考上大学，毕业后又回到省委，这次被任命为县委书记。就这么点经历，他能老练到哪儿去？再说，他和李向南还有一层特殊关系。解放战争初期，李向南的父亲曾在包括古陵及周围几个县在内的特区担任党委书记，那时，顾荣给他当文书。说起来他是李向南的叔叔辈。

凭这点，他不是更能掌握住他吗？

两个星期来的事情说明自己的估计太不充分，始终不充分。这十几天的事情，现在回顾，简直难以想象。他没有时间往回想。小莉刚回来，怎么也和李向南跑到一起了？姑娘在这个年龄是最容易被迷惑的。年轻的县委书记是很有政治谋略的。看来，他又在小莉这个特殊棋子上运用手腕。他今天必须碰见李向南。他也果真碰见了李向南。

在城门楼下的人群中，在城门楼上的接待站办公室里，他看到了李向南那赢取民心的表演，看到了他收拾干部的耍威风。

现在，他要和自己在大会讲话前"交换意见"。

"会上谈是会上谈，有些话呢，是该在会下谈的。"李向南站在城门楼上望了望远处，对顾荣尊重地说道。

小莉离开几步倚着门看着两人谈话。

"会上会下还需要两套？"顾荣冷淡地说。

"应该是一套。"

"那会下谈有什么必要？"

"又应该是两套。"李向南笑笑，"从大道理上讲，是一套；从小道理来讲，总应该是两套。"李向南停了停，很诚恳地说："你是我父亲的老战友，我的前辈，这关系总不一样。"

"这关系和工作没关系。你父亲无论到什么时候也是我的老首长，你是老首长的儿子。这一层永远不会变。你到我家吃了住了，都尽可以像回家一样随便，可县里的工作是另外一回事。你是书记，我是副书记，该怎么办就怎么办。"

小莉注意着，叔叔和李向南原来还有这层关系。

"你说的当然也对。"李向南说道，"可是，就是书记和副书记之间，也可以个别谈谈嘛。"

顾荣背着手看了看城楼下面，"你觉得你很清醒吗？"他想到了那两副对联。

"是，我觉得我很清醒。"李向南的神情变得有些冷峻，他也想到了对联。

"你觉得你很开明吗？"

"我尽量做到开明。"

"是你得道，别人失道，是吗？"

李向南沉默了一下："老顾，我希望你能不失道。"

"我希望你不要寡助。"顾荣看着李向南，阴沉而又不无讽刺地说道，"否则得道寡助，岂不矛盾？"

"如果这样，大概只是暂时的。"

顾荣抬起眼，两个人的目光冷冷地相遇了。

有几个人匆匆走上城门楼，公安局局长，法院院长，纪检委的老魏。

"那好，我先去会上了。"顾荣说。

"我九点半也去。"李向南说。

第八章

　　九点半快到了，大礼堂内出现了一种异常气氛。主席台上坐着的一排县委领导中，有七八个人都先后抬腕看起表来，而后又居高临下地朝礼堂的大玻璃窗外张望着。主席台下密密匝匝坐着的一千多人中，看表的，向礼堂门口翘首张望的，压低声音交头接耳的，一边议论一边朝主席台上扫视观察的……人们的神情言语中，以及笼罩着县委礼堂的空气中，越来越增加着一种期待紧张的气氛。而且，因为人们觉察到主席台上有几张脸特别阴沉，这种气氛又明显注入了对抗强烈的火药味。主持大会的县委副书记兼县长顾荣坐在主席台中间，明显感到了会场气氛的骚动。紧张兴奋使整个会场像一湖波涌起伏的水一样颠簸着主席台，晃动着他的座位。这种晃动是这样真切，甚至让他感到一些坐船一样的晕眩。如果不平息住它，自己就坐不稳了。他的眼睛如同每次生气时一样有些血红，那张雕刻着有力皱纹的、颇有些虎相威严的大脸盘上阴云沉沉。他冷冷地扫视了一下左右的县委领导们，以不满的目光提醒他们注意开会的仪态，而后便对着麦克风很有气派同时也更亲切地朝台下讲话，还特别开怀地哈哈大笑了几次。

　　他在利用大会上的这点时间"谈谈全县的生产和工作"。做了许多既原则又抽象的指示。对于顾荣来讲，并不在于他具体指示什么，重要的是他在这里做指示。

　　整个会场并没有被他的讲话所感召，因为不少人能够明白顾荣这种提高嗓门讲话的背景，会场内压低声音的议论更多了。拿着笔记本的干部，赤着脚膝盖上放着草帽的农民，穿着油污工作服的工人，戴着眼镜的知识分子，漂亮的招待所小姑娘，浑身油腻的饭铺大师傅，戴着礼帽回乡探亲的港澳商人……都在议论着他们关心的事情。

什么事情能触及各种社会利益，它便引起广泛的社会激动。

人群中，一个身穿白色警服的公安人员正对坐在一旁的县公安局高局长说："这次总能行动了吧。"脸色红润的高局长扭头看了一眼这个浓眉大眼的年轻干事，又回过头正襟危坐地看着前面，紧皱双眉一言不发。好一会儿，才不易觉察地点了点头。年轻的公安干事"叭"地合上手中的黑皮夹，往起端坐了坐。

会场最后几排，银发如丝的陈村中学老校长低下头看看手表，同时用温和的声音对旁边一个戴黄框眼镜的中年教师说道："这件事，总该能翻过来了吧……"那个黑瘦的教师点了点头。

团团浮动的烟气中，县科委主任庄文伊扶了扶眼镜，对周围几个人低声说："这次咱们的设想才可能进入议程。全局动了，局部才能动。"他一下把烟蒂踩灭在脚下："主张改革的一拍手，另一伙人该骂娘了。"

人们的目光不约而同地越过烟雾投向主席台上。顾荣正在有板有眼地继续他的讲话。他的抑扬顿挫大概也是"标准"的领导干部的标准样式吧。两个公社干部在低语着往山里修路的事情。一个农村妇女揉着有些发痒流泪的眼睛，朝礼堂门口探头张望着……人们都在等待九点半钟。好像是要发生什么重大事情。

其实，事情很简单。

九点半钟，年轻的县委书记要来大会做总结讲话。现在，他正在接待几位欧洲来的外宾。县委书记的时间概念是很强的，凡是和他接触过的人都有强烈印象。他不许别人延误，自己也绝不延误。有的干部在约定的谈话时间没准点赶到，他会非常严厉地予以批评。有关他这一风格的传闻已有不少。

他九点半会准时来。

待会儿，对于这次提意见会上提出的众多尖锐问题，他会如何表态呢？古陵出现的两种势力的对峙，连不很敏感的老百姓都感觉到了。提意见建议大会三天来的讨论、争论，把一切都暴露了出来。这位年轻的县委书记将如何走出下一步棋呢？人们关注着年轻的县委书记的处境与行动。那些以权力为最珍贵的人物们，则要在年轻县委书记的行动中掂量一下形势，掂量一下力量对比。有的为了判断自己的命运，有的为着顺应趋势调整立场。

新来的县委书记到底有多大分量呢？他很能干，很有魄力，几乎有些传奇。老百姓总爱"添枝加叶"地对他们感兴趣的人物赋予传奇色彩。但他太年轻，来的时间那么短，在古陵的根子必定很浅。一切都是前途未卜的。

会场上越来越浓烈的异常气氛，坐在第三排座位上的林虹自然感觉到了。

"对你的事，李书记今天讲话一定会表态的。"小周坐在她旁边讲道。

"是吗？"林虹照例很有礼貌地笑笑。小周本来没有必要和她坐在一起。刚才在街上面对着人们对林虹的侮辱，他没能挺身而出；现在觉得该做些弥补。林虹明白他的心理，不便于拒绝，也就这样坐了。

"这次你的问题肯定会解决，没问题！"

林虹轻轻掠了一下头发，眼睛显出些恍惚。在他人看来，今天这个大会对她有命运攸关的意义。但没有人了解她更复杂得多的情绪。没有人知道她在十几年前就已经认识这位年轻的县委书记，而且有过那样不平常的友谊。从分手到现在，整整十四年过去了。生活的曲折早已使一切记忆都模糊了。时间的距离比空间的距离更能隔断人的视线。然而，今天的意外重逢，像雷电一样在她灵魂上来了个震动。以往的一切从一层层迷雾中浮现出来，而且依然那样鲜明。这让她感到惊异：自己对消逝的过去还有这样不冷漠的感觉？同时像有什么东西一点点刺痛了她，甜酸苦辣的滋味在她心中慢慢翻滚起来。人的坚强并不需要表现在克制自己感情的内在活动，只需要表现在克制感情通过形体、言语的外在流露。

她听任自己心中的起伏。然而，比感慨万千的回忆更有力量的却是一个简单的现实问题，李向南现在对她是什么看法？他无疑已经知道了自己的一些情况，这刚才她和康乐在礼堂外的宣传橱窗下碰面时就知道了。

"林虹，你去北京上访了？"康乐随随便便地问道，他们相互认识。

"我给我舅舅买药去了。"林虹不以为然地说。

"人们可都传你上访去了。"

"政治警觉常常把危险放大。"她淡淡地一笑。

"这几天大会可把你弄成知名人士了。"康乐说，"新来的县委书记，你知道了吗？也是咱们北京老三届，对你的情况相当关心。"

她看着康乐，希望她的注意能使对方把这个话题讲下去。

"他问过我关于你的情况。我对他说，林虹那个人，我多少接触过，相貌很出众，个性很强，还是学生味，稍稍含着点冷傲和孤僻。"康乐逗趣地一笑，"我不褒不贬，很客观吧？"

"一个人要自己客观时，他对事物的评价就只受他感情好恶的不自觉影响。"

"好在我对你没什么强烈好恶，平平。有点不自觉影响也对你歪曲不大。我还告诉他：林虹有两大特点，一个是高度的感情克制力，一个是特别善于看透人。你这县委书记也小心叫她看透。"康乐说着自己也笑了。

"我永远不想看透他……"林虹垂下眼说道。

"他打问得很详细，对你的情况很感兴趣。"

"他还问些什么？"

"各方面吧，我也尽我知道的说了说。"康乐含蓄地答道。

那么说，康乐知道多少，他也就知道多少了……

"你还接着听我讲这半个月的情况吗？"小周的话打破她的恍惚。

"讲吧。"她说。她愿意听。她想知道李向南的一切。会场中的强烈气氛连同弥漫刺鼻的烟气，都让她感受到现实的生活气息，都使她想到他现在的复杂处境。他过一会儿要讲些什么呢？

两个星期以来，李向南起码是激起了古陵人的一些热情与幻想。

林虹静静地听着小周讲述，脸上始终维持着淡淡的笑容，内心却在围绕着李向南的过去和现在没有边际地起伏着。阳光透过高大的玻璃窗照在她脸上。她的眼睛时而恍惚，时而黯然，时而在想象着什么。她的善于不断审视自己的思维，则一个又一个地发现着自己情感上的矛盾。她对政治毫无热情，可以说是厌恶透了，但李向南所表现的干练和活力却在她眼前亮起一片耀眼的光芒。

她至今还难免被有活力的事情所魅惑？

李向南在这喧嚣尘俗中的奋斗，她理应予以轻视，这种轻视是她保持心理平静所必需的；但她似乎缺乏这种轻视的心理力量，她爱过他，她很难轻视他的事业。那么，她应该为李向南高兴，但是，她又没有为李向南高兴的心理力量。因为李向南表现出的蓬勃生气，使她感到一种被生活和青春遗弃的凄楚。李向南的出现，使她发现了自己的软弱。她把目光转向窗外，集中思绪寻找着入画的构图，在艺术思维中寻找心理平衡。院子里一棵松树郁郁苍苍，除此以外就是天空。然而，她无法入画。透过窗户看到的自然是狭小的，周围的世俗社会却包围着她。前后左右都有人在看她指点她，她成了众多目光的焦点。

她扬起头看了一下主席台，顾荣正在讲话。他的双手捂着茶杯，听说这个动作是他最愤怒、最不快的象征。

大人物的习性也是众所周知的事情。

顾荣的目光落到她身上了，不露声色然而是含着锋刃的。

林虹淡淡地迎视着他，好像对着一幅人像一样打量着。顾荣的目光略闪烁了一下又转到旁边，发现了她身边的小周。小周低了一下头，试图躲避他的目光，然后干脆扬起了头。这一细致的变化，她感觉到了。

"你当心顾荣恨上你。"她说。

"我才不怕呢。"小周的话带点滑稽，"再说，他也顾不上我。李书记等会儿一讲话，够他招呼的了。"

会场更为骚动了。对顾荣讲话的不满和对县委书记的等待交织在一起。院子里响起吉普车开进来的声音。许多人翘首张望着。顾荣的目光变得越来越阴沉。他最怕的是局势失控，他最善于的也是控制局势。他对着麦克风拉长声音大声说道："同——志——们——！……"就一下收住，俯视着整个会场。这一招很有效。一直轰响的扩音器突然沉寂下来，人们感到了会场气氛的另一种异常。当人们朝向主席台时，看见的是顾荣严峻的目光。他一言不发地瞧着整个会场，似乎在竭力压抑他的激动情绪。

会场一片一片地静了下来。

"请共产党员把手举起来！"过了好一会儿，顾荣才不可抗拒地低沉着声音说道。

人们犹豫了一下，许多只手先后举了起来。

"好！再请参加过革命军队的同志把手举起来。"

又有许多只手无声地举起来。

"请四十岁以上的同志把手举起来！"

更多的手举起来。

"最后，请所有的干部同志——厂矿、农村、机关的——把手举起来！"

森林般的胳膊，几乎所有的人都举起了手。

除了顾荣，几乎没有几个人注意到一个高瘦清癯的年轻人已经无声无息地来到了主席台上。

　　"好，请同志们把手都放下！"顾荣眯缝着眼家长一样严肃而又平和地说道。停了停，他开始了讲话："我们召开这样一个大会的目的是为什么？就是为了集思广益，加强团结，搞好现代化。我们中间好多是共产党员，请同志们想一想，我们搞现代化靠什么？千条万条，说到底一条，靠加强党的领导。我们哪项中心工作，哪个文件最后不都是这样一条吗？不靠党的领导，不靠各级党组织，中国能搞成现代化吗？"

　　停顿，威严持重地缓缓扫视会场，让声音在人们心中回响。

　　"我们中间有许多同志过去是革命军人。你们一定比其他人更懂得，离开组织性、纪律性，"他环指一下会场，"像刚才那样，这个队伍能前进一步吗？……像'文化大革命'那样无政府主义还能允许吗？"

　　顾荣声音放平和了，脸色也稍稍和缓。

　　"今天在座的，四十岁以上的占多数。现在四十岁，1958年就十多岁了，懂事了。都能记得那时的共产风吧？冒冒失失，冲昏头脑，1960年就刮地皮饿肚皮。我们都是从教训中过来的人，现在再不能浮躁，再不能幻想，再不能想一步跨入共产主义。要踏踏实实，稳稳当当，一步一步来。靠主观热情，血气方刚，靠个人英雄主义，靠花花哨哨的小聪明，一点两点书本知识，纸上谈兵，在中国是行不通的。要栽大跟头的！"

　　这话充满着警告和压力，颇有气势。

　　"参加会议的不少同志是在基层担任领导工作的干部，你们辛辛苦苦做了大量工作，正是靠你们实实在在的工作，我们古陵县两年来才在各方面取得了很大的成绩。我们县在整个地区都是突出的。我们的同志应该总结经验，应该相信自己头脑里的经验（'自己'两字加重语气）。改变古陵县面貌靠谁？就靠你们这些土生土长的对这里一山一水都有感情的同志。我从1945年参加革命就在古陵，三十多年来没有离开过这儿，大家知道，别的领导调来调走的，一两年就换一次，我没动过，以后也不想动。"他亲切地笑了笑，"在座的很多同志都是和我一起工作过的。同志们，我积三十多年的经验，今天对同志们说句心里话：什么事情不要想得太简单，头脑不要发热，要留有余地，要走一步回头看一看，说话要谨慎三思，注意给群众的影响。"

又是寂静。寂静是最大的威严。

"好，"顾荣转头朝主席台右侧看了看，"下面请向南同志代表我们县委做大会总结。"

人们这才发现，年轻的县委书记不知何时已经在主席台最靠边的位置就座了。

第九章

两个星期来，李向南和顾荣之间发生了曲折而复杂的冲突。

李向南到古陵第一天，刚下吉普车，顾荣就带着十几个常委迎上来，满脸的笑容中有着长辈的亲热。他一握住李向南的手就使劲晃着："向南，你父亲现在身体好吗？这么多年了，我也没机会再去北京看看他。他总没忘记几十年前的小顾吧？"他说着对周围的常委们风趣而又适度地笑笑，"现在可是老顾啰，老得快要交班啰。"

这个适度，表明他权重威高的领导地位。

大家也跟着适度地笑了笑。这个适度则显出他们对顾荣惯有的尊重和服从。

顾荣握着李向南的手，又亲热地用左手轻轻拍了拍李向南的手背："我五几年去北京看望过你爸爸，那时见过你。你小时候在古陵长大，那年刚到北京，都叫你小南南，正调皮呢。现在可是堂堂的县委书记，七品父母官了。"

李向南表示尊敬地笑了笑。

"这是古陵县委常委的全班人马，一个不缺，全部实到。"顾荣把身后的十几个常委一一介绍给李向南，"以后工作，你和大家多商量，多征求大家意见，他们对古陵情况都比我了解。"顾荣说话时充分显示出他对李向南长辈式的亲切和对其他常委们的倚仗和信赖，那是老上级对部下特有的信赖。

"工作要靠大家，我只不过是来召集大家开开会。"李向南说。

"大家呢，要多协助向南同志工作，"顾荣并不理会李向南的话，他继续对常委们说着，"有事多和咱们书记请示汇报。你们差不多都是老古陵，要习惯和新来的县委书记配合好。"他这才又转过身来，"向南啊，过去我是你父亲的老部下，现在，我再当你的部下。嗳，别摇头嘛，工作中的上下级关系，可不能讲客气。"

李向南不是个头脑简单的年轻人。他在这亲亲热热中隐隐感到一点相反的东西：对方似乎并不真正欢迎自己。不过，见到爸爸的老同事，他有一种天然的亲切感。有这样一层关系，对于开展工作是有利的。

"你先慢慢熟悉一下县里情况。"当其他常委们走后，他们在顾荣的办公室里坐下，顾荣长辈似的提着建议。他拿出烟，同时递给李向南一支，等李向南划火柴给他点着后，他很舒服地靠在沙发上吐了一口烟，左手摩挲着茶几上的白瓷茶杯，眼睛看着墙上的古陵县地图，有板有眼地慢慢说着："用两个月时间先熟悉一下县委机关、县政府。要熟悉上下左右的工作程序。正常的程序是最重要的。一个领导干部有没有经验，往往从程序的精通与否就表现出来了。这里有很多学问。"他抽了一口，吐出烟来，"然后，很重要的，要熟悉一下干部。多和他们谈谈，有时间到各家转转啦，联络一下感情。光在会议桌上不行。不要清高，要谦虚，多听他们讲。民主作风很重要啊，这是获得威信最重要的。当领导的不要事事出主意，越少出越好。主要是会用人团结人。宁肯少做事，不要做错事。少说错话，少表错态，少下不符合实际的决心，这是保证威信的第一条。"他又慢悠悠吐出一口烟来，往沙发上一仰，"一个当领导的到了一个单位，有一年时间，不说一句错话，那就不得了，威信自然而然就建立起来了。要不，你做了一百件事，有一件做错了，就可能站不住脚。年轻好胜最要不得，我年轻时就有这教训。特别是你刚到古陵，表态尤其要慎重。古陵县总的形势是很好的。"

他在烟灰缸里弹了弹烟灰，从容地把烟头上没弹掉的一圈烧结物在绿色的玻璃烟灰缸灰槽里旋转着蹭掉，仰身坐坐舒服："然后呢，用两个月时间熟悉一下农村，二十个公社都跑一跑。农业，是县委工作的大头。再用两个月时间摸一摸工交财贸。还有别的就顺便吧。文教啦，卫生啦，公检法啦，民政啦，那都不是太主要的。这样算算，有半年时间的调查研究，你对古陵的工作多少就有点发言权了。"他皱着眉长抽了一口烟，吐出烟雾来，然后把烟头在烟灰缸里摁灭，笑着问李向南："你看呢？"

李向南一直尽量尊重地俯身倾听着，他感到自己心理上有些不自然。顾荣的话让他闻到一种他很熟悉但很难忍受的气息。他有自己的蓝图，他不愿意含糊其辞地逢迎和接受顾荣的这番"教导"。这种长辈似的"教诲"，已经开始让他感到某种压力和约束感了。

他决定调整一下相互关系。

他礼貌地笑了笑："我看……我想一边调查一边工作，一边工作一边调查吧。有的时候，工作过程是最好的调查。什么事一上手就摸清楚了。"他又带着开玩笑的口气委婉说道："少说错话很对，可现在还要尽量多做事啊。"

顾荣愣怔了一下，脸上掠过一丝不快。他没料到李向南这样含蓄地反驳他，既有晚辈的谦虚，又有县委书记的持重。但他马上爽朗地笑了："县委书记当然要工作了。不工作还能行？"

顾荣为什么会有不快呢？李向南刚才在吉普车旁的感觉没有错：顾荣并不欢迎李向南来。他对上级的这个任命不满。在原县委书记调地区后，他本估计县委书记的任命百分之九十五会落到自己头上。派另外的人来他当然有情绪。然而，他是"标准"的领导干部，他善于接受任何一种既成事实。并且，对于一个老上级的儿子，一个会事事听从自己意见的年轻人来任县委书记，他还是能够宽容的。他没想到年轻的县委书记非但不嫩，而且很老练。他在含蓄批评自己时的那种持重而又得体的气度，一下就显露出了政治上的成熟和老到。

这分量，顾荣一下就掂出来了。

这个年轻人不是那么容易听任别人驾驭的。

两天过后，李向南把群众来信来访接待站搞的调查报告《批示了的案件为什么还解决不了？》的打印件送给顾荣。顾荣坐在沙发上，拿着调查报告略翻了翻。他抬起眼："这是接待站搞的？县委没让他们搞过这样的调查统计啊。"

"是我前天让他们搞的。"

顾荣点点头。

"即使县委没安排他们搞，他们如果自己搞也可以嘛。"李向南说。

"是地区要的材料？"顾荣边翻阅着边问。

"不是。"

"省里要的？"

"也不是。我觉得搞这样一个调查统计，对我们总结经验、解决问题是有帮助的。"

顾荣表示知道地微微颔首，继续翻看报告。淡淡的阴云渐渐笼罩住他的脸。这里有不少案件都是上上下下转了多少圈，有些案件就和他这个县委副书记直接有关。例如，在典型案例中，有一案是这样的：

关于陈村中学退休教师魏祯的问题

案件简况：魏祯，男，六十五岁，原国民党起义中校，五十年代初，错误地在"私房改造"中将其三间并未出租、收租的房子没收。魏在前年退休后，提出此问题，并表示他并不要求归还和赔偿三间房子，只希望能适当解决他退休后的居住问题。两年来，他曾为此找不同单位反映问题，来信来访多达七十七次，有关领导包括县委主要负责同志也多次批示过，至今不得解决。

前后批示情况：

1981年1月10日（常委接待日）：魏祯来访，并带有书面上访材料。顾荣同志批示："请转文教局研究。"

1981年1月25日：文教局报告："此人历史上是否系国民党起义人员不详，需了解。"

1981年2月13日：顾荣同志批示文教局报告："阅。"

1981年2月20日（常委接待日）：魏又来访，并带有书面材料。冯耀祖同志批示："此事顾荣同志可能已做过批示，请按顾荣同志批示办。"

1981年3月2日：信访站将魏的两次上访材料连同冯耀祖同志的批示送呈顾荣同志。

1981年3月5日：顾荣同志批示："转文教局。魏是否国民党起义人员？"

1981年4月9日：文教局报告："关于魏的历史情况，我们没有确凿材料，难以确定，是否请统战部帮助查证一下？"

1981年4月25日：顾荣同志批示文教局报告："请转统战部，把魏的历史情况尽快落实一下。"

1981年5月9日：统战部报告："魏系国民党起义人员，中校。确凿无误。"

1981年5月25日：顾荣同志批示统战部报告："请转文教局。魏的历史问题已落实。其提出的住房等问题似宜尽快妥善解决。"

1981 年 6 月 7 日：文教局报告："可以考虑给魏适当的盖房费。但文教上没有这笔钱。是否请统战部予以解决？"

1981 年 6 月 18 日：顾荣同志批示："转统战部，考虑按政策拟一个解决办法。"

1981 年 6 月 20 日：信访站再次把魏的问题书面汇报顾荣同志，请示如何解决。顾荣同志批示："已转告统战部考虑解决，请转告本人找统战部联系。"

1981 年 7 月 13 日：统战部报告："此项费用似难解决。应该由民政局解决好一些。"

1981 年 7 月 20 日（常委接待日）：魏又上访，顾荣同志接待。魏："我的问题还没解决。"顾荣同志："具体问题找统战部联系吧。"魏："我找过他们，他们让我找民政局。"顾荣同志："好，我再了解一下。"

1981 年 7 月 23 日：顾荣同志批示统战部报告："是否还应由统战部解决？此事再拖就不妥了。"

……

为什么批了还解决不了的原因分析：

此案情况比较单纯，不像某些揭发问题的案件还针对和涉及某个部门、某个领导的错误问题，但它之所以一年半时间不得解决，是因为我们上下推诿，责任不清，机构臃肿，官僚主义作风严重。

对解决此案的建议：

是否考虑在县委常委某同志主持下，由文教局、统战部、民政局三方面共同研究解决。

……

看到这里，顾荣感到了这份材料沉甸甸的分量，他觉得自己手心微微出汗了。这份材料似乎给自己画了一幅漫画，如芒刺在背。他很快往后翻去，心中漾起一丝悻恼。这份材料使他一下子看到了李向南的厉害。他把材料合住放在茶几上，似乎例行公事似的淡然说道："请其他常委们传阅吧。看看，总有好处。"

"印了二十份，每个常委一份，办公室给大家都送去了。"

顾荣略怔了一下："那好，就这样吧。"他点了点头，准备转而谈别的事了。

"我想，常委会上是不是讨论一下这个调查报告？"李向南征求他的意见，"对今后的工作形成比较一致的看法。"

顾荣皱着眉想了想，长辈一样用手指着他笑了："你这个县委书记，新官上任三把火啊。"

他的笑甚至有些超出了他应该有的适度。

又过了两天之后，顾荣就感到自己不那么容易保持长辈似的说笑了。李向南在一天之内亲自解决了十四个积压案件。这一次，他的分量不只是顾荣一个人掂出来了，整个县城都传开了。这尖锐地刺激了顾荣。对年轻县委书记的每一赞誉都同时是对他顾荣的针砭。人们到处议论李向南，连穿过县委大院后门回家时，都听见路上有人在谈论县委书记。他有些悻恼。

由于克制不住这种悻恼，他更发火了。

他脸色阴沉地在屋里背着手踱来踱去。老婆桂贞嗔责地又一次叫他吃饭时，他只是不耐烦地摆了一下手。桂贞刚要张嘴说他，见神情不对，便又轻轻拉上里屋门。顾荣背着手在墙上挂的中国地图前站住了。他目光一扫，便在布满江河铁路网络的粉黄灰绿的地图上寻到了古陵，两个小字，一个针尖大的蓝色圆点。小小的古陵，自己在这儿干了三十多年了，现在，连这么点地方都控制不住？

不过，当坐下吃饭时，顾荣又变得和颜悦色了："我刚才是在考虑工作。"他一边从蓝花瓷碗里夹起个油焖小红辣椒，一边笑着对桂贞解释。

"你该和向南搞好关系。"桂贞一边给他添饭一边劝道。

"不是挺好嘛。"

"他才来几天，别人已经传你们有矛盾了。"

"不要听人们在你跟前瞎叨叨，我和你说过多少次了。"

"那小荣的事怎么样了？"桂贞解下围裙在桌旁坐下。小荣是他们唯一的儿子，因为走私银元被林虹告到报社。半年前满城风雨，前一阵算是过去了，这几天又有人在提了。

顾荣心中咯噔了一下。他一下想到李向南来当县委书记这个现实，第一次把它和儿子的事联系在一起："先让他在广州大姑家再住一段吧，他不是在给县五交化出差吗？"

"向南不知是啥态度？"桂贞不安地说。

顾荣看了她一眼，没说话，弯腰把一块肉皮放到懒洋洋蜷卧在脚下的大花猫跟前。

"你倒说话呀。公安局孙副局长不是找过你，他老婆不是要调县里吗？"

"该调就调嘛，和这有什么关系啊。法律的事也是能随便说情的？"顾荣不快地责备道。他最善于通过对干部"具体的关心"来联络感情、掌握政治势力。但是，他对这种把事捅穿的言语又是最听不得的，觉得那简直荒唐。这也是他这个"标准的"领导干部眼下的又一特征吧。

"事情摆在这儿，你总不能不想啊。"

"我是县委副书记，懂吗？首先要考虑大事。"他不耐烦地挥了下手。老婆提起儿子的事，让他一下感到问题的严重。来了这样一个生硬的县委书记，古陵的一切都要重新考虑。小荣啊小荣，你以后再要胡来，我就打断你的腿。他心中骂起儿子来。不过，他要首先考虑大事。现在不稳定局势，一切就都难收拾了。事关重大，在关键问题上，他要抓大事，光明正大地搞大的行动。

事情发生在又一次常委会上。几个县委常委，特别是副县长胡凡用赞叹的口气讲述李向南的工作在干部群众中的热烈反响时，顾荣垂着眼抽烟，脸上一副思索的表情。

"好，我谈两句。"他略蹙着眉开了口，声音虽然不高，但立刻使会场静了下来。"亲自处理群众来信来访，这种热情是大家应该学习的。"他停顿了一下，"但另一方面，向南同志的做法有些欠妥当。"

会议室内的气氛顿时变了。一部分人露出意外的神情；有人对视了一下，交换着目光；有人反而很安然，静观事态的变化，顾荣事先和他们吹过风通过气。

"我顺便提几点，不一定对。"顾荣弹了弹烟灰，索性把烟头摁灭在烟灰缸里，抬起眼说："一点，向南同志了解群众来信来访，直接把小周找来，当然可以。但是，中间隔过了三层。一层是信访站的主任副主任。再一层是咱们常委中分管文教和信访的老胡同志。"他指了指坐在长桌对面的副县长胡凡。

胡凡连连摆手："没关系，没关系，一切从工作出发。"

"还有一层，就是我们这个县委常委班子。"顾荣并没理会胡凡的解释，继续说道，"有的时候，我们这样越级指挥下面，好像直截了当很方便，但实际上副作用很大。一个，下级同志会说我们不尊重他们。下级服从上级，有个前提，就是上级通过下级，上级尊重下级。你现在不通过他们，他们以后会服从你？二个，会造成下级之间的矛盾。信访站的负责同志就会对小周有意见，这是规律嘛；小周呢，以后也可能很难在本单位开展工作。这些情况，都应该为下面的同志想到。"他停了停，把茶杯往前轻轻推了推，和蔼地看着大家和李向南，很从容地接着往下说："第二点，向南同志是书记，是班长，你的主要工作是集中大家智慧，充分发挥常委一班人的作用。亲自处理案件，当然在联系群众方面是应该的。但没有更好地依靠集体，这是个片面性。久而久之，容易脱离一班人。当然啰，同志们是能够正确对待这一点的。但意见还应该诚恳地给当班长的提出来。"他看着李向南笑了。

"第三点，县委书记应该抓住主要矛盾。两年前，三年前，中央要求各级党委主要领导挂帅，抓政策落实，抓群众上访。现在，中心工作不是这个了。你一上任就一头扎进去具体抓信访，多少有些失去全局。容易造成中心转移。而且，有些事情应该相信基层。县委常委把什么事都包起来，大小芝麻事都涌到县城来，两口子打架以后也找县委书记，你受得了吗？那样势必伤害下面干部的积极性。要他们还干什么？我们什么都亲自处理，看来快，说到底是慢。各级都撒开了，当然现在没那么严重，整个机器不动，靠我们一个人两个人能干几件事？"

他一摊双手很风趣地笑了，又抽出一支烟，划着火柴点着，吐出烟来，抬眼看着大家，又看看李向南："说来说去啊，是一句老话，咱们做工作，要依靠各级组织的力量。"

谁也没笑。围着长桌而坐的十几个常委们大多垂着眼看着茶杯和眼前的笔记本。顾荣的话无疑是很重的。它的分量，在于它的充分有理和充分有力，看来几乎是无可反驳的。

"老顾讲的是很有道理，向南同志可以认真考虑……"冯耀祖抬起浮肿似的大圆脸说道。

"大家讨论嘛。各抒己见，畅所欲言是咱们县委常委历来的传统。"顾荣笑着说，很从容地推动着形势和气氛。

李向南没想到顾荣今天会当场讲出这样一番话。顾荣讲得虽然平和带笑，甚至还表现出对李向南长辈般的亲热，但分明使他感到了压力。这番话巧妙地使自己和整个干部系统、传统观念对立起来，使自己一切有所创新的工作恰恰造成自己的孤立。这正是对一切改革者最老谋深算的打击。

才几天，他和顾荣之间就出现了这样深刻的矛盾和冲突。

他头脑中瞬间急遽考虑的是如何对顾荣的讲话表态。谁不善于掌握会议桌上的斗争进程，谁就无法掌握整个社会政治形势的发展。他略垂着眼慢慢转动着手中墨绿色烫印着金字的"中华"软铅笔，笑了笑，抬起头很平静地说："我用几句话简单讲讲我的想法。"他思索地慢慢说道："关于中心工作。我们目前的中心工作是搞经济建设。现在搞改革整顿，目的是要提高我们的经济效率和为它服务的政治效率、行政效率。一个小小的问题，群众上访几十次解决不了，除了说明我们对人民疾苦不够关心，还暴露了我们有些环节的官僚主义低效率。抓一下来信来访，触动一下，对于今后提高我们整个工作的效率是有作用的。我们应该看到事情的辩证联系。这一点，很多群众已经看到了。"

顾荣心中掠过一丝冷笑："触动"？这就是他的"联系"。这就是他一上任就在来信来访上做文章的真正政治目的。

李向南接着说："至于讲到上下级关系和层次，大家看是不是应该这样：作为领导，现在最重要的是首先通过自己的工作向下级表明应该如何工作。上下级关系要在工作中，要在适应现代化建设的全新的工作基础上加强、改善甚至重建。如果过多的层次不是使工作更有效，而是牵制影响了工作，那就应该精简层次。如果上下级关系不正常，就要改造上下级关系。最后，讲到一班人的团结问题，我只有一句话，工作摆得突出了，忙起来了，其他杂念没有了，一切都很好办。"

长桌上再一次出现沉寂。

这是两个主要领导人之间的真正对垒。两个人，一样正统的语言，一样袒露而严肃，表面上又这样平和微笑，但其实摆出了两个深刻对立的纲领。往往是这种看来平和地笼罩着烟气茶香的会议桌上的斗争，决定了会议桌外整个局势的趋向，决定了错综的各派政治势力的兴衰成败。至此，顾荣和李向南都明白，在这个会上无须也难于再做什么争论了。政治家都有进退攻防的分寸感。

顾荣笑了笑，打破了沉默："向南同志的想法是好的，可有时候，情况比我们所想的复杂啊。考虑不周就事与愿违啰。"他的话里有着一种暂求相安、摆脱僵持的打圆场的味道。

"老顾说的很多也是实际情况。有些关系，有些方面，我们在工作中能够照顾的，还是可以尽量照顾，求得更稳定的前进吧。"李向南也笑着说道。这里也有着一定的通融与灵活。

几天以后，李向南去农村跑了一圈，回到县城去顾荣家看望，并征求他对一些问题的意见，出乎意料地，两人之间竟然出现了颇为亲热的场面。顾荣显得很高兴，说说笑笑像个长辈。他挽起袖子围上围裙，用手指头试着菜刀的锋刃，准备亲自做菜招待他："向南，我给你露一手，我这手艺起码是三级厨师的水平呢。"桂贞用手背撩了撩头发，又用围裙襟擦了擦洗菜沾湿的手，看着两个人放心地笑了。李向南也感到气氛亲切。他坐在小板凳上一边帮着择豆角，一边用出自内心的对长辈的感情和态度同他们聊着。他甚至讲起他六岁时如何爬到一棵大树上调皮地叫着父亲的名字，把在下面走过的爸爸吓得脸色都变了。

"后来，他打了我屁股。"他说。

顾荣和桂贞都笑了。

"这个屁股该打，我投赞成票。对孩子从小就应该严一点……"顾荣在厨房里说，但他一下子停住了，他想到自己不争气的儿子，脸上掠过一丝阴影。

厨房和小客厅通着，顾荣一边切着菜，一边不时回过头和李向南说笑着，同时也没忘记和桂贞说一两句诙谐的话。他甚至没忘记猫。当他用肉皮招呼花猫，花猫咪咪地走过来时，他看着花猫的目光就像对调皮的小孩子一样慈祥，戏谑地逗笑着。李向南也想到了顾小荣走私的事情。这件事他早就想和顾荣个别谈谈。今天不合适，再找机会吧。

当锅铲叮当一片响过，屋里飘满了油香、肉香和煎辣椒的呛辣味，他们亲亲热热在摆得满满的桌前吃饭时，气氛更像一家人了。经过会议桌上的一番冲突，两个人尤其感到这种融洽的可贵。它的出现出乎双方的意料，但又非常符合双方的心愿。他们发现了家庭生活气氛的巨大作用，它使一切都和解了。

会议桌上的严峻对立，现在是陌生遥远的，很难想象的。

顾荣一边吃着饭一边在心中笑着摇了摇头：那是何必呢？在家里谈两句不

就行了？李向南似乎也是这种想法。两个人在饭桌上谈工作时，都尽量避免争议。

"我考虑召开'提意见、提建议大会'。"李向南商量道。

"'提意见、提建议大会'？"顾荣怔了怔，不解地问。

"就是用民主的方法，调动古陵干部群众的积极性和智慧，给咱们县委提意见、提建议，集思广益。"李向南解释道。

"征求一下常委们的意见吧。"顾荣不在意地敷衍道。什么事往后推，是最好的应付办法。

但是，一离开家庭生活的温暖气氛，进入工作领域，两个人的关系就迅速进入对立状态。第二天常委会上，李向南把召开"提意见提建议大会"的建议提了出来，而且，完全出乎顾荣预料的是，这个建议被通过了。李向南在会上摆出充分理由；并且，正像他在会上说的，昨天晚上就和多数常委商量了。这种一步接一步一环扣一环的做法，是顾荣所不习惯的。实际上，他差不多已经把昨天李向南的建议忘到脑后了。他脸色很不好看。他的经验多少能使他预感到这个会将带来什么结果。他沉着脸，两手捂着茶杯一言不发。

紧接着，会下，李向南委婉地向他讲到群众对顾小荣走私一事的反映时，他的不快再也克制不住了。

"司法独立，依法办案。作为家长，我对涉及这件事的任何情况尤其不发表意见。"他冷冷地说。

李向南难堪地沉默了一下，恳切地说："可是，我们县委如果在这件事上能有个正确公开的态度，就像你刚才说的那样，强调司法独立，支持依法办案，不是更好吗？"

"我去对法院指手画脚说，把小荣抓起来，这就符合原则吗？"顾荣愠怒地丢了一句，摁灭烟头站起来走了。

这几天的大会则把矛盾更进一步激化了。与会代表的许多意见都是直接针对顾荣的。

这么多年来，顾荣的房间第一次通宵亮着灯。

他在屋里来回踱着。偶尔在窗前站住，看着窗外的星空沉思一下。多年的政治生活使他有一条重要的经验：感化，不起多大作用；说服，更是不解决根本问题。事关利害，只有靠斗争，只有靠手段。这一次，自己把这条经验又忘了。几十年的经验是不该忘的。想到那天和李向南一起吃饭时自己的善良心理，他就止不住皱紧眉微微摇头：年轻时感情用事，现在还感情用事。一辈子吃亏。丧失政治头脑啊。教训，今后又多了一条教训：对年轻人不可估计不足，不可轻视。

他知道现在应该如何认真对付。

第十章

顾荣让一批又一批人举起手时，李向南已经来到了主席台上。

只有个别坐在前排的人注意到了他。森林般的手臂在会场举着，黑压压地似乎占满了整个礼堂的空间，连斜射过来的阳光都透不过了。礼堂里的人显得多了几倍，颇为壮观。李向南心中不由得想：顾荣靠什么力量使百分之九十以上的人这样服从地齐刷刷举起手呢？靠什么力量能这样训导群众和威镇场面呢？当然靠的是几十年来铸造成的传统，靠的是"名正而言顺"。如果让人们表示对他个人的无条件服从和支持，就很难有多少人举手了。

他不能不承认顾荣是个值得研究的人物。

但是李向南顾不上思索了。礼堂中轰响着的顾荣的讲话把他拉到现实中。"……靠主观热情，血气方刚，靠个人英雄主义，靠花花哨哨的小聪明，一点两点书本知识，纸上谈兵，在中国是行不通的。要栽大跟头的。……"这话的针对性还不明白吗？他扫视着烟气弥漫的会场。礼堂密匝匝坐满了人。不管他们现在是什么表情，但脸上都透露着某种关注。他们都关心自己的命运。这就是希望。

他看了看主席台上的县委领导们，大都在没有表情地听着顾荣讲话。他们面前毫无例外地摆着白瓷茶杯，如果那是思想的镜子，那么，现在一定可以看出，他们表面的沉静下掩盖着何等不同的、剧烈活动着的思想。矛盾斗争是尖锐的，谁也不能回避。就像他和顾荣之间的关系一样，虽然他俩似乎都想避免冲突，但是，一切都不依人的意志为转移。此刻，他听着顾荣洪亮的讲话声，心里却轻松地笑了一下。主流派之所以能成为主流，恰恰在于它能团结多数力量取得一个又一个胜利；而它越取得胜利，就越有力量团结多种势力，包括自己的反对派。

会场响起了掌声，而且越来越热烈。顾荣讲完了，离开麦克风。

刚刚发现李向南已坐在主席台上的全场群众一排一排探起身子，用掌声欢迎他。他朝台上的常委们笑笑，来到长桌中间的麦克风前。

掌声潮水般退下去，会场安静下来。

他沉静地把一个小笔记本在讲台上摊开摆好，压上钢笔，然后面向会场，露出了一丝亲切的微笑。那是对自己将征服听众非常有信心的微笑。他对"提意见、提建议大会"是深思熟虑过的。这是他上任以来的第一个大行动，在几天时间内，对全县的情况、存在的矛盾，进行一次高效率的调查研究，应该是非常划算的。这是第一层意思。第二层，他就是要用来自人民群众的意见和呼声，造成一种要求改变现状的强大压力，用舆论的优势压迫保守势力，从而在一个很宽的战线上取得进展。第三层意思，他决定进行一次思想理论上的大发动，把改变现状的蓝图交给全体古陵百姓。没有思想理论的部署，任何一种战略都有可能陷于小打小闹，缺乏整体推动力。剧本不应该仅仅导演知道，剧本应该向全体演员公布。

"刚才，我会见了一个欧洲的代表团。"这种没有任何开场白的讲话，虽然使有些事事有惯例的人感到突兀，顾荣此时就略蹙了一下眉，在笔记本上划了个问号，但这正是讲演的艺术。"他们问我对一部分人先富起来的政策持什么看法。我对他们说，这个问题我已经不感兴趣了。因为这已经在成为事实了。他们接着问我，那你对什么感兴趣？我对他们说，我对一部分县先富起来感兴趣。我希望古陵县更快地富起来，最好富成全国第一。"

人们领悟过来，会场的气氛活跃起来。

"一部分县先富起来？别出心裁的提法。"顾荣的笔记本上又多了一行字。

"同志们，使咱们古陵县尽快成为全国两千个县中的富户，最好是大富户，这就是我的想法，这就是我们大家应该奋斗的目标之一。"

会场响起热烈的掌声。

"我们能不能先富起来呢？我看能。我们不光是讲我们的愿望，光讲愿望，谁不愿意富？我还要讲我们有我们的条件，我们的优势。致富要有致富的办法，财，不是想发就发的。（众人大笑）这几天讨论会上，同志们谈得很多，特别是关于进一步完善农村的生产责任制，谈得很好。县委准备专门发个文件，把大家的建议归纳成几条推广。这是我们主要的经验。同志们还谈了以粮为纲，全面发展，谈了进一步发展我们的养猪、养羊、养兔、养蜂、养蚕……共是二十养吧，包括办一个鹿场，从东北引进鹿种，在咱们县养梅花鹿。东山峪大队已经有这打算了，是不是？（会场中有人高声回答："是。"）还讲到进一步开发我们西山的野生资源，发展旅游。香港东星股份公司的黄先生今天来了吧？（一个坐在台下第一排的胖老头礼貌地欠身致了致意。）来了。他还要捐款修筑进西山的公路，对我们帮助很大啊。总之，同志们讲得很多，很好。我初步统计了一下……"他看了一下笔记本，"我们有大大小小三百七十件事可办。有三百七十个新的生财之道。包括恢复发展我们县的特产古陵菜刀，这可是好东西啊。（众欢笑）咱们县在古代就是出刀出剑的地方，两千年历史了，祖传的名工巧匠。咱们不光要出菜刀，还要出各种各样的长刀短刀，还要搞装饰包装，打到国际市场上去。要有这气魄。咱们古陵县要富起来，大家要群策群力，有钱的出钱，你那个银行信贷社，就要集资投资，更好地确定投资方向；有力的就要出力；有脑袋的还要出脑袋。当然是出主意，想办法，不是割脑袋。割尾巴不行，割脑袋更不行了！"

会场大笑。

顾荣僵硬地沉着脸，一动不动。小资产阶级狂热！他的笔记本上刀刻一般又增加了这样一句话。

"同志们，这几天，我请县科委的同志搞了个统计分析。科委的庄文伊同志来了没有？（坐在庄文伊旁边的一个年轻人抓住庄文伊的手举起来，替他答道："来了！"）好。这个材料叫作《自然、地理、人口综合经济条件分析》。就是从自然、地理、人口等方面对我们县经济的先决条件进行全面估计。可耕土地的数量和质量，水面的面积和质量，气象，山脉，有没有树林，畜牧条件，野生资源情况，矿藏、交通情况，离城市的远近及交通，与城市的经济联系，有没有传统的工艺技术，旅游的条件，文化基础，人口情况，劳动力情况……同志们，因素很多，可以列出来的，比较主要的就有九十五项。这每一项又可以从几个具体因素进行分析。每一项都有一定的系数，整个综合考虑，那就是个很复杂的高等数学问题了。科委的同志借用电子计算机计算的结果，论综合的条件，我们在全国两千个县中，大约在前三百名之内。也就是说，光论客观条件我们在致富程度上就应该进入前三百名。但是，我们现在的经济收入情况，按人口平均在全国两千个县中论名次大概是一千多名。这说明什么？说明我们潜力很大，说明我们远没有打出我们综合的优势来。我们古陵的优势是综合的，我们的经济发展也要综合搞。我们过去几十年里教训是不少的，现在，我们有一个正确的政策，努力干，我们就应该进入前三百名。如果我们再聪明点，我们还要争取进入前二百名，一百名。这就靠我们全县人民一起奋斗了。使古陵尽快富起来，这就是我要讲的第一点。"

会场响起暴风雨般的掌声。

在掌声中，林虹静静地看着主席台上的李向南。这时他不大会注意她。他和十几年前没有太大的变化，还是短短的平头，脸还是那样清俊，但黑了一些；增加了粗硬有力的线条，络腮胡茬发着铁青。眼睛还是炯炯有神的；说话比过去慢了，好像比过去多了点喉音。他这十几年经历了些什么？他结婚了吗？肯定应该结婚了。他今年应该三十二岁了。

在震耳的掌声中，一个更冷静的人是顾荣。李向南是在利用大会公布他的施政纲领，广泛争取人心，这一深刻意图他是清楚地看出来了。他感到了咄咄逼人的声势。但他很镇定。瓦解这样一个貌似轰轰烈烈的潮流，往往只需要一个时机，一个环节，一个点上的准确一击。需要的是等待和耐心。

"第二点，"李向南接着往下讲，会场随着他的声音很快静了下来，"我们对生活，不光追求富，还要各方面的建设。目前我看，咱们古陵县有五件事应该马上抓一下。"

他停顿了一下，整个会场都注意听着。

"第一件，要抓好文化教育。第二件，要抓好社会秩序的整顿。经济犯罪要打击，社会治安要加强，社会风气要改变。第三件，要抓好退休干部的安置工作，不能人一走，茶就凉。第四件，要抓好农村的、集体所有制单位的老年人社会保险问题。第五，还要抓抓我们县的建设，像东沟峪的小木桥就该修成一个像样的大桥嘛。一下雨娃娃们就掉河里，那还行？六个厂矿的多少辆汽车绕三十里地走，就不会把汽油钱用在修桥上？关于这五件事怎么抓，我想放在后面再谈。我想对同志们先提个问题：我们要干的事情这么多，靠什么呢？"

他扫视着会场。会场很静，等着他往下讲。

"靠一条，提高我们的效率。"李向南继续说道，"我们各级领导干部，一定要提高解决问题的工作效率。大家这次提的许多意见都是针对这一点的。"李向南又停顿了一下，严肃地说道："但是，为人民干事的效率，是和我们是不是实事求是，深入实际，是不是联系群众，克服官僚主义，是不是秉公无私，讲究原则，是不是廉洁正派，遵守法纪相联系的。所以，领导干部的工作效率问题，在很大意义上就是个党风问题。群众提的许多意见，恰恰是指向不正之风这个问题的。我今天要讲的主要一点，就是四个字：敲山震虎。这个虎就是不正之风。"李向南讲到这里，把笔记本一合，脸色一下子变得威严。

异常的寂静。礼堂里听见有一个人在压低声音咳嗽。

"第一，是官僚主义。"李向南神情严厉地说道，"举个例子，现在影响我们养猪大发展的是什么呢？既不是政策限制，也不是缺粮缺饲料，而是卖猪难。"（"对！""就是！"会场中有些农民急不可待地噼里啪啦拍起手来。）"过去买肉走后门，现在卖猪走后门，收购站的架子大得很，是不是？（会场上有人高声喊道："是！"）但我说的官僚主义不在这儿。为什么卖猪难呢？收购站收回来也不能都给他们吃了啊。他们也卖得难啊。他们卖得难，你们才卖得难啊。昨天，我跟长宁市的同志们谈，他们说，一年前他们就对古陵县提过建议，如果养瘦肉猪，他们长宁市就把咱们养的猪全包下来。咱们古陵去年就想了办法。两条：一个是引进瘦肉型猪种；一个是改进饲料配比，粮食加工厂加工综合猪饲料，增加蛋白构成，大家可以拿粮食、谷糠去换。这两个办法都是切实可行的。可是一年了，这个问题还没解决。为什么？"

李向南严厉地扫视了一下会场，手撑着桌子从座位上站起来："是新品种猪没引进来源？"他慢慢问道，"不是。是加工综合饲料无法进行？也不是。是群众不愿意、不欢迎？也不是。是我们在技术上、资金上、设备上或者组织力量上有困难？都不是。这些方面没有任何原因。"

他又一次停顿住了。会场内鸦雀无声，感到县委书记要对谁发火。

"唯一的原因，就是有关报告，一份叫某位局长压了五个月，忘了批；一份叫某位副局长弄丢了，至今没找着。同志们，请你们想想，这样的官僚主义，误国误民，难道不是犯罪吗？"

"怎么办？"李向南问道，"那两位局长来了没有？你们也可以站起来回答回答，该怎么办？"

偌大礼堂没有一点声息。县委书记这话，虽然实际上并不需要那两位局长站出来，但这种有针对性的发火，却震慑着整个会场。厉责于一人，威加于三军，这是自古以来的治军之道。

沉静使发问所含的严厉达到了足够强度，李向南才沉稳地往下说道："两条。一条，以后再这样因为官僚主义严重，破坏国计民生的，要办渎职罪。坚决办！第二条，立刻纠正错误。这个大会结束之后，立刻采取行动，把那两件事落实。总之，猪，今年内一定要做到让大家放手养。以后有多少收多少，收购站全包下来。"

会场响起几小片掌声，许多脸庞黝黑的农民在兴奋地用劲拍着手。

掌声很快在严峻的气氛中平息下来。

"那两位局长同志，你们听见没有？群众在鼓励你们啊。"李向南慢慢说道。接着，又换了严肃的口吻，"对这两位局长的问题如何处理，等养猪问题解决以后再决定。我们提倡将功补过。"他又加重了口气，"对于这件事涉及的县委常委的问题，则不能不从严，惩前毖后。"

会场空气一下有些紧张。

"我们常委中有位分管财贸的同志，看到有关解决卖猪难的报告一年了，当县委书记问他时，他居然已经忘了。请他批示的报告，他扔到废纸堆里，整整耽误了一年。置国计民生于不顾，这样的常委称职吗？"

冯耀祖在主席台上低下毛发稀疏的胖脑袋。

顾荣冷冷地瞥了一下李向南，没想到，从这里开始开刀了。

"今天全体县委委员都在，"李向南转头看了看主席台上，"大家也在，"他又看着会场，"可以说是个县委全体会议，也可以说是一个大型的县委扩大会。我现在提议，对那位常委，也就是冯耀祖同志，进行严肃处理，撤销他的职务，大家有意见没有？"

会场没有人说话，一片寂静。

"县委委员谁有不同意见？"李向南又转头看着主席台上。

鸦雀无声。在一千多人的注目下，连精通会议桌上纵横捭阖的顾荣，也不知如何挽回这个局势。什么事一公布于众，手腕的较量就转为道义的较量。

"冯耀祖同志，你自己有什么意见吗？"李向南问。

冯耀祖低头拼命抽烟，把胖脑袋埋在腾腾烟雾中。这样整他，太心狠手辣了。

李向南转过头，面向会场："我今天提出撤销冯耀祖同志的职务的建议，没有人提出公开的反对。如果需要县委会举手表决通过的话，我相信，即使少数人不同意或者弃权，这个提议也是一定能通过的。"李向南停顿了一下，换了比较沉缓的口气："但是，我今天暂不做这样的提议。"

全场震惊。顾荣、冯耀祖也抬起眼。

"我们除了惩前毖后四个字，还有另外四个字，那就是治病救人。"李向南说道，"必要的严厉是需要的，必要的宽仁也是需要的。所以，我现在正式提议，先让冯耀祖同志在五天内写出书面检查，深刻检查自己的官僚主义错误，听候处理。这大家都没有意见吧？"李向南看看会场又转头看看主席台上。

当然没人能提意见。

"好，那这件事就这样。"李向南摆了一下手，又说道，"这就是我刚才讲的不正之风的第一点：官僚主义。大家记住，官僚主义作风不能再继续下去了！过去从宽，今后从严。你如果认为自己干不了，可以主动辞职，不要在那里误国误民。"李向南停顿了一下，表示到此略告一小段落。然后提高了声音，"关于不正之风的第二点，我要谈谈领导干部的违法乱纪现象。"

礼堂的空气像一张大弓嗡的一声弦被绷紧了。

李向南把攻击升级了。

"现在有一件事，大家议论比较多，成了古陵县的头号新闻。那就是：干部子弟犯了法，该捕的不捕，该判的不判。犯法的人逍遥法外，揭发问题的人受打击报复。怎么办？"

怎么办？这个问题，李向南一到古陵就遇到了。因为涉及顾荣和其他两个常委，并且敏感地牵动着整个古陵的舆论，他一直在慎重考虑策略。他几次试图和顾荣坦诚相谈，却碰在阴冷的脸上；而群众的抨击则日愈强烈。再模棱两可就可能失民心。他昨天通宵未睡，最后决定采取一个果断而大胆的行动：开诚布公。

怎么办？李向南当着千人大会向他开火了。顾荣脸上布满深不可测的乌云，腮帮子掠过一丝不易觉察的搐动。他双手捂着茶杯不露声色地坐在那里，像是一座雕像。看来，对古陵的事要做最充分的准备了。要冷酷。冷酷出手段。

怎么办？林虹也被这个悬念所吸引。她目不转睛地注视着他。突然，她和李向南的目光相遇了。他发现了她，目光闪动了一下。

李向南收回目光，抬起头面对整个会场："同志们，三个办法。一个办法，就是公检法的同志坚决依法办事。自古以来有一句话，'执法如山'！如果你们不执法，就是你们犯错误，以后要追究你们的法律责任。如果有人再直接间接地找你们说情，你们不要为难。"他打了一个手势，"很简单，把他们的话记录下来。当面记也可以，他们走了追记也可以，然后转给我。我请县广播站的同志把这些话如实向全县广播出来。"

几个穿白警服的公检法干部在笔记本上记录着。

"第二个办法，就是希望大家对我们领导干部实行监督，敢于揭发问题，不怕打击报复。老百姓有个最大的权利，就是对各级领导的监督权。如果老百姓没了这个权利，其他权利就都难保障了。这种监督权，不是哪个青天能恩赐给你们的，要靠人民群众自己掌握。"他停顿了一下，声音变得平缓一些，"我们有的人就这样做了，敢于投书报社，批评县委领导。"

李向南又停顿了一下。林虹感到周围目光的注视。

"我作为县委书记，坚决支持她。只要我在古陵当一天县委书记，就不允许对她、对她这样一些同志打击报复的事再有发生。可能有人反对这样，认为这会给当领导的造成压力。是的，这会造成压力，但我们需要这种压力。这种压力是使我们干部队伍避免腐化、保持廉洁所必需的。感到有压力的同志，我可以坦率告诉你们，只要我是古陵县委书记，就将始终组织调动这种压力。这是我的方针。你们可以据此决定你们对我的立场。"

这是强硬的摊牌。他清楚：实力以及使用实力的坚强意志，同是政治上威慑力的两大因素。

"第三个办法，可以说是一个最重要的办法，"李向南的声音又变得和缓了，"那就是希望这些领导同志亲自做自己家属的工作。有的是老同志，可以说是我的长辈。我愿意在这里谈几句坦诚的话。你们为人民做过贡献，可以说德高望重。人民信任你们，才对你们有更高的要求。"他略停了一下，放低声音，"从你一生的历史来说，因为一件事不严于律己而使自己的名声受到伤害是不值。干部子弟犯法不执法，这样的事情早晚要解决的，不会永远拖下去的。那么早解决就比晚解决好，对人民，对自己，对孩子，都好。这个道理是很清楚的……"

县委礼堂里寂然无声，县委书记的声音还在回响。

一直双手捂着茶杯雕像般不动的顾荣这时拿下了白瓷茶杯盖，垂下眼喝了一口水。因为血压有些升高，他感到有些晕眩。

在他旁边，冯耀祖一直低着头抽烟，同时用力把一个个烟头揉得粉碎。

第十一章

顾荣阴着脸一回到家，就看见冯耀祖怒容满面地和桂贞在客厅里说着什么。看见顾荣进来，冯耀祖立刻站起来，喊了声："顾书记。"就手把烟递了上来，又赶忙划着火柴。顾荣随口应了一声，叼上烟，等冯耀祖给点着以后，他就要进自己的房间。

他一般不屑介入部下们同自己老婆的瞎叨叨。当领导的必须对下属保持尊严和距离感。而且，他今天要考虑一下恶变的局势。

他没想到李向南的大会讲话这样气势汹汹。

"向南在大会上讲话冲你去了？"桂贞两手在腰间系的围裙上擦着，看着他问道。

"你问这些干啥？"他愠怒地一挥手，"家属不要随便过问政治。"部下在场，他对老婆格外显得严厉。

桂贞看看他，闭上嘴不说了。

"好了，你们说你们的吧，让我考虑考虑工作。"顾荣摆了一下手，尽量平和地说。

"顾书记，李向南今天在会上的讲话，那完全是别有用心，冲你去的。"冯耀祖激愤地说道。

"你是常委，不要这样随便讲。"顾荣不满地批评道，推门进了里屋。

"小荣的事情怎么办，向南不是把小荣的事也点了？"桂贞索性跟进屋，冯耀祖也跟了进来。

"小荣，小荣！"顾荣一下冒火了，"一天到晚就是你那宝贝儿子。我也考虑了，把他从广州叫回来，亲自送法院去。"

桂贞和冯耀祖都惊愣了。

"还有你，"顾荣又转向冯耀祖，"也把你的小子亲自送法院去！"

"你这是……"桂贞愣怔地看着他。

"我已经决定了。"顾荣带着怒气说道，而后坐到沙发上，用手慢慢撑住额头，挡住了眼睛。屋里静了两秒钟。

"小荣他病了……在广州。"桂贞说。

顾荣拿开手，刚要发作，手又在半空中停住了。

"中毒性痢疾，差点死过去……县五交化公司的人今天回来说的。"冯耀祖帮着说明道。

顾荣的手又无力地落回来撑在额头上。

"小荣托他带来了信。"桂贞说到这里停住，看了看顾荣。

顾荣这才发现茶几上并排放着两条"红塔山"。那肯定是小荣托人捎来的，儿子知道他最喜云烟。烟旁边放着儿子的信，展开着。他一眼就看到了第一行："亲爱的爸爸妈妈：你们好……"他唯一的儿子。他微微闭上眼，伸过手去触摸着信，把它慢慢合上了。他又轻轻摆了摆手。桂贞和冯耀祖对视了一下，拉上门退到客厅里去了。

顾荣坐了一会儿，睁开眼，把茶几上的两条烟推后了一下，站起身，在屋里踱了起来。作为父亲，他是个弱者；作为政治家，他是个强者。他要通盘考虑一下古陵政局。

听见桂贞又在客厅里和刚来的什么人说话，大概又在搞照例的"夫人把关、挡驾"。

"我们找顾县长有点事，他在不在？"是公安局高局长的声音。

"什么事啊？"桂贞照例不回答问题，她要问清对方的事由。碰到不认识的人，她还要问清对方身份。

"有些事，要找顾县长亲自谈谈。"对方礼貌而又坚决地说道，显然对这样的夫人审查有些不堪忍受。

"公事私事啊？你不说，我怎么给你安排谈话时间？"桂贞有些刻薄地说。

"算公事也算私事吧。"高局长不得不妥协地说道。

"是公事明天到办公室找他，是私事你和我说吧。"桂贞说。

顾荣拉门走了出来。

"是两位局长啊。"他和蔼地笑道。

头发银白脸色红润的是高局长。矮个子宽额头、一脸谨小慎微的是孙副局长。

"来来来，都坐下。"顾荣神色倦怠而又亲切地张罗着，"夫人挡驾，你们不要理睬她。"他带着对妻子的揶揄说道，"该往里闯就往里闯。"

人们坐下了。

"老孙，打算谈点什么啊？"他先把目光投向孙副局长。这位孙副局长一贯看顾荣的脸色行事。顾荣要先在他身上显示出自己的权威。

"啊，谈点事……"孙副局长一双小眼睛躲闪着，又转头看看高局长。

"老高，你是无事不登门的。"顾荣又把目光转向高局长淡然说道："还是想谈谈小荣他们几个孩子的事吧？我看，那不用多谈了，实事求是，依法办事嘛。"

"关于这个案子，今天李书记在大会上不是指示了……"高局长端坐着不苟言笑地说道。这位高局长来古陵没两年，但他职业性的认真固执、照章办事已经得罪了很多人，弄得自己上下左右有些孤立。

"他了解情况吗，就发指示？"冯耀祖没好气地丢出一句，噌一声划着火柴，走过去很自然地又一次给顾荣点着了烟。

"他找我们听过汇报。"

"讲法制也不是这个讲法。"冯耀祖察看着顾荣的表情接着说道，"安定团结还要不要？县委常委内的意见当面不谈，端到千人大会上。这是什么做法？"他转向孙副局长，"这像话吗？"

孙副局长躲闪着目光。

"我看他讲的是对的。"高局长道。

冯耀祖刚要张嘴反驳，顾荣略摆摆手打断了他。老婆桂贞却插上话来："前一段这案子不是了结了，现在公安局怎么又翻出来？"

"你在这儿胡搅什么呢？"顾荣把脸一放，喝道。

"这也成你的公事啦？我当家长的就没权利说说自己儿子的事了？"

"就因为你是家长，所以应该少说话，知道吗？"顾荣把茶杯往茶几上一搡，厉声训斥。

桂贞看着他愣怔了。顾荣腾地立起身，在客厅里背着手踱起来。高局长抽着烟不说话，孙副局长低着头。顾荣冲老婆发怒，对他们却有压力。

顾荣皱着眉在沙发上又坐下了，他看着高局长："这件事不用谈了。我再表个态：我完全相信你能妥善处理的。在这件事上，我是个普通家长，不是县委副书记，我的话最好少说、不说。耀祖，"他严厉地看着冯耀祖，"你也要回避。老高在那儿当局长，我们还有什么不放心的？"顾荣停了停，抽了口烟，看看高局长和孙副局长："离开孩子这件事，我就是你们的县委副书记了，就是你们的县长了。你们的工作，你们的事情，我就都要管管了。"他和蔼地笑了笑，直觉支配他开始了客厅内的政治行动。公安局的这两位局长，现在不仅对于做父亲的顾荣是重要的，对于政治家的顾荣更是重要的。

李向南分明是在抓住小荣的事情向他开刀。

"老孙啊，你家属的调动，我已经和组织部、人事局都打招呼了。过段时间就可以办。"顾荣说道。

"谢谢顾书记。"孙副局长说。

"同志们的事，我总要尽力而为的。"

"你倒想尽力呢，"冯耀祖嘟囔着往顾荣的茶杯里添上水，把茶杯不轻不重地搡到茶几上，其轻重正好符合对一个最亲近最爱戴的老上级发牢骚的分量，"就怕以后有些人不让你尽力。"

"没个分寸！"顾荣一下又放下脸来，"真要不让我尽力，我不尽就完了嘛。我在古陵三十多年了，退休都准备退在这儿了，总不会再把我调离古陵吧？"

"除非把您调地区去。"高局长笑笑。他也希望使空气缓和一些。

"我要坚决不去，也不能硬调我去吧？"

"那是。"

"既然调不走我，只要我在古陵，凭我这三十多年工作，我要为大家尽点力，说句话，总不会比别人不灵吧？"他把目光落在孙副局长身上。

"是，是！"孙副局长连连点头。

"李向南来这儿当县委书记，现在看着和我有些矛盾，也是正常的。"顾荣继续讲道，"年轻，有文化，来基层锻炼上一两年，以后肯定还要回省委机关去。他要急着闹出点新名堂来，头脑热一些，急躁一些，难免的嘛。"

他扫视着众人的表情，深知他关于李向南锻炼上一两年要走的话的分量。

"他父亲是我的老首长，前两天……是不是前天啊？"他转头问询地看了看桂贞，"还给我来了信，让我以长辈的身份多帮助他。有什么事，我还可以和他父亲谈嘛。有点矛盾，能闹到哪儿去？"他很威严地在烟灰缸里一弹烟灰，"我想蹲在古陵为大家多尽点力，谁也不那么容易挪动我吧？"

他先把大的形势摆明白，造成一种绝对优势的力量对比感。这种力量对比感会给冯耀祖这样的人以心理安定，给高局长这样的人以心理压力。大的压力造成了，他开始一步步做文章，使高局长就范。收拾住这个墿头，是他此时的主要目的。

"老高，你说是不是？"他含笑问道。

"……是。"高局长不情愿地点点头，他清楚顾荣的用意。

"我当着副书记，又挂着县长，干什么？就是图谋着给同志们尽点力，首先是为同志们的工作创造点条件。就说你老高吧，是外来的干部，这一点我就很操心。外来的干部一般到县里工作都有困难，本地干部往往和你有矛盾，是不是？也不能一概而论就是'排外思想'。古陵的本地干部都是几十年相处的，他们之间自然关系深。如果刚来乍到的，工作上再生硬一些，就难免有隔阂嘛。我看你这高局长，现在和古陵大多数干部关系就很紧张。是吧？"

"谈不上紧张。"高局长否认道，"有些问题上和某些同志看法不一致，那是正常的。"

"哪有这么简单啊。有些事情你自己是既看不到也不了解的。"顾荣克制住心中的不快，摇摇头教训地说，"很多人对你很不满啊。经常跑来和我反映嘛。有很多人，就是你们公检法系统的，对你有情绪。我一直给他们做工作，让他们理解你，不要有隔阂，这也是我应该尽的一点力嘛。我是常常很担心的。"

"顾书记，我觉得这没有什么可担心的。我不考虑这些摆不到桌面上的关系，只要能在一起工作就行。"高局长平静地说道。

"怎么能不考虑呢？"顾荣爱护地批评道，"他们上上下下一活动，地区公检法一多半是古陵人，就把你高局长拱到一边去了。"

高局长垂着眼沉默了一会儿，说道："我觉得情况没这么恶劣。"

顾荣心中涌上一阵悚恼，但他一丝不露。他原本就没把事情想得太容易，"老高，你看看古陵县以往先后来的几个局长，他们都干长过吗？"

"真要工作不下去了，大不了退休。"过了一会儿，高局长说。

顾荣略怔了一下，很快便温和地笑了："你退休退在古陵，是吧？可你要和大家搞僵了，一个人在伤了情面的环境中是很难生活的呀。"顾荣站起来在屋里慢慢踱开了步子，"好了，我不多说了，你这样耿直，我很欣赏。不管你什么态度，我作为县委副书记，还要做我的工作。不只是要做，还要多做。我觉得古陵有几个外来干部好。都是清一色本地干部，不掺沙子，就板结不透气了。那不好。"顾荣说着站住了。"老孙，"他转过头看着孙副局长，"你跟我多年了，我对你只有一个要求：一定要配合好老高的工作，啊？"

"是。"

"我看你们也不是太团结的，"顾荣对孙副局长批评道，他把孙、高之间的矛盾挑出来做文章，"对老高有意见以后要当面谈，不要面和心不和。"

孙副局长尴尬地低着头，脸涨得通红。他自然看不透顾荣这一笔的深刻用心。

"老高这个人我了解，直爽，有时候不很细心，不太了解周围同志对自己的尖锐意见，你们要坦率地帮助他。我对你们要求总要严一些，都跟我多年了，我总不能看着老高在古陵工作不下去吧？"顾荣教训着孙副局长。

高局长也被顾荣的正言厉色震惊了。

"你回去后，"顾荣继续对孙副局长说，"和局里老朱、老葛，还有小纪、小黄这些同志都通通气，传传我的话。让他们不要对老高再有什么情绪，要以工作为重。"

"是……"

"还有，不许再传播散布关于老高的流言蜚语。"

高局长听着这突兀的言语愣怔了。

"老高在公安上几十年，能没过失吗？久在河边站，哪有不湿鞋的？"顾荣严厉地批评着。

高局长原本红润的脸一下更红了，他过去因为办错案受过降职处分。"我应该总结过去的教训……"他困难地表示道。

"过去的事就过去了，还提什么？"顾荣转头对高局长厉声批评道，"自己老想着，不用抬头向前看了？"顾荣气愤地把脸又转向孙副局长："这种个人档案里的事怎么能散布出来？传播到老百姓耳朵里，一说是个冤枉过好人的公安局长，人在前面走，老百姓在后面戳脊背，以后高局长还怎么在古陵工作？"

顾荣在教训孙副局长，高局长却感受到压力。他今天才发现自己在古陵的处境如此险恶。

"就地封锁流言。不许扩散！"顾荣继续训斥着孙副局长，"谁再扩散，就党纪国法处分。不管管你们，实在是不知道天高地厚。回去追查一下，是谁最先散布出来的，汇报给我。"

"嗯。"

顾荣越说越气愤，如果说一开始的气愤是装的，这会儿的气愤在一定程度上就是真的了。他坐下了，自己点着烟，"叭"的一声把火柴盒摞在茶几上，说道："我这个人当领导，没那么多新花样。主要就是为大家在工作上、生活上尽点力，给大家调解各种矛盾，"

"您这是最重要的工作。"冯耀祖小心奉承道。

"你就会抬轿子。"

"实事求是嘛。"

"实事求是？哼！"顾荣不满地瞪他一眼，转过头，"还是说点实事求是的话吧，老高，你身体最近怎么样？你的胃切除过一半，可要注意啊。"

"不要紧。"

"你孩子的耳聋治了没有？还是想办法再去北京看看吧。我和县医院曾院长说说，他和北京同仁医院有关系。你就一个儿子，可不能耽误啊。"

"孩子有病要看，孩子有点错误，也要治病救人嘛。"冯耀祖唠叨着。

"乱弹琴，这是往哪儿扯！"顾荣停了一下，又转向高局长，"去北京看看，啊？就一个儿子，这做父亲的心情，我能理解。你来了一年多，住房一直没很好安排，一家五口人挤在一间半小房里，太不方便了。我和他们打打招呼，给你腾一套房子。"

"啊……我不着急。"高局长从恍惚中反应过来，答道。

第十二章

　　两位公安局长先站起来走了，顾荣谈笑风生地把他们送出门口。

　　冯耀祖看着顾荣对两位局长这样亲热，心中有些忿忿然。顾荣刚坐下，冯耀祖就气愤地说道："李向南在会上抓住个养猪问题整我，还不是想从我身上开刀，最后搞垮你？"

　　"不要这样讲嘛，什么事要就事论事。"顾荣抽出一支烟蹾着，带着刚刚完成漂亮行动的满意心情不以为然地说道，"那件事上让你检查一下，你就检查一下。这又不失主动。"

　　这种不当回事的态度激恼了冯耀祖。哼，你倒又踏心了。说到底你和李向南还有一层特殊关系。你有哥哥当省委书记。什么都能稳住，是吧？但他没有露出一丝悻恼。顾荣有政治家的智慧，他有政治家身旁那种小人的智慧："他是就事论事吗？他自己在下面讲话，左一个突破口右一个突破口，还不是突破你顾书记？没你，他在古陵就说了算啦。"他完全是为顾荣愤慨不平。

　　顾荣抽着烟，略皱着眉头沉默了一下："不要一惊一乍的。一天到晚就知道夸大事情的严重性。"

　　"什么一惊一乍？"冯耀祖察看了一下顾荣的脸色，更愤慨地说道，"你知道接待站搞的那个调查报告吧？'批了的案件为什么还没解决？'他叫《人民日报》记者拿去发《内参》了。《内参》一发，中央批下来，通报全国，这是什么影响？"

　　"嗯？"顾荣猛抬眼严厉地审视了冯耀祖一眼。

　　"这我还能造谣？记者就在咱们县呢。"

顾荣又打量了冯耀祖一眼，垂下目光一言不发地在烟灰缸上慢慢蹭着烟灰。冯耀祖这一条消息打垮了他刚刚建立起来的沉稳心态。他吃了几十年政治饭，知道什么是真正狠毒有分量的东西。《内参》在全国搞掉的比他顾荣硬得多的大人物，也不是一个两个。他在内心感到了对李向南的仇恨。

冯耀祖透过烟雾又察看了他一眼，决定继续加码。天下的智慧有多种。他没有顾荣那种调动政治局势的能力，却有调动顾荣本人的能力："你知道他们在造什么舆论？再开党代会，就选掉你。"

"别说了。"顾荣挥了一下手。

"他们还决定把小荣的案件捅到大报社去，靠公开见报从根上搬掉你。"

"别说了！"顾荣把烟头往烟灰缸里一摁，站了起来，但他立刻感到眼前一团迷雾，头脑嗡地一声，身子就飘了起来，几乎摔倒。

冯耀祖连忙上来扶住他。桂贞也闻声从厨房出来。

于是，顾荣躺倒了，病了。

病其实很平常。顾荣自己明白，这两天疲劳了，激动了，血压有些高。稍事休息就过去了。但是，"众人拾柴火焰高"，他的病被很多人捧着，很快就成了一件大事。冯耀祖把他扶到床上躺下后，立刻打电话到县医院："顾县长病了，你们火速来人。"

很快，一辆救护车顶部转着蓝灯，急驶过黄昏中的县城街道，开进县委宿舍大院，在顾荣家门口停下。

县医院的曾院长，一个又黄又瘦的山西人，连同他的妻子、县医院内科的钱大夫，一个精明的上海人，匆匆下了车。后面还跟着两个小护士。他们立刻给顾荣听诊、量血压，血压稍有些高，不要紧。又做心电图。似乎也没什么问题。两个大夫皱着眉想了想，又开上救护车风驰电掣出了县城，到附近驻军医院借来了设备做脑电图。

救护车鸣鸣地开出开进，惊动了县委宿舍区。不少干部来看望。冯耀祖神情严肃地把人都挡在外面："顾书记劳累过度，很可能是心脏病，现在谁都不能进去。"院子里静静地立着人。屋子里悄悄的人影晃动，穿白大褂的医生护士神情严肃地出出进进，曾院长走出门在冯耀祖身旁一次次轻声请示着。

这一切都加重了病情危重的气氛。

其实，曾院长并没有检查出什么病症。如果是一般病人，他早就笑笑，说上几句结论性的话就不当回事了。但是，顾荣在他心目中是有特殊地位的。"最好能把长宁市中心医院的心脏病专家童大夫请来会诊。"曾大夫沉吟半晌，郑重提议道。"该请就请。"冯耀祖一挥手。

吉普车连夜到长宁市把童大夫接来了。

地委书记郑达理是一年多前调去的原古陵县委书记，半夜听说这个严重情况，立刻挂电话指示童大夫：要迅速抢救、精心治疗，有什么困难及时向他汇报。他亲自给古陵县委挂了电话询问情况，并指示道："一定要加强对治疗的领导。"

冯耀祖放下电话后，非常有经验地由他自己和曾院长组成"两结合领导小组"领导治疗工作。本来他觉得似乎应该是三结合小组，什么不都讲究三结合吗？但想来想去没有第三方，也就算了。凌晨专家会诊，忙乱了一夜的人们坐在一起。除了"两结合领导小组"外，几个县委常委也参加了。这个会的郑重性质，扫除了人们熬通宵的疲倦。鹤发童颜的童大夫委婉但又有把握地排除了冠心病、心肌梗死、脑血管硬化等可能性："估计是过度疲劳、心情激动造成的吧。当然，也不能绝对的肯定，要在休息的过程中再观察一段时期。"

在这样严肃的气氛中，把病人说得安然无恙是很不适宜的，有失众望。

尽管童大夫做出了权威的诊断，但是还需继续观察，观察中就什么情况都有可能发生，况且又经过如此紧张的一通宵，救护车几次进出，顾荣的病从各方面都俨然成为大病了。清晨，地区医院的童大夫走了。县医院的曾院长和冯耀祖依然煞有介事地守护着顾荣，里里外外做着安排，保持着急救病房的氛围。

顾荣虽然觉得有些小题大做，但他只要略动动脑筋，也就知道人们之所以如此殷勤，是各有具体原因的。县医院的曾院长夫妇是他一手扶持起来的，现在还有求于他的支持，才能巩固他们在医院里并不稳固的掌权地位；冯耀祖更是靠他这棵大树才能站稳脚跟；那些来看望的人，有的是在乘机和他联络感情。

当然，他此时不会或者说不愿动这个脑筋。

人的愿望是不知不觉地支配理性思维的，愿望使洞察与思想带有倾向性。他被人们的爱戴簇拥着，感到很受用。自己这么多年在古陵苦心工作，毕竟是根深叶茂，有深厚的干部基础的。病床旁不断来往着看望的人。他躺在雪白的枕头上，浮现出远比往常更亲切更慈祥的微笑。他轻轻用手拍拍床边，示意人们在他身旁坐下。他用一种疲倦无力的声音关心地询问一两句每个人的情况。

县委传达室的孟老头一大早也来看望，他拘谨地搓着手走到顾荣床边。

"老孟，来，坐下。"顾荣和蔼地打着招呼，"嗳，老孟啊，你的小子还没安排工作？"他突然想起了被他遗忘的孟老头的多次请求。

"不不，顾县长，我是来看看您的，不是来打扰您的。"孟老头结结巴巴地摆着手解释道。

"还没解决？"顾荣慢慢转过头，对站在床边的冯耀祖嘱托道，"耀祖，这两天你就把这件事办一办。老孟老同志了，他的事咱们要关心。"

"好，好，这事我今天就去办。"

"顾县长，这……"孟老头惶乱不安了，"您有病，您还记得我的事。"他眼里滚出感恩戴德的老泪。

顾荣居然有些被孟老头的眼泪感动了。

古陵需要自己。这次病一场，他看到了自己多年工作造下的人心所向。他在古陵的权威是牢固的。不是谁搞一两个哗众取宠的花哨动作就能推翻的。再写报告，再告他状，打政治官司最终还要以古陵的实际说话吧？省地县三级他不都根子很牢吗？小荣的事头痛些，但天下万事都是活的，自有解决的办法。

有了信心，烦躁就没有了。他现在既安静又冷静。

他已经有了从从容容消化掉李向南全部势头的计划。

"叔叔，你怎么了？"小莉一大早满脸汗津津地赶来，在床边坐下问。她昨晚关在小屋里写了一夜小说，天亮才知道消息。

"没怎么，有点紧张疲劳吧，"他说，"又写小说熬夜了？"

"还不是气的。来了个李向南，说是老首长的儿子，一天到晚就是和你叔叔过不去。"桂贞在一旁忿忿地说道。

"叔叔你气什么呀，什么事想开点。"小莉劝道。

"你说这个李向南像话不像话？大会上就干开了。"桂贞坐在一旁仍然生气地对小莉说道。

小莉理解地笑笑："叔叔，李向南知道你病了吗？"

"他昨天下午就下乡了。"顾荣答道。

"我刚才见他一大早回县城了，在街上呢。要不要我去告诉他一声？"

"去什么？不要惊动县委书记大驾了。"

"叔叔，你们不会关系和缓一点？"

"能和缓吗，情况你不是都知道了？"

"要说，是和缓不了。"小莉一笑，"他来古陵肯定要重搭他的一套班子，你的旧班底他指挥不动也看不惯。你们俩在这个问题上肯定有矛盾。"

"小莉，你又来政治分析了。"

"可你有些事坚持，有些事通融一些，他也通融一些，大面上就能过去了。"

"年轻人野心太大啊。"顾荣轻轻摇了摇头，"一有野心，就很难通情达理了。"他停了停，"小莉，你对古陵现在的事情什么态度啊？"

"我希望这次你生病是个转机，从此你和他关系能和缓一些。"

"要是和缓不了呢，你会什么态度？"

"我？"小莉目光闪烁了一下，"我就是我的态度。"

"你什么态度啊，小莉？"桂贞问道，"你还不支持你叔？"

"我理解我叔叔。"小莉聪明地回答道。

"什么叫理解？不是支持？"

"算了，"顾荣不快地说道，"不要追着问了，谁都允许有自己的观点。"

这时门推开了，三个人一齐转过脸。李向南进来了。

屋里陷入难堪的静默。

"老顾，病要紧吗？"李向南走到床前关心地问。

"还不至于交伙食账吧。"顾荣闭着眼慢慢地说。

"我回来刚听说的。"李向南有些不安地解释道。顾荣闭着眼，桂贞带着气不说话，小莉则尴尬地不好说什么。这沉默给了李向南很大难堪。

冯耀祖进来了。

"老顾的病诊断得怎么样？"李向南问。

"地区医院的童大夫都专程赶来了，起码是血压高吧。"冯耀祖冷冷地回答。他是很乖觉圆滑的人，对任何上级领导，哪怕是他反对的领导，也从来是表面恭敬、乐乐呵呵的，但顾荣的病似乎给了他向李向南当面表示不满的勇气。

"怎么犯的病？"

"劳累，情绪激动吧。"冯耀祖把"情绪激动"四个字说得很重。

李向南沉默了一下，对冯耀祖说："具体的治疗工作，你负责起来吧。"

"地委郑书记已经指示过了，要当作大事抓，及时向他直接汇报。"冯耀祖答道。

李向南感到一种压力，似乎顾荣的病是他的责任。但他是县委书记，必须有所安排。

"医护方面做了安排没有？"他问冯耀祖。

"要等现在才安排就晚了。"冯耀祖一会儿整理整理桌上的药，一会儿把血压计收拾好，在房间里转来转去，显出一副忙碌的样子。

"家里还有什么困难没有？"李向南问桂贞。

"干了几十年也没向组织提过困难。现在跟不上形势了，被人看着是绊脚石了，图个什么？不行，胡赖干上一两年退休就算了！"桂贞的话摔摔打打地就出来了。

顾荣略睁了一下眼。

"不要说了。"他冷冷地说。

都沉默了。李向南站在那儿既不能再说什么，又不便转身就走。

小莉看了看他。

"李书记，"她用这种和李向南单独在一起时不曾用过的称呼尊重地说道，"你有事先忙去吧。这儿有我们照顾呢，你不用担心。"

李向南感激地看了小莉一眼，"好，那你们好好照顾，有什么情况及时告诉我。"他又低头对顾荣说："老顾，你安心休息吧，工作上的事你不要操心。"

作为县委书记，他很得体地退出了房间。

第十三章

在顾荣家照料了一上午，吃了中饭，小莉就出来了。

这中午大热天去哪儿呢？她除了写小说，从来坐不住，这两天心中尤其不静，总有一种要到什么地方去找什么人的冲动。她并不知道自己要找谁。穿过县委机关大院时，她看见书记办公室的两个房间都挂着锁。院里寂静无人，很冷清。她到了街上，一边神思恍惚地走着，扬手一下下揪着柳叶，一边想着早晨李向南在叔叔床前的难堪样子，不禁想笑。一个铁腕人物有点窝囊窘困，反而显出可爱。她一抬头，发现自己无意中又走过了那个城门楼的门洞。

前面一条直直的窄街，就是熙攘喧闹人喊畜叫的自由集市。

今天是逢十大集。人流喧闹拥挤。尘土、汗气、吆喝声混成一片。两边店铺前是各种筐筐篓篓的摊子，一个挨一个。摊子后面蹲着卖主，张罗着，招揽着。这一段街是菜蔬瓜果；紧挨着一段是豆麦黍稷、五谷杂粮；再一段是鸡鸭猪羊；再往前走，两边是铁器、木器、锅碗瓢盆的杂货。街到尽头是一个个油锅、汤锅、烘炉，有的支着布棚，有的就在太阳下面，卖着丸子汤、粉汤、炸油糕、烤饼子、水煎包、刀削面……擀面杖在案板上敲得啪啪响，油晃晃的面团在案板上噼里啪啦翻来翻去，刀削面一根根飞到开水锅里。

小莉突然眼一亮，在人群中看见了李向南。她想挤过去和他打招呼，又想到什么。决定躲在人群中，看看这个年轻的县委书记怎样逛集市。

李向南正背着手慢慢在人流中走着，左右一个摊子一个摊子看着。不时停一停，问一问价，打听两句村里的事。这是个卖菜刀的摊子，一块帆布铺在地上，摆着几十把菜刀，蹲着个黑瘦精干的中年农民。

李向南背着手站住了："你这菜刀够古陵刀的水平吗？"

"你自己看嘛。"

"敢削铁吗？"

"怎么不敢？"中年农民拿起一把菜刀用刀刃削起另一把菜刀的刀背，一条条细长的铁屑亮晶晶地卷着就下来了。

"好刀！你是专管卖刀吧？"

"是，我替公社铁器厂卖刀。"

"祈庄的？"

"你怎么知道？"

"我耳朵长点。"李向南笑笑，"卖一把能挣多少钱？"

"五毛。"

"那一天卖上二十把，就挣十块了？"

"不行，在咱们古陵卖不动。"

"是产菜刀的太多。你不会去外县、外省？"

"有时候也出去。不过出去跑花销也大，弄不好也不合算。"

"铁器厂承包了吗？"

"他们正计划着承包呢。"

李向南点点头又往前走，小莉在人流中跟着。想到自己在"监视""跟梢"县委书记，分外有趣。这是个眼睛眯缝得有点睁不开的卖凉粉老头，围着个蓝布系腰，坐在小板凳上，看人总要仰起头来吃力地睁着眼。

"您一天能卖多少凉粉啊？"李向南站住问道。

老头正在把旋成细条的凉粉水淋滑溜地抓到一个个碗里，又洒上点黄瓜丝，他打量着看了看李向南："十斤粉面的。"他低下头，一边回答一边继续在矮方桌上摆布着他的营生。

"您这是多少钱一碗？"

"一毛八。"

"那您一天能挣二十块，发财了。"

"挣不下——！"老头不高兴地说，"下"字拖得特别长，还带拐弯的。

"我给您算了，您这一斤粉面起码出十斤凉粉，是吧？"

"出不了。"

"我做过，您还骗我？"李向南一笑。

"顶多也就是十斤。"

"您这一碗也就是半斤凉粉。"

"可不止。"

"我的眼没错，"李向南又风趣地笑笑，"要不我旁边拿把秤来称称好不好？保不住半斤还差一半两呢！"

"看来您是懂行。"

"您这一斤粉面出十斤凉粉，卖二十碗，就是三块六。卖十斤粉面的凉粉，就是三十六块。"

"我这买的是高价粉面，正经高粱粉。"

"是一块一斤吧？"

"啊……是。"

"十斤十块钱，是本钱。"

"还有这些黄瓜调料呢！"老头一指方桌上的蒜泥盐水罐、芥末罐、醋罐、辣椒罐说道。

"这些黄瓜调料，加上做凉粉的白矾、煤火钱，往多了说，一天六块钱怎么也打住了吧？"

"打住了。"

"三十六块钱刨去十斤粉面的十块钱，再刨去这六块，不是一天挣二十块？"

"您可真会算账，您是当会计的？"

"会计倒不是，可会算点账。您并不是天天都能赶上大集；平常卖五斤粉面的、三斤粉面的时候也有；阴天下雨了，就没买的了，所以也不能天天这么挣。是吧？"

"是是是！"老头连忙点头。

"钱是挣到怀里的怕少，说到嘴上的怕多。"李向南笑嘻嘻地看着老头。

老头不好意思地笑了笑："是。"停了一下，突然想起什么，看看左右小声问道："您……是不是县委李书记啊？"

"您怎么突然想起来了？"

老头一笑："照人家说的，您像。"

"人家怎么说？"

"都说您看一眼买卖就有账。"

"有个会替你们算账的县委书记好不好？"

老头憨厚地乐了。

李向南在方桌旁的小凳上坐下，抽出烟递过去一支，自己也叼上一支。两个人点着了烟："您能不能告我句实在话，您现在攒下多少钱了？"

"我……"

"我不打听您姓名。我就是知道您姓名，也替您保密。我说话算话。"

"四千九百多块。"

"您想挣到多少钱？"

"我想挣够六千。"

"给儿子娶媳妇？"

"我没儿女，老伴俩。"

"盖房子？"

"房子已经盖下了。"

"置家具？"

"我不置东西。"

"存银行，得利息？"

"不存银行。存不惯。"

"存到银行，一大把票子变成一个小卡片，就好像被骗走了一样，不如藏在砖缝缝里、米缸里实在。是吧？"李向南揶揄道。

老头不好意思了："是。"

"光有钱就能防老了？"

"还得花点钱积点德，挣下人缘。"

"怎么积德、挣下人缘？"

老头难为地笑笑，没说话。

"不好说？咱俩交个朋友，您有事和我商量，我有事和您商量，兴许我能给参谋参谋。"

"我这是住在县城亲戚家，我家在山里，村旱，不下雨，庄稼干死不说，连人喝的水都没有，全村人只靠一眼小泉，说没水就没水。"

"您是南垴村的吧？"

"您怎么知道？"

"这都是我县委书记管的地盘，我能不知道？"李向南说，"你想给村里出钱打眼井？"

"不，我们村打了十几辈子井也没打出过水。我是想……想修个龙王庙。"

"修个龙王庙？"李向南震惊了。

"为求个雨。"

李向南垂下眼，脸色阴沉地使劲抽着烟。

"这犯法不？"老头看看李向南小心问道，"我在山上修上个一间房大的小庙，供个龙王，犯法不？"

"犯法。不是您犯法，是我犯法。"李向南说。

"您犯哪儿的法？"

"一个村，四百多人，是四百多人吧？"

"是。"

"连吃水的问题都解决不了，我这县委书记就犯了国法啦。"

老头一时呆住了："那……咋办？"

"大伯，您就这么信神信鬼？"李向南问。

"有时候就不信……"

"没办法了又不能不信，是吧？"

"啥事要都有办法，谁还信迷信？"

"大伯，我跟您商量一下，这么办好不好，我给你们请个打井找水的专家，给你们村打出井水来，又能喝，又能浇，您看好不好？"

"那敢情好。东陵县原来有个后生是能人，一看就知道哪儿有水，可请不来啊，这会儿听说又调到省里去了。"

"我正在请他，说话就来古陵。"

"可啥时候才轮上去南垴啊，穷乡僻壤的。"

"咱俩不是朋友吗？我讲交情，让他头一个去你们村。您看行不？"

"那敢情好！"老头兴奋地说。

"那我跟您商量个事，这龙王庙咱就不修了。"

"行！"

103

"您看，您和县委书记交了朋友，给村里请来了找水专家，打了井得了水，积这个德，能挣下人缘了吧？"

"是。"

"那您这挣的钱就留着自己养老好不好？"

"那我就回村打井去。我祖爷爷、我爷爷都是打井打得吐血死的。"

李向南猛抬头看了老人一眼，一张布满沟壑般皱纹的脸："大伯，您就是石老大？"

"您咋知道？"老人惊愕了。

李向南看着老人："您祖辈几代为南垞找水，打了整整一百年井。我这县委书记要还不知道，算什么父母官？"

老人浑身有些哆嗦，他愣了好一会儿，扭过头擤了一把鼻涕。

"大伯，我跟您再商量个事。"

老人一边低头应着，一边收拾着小方桌上的碗筷盆罐。

"钱您可以接着挣着、攒着。"

"我不挣了。"老人神态恍惚地继续收拾着东西。

"钱还要挣，攒着自己养老。可您为啥还想到挣人缘呢？光有钱还养不了老，是吧？要是您不会做凉粉，不会挣钱怎么办？这养老又靠谁？我和您商量个办法，把老人，特别是没儿没女的老人的养老都管起来。"

"那您就积下大德了。"老人已经把盆盆罐罐的全收拾进了挑子里。

"您怎么了？"

"我不卖凉粉了。"老人说着理了理挑子绳，驼着背站了起来。

"为啥？"

"我回村去。"

"回村？"

"我每天在村口等着您请打井的专家来。"老人说罢担起了挑子，手里提着小方桌，看也不看李向南就要走。

"您就这么相信我？"李向南问。

"我相信，我相信！"老人点着头，老泪一下流了出来。他用手使劲擦了一把，头也不回地担上挑子挤开人群走了。

李向南凝视着人流中蹒跚而去的老人，不禁鼻子一阵发酸。

他一回头看见小莉站在身后，她凝视着李向南的眼睛里噙着泪花。

李向南默默地看了她一会儿，问道："你也来了？"

小莉擦了一下眼睛，小孩一样难为情地笑了。

她很可爱。

李向南往前走，小莉并肩跟着。

"你应该写写石老大。"李向南说。

小莉小孩一样听从地点了一下头："我还想写你。"

"写我？"

"行吗？"

"不行。"

"为什么？"

"不为什么。"李向南阴沉地说。

小莉看了看李向南，不语了。她从来没有像现在这样怕过别人生气。

"你去哪儿？"已经走出了集市，小莉问李向南。

"我去电业局看看。"

"我跟你一起去好吗？"小莉小心地问。

"你去干吗？"李向南有些不耐烦地说。他发现和小莉之间突然有了一点过去没有的关系，使得他能这样严厉地训斥她。

"去看看。"

"县委书记去工作，你跟着看什么？"

小莉低着头走了两步，突然调皮地一笑："我是县委宣传部副部长啊。我就没权利关心一下县委书记的工作？"

李向南愣了一下，他似乎这才发现小莉还是个副部长，而且这才意识到刚才那种突然而来的奇异关系是要及时限制住的。

"哼，你这个挂名的宣传部副部长！"他揶揄道。

第十四章

电业局有一幢气宇轩昂的三层办公大楼，在县城里是唯此唯大头一家。办公楼后面有个敞亮的小食堂，里面一场宴会正有声有色地进入尾声。四个大圆桌杯盘狼藉。人们端着酒杯，指划着叫嚷着，满脸通红，嬉嬉闹闹。杯盘碗碟一片叮当响。电业局党委书记典古城，一个脸庞粗糙身材魁梧的大个子正端着酒杯站在那儿和各桌大声说笑着："倒满！嗳，你们倒满！还有你，拿个空杯子算什么，给他倒上！来这最后一杯，来，都举起来！"

满食堂都是他洪亮震耳的大嗓门。

他一眼瞥见李向南走进食堂，后面跟着小莉，怔了一下，把酒杯放下了。人们也都随着他的目光看见了县委书记。

"李书记！"典古城热情地招呼道，"你也和大伙儿喝两杯吧。……去，小刘，叫厨房再添几个菜。"

李向南摆了一下手。

"你可得与民同乐啊。"典古城大声笑道。

李向南扫视了一下四个桌子。

"这是什么名目啊？"他不露声色地问，同时自己掏出烟来低头点着了。

"地区电业局金处长来了。"典古城一边解释道一边伸手介绍着，"这就是金处长。"一个矮胖的中年干部笑着点点头。

"这是我们古陵新来的县委李书记。"典古城又介绍道。

金处长客气地伸出手来。

"您吃好了吗？"李向南礼貌地问。

"吃好了，吃好了。"

"老典，"李向南转头看着电业局长，"派个同志送金处长去休息。我要和大伙儿商量点事。"

金处长被陪送走了。四桌人都静下来，多少看出李向南的来头不对。有一两个醉酒的还红着脖子吵吵嚷嚷地相逼对方喝酒，也被劝诫着静了下来，木怔怔地左右瞧瞧，最后看着李向南。

李向南扫视了一下众人，看了看典古城，带点讽刺地问道："知道犯了什么党纪国法吗？"

典古城难堪地笑了笑："知道。"

"知道？"李向南抽着烟不看对方，"那说一说。"

"不该大吃大喝，铺张浪费。"

"知道我在干部会上讲过这一点吗？"

"知道。"典古城赔笑道。他的态度不亢不卑，既含着对上级的尊重，又带着股满不在乎的随便。

李向南含着一丝讽刺看了看对方。他显然对这种态度很不快。他抬腕看了一下手表，对典古城吩咐道："这样安排：你去打电话告诉县委办公室，让他们通知各局的一二三把手来电业局食堂开现场会，两点半以前到。另外，通知城关公社南关大队的领导也来。"

典古城愣了一下，想解释什么，看见李向南脸色阴沉，就不再作声，低头站了一会儿，出去打电话了。县城不大，没多长时间，通知的人都到齐了。一百多人密匝匝地把四张圆桌旁的空地站满了。

小莉静静地看着这出戏怎么发展。

"好，"李向南环视了一下众人，指着四张杯盘狼藉的圆桌说道，"我们现在一边欣赏着一边开个现场会。"与会者一下明白了开会内容，都静下来。"宴会的名目就不用多说了，据说是为了接待地区电业局的一个处长。是吧？"

"是。"典古城答道。在这么多人面前出丑，他不可能再装作满不在乎。

"一个客人要三十多张嘴陪着吃，多少钱一桌啊？"李向南问。

"没多少，平常的。"典古城答道。

"是公款啰？"

"要算成私款也行。"

"什么叫算成私款，你们准备每个人出钱吗？"李向南扫视着参加吃喝的三十多人问道。

"逐月从我工资里扣清吧。"典古城说。

李向南讥讽地冷笑了一声："这样处理不太轻了吗？"

人们沉默着。

"我来古陵半个多月，关于这个问题已经三令五申。"李向南背着手看着人群，含威不露地说着，"这个局，那个局，这公司那公司，还有公社、大队、厂矿、企业，比较普遍存在着干部的吃喝风。各种各样的名目。"他停了一下，阴沉地扫视着众人："这三令五申就刹不住？"

一片寂静，不知是谁在圆桌旁不小心碰了一下，一双筷子"叭"的一声摔到了地上。

"人民的血汗，艰苦奋斗的精神都吃没了。怎么办？"李向南缓缓移动着目光，最后落到典古城身上，"有这么个电业局，更是了不得，老爷衙门天下第一，到处张嘴吃。在公社吃，在厂矿吃，在自己家吃。还是电老虎的屁股摸不得！"他打量着典古城，"我和你们谈过吗？"

"谈过。"典古城沉着脸回答道。

"怎么谈的？"

"头一次扣三个月工资，第二次撤职。"

"倒还没忘。"李向南讥诮地看着对方，"可就以为是说说而已。"

典古城垂目不语。

李向南盯了他一会儿，面向大家："各局的负责人都在。我今天在这里再提一遍：以后，除了和外面的交际，这个情况比较复杂，慢慢再说，即使适当招待，一个客人有两个陪客也行了，本县范围内一律不许再有人用公款大吃大喝。有人不听怎么办？"李向南一句一句慢慢说道："第一次，轻一点，每个人扣三个月工资。这是警告。第二次，再犯，很简单，那就只好把你撤下来。你不愿遵纪守法，那就只好请你离开那个位置。大家都听见了吧？"李向南的目光扫过全体与会者，"有令必行，有禁必止。令不行，禁不止，还有什么法纪？今天先从电业局实行！"

李向南将目光转向典古城，"第一，酒席钱，由你们个人付钱。你典古城愿一个人出也可以。第二，今天参加吃喝的人，除去客人金处长外，局党委成员、局长，一律扣发三个月工资。一般干部这次暂从宽，每人扣发一个月工资。你负责实行。"

三十多个带着酒气的人都震惊了。

典古城一下抬起眼："要扣，扣我一个人的。我是党委书记，我应该负责任。"

"李书记，"一个干瘦精明的干部说道，这是电业局的栗副局长，"这不是老典的责任。他一开始就说了，别搞这么多桌，说您发过话，不让再大吃大喝，是我一手搞的。扣工资扣我的吧。"

"他明知故犯。知道县委警告过，为什么不制止？"李向南说。

"那扣我们几个局领导就行了，大伙儿就别扣了，法不责众嘛。"栗副局长尴尬地求着情。

"法不责众？你知道古陵多少万人吗？"

"……五十万吧。"

"你们三十个人算什么众？"李向南说，"既然规定了就照办。只扣你们的，吃喝的人还要感谢你们。连他们一起扣，他们才会对你们有点不满。"李向南把目光移向参加吃喝的众人，"扣你们一个月工资是为了给你们一个印象，以后要抵制吃喝风。以后再参加大吃大喝，一律扣三个月工资。你们的局党委书记今天把你们引来吃喝，才叫你们落这个处分。"李向南停顿了一下，又说："你们这些电业局的科长、干部，平常自己也是吃喝惯了、拿惯了的。我这样说你们冤枉吗？"

没人吭气。

"城关公社南关大队的人来了没有？"李向南问。

"来了。"人群中一个细高个的农民干部答道。

"把你们的事说说。"

"我们大队吃喝没照顾好他们，还有他们要五百斤香油，没送够，他们就停了我们抽水抗旱的电。"

"有这么回事吗？"李向南问典古城。

"我已经让他们检查了。"

"屡屡吃喝，屡屡在嘴上说一下，是吧？"

"我工作没做到，我应该负责任。"

"你有多少责任可以负？"李向南看着典古城，"破坏农业抗旱，就这一条追究一下，你负得起吗？"李向南又停顿了一下，发现小莉正在人群后面目不转睛地注视着自己。他很快把目光投向开现场会的人群，"各局的回去以后，把本单位的吃喝账都查一下。自己下不了手查不清的，县委派工作组去。账查出来交到县委。是不是要在全县公布，县委正在考虑。但原则是明确的，今后不犯，既往不咎；今后要犯，新账旧账要一起算。记住，廉洁，这是领导一个十亿之邦现代化的政党起码应该做到的。"

食堂里一片寂静。

李向南看了看典古城："县委决定在全县开始整党试点，电业局是试点单位之一。这一决定今天通知你。"他轻轻一挥手，"好，现场会开到这里。散会。"

人群涌出了食堂，涌出了电业局大门。

李向南和小莉随人流一起到了街上。

"我发现你训话时有个特点。"小莉笑着说。

"讲话怎么叫训话？"李向南不失严肃地嗔道。

"抠什么字眼啊，你不是教训着讲话？"

"好了，说你发现什么特点吧？"

"一严厉地指出问题，就脸一沉，问一句'怎么办'。"

"是吗？我还没注意过。"李向南笑了。小莉的活泼足以摧毁一切严肃气氛。

"然后是停顿一下，扫视一下众人。这个节奏掌握得极好，非常有力。"

"这还有个节奏的问题呢？"

"那当然。天下万事都有节奏。音乐有节奏,运动有节奏,气氛变化有节奏,人的感情、情绪、心理都有一定的节奏。不同的人有不同的节奏。"

李向南看了小莉一眼。这是真理。一切运动都有节奏。军事家讲究进攻防守的节奏，经济学家掌握经济运动的节奏，政治家则要掌握政治斗争、社会发展的节奏。策略学实际上也是节奏学。

"怎么叫不同的人有不同的节奏啊？"他问。和这个刚认识一两天的女孩在一起，他总有一种饶有兴致的心情。

"比如说你的节奏吧，就比较沉缓有力，抑扬顿挫很分明，也很稳定，比较有规则。这是老练的政治家的节奏。"

"这是指我的言行还是指我的思想情绪啊？"

"都是。"

"那你呢？"

"我？"小莉一笑，"我可能属于那种起伏跳跃很快没什么规律的节奏。"

"一条噪音曲线？"

"谁知道，也可能吧。我的节奏和你的完全不一样，相反。"

"那咱俩共事肯定合不来。"

小莉扬起头看了李向南一眼："那可不一定。"

"和一条噪音曲线在一起会烦死人的。"李向南说。

小莉快活地笑了。过了一会儿，她停住笑，看见李向南一边走一边严肃地若有所思，便问："你在想什么？"

"想节奏。"

"想谁的节奏？"

"想古陵的节奏。"

"什么节奏？"

"几千年、几百年、几十年来的节奏，还有我现在要掌握的今后的节奏。"

小莉看着李向南，不知道他为什么突然又变得这样严肃。她不喜欢他摆出个县委书记的样子。

第十五章

顾荣干脆来个小病大养。病倒后第三天，他就听任冯耀祖等人把他从家里挪到县委小招待所内那个最幽静的小院里。

这个小院叫作"贵宾院"。种着几株绿油油的梧桐和几圃鲜花，里面有两排雅致的平房专门接待省地领导和贵宾。顾荣平时就在这里占着一套房。办公室太嘈，家里太乱，他经常就到这儿休息、午睡。在落实政策的上访高潮中，还有在闹调资风波时，他为了躲避夜以继日的纠缠，也曾在这里办公。

这几天，幽静的"贵宾院"里人来人往。

县委县政府各直属部、局、办公室、各公司都有一些人来看望顾荣。有些厂矿、公社的干部也几十里地赶来看他。常常吉普车一辆开出去，又一辆开进来，卷起街上一阵阵尘土。顾荣病了，成为一件遍及全县舆论的大事。相约同去看望顾荣，在有些机关、有些办公室似乎也越来越成为一件有影响的事情。

这种声势出乎一般人们意料，也出乎顾荣的意料。他病过，并不曾这样惊动四方。还没有人能够看透这个声势的深刻原因，但它已经在古陵县产生了有力的影响。人们注视着三五成群的干部接连走进"贵宾院"，一辆辆小吉普不断驶进驶出，不禁想：顾荣到底是老古陵了，他一躺下，就震动全县了。

像冯耀祖这样一些在李向南来后感到巨大压力的干部，他们在人来人往的"贵宾院"里互相打着照面，擦着肩你进我出，感到一种轰轰然的声势。不管平时相互有多冷淡甚至敌对，在这里碰见都是老张老李的格外亲热。都恨不能有更多的人来看望顾荣。他们实际上也在劝说、动员更多的人来，滚雪球似的扩大着声势。他们一回到本单位，就要把人们看望顾荣的盛况渲染一番。看到那些在"提意见、提建议"大会上精神焕发的人现在露出心事重重的目光,他们就感到痛快。顾荣的病,无形中成了一派势力公开集结的机会,也成了他们显示力量、对舆论施加压力的有力手段。并不是哪个人自觉制定了这个策略,客观情势使然。随着一些人感到这样行动的影响后,他们便越来越自觉地推波助澜了。

各种对县委书记不利的舆论在县委大院内外展开了:

李向南要扳倒顾荣,在全县大换班,好独断专行。顾荣顾全大局一让再让,李向南这样下去,会越来越孤立……越来越多的人在舆论影响下,开始用疑虑的目光重新估量起古陵的力量对比,也重新审查起自己的行动来。

世界既是多极的,又常常同时是两极的。自从李向南上任与顾荣展开了对立冲突后,整个古陵的多极格局似乎都投上了这两极对立的色彩。舆论波涛中,梧桐幽绿。"贵宾院"成了古陵一个特殊的中心。各种各样的人来看望顾荣,汇报情况;顾荣从容不迫地观察着古陵的局势,注视着李向南的行动。以静察动,格外清醒,处暗洞明,格外明晰。他得心应手地输出着一个个对形势的干预。这些干预是不露声色的、三言两语的、随手拨拉的,却恰恰是最强有力的。不深刻了解社会政治生活的人很难理解像顾荣这样一批人的厉害。他们眯着眼,迈着方步,四平八稳,处变不惊,随遇而安,既沉稳又耐心,却能在言谈笑语之中,翻手覆掌之间,轻而易举地打倒任何一个才识卓越的事业家。

此时,顾荣安详地微仰着身子坐在沙发上,和满满一屋子人在进行这样的言谈笑语。乳白色吊灯柔和地照着铺着猩红色地毯的客厅,照着他那眯眼含笑的大脸盘。他的左手思索地慢慢摩挲着白瓷茶杯,右手很舒服地放在锃亮的栗色沙发木扶手上。香烟在他指间升起着袅袅青烟。那烟缕也是安详的。

"明天,我准备去一趟地区中心医院,"他慢悠悠地说着,转过身对坐在一旁的冯耀祖"啊"了一声,又转过头来面向大家,"再去看看病。今天晚上,把你们请来随便谈谈。"他侧身在烟灰缸内很有节奏地慢慢弹了弹烟,"到了地区,总要去看看咱们地委郑书记。古陵的老书记了。郑书记肯定很关心咱们古陵的情况,会多方面询问的。我病了七八天,到时候真要汇报起来,情况也不掌握。今天请大家来,就是希望大家能深入谈谈。我想通过同志们谈的,对古陵的形势形成一个比较完整的概念。有没有一个总的概念,很重要啊。大家畅所欲言吧。尽量谈得深一点。"

"顾书记，你这两天可不能抽烟。我对你抽烟这一条有意见。"冯耀祖圆圆的胖脸上堆满了关切和爱戴，认真地嗔责道。他不自觉地要在人们面前表现自己与顾荣最亲近的关系。

"嗳，不要紧，我这是象征性地夹一根，不一定抽它。"顾荣笑着摆了摆拿烟的手，"不要搞插曲了。开始谈吧。"

谈话很热烈——应该说很激烈。来人都是经顾荣的选择很有"代表性"，他们对新来的县委书记各有不满。都竭力要使自己的意见变为顾荣的"概念"。他们并没看透：顾荣并不需要他们帮助他形成"总的概念"；而是相反，他要引导众人对古陵局势形成"总的概念"；然后作为"大家的意见"，反映到地委去。

在一片烟雾腾腾中，有个人始终坐在房间一角，两肘撑在膝上低着头抽烟。他矮瘦，凸额长脸，一副耿直忠厚的形象。这是分管农业的副县长龙金生。

顾荣一直注意着他。

这位龙金生是个不参与任何派系的人。几十年来就是兢兢业业搞他的农业，在基层很有影响。多少年的农业经验使他对李向南的某些做法有些疑虑，这一点顾荣感到了。他要利用这一缝隙争取龙金生。这样的人要比冯耀祖更有分量。在政治斗争中，能否争取到那些不偏不倚而又有影响的人，往往决定最后的力量对比。他今天考虑再三，才决定把龙金生请来的。

"老龙，上午常委又开会讨论了多种经营吧？"他笑着问道。

龙金生点了点头。

"咱们新来的书记又是讲他的发展旅游？"顾荣看看左右，好像长者在宽和地揶揄年轻人，"就指望那个叫古陵富起来？"他知道龙金生对这些"花哨东西"最不感兴趣。

"不，今天开会，向南着重讲的不是这个。"龙金生垂着眼一本正经地说。

"又有什么新花样啊，养猴子？"顾荣更为揶揄地笑道。

"他首先强调要抓好粮食。"

"噢。"顾荣有些失望。

"他讲得很明确。粮食抓好了，才能更放手地抓多种经营。他说，十亿人口，长期进口粮食不是办法。"龙金生的话语总是慢条斯理的。

"这应该是最起码的常识了。"顾荣说。

114

"我看他对农业根本不懂。"冯耀祖在一旁说道，"就知道抓什么上访啦，治安啦，开这会开那会啦，花里胡哨。"

"不懂，可以慢慢学嘛。"顾荣似乎在替李向南辩护，一句一拖音地慢慢讲道："可以理解，大城市的学生，只插过几年队，对农业当然不会太懂。不过，大学生，年轻有文化，体制改革啦，战略规划啦，新套套多。老龙啊，你这土包子可别跟不上。"

他在实质问题上略点一下，就把龙金生暂且放下了。争取这样的人，只能利用李向南在农业政策上的过失。任何过于明显的拉拢只会适得其反。

"他这个人太专断。"

"什么都要管，一个人一天主持几个会。"

"他说干什么，就一定要干什么，没有商量的余地。"

……

满屋的激烈情绪仍然针对着李向南。

顾荣却从情绪后面清楚地看到了原因：这些人都在李向南迅速推进的形势下感到了巨大压力。"提意见、提建议大会"结束后，年轻的县委书记迅速展开了工作部署，一天召集几个以至十几个大大小小的会议，处理各种问题。县委机关一片忙碌。农业会，纪律检查工作会议，社队干部会，厂矿工作会议，文教会，治安，就连"提意见大会"上讲到的养猪问题也在会后两天就解决了。这些情况顾荣都知道。他虽然感到阵势在压过来，却反而镇静起来。他有一个"标准的"领导干部所具有的政治头脑。越是像李向南现在这样一头扎进具体工作中忙忙碌碌的人，越不可怕。他们急功近利，热昏头脑，无法顾及上下左右的政治关系，结果往往被人轻易击败，落个狼狈下场。这是顾荣亲身经历的教训。

"不要随便给同志下结论、扣帽子。"他打断了人们的话，批评道，"专横啦，专断啦，有什么根据？要有事实。你们说了半天，具体针对什么？"

说话的几个人一时张口结舌，答不上来。

"就因为他一天亲自主持十几个会？那也不一定算是专断嘛，也可以说是对工作认真负责嘛。'说干什么，就一定要干什么。'那也不一定是专横嘛，当领导的说了不做，算什么领导？关键要看说的、做的对不对嘛。你们说他做事没有商量余地，首先，他和你们商量了没有？"

被顾荣问的几个人哑口无言。

"看来是和你们商量了。商量了，有不同意见为什么当面不提？"

"感到有压力。"有人说。

"有压力？那你现在还说什么。"

"提过也不管用。"又有人说。

"有几个人敢公开反对他的？"

"看来提意见的是少数。少数服从多数，他也没错嘛。"顾荣说道，略仰了仰身子，"所以啊，严肃的态度并不在于事后才发牢骚，那没有用。明白吗？"

"我举个例子吧，"冯耀祖说道，"他在电业局说，干部再有吃喝风，第一次扣三个月工资，第二次撤职。这不合适。吃喝风要反对，可怎么处理，要经过常委会讨论，他不能一个人就定政策。"

"那不过是表明他反对吃喝风的原则态度嘛。"顾荣不以为然地摆了一下手。

"不只是原则态度，电业局已经这样扣工资了。这不是老典在呢，是吧？"

大家的目光集中在仰靠在折叠椅上的典古城身上。

"是。"典古城毫无表情地答道。

顾荣沉吟了一下："这样一人说了算，领导的意志就是法律，是不太合适……不过，这问题也不很典型啊。反对吃喝风，在原则上总还是对的。"

有了这样一步的引导，谈话自然迅速深入。一直坐在一旁憋着气抽闷烟的县委组织部长罗德魁，一下挺立起高高胖胖的身体嗓门粗哑地发泄开了。他讲的正是现在古陵有震动的事情之一，李向南正在搞县一级体制改革的方案："那天，听说县科委的庄文伊在设计县一级体制改革的方案，我就火了。这是县委的事，组织部的事，不该他们管。庄文伊说，李书记鼓励他们搞。我找李向南去提意见，他说是集思广益。什么集思广益？这么大的事，咱们县委都没酝酿过，就拿到党外去，合适吗？他说，可以听党外人士的意见嘛，这叫咨询，再说庄文伊就是党员，还是县委委员嘛。我没理论，说不过他。庄文伊那样的算什么党员？小资产阶级知识分子。李向南这个人太自以为是，不尊重老干部。"

罗德魁和庄文伊、李向南的这场冲突，顾荣早知道了。他看着罗德魁诙谐地笑了："县委书记已经年轻化了，老罗，咱们都提前退休就算了。"

"还要传帮带呢。交给这样的年轻人，我还不知道自己放心不放心呢。"罗德魁瞪着眼说道。

这位搞了一辈子政工的干部最怕别人提退休，顾荣了解这一点。调动人要因人制宜。

"看来，"顾荣像是商量似的左右看看大家，"咱们的县委书记是急于搞精简啰？连招呼也不打就已经规划开啰。诸位不要成了他要裁汰的冗员？"他蹙着眉若有所思，慢慢旋转着把烟头摁灭在烟灰缸里，像是自言自语地感慨道："一个新领导上了任，常常觉得旧的干部队伍不好领导，要重新提拔一批自己的人，搞清一色，好像这样才顺手。……不正常啊。"

这三言两语的点拨，看似轻描淡写，其分量可以与战场上打垮一个军团相比拟。在座的人都明确意识到了还多少有些朦胧的威胁。

"不正常的事情多了。那不是，有人现在叫他青天大人。"罗德魁把火柴盒"啪"地往茶几上一摔。

"离开了党，有什么青天。一个人被叫作青天，那就很危险啰！"顾荣说道。

一直低头抽烟的龙金生这时微微抬起头，公允地说了一句，"那是农民自发叫的，李向南确实解决了不少实际问题。"

"群众为什么这样叫，当领导的不应该想一想？到底自己和整个组织处于什么关系？"顾荣坐起身来，第一次露出一丝不快。

龙金生又低着头抽起烟来，屋里静了一瞬。

"人民日报的刘记者还要写篇报道吹他，题目叫……噢，'一个讲究效率的年轻县委书记'，这不是搞个人英雄主义？"冯耀祖说道。

"唉，年轻人啊。"顾荣似乎语重心长地为李向南叹息道，"我和老龙都是老同志了，对年轻人还容易宽谅，可还要考虑大多数干部的思想情绪啊。"他目光转向一直坐在写字台旁一言不发的胡小光，"小胡，你怎么不谈谈？"

"我没法谈。"小胡的眼镜片闪动了一下，他的情绪很大，手里拿着一支红蓝铅笔在纸上用力一下下划着。他是顾荣有意叫来的，现在准备用他来为今晚谈话升温。

"有什么话都要谈出来嘛，现在提倡党内民主嘛。"顾荣和蔼地鼓励道。

"什么民主？纯粹是孤家寡人路线。"年轻人声音很高，房间里一下子静下来。

"冷静点，小胡。"

"我冷静什么？不让我干算了。我哪条不对他劲？不够年轻化？我老了？

知识化？我是文盲？他是北京来的，就对北京人看得顺眼。古陵有几个北京的？不就是那么一个半个吗？"大家知道他指的是康乐。"为了树立自己，就打压别人，为了打压别人就全盘否定过去。"小胡从口袋里掏出一份打印材料往写字台上一摆，正是那份"批了的案子为什么解决不了"，"这个材料目的是什么？就是全盘否定古陵这几年的工作。郑书记领导的不好？不好能调去当地委书记吗？"

把郑书记说成古陵的象征是顾荣过去心中最不快的；而现在这些话，正是他认为最有水平的。

桌上的电话铃响了，冯耀祖走过去接电话。

"小胡，不要火气太盛。这样吧，明天跟我一起到地委走走，看看郑书记，消消气。"顾荣安抚道。

"我不去。"

"顾书记，地委郑书记的电话。"冯耀祖举着话筒说。

这个电话来得太及时了。

"我是顾荣啊。"他走到桌前接过话筒，电话里传来郑达理的声音，屋里很静。坐在电话旁边的几个人都能听见郑达理的声音。

"老顾，身体怎么样，不要紧了吧？"

"不要紧吧，还不到彻底交待的时候呢。"

"要多注意身体啊。我本来应该去看看你，赶上去省里开了几天会，刚回来。古陵现在怎么样？向南干得不错吧？"

"年轻人很有干劲……不过……"

"不要吞吞吐吐。向南是咱们老首长的孩子，什么还不好说？"郑达理也在李向南父亲手下工作过。

"下面有些干部对他有些意见，可能他对县委工作还不太熟悉吧。"

"总要有个熟悉过程。……干部们对他有些什么意见？"

"主要认为他对古陵这几年的工作缺乏正确估计吧？"

"噢，具体怎么回事？"郑达理注意了。

"他们认为向南在实际上基本否定了古陵县委这几年的工作。官僚主义，党风不正，不关心人民疾苦，这些都是向南下的结论。"

郑达理在电话的另一端沉默了，好一会儿没有声音。满屋子的人屏住呼吸相视了一下，这句话落到原县委书记心上的千钧分量，他们都感觉到了。

"听见你房间里人很多啊……"过了片刻，郑达理在电话里说。

"人来得不少，耀祖、老罗、老龙，还有小胡。年轻人最近有点情绪，他很想去看看你。让小胡跟你说两句话吧？"

"郑书记，"小胡接过电话，在老领导面前满肚子委屈和牢骚一下冒出来了，"我干不下去了！"

"怎么回事？"

"我因为反对他全盘否定古陵这几年的工作，他就把我从县委办公室清除出来了。"年轻人一下子把事情机智地归结到这个高度上，不能不说是受顾荣刚才那句分量千钧的回答的启示。

郑达理又沉默了。

"不要太冲动，啊？"过了一会儿，电话里又传来他的声音。

"郑书记，让我还是到地区跟着你工作吧。"

"这个慢慢再考虑。"

"我想先去看看你，反映反映古陵情况。"

电话打完了。及时的电话取得了及时的效果。满屋的人在瞬间寂静后都兴奋地议论了起来。一晚上的"随便谈谈"达到了主题升华。

顾荣非常舒服地仰靠在沙发上，两只手像两条战争年代装满小米的粮袋松坦地搭放在沙发扶手上。他此时觉得自己屁股格外大，身躯也格外沉，整个身子像个巨大的沙袋深深陷入沙发里，沙发也显得格外稳固，像块十米见方的钢锭压在地板上，压在整个古陵县地面上。乳白色的灯光，青色的烟雾，喧嘈的说笑，窗外月光下婆娑飘曳的树影……一切都在周围轻快地飘浮晃动着，唯有自己四平八稳地像块巨石坐落在中间。直感告诉他，仅此一次随便谈话就可以绰绰有余地搞垮李向南的整套布局。由于稳操胜券，他不但没有一丝烦恼愤恨，而且还涌起一些对李向南的怜悯。他毕竟是老首长的儿子。而且，那种不顾一切往前闯的昏热，自己年轻时也是经历过的。他摆了摆手，打住了人们的议论："同志们，不管有什么意见，都要像今天这样坦率地谈，这样才能解决问题。另一方面呢，要与人为善，对同志要一分为二，向南同志对工作还是很热情的。"这番话既是他不露痕迹的老谋深算，也多少安慰了一下自己刚产生的同情心。

"什么工作热情？"小胡拿起桌上那份"批了的案子为什么解决不了"抖

了抖，"为什么专门举这个国民党中校的案子为例，不就是为了针对顾书记吗？"全屋人的注意力集中到小胡身上。

这时，小莉轻轻推开门进来了。没有人注意到她。

"这个国民党中校魏祯是谁，大伙知道吗？"小胡继续说。人们相觑着，等他往下说。

"他是林虹的亲舅舅！"

顾荣也有些惊愕，他还不知道这个情况。

"可这林虹和李向南是什么关系，你们知道吗？"

这个悬念太强烈了。人们都注视着小胡。小莉也睁大眼看着小胡。

"他们俩十几年前在北京就是一个学校的同学，关系肯定很不一般。"

"噢！"顾荣把大半截"前门"烟慢慢摁灭在烟灰缸里，起身踱了两步，在窗前站住。停了一会儿，他转过身来看着众人，也看了一下小莉，冷冷地说："真是一环连一环，无巧不成书啊。"

第十六章

　　清晨冒着雨，小胡来到了县委办公室。雨靴唿哒唿哒地响着踏上台阶。摘下雨帽来，露出一脸的冷峻："我要找李书记谈谈。"

　　康乐说道："十点半讨论农村发展战略，不是有你吗？"

　　"我要和他个别谈。"小胡冷冷地说。

　　"李书记今天一天都排满了。老兄，实在没时间哪。要不，你晚上找找他？"

　　小胡看了康乐一眼，他不相信。

　　"我什么时候诓过你？"康乐拍拍他肩膀。他明白，因为把小胡调出了县委办公室，他对自己也肯定嫉恨着呢。

　　小胡对他的亲热没有任何反应："你不要支应我，我只和他谈二十分钟。"

　　康乐把一张纸放到小胡面前，那是县委书记今天的工作时间表。

　　小胡看了康乐一眼，垂下眼帘，目光从上往下扫着。

时 间 安 排（星期一）

上 午

7：00　和县委办公室谈提高工作效率

7：30　召集工矿企业书记会

8：30　西山七公社党委书记座谈会

9：30　和电业局党委主要负责人谈整党

10：30　农村发展战略研究讨论

2：00　　到干休所

4：00　　到粮食加工厂检查综合猪饲料的加工、售换情况

5：30　　看城关公社蔬菜种植情况，有时间去城关中学

在"时间表"上面的空白处，有李向南今天早晨刚刚用铅笔作的批示：

就这样。这几天阴雨，路上不好走，若公社书记们不能准时到，请同后面安排换一下。另外，请挂电话：1.县煤炭燃料公司；2.黄庄水库管理处；3.县化肥厂。

小胡看完，咬住嘴唇沉默了一会儿，哗地拉上雨帽，转身走了。

嗬，火还不小呢，准备闹事啊？瞅着他的背影，康乐笑着一摇头，又忙着去安排办公室那紧张的一摊。但是，小胡那嗵哒嗵哒的雨靴声老在他耳边响着。他们究竟想闹成什么样呢？他知道，顾荣前几天去了趟地委，名义是去医院看病，肯定去找郑书记了。过去郑达理在古陵时，顾荣和他还颇有些不大不小的矛盾，在康乐的经验中，一二把手一般很少没矛盾的，现在，一上一下成了领导与被领导，重要的是和李向南抗争了。这几天年轻的县委书记在各方面开始遇到麻烦，闹不好古陵真要有场恶战呢。木秀于林，风必摧之；堆出于岸，水必湍之。你李向南干得这样不同寻常，这不同寻常就是你最大的危险和困难。得了，没时间多想了，办公室里里外外的几摊事使他无暇顾及别的。自从李向南来了，一向慢节奏的县委机关，变得有点像指挥作战的参谋部那样紧张忙碌了。

"李书记在吗？"电业局党委书记典古城出现在门口。

李向南一下从桌前站起来："来来，进来。坐下！"

"找我有事？"

"今天主要想和你具体谈谈电业局搞整党试点的问题。"李向南笑着递过烟，并把他让进了书记办公室的里屋。里屋是李向南的办公室兼卧室。靠北墙放着一张单人床，床头堆着书报，南边靠墙放着写字台。

两人就在写字台边侧对着坐着。

"电业局当然应该是点了。"典古城粗着嗓门撂出一句。说罢转过身，两只胳膊支到大腿上，低着头狠狠抽着烟。

"老典，你对这件事很有情绪啊。"

"我哪敢有情绪？"话连浓烟一起冒出来。

"这就是情绪。"李向南看着手里转动的铅笔，说道。

"那可以再通报嘛。"

李向南沉默了一下。关于电业局的种种不正之风，县委最近已发了通报。

"如果你对整党试点这件事缺乏思想准备，可以提出来。"他严肃地说，"在一个党委书记没有决心的单位，任何整党整风都是无法搞的。"

"可以派工作组嘛。"

"那没必要。党委主要负责人是否得力，是这次选点非常重视的因素。"

"为什么没必要？电业局问题最多。"

"有多少？一个问题，王村演戏的事，通报了你们。还一个，干部搞吃喝风，头一个又通报了电业局。是吧？"

典古城俯身抽着烟，沉默不语。

"为什么两次都通报到了电业局头上？是不是有人说你是老顾的人，李向南就先从你身上开刀？"

典古城身子略动了一下，一只脚往前放了放，仍然低着头抽烟。

康乐从外屋推门进来："要通了——煤炭燃料公司的电话。"

"好。"李向南站起来，走到外屋拿起电话："燃料公司吧？是你这个大经理啊？我是李向南。我还是问那件事，李村学校要解决喝水的那两吨煤你们批了没有？不能总让娃娃们喝凉水啊。……批了。……他们拉走没有？……还没有？你们是不是帮忙帮到底，有顺路的车给他们送去行不行？……有困难吗？已经这样考虑了？好，那我非常感谢。什么？我惦记这事？噢，七品芝麻官就要抓芝麻事嘛。"

李向南放下电话回到里屋，在屋里踱了两步站住。

"我们接着谈。"他坐下来，说道："之所以选电业局试点，是因为我看到了这样一条。"他把铅笔放在桌上，写字台玻璃板上一声轻轻的脆响，"这次提意见大会上，群众对干部特殊化、违法乱纪提了很多意见，可是，对我们

123

电业局的党委书记兼局长这个最有油水的衙门的第一把手，没有提出一条这样的意见，大小都没有。这一点难能可贵。"

"那是他们不了解。"

"1979年，电业局基建科筹划着要给你盖个独家小院，叫你骂了一顿。群众没造谣吧？"

沉默不语。

"但是，另一方面，电业局整个说来，党风不正的问题比较严重。为什么这个第一把手只管自己不管部下呢？"李向南又站起来，在屋里踱了两步，面对着典古城站住："那次宴会你不但没有管住，因为怕和部下闹僵，自己不也卷到里面去了？"李向南沉吟了一会儿，严肃地说："这正好说明问题的严重。党委书记虽然知道原则在哪儿，但是只能律己，不能律人，一管别人，自己就可能站不住脚，所以只能是嘻嘻哈哈打马虎眼。"李向南目光严厉地接着说道："要在整顿电业局党风的过程中也整一整这个当书记的软弱无力。如果他不能强硬起来，这个第一把手就应该撤换。不看他是谁的人，看他为不为老百姓做事。"

典古城一声不吭，嚓地又点着了一支烟。

"我做了点民意测验。"李向南继续说道，"现在百分之九十五的人都把党风不正当作大问题。我们不应该重视吗？把这样先走一步摸索经验的任务交给你，你为什么东猜西想呢？"

典古城略吱吱压着椅子坐直身子，把烟头摁灭在写字台桌腿上，垂着眼粗着嗓门说了一句："我可以接受任务。"

李向南看了他一眼，神情严肃地说："不，你回去再重新考虑一下，县委也要重新考虑一下。"说着拉开抽屉，从里面拿出几页稿纸递给典古城："这是县委通报电业局后你做的检查，你拿回去。"

典古城惊愕地看着年轻的县委书记。

"退还给你。"李向南说，"这样的检查我不要。"

典古城沉默着，把刚抽出的一支烟一下掐断。康乐推门进来，看见这情景一下站住了。

"我的话，都写在你的检查上头了。"李向南说，"什么时候你把电业局的不正之风整顿了，那时候再检查，连同总结经验。"

典古城把那几页纸抓过来塞到口袋里，站了起来。

"我走了，李书记。"他简单说了一句，弯腰拿起靠在墙角的雨伞，拉开门步伐很重地走了。

"他怎么了？"康乐问。

"没怎么。"李向南站在窗前若有所思地说。

"向南，这两天气氛可不对。"康乐大大咧咧地往椅子上一倒，跷起二郎腿说道。一没旁人，他对李向南就变得同学之间一样随便。

"怎么不对？"李向南问。

"顾荣去了一趟地委，他……"

"这我知道了，还有什么？"

"有人说你顶多在古陵待一年，省里让你锻炼锻炼，过一年就走了。这是让干部不敢往你这儿靠。你不要小看这一条。"

李向南看着窗外点点头。

"待会儿，"康乐指了指外屋，"会上也要冲突一场。龙金生、小胡都参加。"

"有思想准备，就不要紧。"李向南说。

农村发展战略研究讨论会开到最后，果然冲突起来。

本来纯粹是个观点分歧。

"我认为，"庄文伊扶了一下眼镜，从两张方桌拼成的长桌边拉开椅子站起来，指划着背后墙上的古陵县地形图对大家说，"咱们古陵好比是中国的一个缩影。西部是山区；中间是半山半川的丘陵；东部是平川。总的来讲，可以把全县分成东、中、西三部分。我们的农业发展，对西部山区应采取放宽政策，农业上广种薄收，让农民自己解决好吃饱肚子的问题就行了，同时大力发展家庭和集体副业，大搞多种经营。对于东部，这里是平原，有水利灌溉网，我们近几年应把主要资金投放在这里，搞集约化，提高这儿的粮食、经济作物的商品率。对于中部，这是西部山区和东部川地之间的结合部，我们近几年可以采取维持现状有所发展的方针。这里潜力很大，几年以后，我们应该把资金大部分转向这里。总起来从地理角度讲，战略方针应该是：现在重点发展东部，将来重点发展中部，用放宽政策和适当投资发展西部。"他摘了眼镜，擦着额头的汗，坐下了。

"我不同意这个方针，不实际。"坐在他对面的龙金生一边垂着眼卷烟一边说。

"这是战略研究，不是确定投资额。"庄文伊脸有些涨红了。

"那也不实际。"龙金生还是慢腾腾地卷着手里的烟。

"为什么不实际？一个是现有耕地集约化经营，一个是综合利用资源多种经营，这两条是农业发展方向。"

"我不懂集约化。我只懂要讲实际。"

"连集约化都不懂，那还研究什么农业发展战略？"庄文伊说。

"什么战略也不能守着地图研究出来。"龙金生执拗地说。他搞了几十年农业，对一套老经验又习惯又熟悉。对经验和知识的占有也是一种财富，触犯它同触犯一个人的经济利益和权力地位一样，也会引起强烈反抗。

"老龙，你不要带情绪。"庄文伊觉得自己刚才那句话有些过激，所以极力克制着说，"你家是西山上的，可能感情上抵触这种战略。可我们要搞现代化农业，就不能小家子气。要有从全局出发的战略眼光。"

"你这是啥话？"龙金生一下感到受了侮辱，"你们根本不懂实际。"

"你们是指谁？"庄文伊也有些激动起来。

"好了，大家不要太激动。"李向南坐在长桌的一端，举了一下手中的铅笔笑着说，"都是为了把农业搞好。理解问题、看待问题上有分歧是正常的。但不要涉及同志间的关系。我倒希望你们能在观点上进一步深入地谈谈，争论争论。"

两个人都不说了。

"我说两句。"一直与李向南面对面坐在长桌另一端的小胡这时打破了沉默。他咬了咬嘴唇，目光落在眼前的桌子上，很不自然地静默了一会儿，"为什么一谈问题就要涉及到同志间的关系？为什么古陵会出现这种不正常？"

非同寻常的话语与非同寻常的声调，使气氛一下子紧张了。

"小胡，和今天开会内容无关的事等会下再说。"康乐劝阻道。

"讨论不是差不多了吗，我提点意见不行？"

"那也是在会下谈为好嘛。"

"在会上说，当着大家的面，有什么不可以？"

"你这可有点像搞突然袭击啊。"康乐依然笑着说。

"什么叫突然袭击，提意见还要节目预告吗？"小胡一下子恼了，他转向李向南道，"书记，我能不能说？"那气势颇有不让说站起来就走的劲头。

"说吧。"李向南慢慢转着手中的六棱铅笔，很宽和地看着小胡，"看来你是有准备的。但最好丢开你的准备，放开说，越坦率越好，不要有任何顾虑。"

由于出乎意料，小胡的目光在眼镜片后面迟疑地闪烁了一下，但立刻又变得坚决了，"我只要提七个为什么。"他说，振振有辞地把一个又一个"为什么"抛了出来："第一，为什么要全盘否定古陵县以前的工作？第二，为什么不信任本地区的干部？第三，为什么不尊重老同志？第四，为什么下车伊始哇啦哇啦？第五，为什么独断专行一个人说了算？第六，为什么搞团团伙伙？第七，为什么不尊重其他同志的实际工作经验？"他每说完一个"为什么"，都有意停顿一下，以加重语气，"最后，当领导的应该想一想，为什么现在干部对你有这样大的意见？……得道多助，失道寡助。我要说的完了。"他合上笔记本，站起身，拉开椅子就往外走。

"嗳，"康乐站起来，伸手指着他，带点开玩笑地批评道，"你这是什么态度？"

"我的态度一点不过分。"小胡从墙上摘下雨衣，呼塌一拉门，走了。

办公室顿时一片难堪的沉寂。

"这是闹什么情绪。"康乐无奈地一耸肩，摇着头坐下了。他用这种大大咧咧的态度帮助李向南化解难堪的气氛。

"大家接着讨论吧。小胡，我到会下再个别找他谈。"李向南说道。

讨论会一结束，人们刚一散，庄文伊就克制不住了："这不是人家跳出来了。你越迁就，他们就越顽固。"办公室只有李向南、康乐和他三个人。

"那你说怎么办？"李向南拈着一支香烟，思索地看着他问道。

"不要这儿动一下，那儿停一下，要全面推开。全局不动，一切局部改革都改不动。"

"可不管什么改革也是从局部开始的呀。"

"你总得有全局的决心。"

"决心当然有。"

"我看不一定。"庄文伊说着欠起身，隔着桌子拿过李向南面前的火柴，嚓地为自己点着了烟，"向南，我说话不客气，你也是决心不彻底，一边搞改革，一边又怕得罪那伙儿人，老是顾虑某些干部中的保守情绪。"

"改革，总要考虑多方面情况，总要估计力量对比。"

"老百姓都是拥护改革的，这就是最根本的力量。你只要大胆改革，老百姓得了利，就会坚决支持你。"

"你接着往下说。"李向南蹙着眉说。

"我觉得现在要搞好改革，主要是几条：一条，坚决果断，不要拖拉；二条，用经济手段取代行政手段，大胆精简机构，裁汰冗员，用专业化、知识化、年轻化淘汰一大批庸吏。工厂也要搞定员编制，精简工人，提高劳动生产率；第三条，大抓智力投资，我同意你抓教育这一条，要舍得花钱；第四条，加强法制。再一条，内外开放，要开够，大胆引进外资。至于搞农业，关键一条要有大农业、大食物观点，不说别的，光渤海大概就有几亿亩水面吧，假如一亩能产到五十斤鱼，光这几亿斤鱼，就能折合多少粮食。"

"说假如有什么意义？怎么就叫一亩海面产出五十斤鱼来了？老兄，那是一句话说着玩的？"康乐忍不住插话道。

"那些具体问题都好办，关键在于敢不敢大胆改革。"

"正好相反，恰恰是很多具体问题难办。"李向南眼里露出深思熟虑的神情，"你说工厂搞定编，提高劳动生产率，那多余的工人到哪儿去？普遍就业这个压力就牵制着你搞定编。很多事情就是这样相互制约的。你要闹出一千万人失业，不要说改革，连政局都不稳了。"

"多余的人可以搞劳动力输出嘛，到欧亚非各国去包揽施工，修铁路，搞基建，都可以干嘛。"

"那也得一步步来，没那么简单。"

"真理从来是简单的。"庄文伊扶了一下眼镜固执地辩论道，"现在，许多问题都是人为把它复杂化了。又要改革，又要顾及一套臃肿体制。就像你吧，明明是主张改革，可现在处在掌权的位置上，首先就要考虑自己的地位。左思右虑，和小胡、龙金生这样的人费时间磨嘴皮子，被束缚住了。"

"不，"李向南严肃说道，"中国的国情比我们想象的复杂得多，我们要多方面考虑，改革面临着压力。"

"有压力，当然谁都承认。"

"真正知道的人并不多。很多人只是看到某一两点。有的人看到的是经济上某个困难，有的人是看到政治上某个阻力。但实际上，我们的改革面临的是一个总体的压力。"

庄文伊看着李向南，弹烟灰的手在烟灰缸上停住了，他没有听到过这个概念。

"从经济上讲，我们遇到的压力就很大。"李向南说道，"资金短缺，资源紧张，就业问题，许多方面都对我们有压力。而压力远不只是经济上的。对经济的改革，因为牵动利益，既有物质利益，也有权力地位，还引起了政治上的矛盾。农村新经济政策不就曾经引起党内部分人强烈的抵触情绪吗？现在虽然大为缓和了，但也不能说完全消除，还在一定程度上潜存着，并且总是和目前农村中许多尚未解决的问题相联系。老龙的情绪不就是这样吗？又比如现在搞体制改革，用经济手段取代某些行政管理，按经济规律办事，这都在实际权力和管理上冲击了相当一批干部。你才搞一个改革设想，像组织部长老罗那样的人不就情绪很大吗？至于精简机构，必然要裁汰干部，这会引起这些干部及他们亲属的不理解。我才精简了县委办公室，小胡不就闹得不亦乐乎了？各种各样的压力还很多，它们在和我们工作中的某些失误、传统的习惯势力、'左'的思想影响都联系起来，包括和现在党风不正、社会治安、青年人教育等社会问题在社会上引起的不满都联系起来，这一切汇在一起，汇成一个总体压力。这就是我们面临的现状。"他双手好像端着一件很沉的东西掂着打了个手势，"如果我们看不到这个总体压力的严重性，不从社会经济、政治、思想的总体战略角度来考察形势，没有深谋远虑的政策，就可能葬送改革。"

"改革没那么悲观，起码一个县没有那么复杂。"

"麻雀虽小，五脏俱全，一个县和一个国家是一样的。"李向南说。

庄文伊沉默了一会儿，站起来："你没说服我。你太守成，这可能是你搞政治的结果吧。"他有些失望地摘下墙上挂的雨衣，"我的话可能太书生气吧，你也听不下去。咱们中国就是书生气太少，官吏气太重。"说完他拉门准备走了。

"噢，有个情况忘了说。"他在门口说道，"有人造你谣言，说你和林虹过去是同学。"

"是同学。"李向南答道。

庄文伊看了他一眼："不光说是同学，有些话很难听。"他想说什么没说出来，拉上门走了。

李向南蹙着眉心，面对着窗外的雨雾："庄文伊刚才说的情况，你听说了吗？"他问康乐。

"听说了。"

"怎么没告诉我？"

"都很无聊。"

李向南沉默了一下，又问："还有什么动态？"

"顾荣过去是你父亲老部下吧？听说他们要给你父亲写信汇报情况。"康乐接着问道："你现在最忧虑的是什么？"他在一旁坐下，拿过李向南的烟对着自己的烟，"群众还是很理解你的。西山的老百姓现在都叫你李青天。"

李向南说："这正是我忧虑的事情。"

"为什么？"康乐诧异地问。

"越这样，一部分干部越对立。青天是最难当的。"

康乐一下挺直身子："我早就跟你分析过，你一上任就喊哩咔嚓解决问题，得了民心，失了干心，会越闹越被动的。你不如一上来先悠着点，慢慢把干部团住了，再一点一点推开局面。"

"我是反复考虑了的。"李向南说道，"一种干法，就是你说的，先不露锋芒，拉住干部，再看机会一步步来。那样稳是稳，但一个是太慢，一个可能永远推不开局面。还有一种，就是现在这种干法：先展开工作，打出旗帜，震开局面，赢得民心，取得政治上的优势，再回过头来做一些干部的工作，把政治优势转化为组织上的优势。"

"可你老兄干得太猛，有些干部关系你来不及照顾。"

"这和照顾干部关系是有矛盾的。"李向南点头承认道，"可有的时候，就要有侧重，有决断。开提意见大会，一连气处理问题，那样干是有点猛，受触及的干部有情绪，可为了先冲开局面，必须下决心那样搞一下。其实你不知道，我一边朝前干，一边一直感到背后的压力。但我不敢分心，只能咬咬牙先打开局面。"

"像顾荣、小胡这些人，现在对你情绪大得很。"

李向南点点头："就连老龙不也嫌我不懂农村实际吗？可另一方面，你看，庄文伊这样一批人还嫌我保守，对我越来越不满。"

"你现在该抓紧时间做他们的工作了。"

"怎么统一？翻来覆去讲？龙金生还是龙金生的观点，庄文伊还是庄文伊的观点。这不是最好的办法。"

"你是不是想来个更漂亮的干法？"

"是。你今天通知下去，还按原计划，后天，县委常委全体，还有各部局负责人，调研室、办公室全体，一起到下面转一圈。"

"这里是不是有你的锦囊妙计？"康乐开玩笑地问。

"到后天你就知道了。"李向南也笑笑。

电话铃急促地响了。康乐接过电话，听了两句，递给李向南，是地委郑书记打来的。

"我是向南。"李向南接过电话说道。

话筒里传来郑书记的声音："向南，我最近一直很想找你谈谈哪。"

"那我明天去吧。"

"先不急。这几天我正在开地区常委会，等过几天，你抽时间来一趟吧。古陵工作怎么样，遇到矛盾没有？"

"遇到一些矛盾，我……"

"情况我知道一些。前几天老顾来过一趟。向南，年轻的同志应该注意和老同志搞好关系啊。工作不要太急躁，和大家商量着干。老顾对你的工作还是很支持的，是这样吧？我们过去都是你父亲的老部下了，对你是很关心的。现在，古陵形成这个局面，要戒骄戒躁，认真总结经验教训。"

"郑书记，古陵的情况，我很想详细和您谈谈……"

"到时候咱们好好谈吧。不管什么情况，都要靠两条，一条是尊重实际，要实事求是；一条是尊重同志，要团结干部。……"

李向南挂上了电话。他看着外面哗哗的大雨，沉默了一会儿，拿下墙上挂的雨衣，一边往身上穿一边嘱咐康乐："你中午抽时间去看看老顾，把这几天的情况和后天的安排向他汇报一下，征求一下他的意见。"李向南说着推起门后靠着的一辆旧飞鸽车。

"好，我这就去。你去哪儿？"

"我抽中午时间去趟陈村，到干休所看看。另外到陈村中学去看看林虹。"他这两天把自己过去与林虹的友谊告诉了康乐。

"是应该去看看她了。"康乐说。

第十七章

李向南来古陵上任的第一天。

"那个写信到省报的女教师叫什么？"他问。康乐刚给他讲完古陵县干部子弟走私逍遥法外的情况。

"林虹。"康乐答道。

"林虹？"他注意地问，"哪两个字？"

"树林的林，彩虹的虹。"

难道是她？

"有多大年纪？"

"二十七八岁吧。也是北京学生，听说也插过队，从别的地方调来古陵的。"

"长什么样？"

"这怎么形容？简单说吧，形象相当出众。"这无疑是她了。李向南简直不能相信。难道有这样的巧合？多少年找不见她，竟然出现在自己担任县委书记的古陵。而且还是在陈村，李向南曾经在那里度过童年。

"你认识她？"康乐注意地看了李向南一眼。

李向南笑了笑："不，这个名字很像我熟悉的一个同学。"

他坐在写字台旁一边写着东西，一边貌似很随便地向康乐询问着有关林虹的情况。她十几年来的情形如何？这在李向南，此时是个最大的悬念。

"你想知道什么？"

"就你了解的随便谈谈吧。"因为要掩饰真情，问题也只能这样泛泛地提。

"说她什么的都有。在一般人看来，她不太好琢磨，内心埋得很深。"

"你跟她熟吗？"

"接触过。觉得她挺开朗的，个性相当强。聪明至极，一眼就能把人看透。有时候和她这样的人说话，难免有些紧张。"

"为什么？"

"你绕弯子不行，不绕弯也不行。她对人心理的洞察，有时让我嫉妒。"康乐笑了一下，"她还有个特点，就是克制力很强。不过，她有时候也有点病态。真碰到她自尊心的痛点上她也翻脸，挺凶的。"

"她家里都有什么人，爱人在古陵吗？"李向南问，含着一丝预先支出的紧张。

"她单身。听说父母早都不在了，现在一个人住在学校的单身宿舍里。"

李向南心中怦然一跳："真是有个性啊，还是独身主义者呢。"他幽默地笑了，有一种复杂的激动。

"也不是，她几年前结过婚，据说是和一个高干子弟。后来离了。"

李向南正一边听一边写东西，铅笔芯断了。

"听说她来古陵前，一直挺倒霉的。"康乐又说。

"……还有什么情况？"李向南有些透不过气来，他背对着康乐问道。

"没什么了。嗳，向南，我怎么有个感觉，你好像和她认识似的。"

"没有。"他含糊其辞地答道。

这天晚上，李向南觉得自己屋里的一切都乱糟糟的。

第十八章

雨很大。李向南推车出了县委大院，迎面碰见穿着雨衣的小莉。小莉看见他，一下高兴地笑了，问："你去哪儿？"

"我去陈村。"

不知为什么，小莉那样打量了他一眼："去干什么？"

"我去看看干休所。"李向南答道。

"我陪你一起去吧？"

"这么大雨，你去干什么？"李向南说。

小莉又看了他一眼，没再说话。

李向南笑笑，一抬手："那我走了。"他一迈腿上了车，骑着走了。

大雨中的县城街道空荡荡的，河一般地流着水。风夹着雨猛烈扑扫着水面，激起一片片白茫茫的水气。

一出县城便觉豁然开朗。一条林荫道一路下坡弯转着伸向前方，远远的在一片片村庄的团影上，西山像云一样若有若无，南边北边的山影也隐隐约约。大雨很有气势地笼罩着几十里川地。沙石路面在车轮下滑软地沙沙响着。风卷着雨迎面鞭打到脸上，麻麻地疼。路边的杨树一棵棵掠过，两边一块块梯形的麦田也飞快闪过。下了一个坡，过一座石桥，混沌的河水在桥下喧响着，一个拐弯就扭过来和道路并肩往前奔着。往常铺满鹅卵石的河滩现在是满当当的急流。雨雾中，那片灰蒙蒙的村子就是陈村了。远远地，他看见那棵老槐树的影子了，像个手搭凉棚的老人。他心中涌起一种异常亲切的情感。他出生在古陵，一直住在陈村，六岁才去了北京。那棵老槐树是他童年记忆中的一个鲜明形象。

现在，陈村中学就在那里，林虹就在陈村中学。

这一切，又很有些复杂地冲击着他。

周末的黄昏，北京公园湖畔的林荫道上，李向南和林虹散着步，谈着那个时代年轻人最愿意谈的理想。他们谈到马克思对女儿提问的回答。

你对幸福的理解是什么？

马克思：斗争。

你最喜欢的格言是什么？

马克思：人所具有的我都具有。

……

"那你最喜欢的颜色是什么？"林虹问。

"红色。"李向南答道，又问，"你呢？"

"我喜欢红色和白色。"

他奇怪地皱了一下眉："为什么？"

"我从小就喜欢这两种颜色。白色纯洁，红色燃烧，是吗？"他这才注意到她身上穿着红色的裙子，白色的衬衣，对比鲜明，又很协调。他还想到了她画的一幅国画：《红装素裹，分外妖娆》，茫茫雪原上悬着一轮红日。

"你的理想是什么？"林虹问。

"改造社会。"

"那你最喜欢的座右铭是什么？"

"百折不挠。"

她沉思着不说话了。

"你不喜欢？"他问。

"不，我非常感动。"

他站住了，看着她；她也站住了，转过来迎着他的目光。被晚霞染红的湖水在她身旁波粼粼地闪闪发光。

路边几棵榆树下，闪过一间白灰墙的小房子，敞开的窗户里一个年轻人正带着一个小男孩在缝纫机上做活。这是兄弟俩开的小裁缝铺。他们抬头看见李向南，认出是县委书记，朝他热情地招招手。

到了陈村，雨小了，天上还阴云密布，几股流云在头顶弥漫着，飘曳着极细的雨丝。路很泥泞。他推着车子来到陈村中学。走过一排排教室，在靠近操场的最后面有一排灰砖平房。问了问，最边上一间就是林虹的宿舍。车在屋檐下靠住了，雨衣也脱下来搭在了上头。他掏出手绢擦去满脸的雨水，在台阶上蹭掉脚上的泥泞，走上台阶去敲门。不知为什么，他居然有些紧张。

屋里没有声音。

门虚掩着，他犹豫了一下，回头看了看空旷的操场，推门走了进去。

屋里很干净。单人床上挂着白纱帐，靠窗的二屉桌上铺着白桌布，桌上的玻璃杯里冲泡着麦乳精，杯里插着一只不锈钢小勺，还微微冒着热气，想来她刚刚出去。屋里飘散着一股幽香，一个成熟的未婚男子踏入年轻女性的房间，总难免有些异样的飘荡。他站着等了一会儿，平静下来打量起整个房间来。

墙上挂着小提琴，还有个琴盒，是琵琶。书架旁有个课桌，上边摆着笔墨，铺着宣纸，是正在画的一幅国画。他环视了一遍，发现房间里的第一个特点，就是到处是白色：蚊帐是白的，床单是白的，拢卷在一边的窗帘是白的，桌布是白的，就连书架上遮尘的帘布和小提琴盒外边的布套也是白的。她还和过去一样喜欢白色。可是红色呢？只有一点点，就是靠窗台的桌角立着一个穿着红色衣裤的塑料娃娃。他沉思地走到那张铺着宣纸的课桌前，正在画的是雨中菩提七峰远景，山影朦胧，一片令人惆怅的色调，近景的几棵树却不甚协调地出现了一些凌乱的线条，好像画者的目光一下子从远景拉到近景，情绪突然变得烦躁起来。

墙上的铁夹子还夹着几十张画稿。他拿下来一张张翻看着，都是她画的。有一幅画，他一看便停住了。这是林虹的自画像，神情忧郁淡然。再一幅是古陵雪景。山川，田野，远处的树林，近处的村庄，都被白雪笼罩着，一片雪白和为了衬托雪白而有的几笔黑苍苍的线条。他想起了她过去画的《红装素裹，分外妖娆》，他发现，林虹所喜欢的红色已经从她的画中消失了。

他突然感到惆怅。十几年过去了。生活给她带来的变化想必是巨大的。再往下看，又是几幅雪景，一片迷惘，又含着一丝凄凉。接着有几幅怪石，又是那种凌乱而强烈的线条，他注意到其中一幅小画，一个七八岁的女孩大睁着天真的眼睛，在她的脸蛋上，终于看到了罕见的红颜色。他站了一会儿，回到桌前坐下了。房间里的布置，画稿中的色调，使他走进了林虹的世界。她此刻的心境怎样已经大致浮现出来了。他发现窗户上几块玻璃被打碎的，用宣纸贴着。

他眼前浮现起1966年冬天的情景。

西伯利亚寒流正袭击着北京城。呼啸的西北风中，北京街道两边墙上的大字报哗哗响着。林虹像影子一样一声不响地出现在他面前。

"这么长时间你到哪儿去了？找你也找不见。"他生气地问，已经几个月没见到林虹了。

她低着头双手插在棉大衣口袋里，沉默着。

"林伯伯怎么样了？"

"他死了……"

一张碎大字报纸被西北风卷着在他脚旁疾速滚过。

"伯母呢？"好一会儿，他才又问了一句。

"也死了……"

他一句话说不上来。这才发现林虹变得消瘦憔悴。

"你们能要我吗？"她低声问。

李向南鼻子一酸："来吧。"他正在组织一支不到二十人的队伍，准备步行去延安。

从那时起，林虹就变得沉默寡言。一路去延安，她和高中的男生一样每天步行八九十里，脚上打满了血泡也一声不响。每次李向南想帮她拿背包，她都默默地抓住背包带不松手。当远远看到宝塔山，大家一起欢呼着奔跑时，她也露出了笑容。在回来的路上，他们二十来个人在一个只有三十户人家的山村里留下了，在那里整整劳动了十个月。

一年过去了。1968年秋天。李向南因为有对"文化大革命"怀疑的言论，被工宣队隔离审查了四个月后，刚刚出学习班。

夜晚，他独自在学校杂草丛生的操场上散步。月色很冷。林虹从黑魆魆的楼影里出现了。

"你怎么来了？工宣队会注意你的。"他说。

"我早就要来了，"她扭头看了他一眼，"我才不会不相信你呢。"

两人并肩缓缓走着，沉默了许久。

"我已经报名了……"她低着头说道。毕业分配已经开始，初中都是去内蒙古兵团。

"去兵团挺好的，都是北京学生，各方面条件也稳定一些。"他说。

"不，我……想和你一起去插队。"她急急地说着，扭头看着李向南。

"你不要和我在一起。"

"为什么？"

"我不知道自己以后会怎样。"李向南沉默了一下，"在这种情况下，我不能保护你，还可能给你带来麻烦。"

"我不怕。"

"那也不好。等我在村里扎住根，情况好一点了，你如果想来，再转来，好吗？"

她低着头慢慢走着，没说话。

"你在想什么？"李向南问。

"我在想你最喜欢的格言。"半晌，她才说道。

"百折不挠？"

"你以后会灰心吗？"

"不会。百折不挠后面还要加上四个字：愈挫愈奋。"

她抬起头，转向他："我也觉得你不会灰心的。"

"是。一个人的知识、经验可以增加，热情磨灭了就很难再获得了。"

"一个人的生命就体现在他的奋斗上。"

"而且，奋斗不是抽象的。离开了为理想的社会奋斗，奋斗就失去了最大的意义。"李向南说。

她沉默了许久，然后看着他问道："可现在的社会理想吗？"

他沉默着，过了一会儿，说道："我们会有一个理想的社会的。"

"通过我们的奋斗，是吗？"

在月光下，他们的目光相遇了。

他当时为什么不带她一起插队呢？多年来他一直后悔这件事。他没想到一下乡就再也没有见面，甚至连音讯也断了。现在，林虹是找到了，但十几年过去了。

门推开了，是学校传达室的老头："林老师不在？她的信。"

"知道她去哪儿了吗？"

"你到学校后面找找她，河边老槐树下。"

老传达走了。李向南拉门出了房间。

一出学校后门，就看到了哗哗流淌的小河。因为下雨涨水，黄浊的水面漂流着树枝草叶。踏着石子路转了几个弯，就来到了大槐树下。林虹正垫着塑料袋坐在水边的一块青石上，神情恍惚地看着湍流的河水。浑浊的河水冲刷着岸边，在她脚下翻卷着小小的浪头。一缕烟云从槐树上垂下来，在她头顶上缭绕着。

他朝她走去。

第十九章

康乐立刻去县委招待所找顾荣。雨下得正紧，浇在伞上嘭嘭作响。他走着，眼前浮现出顾荣那张颇有些威严虎相的大脸盘。他很想细心观察一下这张面孔，但不管如何集中注意力，它总有些飘忽不定。他自嘲地笑了一下，立刻从刚才的情绪中超脱出来。自从李向南来了之后，古陵的人物关系激烈变动起来，人性在各方面闪露出不同的色彩，这为他的文学创作提供了很好的生活素材。

他决定以李向南、顾荣为主要人物模特写一部小说。

李向南这个人物很有个性，从一开始，康乐就强烈地感到了他的干练和生气。

李向南上任的第三天，康乐一进县委书记办公室就愣了，里外套间的布局都变了。外间屋原来的大小沙发和茶几都被撤走了，四壁空空的，中间摆了一条长桌，规规矩矩地围着二十来把椅子。

"咱们有县委会议室啊。"康乐说。

"隔着个院子，走来走去的太费事，我在这儿召开会议，方便。"李向南说。

"你这是精简合并机构了。"康乐说。

前面一个上坡，水贴着柏油路面急速流下来冲在雨靴上，坡上不远就是县委招待所的大灰门了。

人物个性都凝铸着他们所遭遇的全部环境，李向南的复杂性在哪儿呢？

李向南刚来古陵几天。会议散了，人们刚走，办公室一屋子烟气还没散。

"向南，这会儿我可不叫你李书记了。"他一屁股坐下，跷起二郎腿点着了烟。

"什么场合都可以直呼我的名字。"李向南说。他还在会议桌旁很快地翻看着与会者留下的一摞报告材料。

"得了，公开场合咱们还得考虑您的权威呢。"

"权威就靠叫头衔？"

"现在谁不摆谱能行？要平易近人，可也得有点尊严。你不信，公开场合，人人都和你随便说笑，有损你权威。"

李向南一笑，表示不以为然。

"向南，你怎么决定下来当县委书记的？"他直截了当问。

"服从分派呗。"

"得了，你当我不知道？原来准备提拔你在省委当办公厅副主任的，你自己要求下来的。"他一语道破。

李向南有些不自然："咱们有什么资历和经验？一上来就任以要职，那非压垮不行。"

康乐对李向南的矜持有些不耐烦了："我说，向南，别跟我说官话了，咱们说点真格的行不行？一天的官场话还嫌没说够？我觉得你要求下来是经过深谋远虑的，有几个靠当秘书能在政治上成就事业的？别看省委办公厅副主任相当于一个地委书记，可那能干出什么名堂？不过是仰承首长意志。你这样下到一个县当一把手，踢打开局面，从长远上才真正有资本。我觉得你这步棋走得对。"

康乐这番"痞话"弄得李向南略有些尴尬。他说："我还没想那么多。主要是想干点实际工作。改革也不能在理论上研究来研究去，要靠实践。再说泡在大机关里，空气太沉闷，不如到基层来。"

对这种隔着一层的话，康乐实在不耐烦了："我看你搞政治搞油了。"

"我哪儿搞过政治？"李向南说。

"你过去在调研室搞的什么？"

"那是政策研究。"

"怕人说有权力野心是不是？不掌握权力改造什么社会？主要看你那一套

对老百姓有没有好处。别看我对政治不感兴趣，可我对政治并没偏见。我说的对不对？"

"对。"李向南点头。

"那你为什么就不能如实谈谈你个人的打算？譬如我，我就争取做一个大文学家。你李向南呢？难道你就没想过，治理好一个县，就为你以后治理一个地区、一个省打下基础了？权力野心是最臭的。可做一个对历史有建树的政治家，那有什么耻于谈的呢。"

"主要是这十几年，把政治这两个字弄臭了。"李向南放下手中的材料，坦率地说道，"其实，政治在人类历史上可以说既是最肮脏的，也是最崇高的。问题是你搞的是什么政治？政治毕竟是集中了千百万人最根本的利益、理想和追求，可以说是集中了人类历史上最有生机的活力。"

他蹙眉沉思了一下，盯着手中转动的铅笔，过了一会儿才继续说道："我承认，我想搞政治。我研究了中国的国情，也研究了东欧、苏联，还有西方、日本。我对中国的过去不满意，对其他国家的现在也不欣赏。中国要走一条符合自己国情的道路。"他淡淡一笑，"可我现在的政治热情也是有限的。如果离开了那种在历史上有变革意义的事业，单纯在政治中混，对我毫无吸引力。说真的，就是当个省长，当个部长，又有什么意思？"

"我理解你说的这一堆，大实话。"康乐说。

什么事一说出来都十分简单明了，复杂就复杂在人人都在有意无意地掩饰自己。

在雨中康乐跨进了县招大门，传达室的孟老头在方窗里探头叫住他："同志，您找谁？"声音是不客气的。及至认出是他，脸上马上堆满亲热。他点点头，踏着水汪汪的水泥路朝里走。这样随便进出县委招待所，让他感到一点小小的优越。虽然是潜意识，但他自省到了。这不是，连自己那种随随便便的步子都表露出来了。真可笑。

迎面飘过来一把红花伞，袅袅婷婷的一个姑娘，见到是他，立刻嫣然一笑："康主任来了？"她很甜地打着招呼。这是招待所的服务员，一股化妆品的香味甜丝丝地飘进鼻子。他和她闲扯了两句，笑着分手了。听着她在身后轻盈的脚步声，他能想象到那很诱人的走路姿势。但随即他心中又出现自省：一个漂亮姑娘为什么很自然地在他心中激起一种微妙的感情？人都是有七情六欲的，前两天听说在北京当演员的妻子又在演一出和别人拥抱的话剧，他就甚为烦恼。难道人不都是复杂的吗？可以断言的是，文学中出现的所有人物，都远不如作者自己复杂。

应该这样去洞察李向南，洞察顾荣。他要洞察出李向南和顾荣最深刻的或者说绝不示人的内心隐秘。想到这儿，他不禁微微笑了。文学家就是专门研究人的，包括研究你们这些专门领导别人的人。

带着这样的心情，他走进"贵宾院"，推开了顾荣的房门。

屋里气氛激烈。胡凡父子正当着顾荣的面脸红脖子粗地争吵着。龙金生在一边坐着抽烟。小胡扭头看了一眼刚进来的康乐，露出一丝对不速之客的悻恼。胡凡依然抖着斑白的头发大声说道："调动一下你的工作，那不是正常现象？像话不像话，开着会，提上几个为什么，摔门就走！"这是冲小胡上午开会时的举动去的。

"什么调动工作？你别老是糊糊涂涂当老好人，不看本质。他，"小胡扭头瞥了康乐一眼，话还是说了出来，"那是排除异己。"

"我就不相信。李书记刚来古陵几天有啥异己不异己，你纯粹是瞎猜疑。"

小胡不屑地冷笑了一下，和这样一个糊涂父亲简直争不出什么来："清洗到你头上你也不知道。谁能像你那样逆来顺受，打着拉着，骑着压着，怎么也行。"

"不要争论了，父子俩争个什么高低啊？"顾荣批评道，同时示意康乐在自己旁边的沙发上坐下。康乐轻轻坐下了。

胡凡气呼呼地坐下，颤抖着抽出一支烟，半天在口袋里没摸出火柴来。小胡远远地白了他一眼，把一盒火柴啪地扔过来，撂在茶几上。胡凡把火柴往旁边一拨，对顾荣说："你看他像话不像话。李书记刚来，他就给人家出难题，没点大局观念。"

"他能代表古陵大局吗？"小胡说道，"我看不出他关心古陵大局。"

"好了，你们的争论告一段落。"顾荣威严地摆了一下手。胡凡张口"李书记"，闭口"李书记"，真让他听着不受用。一个"三八"式的老资格，一天到晚把个李向南敬服得五体投地，简直没个身份。一个月了，也看不出李向南和他顾荣之间的矛盾，还紧着在他这儿没完没了说些没眼色的话，真是个老糊涂。不过，他知道胡凡就是个没心没肺的人，也就不当回事。对小胡，他看得透，并不喜欢。这个年轻人太聪明，过去是贴郑达理，现在是贴自己。不过，眼下这样的人是最有用的，要团结一切可以团结的人嘛。他笑了笑，温和地批评道："小胡，你的优点是有主见，有什么说什么。缺点呢，是太不讲方式方法，太毛躁。你说呢？"这种批评等于赏识。小胡很听从地低下了头。

"不光是不讲方式方法，主要是私心太重，什么事都从自己出发。"胡凡气又上来了。

他的话让顾荣很不快，他一摆手打断了他："小胡的优点是很突出的，也有能力。我们这些老的要尊重年轻人，多替他们考虑，多发挥他们的作用。小胡呢，要慢慢学着增加涵养。"

胡凡没词了，低下头抽起闷烟来。

"小康，"顾荣这时转过头来很亲切地招呼康乐，"这么大雨跑来了？"

"一些工作安排向你汇报一下。"

"打个电话就行了。还没吃饭吧？你们年轻人办事都讲效率，等会儿，就在我这儿吃吧，我叫他们准备上。"顾荣对康乐特别和颜悦色。康乐不能不佩服他的涵养：他明明知道自己是倾向于李向南的，却显得毫不在意。

康乐简单汇报着这几天的情况。顾荣靠在沙发上侧着头很感兴趣地听着，不时插一两句话："好，讲得很清楚。""你的看法呢？""你再说下去。"那赏识信任的神态，像是在听亲信汇报。这种情景引起小胡的嫉妒，他不时冷眼往这儿扫着，不耐烦地往窗外看着，抬起手腕看一看表，最后很重地放下二郎腿站了起来。

康乐早就感到了小胡的嫉恨，此时，他看了看小胡，笑着说道："我还有几句就完了，小胡还有事向您汇报。"

顾荣早就把小胡的表情看在眼里，他对部下的争宠心理是非常熟悉的。实际上，他也经常愿意保持这种状况，这最有利于巩固自己的地位。他伸手对康乐示意道："你谈你的。小胡没什么事，有事，下午也可以来谈。"

小胡咬了咬嘴唇，沉着脸又坐下了，还掏出了烟。那样子，表明了他一定要走在康乐后面的决心。

康乐觉得很好玩地暗暗笑了笑，接着说道："后天，决定安排全体县委常委到下面几个公社农村转转。"他把整个计划说了一下。

"向南的意见吧？"顾荣感觉李向南又在玩什么新花样。

"是。向南让问问你，看你身体能不能去？"

"我不去了。"顾荣说。

"还让你们调研室也都去。"康乐转向小胡说道。

"我有什么必要去？"小胡摔着凉话。

"准备解决什么实际问题呢？总不能搞形式主义吧？"顾荣对康乐继续说道。

"总的目的是实地看看下面情况，统一一下对农村情况的估计和思想。"

"还有什么具体目的呢？"

"别的打算，我还没听他具体说。"

"你也不知道？"

"小康哪能不知道。"小胡在一旁插话，"李向南什么事情不和你商量？一个个部署不都是你帮着策划的？小康，我给你提个意见，一个人别太油。你坦率说说，你现在对顾书记是什么态度？你动不动就来一句'这帮大小官僚'指的是谁？不要以为别人都看不出来。"

康乐有些尴尬："我什么时候掩藏自己观点了？"他大大咧咧地转过身，摊开手敷衍道。

"那你就一句一句往外摆摆，你都说过顾书记什么？"

"小胡，你怎么信口开河？"顾荣对小胡猛地放下脸来，勃然而怒了。

"我，"小胡根本没想到顾荣会冲他发火，愣了，"有根据……"

"一个年轻人要正派。你这样讲话什么目的，在我这儿搞臭小康？小康跟着我工作这么多年了，我不了解他吗？对同志没有起码的信任，东猜西疑的，还怎么搞工作。我们的工作有时候搞不好，就是因为太狭隘，太没胸怀了。小康从1968年插队就来到古陵，十四年了，对古陵是有感情的，情况也是了解的。他就不知道对古陵负责？"这一顿劈头盖脸的训斥太重了。

小胡咬着嘴唇，脸色难看地低着头。

屋里静了一会儿。顾荣站起来，在屋里踱了几步，声音放和缓："不搞五湖四海，以诚待人，是最要不得的。"他在小胡身边站住，背对着他掏出烟，顺手往小胡面前的桌上摆了一支，然后给自己点着了烟。这个自然却又精心的安抚让小胡鼻子一酸，委屈的眼泪直要往外涌。他绷紧嘴唇，拿起那支烟往前一放，手撑着桌子站起来，谁也不看，脸色阴沉地拉门走了。

屋里静了一下。雨中听见小胡走出院子的脚步。

顾荣心中不以为意，他知道越是这样最终越能掌握住小胡。他缓缓地在沙发上坐下，感叹道："我的话是重了点。"他看着胡凡嘱托道："你回去告诉他，不要记在心上。"而后，他对康乐推心置腹地说道："对同志，我只相信自己的亲身了解。小康我是最了解信任的。我们插队就在一起。"

十年前，康乐是北京插队知青，顾荣是本县插队干部，在一个村。这段早被淡忘的历史此时提出来，立刻在两个人的关系上带来一种亲近感。

"没有你们，我可能当时就交伙食账了。"

顾荣在农村曾得过一场大病，肠粘连，是康乐一伙儿知青连夜用担架把他送到县医院的。顾荣的念旧，颇使康乐感到亲切。像往常一样，虽然理智能觉察到顾荣的言行所包含的目的性，但和他在一起，仍受到他和蔼说笑的影响。

"小康，和你，我是能坦率说两句的。"顾荣说道，"我觉得向南有些做法不够实事求是。我有这样的看法，你是最能理解的。是吧？"

一系列感化步骤包抄到这儿了。康乐发现此时自己已很难张口明确否认他的话。他只能敷衍道："一个人的看法，总是有他的出发点吧。"

顾荣点点头："我知道你是理解的。你来古陵十几年了，应该多发挥作用。也可以和向南谈谈。这个工作，你做比我做更合适。"

康乐做不做这个工作对于顾荣是无所谓的，只要能用这样亲信的调子对康乐讲这样的话，而康乐也能听下去这样的话，他就已经完成了对康乐关系的调整。康乐明明也感到了顾荣的深意，却没有力量扯开面子予以否认，而且在情绪上对顾荣也不怎么反感。他不得不叹服这位副书记的手腕。

康乐没有时间多想。冯耀祖和桂贞推门进来了。

桂贞脸色非常难看。

"怎么了？"顾荣问，他预感到有什么，心中一沉。

桂贞脸色苍白，头发有些凌乱，湿透的裤腿滴着水。冯耀祖看了看康乐，犹豫着没说。

"小康不是外人。有什么事尽管说吧。"顾荣说。

"是这样……"冯耀祖欲语又止。

"怎么这么啰唆？"顾荣有些不耐烦了。

"是这样，检察院已批准逮捕小荣他们了。"

顾荣遭了雷击一样，手在半空中停住了。

"你说咋办？"桂贞没了主张地问道。

"公安局几天以前已经派人去广州了。"冯耀祖说。

顾荣一句话没说。他划着火柴点烟，手在很厉害地颤抖，烟没有点着。

"顾书记，你别太着急，要注意身体。"冯耀祖赶忙劝慰道。

顾荣紧紧皱着眉，眯着眼，一句话没说。他对这个情况并不是毫无思想准备，但事情猝然发生，他依然受到震动。一想到小荣被铐进看守所的情景，他心中就像挨了刀子一般。

"咋办呢？"桂贞着急地问。

顾荣好像没听见，点着了烟，坐在那儿一动不动。

"你怎么不说话啊。"桂贞更着急了。

龙金生很担心地看了看顾荣，嘴动了动也没说出话来。

"顾书记，你别……"冯耀祖小心地说道。

"我？不要紧。"顾荣站了起来，"该逮捕就逮捕，该法办就法办，谁让他触犯刑法。"

桂贞惊愕地看着他。

"在这件事上，谁也不许搞小动作，听见没有？"他看着桂贞和冯耀祖，目光异常严厉。

桂贞张嘴想说什么，又咬住嘴唇低下了头。

"该怎么办就怎么办，不要和工作搅在一起。"顾荣又说道。

"对。"胡凡没轻没重地说道。

"你回去吧，"顾荣对桂贞轻声劝慰道，"孩子大了，我们总不能从头到脚包他一辈子。"他声音有些喑哑，神色黯然的脸上蒙上一层从来不曾有过的苍老之态。

桂贞低着头没动，落开泪了。

顾荣看了看冯耀祖和龙金生，简单嘱咐道："后天，小康说了，县委常委全体去下面农村转转，你们可能都知道了，你们做做准备。特别是老龙，带上问题去，面对实际更好说。告诉小胡，也让他做准备。"他略停了一下，指了指康乐，对冯耀祖、龙金生很郑重地交代道："以后有事，你们可以多和小康商量，小康是很有头脑的。和他商量同和我商量是一样的。"

几个人都看了康乐一眼。

"小康，很多事情我考虑不过来，以后，你帮着我多考虑。"

顾荣的信任和伤感，使康乐受到了感动。看着他黯然的样子，康乐不禁产生了同情。

"李向南在吗？"顾荣问他。

"这会儿不在。"

"去哪儿了？"顾荣抬眼看了看康乐。

"去陈村了。"

顾荣没说话。李向南果然去陈村了。

"那封信发了吗？"停了一会儿，他问冯耀祖。

"早几天就发了。"

顾荣点了点头。

他从来没有像现在这样冷静过，他知道他为李向南准备的将是什么。

第二十章

　　林虹冲好一杯麦乳精，发现窗外的雨似乎停了。中午，学校操场水汪汪一片静寂，她决定到外面走走。几天来阴雨把人憋在屋里，有些烦闷。临走，她犹豫了一下，带不带速写本呢？决定不带，拉上门出来了。外面的空气湿凉，脚下的土路泥泞，她踏着有草的地方走，出了学校后门，沿河边慢慢走着。河水很急地在身边流过，水涨满河床，一伸手就能碰着似的。

　　她停住了。最近，她时常不那么容易集中注意力。

　　在会上见到李向南，引起她的许多回忆。

　　她并没有压制自己的回想。人的心理规律她明白，越是压制的思想感情，越是顽强出现。她尽量采取漫不经心的随意态度，不愿让往事惊动自己的灵魂。可是，漫不经心也没有使回忆成为平淡，学生时代的往事不是那么容易忘却的。她在大槐树下的石头上坐下了。河水在眼前流过，漂浮的枝叶、泡沫向后掠过着。她一刹那又产生了一种虚渺的感觉：是十几年的生活在身边掠过着。她闭了一下眼，破坏这种感觉。睁开眼，那种感觉没有了，河水的运动感更强了。

　　眼前浮现出1968年在火车站和李向南分手时的情景。

　　预备铃响了，再过几分钟火车就要开了。

　　林虹张望着，李向南还没有来。白茫茫的雨雾罩着北京站。送行的同学们在站台上向她挥手。突然看见李向南跑来了，他急切地探过密麻麻的人头，一个一个车窗巡视着。林虹连忙探出车窗喊他。李向南听见了，他跑到车窗前，解开雨衣扣子，从怀里掏出一本《钢铁是怎样炼成的》，还有一个红绒皮的笔记本，一支钢笔，一起递给她。书和本还带着他的体温。他拉住林虹的手，握了又握，像个大哥哥似的，又带着大哥哥所没有的深情："希望你一切都好。"他略垂下眼帘，感情复杂地放低了声音。

林虹含着泪水点了点头。

"又小资调了？"李向南戏谑地说。

林虹勉强笑了笑，泪水却止不住流了下来。

"任何时候都要有信心。"李向南鼓励道。

林虹听从地点点头。

"等我到了农村，情况好一些了，那时候你愿意来，再转来。"

大雨茫茫中，李向南挥着手一直站在她能看见的地方，终于被雨雾遮没了。那是他们最后一次见面，半个月后，李向南也离开北京，到山区农村去了。

一切都过去了。想到逝去的青春，总免不了一丝酸楚；但想到曾经经历了那样多的苦痛，她反而能够得到沉静。毕竟一切都过去了，过去就过去了，都不会来打扰自己了。恍惚中觉得有个人走到身边，很可能是幻觉。但她一抬眼，看见了李向南。她站起来，掠了一下头发，因为刚才面对河水发呆的样子让李向南看见，她有点不好意思。

"路好走吗？"她问。这些天虽然多次想象过和李向南见面的情景，却没有想到一切是那么平静。她不激动。

"出城还可以，这一段太泥泞。"

"知道你会来的。"她说。

俩人对视一笑，并肩慢慢往学校走。

"这地方我挺熟悉的。"李向南说道。

"听说了。"

"你怎么听说了？"

"一个县太爷小时候住过的地方，谁能不传说？"

她看看他，忍不住笑了。他也笑了。他万万没想到，重逢竟是这样自然，这让他轻松了一些，但又有些失望。

"这棵大槐树我还一直记着，我小时候还爬过它呢。"李向南笑着说，"你看那边村东头，"他指着前面，"我奶娘家就在那儿。"

"奶娘？"林虹一边走着一边随意捜着拂面的柳枝，这时转过头看了看李向南，"你不去看看她？"

"今天时间太紧。过些天专程来看她。"李向南答道。

两个人又沉默地走了几步。

"我一来古陵就听说你了，起初不敢相信，后来再一问，越来越相信是你。这太巧了。"李向南笑了笑。

"是太巧了。在你当县太爷的地方碰见了我，我教书的地方又是你小时候住过的村子。"她说。

两个人的肩膀轻轻碰了一下。

"一晃，咱们分手十多年了。"李向南感慨道。

"咱们都老了。"她转头看了看他，"你没什么变化，还是那样。就是喉音重了点。"

李向南怅然一笑："其实变化挺大的，热情远不如过去了。"

"真的吗？"她注意地看了他一眼，"不过，你给人感觉是很有热情的，是改革家。"

"'家'的头衔是不好乱封的，但现在干的事情，我觉得有点意义。"

"我可是老了。"林虹略带伤感地说。

李向南沉思地看了她一眼。她和学生时代的样子不同了，虽然还很美，但像个成熟的年轻妇女了。这让他颇有人生沧桑的惆怅，还有一种很难叫作失望的某种失望。但让他沉默无语的还不只是这一点。

"你这些年怎么样？"他问。

"就那么回事吧。"林虹踢着沙石路水洼中的石子，声音变低了，"你听说我在古陵的情况了吗？"

"听说了一些。你以后打算呢？"

"也没什么打算。嗳，"她一抬头，笑着把话题转了，"你来到小时候住过的地方，有什么感觉？"

"你这是转移话题吗？"

"不，我真的想问。"她说。

"你看见那两根杆子没有？"李向南指着河对面说道，河对面在几户绿树遮掩的农舍旁边有两根锈了的铁管子竖在那儿，中间拉着绳子，是用来晾衣服的，"我五岁时这两根铁杆子就竖在那里，还爬过它们。二十多年了还在，只是觉得不像过去高了。"

"你嫌中国变化太慢？"

"是。当然也有变化，村里的房子比过去好多了。"

"你是来变革的，是吧？"

"你关心这些吗？"他问。

"我不关心。"

李向南沉默了一下，问道："这么多年为什么不给我写信？"

"没什么可写的。"她的口气很冷淡，表明这个问题不容再问下去。

"你离开内蒙古后到哪儿了？"

"先是调到东北，后又调到山西。"

"我听说了，写信找过你。你没回信。后来呢？"

"又流浪了几个地方。"

"再往后呢？"

"什么都干过。再往后，就是结婚，离婚。"说完这句话，她抖了一下头发，很淡然地说，"就这样，一晃十几年。"

林虹的漫不经心使李向南感到被什么堵住了嘴。

"最后到了古陵？"他又问。

"是。"

"因为你舅舅在这儿？"

"他是我唯一的亲戚了。"

两人走进了学校后门。

"有人说你现在很玩世不恭。"

"可能是吧，不过我讨厌玩世不恭这个说法。什么都是玩世不恭，哪儿都用，太俗。"她说。

"林虹，你应该对生活积极点。"李向南说。

"你是不是鼓励我像你那样，也当个改革家？"林虹的话中含着一丝讥消。

"我不是说你具体干什么，我指的是总的生活态度。"他看了林虹一眼，"做你应该做的事。"

"什么是我应该做的，就是我写的告状信？"

"那当然也应该做。不应该做，你怎么会做了呢？"

她走了两步："那只是我的过去留下的一点惯性。"

"林虹，也许你这些年的生活很曲折，人人都有自己的曲折。咀嚼这些也可能没多大意义，你不愿回顾，这我能理解。但关键的问题是……"

"我们不谈这些好吗？"

"听我说下去。我不希望我们十几年没见面了，相互就隔膜起来。我希望你还像从前那样坦率。"

"过去对我太遥远了。"

"林虹，我的意思是说，你对生活不应该失去信心。我不是对你进行公式化的说教。"

"我觉得你这些话就挺公式化的。"

两人已经走到宿舍门口，林虹走上台阶，转头笑了笑："告诉你真话，别生气，我听你这些话挺厌烦的。"

李向南在台阶下站住了。

"生气了？"林虹已经半推开门，又转过身问道。

李向南探究地看了她一眼，没有回答。

"伤你自尊心了？"她依然很随便地说道，"进来吧，别生气，我现在说话就这习惯。"

李向南默默地跟着她进了屋。

"你喝水吗？冲杯可可好不好？我屋里是不是太乱？对了，我倒点热水，你洗洗脸吧？"她忙活着。

他摇了一下头。

"那你擦一把吧。"她拧了热毛巾递给他，他接过来放在桌上。

"吃糖吧。"她把桌上的糖盒推到他面前。

"我又不是小孩子。"李向南把糖盒轻轻推到一边。

"还生我气？"她面对他在床上坐下了。

"你至少应该听我把话讲完。"李向南说。

"你现在要谈什么就谈吧，我会耐心听的。"她拉了拉床单，拿过放在床头的琵琶放在膝上。

由于生气而产生情绪，由于有情绪对心理的武装，李向南完全从重逢时那种不自然中摆脱出来，他感到自己可以像十几年前那样坦诚地和她谈点什么了。初次见面，林虹引起他的情感是复杂的，他一时理不清自己。

"你不要觉得别人一谈什么就是要把什么强加于你。"他批评道，"虽然我们十几年没接触了，我对你还是了解的。"

"那不一定。"林虹低头调着琴弦，轻声说道。

"林虹，在北京，像你这样思想情绪的人有不少。我接触过。"

"你别拿我和他们比。谁也和我不一样。"

"也许你的遭遇要比一般人更曲折，或者受的生活的蹂躏更多。希望这样说不至于伤害你，"

"这有什么多和少？"她笑了笑，左手指漫不经心地在琴弦上按着，弹着一支无声的曲子，"你说话尽可以随便，现在没什么话能刺伤我。"

"你就这样麻木？"

"这怎么了？"林虹轻轻拨了一下琴弦，一个揉指颤音，紧接着一个滑指从高音滑到低音，"我说的是真话，我现在对什么都无所谓。"

"说对什么都无所谓，那是弱者的一种精神自卫。怕正视生活引起痛苦，只好麻木自己。"

林虹看了他一眼，觉得很好玩地仰头笑了。

"你不要用笑来掩饰自己。"

林虹目光闪烁了一下，笑得更开心了，好一会儿才止住。她习惯性地理了一下头发，说道："我要掩饰什么？你根本不了解我。"

"林虹，你太没诚意了。"

"我怎么没诚意了？"看见李向南生气，林虹赔着笑说道。她并不愿意伤害李向南。

李向南站起来在屋里走了两步，然后转过身来，看着林虹的脚下，冒出一句："我没想到你现在是这样。"

大概唯有这句话对林虹是有打击力的，她脸上的无所谓一下消失了。

"一个人再经历了什么，也不能麻木不仁。要那样，他还有什么活的意义？"

"本来就没什么意义。"林虹低语了一句。

"林虹，我真的没想到你会这样。你看破红尘，甚至厌世，这我都可以想象。可我没想到你变得一点诚意都没有。说真的，连你过去的一点影子都看不见。"

"别说了。"她低声说道。

"你不是什么都无所谓吗，还怕说两句？别人说不可怕，生活蹂躏也不可怕，最可怕的是自己蹂躏自己。"李向南爆发似的把话往外摔。

林虹低头不语，脖颈上掠过一丝抽搐。

李向南在屋里来回走着，克制着自己的激动。窗外不知何时又下起了雨。

"我可能有些不冷静。"他站住了，说道。

"没关系。"她冷淡地说。

李向南又默默地走了几步："我知道，你这些年肯定很艰难。"

"我不需要同情。"她扬起头，往后抖了一下头发。

"对过去表示浅薄的同情是让人厌恶的，我只是希望你今后生活得更充实。"

"你怎么知道我不充实？"她很平静地说道，"我每天很忙。我教我的书，画我的画，弹我的琴，我知道应该怎样生活。都得像你那样才叫充实吗？"

"当然不是。"

"我这样生活有更多的自我选择，有更多的自由，更能体现人的存在。"

"是你的人生哲学？"

"我的哲学大概还要加一句：自我完善。"

"有点像宗教。"

"谁没宗教？英雄要永垂青史，文学家要流芳百世，哪个不是宗教？你不是要完善社会吗？你完善你的社会，我完善我的自己。"

"离开了完善社会，完善不了自己。"

"那可不一定。可能你完善不了社会，我却能完善自己。"她见李向南还要张嘴说什么，便又添了一句，"又是你那十几年前的观点：离开了为理想社会的奋斗，谈不上个人理想。"

说到"过去"，她反唇相讥的声音迟疑了，她和他的目光相视了一下。

"你还记得过去吗？"李向南坐下来问。

她看了看他，垂下眼漫不经心地弹了两下琵琶。

"我一直还记着你。"李向南说。

一阵急骤的琵琶声，最后四弦嘈嘈一声响，她停住了，把琵琶撂在床头："这太没意思了。"

"你……"李向南气得下巴抖动着。

"你为什么老要谈这些？你是看见我太冷静，不满足？"

"我是想和一个曾经相互了解的人坦率谈谈。"李向南说。

"你嫌我没暴露内心的软弱是不是？"她激动起来，"我可以告诉你，都告诉你。你说我是弱者的自卫，我是弱者的自卫。我不能让谁都能刺痛我。你说我是宗教，我是在安慰自己，麻痹自己。我说我看破红尘，可是我却超脱不了。这几年，我也想过画画，想过作曲，有过各种各样的美梦，可只是一闪。我徒有其梦，却没那么大力量。看着别人兴致勃勃的生活，成功，我既轻视，也嫉妒，甚至痛苦。一过生日，我就要想到自己快三十岁的年龄。你改造社会，我尊重你。中国富一些，文明一些，我不会不高兴。可你为什么还要来改造我呢？你不是说生活蹂躏过我吗？你知道蹂躏是什么意思吗？"

"前些年，很多人都受到了生活的蹂躏。"

"你那是广义的。你问我为什么到了内蒙古不到一年就不给你写信了，你知道吗？蹂躏，对于一个十六岁的女孩子是什么含义吗？"她的眼睛里迸出了泪花。

李向南如雷轰顶一样震呆了。

"我为什么不给你写信？你怪我，可能还恨过我。是我不愿意给你写吗？"她哽咽住了，"你现在来找我，是找过去的林虹，可过去的林虹已经没有了。……我知道你过去对我好。你爱护过我。我现在还记得那天刮着北风，我孤零零地站在你面前，父母死了，没人管我，只有你收留了我，让我参加了你们的长征队。"泪水扑簌簌流着，落在林虹的膝上。

窗外的雨下得大了。

"林虹！"他把桌上刚才拧给他的毛巾递给她。

她擦着眼泪，极力克制着："别跟我说这些了。"她掠了一下被泪水沾湿在脸颊上的头发，站起来打开箱子，拿出了一本书和一个红绒皮笔记本，放到李向南面前。是十几年前他送她的那本《钢铁是怎样炼成的》。还有那本日记本。他的手轻轻放在日记本的红绒皮上面，涌起难言的惆怅。他抬头看着她，她已经平静下来。

"过去我没忘，可毕竟已经过去了。"她目光看着别处说道。

李向南的喉咙像被什么东西哽咽住："什么都可以重新开始。"

"你还研究过历史呢？"林虹惨然一笑，"有什么事情能再重复一次？别再想影响我了，我的人生观已经没有任何可塑性了，真的，我远比你了解我自己。"

"天下没有什么事情是不能改变的。"

"你搞政治，可能很精通；可对人的心理，你不太有研究。就谈到这儿吧。"林虹把书和日记本放进箱子里，倚着箱子看着他，"不要对我有什么幻想，我太了解自己了。"

过了一会儿，她笑着摘下墙上的那一摞画，"看看我的画，好吗？"

"我看过了。"

"听听我弹琴，好吗？"

"不。"

"我给你做点饭吃吧？"

李向南摇了摇头："我该走了。"

她送他出来，两人默默地在雨中走着。李向南推着车，她打着伞。

"你现在还是喜欢红色吗？"她问。

"我喜欢大海。"李向南带着一丝怒气答道。

"你为什么不结婚呢？"林虹问。

李向南讥讽地笑了笑："不为什么。"停停又问："你怎么知道我没有结婚？"

"感觉是这样。"

在校门外分手时，林虹站住，说道："别生我的气。"

他带点责备地看着她。

"你以后不要来了。"她淡淡一笑，"已经在造你谣了。"

李向南近乎无声地哼了一声。

林虹指着横过校门口的泥泞道路说道："这条路应该修修，这样会得人心的。"她又指指远处绿树笼罩的一片红砖小楼，"那上面是干休所，老头们早有怨言了。"

他点点头："我正准备去。"

"什么事别太急。"

李向南点点头。

"别的事我帮不了你。古陵的事我不想卷入了。"

"我也不想让你再卷入了。"李向南沉郁地看着林虹，伸出手来，"再见，我一定要改变你对生活的态度。"

　　"这不可能。"林虹想抽出手。

　　"我下了决心，就一定能。"李向南握住她的手不放，阴沉地直视着她。

　　"没有任何话能打动我。"

　　"是的，世界上许多事情就不是靠说话来解决的。"他凶狠地说道，甩掉她的手，转身推上车走了。

　　林虹愣在那儿。

第二十一章

李向南推车刚走了两步，一抬头，怔住了。小莉穿着一件粉红色雨衣，扶着溅满泥泞的凤凰车站在围墙旁。

"小莉，是你？"

小莉没有回答，看了看李向南身后还在远处伫立的林虹。

李向南也回头看了看，不自然地笑了笑。

林虹却用非常平静的、把什么都看明白的目光扫视了一下李向南和小莉，转身回到学校里去了。

"小莉，你怎么找到这儿了？"李向南问。

小莉看了看李向南，"我去干休所了，没有你。"她的声音含着一种极力克制住的怨艾。

李向南心中猛然一动，他笑了笑："我这就去干休所。你跟我一起去吗？"

小莉站在那儿不动。过一会儿，才推上车和李向南并肩走着。

"你过去在北京就认识林虹？"她问。

"我和她过去是一个学校的同学。"李向南回答。

小莉沉默了一会儿："你原来打算带她一起去插队吧？"

"你听谁说的？"李向南有些惊讶。

"我昨天打长途电话问的。"

"问谁？"

"那你别管了。"小莉低着头沉默了。

李向南看了看她，也沉默了。脚底下的泥泞呱叽呱叽响着。事情太迅疾，

159

也太明白了。小莉这样不加掩饰地表明了对自己的倾心。李向南既感到男性的骄矜，同时又感到危险。这是省委第一书记的小女儿，又是这样一个颇有权谋的小"政治家"，这件事倘若处理稍有不慎，就会酿成自己的政治危机。如果他爱小莉，问题或许简单了；如果不爱，则要谨慎地掌握关系，发展友谊。但实际上，他对小莉除了喜欢还根本没来得及做过任何考虑呢。现在，小莉对林虹的态度又把一个问题挑明了：自己对林虹将是什么态度？这是个复杂的、他现在不能回答甚至不能正视的问题。

他现在需要用政治家的老练来处置感情关系。他对小莉风趣地嗔道："你打听消息的手段够可以的，摸起县委书记的底细来了。"

"县委书记就不能了解了解？"小莉赌气地说，脸上却多少露出一丝调皮来，"我要想知道一件事情，总能打探到。"

"那你不成了女克格勃啦。"李向南朗声笑了，完全是县委书记在揶揄一个年轻人了。他发现小莉的情绪是很容易改变的。

"我小时候的理想就是当个女间谍。"

"想当女间谍？"李向南有些惊奇，他在自己的表情中又夸大了这种惊奇。

"到外国去刺探情报啊。"

"这倒是个男孩性格。那现在为什么没去干间谍？"李向南说。

"那是因为我早就不想了。我要真想达到一个目的，就一定要达到。"

"你现在想达到什么目的，当个大文学家？"

"我不知道我有没有吃苦的恒心。"

"那不是和你刚才的话矛盾了？"

"我是指有的目的。反正我要报个仇，就一定要报到底！我要想得到一个东西，就非要得到它不行。"小莉有点凶狠地说。

这凶狠和她的活泼可爱简直不是一个人。

"如果有人妨碍你得到它呢？"

"那我非想办法除掉他不行。"

李向南心中一震，可怕的性格。他决定不再谈这样瘆人的话题了。

"你看这河没有？"他指了一下雨中湍急的河水，"我小时候就尽在这河水里玩。"

小莉一下高兴了："你小时候在陈村吧？我听我叔叔讲过。你那时候会游泳吗？"

"不会，水浅的时候在里面瞎扑腾。"

"咱们哪天一起游泳吧。"小莉兴致勃勃地说道，"顺这条河一直游下去，游四十里地，就到官村湖了。"

"马上不行吧。我这个县委书记跟一个姑娘游泳，古陵老百姓要以为我神经病了呢。"

"那咱们骑车带上吃的，到官村去游。要不，我找辆吉普车，我会开车。"小莉兴奋地说。

干休所到了。砖围墙，很大，占地几十亩。大门进去，迎面是个小礼堂。礼堂后面是一排排平房小院。除了古陵县，地区的离休干部也有一些住在这里。李向南和小莉把车停在传达室的房檐下，两人进了大院。礼堂旁边有两间平房，是游艺室，里面昏黄地亮着几盏灯。他们推门进去。阴雨天，屋里点着灯也很暗。一张乒乓球台旁摆着几张折叠方桌，十几个离休干部正坐成几桌懒洋洋地打扑克，香烟在一只只手里倦怠地冒着烟。有人一边看着手中的牌，一边慢慢呷着茶。看见李向南进来，人们都站起来。

"李书记来了！"人们招呼道。他们对一切来客都由衷欢迎。干休所里太寂闷。

"大家坐吧。"李向南连忙说道，"我这是随便来看看，看看大家生活上有什么困难和需要，给大家搞点后勤。"

"什么需要？大门口那段路最好能修修，下雨天简直出不去。"有人说。

"刚才我已经听到群众替你们反映了，一定尽快解决。"

李向南说着不由得看了小莉一眼。小莉对这句话并没在意，她没想到林虹。

"我们说了快一年了，总不能人一走茶就凉吧。"有个胖胖的离休干部大嗓门说道。

李向南笑了："人一走茶就凉，那是老话。现在，人走了，茶不能凉，还要热。社会主义要讲社会主义人情。"

大家笑了，纷纷坐下。有不少人认识小莉，和小莉说笑着。人们围着李向南，你一言我一语地谈了一阵。

"你们有个最大的困难和需要，可都没说啊。"李向南笑道。

满屋人相互看看，都有些发怔。

"真正的困难都变成牢骚了。在下面说，不在上面说。"李向南继续说道，"我刚才一推门，就听见有人仰在椅背上一边理牌一边拉着调说：'咱们这辈子就算彻底交待啰。'是吧？"有人笑了笑，气氛挺融洽。"我们很多老同志，工作了一辈子，离开了工作，让他们在家养鱼、种花、做饭，有的闲上一年把头发都闲白了。是吧？上班时再累，人挺精神；一离休，人也老了，病也来了。"

大家都乐了，随即露出感叹。屋里静了下来。

李向南说："要让中青年干部接班，这件事的重要意义，老同志们全都理解，他们也不怕退休了没人管。他们最怕的是退休了没事管。要让你们成天管这五十四张扑克牌，你们都无聊得很。是吧？"

"你这话可是说到我们心里去啰。"有人感慨着，举起手中的扑克牌往桌上一拍："这从早到晚不知道干什么好！"

"这是老干部的普遍思想负担。"李向南说，"以后，离休的干部越来越多，是个大问题。另一方面，老干部的工作经验可是我们社会不应该浪费的一大笔财富。所以我想请教大家，一起琢磨着解决这个问题。我有个总的想法。"

"你说说。"人们都感兴趣地看着他。

"应该寻找各种形式，使离休干部人在机关之外，身在社会之内，继续发挥义务的、编外的作用。"

"什么叫编外作用？"一个人奇怪地问道。

"编外，就是编制之外嘛。"另一个人说。

"对。"李向南继续说道，"这方面大伙儿可以提提想法。我提出两条具体的设想，抛砖引玉。一条，以后，我，可能还有其他县委常委，每月两次来和同志们座谈。一个是向你们汇报工作，一个是请你们提建议。你们呢，有时间可以多关心关心古陵的各方面，到农村工厂各处跑一跑，回来议一议，有什么意见、建议，就向县委提出来。希望大家都当我的老师。我年轻没经验，就会召开提意见、提建议会。"

众人都笑了。

"还有一条，我们古陵县准备在金光寺一带开辟旅游区，在那儿还要建一个疗养院。到时候同志们可以去那儿疗养，可以给旅游局、园林局当当义务顾问，编外管理员，编外导游，哪怕帮着种树绿化。你们看这样好不好？"

"好。"人们兴致盎然地说道。

"咱们一起摸索吧，"李向南说，"不解决这个问题，干部一到五十，还没退休呢，就有了压力，考虑退休后的生活。这还能全力工作？"

"现在都说四十七八，干了白搭。"有人插话。

"等到退休了，又是无聊发牢骚。我们来个化消极为积极。"

众人笑了。

"最近县委开始搞整党试点，以后要全面整党。同志们可以到各处走走，看见什么不正之风，有什么贪赃枉法的，都替老百姓告上来。"李向南说，"这可都是义务的，啊？"

众人喜笑颜开。

在干休所又各家转了转，出来时雨小一些了。小莉和李向南推车走着这段泥泞路。

"你这个行动挺高明的。"小莉笑着说。

"怎么个高明？"李向南故意地问。

"第一，堵住了别人的嘴。你年纪轻轻的来当县委书记，又要换班，又要调整干部，别人不说你排斥老干部？你现在连离休干部都这么尊重，人们还能说什么？"

"第二呢？"

"第二？"小莉眨了一下眼，她说第一时并没有想到第二，但问第二也便有了第二，"第二，你又拉住了一支政治力量。"

"什么政治力量？"

"就这些老家伙啊。别看他们没权了，可还有嘴呀。往上到处一说，要抬起一个人、搞倒一个人都很容易。你这一招，还不是给自己拉了一批义务宣传员？我叔叔就没想到这一招。"

"还有第三招没有？"李向南又一次为这个姑娘的心计所动，脸上却很随便地一笑。

"两条还不够？你自己也挺满意吧？"

"我有什么满意的。"李向南摇了摇头。他只觉得使离休干部继续发挥作用的设想有些意义。他随口问道："你经常和谁这样谈政治啊？"

"在古陵是和我叔叔，在省里就和爸爸。"

"你爸爸听你谈吗？"

"当然听。每次听完都要说我两句。"

"说什么？"

"说我满脑袋权术，不严不肃。"

"说得对。"李向南说。

"那也是他嘴上摆省委书记的谱。我哪次说话他不感兴趣？我要是不说完，他还催我说完呢。"停了停，小莉问："你认识我爸爸吗？"

"你爸爸找我谈过几次话。"

"我爸爸对你赏识吗？"

"不知道。"李向南摇了摇头。

"他肯定赏识你，他爱才。"

"我有什么才？"

"我觉得你有。"小莉说着看了李向南一眼，调皮地笑了。不知想到什么，突然脸微微一红，低下头不说话了。

这不说话让李向南感到危险，他笑着转移话题："你写小说怎么不和康乐多谈谈？"

"我和他谈过。他人挺有意思，可写的东西我不喜欢。"

"为什么？"

"太板。"

"我比起他来可要板得多、严肃得多了。"李向南哈哈笑了。

"可我喜欢跟你在一起。"

"那我每天可要教训你了。"李向南像长辈一样揶揄着，要拉开年龄的距离。

"我才不怕你呢。"小莉扬起头看着李向南，那目光是有言语的。

"好了，这路能骑了，咱们骑上吧。"李向南一挥手，两个人骑上车，冒着小雨向县城骑去。

第二十二章

明天要下乡。傍晚，李向南转了转，准备到几个干部家看看。

一进庄文伊家，庄文伊正在和妻子吵架。他妻子也是个大学毕业生，搞植物栽培的，正在训斥丈夫："你就是头脑发热。你又不搞政治，参与那些干什么？得罪了顾荣，又和李向南闹得这么僵，还不如在家写你的书。"她一边说着，一边系着围裙收拾家。晚饭后的碗筷还狼藉地堆在桌上，两个四五岁的男孩在地上互相揪打着，小的哇哇哭。

"你们闹什么？"庄文伊烦躁地冲孩子嚷着，扬手要打。

"你有气冲孩子撒什么？"妻子一边上来拉孩子一边戗他。

庄文伊使劲唉了一声，立起身要往外走，迎面看见站在门口的李向南。

"怎么内战了？"李向南笑着进了屋。

"他明明不是搞政治的人，可还觉得自己挺行。已经有人说他是野心家了。"做妻子的继续数落着丈夫。

"搞政治有什么难的？"庄文伊不服气地说了一句。

"我看你就有些野心。要当什么政治学术家。不直接搞政治，可要站在政治家之上，用理论去指导政治。"

"你胡说八道什么？"庄文伊恼羞成怒，他并不愿意把这"野心"公布于众，有些话只能是夫妻间说的。

李向南笑笑，他太理解这些了："当政治学术家算什么野心？都要有点这'野心'，对社会倒是好事。"他打着圆场，一边接过庄文伊递过来的烟，一边把这个家扫视了一遍。靠窗的一张写字台上，摊着一摊书籍资料，上面有个台灯。

靠墙的一架放下机头的缝纫机上也堆着一堆资料，也有一盏台灯。

"你们这是夫妻俩各自一摊阵地吧？"李向南坐下来说道，"老庄，我欢迎你当政治学术家，经常给我们这些干实际事的人一些指导。"

"你不要来安抚我。我不怕受气，也不怕和你争吵。只要为改革，值得。"庄文伊带着情绪说道。他嗯啦拽过一个小板凳，一屁股坐下，用力抽了两口烟，"改革的关键是什么？第一是决心，第二是决心，第三还是决心。没有决心，真正的改革者都要被你们牺牲掉的。"庄文伊说着情绪激动起来，他腾地站起来，从书架上哗啦啦抽出几本书，"你看看世界经济史和科技史，对比一下咱们的情况。只要彻底摈弃旧体制，破釜沉舟，就能成功。这是历史的潮流。"

李向南笑着摆了一下手："我今天来是和你们拉家常的。关于改革的争论，咱们明天下乡了再进行。"

"下乡能争什么？"

"结合具体问题争啊。"李向南说道。

和庄文伊夫妻闲聊了一会儿，李向南起身告辞了。看来，要说服这位书生意气的"激进派"不是很容易的。思维方式是天下最顽固的东西之一。看明天开始的下乡之行吧。

李向南要看的第二个人是龙金生。他单身一人在县城借住着一间民房。

一进院门，他听见龙金生在不耐烦地喊"不行"的声音，他不禁站住了。他第一次听见龙金生粗腔大嗓地发火。这是个大杂院。龙金生站在他住的那间房子门口。

门外站着一个穿蓝补丁衣服的农村妇女，看样子有五十来岁。她不时小心地看看龙金生，正在哀求他什么。

"你就一点不管管？"她低声说着。

"这事我不能管。"龙金生说。

"这又不犯政策……"

"这就是最大的犯政策。"

"你一个都不管？"

龙金生不耐烦地长叹一口气。

"我求别人帮着办，你这次别拦，行不？"农村妇女又怯怯地看看龙金生。

"不行，我告诉你不行。"

166

"我今天为三小子求你一回。"

"你咋这么浑啊！"龙金生发火了。

李向南进了院子。

"怎么回事，大嫂？"他看了一眼龙金生，向那个农村妇女问道。

龙金生要拦又不能拦，无奈地叹了口气。

"你有啥事儿呀，大嫂？"李向南又一次问。

"你别管她！"龙金生一摆手对李向南说道。

那个农村妇女想要说什么，看了看龙金生，又闭住了嘴。

"怎么回事？"李向南看着龙金生问道。

"他是我老伴。"

李向南愣怔了。他知道，龙金生在古陵当了二十多年县级领导，至今没有把老婆孩子转为城镇户口。

"大嫂，您有什么事？"李向南问。

"三小子要在城里找个工作，公社、县里都有人给办了，文件都下了，他挡住不准。"

"别唠叨这些好不？"龙金生生气地说道。

"家里两个老人七八十了，都有病，一个瘫痪。三个孩子，老大是残废；老二出去当兵了；老三今年十七，要找个工作，他又说不行。"

"你今天咋了，不懂个理了？"龙金生瞪起眼训道。

"我咋不懂？"龙金生老伴流出眼泪，"跟你三十年了，伺候老人，一个个孩子带大，我跟你叫过苦？你在外面做事，我拖累过你？"有旁人同情，女人诉开苦了。

"你别给自家丢脸好不好？"龙金生暴躁地说，"这是咱们新来的县委李书记。"

龙大嫂抬眼看了一下李向南，一下止住了哭诉。她扯起衣襟擦了擦眼泪，低下头："李书记，你们有公事你们商议吧。我走了。"

"不不，龙大嫂，我没事。你有什么困难，和我说说，行不？"李向南连忙说道。

"我没困难，都挺好的。我刚才是瞎胡乱说呢。"她垂着眼皮说道，然后看了龙金生一下，"他爹，那我走了。"

"这钱你带着。"龙金生把五元钱塞给老伴。

"你留着用吧。你一人在外,一个月只留十块钱哪够哇。家里老人、孩子什么都不缺。"老伴把钱推回来。

龙金生把钱又塞到老伴手里:"你扯块布吧。"他看着老伴的补丁衣服说道。

老伴看了龙金生一眼,眼睛一湿,低下了头。

"我过两天抽空回家一趟。"

"不用了。你忙你的公事吧,地里的活我能干。李书记,我走了。"

"这么晚你还回山上?"李向南问。

"村里有拖拉机回去。"

李向南看着龙大嫂走出院子,好一会儿才转过脸来:"你每月除了给家里,就留十块钱生活费?"

"不喝酒,不用买纸烟,够了。"龙金生卷着小兰花烟说道。

"你一直没申请过救济?"

"西山上穷的不是我一家,秃山旱坡的。"

李向南看了龙金生一眼。这也是这贫穷落后的土地上培养出的一种干部。他们一辈子记住了与民共苦,却缺少更高的历史远见。

"家里分的地就你老婆一个人种?"他在院子里的石凳上坐下。

"啊。"龙金生蹲下应道,然后扬起了脸,"李书记,有几个政策性问题要请示你,城关公社有人自己包了汽车搞运输……"

"有关工作的事今天不谈,"李向南笑着摆了一下手,"等明天下乡再谈。这会儿咱们随便聊聊。"

李向南从龙金生的家庭状况开始谈起,一边扯一边想:庄文伊在家里和妻子争长论短,其实正是一对最和睦的夫妻,两个人都想努力干点事业。龙金生和老婆是患难与共。就是顾荣,在家也是个好丈夫,好父亲。但是,由这些人组成的政治格局却矛盾挺尖锐。政治的关系也许是最严峻的关系吧。自己如何在严峻的对立中掌握策略,争取多数,形成主流,开辟道路呢?

两个人正扯着,外面一声停放自行车的声响,小莉一股风刮进了院子。

"我找着你了。"她看着李向南,一拍手快活地笑道。

"找我?"李向南奇怪地问。

"我给自己出了个难题:能不能半小时内在县城找着一个人?我选择你做

目标找了一下。这不是，"她抬腕看了下小坤表，"二十七分钟就破案了。"

李向南哈哈大笑。连从来不笑的龙金生也止不住露出一丝敦厚的笑意。李向南就此站起身来告辞。

在县城街上走的时候，李向南感慨地谈到龙金生训老婆的一幕："老龙是一辈子兢兢业业啊。"

"那有什么用？"小莉不以为然地一甩短发。

"怎么叫没用啊？"李向南含着批评的口吻说。

"有小汽车不坐，每次下乡骑着自行车扎上行李卷，一股子艰苦朴素。可一辈子也没领导老百姓致富，那艰苦朴素有什么用？咱们共产党有一批这样的干部。"

"艰苦朴素也是需要的嘛，这叫同甘共苦嘛。"

"算了吧，你这县委书记又装模作样。"

"你怎么又来了？"李向南笑道。

那次李向南端着饭碗从机关食堂排队打饭出来，碰见小莉。

"嗬，又自己打饭啊？你这县委书记怪忙的，不会让灶上给你送去？"

"那像什么样子？"

"排一次队一二十分钟，你有时间多为老百姓解决一个问题不就都有了？搞什么形式主义，你不是最反对形式主义吗？"

"这怎么能叫形式主义呢？"李向南笑道。

"中国这'不患贫，患不均'的习惯势力就要破破。一个干部一辈子不给老百姓解决问题，只要不多吃多占，老百姓就说他是好干部。一个干部办了多少好事，只要房子多住两间，就有人不满。这不是形式主义？"

"又办事又艰苦朴素不好吗？"

"你就会装模作样。"

"我的话没道理？"小莉一边推车走着，一边争辩着。

"中国有中国的国情。"李向南温和地说。

"我觉得我最适应中国的国情了。"

"你？"李向南止不住又要哈哈大笑，但他一下有所意识，收住了，只是略含讽刺地说，"中国要照你的思想方法搞，非乱套不行。"他必须和小莉保持距离。小莉今晚把自己当作"破案目标"来寻找，这里的潜意识是很微妙的。

"我这一套怎么就乱了？"

"你的思想太没逻辑性，相互矛盾太多了。"

他们说着来到了县委小招待所的"贵宾院"。

"你来看我叔叔？"小莉问。

"谈谈工作。"

小莉的目光犹豫地闪了一下，跟了进去。

顾荣正背着手慢慢来回踱着，"向南来了？"他淡淡地打了个招呼，并没有停止踱步。"小莉，吃饭了？"他又问道。

"吃了，叔叔。"小莉答道。

顾荣继续慢慢踱着步。

"明天县委常委和一部分部门负责人准备一起下乡走走。"李向南对顾荣说道，"准备看几个地方，对下面形势和工作统一一下思想。"

"噢。"

"你看你……"

"我身体还不行，你领同志们去吧。"

"具体想解决下面的几个问题，想征求一下你的意见。"

"你看着定吧。"

李向南说："这要先和你商量啊。"

"和大家商量着办吧。"顾荣更为淡然地答道。

李向南有些尴尬。顾荣依然慢慢踱着。当他胖墩墩的身躯从李向南身前一次次缓缓走过时，李向南能感觉到他那身躯内蓄积的敌视和决心付之行动的威严。这种情绪和力量从他走动时身躯排开的气浪中，从他身体散发的烘烘热气中，还有从他那阴沉的表情和沉稳的步伐中，缓缓向外放射着，使你感到压力。

"好，老顾，那你休息吧。等下乡回来我再向你汇报。"他说着便告辞了。

小莉看看李向南，又看看顾荣，犹豫了一下，留下了。

李向南一个人在街上走着。西山的晚霞早已熄灭。暮色像无边的灰纱一层层罩下来。虽然还不到一年最热的时候，晚饭后，街上已经有人泼了水，坐在小板凳上开始乘凉了。他一边和人们打着招呼，一边思索着。

自己和顾荣的矛盾现在暂时是无法调和了。只有先把反对改革的势力从政治上击败，他才有伸手向顾荣讲团结的可能。

一个月来，旗帜是打出去了，形势是推进了，但锋芒之所及，既得利益同传统观念手拉手集结起来，成为一个强大的反对派立在了自己面前。有人说李向南工作"卓有成效"，有人说李向南"骄横莽撞"。关于他的两种截然相反的舆论大概早已到了地区一级，在那里与不同的利益和观念又结合起来，成为更高一层的对立。很快，省里也会受到两种舆论的影响。他是这次提拔的全省最年轻的县委书记，他干得又有些"标新立异"，这一切使得他是在众目睽睽下，在广泛的审视和争议下进行每个动作。至于记者的报道，反对者的告状，更使古陵在大范围内引人注目。不管他出发点多正确，如果他无法稳住干部队伍，局势的任何失控，在传统观念还相当强大的今天，势必会被守旧势力抓住，成为搞掉他的口实：古陵乱了。在上下错综复杂的政治格局中，一个小棋子往往可能成为全局平衡的牺牲品。

他知道自己的励精图治，今后将在社会变革方面展开的"标新立异"。但那些是政治代数，政治微积分，一章一章还在后面才能提上日程。现在，他只能从一加一等于二的政治算术开始。而整个蓝图能否实行，成败的关键恰恰在今天这些一加一等于二的基本政治斗争。

"吱"一声，自行车在身旁煞住，小莉跳下车。

"我又和我叔叔说了几句闲话。"她额头渗着细细的汗珠，对李向南解释道，好像做了什么对不住李向南的事情。

"这还用向我这县委书记汇报？"李向南揶揄道。

小莉扑哧笑了："他要不是我叔叔就好了。"

"为什么？"

"那我就坚决支持你。"

"小莉，我发现你性格中的矛盾太多了。"李向南含笑说道，"你有时候讲起政治来，显得比你年纪大得多；有时候说起话来，又简直像个最可笑的小孩。"

"我哪像小孩了？"

"其实你就是小孩。"李向南用长辈的口气说道，"你说你适应中国国情，其实你对中国国情并不真正了解。"

"我怎么不了解？"

李向南温和地笑笑。如何对待小莉，是他目前碰到的复杂问题之一。看来，自己应该遵循两条：一，务必与她保持严肃的距离感；二，争取小莉对自己的理解和支持。他决定干脆和小莉严肃谈谈自己的思想，这大概能兼而达到两条目的。

"你知道吗，在中国，任何一个有宏图大略的改革家，他如果不同时是一个熟悉国情的老练的政治家，他注定要被打得粉碎的。"李向南尽量用严肃的、小莉这个年龄所不适应的语言讲道。

小莉点着头，听他讲下去。

"你要改革社会，先要用三分之一的力量去应付各种各样的政治环境，包括人事环境，去化解形形色色的纠葛，去提防各种阴谋诡计、打击报复；必要时，还不得不采取一定的灵活措施来装备自己。是不是？"

"是。"

"然后还要用三分之一的力量去为建设最起码的政治廉洁而努力，整顿纲纪啦，整饬干部啦，反对官僚腐化啦，一加一等于二，完成这些政治算术的题目。是吧？最后，你才能把你剩下的三分之一力量用于为社会开拓长远设想和现实实践。而在实践中呢，你的相当一部分精力又必须消耗在许多令人心力交瘁的琐碎上，还要有一部分精力用来承担一些个人难免的感情痛苦。是不是？"

小莉侧着头静静地听着，自行车轮在路面发出沙沙的响声。

"所以，你要改革，你就应该是强者。你不仅要在思想上、知识上、胆略上、战略远见上，以至政治手段上应该是强者，而且应该在身体上、意志力上都是强者。在这里，历史不给怯懦者以同情，只给怯懦者以冷酷的失败和尖锐的嘲讽。"

这一段话足够严肃、足够深奥了。大概足可以在他和小莉间造成距离感了。

小莉低头想着什么，听见她沉思的脚步声和自行车的沙沙声。

"你觉得古陵难吗？"小莉在黑暗中问。

"有点难。"

"古陵这一步你得走好。你这一步如果失败了，被搁上几年，错过形势，一辈子可能就什么都不好干了。"小莉很真诚地说。

李向南心中有些震动。这个神奇的小莉。她说的竟是自己也想过的。对于自己三十二岁的年龄踏上改革古陵这一步，他有着深谋远虑。改革社会，毕生抱负，这第一步必须走好。此步成败，可能会决定他一生的命运。社会之沧桑，施展抱负的机会尤其珍贵，一步跟不上，步步跟不上。

"哪有那么严重？"他笑笑说道。

"就是嘛。"小莉轻声争辩道。

李向南心中又微微一颤。

"明天我也跟你们一起下乡，好吗？"小莉站住了。

"不好。"

"你如果觉得对你不好，我就不去了。"

"对我有什么？"李向南笑了，"主要是对你不好嘛。"

"我才什么都不怕呢。"小莉看着李向南，小孩一样执拗地嘟囔着。她的眼睛在黑暗中闪闪发亮。两个人面对面站得很近。隔着黑夜潮湿静谧的空气，小莉的身体散发着被汗湿浸润后湿热而迷人的青春气息，还有那带着汗湿的发香。一阵冲动的颤抖从李向南身上直传到喉部，他甚至想拥抱和亲吻一下小莉。这一瞬间他感到：危险不仅在小莉方面，也在自己方面开始萌芽了。

这叫什么拉开距离？简直是事与愿违。

第二十三章

人民日报记者刘貌有些疑惑地听着康乐讲话。他三十多岁，一米六五的矮个子，瘦削的下巴，显得精明而机敏。一件洗得发白的军上衣表明着他的部队生涯。他背着一个军用帆布挎包和始终随身的相机、笔记本，正和康乐站在县委大院门口一辆"邢台牌"大轿车旁说笑着。今天是县委常委全体出动，"到农村转一圈"。他俩最先到。

"他这又要搞什么惊人之举？"刘貌问。

"你又进入情况了？"康乐反问道。

"我这阵在古陵每天都在进入新情况，"刘貌搔了搔头发说，"不过你这家伙有时候对我留一手。怕我夺了你的小说素材是不是？"

"随你老兄怎么说了。"康乐说，"这不是，县委书记来了，你问他自己吧。"

"对你们记者是得有所保留。"李向南走过来，他依然挽着裤腿，穿着凉鞋。听完刘貌的问话，他半幽默半认真地说道。

常委们陆陆续续来了，气氛不好。

小胡阴沉着脸一来就先发了难。

"为什么不同意我走？"他问李向南，目光射出敌意。昨天，地委郑书记托人捎了个信给李向南，准备把小胡调到地委办公室去。小胡为此昨晚找了李向南，李向南表示不同意。

"我想让你再考虑考虑。"面对小胡今天当众的再一次追问，他答道。

"我没什么考虑的。"

"就这么坚决？"李向南笑道，然后抬手指了指身旁的大轿车，"先上车，等下乡回来，你要决心走，咱们再谈，好不好？"

"小胡，回来再谈也来得及嘛，你急哪门子事？"康乐在一旁打着圆场。

"要谈现在就谈，到底放不放我走？"

李向南脸色一沉："已经告诉你了，回来再谈。你现在还没调走，工作总得做。"说着，他丢下小胡转身和康乐交待别的事情了。

小胡咬住嘴唇一动不动地站了一会儿，转身悻悻然上了车。

龙金生来了，穿着他那身褪了色的蓝卡叽布衣裤，皱巴巴地挽着袖子卷着裤腿，光脚穿着双黑凉鞋。一张嘴又是昨晚没能说成的那些亟待解决的农业政策性问题：什么个人包租汽车搞长途贩运；什么个人包砖瓦窑，只动嘴不动手，一人包十几窑，收入二八开；什么个人出头搞"股份公司"，办豆腐厂等等。采取什么政策，县社有关部门中两种意见闹得很厉害。

"怎么办？"他有些发愁地问。

"没法办。"李向南说。

龙金生疑惑地看了看李向南："总得有个条文明确规定一下，要不，怕不行。"

"怕不行"是龙金生的口头禅。

"马上大概还形不成条文。"李向南说，"县、社都先不要去干涉，任其发展一个时期，看一看再说。"

"放任自流怕不行。"

"加强领导，靠政策。没形成政策的事，有些可以先让群众去摸索。"

"出了问题呢？"

"咱们承担哪。"李向南一摊双手笑道。

"县委常委还是讨论一下好。"

"现在这个水平，能讨论清楚吗？越讨论越争论不休。咱们别费那个时间了。"

龙金生还想说什么，李向南笑着挥了一下手："还是转一圈回来再谈具体问题吧。"

龙金生哑了。他还说什么呢？去转一圈问题就解决了？他成天在下面转，什么情况不熟悉？具体问题不谈，到下面，还不是具体问题越多？

"向南，你这样可别激化矛盾。"康乐溜了一眼倚着车窗玻璃的小胡和车门口默默低头卷烟的龙金生，小声提醒道。

"不要紧。"李向南皱着眉心答道。

李向南讥讽地笑了笑："不为什么。"

"你到底打算怎么解决这一班人的矛盾？"刘貌不知什么时候也凑上来，关切地小声问。

"有组织、有计划、有准备地解决嘛。"李向南说着玩笑话，神情却不失认真。

有计划的行动会遇到计划外的情况。

大轿车刚一拐弯，上了横贯县城的那条大街，就被百货商店门口一片骚乱的人群挡住。两个售货员打架，店里打到店外，惊动了半条街上的人围观。轿车响着喇叭分开人群开过去了。李向南示意司机停下，他下了车。康乐、刘貌等人也跟了下去。其他人则贴着车窗往下看，县委书记要干什么？

两个打架的售货员各被人拦着，扯着，手里挥舞着铁扳子，不断挣脱着，做出冲上去再打的架势，同时扯着脖子破口大骂。认出是县委书记来了，先人群，后他俩，慢慢静了下来。

"你们负责人呢？"李向南蹙着眉打量着两个人问道。

"是李书记！"商店的支书，一个穿着一身劳动布的矮个中年人不安地出现在李向南面前。他刚才也在拉架，"他们俩因为一件小事吵起来了，又……"

李向南轻轻哼了一声，一句一停地慢慢说道："两个人，连打带骂，污染了半个县城。这件事还小？"然后，他冷峻地扫视了一下人群，指着身旁的刘貌说道："这位，是报社记者。古陵形势好，要上报。现在，古陵的大好形势在哪儿？"他指了一下堵满街道的人群，看着两个售货员，"叫你们打掉了一半。"

人群一片静寂。

"你们每天什么时候关门下班？"

"下午六点。"支书赶忙答道。

"好，后天下午六点到六点半，在你们商店开现场会，处理这个问题。我来。"李向南又转过头吩咐康乐："通知商业局、劳动服务公司、劳动局的一把手准时参加。"李向南不动声色的处置充满了威严，两个售货员有些惶恐地垂下头。"站柜台打架？头脑太热。这两天，让他们停职冷静冷静。后天开会，你们拿出处理他俩的意见。"李向南对支书说道，转头看见卖油条的南城关胖老王，"老王也拉架来了？你怎么不打架呀？"

176

"嗨，我哪儿敢打，那不砸了自个儿买卖了？"满脸油光的胖老王窘促地笑着，"我又不是铁饭碗。"

李向南点了点头，扫了打架的两个售货员一眼，带点嘲讽地说道："拿着铁饭碗，当然不怕砸。态度不好，可以考虑取消他们的铁饭碗。"说着，转身离开现场。支书在一旁忐忑不安地跟着。

"再出这样的事，处分谁啊？"李向南问。

"处分我。"

"我同意。这条，就这样定下来了。"

"丢下顾客不管，自己满街打架，抱着铁饭碗有恃无恐，这样的官商作风要不得。"李向南上了车，一边坐下一边愤慨说道，"这件事，要抓住做文章，坚决把这作风煞住。还有，"他转头看了一下车上前后的人，微微笑道，"以后不管哪个领域出这样的恶性事件，头一次处理本人，第二次就连同处分第一把手，这应该成为一条规定。咱们这个'轿车常委会'能不能通过这一条？"

街道两边的店铺在车窗外一闪而过，满车的人对刚才的事情说笑议论着。他们自然已经通过了李向南的提议。李向南靠坐在座椅上，心中浮起一丝淡淡的、似乎无可奈何却又快意的微笑：一个小小的插曲。他相信，自己这样简洁地处理问题，会给大多数常委留下印象的。他需要不断加强这种印象。他看了看坐在前面的小胡的背影和旁边低头抽烟的龙金生，沉默不语地看着窗外的庄文伊，除了对这少数人需要对症下药、重点争取以外，他还需要对全体县委常委进行影响和感召。领导干部凭什么当领导？归根结底应该凭你的正确、果断、远见、负责，凭你比一般人更善于工作的榜样。对于自己这样年轻、毫无资历可言的人，尤其要靠工作来建立威信，靠自己的工作来形象地说明政策。一个月来展开的行动，震动了县委常委们的思想，也触发了他们各种各样的疑虑：年轻的县委书记是否对古陵知情？是否沉稳实际？是否热情有余，经验不足？还有，是否在古陵待得下去？……今天，他就要用一系列行动来扫除这些问号，并把全体常委的思想引申到新的高度。他坐在座位上，随着车的颠簸，感到浑身涨满了弹性，似乎因为血管扩张而感到有些发热，想做个什么有力的动作。他轻轻握了握拳，嘴角露出一丝不易觉察的笑意：顾荣是不会想到这些的。顾荣有足够丰富老练的权术，有谈笑之间便纵横捭阖的手腕；但是，年轻的县委书记看清了这一切，却不理睬这一切。他将用自己独特的工作作风和思想魅力来吸引和感召领导中枢；用改革家的大动作一举击败权术家的小动作。

"康乐，刚才的事情，那样处理，你觉得没什么不妥当吧？"他目视前方，用身旁康乐一人能听到的声音，显得漫不经意地问道。

"没什么不妥当的。"

康乐这回答显然还不使李向南满意。他沉吟了一下，又接着提出问题："一个打架的小事，抓住大做文章，开几级现场会，又宣布再出问题处分支部书记，这样是不是小题大做？还有，刚才当场讲的那些话，是不是太厉害了点？"

听完这段似乎是"不太放心"的话，康乐才悟出了李向南的真实心理：年轻的县委书记显然对刚才的行动很有些自我欣赏，想听到"评价"呢。康乐不禁暗自笑了。他照例是如实地给县委书记做了分析："今天这场面，一两天就在全县传开了，老百姓肯定会越传越神，老百姓对商店衙门早就反感透了。后天现场会一开，问题一处理，肯定会在服务行业有震动。最后，最重要的一条是在干部队伍中的影响，这又是你干练的行政效率的一个示范。"

"哪有那么大影响？言过其实。"李向南似乎是不以为然地摇摇头。

"实际情况。几次事不都是这样？"

"经验主义。"李向南笑道。

车一出县城，李向南就把县委统战部长、县民政局长、县教育局长三个人叫到身边一起来坐。除了统战部长是县委常委外，其他两个人都是李向南特意让通知来的。

"咱们利用十分钟左右的时间来研究一个上访案件。"他说，"陈年老案了，就是那个国民党起义中校，叫魏祯吧？他要求解决他住房的上访案件。"

这个陈村中学的退休教师魏祯正是林虹的舅舅。

坐在前头的小胡、冯耀祖身子都动了动，竖起了耳朵。车上的其他常委们虽然还在聊着，也都注意起来。车上的这种气氛李向南都觉察到了，他明白底细，觉得很有些滑稽，在心中轻蔑地笑了笑。他不在乎那些关于他和林虹关系之类的流言蜚语，要蹚开这一切大步往前走，尽快把自己的真实形象树立起来。等群众干部真正看到了你，再有人泼脏水，也污染不了你。

"这个案子前后批了三十多次，拖了近两年时间，至今没有解决。这些情况你们三家都是知道的。"李向南严肃地说，"问题很简单，一个，是应该不应该给魏祯解决盖房问题；二个，钱由谁出，怎么出，出多少。"他看了看眼前的这三个人，接着说道："第一个问题，可能你们大家，包括当时县委常委部分同志的批示都是没有异议的，都认为应该解决。是不是？"

三个人都先后点头称是。

"对这一点，我今天只想再讲一句话：我们拖延至今不解决，到底有没有道理？过去搞运动，错收了他的房子，本来就不对；在你们教育局属下当了三十年人民教师，退休了，不解决他的生活困难，更不对；现在讲统战，什么海峡两岸皆是同胞，什么爱国不分先后，可咱们这儿摆着一个三十多年前国民党起义过来的中校，咱们的政策在他身上有什么具体体现？有什么说服力、感召力？你这个统战部长不失职吗？我们这个共产党不失信吗？这是第三个不对。"他又看了看三个人，说，"所以这个问题一定要解决。不解决，你这个民政局长、教育局长、统战部长，还有我这个县委书记都不像样。"他停了一下，因为车身晃动，他扶了一下前面的椅背，"需要尽快解决，不能再拖，对这一点，你们现在都没意见吧？"

"当然没有。"胖胖的统战部长笑着说，其他两人也都附和着。一辆长途公共汽车响着喇叭迎面掠过。

"好，那你们现在就研究一下，具体如何解决。咱们几方在这儿一起敲定。"

事情很简单。三个人当着李向南的面，经过几分钟的商量决定：民政局出四百元，其他两家各出三百元共一千元拨来给魏祯盖房。

"你们再周全考虑一下细节，有困难没有？要反悔现在就反悔。"李向南风趣地笑道。

"有困难也能克服。我们早就认为应该解决，主要是觉得不应该由我们教育局一家负责。"干瘦的教育局长坦率地说道，另外两个人也笑了。

"具体盖房，谁家负责？"

"我们负责吧，"民政局长扶了扶他那农村老太太才戴的旧式眼镜，"我们正包着一个施工队搞基建，再包给他们就行了。一个月内保证盖起来。"

"要保证质量。样式，最好能征求一下本人意见。"李向南又说。

"好。"

李向南转过头对康乐说："问题就这样解决了。你看用什么形式形成一个文件，下达一下。"

康乐点点头，立刻在笔记本上记了几个字。

“问题不是很简单嘛。”李向南又回过身说道。

“是很简单的问题。”三个人都笑了。

“可为什么简单的问题变得这样复杂呢？十分钟能解决的事情拖了两年，咱们不该研究研究？”

在李向南的身后，记者刘貌正在他的袖珍本上飞快地写着：

简单的问题为什么变得复杂化？

复杂的问题又如何变得简单了？

这两个变化所包含的深刻原因和意义！……

在古陵的这些天，刘貌几乎每天都在发出一条有分量的消息。原来准备待两三天，却两三个星期待在古陵不动窝了。

“向南，”坐在前面的冯耀祖扭过毛发稀疏的胖脑袋，隔着一排座位对李向南似笑非笑地说：“魏祯这个人，有个问题。”

满车人都因为这突如其来的插话静寂下来。

“什么问题啊？”李向南已从冯耀祖满脸的假笑后面感到了恶意，他冷冷地问道。

在他目光的压力下，冯耀祖收敛了一些。惯于趋炎附势的习性，使他不由自主地在脸上堆起讪笑。他“啊”地尴尬了一瞬，但绝没有收回既定决心的意思。

“魏祯这个人有经济问题。”他说道，然后像是打出了一张王牌，得意地看了看李向南。

“有什么事实啊？”李向南依然不动声色，心中却感到有些压力。他深知政治斗争的复杂性。一个细节上的疏忽可能被阴谋家抓住，从而造成一场斗争的失败。

“他最近报销了一次药费，二百七十八块钱，都是在外县看的病。他又没有转院手续，这是违章报销。”

李向南不胜憎恶地打量着冯耀祖，点了点头，然后回过身，把坐在最末一排的县卫生局局长叫了过来。

“照理说不符合手续，但魏祯有特殊情况。他退了休，在本县没居住条件，只能到老婆的娘家去住。病了，来不及回来看，也无法回来看，这个情况，我们向教育局了解过。我们还请示了县委李书记。"卫生局长解释道。

李向南冷冷地看着冯耀祖:"魏祯的特殊情况,是由于我们对他的政策不落实造成的。这不应该我们负责吗?"

"那当然应该了。"冯耀祖脸上又露出逢迎的笑,笑中含着一丝阴险,"不过问题是,谁能断定那些药费是他本人看的病呢,万一是他老婆或旁人看的病呢?"

"他本人一直有病。"教育局长说。

"不排除这药费里有他的,但据了解,"冯耀祖露出那种掌握情况的卖弄神情,"他老婆最近一直卧床不起。你能排除这药费里没有他老婆的吗?具体的数字,最近很快就会调查清楚。"

李向南简直愤怒了。他看着冯耀祖脸上、脖颈上的横肉,甚至隔着一排座位都能闻到他一身胖肉发出的那令人厌恶的油腻味:"这就是你费了那么多心机在搞的所谓经济问题吗?"

"这是规章政策,李书记,你用不着发火嘛。"冯耀祖说道。

李向南听见自己切齿的声音了。他生平第一次感到憎恶是比仇恨、愤怒更难克制的情绪。冯耀祖让他感到的首先是憎恶。

或许是他感到康乐用胳膊肘轻轻碰了他一下,或许是他想到了愤怒失态反而没有威严,他克制住自己:"你分管财贸,是应该关心财经纪律方面的问题,可为什么大量真正的经济犯罪你倒放着不管呢?"他直视着冯耀祖,话有所指地批评道,"在魏祯这件事上大做文章,是因为什么原因呢?"

冯耀祖脸上的胖肉哆嗦了一下,话中有话地说:"因为李书记关心,我也关心一下。"

"我倒相信,魏祯不会做这种事,他三十年的一贯表现说明了他的品格。"李向南看着人们说道,"最起码没有事实,我们不应该这样随便猜疑一个人。难道他老婆病了,他就一定报销了他老婆的药费吗?共产党对人应该以诚相待。"他停了停,接着说道,"退一步说,即使是魏祯多报了几块钱药费,同志们,我们搞错了人家三十年,给他造成的损失不比这大得多吗?'文化大革命'中就关了两次,一次牛鬼蛇神,一次清队,一共三年时间。我们对不起人家的地方很多啊。如果真是他老婆卧床不起,他经济有困难,我们不应该设法救济吗?"李向南停顿了片刻,最后对冯耀祖说道:"古陵揭批清时扩大化了,把你也错关了半年，平反以后，你不是还要过营养补助费，弥补你那半年身体的损失吗？"

冯耀祖顿时十分难堪。

"你的平反，拖了几个月，你当时不也很急迫地每天上访吗？你那时是什么心情呢？魏祯被整错了三十年，上访了两年、七十次，对这件事本身，你为什么没有足够的关心和同情呢？为什么就不应该将心比心、设身处地为他人想想呢？"

冯耀祖脸上似笑非笑，额头上冒出油汗。

"好了，这件事就谈到这儿。"李向南的口气平和了一些，"关于魏祯的老婆是不是病了，他是不是很困难，就委托你去了解一下。他有什么困难，你及时告诉我，另外，你代表县委，把对他上访问题的解决办法通知他。"

"……好。"

"你告诉他，一个月以后就可以搬回来住了，房子到时候就盖好了。到了古陵，县里也能更及时地照顾他。你看，你还有什么意见？"李向南沉稳地瞧着冯耀祖。

"没有什么意见。"

"小康，"李向南转头吩咐康乐，"到时候你陪耀祖一起去一趟。"

事情到此结束，车厢里片刻静默。

"向南，这事你处理得很漂亮，"康乐在一旁低声对李向南说，"不过，你没有必要替魏祯的人品打保票。这种事有时候很难说。"

"我们的保票管什么用？"李向南说道，"我们替谁也不打保票，只讲实际。我是看了魏祯的全部档案材料，了解了他的情况。我相信，他是个诚实谨慎的人。"

车窗外掠过一棵棵白杨树。雨后开晴的天空明朗湛蓝，田里一片片的麦子水汪油绿。一辆红色的拖拉机在远处田间的路上行驶着，好像海面上的一艘小艇，牵动着李向南的目光，最后消失在峰岭相夹的青山峪里。车在沙石路上微微颠簸着，他感到很舒坦。十分钟和两年，这是今天的小小序曲，是揭示主题的简洁开始。他喜欢简洁。冯耀祖的节外生枝，反而增加了一点戏剧性。

他听见刘貌在身后刷刷刷写字的声音，心中笑了笑。这位记者抓动态，抢新闻，"力求轰动舆论"的热情他很理解，也很赞赏。干事业没点好大喜功怎么行？报道古陵，包括报道他这个县委书记的别出一格的行动，李向南都不反对，甚至希望这样。他是力求用自己的创造性实践去影响社会的。当然，他也经常以谦虚之辞表示不同意记者的某些报道，那是因为他觉得过早的报道有时会造成工作的被动和处境的复杂化。自己是在和一个植根于强大社会基础的人物较量。这是多方面的较量，从历史到现实，从思想到政治，从智谋到手段，包括性格力量。任何等闲视之、略逊一筹都将葬送改革。现在看来，自己刚才在车上有过的两次自我欣赏是非常无聊的，简直是小家子气。在这种决定自身和社会命运的较量中，谁也不会停止计谋和行动。关键要打出水平。

汽车不知何时已经沿着盘旋的山路爬了一阵坡。左边，长着零星野枣刺和小草的岩壁贴着车窗掠过去；右前方，远远亮起一片浩渺的波光，那是他指定的第一个停车点黄庄水库。

第二十四章

大轿车开到水库大坝上停了下来。

水库管理处副主任朱泉山连同十来个干部在大坝上迎候他们。

朱泉山是个四十一二岁的中年汉子，中等身材，方脸，两颊通红，有些发胖，总像、怕光似的眯缝着眼。他有些迟钝地笑着，伸出大手和走下车的县委领导们一一握手寒暄，他的神情举止，他和人相握的手，都表现出一种安身立命的温和。常委们对他都很客气。因为朱泉山并非一名寻常的下级干部。1965 年，他二十五岁时，就曾担任过古陵县的县委书记，那时他是全国最年轻的县委书记，相当出名。在那以前，他高中毕业回乡，领导一个有人要饭的村子由穷变富。现在，他虽然由于一言难尽的复杂原因蹲在山旮旯水库边默默无闻，人们对他仍有掺着某种同情的尊重。他握住比他年轻的康乐的手，也客气地点着头："康主任，你来了？"似乎他从来不曾当过县委书记，从来只是个恭顺的小芝麻干部。小胡走下车来，对他既冷淡又不自然，只是敷衍地伸了一下手。

坝上风很大，从浩淼的水面上疾劲刮来，吹得衣服哗啦啦飘着，人也要吹跑似的站不稳。和朱泉山一起在大坝上迎候的除了水库管理处的几个干部外，还有县银行的负责人，黄庄公社的几个干部，另外几个似乎不是本地人。都是李向南预先通知来的。

小胡警惕地打量着这个阵势，眉宇间露出了轻蔑。一看朱泉山在场，他就预感到李向南此行不善。他越来越感到这位学生出身的县委书记是很有手腕的。这既让他嫉妒，又让他惕怵。不用说，今天来黄庄水库，必有出奇的文章。

"大家先看看这片水吧。"李向南见人们都下了车，便一指水面说道。

大坝有二百米长，宽阔笔直，坝顶的水泥路可以并行两辆汽车。它坐东朝西地拦住山谷的咽喉，两边山陵很低，起伏而上，越往上相距越宽阔，洋洋洒洒地展开了一个几平方公里的浩瀚水面。近处浪拍石坝，远处波光粼粼。在大坝南端的山坡下面有一排石砌的房子，那就是管理处所在地。

这要看什么呢？这是古陵最大的水库，古陵人大都看过。人们面水迎风站着，静等着县委书记开口。庄文伊抽着烟在想什么。冯耀祖和旁人胡乱闲扯着，目光并不看水面，以此表明他对县委书记的不买账。小胡抱着胳膊来回溜达着，显出不耐烦。

小胡和冯耀祖的神态举止，李向南都看见了，他没露声色。不要着急，慢慢来，文章总要做出来让你们好好看的。

"老龙，"他站在人群中眺望着水面，对站在身旁的龙金生说，"你知道吗，咱们县现在白荒着几万亩地？"

龙金生正在低头卷烟，这时惊愕地抬起头看着李向南。

人们对这句话也有些惊疑。

"这不是，"李向南一指水面，"光这里就几千亩。咱们全县一共有各种水面五万亩，合一人一分，都没有利用起来，白白荒着。"

龙金生不以为然地继续卷烟，慢腾腾地说了一句："这水库里也养着鱼呢。"

"我说同志，一亩水面一年打半斤多鱼，那算什么？跟荒了差不多。你瞎撒把麦粒在地里，不耕不种，不也能一亩收上几斤？"李向南说。

龙金生张嘴想说什么，又停住了。庄文伊却在李向南另一侧像是和谁争论似的气哼哼道："关键是我们指导农业还是旧的狭隘思想，没有大食物观点。"

龙金生慢条斯理地说："古陵人不习惯吃鱼。"

"生活习惯是由生产决定的，没有鱼，怎么会习惯吃鱼？而且，我们完全可以销售嘛。"庄文伊说。

"不习惯吃鱼的地方，就往往不习惯养鱼，这常常是规律。"龙金生这才卷好烟，慢慢点上，抬起头道，"我不反对养鱼，农林牧副渔都要搞。古陵养鱼，说没有，多多少少有一点。可是真像南方有些地区那样养鱼，怕不行。多方面的问题都不过关。过去也搞过多少次，每次都是开开头就半途而废了。"

"我的科委主任，"李向南扭头瞧着庄文伊问道，"你提倡大食物观点，现在全权交给你，让你当几天县委书记，你怎么办？"

"首先县委要有决心，要明确方针。"庄文伊说。

"过去县委也开过会，形成过决议。"龙金生在一旁慢慢说道。

"好，这是首先。"李向南含笑看着庄文伊，"第二呢？"

"第二应该从组织上落实，常委内应该有人专管养鱼这一行。"庄文伊说。

"我过去就分管过养鱼。"龙金生仍在一旁不紧不慢地找补上一句。

"好，这是第二。第三呢？"李向南没有理会龙金生的话，接着问庄文伊。

"第三，为了保证销售，可以成立一个渔业水产公司。"庄文伊说。

"好。第四呢？"

"现在不是说精简机构吗？"龙金生在一旁像是自言自语地说道。

"过去养鱼失败，我看主要是技术原因。"庄文伊始终像没听见龙金生的话似的，一气说下去，"现在应该由县里专门加强这方面的力量，建立技术中心，对全县有养鱼条件的社队建立技术指导网。还有，需要从资金上、条件上给予保证。另外，应该成立相应的科研中心，根据咱们县的水文条件，进行系统的综合研究，研究水利的综合管理和养鱼的综合发展。还有，对于渔业和水利综合开发利用的关系，渔业和水库管理的关系，渔业和农业的关系，都要有相应的政策措施。关于发展养鱼事业的建议，我过去已经提过多少次了，始终就不这么干嘛，有什么用？"庄文伊越说越激动，脸都涨红了。

"你这可不只是第五，第六，第七了，一二十条，这么复杂，怎么闹啊？"李向南笑道。

"问题本来很简单，复杂是复杂在……"

"不要回避，大胆说明它。"李向南严肃地说。

"复杂就复杂在咱们现在这套体制机构，官僚作风。压制了生产力。"

李向南脸上的笑容消逝了，他紧蹙眉峰看了看庄文伊，冷冷地说道："就凭你这样繁琐的一大套，就能打破那复杂的官僚主义了？"

人们全都愣怔住了，不知道县委书记怎么突然这样动气。庄文伊扶了扶眼镜，不知道自己哪儿说错了。连小胡也惊愕地瞪着李向南。今天到底是要收拾谁呢？

"既然官僚主义压制了生产，那么你考虑发展生产，首先就应该考虑打破官僚主义。"李向南说。

"我是这个意思。"庄文伊解释道。

"有的时候，我们单刀直入突破一点，还要被挡住呢。你这罗列上几十条，锋芒在哪儿？只要有一条，给你摆上两个实际问题，你的建议就是一张废纸。再说上二十条有什么用？"人们都被县委书记的严厉震慑住了。李向南又看了看龙金生和庄文伊两个人。"你们俩有什么矛盾？各有各的片面性。一个是因为过去的经验教训，习惯了那一套旧东西，认为干不成，所以不用干；一个是不正视事情的复杂性，只凭想象力，认为什么都应该干，但实际上，光是埋怨官僚保守，纸上谈兵有什么用？最后还不是寸步难行？"李向南把目光转向庄文伊，"你说首先是县委要下决心，县委决心怎么下？"他一指在场的常委们，"如果县委就是官僚主义，你怎么办？是改革完了再来种地养鱼呢，还是在种地养鱼中来改革呢？不改革就不能养鱼，这可能是你的逻辑。可实际上你会明白，就是抓住养鱼这样的具体事情，一个一个点集中力量突破过去，我们才能推动改革。"

李向南扫视了一下众人，目光落在两个人身上："开诚布公吧，今天来黄庄水库，第一个目的是针对你们两个人的，就是拿你们两个人的思想开刀。"

小胡冷冷地瞥了李向南一眼。

李向南在人群中搜寻着，招呼道："老朱，你来。"

朱泉山走到众人面前。

"把你们的计划谈谈。"李向南对朱泉山说。

朱泉山依然很迟钝地笑了笑，好像很为难似的，然后开了口。不多的几句话，就有条有理把事情讲得分外清楚：黄庄公社黄庄大队从前年开始就准备和水库管理处签订合同，租用水面养鱼；养鱼收入三七开。七分归大队，三分归管理处。另外，大队负责把水库的渠道、涵洞、堤坝的全部维修无偿包下来，由管理处做技术指导。大队还负责在水库周围的山坡上植树造林，五年内全部绿化，防止水土流失，减少水库淤积。

"这是你在暗里给大队出的主意吧？"李向南微微笑着问道。

朱泉山敦厚地笑了笑。

"是老朱给我们出的谋，划的策。"黄庄大队支部书记高大树在一旁答道。他可谓名如其人，个子高出旁人一头多，嗓门却不大，还有些暗哑，三四十岁的样子。他一边敞怀摊手地笑着，一边把一包"牡丹"烟开了盒，自自然然地散在了每个人手里。

"养鱼是个很复杂的事情，自然条件，技术问题，销售问题，我们古陵历来都很难过关啊。"李向南说着轻轻扫了龙金生一眼。

"我们已经到外地请好了养鱼技术员。"高大树迎面五指张开地伸出大手比画着，"和他们也谈妥了合同。我们是两头订合同，一头订合同租水库，一头雇用技术员。销路没问题，我们都联系好了；运输自己搞。现在只要把水面租到手，我们就可以在三年内让这水库每年产鱼二十万斤以上。"

"你这实际吗？"李向南明知故问，"你拿什么能让我们相信呢？我们这些人是只相信实际的。要不，你说破天也不行。"

"我们在我们大队的小水库已经养了四年鱼了。一年亩产三十斤鱼，实实在在的。还要提高呢。"

"这样有把握的好事情，为什么早没签订合同呢？"李向南继续问。

"不批准呗。"高大树一摊双手说道，扭脸看看朱泉山。朱泉山会意地略回了一下头，站在他身后的一个技术员立刻递给他一摞材料，他转手递到了李向南手中。

李向南若有所思地掂了掂，然后递给同车来的县水利局长："这些我已经看过了，现在，请大家传着看看吧。看一看，再想一想。"

这是黄庄公社、黄庄大队、黄庄水库管理处两年来联合打的十几次申请报告，请县里批准双方的合同。十几份报告的空白处几乎全部被钢笔、毛笔、圆珠笔、红铅笔写的各种批示挤满了。报告的纸边都卷着，一部分已经揉烂了。报告在人们手中传递着，李向南背着手在大坝的石栏边慢慢来回踱着。人们很快都看完了。本来这十几份报告他们都经过手，一翻就都回忆清楚了。很多人都在报告上面看到了自己的批文。县水利局马局长是个一脸络腮胡子的矮胖子，这会儿可能有些热了，拿出一团手绢不停地擦着额头的汗。沙沙的翻纸声停止了，大坝上一片寂静。只听见波浪轻轻拍打花岗石大坝的哗哗声。

县委书记在人群面前站住了。他声音不大，甚至可说是低沉平和地说道："这是不是犯罪啊？"

没有人吭气。小胡在这种气氛下没敢像刚才那样，再用漫不经心的溜达来表示自己对李向南权威的蔑视。他又不甘心，于是就抱起胳膊，斜伸着一条腿，用这种姿势来表示一下自己的反抗。

李向南并没注意小胡，他蹙眉凝视着眼前什么地方。

"两年时间，签字批文，公文旅行，扔掉了几十万斤鱼。影响全县五万亩水面养鱼的推广，扔掉的就更不知多少了。国计民生，都不在我们心上？"他停顿了一下，看着众人，"这些批文你们都有份吧？这么清楚的申请报告，明摆的于国、于民、于集体都有利的事情，都没看出它的合理性？"

没有人说话。

"老龙，这里也有你的几次批文吧？"

"是。"

"好，现在先不追究责任，我们先来解决这个合同的审批问题。"他停了停说道："县委常委县政府除了个别同志，都在。水利局的几位局长今天都请来了，现在我们就开个会讨论这件事。县委常委从政策上研究一下此事的可行性，县政府、水利局具体研究一下此合同的审批问题。上上下下有什么需要商议的，就在这里当场碰头。你们看，这样行不行？"

事情明了得不能再明了。不到十分钟，审批这个合同从政策方面到具体事宜的各个环节，全部通过了。没有任何人能提出反对。

"你们需要贷款吗？"李向南问高大树。

"我们自筹资金完全可以搞。"高大树使劲搓着大手，满脸红光地说。

"我知道你们大队有钱，可你们伸手搞的项目也多。如果你周转不便，想搞得痛快一点、需要贷款，我已经把财神爷请来了。"李向南指着县财政县银行的几个负责人说道。

"那好。贷我们几万，两年就连本带利还清。我们大队是敢借、敢花、敢挣。"高大树豪爽地说。

"有关贷款的具体事项你们下去谈。合同手续也下去盖章签办。"李向南把那摞报告递到康乐手里，对大家说："同志们，这么一个利弊分明的事情为什么被我们拖延了整整两年时间呢？到底为什么批不了，大家坦率谈谈，总结一下原因。"

"我们是怕负责任，往上推。"矮胖的水利局马局长嗓门粗哑地承认道。

"还有互相推。"又一个人说。

"县里是往下推。"

"这种事情到底应该谁家决定，不清楚。局里请示上级，县里又推到局里，都怕承担责任。"

人们纷纷说着。

"个人都不犯错误，结果是集体犯了大错误。"康乐笑着说。

"这也是一种大锅饭，也要改革。以后也要搞点责任制。"李向南表示赞同地接过大家的话，停了一下说，"同志们，批不批这个合同，还有没有某个具体的原因呢？"人们静下来，几十双眼睛里闪着不同的目光。小胡感到神经一震，迅疾地瞥了一下站在人群最后面的朱泉山。"更明确点说，这个由朱泉山出谋划策搞出来的合同得不到批准，有没有什么具体的背景呢？"

李向南询问的目光投向大家。

这下人们都明白了，垂下眼极力躲避着县委书记的目光。大坝上风势更大了，浪头拍岸的声音也一阵一阵更响了。十几米外的大轿车里司机饶有兴致地探着脑袋，居高临下地看着这个独特的"站谈会"。

这个问题是谁也不愿回答的，这涉及朱泉山的特殊处境。朱泉山十几年来的历史是个悲剧。1965年，他以二十五岁的年龄当了一年县委书记，就赶上了1966年开始的政治动乱。他先被投入黑牢囚禁，后被弄到小煤窑像狗一样爬着背煤。1977年，中国进入新的历史转折，他被潮流涌上来，成了县革委副主任，以为可以施展一下子，刚一露锋芒，便在农业问题上顶撞了县革委主任顾荣，在会议桌上发生了面对面的争执。如果其后的实践证明他是错的，或许还好一些；实践却越来越证明是顾荣错了，所以，他更难得到顾荣的宽谅。朱泉山先被贬到水利局任副局长，随后又被以适当理由下到黄庄水库管理处当副主任。

"大家都不知道吗？"李向南打破沉默问道。

没人回答。

"老朱，"李向南慢慢走近站在人群后面的朱泉山，"别人不知道，你应该知道。"

朱泉山看看左右，为难地笑了笑。

"你能和我一个人说，为什么不能当着大家面说呢？"李向南鼓励道。

朱泉山尴尬地躲闪着李向南的目光。

"是对同志们不信任，还是对县委解决问题的决心不相信？"

朱泉山左一下右一下擦着额头的汗水，不知所措地摇着头。

小胡充满敌意地打量着这个场面。正经的在这儿开始了。

康乐则有些担忧地估量局面。他深知李向南的用心，这步棋很出奇，但有

190

些贸然了。只要朱泉山不张嘴，大家都哑场，那可是个老大的狼狈。

李向南目光缓缓扫过人群，又冷冷地落在朱泉山的身上。看着对方那已经开始发胖的身体和头上掺杂的绺绺白发，他心中既同情又气愤。一个在二十五岁时就叱咤风云治理过一个县的人，现在被搞成这样。他紧闭双唇来回踱了几步，一下站住了，转过身面对大家："一个政权，如果把人民说真话的嘴堵住了，它早晚要被历史推翻的。懂吗？"他声音不算高，但人们却感到他那发自内心的震撼，"古陵县，现在有个人，还是干部，当着县党政领导不敢讲压在自己心里的真话，这就是对我们的控告。"李向南的眼睛有些潮湿了，"朱泉山，你藏头露尾还没藏够吗？你已经耽误了十几年了，你看看你，头发都开始白了。你自己看不见吗？"

两颗泪珠从朱泉山那显得迟钝的眼睛里滚了出来。

"你这辈子就准备这样过去了吗？"李向南的声音放平和了。

"我只说一句，"朱泉山说道，"一个干部，得罪了本地区的领导，就一辈子不能再工作，永远不得翻身，这太——封建专制了。"朱泉山声音嘶哑，泪水沿着他有些虚胖的两颊唰唰地流了下来。一直在一旁迅速记录的刘貌这时用手背很快擦擦自己的眼睛，豪爽的高大树转身擤着鼻子。

整个大坝一片肃静。

"大家都看到了，"李向南严肃地说，"黄庄水库几千亩水面，全县几万亩水面这样白白荒着，朱泉山这样的人才被埋没着，我们这种体制机构和官僚作风，既压制着生产力，又压制着人才。不改革行吗？朱泉山被排挤打击的情况大家也都心照不宣。到底应该不应该追究责任，追究谁的责任，今天先不谈。但是有一点应该明白，这样的机构和作风现状是不能继续下去了。大家没意见吧？"

人群很安静，县委书记的问话并不需要回答。

"有几件事我提议一下，今天可以算一个常委扩大会吧，第一件事，黄庄水库这件事很典型，我提议搞一个调查报告'是什么压制了生产和人才'，用这样一个材料来说明点问题。大家同意吗？"

都同意，或者说没有人不同意。

"耀祖，你的意见呢？"李向南的目光停在尚未表态的冯耀祖身上。

"啊，我没意见。"冯耀祖连忙点头。

小胡冷冷地瞥了冯耀祖一眼，他蔑视这号软骨头。

"好，这件事，康乐、小胡，你们县委办公室和政研室联合搞一下。"李向南吩咐道。

"好。"康乐点了点头。

小胡冷着脸没表示。

"小胡，你还有什么意见吗？"李向南转过目光注视着他。

小胡垂着眼皮没有回答。他感到了众人的目光集中到自己身上，觉得背上一阵潮热，出汗了。

"有什么意见可以坦率谈。如果没意见，你可是政研室副主任，这事你应该多负责啊。"李向南口气平和。

小胡顶着众人的目光又冷冷地沉默了一瞬，或许只有几秒钟，但他感觉自己坚持了很长的时间。然后淡漠地说："行吧。"

"调查报告搞出来，可以送到报社去发。这很典型。"刘貌说。

"第二件事，"李向南面向大家继续说，"关于朱泉山的工作问题。他以后更适合做什么工作，我们也不能马上决定，要请示地委。现在是否可以考虑，暂时让朱泉山同志把全县的渔业抓起来？"

"我同意。"龙金生说，"应该把黄庄合同的经验在全县推广。"

大家也纷纷表示同意。

"老朱，那你就把这项工作抓起来吧，放手大胆地搞。"李向南对朱泉山勉励道，"至于过去那样的情况，越工作越受打击，只要我当县委书记一天，就绝不让它再发生。"

朱泉山伸出双手慢慢握住了李向南的手。

"另外，"李向南指了指旁边的龙金生，"你可以帮助老龙对全县的农业生产出些主意，当个参谋，协助老龙做些具体工作。"

朱泉山低着头摇了摇，又点了点头。

大轿车驶离水库大坝，沿横岭山山脚的公路向下一个指定停车点横岭峪公社开去。

第二十五章

横岭峪公社代理书记潘苟世天亮从炕上一爬起来，想的就是一件事：今天要好好准备"迎接"县委书记李向南。

这件事害得他好苦，一晚上牵肠挂肚，接连做胡梦。按他自己的中医经来说，是脾之气不顺，肝火亦有些盛。他胡乱穿了衣服，趿拉着鞋，开门见山到了院子里，面对着鸟雀啾啾的横岭山刷了牙，扔下秃毛开花的牙刷，又拿起黑乎乎的毛巾，呼噜呼噜洗着脸。洗着洗着他停住，毛巾贴在脸颊上又转着脑筋，想着今天排下的阵势还有纰漏没有。把毛巾撂到盆里，一回屋，他的火腾地冒了上来。

老婆玉珍照例是蓬乱着头发，蜡黄着脸，盘腿坐在炕上磨磨蹭蹭一下一停地叠着被子。炕上乱七八糟，几条打补丁的红花布被子，被里早已由白变为黑，乱糟糟地团成几堆。三个儿子，大虎、二虎、三虎，六岁、五岁、三岁，正在被堆上又滚又爬，又揪又打，她也没看见似的；顶多不急不慢地把扬着手要打二虎的大虎往边上拉一把；三虎一边哭一边尿在铺炕的油布上，她也不当回事，顺手拉过来一块脏布往他屁股下一塞。地下的尿盆还发着尿臊气。满眼黑糟污烂。潘苟世刚往里一走，又蹚着昨晚没倒的洗脚水，铸铁盆重重地哐啷一声，磕在他脚脖上。他黑红的脸上涌满怒气，充血的小眼睛溜圆地往外凸着。没见过这样窝囊废的婆娘，当初自己真是瞎了眼啦。

"孩子打，孩子尿，你不管？瞎了眼啦！"他吼道。

"你也可以管嘛。"玉珍头也没回，不急不恼地说着，一边慢慢拉过被子来叠，顺手朝三虎屁股上打了一下，让他靠边。三虎哇哇地哭得更响了。

"你是牲口养的？"潘苟世瞪起充血的眼睛，这是他一贯用来骂老婆的话。他伸手从炕上抱起三虎，一边颠着哄儿子，一边嘴里继续抽空骂着老婆。三虎依然哭着，他便把三虎换到左胳膊颠着，右手指划着满墙贴的戏剧连环画哄逗着。他喜欢古戏，京剧，河北梆子，山西梆子，都爱。墙上红红绿绿贴满了《打金枝》《宇宙锋》《辕门斩子》《借东风》《桃园结义》的画儿。孩子还是哭，他抱着孩子到里屋转了转，里间摆满刚刚开始油漆的一套家具，立柜、平柜、酒柜、写字台，栗子色的油漆还未干，发散着浓烈的油漆味。没法转，又回到外屋，指着旧红漆柜上的玻璃罩座钟哄逗着："钟钟，看钟钟！"还是不灵。他又把柜上放的一个旧式唱机嘎嘎地开开了，唱片悠悠地一转，锣鼓梆子一片喧响，开戏了，三虎这才揉着小眼不哭了。

"你少抱点孩子吧，别把你的病传染了孩子。"玉珍一边在炕上收拾，扫着炕，一边说。潘苟世有肺结核，还没除根。

"我知道。我的儿子，传染不了。"他又瞪起眼来。他看着老婆坐在炕上正给二虎穿衣服的背影，觉得哪儿也不顺眼。病病歪歪的样子，进门不会料家，出门不会做人，穿没穿样，走没走样，要不是给自己生了三个大小子，他早就和她踢打婚姻了。他喜欢儿子。要是没有计划生育，他还要多生。他是独子，苟世这名字，是他一生下来算命先生给起的，"狗屎"的意思。名字轻贱，为的好养活，后来上学才改为现在这两个字。别看他上过初中，在党校还进修过，四十多岁，还算年轻，可这子孙满堂的旧观念还挺强的，三个儿子是他最大的骄傲。大虎、二虎、三虎也是他起的得意的名字。虎有生气，百兽之王，他是中国传统文化的信奉者。谁要夸他儿子有虎气，是博得他高兴的最有效的办法之一。

吵归吵，骂归骂，夫妻还是夫妻。他把孩子撂在炕上，说道："我先到前面去转转，回来吃饭。今天县里有人来。"他住在公社大院的后面，隔着一堵围墙，"前面"就是指公社。

"老人的事到底怎么办？"玉珍问。明天是潘苟世的父亲去世三周年，这忌辰是大办还是小办？让这位公社代理书记颇费思谋。

"当然办，按老规矩办。我不是说过了。"潘苟世在门口停住脚，转身说道。

"县委书记这两天下来，你不怕挨通报？"玉珍收拾着炕下的脚盆尿盆，慢声细气地说着。她是个棉花性子，多乱也不嫌乱，多急也不着急，说话声没高过，有啥都能咽到肚里。

"老人受苦一辈子，这去世三周年，不办办怎么交待？大不了不要这顶乌纱帽了。"潘苟世嗓门又高起来。

"顾县长要知道这事，会怎么跟你说？"

一提顾荣，潘苟世没话了。顾荣是他最感戴的上级。他原来在县农机厂当总支书记时，整人太多，积怨甚广，落实政策时成为众矢之的，日子一天天很难捱，很多事情追责任都要落到他头上。他都准备卷铺盖回村教书了，顾荣把他保下来，三下两下，调他到公社当了个副书记，后来又代理了书记。说话，顾荣还会把这个"代"字替他摘掉，这是已经有过暗示的。他是个知恩必报的人，顾荣的话他怎么能不听呢？昨天去县城看顾荣，人家还一再提醒自己，啥事要添点脑筋，还笑着用了一句他熟悉的典故："张飞还粗中有细呢，你不能光有勇无谋。"是的，新来的县委书记歹毒得很，拾掇起人来干脆利落，真要抓自己一个典型，就这一件事也能把自己撸了。到时候，还不是哭都来不及？孙子讲过，可胜在敌。要在政治上不失败，首先要注意自己没纰漏，不被人抓住把柄。这是他几经挫折得到的最大教训。

他痛苦了。竟然立在门口，两眼有些发呆起来。人一生有两大恩是必报的，一个是知遇之恩，像顾荣对他；还有一个就是父母的养育之恩。他十六岁那年正上初中，父亲伤寒高烧，他给父亲披上一块油布，冒着雨连走带爬，上坡过沟，背着父亲十里地，蹚过湍急的横岭河送到医院。因为跪着用膝盖爬坡，膝盖磨得骨头都露出来了，血淋淋的。从那时起，他这孝子的名声就传开了。他爱惜这个名声，心中也真有那孝心，至今一想起父母省吃俭用，手战抖着把鸡蛋换下的钱塞到他口袋里，供他上学，他就鼻子发酸。此恩不报，还算人吗？

"这个，等会儿再说吧。实在不行，叫叔伯和侄子们出面办，我少露面就行了。"说着，他一甩手。他甩手的姿势也是独特的，右肩低着，右手缩在下垂的衣袖里，好像是唱戏的抖水袖，由里往外一甩。实在不耐烦了就连着甩几下。

"还有，你也别太死心眼了。"老婆在后面又有话了。

"又怎么了？"他不耐烦地往后甩了一下手，抬脚往外走。

"我看你对新来的县委书记有成见，群众对他印象都挺好的，叫他李青天。"

"他不是明摆着想排挤顾书记，想在古陵称王称霸？"

"他们的事，你也不都清楚，你别叫人当枪使。"

"什么当枪使？我是自觉自愿，不能对不起顾书记。一个人要连这点好歹都不知，还算个人吗？"他唾沫星飞溅着。他是重视忠诚的，他常常给下属们讲：咱们起码要向诸葛亮和关羽学习，人要有人品，忠诚老实，鞠躬尽瘁。

玉珍想张嘴说什么，一看他气势汹汹的样子就不言语了。这个孱弱的女人原来在县招待所当会计，自从嫁给潘苟世，就又佩服他又怕他，也越来越担心他。他干事太凶太绝，谁要用上他了，他真能像条狗似的乱冲乱咬。农机厂干不下去了，垂头丧气了一阵，到了横岭峪公社又缓过气来，硬邦邦地抖起威风来。别看人们对他毕恭毕敬，但是，女人的眼睛却能看到隐藏在后面的各种不满。她什么都不说，可她心里什么都明白，所以她什么都担心。潘苟世什么都说，什么都有态度，可他的眼睛其实什么都没看见，所以他也什么都不怕。

贵人抬步难。潘苟世刚出门，就差点和一个穿蓝帆布工作服的人撞个满怀。原来是给他油漆家具的大老张，县木器厂的油漆工，横岭峪人。

"潘书记，头遍漆干了吧？今天该上二遍了。"他笑呵呵地放下油漆桶，老朋友似的随便拉过个小板凳。

潘苟世客客气气地把他让到屋里，又拿烟，又点火。有人说他见当官的后襟短前襟长，见老百姓是前襟短后襟长，也不尽然。不管是什么干部，只要是他属下，他都敢骂；可是非他属下，哪怕是个老百姓来找，他都客气得脸不离笑，手不离烟，又点头又哈腰。他明白自己的权力范围。

"这颜色还可以吧？"大老张用手轻轻摸着油漆过一遍的家具，自我欣赏地上下扫看着。

"可以，可以。"潘苟世连连点头，他到外屋掂了一下暖壶，空的，便不满地看了一眼老婆，玉珍立刻拎上暖壶出去了。他又回到里屋同大老张说话："还是这深栗子色的好，咱们看不惯那清淡水亮的颜色。我本来不想做这些东西，我这个人不讲究这一套，在农机厂这么多年，也没做过一件家具。"

大老张扭过头看了一下外屋放的两件旧家具，一个就是那个黑污油亮的红漆柜，还有一个同样黑污油亮的红漆方桌，再加上炕上两个黑乎乎的红漆木箱，这就是他的全部家当了。

"潘书记，你那是朴素嘛。"

"搞摆设讲排场有什么意思？无聊得很。现代化也不是在这儿化。"潘苟

196

世喷烟吐雾说得起劲了，口气中带着鄙夷。他过去最厌恶别人家里左一套家具右一套摆设，水溜光净穷讲究，走进去手脚都没地方放，真不如一进家就拉过小板凳来坐自在。他一直以自己家的简陋为荣。但现在，眼前这套亮光光的新式家具迎面堵着他的嘴，话一拐弯就又转了，"这会儿是入乡随俗了。同志们都鼓动我闹，木料送到院里，也罢，随便闹上这两件吧。"

说这话时他有无限感慨。"好就好在投降"，他脑子里自嘲地冒出一句评《水浒》时的语录。是啊，自己好像也在投降。过去坚持的一套套东西不知不觉改了，自己骂什么别人？有什么脸？这不是玉珍提着暖壶从前面灶房打水回来了，看着她那烫成弹簧卷似的头发他就别扭。过去他在农机厂，专门对青年工人讲过，男的头发不要长，女的头发不要烫，要"俏也不争春"。这是他好长时间不断自得地重复的一句话。可是后来，连老婆也悄悄烫了发，他居然也没说什么。说什么呢？社会风气潜移默化，全然变了。他现在看不起老婆的只是土不土洋不洋，要烫发干脆就像那些会打扮的姑娘们一样，弄得像样点，怎么她一烫就卷毛羊一样卷着，一股寒碜劲呢？

他看着老婆给两个茶杯倒上了水，大老张端起了那个自己专用的掉了把的白色搪瓷杯，他急忙站起来，伸手制止道："别用这个杯，老张。"他有肺结核，不能传染别人。

"怎么了？"大老张不解地问。

"啊，那个杯子烫手，"他手停在半空中有些尴尬地说，"用这个玻璃杯吧。"他不愿让别人知道他有肺结核。痨病，不光彩，有损他的威严形象。

"没事。"大老张说着端起杯子喝了一口。

潘苟世回头和老婆相视了一下，见老婆张嘴要对大老张解释什么，他挥手道："你快收拾屋，弄早饭吧。"

玉珍责备地看了他一眼，没吭气到外屋去了。

大老张一边喝水，潘苟世一边看着别扭，自己缺了德啦。

正喝着水，二虎进来了，大老张一把将二虎揽到怀里："来，二虎，叫张叔叔抱抱。"他抬头看着潘苟世说，"你这三个小子够棒的，个个都虎气。"

这下撞着潘苟世的笑神经了，他高兴地露出一嘴黄牙，一边笑眯眯地抽着烟，一边说道："三个傻小子！"

"他们长大了娶媳妇，一人一套家具，油漆活我包了。"大老张爽快地向上一摆手。他的摆手很特别，手掌就好像他拿的油漆刷，往上刷漆似的一扬。

潘苟世更高兴了。他不知道，要讨好他就要夸他儿子虎气，是横岭峪人人皆知的。大老张也是摸准了这个行情。帮着油漆家具也好，夸儿子虎气也好，都是大老张的铺垫，他见机会成熟了，正经话才提了出来。

"潘书记，有个事想求求你。"

"说吧。"他愉快地应道，同时递过烟去。

"我是说宋安生的事。"

"怎么？"潘苟世警觉地问道，递烟的右手收住了。

"他年轻幼稚，有什么错误，你就原谅了他。潘书记，你可能不知道，他是我外甥。"大老张嘿嘿地笑了。

"这话不行！"潘苟世的脸一下沉了下来，把右手拿的那根烟连同左手拿的烟盒往旁边的矮方桌上一放，"他年轻幼稚？他什么都明白，聪明得很。根本不把我这个书记放在眼里。"

宋安生是个二十五六岁的年轻人，原来是横岭峪小学的校长，后来又当了公社副主任，分管文教、卫生、科研等乱七八糟一摊。这个高中毕业生在各方面都有一套，老是和潘苟世意见不合。潘苟世对他恨之入骨。他恨他文化比自己高，恨他能说会写比自己强，尤其恨他在半个月前的全县提意见大会上越过他和新来的县委书记直接挂上钩，告了他的状。他现在就是要好好收拾他。下级理应毕恭毕敬，规规矩矩，不越级出风头。破这几条就是破了潘苟世的大忌讳。宋安生现在才知道后悔了？怕了？求人来说情了？晚了，我才不吃这一套呢。

"潘书记，他有啥缺点，您多批评他。"大老张有些尴尬地讪笑着。

玉珍抱着三虎在门口也劝责地插话道："你不会和小宋谈谈？"

潘苟世见老婆也替宋安生求情，一下跳了起来，唾沫飞溅地吼道："外面的事用得着你瞎掺和吗？这个叫你求情，那个叫你求情，走后门走到我头上来了。我跟你们说，不行。谁再来这一套，我唾他一脸！"

"唾一脸"，这是潘苟世最雷霆大怒的话了。但凡一听这话从代理书记嘴里出来，横岭峪的人就噤若寒蝉什么都不敢说了。大老张虽然在城里上班，也深知横岭峪这行情，他窘困地讪笑着，自己摸出烟来，低头点着，划火柴的手微微有些打战。玉珍看着实在不过意，又斗着胆慢声慢气地对潘苟世劝说了一句："当面给你提意见的人不一定坏。你不要对宋安生有成见。"

"你再张这烂嘴，我唾你一脸！"潘苟世血红的眼睛冒着火，指着老婆吼道。从来没有人在他骂了"唾一脸"的话后还敢顶撞他，今天竟是自己老婆打自己脸。"宋安生什么东西？小小野心家。到处争出风头。他不是能吗？找他靠山告我去。和小学教书的姑娘勾勾搭搭，还和陈村那个姓林的小寡妇来来往往。他一个人做事一个人当，用得着你护吗？"

"你不要随便乱说人。"丈夫的脏话实在让玉珍听不下去。她知道那"小学教书的姑娘"是指本村的肖婷婷，小寡妇是指林虹。

"我唾你一脸！"潘苟世实在按捺不住，呸的一口唾在玉珍脸上。

大老张震惊了。刚刚推门进来的公社电话员小乔姑娘也站在门口惊呆了。

潘苟世自己也立在那儿呆了。

玉珍抱着三虎麻木不仁地站在那儿，没有擦脸上的唾沫。她目光呆滞地看着丈夫，像是看一个陌生人，蜡黄的脸上蒙着任打任骂的凄凉之色，三虎因为害怕，双手紧紧搂住她脖子，回头惊恐地看着父亲。大虎、二虎不声不响地靠到母亲身边，一人抱住她一条腿，回头扬着小脸看着父亲。三个孩子，六只滚热的小手紧紧抱着她。孩子都知道她委屈。两颗混浊的泪珠，慢慢从玉珍的脸上流下来

"唉！"潘苟世一捶脑袋，一屁股坐在小板凳上。自己是做什么孽。

"大婶，潘书记这几天工作忙，有时候心情烦躁点，您别在意。"小乔甜甜一笑，上来从玉珍怀里接过孩子。她是个乖巧的姑娘。"您看这三个孩子跟您多亲啊？一个个这么虎气，看着他们就什么烦都没有了。"她瞟了潘苟世一眼。今天夸孩子虎气也没引出书记的笑容。小乔又掏出手绢递给玉珍，玉珍摇摇头，用手推了回来。

小乔莞尔一笑，对潘苟世说："潘书记，我是来叫您接电话的。"

"叫他们谁接一接记下来就行了。"潘苟世摆了一下手说道。

"是顾县长来的。"

潘苟世腾地站了起来："好，咱俩去。"他走到里屋门口，扭头看了看玉珍，叹了口气，又拔脚往外走；走到外屋门口，又返回来，从铁丝上扯下一条干毛巾塞到玉珍手里；又一眼扫见矮方桌上的茶杯，拿起来把水就地一泼，扣在一边，又把玻璃杯倒上水放到大老张旁边："老张，你喝水，用这个杯。烟，你自己拿。"他把烟盒推到大老张旁边，尴尬地笑了笑，转身出了家。

他走起路来总是这样往前哈着腰，急匆匆像赶火车似的。腿有点罗圈，膝盖往外，大撇开的八字步，大号布鞋总是趿拉着地，脚步咚咚咚地很重。今天心绪不好，就趿拉得更厉害了。小乔跟在后面，看着他走路的姿态有些想笑，不过她没笑出来。她马上要做的是使这位潘书记脸上露出笑来。要不，今天公社大院里一天气氛紧张，谁也别想出大气。

"潘书记，这份广播稿，你审查一下吧。"小乔从口袋里掏出几页纸递给潘苟世，她还是公社广播站的广播员呢。

"这不一定要我看嘛。"潘苟世说。

"这篇文章重要啊。"小乔撒娇地噘起嘴，"还是你亲自看看好，起码你得亲自签个字。要不哪行啊？"

这话如解气的灵丹妙药，潘苟世的情绪一下好起来，很受用。特别是"亲自"二字，他最喜欢听。他立刻站住接了过来，手指蘸了下舌头上的口水，翻看了一两页，便掏出黑杆大笔舌的旧式钢笔，在上面一笔一笔认真地批示道："此稿万分重要，同意火速广播。潘"。那两笔字歪歪扭扭的，真不怎么样。他手伸直，拿远了，左右看了看，又在后面添上日期，很满意地又端详了一眼，递给小乔。他最喜欢批示。大小一个什么条子，一张上传下达的报表，他都必定要往上批两句。明明是当面见了两句话就能办的事，他也要拟个文，再来个"请公社党委诸同志传阅考虑"。

两个人进了公社大院，路过迎门而立的影壁，上边贴着墙报。小乔又站住了，"潘书记，您看墙报又该换新的了，您再给写首诗吧。"

"我那诗哪行啊？"潘苟世笑得有些合不拢嘴地谦虚道。

"谁不知道您最会写七绝、七律古诗了。"

这娇滴滴的话真让他的心像被熨过一样舒帖受用。现在，能有几个人像他这样懂平仄韵律的？再这样下去，中国的古典诗词非绝种不行。

"那这次写什么呢？"他笑嘻嘻站住，抬头看着上一期墙报。红红绿绿的报头，花边，头条位置就是他上次写的一首"七绝"。所谓七绝，不过是首打油诗，只是他还没研究过二者的差别而已。

计划生育真谓好，党的旨意要记牢，
子孙万代长远计，人民生活步步高。

他看着颇有些自得。特别是"真谓好"那个"谓"字，还有"党的旨意"那"旨意"二字用得很妙，不俗，很有些古诗味道。为了这几个字，他曾皱着眉趴在办公桌上很斟酌了半个多小时，涂来改去，连午饭也忘了回去吃。古诗就要这样讲究炼字。要不怎么出来"推敲"，怎么又有"春风又绿江南岸"？略有遗憾的是，墙报被雨淋了两天，红纸绿纸都褪了色，字迹也洇得模糊不清了。以后应该在这墙报上装个檐。这么重要的事情在眼皮底下也没个人注意，样样都要他亲自抓。什么事他不亲自抓能行？他决定回去拟个文，内容款式都想好了："为了保证墙报这个阵地的宣传效果，我们墙报的上边是不是应该装个檐？请党委有关同志考虑一下。此件传阅，请每人亮亮自己的意见。潘"。

"你随便写什么就行。"小乔又在身边娇嗔道，打断了他的思路，"你当书记的还不知道，那还怎么领导我们。"

潘苟世开心地连连点头："好，好，今天晚上我抽两个钟头好好写写。"

他心情完全舒畅了。小乔这姑娘讨他喜欢，怎么就喜欢了，他当然没有多想。她刚调来时，他最看不惯。没别的原因，就因为她长得太漂亮，白嫩的秀气脸，黑亮的眼睛扑闪闪的，一看就不规矩。他不喜欢漂亮姑娘。原因很简单，漂亮姑娘总让他有压力，让他不敢正眼看，说话也不自然，常常闹得他失了尊严。他这个年轻时就有的怯病现在也没改了。过去在农机厂时，青年工人在背后给他起了个外号，叫"潘二酸"。说他是见上级领导巴结溜舔，第一个寒酸；见漂亮姑娘不敢抬眼，第二个寒酸。这话传到他耳朵里，他暴跳如雷。因为这，他更恨漂亮姑娘。特别憎恨那些样子风流的。他骂一个女人坏，最恶毒的字眼莫过于"风流"。或许又是因为自己老婆长得不好看，尤其加强了他对漂亮姑娘的憎恨。可是，小乔对他潘书记长潘书记短的，终于甜得他顺心也顺眼了。慢慢地，他不但看惯了她，而且越来越喜欢她。小乔尊重上级，服从领导，这是最大的优点嘛。只是小乔到他家里来一趟，他完了要无缘无故对老婆发一顿不满。不是嫌玉珍邋遢，就是嫌她笨，嫌她不知道待人接物，没个灵活气。这会儿和小乔并肩走着，她身上那一股什么粉的、水的幽香弄得他心里麻酥酥的。也该给自己那口子买点这。咳，也不知她那不土不洋的会不会用。

到了总机室，一拿起电话，那些乱七八糟的想法就都烟消云散。小乔笑吟吟地倚在旁边，用手指在胸前绕卷着披下来的头发。他也看不见她了，连幽香也闻不见了。他只听见电话里顾荣和蔼威严的声音。那声音沉甸甸的，让他感到很大的分量。他甚至想起昨晚梦中的一个镜头：顾荣坐在高高的山顶上讲话，整个山谷雷鸣一样轰响着他的声音。

小乔在一旁看着他，心里觉得很好玩，刚才在家里气势汹汹得吓人，眼睛要喷血似的；这会儿，隔着电话也点头哈腰的，成另一个人了。

"我，我都有思、思想准备。"潘苟世对着话筒有些结巴地说。每到关键时刻，小时候口吃的毛病就又带出来了。

"谁知道你那个准备是个什么准备啊？再说，光有思想准备就行了？"顾荣亲切中带着点长辈的揶揄，"你不是精通《三国》吗？大意失荆州。"

"是是是！"他连连点着头。放下电话，已然是一额头的汗了，他掏出一团黑污皱巴的手绢擦着。顾书记对自己的提醒和敲打是非常及时的，是完全必要的。看看一早晨自己都干了些什么？闹来闹去的把正经事倒丢到一边去了。今天，新来的县委书记不是要来吗？明明是把横岭峪当眼中钉肉中刺，来拔钉挑刺了，自己还在怄傻气，这不是要大意失荆州？顾书记到底有水平，敲打在点子上。想到他居然还知道自己精通《三国》，他心里颇有点暖烘烘醉陶陶的很感动。顾书记真是知人善用。

他想起昨天去县里招待所"贵宾院"看望顾荣的情况。最后只剩下他们两个人时，潘苟世鼓了半天勇气，大着胆子说了一句："顾书记，您身体好点了吗？要不要我给您号号脉？……啊，我，我懂点脉理、懂，懂得不多。"他有些结巴了，脊背上已经汗涔涔了。

"早不要紧了。"顾荣仰身坐在沙发上，摆了摆手，"这么远，一二十里地，你三天两头跑来看我，不容易啊。"他指着他，诙谐地开玩笑道："忠臣！啊？呵呵呵！"

潘苟世也笑了，眼睛都有那么点潮湿了。他的感动顾荣也看出来了，顾荣也有些感动。其实，他原来很看不起潘苟世，干什么事太穷凶极恶，没个分寸水平，影响太不好。但是，他看中了这个人的忠心耿耿、敢打头阵。这样的人其实最好用，冲锋陷阵不怕得罪人，绝不会打着领导的牌子去打人，自己躲在一边做好人；更不会尾大不掉离心离德。因为他那股恶劲，到处积怨，很难另立山头。实在群情激愤，可以当众训他三句，护他两句，既软硬兼施收拾住了他，自己又能以此得人心。这种老谋深算的用人艺术，当然是潘苟世想不到的。

"我总不能在顾书记遭灾倒霉的时候躲得远远的。我……"他结结巴巴地竭力想表示自己的忠诚，但这笨话无疑让顾荣不快了。他很快把话题转到李向南第二天要带着县委班子下乡的事上：

"横岭峪，他不是要去吗？"顾荣靠在沙发上说道，"不能说是眼中钉肉中刺，起码是他不太顺眼的点吧？你潘苟世也有姓顾的嫌疑。"

"那我非和他干不行。"

"干什么？"顾荣不满地抬起眼看着潘苟世，拉长了声音问道，"要团结为重嘛。回去把公社的工作总结做好。摆主流，摆成绩，要理直气壮。有什么问题，特别是难解决的问题，也可以摆出来向县委书记请示工作嘛。"

这话，潘苟世听明白了。这就是密授机宜。

他连连点着头，罗圈着腿恭顺地站了起来："顾书记，您坐着，我这就回去准备。"他塌着右肩，右手垂在膝前，袖子又长出一截，一边连声不迭地劝阻着顾荣，一边倒退着出了房间。这种绝不把脊背对着领导退出办公室的"潘式"步法，早已给他带来流传甚广的伴着哄笑的"荣誉"。那是他本人还不自知的"荣誉"。

此时，他腾地从电话机旁站了起来。昨天，他已安排好了对县委书记"将军"的阵势；现在，他还要趁着早晨和前半晌的时间再周全地过一遍。李向南来横岭峪拔钉，就要让他撞在铁钉上。他刚走出总机室，大虎跑来叫他回家吃早饭。他不耐烦地挥了一下手，打发道："回去告诉你妈，我没时间，不吃了。"大虎仰着小圆脸畏怯地看着他，一声不响地走了。都什么时候了，还吃早饭？太阳已经照得公社大院那排西房的白灰墙亮晃晃的，横岭山也镀上一层耀眼的金黄，土是土，树是树，连小石小草都看得清清楚楚了。还顾得上吃饭？

要抓紧。第一，把公社的工作再通盘周密地考虑一遍，检查安排一遍，绝不能有任何漏洞叫李向南抓住。整人都是抓住借口才能下手的，这个经验他是最明白不过的。第二，更重要的，要准备上一堆难题，"请示"县委书记。让他难办，碰个灰溜溜。

想到给新来的县委书记来个"出难题"，他又兴奋又紧张，手心都攥出热汗了。

第二十六章

潘苟世马上去找公社驼秘书。秘书办公室在公社大门拱形门洞的一侧，对面另一侧是个黑板墙，上面是各大队计划生育统计表。秘书办公室面对着门洞有个方窗，可以看见人进人出，是个传达室的位置，驼秘书也就兼着收发和传达。

推开门，屋里很暗，一个年轻后生正拿起话筒要打电话。

驼秘书伛着身子趴在桌上填着什么表格，抬头看见潘苟世进来，驼秘书那干瘦多皱的脸上立刻露出一丝惊怯。他一把抓住年轻人手里的话筒按下来，叨唠道："我不是跟你说了，没请示潘书记，不要随便打电话。"潘苟世瞪了年轻人一眼。那是前面街上杂货铺里的售货员，这会儿吓得脸都白了。

其实，老百姓来公社驼秘书这儿打电话，过去多少年是平常的事。"棉花软，羊毛细，驼秘书的好脾气。"这句歌谣是横岭峪老幼皆知的。潘苟世一来横岭峪走马上任，就看着不顺眼了。随随便便都跑到公社打电话，闹哄哄的像什么样子。好像这地方你们想来就能来。这简直是对他这公社书记神圣权力的无视和侵犯。他规定从今往后，外人一律不许擅自在这儿打电话。这是领导机关。有人要打怎么办？只好请示他。只要你潘书记长潘书记短一央求，他便会痛快地说："嗯，这次就照顾你特殊情况吧。"驼秘书若不在场，他就随便撕块纸，日历也行，烟盒也行，写上个"潘"字，派头很大地一递："拿着这条去找驼秘书吧。"久而久之，横岭峪多了一句俏皮话，谁要去公社打电话，就说"我去特殊情况一下"。他那签着"潘"字的纸片也就成了横岭峪的独特"证券"：电话票。

方圆十几里地已有歌谣为证：

横岭峪，有三宝：

坡下的枣，山上的药，

潘书记的电话票。

横岭峪出药材，出核小肉厚的大红枣，电话票也与之齐名了。

不过眼下驼秘书没这么多意识流，他要把年轻后生回护过去。

"他刚才没找见您，他父亲有急病，很着急，想给县医院打个电话。"老头编个理由解释道。

"公社医院看不了？"潘苟世脸色和缓多了，谁都知道他喜欢孝子。

"不是，是……这儿可能看不了。"年轻人语无伦次地支吾道，"噢，潘书记，我刚才还看见您的大虎了，可真虎气。"

"好，我和驼秘书有事商量，你去总机室打吧。"潘苟世说着，撕下片纸写了个"潘"字递过去。年轻人拿着"电话票"感激不尽地走了。

"给县委书记汇报的材料准备好了吗，老驼？"潘苟世问，满公社干部，他只对驼秘书这样尊称，满公社干部也只有驼秘书没有在潘苟世上任后的大换班中遭撤换。因为驼秘书是他小学时的启蒙老师。

"准备好了。"驼秘书伸出干瘦皮皱的手，抖抖地从抽屉里拿出一沓稿纸慢慢递给他。他接过来翻了翻，其中一份是公社总结，掀到最后，看到小标题是计划生育，看来什么都没遗漏，便合住了。

"都是按照我说的整的吧？"他问。

"啊。"好一会儿驼秘书才毫无表情地答道。他又伛着腰，戴着老花镜趴在那儿一笔一笔填他铺了一桌的表格了。因为眼睛不好，他一次一次往前凑着辨认着数字。

"没什么走样吧？"

"我敢吗？"驼秘书头也没抬，冷淡地说道。

潘苟世赔不是地笑了笑，他知道这位启蒙老师对自己一直有些不满，但自己知恩必报。而且这位老先生的安守本分，是让他非常放心的。有什么话，潘苟世总愿意和他说说。他拍了拍手中的材料说："凭这，就要把他县委书记的嘴全堵住。没那么好挑刺的。"

驼秘书透过老花镜看了他一眼，好像辨认一个陌生人似的，然后继续填他的表格。

"驼老师，您不懂这政治。"潘苟世说完，转身就走。

驼秘书慢慢转过头看着他走出去的背影，半晌，才回过身来，呆呆地想了一会儿，摇了摇头。

潘苟世刚一走出驼秘书办公室，就撞见了公社副主任潘来发。这是他的本家兄弟，潘苟世亲自把他提拔上来的，他用人没有避嫌的概念。

"怎么才来，不知道今天有事？"潘苟世瞪起眼说。

潘来发原是公社砖瓦厂的会计，浓眉大眼，眼睛滴溜溜转，很是机灵，长白脸，窄下巴，薄嘴皮，话说得快。横岭峪人说他三快：嘴快、腿快、心眼快。叫惯了就都叫他潘三快。他此时涎着脸笑道："就是那几个招工指标的事，还有孟堡大队的大队长安排谁干，这两件缠住我没完。我这不是一大早请示你来了。"

"咳，什么事都非我亲自过问不行？"

"不请示你，横岭峪谁敢做主啊？"潘来发讨好地说。

"你们不会啥事做主，不能替我分担点？"

潘来发闪着眼睛察看了一下潘苟世的表情，赔着笑试探地说："噢，这两件小事我是做了个小主。大队长我打算安排玉山干，那几个招工指标，我已经答应给了……"

"做了主，还来请示我干什么？"潘苟世脸色一下变得铁青，"你要管就管到底，有什么请示的。"说完甩手就走。

"我这不是找你请示来了。"潘来发连忙嬉皮笑脸地跟上来。

"遇到得罪人的事，你们就推到我这儿；好事你们都抢着做主，当好人。今天是什么日子，你知道吗？"潘苟世猛然站住，瞪起眼珠训道，"有谁要来，你们不知道？还在忙这些乱七八糟的事。"

"你昨天说的事我都做了安排。"潘来发摸不透潘苟世怎么这么大火，他小心地说道。

"安排一遍就够了吗？大意失荆州，你明白吗？"

唾沫星子飞在潘来发脸上，明知道这位叔伯哥有肺结核，他眨眨眼也没敢擦。"大意失荆州"这话当什么讲他没听懂，更不知道这话来源于顾县长。

"我再去安排安排。"他赔着百骂不恼的笑脸说。

"去吧。"

"对了，还有一件事。"潘来发拔脚要走又站住，"上横岭大队又有人因为浇地抢水打起来了，还伤了人。"

"嗯？"

"我准备马上去一趟，别让他们闹到公社来。他们正闹着要到公社评理呢，让县委书记撞见不就麻烦了。"

"麻烦什么？大队解决不了，找公社也解决不了。让县委书记解决嘛。好好的水利系统，分田到户，你屁股大一块，我巴掌大两块，切成乱七八糟，能不抢不打吗？他姓李的不是成天叫改革吗？让他来解决吧。"

潘来发眨着眼，很快明白了他的用心。

"对，让他们找县委书记闹就对了。"他讨好地说，"像这抢水问题，是个普遍性问题，谁也解决不了。"

潘来发走了，潘苟世气消了。发完威风，他格外舒坦。他转圈巡视了一遍宽大方正的公社大院：东西两排砖瓦房宽宽敞敞，北边一道围墙，南边开着大门，整整齐齐，大大方方，让他看着舒服。他在农机厂，看着农机厂亲；来公社，看着公社亲。社会主义好，社会主义的人民地位高，他就是横岭峪人民的代表……这么有一句没一句地随便想着，他绕过贴着墙报的影壁，穿过门洞，出了公社大院。

公社大门前面一个缓坡下去，就是一段直趔趔的土街，南北不过半里长，两边是供销社、杂货铺、收购站、饭馆、信用社……这会儿，人们都在外面乒乒乓乓下板开门。照理说，背上手站在公社门口，背靠着大院后面的横岭山，居高临下俯瞰整个镇容，最能感受到一种在横岭峪当家的主人感。遗憾的是，他还没学会这种背手而站的姿势，那是他眼红的又是他一直没学会的派头。为此，他十分佩服顾荣。那个坐姿，那个站势，那上下一身气派，都是多少年的身份修炼出来的。而他，不要说这样背手而站做不到（他试过一两次，脸红脖子烧，浑身别扭，手好像被捆着，又好像不是自己的，别人看上一眼就不自在），背着手来回踱步他也没学会，甚至，他不习惯一个人站在那儿不走动。没办法，谁让自己是土包子出身呢。他赶走脑子里的自卑和懊恼，照每天早晨的老样子，哈着腰跋拉着步子往街里溜达。两边的人都转过笑脸向他打招呼。每天这种时候他往往情绪特别好，但是，今天这样走另有目的。他要四面巡视一下，防患于未然（这个古词他多少年就念不顺嘴，但他就喜欢这别扭的古味），"做过细的工作"。

今天有些怪。他老觉得有些不放心的地方,又想不起来。看见的,到处放心;看不见的,好像到处不放心。一张张恭敬的笑脸让他放心,笑脸后面又有什么让他不放心的。这是怎么搞的?等一条街面走完,长途汽车站横在面前,路的斜对面,隔着一片菜地几簇农舍,远远看见省农科院研究所,他仿佛知道是怎么回事了。

宋安生这两天早晚就在那里混。他和他们是臭味相投,同流合污。

潘苟世最喜欢用成语骂人,一个词不够两个,两个不够三个,解气为止。他最喜欢的一本书是二十多年前上初中时买下的《成语词典》。在农机厂时,几个北京知青在集体宿舍打扑克时,曾玩过一个"以其人之道,还治其人之身"的把戏:每个人在手掌里写一个成语,来描绘这位潘总支书记。最后八九只手一伸,十来个人一凑,在一阵阵哄笑声和拖腔拖调的大声念读中出来了十来个精彩的成语:"谄上压下""嫉贤妒能""穷凶极恶""愚昧无知"……最后一个尤其引起哄堂大笑:"唯此唯大"。可惜是这位昔日的总支书记始终不曾听说的农机厂野史。要不,他对成语的态度也会一分为二了。

此时,他远远看着农研所那幢绿树掩映的青砖楼,就有一种强烈的憎恨。这幢在他横岭峪属地而不属他管的楼房天天刺着他的眼。照理说,友邻单位,人家又是搞农业科研的,经常帮助社队解决生产技术问题,他应该多去走动走动,但他很少去。确切说,他只去过一次。

那是他到公社上任副书记的头一年。

主人们陪着他在试验田里,院子里,最后是楼上楼下参观了一遍。这一遍就让他觉得这不是自己这号人待的地方。楼上楼下那么多书架,那么多书,那么多挂图,那么多瓶瓶罐罐,那么多他不认识的仪器仪表,那么干净的楼梯,那么明晃晃的玻璃窗,那么多花花草草,那么文雅的言谈举止,都让他感到拘束。搞农业的还要这么穷干净。他走路不自在,说话没词,痰没地儿吐,他的痰又特别多,堵在嗓子里上不上,下不下,手是左右没处甩,袖子也似乎长得碍事,这儿撞断花,那儿碰掉书。主人很热情。但他一看见那些文质彬彬的知识分子,就感到自惭形秽,觉得自己的一言一行都让他们看不起,继而就有一种嫉恨在心头涌起。特别是那个戴着金丝眼镜、精瘦清癯的小个子教授,不时和身边那个同样是戴着一副眼镜的漂亮的女研究员说笑,他总觉得他们是在笑自己。那个梳着短发的漂亮姑娘，白白净净的，老是看着潘苟世笑，那目光好像把他的窘困和自卑看透了似的。

他对戴眼镜的人从小就有一种敬畏，当了这么多年干部，自然早就有了区别对待。对自己属下戴眼镜的，他敢看扁看贱，看得一钱不值。农机厂那三四个大学毕业的技术员哪个不怕他？但只要是外单位戴眼镜的，他至今见了总有些敬畏，总觉得低人一头，好像别人的文化墨水对他有压力似的。所以，他有什么病，只能在横岭峪看。横岭峪的医院是他的天下。他走进去走出来，步子该趿拉就趿拉，手该甩就甩，要说就说，要笑就笑，要溜达就溜达。到处是笑脸，他又自在又舒服。一出横岭峪到别的医院，他在医生护士面前就点头哈腰，窘促不堪。

他现在同样窘促。

他极力想摆脱自己的窘促。

他做出对一切都很好奇的样子，俯下身子，探着头凑近观看每一样仪器，问长问短。他那淳朴的样子，他那对一切回答都张着嘴睁大眼的专注神态，以及不管听懂没听懂，装作恍然大悟地笑着："噢，噢！是这样啊，是这样啊！"无疑赢得了主人们的好感。好几个人簇拥着，竞相回答他的问题。潘苟世被这种热情包围着，感到很受用。特别是那个漂亮姑娘，紧着为他讲解，这尤其让他得意。

但是，潘来发在一旁的行动则多少打击了这种得意。

这位"潘三快"也开始用同样的好奇博取着主人们的欢心。而且他的目光眨动的感兴趣，他搔着后脑勺啧啧惊叹的恍然大悟，带有更大的夸张性。听着潘来发一惊一乍地引起他身边那群人的笑声，潘苟世感到嫉妒。他想压过潘来发，但他的做戏能力无论如何赛不过潘来发，这让他的懊恼到了难以克制的程度。特别是当那位漂亮姑娘的目光也被潘来发的大声说笑吸引得转过去时，潘苟世简直恨得咬牙切齿了。真该撤了他，当初就不该用他。

"来发，"他转过头想起什么似的、隔着人群对潘来发说道，"砖厂今天上午不是让你去吗？你现在是不是去一趟？"

潘来发连头也没顾上转过来，在人群中回了一声："下午再说吧。"接着又俯下身，对着一台仪器一惊一乍地表演着他的好奇，依然惹起人们愉快的笑声。

潘苟世简直想拨开众人上去唾他一脸。最后，他终于一个举动压过了潘来发，扬眉吐了气。在实验室里，在一排排玻璃器皿中，有一个大玻璃瓶装满着透明无色的液体，上边贴着标签是"H2O"。他贴近看着，惊叹道："这看着和水一样。"主人们哄堂大笑。潘苟世莫名其妙，不知这话何以有这样大的力量。等他知道 H2O 就是水的化学名称后，他也笑了："我还真不知道。"

这个笑话使实验室的气氛活跃异常，这是他与潘来发竞争中的一个意外胜利。从这时起，主人们几乎都被这位公社副书记吸引了。他很得意。潘来发虽然也想尽办法哗众取宠，但已经不能夺回优势了。

等这场"比赛"终于结束后，回到家里，潘苟世却感到了耻辱。他为自己低三下四、邋里邋遢感到寒碜，也为自己身边潘来发这样一帮人感到寒碜。而造成这一切寒碜的是科研所那些戴眼镜的和不戴眼镜的人。

所以他最终还是更深地嫉恨他们。

宋安生现在就和他们泡在一起。

宋安生现在又仗恃着新来的县委书记做后台。

潘苟世脑袋突然亮了一下，闪过一个"上挂下联"的词。他意识到李向南——宋安生——科研所那些戴眼镜的，那是一条线。自己明显不是那条线上的，自己和他们格格不入。哪儿格格不入，他说不清楚。但他知道，那拨人上台不会要自己这号的，自己在台上，也绝不会要他们。自己是哪条线上的呢？他想到了顾荣——自己——潘来发。这是另外一拨人。而现在这拨人好像开始在全国都要受排挤了。这就是他朦胧的感觉。他在理论上想不很清，但他知道为保卫自己的利益拼尽全力，他知道什么是自己的。而自己碗里的不让别人伸手，别人碗里的自己也不去探爪，这是他的道德准则。他从小不偷不抢，但是别人要拔走他家的一根秫秸秆，他就要红着眼去拼命。不让他当省长、部长、县委书记，他绝不眼气，那不是属于他的职位。但是，横岭峪公社书记这个权力，现在是属于他的。谁要侵犯他的所有权，他就要和谁来一场你死我活。

他一边这么想着，一边腾腾冒着火，在这丁字路口来回转了一圈。其实也就是七点多钟，太阳刚出来不久，可他已经觉得热气逼人。

东边一辆卡车，西边一辆卡车，响着刺耳的喇叭呜呜地开过来，把一辆小驴拉的平车夹在中间。小驴受了惊，不听赶车人的吆喝，猛往前颠跑。两辆卡车急往路边一打，咔楞楞挂碰着路边的什么，没有停，一东一西地呜呜开走了。往西的那辆卡车上站着几个穿着蓝帆布工作服的年轻人，手捂成喇叭筒状回头喊道："潘——二——酸——！"他一眼认出是县农机厂的车，再看路边，写着"横岭峪公社"的路标被撞歪了，像个人哭丧着脸平伸两手无可奈何地向后斜倒下去。这简直如撞在他身上。他直愣愣地生了一会儿气，咚咚咚走上去，两手抓着路标使劲往回扳，力太猛，咔嚓一声响，路标从立柱上掉了下来，钉子带出白花花的木茬。他一个后趔趄差点摔在地上。

"潘副书记，您这是干什么呢，这么大火？"

随着一阵拨浪鼓响，身后过来一个豆腐挑。喜眉笑眼地摇着拨浪鼓的瘦干巴老汉，是方圆几十里都出名的"万事能"贾二胡。要说他"万事能"，名副其实。田里犁耧耙种，场上碾打扬场，道上赶马驾车，山上放羊放鹿，圈里养猪喂兔，给牲口看病，连钉掌带骟性；铁匠木匠泥瓦匠，粉房醋房豆腐房，里里外外，连做带卖；远道贩山货，近道贩鲜蔬，八九七十二行，样样精通。用横岭峪一带人的话说：除了生孩子不会，没他不会的。顶多还有一样不会的：哭他不会。没人见他有过哭脸，啥时也是乐呵呵的。更绝的是他能编个"拉拉唱"——此名来源已久，无可稽考。什么事一到他嘴里随口就唱出来了。像上面提到的"驼秘书的好脾气"，"潘书记的电话票"，都是他唱出来的。他的"拉拉唱"在方圆几十里享有盛誉。

"潘副书记，您这是不想在横岭峪干了，把招牌也拔了？"贾二胡右手拿着拨浪鼓搭在扁担上，故作惊讶地笑眯眯说道。

他悠悠地颤着软扁担，两个又圆又大的扁箩筐一上一下很有节奏地悠着；湿漉漉的豆腐包布上前边撂着秤盘，后边斜躺着一副竹板和一把二胡。贾二胡不管卖什么，都不离他这三样宝：竹板，二胡，拨浪鼓。走到什么地方，放下担子先拉一阵二胡，随口编几段"拉拉唱"。等围上一堆人，他就和人说说笑笑，西家的短，东家的长，后村的圆，前村的方，打开挑子，三下两下不当回事就把东西卖光了。贾二胡这名字也是由他拉二胡来的，真名倒被人们忘了。

潘苟世手里抓着路标，脸上透出铁青。叫他潘副书记，是他的最大忌讳。一个"副"字能让他从头火到脚，横岭峪现在没有人敢这样叫他。贾二胡不但这么叫，而且分明是在挖苦他。

"贾二胡，你有个正经人样没有？"他瞪着眼训斥道，同时把路标牌竖着往地下一蹾。

贾二胡装作没听懂似的眨眨眼，转身悠起扁担，摇着拨浪鼓，没事人似的边唱边走：

为啥得罪了潘书记?

上不怨天,

下不怨地,

怨你叫他副——书记。

为啥得罪了潘书记?

上不怨天,

下不怨地,

怨没夸他儿虎气。

"你站住。"潘苟世脸都气歪了,吼道。

贾二胡悠着扁担不慌不忙地站住了。

"你把豆腐挑到公社去。"潘苟世噔噔走上来,手指着公社大院方向命令道。

"为啥呀?"

"今儿不准你卖了。"

贾二胡不当回事地笑笑,转身要走,又回头说道:"您别那么大火。我已经不归您管了,明白吗?我调到县里给农工商当顾问去啰。"

潘苟世气昏了:"谁准你去的?"

"县委李书记准的。这下你管不着我了吧?"

潘苟世依稀记得前天驼秘书说过一档子类似的事。反了,真都反了。都越过他这公社书记和县委书记直接挂上钩了。可是,他脸上却马上变得客气了。贾二胡已经不是他的臣民了。

"老贾啊,去县里工作,有啥困难没有?"他尴尬地浮出笑容,好像刚才根本就没发过火。

贾二胡不认识他似的,皱着眉怪模怪样地上下看了他一眼:"李书记管一个县,来古陵两天就知道管我。你管屁大一片地方,三年了,你管过我这光棍孤老头一下吗?你是问过寒还是问过暖?"贾二胡转身又悠起豆腐挑,一下一下颤着,很美地摇着拨浪鼓,唱着走了:

为啥老潘他不管,

下不怨地,

上不怨天，

怨你不沾亲戚边。

"老油子！"潘苟世气得往地上唾了一口，从牙缝里挤出声音轻轻骂道。

贾二胡人老耳不聋，转过头来，高举起手，摇着拨浪鼓向他唱道：

老油子，有造化，

请到县里做专家。

贾二胡清了一下嗓子："潘书记，今天我是临走在横岭峪转一圈，专门唱一唱您的好。"贾二胡道完这句白，扁担悠悠地走了，拨浪鼓卜郎卜郎有板有眼地响着：

官不大，架不小，

有他没他活得了。

有两三个孩子已经闻声跑来，蹦着跳着跟上了贾二胡。他们也拍着手唱开了：

官不大，架不小，

有他没他活得了。

潘苟世站在那儿简直气疯了。

一抬眼，远远看见宋安生和横岭峪的小学教师肖婷婷沿着菜园篱笆和玉米相间的小道从科研所那儿并肩走来。宋安生一边走一边认真地说着什么，肖婷婷一边用手一下一下轻轻拨拉着篱笆，一边不时地扭过脸看着宋安生。看他们那美劲，臭劲！一大早又勾勾搭搭干什么去了？潘苟世在心中骂道。

两个人在公路对面站住了，似乎在等什么人。

路东边远远过来一辆自行车，两个人都踮起脚眺望着："是她，是她！"

自行车在土路上颠得铃铃轻轻响着，很快就近了，随着一阵笑声，跳下一个戴白帽穿白色连衣裙的年轻女子，背着个皮书包，那股劲潘苟世一眼就认出来了，正是陈村中学的林虹。潘苟世已经听说她和李向南关系不平常。李向南今天来，她也来了，串通好的？

"第一次见你穿裙子。"肖婷婷的声音像她纤瘦的身材一样，总是细细的。

"今天我不上课。"林虹说。

"上午我有课。"肖婷婷说。

"我知道。上午我先去写生，下午咱俩一起画。"

"那太好了。中午我们一起吃饭。"肖婷婷高兴地说。

"小宋，"林虹从书包里拿出一本书和一沓稿纸，"你翻译的这份资料我看完了，那几段，我给译了，添在上头了。"

潘苟世大概知道，肖婷婷在跟林虹学画画，宋安生在外文方面也请教林虹。看着他们三人有说有笑的，不把他看在眼里，而且是站在他横岭峪的辖地上，他就恼怒得不行。他决定过去骂一顿宋安生。既是为了今天县委书记要来，事先敲打他一下，也是为了发泄自己心头的火。要不，他憋得简直要炸了。

他刚拿起路标迈步从树下出来，三个人都看见了他。

宋安生有些紧张，想躲一下似的，但马上镇静住自己，客气地招呼道："潘书记！"

宋安生身材单薄，脸有些瘦长，鼻头微微翘着，露出点孩子气。聪明的眼睛里总露出一丝谦卑。他出身不太好，多少年的民办教师，前几年才转正。如果说贾二胡是旧"万事能"的话，他就是新"万事能"。修钟修表修电视，写字画图搞设计，针灸、裁缝、果树嫁接、水稻杂交，样样是把手。至于缝纫机、电动机、脱粒机、柴油机，凡是带机的，除了公鸡母鸡不会杀，他上手就都会修理。潘苟世来了，把他提成了公社副主任。这主要不是因为他"万事能"，第一层原因，是宋安生用针灸治好了大虎的羊角风，恩要报，是潘苟世一贯的思想；第二层原因，是宋安生守本分，老实规矩。服从领导听指挥，是潘苟世用人的首要标准。

但是两年来，这个宋安生越来越不规矩了。什么事都有他的谱，什么事都要认真地争一争。现在潘苟世站在他面前，想发火却没发出来。也许是宋安生客气地打招呼堵住了他的嘴；也许是漂亮姑娘对他照例有压力。特别是林虹，她和婷婷边说话边一瞥一瞥看过来的目光，使他感到不自在。但他有刚才的恼怒支撑着："小宋，我正要找你谈谈。"

"什么事，潘书记？"

"听说你最近和公社机关支部的每个支委都谈过话，要求入党，是吧？"

宋安生脸红了，很局促地站在那儿。

"他们都和我汇报了。"潘苟世又打量了宋安生一眼说道，"你的关键，是要端正动机。你应该知道你的情况和一般人不一样。你要想想这么多年为什么没被吸收。"

宋安生咬着嘴唇没说话。这句话极大地刺伤了他。他过去多少年的生活可以用"可怜巴巴"四个字来形容。除了小心谨慎地谋求生存，一点点把民办转成正式，他也一直在政治上争取着进步。可惜，所有的努力都收效甚微。

肖婷婷知道宋安生的经历，听到潘苟世的话，她紧张地注视着宋安生。她怕宋安生软弱。林虹的目光也跟着转了过去。她也早知这位"潘二酸"的大名，现在觉得很好玩地瞧着他。

潘苟世依然翻着眼打量着宋安生，以领导的口吻继续说道："你也不用让你舅舅来给我油家具，绕着弯说好话，那些手段都没用。我潘苟世再窝囊废吧，也不至于那么瞎眼。"

宋安生气得不知说什么好。他不知道舅舅帮潘苟世油漆家具的事。

潘苟世又翻眼看了看他："你不是还征求每个支委的意见吗？我也说说我的。要说本事，没人能和你比，能写会算，你比谁也强。真要论能力，让你当书记，让我当你的小跑，给你提鞋，你都不要。是吧？"他皮笑肉不笑地说着，话里露出一丝令人恶心的得意。他第一次发现，这样讲话比吼嚷更解气："潘苟世在你眼里可能一钱不值，可他现在在公社书记这个位置上，你就不能把他怎么样，你就得听他的。是这个道理吧？我对你的意见就是：不要以为自己了不起，你在横岭峪，首先应该知道谁是你的领导，不要以为地球没你就不转了。"

潘苟世假惺惺地笑了。

宋安生气得浑身微微战栗着，可他一句话说不上来。

肖婷婷看着宋安生被这样侮辱，站在那儿哑人似的。她又恨潘苟世，又恨宋安生。

潘苟世以为自己这番话收拾住了宋安生。因为出了气，他的态度自然了，他溜溜达达走过来两步，对肖婷婷说："婷婷啊，好好工作，不要胡思乱想，到时候我提拔你到供销社当售货员。"

提拔一个老师当售货员？林虹也惊呆了。

肖婷婷气得浑身哆嗦。肖婷婷的受辱，使宋安生从刚才的窘态中挣脱出来，他把婷婷挡在身后："你说没我地球还转，是吧？"

"怎么了？"潘苟世莫名其妙地看着宋安生。宋安生的脸上一扫往日的克制与谦卑，充满蔑视。

"你不是不相信地球是圆的吗？它转什么？"

潘苟世一时张口结舌。他从来就不相信地球是圆的，虽然他上学时学过，也见书上写过，那是和他脚底板下实实在在的经验相悖的。他就是不相信。平时，他经常爱用这个观点和别人抬杠，算是他以土卖土和说笑逗乐的日常话题。

"我不相信地球是圆的，怎么了？"他恼羞成怒地瞪起眼。

"不相信地球是圆的，就是不相信科学世界观，就是迷信，就根本不能当个共产党员。"宋安生冷静地说。

林虹在一旁用讥诮的眼光看着潘苟世，这时一本正经地加了一句："这是马克思说的。"

潘苟世被唬住了。这回，轮着他一句话说不出来了。

"走。"林虹一拉肖婷婷，招呼上宋安生，三个人转身就走了。

潘苟世气得浑身像一台停着没关引擎的手扶拖拉机一样，突突突地抖动着。他要有个什么动作发泄一下，于是猛抢起手中的路标，砸在了树上，咔嚓一声，木牌子断成两截，"横岭峪公社"几个字从中开裂。他更有气了。远远又传来林虹咯咯咯的笑声。婊子养的，小寡妇！他一抬眼，看见"省农科院横岭峪研究所"的路标赫然立在路边，占着他横岭峪的地。他两步上去，躬下腰连摇带转，一下拔了，哗啦一声扔到旁边的玉米地里。

两个过火的行动使他清醒了。这是干什么呢？疯了？应该把农研所的牌子再插上。

这时潘来发匆匆来了。

"大哥，"潘来发这是以叔伯兄弟的身份请示家事了，"大伯的过世三周年怎么着？村里来电话了，你是不是先回去安排一下？"

"眼下顾不上，先让他们看着办吧。"这位大孝子挥手说道，脸色黑乌铁青，"抓紧时间，先准备正经事。"

第二十七章

天有不测风云。载着县委常委的大轿车刚到横岭峪，天就有些变阴。离潘苟世早晨拔路标的丁字路口还差一二百米远，轿车就被一群闹嚷嚷的农民拦住了。黑压压的一片人头攒动，足有七八十人。他们有的朝车上高喊着：我们要见县委书记！我们要找李书记！有个高个子长着两道浓黑剑眉的小伙子，高举起一只大手在车前的窗子上拼命晃着。有的擂着车门。有的还相互揪着衣服，脸红脖子粗地骂着。更多的人分成两伙，在闹汹汹地吵嚷着。

李向南和县委常委们都下了车，他蹙着眉扫视了一下闹嚷嚷的人群，"我就是县委书记，我叫李向南。"

"我们要找李书记评理。"人群稍静了一下又激动起来，两伙人争着告状，嚷成一片。

原来是上横岭村两户农民因浇地抢水，互相断渠，打了起来。最后牵动了两大姓：姓马的和姓孟的，几十户人都卷入了纠纷，动手又动铁锹，伤了人。两边都争诉着吵打过程和各自的理，都把自己的伤号拥到前面叫县委书记看。姓马的伤号用门板抬着，头上绑着纱布，透着血迹，是个娃娃脸的壮小伙子。姓孟的伤号一瘸一拐地被人搀扶着，头上脚上都缠着纱布，一只胳膊还用纱布吊在脖子上，是个黑虎矮壮有点军人目光的中年汉子。他用很凶的声音说道："李书记，他断我的渠。今天该我浇，还张口骂人，动手打人。"

"你先动手！"躺在门板上的小伙子挣扎着想坐起来，人群又骚动起来。

"你在过部队？"李向南打量着眼前这个黑虎矮壮的伤号问道。

"……是。"他犹豫了一下，承认道。

"几年？"

"十年。"

"是党员吗？"

"是。"他垂下眼，躲闪着李向南逼视的目光。

李向南含着讽刺瞧着他点点头，冷笑道："我这个县委书记很为你感到光荣啊。"

"李书记……"他不安地急于解释什么。

"我什么都不要听！"李向南挥手道，"回去，向你们党支部汇报，就说我建议支部给你处分。"

"李书记，您听我说。"

"说什么？"李向南声色俱厉地直视着他，"就说你为什么要动手打人吗？说你这是自卫反击，是吗？"

中年汉子嗫嚅着低下头。人群鸦雀无声。

李向南扫视着人群，批评道："包产到户了，谁给你们工分打群架？"没有一个人出声。他又问："你们大队干部呢？"

"我管不了他们。"一个有些驼背的矮老头从人群中走出来，他是大队支书。

"管不了，要你这支书干什么？"

"我腿脚又跟不上。"

李向南看了看他，口气放缓："为什么不培养年轻人帮你？"他又瞧了一下人群，目光回到大队支书身上，"找过公社吗？"

"公社潘书记说解决不了。"

李向南目光中闪过一丝警觉，他自然清楚潘苟世是怎么个人。而眼前这阵势使他一下看到了潘苟世站在后面的嘴脸。摆这么个阵势，除了自找没趣，多吃苦头，有什么用？就凭这一条，横岭峪这包脓也非挤不可。说他拔钉子，他今天就是来拔钉子的。他在心中冷笑了一下，"去把你们公社书记叫来。"

潘苟世不知什么时候已经站在人群后面。

"你们都让开，围着县委领导干什么？"他比平时声略低一点地吼道，"解决问题也不是这样解决。"人群迅速给他分开了道，他来到了李向南和常委们的面前。

"是你让他们来拦路告状的？"李向南声音不高但目光严厉。

潘苟世原本对这位县委书记心理就很复杂。"县委书记"这四个字，还有"大北京人"都让他有些敬畏，但"知识青年"这个称号又多少让他有些轻视。他来的时候还是脚步咚咚的，气也挺粗，但是，这会儿往县委书记面前那么一站，又被劈头盖脸地问了一句，他顿时有些慌乱起来："不，不，不是……"他又露出口吃。大概觉得这样说不妥，干脆硬撑起来，用汇报的口气说道，"横岭峪坡地多，地块碎，井又少，浇水的矛盾就是解决不了。"

"你是拿这来证明包产到户行不通，肯定要完蛋，是吗？"李向南又严厉地盯着他问。他就要这样针针见血地敲打潘苟世。

潘苟世又有些慌乱了。他原来还没这么明确想过行动的目的，李向南这么一揭，他自己也看明白了。他太知道政策上反对中央是什么问题了："当、当然不是。是想请示李书记这样的问题应该怎么解决，每天都有这事。"

"我不管！"李向南说着就带领常委们往公社走，人群让出道来。他回头一指人群，对潘苟世用不容违抗的口气吩咐道："由你解决。十分钟之后到公社来。解决不了，县委可以换个能解决的人来当公社书记。"

听着潘苟世在身后大声对那群农民讲话，李向南和常委们浩浩荡荡朝公社走去。路边的杨树下渠水欢畅地流着，两边齐胸高的玉米地散发着蒸人的湿热，渠水分出一条条支流淌进地里。潘苟世那手足无措的样子又在他眼前浮现出来。看来，上上下下对他的下乡之行是有针锋相对的对策的，这一点出乎他的意料。双方都在出乎对方预料地行动，这正是有深度的较量。他必须有更有力的行动。想到这里，他感到一种冲动，步伐也变得有弹性了。

当县委常委们经过店铺相夹的街面到了公社大院，潘苟世随后也哈着腰跶拉着步子急匆匆赶到了。他不是草包，抢水纠纷他已然发落了。开头就挨了县委书记敲打，使他心中有些发毛，预感到今天有些凶兆。他更紧张了，也更横下心了。他点头哈腰地把县委领导们请到公社小会议室。会议室就在西边那排房子的中间。门在当中，四个窗户在两边，教室般大小，已如他事先吩咐的那样布置了：中间用四张高低不一的枣红漆方桌拼成一条长会议桌，围放着高低不一的椅子凳子。迎面的白灰墙上，一溜挂着五六个装奖状的镜框，还挂着两面锦旗。

潘苟世讪讪地指着墙上的奖状，想逐个介绍一下。

李向南淡淡地摆了一下手："这都一目了然，不用介绍了。"

潘苟世笑笑，还不甘心，又硬撑着脸皮介绍了两句："这春耕奖是大前年顾县长在横岭峪抓的点，他最关心。那个绿化奖是郑书记还没调地区前，也是前年吧，来蹲点抓的。郑书记家是横岭峪的，他最了解横岭峪的底了。"

谁说他粗中没细，这就是他事先想好的谱，摆了出来。

李向南一句话就给戳打了："摆这是给你撑腰了？三年前的事也不管现在。"这会议室的布置，潘苟世的话，都让李向南想起刚才一进大院门口，迎面在影壁墙报上看到的潘苟世那首"计划生育真谓好"的"七绝"。

那首"七绝"是够绝的。"真谓"和"党的旨意"几个字，让人一下闻到了潘苟世那股气味。常委们在影壁下围着看了一会儿，李向南注意到小胡看完那首七绝，露出的一丝讥讽。康乐一边看一边对李向南小声笑道："这忒有人物感。劲儿够难拿的。真是诗若其人。你看，墙报头条这规格。"

影壁墙是青砖砌的，三米来高，四米来宽，正面漆成红色。在右面墙报纸没占满的地方，红漆下隐隐露出一个很大的白色字"寨"。想必全文是"农业学大寨"。而在斑驳脱落的地方则露出白灰茬，在这层白灰下又露出一层年代更久远的红面，一个黄色的林氏字体的"舵"字依稀可辨。想必是"大海航行靠舵手"。过一千年，要一层层细心剥落着考古的话，一定会看到这个影壁记录的丰富的历史层次。现在墙报就用五颜六色的薄有光纸毛笔抄了贴在上面。有报纸上的文章摘抄，有表扬好人好事，有预防肠道传染病的问答，早已被雨淋皱湖破。唯有潘苟世的那首"七绝"是专用写春联的大红纸抄的，字也比其他字大五六倍，显显赫赫地冠在上边。这种独特规格，透露出一种土王爷的气味。

李向南面对着这么一堵"历史沧桑"的影壁，连同大山下这一个空落的正方大院和在大院里停放的一个手扶拖拉机的坏旧拖斗，心中有些慨叹。这个荒僻山区，在政治上、经济上、文化上离北京不知隔着多少层次。若在广大的底层都是这样的人称王称霸，中国从根本上就不会有文明和进步。

这时，常委们都围着长条桌纷纷坐了下来。潘苟世也最后落了座。他虽然恨李向南，但他一切都照规矩办事。见李向南坐稳了，他便摊开材料小心地问："李书记，那我开始先汇报吧？"

"全面工作不用汇报了，今天不作全面检查。"李向南轻轻摆了一下手，"有总结材料，给了康乐同志吧。"

潘苟世愣怔了："李书记，那检查哪方面呢？"

"有什么问题先谈谈吧。"李向南摆摆手，掏出支烟来，点着火，又转过头和康乐小声说了两句别的话。

潘苟世又掏出驼秘书准备的另一份材料："问题……嗯……我们有许多实际问题，不知道怎么解决，都连着政策。"

"像刚才那抢水打架，也是你要提的问题吧？"李向南习惯地看着手中转动的铅笔，然后抬头盯着潘苟世问道。

潘苟世有些狼狈了，额头涌出了汗。他原来准备硬邦邦地甩些问题出来。可是，县委书记这三言两语，好像让他心底虚了。

"就谈谈你们怎么解决问题的吧。"李向南指了指潘苟世铺开在桌前的"问题单子"。

潘苟世黑红的脸变成紫黑，汗也从额头流下来。

把这个阵势看得很清楚的是小胡。他隔着长桌坐在潘苟世对面。今天李向南来横岭峪，明摆着要收拾潘苟世。小胡的心理是极其矛盾的。他自然明白潘苟世是古陵这盘棋上顾荣的一匹马，一门炮，起码也是个卒子。他应该站在支持他的立场上。然而，他一见潘苟世那张黑红的脸，充血的小眼睛，心里就涌起强烈的憎恨。他和他的仇隙由来已久，潘苟世在农机厂当总支书记时，小胡在农机厂搞工会工作。因为他不怎么看得起潘苟世那两下子，再加上能写会说，潘苟世一直看他不顺眼，千方百计地整他。没想到今天见面，潘苟世还对自己特别亲热。厚脸皮！整人的人是容易忘记过去的，被整的人却是永远记住的。他才不那么容易忘记潘苟世的那些穷凶极恶呢！看着李向南敲打潘苟世，他甚至有一些解气。但是，现实的利害关系、政治大局，他再清楚不过了。潘苟世一旦被拾掇，对顾荣的政治基础是挖掉一铲，连锁反应更不堪设想。黄庄水库一场戏，已然把李向南下乡之行的凶险用心暴露出来。他为顾荣，也为自己感到担心。

小胡透过眼镜斜瞥了一下李向南。只见他微蹙着眉心，神情颇有点威严，不知道他这么成熟的派头是怎么训练出来的。哼，倒会拿腔作势！小胡的目光又落下来，看到李向南那双慢慢转动着"中华"铅笔的手，腕子很粗，关节很大地凸起着；手背青筋暴露，手指瘦长干硬，像钢筋棍一样，让人想到"铁腕"二字。

这双手小胡握过，在他来古陵上任的头一天。李向南热情地伸出手。他的手很热，铁一般有力地一握。小胡当时觉得自己很薄很小的手被握得生疼。他尽量不龇牙咧嘴地赶紧把手抽回来，心中一下就有些恼火，觉得自己男性的尊严受了凌辱。现在这双手正在缓缓转动着铅笔。那转一转停一停，流露出李向南对潘苟世的冷蔑和准备进行成竹在胸的打击的从容。这双从一开始就使小胡感到屈辱的"铁腕"现在刺激着他，使他对李向南的全部仇恨都强化起来。他看到潘苟世的狼狈样子，不禁想到必须帮他一把，绝不能让李向南太得意了。

要机会就有机会。这时会议室窗台上放的电话响了，是找小胡的。电话员小乔给会议室接了过来。拿起电话，是县里转来的地委郑书记的电话。小胡眼睛一亮，立刻有意提高了声音："是郑书记吗？我是小胡啊。"

屋里人都静了下来，以便小胡通电话。潘苟世也停止汇报，缓一口气。人们都转头注视着小胡。李向南往窗户那儿瞥了一眼，显得丝毫不感兴趣地低下头，在一张纸上全神贯注地振笔疾书起来。落笔很重，打标点一下一下更是用劲，似乎在写一件很重要的事情。但人们的注意力还在电话那儿。

"……我和向南说了，他不同意呀。"小胡站在窗户边，拿着话筒大声说，还瞥了长桌顶端的李向南一眼，"他在这儿呢。县委常委也都在。……干什么？……正在检查横岭峪公社的工作呀。公社书记？还是潘苟世老潘啊，没动。你问横岭峪的情况？我看，各方面反映都挺好吧？今天为什么来横岭峪？没有什么特殊原因吧。就是普通转一转看一看吧。……啊，我知道您关心横岭峪。对，向南正在听老潘汇报。我？我没什么顾虑，有郑书记直接关心我，我才没顾虑呢。啊，您要找他？好，您等着，我叫他听电话。"

"向南，郑书记要你接电话。"小胡转过身，话筒拿在胸前，对李向南说道。

李向南脸色有些难看。他完全明白小胡在电话中讲那番话的用意。他克制住自己，保持着平静，简短地吩咐道："你告诉郑书记，县委常委正在开会听汇报。等会儿，我给他挂电话。"

"郑书记要你接电话，你不接不太合适吧？"小胡依然把话筒拿在胸前，也没捂上。他镇静沉着地面对李向南的目光，却感到了心在怦怦地跳，手中的话筒也微微颤动。

李向南简直要发作了。小胡的挑衅意图是明摆着的，他刚才的话同时就是对着郑书记讲的。整个会议室的局势都发生了变化。严峻的气氛被打破了。潘苟世第一次顾上摸出烟来，嚓嚓地划着火柴。胡凡坐在那儿简直想对儿子发火了。康乐则把这一切看得再透彻不过了。他坐在李向南旁边，隔着空气的传导，感到了李向南的激怒。他担心李向南会不冷静。刘貌也停住了笔。

只是几秒钟的静寂。李向南没有发作，他阴沉着脸站起来，走到窗前从小胡手里接过电话。一交一接都很自然，但两人通过话筒的传递都在一瞬间感到了一种性格力量的对抗。小胡又看见了那双铁一般强硬的手。

"郑书记，是我，李向南啊，"李向南很礼貌地对着话筒说道，微微浮出笑容，"小胡调动的事，我见到您的信了。我是让他再考虑一两天……对，他本人愿意走，我当然开绿灯了。……横岭峪情况？我正在调查研究。等全面了解了，我向您汇报吧。"

李向南刚要放下电话，小胡又伸手截过去贴着话筒补了一句；"郑书记，那就这样吧，我有事随时给您打电话。有时间我和顾县长再去地委看您。"

小胡放下电话径直回座位上去了。李向南瞥着他的背影，心中充满愠怒。挟天子以令诸侯，小胡这是抬出地委第一书记来压他。自己和郑书记至今还没好好谈谈，这是极大疏忽。小胡的行动无疑影响了会议室的空气，潘苟世吊起眉毛垂着眼长长地一口一口吸着烟的闲荡样子，表明他在心理上已得到支撑。这些人是看来头，看"后头"，看你的靠山。他瞥见小胡目不旁视地带着股劲地坐下，好像别人都在注视他这个壮举似的，心中轻蔑地哼了一声。他又随手拿起电话，眉峰微蹙，口气低沉："给我接县总机。"

屋里一片安静，不知道县委记要做什么。

"……县总机吗？我是李向南。对，我在横岭峪。今天中午十二点半，你帮我接通一个长途。要省里，要省委第一书记顾书记家里。对。给我接到横岭峪来。十二点半准时。有困难吗？到时候给我接'加急'，务必准时挂通。"

李向南放下电话回到座位上，目光冷冷地看了看小胡。小胡低着头，脸色红一块白一块，手拿着钢笔按在纸上却一个字没有写。他完全明白，李向南是在回敬他。就像他给郑书记打电话一样，李向南给省委书记挂电话也不过是显示优势。这一回敬明显打击了他的气焰，好像挨了个耳光。李向南的目光似乎又威慑住了整个会议室，潘苟世悄悄在屁股下的凳子上摁灭了烟头。

康乐却觉得这出戏太没意思，无聊。他对李向南此举大不以为然。这像什么样子，要敲打小胡也犯不着来这一套啊。他有意无意地在记录本上画了个硕大的"？"，而且笃的一声使劲点了下面那个点。

李向南一眼看见了，脸上立刻一阵发烧。他在打电话和挂上话筒往座位走时，心中就感到很大的不安，但来不及细想。他当时的一股冲动就是要出一出气。现在一看到这个触目的"？"，他马上意识到自己的可笑。简直太庸俗了。这才发现龙金生的神情中也有着一丝不以为然。这么蠢的举动简直把县委书记的形象全砸了。他觉得脸上、脖子上、连脊背上都热烘烘发烫，但他很快控制住了自己。一个成熟的政治家，不仅要具备在外界打击下恢复精神的力量，而且要具备从自己过失带来的懊恼中恢复冷静的能力。现在，一切懊恼、自责都没有用，只有靠更出色更得体的行动来弥补。他洒开目光扫视了一下大家，笑了笑，这个笑他自我感觉有点勉强，然后接着郑书记刚才的电话说道："郑书记一直想调小胡到地区去，我呢，还有点舍不得。人才可贵啊。"

会议室里很安静。人们不知道县委书记将如何对待小胡。

小胡胳膊肘放在桌上，眼睛盯着面前的茶杯，嘴角露出一丝冷笑。

李向南目光转到他脸上，含笑看着他："我给你亮个底吧：是留古陵，还是离开古陵，两天以后完全由你下决心，这算是我这个县委书记当众表态吧。你大可放心。可我估计，你到时候就不愿走了。"

小胡戒备地瞥了李向南一眼，整个会议室的人也对李向南的态度感到某种意外。

李向南坦然地说："小胡可能还不相信，两天以后看分晓吧。要是人才在古陵都留不住了，我这个县委书记就太成问题啰。"

窗外哗的一声下起了大雨，像是从天上倒下来的，遮天盖地。院子里一下汪起了水，咕嘟起密麻麻的水泡来。李向南略皱起眉瞥了一眼窗外，目光又回到会议桌上，把话锋一转："好，我们还是回到正题上。听潘苟世同志汇报。"他的目光严肃地落到潘苟世身上，口吻平和地说："罗列问题很容易。给县委出难题，也是很方便的。可是，需要你们的是解决问题。要不，要你这公社书记干什么？"小胡的节外生枝已然过去。一切又都回到潘苟世身上。

"现，现在的政策性问题太多，很难解决，"他涨红着脸说道。

"那你可以把解决问题的难处谈谈嘛。比如，像这浇地抢水问题，你是怎么解决的？"

潘苟世额头又渗出汗珠来，一时不知说什么好。

李向南蹙着眉平静地看着他，等了一会儿，把目光转向大家，问道："你们知道咱们县民事纠纷案件的统计情况吗？"人们相视着，没人回答。他把询问的目光转向身旁的康乐。

"我没注意过。"康乐回答，知道李向南又要引出什么话题来。

"你们注意过民事纠纷的统计情况吗？"李向南又问庄文伊、龙金生，他们两人也没注意过。

"老龙，你管农业的，为什么也没注意呢？"李向南的目光变得更严肃了，言语中露出了批评，"那份材料我在上面批了，请你多注意一下。"

"那和农业没关，所以……"龙金生解释道。

"怎么会没关呢？"李向南温和中略带不满，"那什么才和农业有关呢？不能就事论事，只看到鼻子底下的那一点。"

人们眼睛里闪着不解。民事纠纷情况统计，例行公事，一年一度的报表，从来没有人重视过。它和农业又有什么关系呢？

李向南自然明白大家的心理，他说："从春耕到现在几个月中，因为浇地抢水引起的纠纷，是整个农村民事纠纷案的百分之三十四。这个数字你们都没注意？"

人们的确都没注意过。

李向南的神情更为严肃了："那我们还有什么政策眼光呢？百分之三十四，这个比例现在已经超过了分家、财产、婚姻等几大项的民事纠纷比例。这是一个农业政策性的动态。我们没注意，那是做领导的失职。我让同志们传阅那个统计材料，并不是让大家都去管民事纠纷的调解工作，而是要注意我们的政策，注意我们政策工作中的薄弱环节。浇地闹矛盾这个问题不解决，仅这一条就足以叫我们垮台。"他略停顿了一下，把目光转移到潘苟世脸上，"是不是啊？"

"是是是……"潘苟世不知如何回答是好。

"起码也能把我这县委书记打倒了，是吧？"

"不不不！"

李向南打量着他，若有所思地慢慢说道："新形势，新问题，要靠几级领导共同研究解决，责任不光在公社一级。可你这公社书记有没有一点责任呢？"

"嗯……有，有。"

李向南谴责地看了看潘苟世，又向大家说道："那份民事纠纷统计，我请大家传阅，还希望大家能在统计数字后面看一看我们社队领导班子的状况。我把各公社发生的抢水纠纷案的数字都分别列在了一旁，还与公社的人口做了比较。按万人为单位，把抢水纠纷案的数字，从最多到最少，各公社排了一下队。你们要注意的话，就会发现那个数字和社队领导班子的情况是很有关的。像横岭峪，"他把目光又转到潘苟世头上，微微点着头，"抢水纠纷率是最高的。这个第一名是不是很光荣啊？是不是也要给你发个奖状呢？"

潘苟世满头大汗，窘困不堪。

"我们一到横岭峪，就被告状的农民拦住车。不管这是不是你鼓动他们来的，但这个场面可给了我们很深的印象啊。"李向南有点讥讽地看着潘苟世说道，然后面向大家，"有了这件事，我们对横岭峪领导班子的情况，是不是有了个初步印象啊？"

潘苟世这才感到了真正的压力，也尝到了厉害。他喘不过气来。

李向南看了看窗外。这时，暴雨已成淅淅沥沥的小雨。他站起来说："现在，我请同志们参观横岭峪的一个地方。"

第二十八章

县委常委们在李向南的率领下，顶着小雨出了公社大院，一种严肃的气氛笼罩着匆匆行走的队伍。李向南一言不发地与带路的驼秘书一起走着。他只跟驼秘书一个人小声交代了要去的地方，让他做向导。当这支没有说笑的队伍穿过街面时，两边店铺里的人都惊愕地看着。铅灰色的云涛在横岭山顶上缓缓翻滚着。

康乐很想和李向南说笑两句，活跃一下。他不喜欢太呆板的气氛。他扭头看了看，李向南那蹙着眉的思索神情，那赤脚穿着凉鞋踏着泥水的严肃步子，都是不容打扰的。康乐在心中自我打趣了一下：在公开场合，还是不要冲撞和破坏李向南的威严感吧。

他想起刚才临出公社大院时的情景。

李向南站在院子里回头看了看已经从会议室相随着出来的人群，踌躇了一下，转过头，用康乐一个人能听到的声音说："你去一下总机室，把我要的长途撤下来。"

康乐会意地点了点头，悄声说了一句："遵命。"

李向南笑了。那一笑包含着他对自己的检讨和自嘲。一瞬间，康乐甚至看到了李向南露出一丝孩子气的不好意思。

现在的神情则判若两人了。

穿过街面，到了公路上，稍走几步，往回折，进了东横岭峪村。穿过一段泥泞的土路，两边是土坯围墙的院落，墙头探出一两棵枣树、桃树的枝梢。转过弯，走了一段鹅卵石铺的宽大的坡路，下坡的水洗着红的、白的、青的鹅卵石，冲着人们脚上的泥泞。再一转，又到了村边山脚下。滑滑跄跄一路上坡地爬了一段很陡的泥泞小路，转过几个孤零零的院落，前边出现一个很大的土坡。一个戴着草帽的老者伛着腰，在雨中用铁锹一下一下吃力地挖着供人落脚的台阶。他是从上往下挖的，一级级台阶已经到了下面，最后挖的一个还露着些微干土。他直起腰用手背擦着额头的汗，一转脸，看见走到面前的队伍，认出了潘苟世、驼秘书、胡凡等人，一下显得局促起来。他身材瘦小，脸色憔悴，有着一种谦卑的知识分子气质，的确良衬衫已被雨水和汗水湿透了。

胡凡向李向南介绍道："这是宋安生的父亲，县第一中学的数学教师。"

"老宋，你怎么来修路了？"潘苟世在一旁不自然地笑着问。

"我这两天回村休息，安生今天来……我来帮帮他。"

"这是县委李书记。"驼秘书对老宋介绍道。

李向南伸出手来握手，他有些忙乱不安地先在衣服上擦了擦手上的泥浆，才拘谨地伸出手来。

"你辛苦了，本来是我们早应该做的事情。"李向南很诚恳地说了一句，然后谴责地盯视了一下潘苟世。

一上坡，前面出现了一块空荡的场院，一汪汪积水中停着几个湿漉漉的石碾子。一过场院就是一条两丈来宽的深沟，哗哗地疾流着浊黄的泥水，沟上搭着窄窄的独木桥。一个瘦高的老汉，穿着一件长到膝盖的青布衫，大虾似的弓着腰，把一根羊毛绳从沟那头一棵树上拉过来系到沟这边的一棵树上，做成独木桥的扶栏。他一边用劲把绳子往紧了绷着，一边在喉咙里咕噜咕噜地唠叨着，衣服早淋透了。

这是横岭峪的老羊倌，鳏夫，叫傅老顺。因为新中国成立前被国民党抓过兵，所以三十多年来每次运动都要过过他，他最怕"上边来的人"。他耳背，近乎聋，没文化，又独自放羊在山上，所以对新形势感觉最慢。果然，他一看见潘苟世领着一群一看就是"上边来的人"，皱巴的脸上就有些恐慌。一边说话，一边手止不住哆嗦。潘苟世问他话，他听不清，只是嗓门极大像是在喊地解释道：他是来帮宋安生忙的。他为什么要帮宋安生，"没有不可告人的目的"（这是他的原话），因为宋安生给他针灸治好过气喘病。

李向南在一旁已经弄清楚了他的情况，而且知道，这根大拇指粗的羊毛绳是他的宝。有了多的羊毛，就把这根绳加粗，加长，上山放羊时就盘在腰上。

李向南指了指他拉的绳索，冲他竖了竖大拇指，他也高兴地笑了，他已经弄清楚这是县委书记。李向南又指了指羊毛绳，比了个手势：别人拿走怎么办？

他明白了，瓮声瓮气地说："不怕，没人敢拿。"

他用手一指，大家才发现沟对面树下蹲着一条灰狼一样的狗，前腿直立，头上顶着个草帽，显然是主人心疼它让它戴的。它正警戒地观察着这群人对主人的态度。驼秘书告诉李向南，因为这条狗吠叫得罪过"上边来的"工作队，所以，现在已经被老羊倌训练得见了"上边来的人"绝不随便吠叫了。

"它能分辨出谁是上边来的人？"李向南奇怪地问。

"能，这狗很灵性，不管你穿什么衣服，十个有十个不错。"

李向南蹙了一下眉，连狗见了都不敢吠，这"上边来的人"也太厉害了。

扶着那被雨淋得湿漉漉的羊毛绳，踩着那长着青苔的水湿溜滑的独木桥，过了沟，又上了一个坡，豁然一块长条平地横在面前，一堵两丈来高十几丈长的黄土崖在雨中迎面而立。从李向南脸上的表情看出，要参观的地方到了。可到底看什么，潘苟世嗡嗡地转着脑子，怎么也没想出来。

这一堵土崖一排七八个窑洞。有的是牲口圈，几个骡马在窑洞里埋头石槽，扑噗地打着响鼻，嚼着草料，还不时很响地踏一下蹄子，从门前过时，闻见烘热的马粪味。有两个是羊圈，关着木板门，雨天，羊圈着。听见人从外边过，里边一片咩咩的叫声和挤来拥去的骚动声，羊粪尿的臊腥气从门缝里刺鼻地扑出来。老羊倌傅老顺弓着腰一脚高一脚低地赶来，把羊圈旁的一个窑洞门推开，请县委书记参观参观他的家。狗站在主人脚边快活地摇着尾巴，显然为有这么多对主人友好的"上边来的人"到家里极其高兴。李向南原没这计划，略犹豫了一下，和大家一起进了窑洞。

窑洞很暗，但很整齐。一个炕，一个灶，一个桌，几个瓮，四面上下都熏得黑乎乎的。炕上的墙裱糊着报纸。大多数焦黄不清了，仔细辨认可以看出：有"横扫牛鬼蛇神"，有"工人阶级要领导一切"，有"反击右倾翻案风"；比较清楚的，有"抓纲治国"的，有"三中全会"的，真是个历史的橱窗。

傅老顺自豪地拍了拍炕上的羊皮褥子和窑洞深处满当当的粮食囤，粗声大嗓地对县委书记说："我一个人，啥都不缺。"

潘苟世注意到了李向南刚才看墙上报纸时的目光，神经一紧张，转身指着墙上裱糊的报纸对傅老顺大声训斥道："你怎么现在还贴着'反击右倾翻案风'，不知道这是严重的政治事件？"

看来，县委书记是要抓这个典型对横岭峪开刀了。

李向南只是不以为然地摆了一下手："要是政治事件，也是你公社书记的政治事件。"他转过头对驼秘书说道，"光棍一人，你们多关心关心，买些画来，帮他把家贴一贴。"

驼秘书扶了一下老花镜，连忙答道："他只贴报纸，说报纸是'正经东西'，'不犯问题'。"

李向南笑了："'不犯问题'？连'政治事件'都快出了。要贴报纸，给他找些新报纸来吧。"

出了老羊倌的家，又过了一两个塌了半截的窑洞，在一个院门口站住了。

李向南的脸色变得阴沉了，他一指院门，瞥了潘苟世一眼，对大家说："这就是我要大家参观的地方。"

潘苟世的血呼地一下涌上来，明白是怎么回事了。他怎么就一直没想到这个茬呢？

一进院门，一院黄水烂泥。这是土崖凹进去的一块。侧面的一孔窑洞已然坍塌，门窗都下了，只裸露着洞口，看得见里面塌下的牛般大的土块。正面的一孔窑洞还有完好的门窗，这是一间小学教室，从里边传出孩子们跟着老师拉长音调一齐朗读的声音："上，shàng——上，学，xué——学！……"右侧面还有一孔完好的小窑洞。潘苟世知道这是婷婷一个人夜宿的地方，婷婷的家在外村。

雨中，崖顶上有个人正戴着草帽，利索地挥着铁锹拍填着泥土。他直起腰，正是宋安生。

"李书记！"他在窑顶上招呼道，露出一丝拘谨。

"你干什么呢？"李向南抬头问。

"窑洞漏水。"

李向南眉峰陡地一耸，眉头皱紧了。

这时，教室这孔窑洞的门忽然开了，哗地一盆泥水泼过来，泼在李向南脚前，溅在他身上，一个女子失声喊道："哟，对不起。"她泼出水才发现院子里立着一群人。当她看见李向南时，两个人都愣了。

是林虹。她穿着白色连衣裙，裙子下摆卷到大腿上，在前面系了一个结，赤脚站在烂泥里，湿漉漉的头发披下来，在颈后扎了一下，又缠绕着脖颈挽到胸前。

因为意外地遇到李向南，她的脸泛起红晕。

"你怎么来这儿了？"李向南眼里闪过一丝笑意，矜持地问道。一瞬间他感到自己是两个李向南。作为县委书记的李向南和作为林虹同学的李向南。

看着李向南被她泼溅得一腿泥汤，林虹用手背掩嘴扑哧笑了，紧接着扫了人群一眼，很大方地回答："我今天来画画，碰见下雨，在婷婷这儿躲躲。教室里漏水，这不是，"她朝上抬了抬满是泥浆的脸盆，"你们当领导的也不管管。"

"我们来就是要管！"李向南蹙起眉说道，就领着队伍往教室门口走。林虹往旁边让了让，用调皮的目光看着李向南从面前走过。李向南不仅感到了她的目光，而且瞥见窑洞外面窗台上放着一双精致的白色皮凉鞋，他心中涌起一个很清晰的思想。一个人不管多么悲愤交加、多么大彻大悟，照例还是像普通人一样平平常常地、喜怒哀乐地生活着，离不开实际环境。林虹这么远跑来画画，这样也需要避雨，这样卷起心爱的裙子、脱下心爱的凉鞋，赤脚站在泥里，一盆一盆地泼水，这样调皮地笑着，这和他上次见到的那个凄怆忧郁的林虹，简直很难统一起来。

李向南顾不上多想，只是一闪念。去伸手推门的一刹那，他又停住了。听见里面一个绵软细柔的声音，正在娓娓动听地和孩子们讲话。

"同学们，我们上学干什么？"

"学——文——化——！"孩子们用清脆的童音齐声答道。

"怕刮风吗？"

"不——怕——！"

"怕下雨吗？"

"不——怕——！"

"教室里黑怕不怕？"

"不——怕——！"

"教室漏雨怕不怕？"

"不——怕——！"

"同学们很懂事。领导关心我们吗？"

"关——心——！"

"对。同学们，县委对我们很关心，去年同学们刚来上学时，县委领导就来过我们横岭峪，顾书记让我们再艰苦几天。我们很快就会有又大又亮的教室的。是不是？"

"是！"

"我们现在一起来念新学的歌谣，好不好？"

"好！"

"不怕风，一、二！"

孩子们啪啪地拍着手齐声念了起来：

不怕风，不怕雨，

我们上学一、二、一！

不怕黑，不怕湿，

我们学习齐努力！

……

李向南想了想，伸手推开了门。

一进教室，里边的念读声停止了。因为光线阴暗，过了几秒钟才慢慢看清楚窑洞里的景象。婷婷惊愕地从黑板旁转过身来看着进来的人群。三四十双眼睛惊怯地看着这群来人。窑顶不止一处往下滴流着泥水，一块蓝色塑料布和一件很漂亮的淡绿色女式塑料雨衣（想必都是婷婷的）被孩子们的小手撑着，像篷顶一样遮在他们头上。他们一簇一簇相偎挤坐在一起。浑黄的水扑嗒嗒地滴流在塑料布和雨衣上面，又从上面流下地。墙角，几个脸盆嘀嗒嗒地接着窑顶的漏水。林虹悄悄进来了，把空盆放在墙角，空盆立刻响起咚嗒嗒的落水声。地面湿泞黏滑。窑洞不算大，因为躲避漏水，孩子们脸挨脸挤成一团。书本放在小膝盖上，那是他们的课桌。小板凳高低颜色不一，看来都是自家带来的。

面对这一情景，所有的人都说不出话来。只听见孩子们因为挤着坐不稳，在湿泞的地上小心挪脚的声音。李向南简直觉得憋闷得透不过气来。他是从婷婷最近写给县委的一封信中了解到这个情况的，但是，实际状况比他想象的更不忍目睹。在横岭峪，在一个公社机关的所在地，居然有几十个七八岁的孩子，在这样阴暗漏雨，而且随时有倒塌危险的窑洞中，开始他们一生中最重要的启蒙教育。他们的老师则浑身湿淋淋地站在黑板前，那里水漏得最厉害，她额前的碎发上都往下滴着浑黄的水珠。

李向南克制着愤怒冷冷地看了看潘苟世，潘苟世不禁战栗了一下。李向南紧绷着嘴角，咬着牙使劲地咽下一口唾沫，那口唾沫咕隆一声很响，他感到喉咙管被哽了一下似的憋胀疼痛。这就是横岭峪的公社书记，这就是这方圆几十里的一方之主。他听见自己提书包的右手紧攥的关节发出微响。

县委常委们都不作声。胡凡站在那儿疚愧不安，自己是分管教育的，这么多年在古陵，就没有注意过这种情况。他难过得喉咙被什么东西哽住了。康乐神情严肃地站在人群中，看到有的孩子把鞋放在膝盖上，光着小脚踏在泥泞中，他能感到他们脚底的透凉。他鼻子有些发酸。林虹站在窑洞深处最暗的角落，她已放下挽起的裙子，静静地看着这场面。

李向南目光朝向肖婷婷。这个看去孩子般瘦小纤弱的姑娘，和自己小学一年级时的班主任老师有些相像。这在一瞬间引起的联想，更刺激了他对眼前情景的愤慨。

"肖老师，能不能占你们十分钟上课时间？"李向南打破了沉寂，他看了看挂在黑板旁嘀嘀嗒嗒走的闹钟，问道。

婷婷迷惑地看看他，又看看人群，然后把疑问的目光转向驼秘书。她不认识这群人。

"这是新来的县委李书记。"驼秘书介绍道。

"你的工作很艰苦啊。"李向南伸手握住她那孩子般纤弱的小手。

婷婷的眼睛一下湿了，像孩子见到亲人似的，嘴翕动着不知说什么好。

"主要是同学们，"她指了指地下的孩子难过地说，"下一场雨地上潮好几天，他们会得关节炎的。光线又不好，会坏眼睛，又没有桌子。"

李向南转过头来，问潘苟世："这里有你的孩子吗？"

"没，没，没有。"潘苟世口吃起来。

李向南目光阴沉地打量了他一会儿，好像明白了什么似的，讥讽地点了点头。一转脸，发现潘来发也来了："你呢，有孩子在这儿吗？"

"我也没有。"潘来发赶快摇了一下头，眨着眼恭顺地答道。

李向南又冷冷地点了一下头，目光转到驼秘书身上："你呢，老驼？"

"那是我孙子。"驼秘书指了指坐在第二排一个清秀的大眼睛男孩。

李向南指着地上坐的几十个孩子，问潘苟世和潘来发："这些孩子，你们一点都不心疼吗？"

潘苟世头转来转去，一时不知说什么好。潘来发讪笑了一下，想讨好地说什么，但立刻感到不妥，把话咽回去了。

"都不是你们的孩子，都不往心上放，是吧？"李向南蹙着眉逼视着潘苟世和潘来发，过了一会儿，他又问驼秘书，"老驼，你自己的孙子在里头，天天坐在泥水里，你不心疼吗？"

驼秘书像受了一击震颤了一下，缺牙少齿的扁嘴嗫嚅着。他仰着脸，扶了扶要滑下来的老花镜，眼涌出泪水。

"驼秘书只有一个儿子，死了，儿媳妇也改嫁了，只留下这么个独苗孙子。"潘来发一边察看着县委书记的脸色，一边壮着胆子乖觉地介绍道。

"钟钟，你过来！"驼秘书伸出手招呼小孙子。钟钟仰着小脸怯生生地看着这么多人，坐在那儿没动。婷婷走过去把他拉了过来。他双手抓着驼秘书的衣服，紧紧偎在驼秘书身边。驼秘书指了指孩子膝上一个针脚很粗的羊皮护膝："这儿湿阴，我怕他寒腿，给他缝了这个。"

李向南转过头看着潘苟世："这样的问题，你为什么不解决？"

"我不，不了解情况。"潘苟世局促地解释道。

"当三年公社书记不了解这些情况？"

"具体不是我分管。"

"是宋安生分管，就该他负责了，是吧？可宋安生光这一年时间就向你反映过十七次情况。他分管，管得了吗？横岭峪公社，驼秘书买个算盘，都得你潘书记签字才行。不冤枉你吧？"

潘苟世没想到新来的县委书记把这样的小事了解得这么清楚，他结结巴巴不知说什么好。也许是窑洞里人多地潮，他只觉得蒸笼般憋闷湿热，脊背又都汗湿了。他突然发现宋安生不知何时已经进来了，立刻像捞到稻草一样："去年顾书记和老冯来过，"他看了冯耀祖一眼，"宋安生和婷婷就向他们反映过。"

李向南看了看宋安生。

"顾县长说，县委很关心，让我们再艰苦几天，教室问题一定能很快解决，他和有关单位打招呼马上研究。"宋安生站在人群后面，有些拘谨地说道。

李向南心中一震：这就是婷婷刚才教育孩子们时讲的话。他看了婷婷一眼，她表情单纯地听着宋安生的回答。显然，她对顾县长的话始终是相信的。她这次写给县委的信也流露出这一点。她只是小心怯怯地（不知道自己这样做对不对）又讲了讲新的情况，小心怯怯地问了问教室是不是快解决了。李向南当然不知道，婷婷在写这封信时反复犹豫了几个月：县委一定很忙，县委一定在想办法，领导有实际困难……自己这样再去信应该不应该？

"研究了吗？"李向南把目光移向身后的冯耀祖，放低了声音问道。

"因为忙，一直没顾上。"冯耀祖连忙搪塞道，"不过，那次临走时，顾县长又和老潘交代了一下，让公社尽量设法解决。"

李向南咬了一下牙，腮帮子微微凸了起来。这就是婷婷和几十个孩子虔诚相信的"县委的关心"和天天盼望的"马上解决"。

"一年时间都没顾上？也太忙了。"因为涉及到不在场的顾荣，也因为他不想破坏婷婷对"县委"的虔诚，李向南只是略含讥讽地说了一句。他转过头接着对潘苟世说道："宋安生的父亲，还有傅老顺，一个羊倌，人老耳聋，他们知道冒着雨给小学生修路拉桥绳。你这公社书记来了三年了，都做了些什么工作？"

窑洞里很静，只听见脸盆里落水的嘀嗒声。

"这是太暗了点。"冯耀祖上下看了看窑洞，对李向南讨好地附和了一句。见了领导对别人发怒就想讨好，这是他的本能。

"是太黑暗了点！"李向南厉声说道，声音也高了起来。

冯耀祖没想到李向南反而火了，他尴尬地笑了笑，又讪讪地说："不过，总还是个别的地方。"

"当然是个别地方。要都这样，整个社会就太黑暗了！"李向南的愤怒发作了。

冯耀祖涎着脸堆着奉迎的笑，心中骂着自己：真是拍马屁拍到蹄子上了。

"肖婷婷同志，"李向南转向肖婷婷，声音放平缓说，"你的信，我看到了。听说，你还有许多个人的委屈。你现在愿意谈谈吗？"

婷婷低下头轻轻咬住下唇。

"你如果觉得现在讲不合适，我们换个场合个别谈好吗？"李向南继续说道。

她微微地摇了摇头。她说什么呢？为了学生、教室，她有勇气谈，可讲自己的委屈，她的勇气就小多了。她更怕连累了宋安生。

"今天让你谈，我们就是要解决问题的。这不是，县委常委们都来了。"李向南鼓励着婷婷。

婷婷张了张嘴又闭上。她为自己的怯懦难过得要掉泪了。她终于抬起脸，看见了县委书记和蔼的目光，也看到了宋安生在人群中紧张的关注。她看了潘苟世一眼，低下头说道："潘书记他……"

"你说吧。"李向南说。

"他要我嫁给他侄子。"婷婷声音低得几乎听不见。

"你同意吗？"

"我不同意……他就说要让我一个人上山看林子。"她声音更低了。

"还有呢？"

"我如果同意，他说提拔我到公社供销社当售货员。"

"提拔你当售货员？"李向南简直被潘苟世这种专横霸道气得怒不可遏了。他转过头，目光慢慢盯住了潘苟世，"是这样吗？"

潘苟世惶恐地来回扭着头，好像左右寻求救援似的，一道道汗水从头上流下来。

"肖婷婷同志没捏造吧？"

"没、没、没有。"

李向南又转过头对婷婷说："肖婷婷同志，你放心。谁要打击报复，我们就给他挪挪地方。"他停了一下又说道，"后天我们就回县里。从后天起，你每天打个电话到县里，把情况告诉我。"

婷婷看了看潘苟世，嗫嚅着，想说什么，没说。

李向南也瞥了潘苟世一眼，对婷婷说："没人敢拦你打电话。"他转过脸对康乐说："回到县里，如果一天接不到婷婷的电话，就请公社书记负责。"他又对潘苟世严肃地说："肖婷婷这件事，你哪儿触犯了党纪国法，我们下面再研究。你这公社书记是不是称职，你自己也可以先考虑考虑。现在，"他指了指漏水的窑顶，有的地方已经在掉湿块，"先解决这教室问题。你们打算怎么办？"

"我们尽、尽、尽快想、想、想办法解决。"

"尽快到什么时候？"李向南又指了指窑洞的一道道裂缝，"这窑洞一天

236

也不能待了。很危险，要立刻搬。"

"窑洞裂缝不一定要紧，"潘来发在一旁小心地赔了下笑，讨好地介绍道，"有的裂几十年也不怕。"

李向南一下火了："不怕横裂，还怕竖裂。不怕干裂，还怕湿烂呢。这是窑洞的规律，你不知道？"

潘来发张口结舌了。他不知道这位年轻的县委书记十几年前插队时就住过窑洞，还掏过窑洞。

"眼下确实没房子，就是临时解决一下，也没有。"潘苟世说。

"房子没有跟你们要。"李向南冒火道。他又对婷婷说："你们做准备，今天教室就搬家。这窑洞，"他抬头看了看，"很危险。"

婷婷像孩子般地听从地点了下头。

李向南蹲下身来，摸了摸坐在最前面几个孩子裸露在卷起的裤腿外的冰凉的膝盖，问道："冷吗？"

孩子们有些怯生地看着他，在湿泞的地面上叽咕叽咕地挪着小脚丫，迟疑地摇了摇头。他们并没有完全弄懂刚才教室中发生的一切。

"怕下雨吗？"李向南擦掉一个孩子膝盖上的泥巴问道，他想起孩子们念的歌谣。

听见这句问话，孩子们眼里露出一丝活泼的笑意。他们都使劲摇了摇头。一个梳着小刷子的女孩大胆地说："不怕。""我滑倒了，就把书包抱住，书没掉泥里，肖老师说，学生要爱护书本。"一个圆头圆脑的小男孩认真地对李向南说道。因为说得有些急，有点结巴。"教室黑我们也不怕。我们眼睛睁得大大的，就看见了。"孩子们活跃起来，抢着答道。

"你就是顾书记吗？"一个小男孩闪着黑亮的眼睛看着李向南问。孩子们记得老师经常说的话。

"我是……是县委书记。"

"你咋老不来呀？"那个小男孩又问。

面对这些天真的孩子，看见他们坐在黑暗湿泞的教室里天天盼等着县委的"顾书记"，李向南心中感到一丝酸楚，他轻轻拍了拍孩子们的手背，说道："今天，我们就是来看你们。我给你们讲几句话，好吗？"

"好——！"

看着几十双闪闪发亮的眼睛，李向南慢慢说道："第一，你们，不怕刮风，不怕下雨，学习齐努力，你们都是好孩子！"

　　孩子们静静地听着。

　　"第二，你们会有一个很大很亮的好教室！"

　　孩子们高兴地劈劈啪啪拍起小手来。

　　"第三，你们长大以后，不要忘记，你们现在有个最好最好的老师！"

　　"肖——老——师——！"孩子们齐声喊道。

　　李向南又拍了拍孩子们的小手，站起来。他握住婷婷的手，说："肖老师，感谢你。我代表县委感谢你。"

　　"不，我……"婷婷不知说什么好。泪水在她眼睛里一滴滴涌出来。

　　"在我们这个社会，老师是最应该受到尊重的，因为一切应该受尊重的人都是你们培养出来的。"李向南握着婷婷的手深情地说，"我们来得太晚了。请你和孩子们原谅县委好吗？"

　　婷婷点了点头，又摇了摇头，泪水流了下来。

　　李向南又和孩子们招招手，同常委们一起往教室外走。走到门口，他想起什么，在窑洞环视了一下，目光寻到了林虹。林虹也在黑暗中看着他。李向南想说什么，但是没说，转过身随着人群走了。

　　听着院子里一片杂沓的脚步声远去，林虹像在想什么遥远的事情，目光沉入恍惚。

　　外面的雨小了，飘着雨星。李向南同常委们一起出了院子。他目光沉郁地看了看人群，说道："我领大家再参观一个地方。"随即转过头，带着队伍往前走。整个队伍也沉默地行进着。

　　一直顺着来路往回走。傅老顺窑门口摇着尾巴看着他们的狗，骒马嚼着草料的牲口棚，拉着羊毛绳的独木桥，修好台阶的泥泞土坡，都一个一个过去了。泥水在沉重的步伐下哗啦哗啦溅响着。

　　李向南现在有的绝不只是对潘苟世的愤怒，也绝不只是对孩子们的怜爱歉疚，而是一种远比这些更深刻更复杂的情绪。孩子们是纯真活泼的，他们的处境则是可怜的；婷婷的信念是单纯虔诚的，她的处境却是复杂的。这些善良嫩弱的形象比任何成熟人物的言行更强烈鲜明地照射出一些角落的愚昧和黑暗。在政治上查处潘苟世这些人的专横无能，打击顾荣在古陵盘根错节的势力，统一全体县委常委的思想，这原本是他下乡之行精心谋划的事情，但现在不那么强烈地吸引他的注意了。那只是他作为县委书记现实忙忙碌碌时的最直接、最表层的思想和目的性。然而，任何一个人都还有他更深一层、更深两层以至更深三层的思想。正是在那最深层的思想中，一个人才真正表现出他的个性，李向南才作为李向南存在着。或许，现在挤掉潘苟世这包脓的任务已没大困难；或许，更主要是因为刚才教室的情景触动了他心灵深处的情感，那些情感甚至还凝聚着他少年时代的爱憎，使他从自己对历史的探求、对社会的理想，也就是使他从自己毕生要为之奋斗的事业来洞察现状。他是很自信甚至还偶尔有些欣赏自己的干练和政治手腕的，那是复杂的社会生活给予他的。但是，如果他只是一个铁腕的李向南，他会由衷地憎恶自己。他知道自己的追求。他既对以往的全部优秀传统有着天然的亲切感和熟悉通晓，又对当代世界科学文明的全部新潮流有着敏锐感受和广博借鉴；既有思想家的理智洞察，又有着理想主义的生动激情。他的全部理智和情感凝聚在一起，使他立志为一个尽可能（"尽"字不能丢，那是他的全部热情想象，"可能"二字也不能丢，那是他的全部冷静估计）理想的社会而奋斗。刚才，在阴暗湿泞的窑洞中，看着那些泥泞中的小脚丫和天真闪亮的眼睛，看着像片绿叶一样纤弱单纯的婷婷，他很动感情。那是一个青年李向南的感情。婷婷、孩子们的纯真可爱，激动着他对理想社会追求的情感。而在潘苟世的愚昧专横中，却能感觉到整个社会滞留的那股可怕的陈腐势力。它过去造成过民族的悲剧，现在依然力图窒息整个人民。在古陵，在横岭峪，在刚才黑暗教室中的那幕场景中，包含着决定整个历史进程的根本的社会矛盾。要深刻地揭示它。这绝不只是改组一个领导班子的政治算术。

进了公社大院，李向南站住了。人们也都散在他身旁。

李向南看了看潘苟世，环指了一下公社大院东南西三面的青砖瓦房，冷冷说道："把房门都打开，请大家参观一下。"

潘苟世立刻明白了什么。他结结巴巴地想解释几句，却什么也没敢说出来。门一个一个被打开了。

"你领着参观，一间一间的介绍。"李向南吩咐道。

潘苟世额头流着汗，狼狈不堪。

第一间，二十多平米的大房间，正面一门一窗，绿漆油饰，玻璃透亮。走进去，对面是高大敞亮的四扇窗。墙壁四白落地，水泥地面。办公桌、椅子、文件柜、报架、绿色的铁皮保险箱。屋里摆设不多，略显空荡，家具质地比较粗糙。房顶吊着日光灯。

"干什么用的？"李向南问道。

"这，这是潘来发的办公室。"潘苟世介绍道。

第二间，与第一间完全一样，不过当了卧室。有单人床、床头柜、脸盆架、桌子，很脏的被子散摊在床上，满地的烟灰、糖纸、瓜子皮，一双塞着臭袜子的鞋，一只在床东，一只在床西。床头枕边乱放着十几本小人书。潘苟世看见李向南注意到了床头的小人书，额头又沁出一层汗珠来："这是来、来、来发的宿舍。"他介绍道。

第三间、第四间还是同样的房间。办公桌上落满了尘土。说不清楚过去是谁办公，将来是干什么用。

第五间，规格不同了，比前面的房间大三倍。潘苟世说，"这是另、另外的一个会议室。"屋里放着一个落满尘土的乒乓球台，墙角斜倚着几十杆红绿彩旗，地上堆放着锣鼓铙镲等，也落满了尘土。

一间一间地进去，一间一间地出来。潘苟世越介绍越汗水淋漓，特别是介绍到最后，他口吃得厉害："这是、是、是我、我的办公室。"他的办公室规格高了一级。是里外套间。每一间同公社其他负责人的办公室都一样大。墙上多了一个黑木贴金的古式大摆钟。他还另有一间宿舍，比潘来发的更脏，相同的是床头也有许多小人书，红红绿绿的，多是《三国演义》、《杨家将》之类。

"这是你看的？"李向南指着那些小人书问。

"啊，啊……"潘苟世惶乱不安地说不上来。

李向南从小人书里抽出几个叠成寸半宽长条当书签的红头中央文件来，打开看了看，抬头看着潘苟世："这都是些什么文件，还记得吗？"

潘苟世答不上来。李向南轻轻哼了一声，放在了床头柜上。

人群很快转了一圈。七个公社干部，大小二十五间房子，加上总机室、传达室，是二十七间。

"有什么感想啊？"李向南在院子里站住，看着潘苟世问道。

"先把这儿的会议室腾、腾出一间来吧。"潘苟世察看着李向南的脸色，回答道。他用袖子擦了一下额头的汗。

"什么时候腾啊？"

"最近几天。"

"不行，"李向南说道，"今天就让学生们搬过来。那窑洞太危险！有困难吗？"

"啊，没有。"

"学生们暂时搬到这儿，可以每天提醒你们抓紧时间解决教室问题。"

"是是。"

"我刚才让你考虑一下，自己这个公社书记当得称职不称职，考虑了吗？"

"我……我我不称职。"

"是真话吗？"李向南打量着他，"对于不称职的干部，你知道应该怎么办吗？"

"我……"潘苟世满额流着大汗。

"好，你先一边工作一边检查，听候常委会回县里开会正式对你处理！"

第二十九章

在公社吃过饭，一路沿着山脚公路走着去两里外的卧龙庄大队时，天晴了，路边的树翠绿滴水，已经开始泛黄的一片片麦田闪着水珠。县委常委们有说有笑，气氛活跃了。只有小胡走在队伍最后，头皮发紧。卧龙庄跟小胡有些关系。他高中毕业后曾在这里插过几年队，从这里招工进的县农机厂。他对卧龙庄是熟悉的，在李向南来古陵上任的前两三天，他还写过一个调查报告，列述了他去卧龙庄走了一趟发现的农村问题。

那个报告里有没有叫李向南抓住的把柄呢？

小胡一边走一边回忆着调查报告的全文。马车响着鞭子，拖拉机突突着在队伍旁一辆辆地开过，坐得高高的拖拉机手，懒懒地斜躺在车辕后的车把式，都向这队人投来好奇的目光，留下一道道甩开的鞭影和一股股呛人的黑烟。这些他都没注意。调查报告的最后一句话在脑子里过完了，他也微微出汗了。那个报告在李向南手里，足以给自己戴上"对现行政策不满"的帽子。自己有些话写得太尖锐，又带着情绪，李向南是断然不会放过的，他太善于抓住问题做文章了。哼，愿意怎么收拾就怎么收拾吧。闹一场，调到地区去，不受你管了，你能怎么着？可是，如果自己在古陵被整得"政治上有问题"了，郑书记还能随便干预吗？政界的人谁不怕"政治问题"呢？越上层的人不是越避嫌吗？

穿过一段玉米地间的小路，火似的太阳蒸出闷热的湿气。路到头，一大片河滩稻田开阔地展现在下面。河滩最宽的地方总有几百米，只在中间流着湍急浑黄的河水；两边是铺满鹅卵石的湿软沙滩；再两边，垒着一道道石堰，上边是一层层越来越高的稻田，绿油油地沿着河道延展下去望不到头。

县委常委们沿着之字形小路从高岸走下去，进入稻田。

"好，咱们要参观的地方到了。"李向南招了一下手，对引路的宋安生说道。人们在长着小草的田边小路上站住了。

远处的稻田间有几十个农民蹲在地上，正聚精会神听一个站着的姑娘讲什么。那姑娘很快地打着手势比画着，短头发一甩一甩的。在常委们眼前的是块一亩见方的水田，种着黄花苜蓿，是一种绿肥。

常委们呈半环形在李向南左右围站着，李向南立在绿肥田边，说："我跟大家打过招呼，这次下乡，就是要统一认识。今天来参观这里，也是为了统一大家思想。"他看了看两边的人，目光在小胡身上停了停，"其中，特别要和小胡同志统一统一思想。"

小胡心中猛然跳了几下。

"大家注意到农村现在种绿肥的情况有什么变化吗？"李向南指着眼前的绿肥田问。

众人没有回答。

"绿肥种得比过去少了。"龙金生正用舌头慢慢舔着卷好的烟，站在人群中答道。

"少了多少？"李向南问。

"太具体数字，我没注意过，反正是少了不少吧，基本没有什么人种了。"

"为什么少了呢？"

"用化肥多了。"

"用化肥多了，种绿肥少了，为什么呢？"

"化肥降价了吧？"

"还有呢？"

"种绿肥怕占面积吧？"

"以前怎么不怕呢？"

"现在地都分到个人头上种了。"

"还有呢？"

龙金生没有话了。他看着李向南，有些奇怪。

"谁还想过这个问题啊？"李向南目光环顾着众人。人们面面相觑。小胡在李向南的目光扫过时，抱着胳膊一动不动，脸上有种毫不在乎的敌意。

"这么重要的问题都没人注意过吗？"李向南声音透出不满来。

小胡脑子里突然闪动了一下，朦胧预感到事情要向意外的方向发展。

"绿肥不种了，全用化肥，有什么好处？"李向南依然把目光转向龙金生问道。

"眼下就能见效，当年增产。"

"坏处呢？"

"从长远说，对土质不好。特别是这河滩地，光用化肥，地越来越没肥力，土质也会恶化。"

"那农民为什么只顾眼前呢？"

"急着富起来吧。"

"就这样解释够了吗？"

"县委也提倡过要多施农家肥，多种绿肥。"

"为什么越提倡越少了？据调查，过去全县每年有几千亩绿肥，现在只剩下不到一百亩了。"李向南指了指广大河川稻田，"最根本原因在什么地方呢？"

人群寂静。

"如果这样发展下去，只顾当年和眼下两三年的增产效益，耗尽地力，不考虑长远的土壤改良，用个科学术语来说，这叫对土地掠夺式的经营。是不是？"李向南严肃地扫视着每一个人，"这样重要的农业动态为什么没引起我们重视呢？它是由什么深刻的原因造成的呢？……绝大多数同志都没有注意到这个问题，这就是我们的失职。"他语气很重地停顿了一下，"只有一个同志例外。"

他的目光落在小胡身上，小胡兀立在那儿。

"那就是小胡同志。"李向南说，"他在一个关于卧龙庄的调查报告中提出了这个问题，而且很尖锐地指出，这是由农民对土地使用权的长期性、稳定性持怀疑的结果。大家可以想想，如果这块地三年以后就不归你种了，你还会考虑长远的土壤改良吗？不都要搞耗尽地力的掠夺式经营吗？这就是农民的心理，这就是问题的实质。"少顷，他目光和蔼地瞧着小胡，"小胡，你还愿意再谈谈吗？"

小胡没说话，脸上却露出一副根本不买账的神情。他敏感到李向南是转而想拉他了。收拾不动他，硬的不成来软的了。

"小胡还是谈谈吧？"李向南说道。

小胡依然沉默不语，只是略垂下眼，用眼帘挡避李向南的目光。

他的缄默等于给了李向南一个难堪，李向南自然明白。一刹那，他有些怀疑起自己要争取小胡的决心来。但他立刻微微颔首露出一笑。不管小胡如何当众难堪自己，也不管自己实际上多么不喜欢这个心狭量窄的年轻人，他都要按自己既定的方针办。能争取一分就争取一分，哪怕先动摇一下他的立场也好。小胡的才智在整个古陵都是难能可贵的。得之，是一臂，失之，是一敌。

他把目光移向大家："小胡不愿谈，我谈谈吧。小胡可能觉得我这个县委书记这样做是为了拉他，"他看看小胡，"坦率说吧，我是要拉你。"他坚定地说道，面向大家，"我很欣赏小胡在他的调查报告中表现出的思想，很欣赏他观察问题的方法。这也是我决定把小胡同志留在政策研究室的原因。"

小胡的脸一下涨红了。他对这种以"工作需要"为由排斥异己的官样文章太熟悉了。从他离开人来人往、电话不断的县委办公室，踏进空荡冷落的政研室起，他就明显地感到了自己的被排斥。

"少来这一套吧。"他冷冷憋出一句。

"你——，还像个样子吗？"胡凡在一旁指着他大声训斥道。

"这不是在家里，你少管那么多。"父亲的当众呵斥使小胡悻恼了。

李向南责备地看着小胡，长出了一口气："你很快就会知道，你这样说是不应该的。"接着，他又转向常委们，"同志们，古陵县的几千亩绿肥消失了。在这个人人忽略的平常现象后面，小胡同志看到了农民对待土地的态度和心理这样的本质。这是农民和土地的关系问题，中国头等的大问题了。"

人们都静静地听着。

"小胡的发现，我以为起码有两个重大意义。第一，它关系到中国十五亿亩耕地的发展前途。十亿人的吃穿，主要都在这十五亿亩上了。子孙的命运，民族的兴衰。大家想过吗？"李向南停顿住，缓缓扫视着众人，"现在，我们虽然尽量保持土地的包种分配情况的稳定，但农民也还是怕变动。而实际上，随着农业的发展，农村家庭人口和劳力情况变化的累积，土地的包种分配情况也不可能永远不变。农民不愿意对土地进行长期性投资建设也是必然的。关键是我们必须制定一系列政策来鼓励农民进行长期性土壤改良。我们就是要以小胡的发现为基础，开始一项决定十五亿亩耕地发展前途的政策研究。这是小胡同志的第一个贡献。"

他有力地结束了第一点分析，停顿一下，又开始往下讲："第二个意义也许更大一些。它提出了新形势下我们的领导必须有的战略眼光和政策眼光。每个同志都必须具备这样的政策眼光。希望大家能在这两天的下乡中统一思想。"

常委们感到了他严肃目光的压力，特别是龙金生。他垂着眼皮，两眼盯着脚尖使劲地抽着烟，竭力想理清从黄庄水库就开始受到震动的思想。

刘貌合上笔记本，对大家说明道："小胡的调查报告，李向南早几天就给了我，很不错。已经发往报社了。报社昨天来信，准备很快刊登。"

小胡意外地抬起眼。

"向南还以古陵县委的名义写了一段按语，题目是'胡小光从农民不种绿肥中看到了什么'，就是他刚才讲的那些意思。"他转头看着小胡，"你的某些措辞不妥之处，向南都做了修改。"

小胡抱着胳膊兀立着，被刚才的敌意凝冻住的姿态还绷着没变，但眼睛却在镜片后面微微眨动着。

李向南的目光移向了他："小胡，我这可不单是为了拉你。"他在风趣中透出责备，然后向大家说道，"我这个芝麻官有一点可以坦率告诉大家，我准备用三五年时间把古陵搞成在全国打头的县。大家可以替我想想，除了调动一切人才，我还有别的办法吗？说我搞北京帮，"他转头看着身旁的康乐，"就凭你我二人，那不是自取垮台吗？"

康乐笑了。

"小胡，坦率说吧，"李向南又把目光转向小胡，"最初把你调到政策研究室，我还没有看到你的调查报告，那是后来在旧文件堆里翻到的；当时出于两个考虑：一个，我要把身边的县委办公室搞成个精干的机构。我看你和康乐在一起人浮于事，互相扯皮，所以决定调走你，给康乐腾开手脚。在联络干部、团结上下，还有组织会议、灵活应变等方面，康乐比你擅长些。是不是？"李向南放低声音说，习惯地停了一下，又道，"第二个考虑，我当初就想加强一下政研室。一个县的政研室成了个无人问津的冷衙门，这太不正常了。当然，具体怎么加强，当时我还没设想成熟。这两点就是我调动你的初衷。你有意见，闹情绪，可以理解，年轻人不愿意到冷衙门闲起来。可你那种态度也有那么点不像话吧？"李向南宽和地一笑，戛然而止了。

人群很静。远远传来河滩对面的吆喝声，还有不远处那群农民中姑娘隐约的讲话声。

李向南把目光投向大家："常委同志们都在，我有几点提议。"他说，"第一，加强政策研究室。把它真正建设成一个把握动态、研究政策的机构，要在全县范围集中为数不多的优秀人才，要提高研究室的规格，扩大它的权限，给予它广泛活动的范围。它应该列席常委会，在决策方面有更大的发言权。县委需要这样一个高效率的参谋部。"

人们，包括小胡都被他的话吸引住了。

"第二，依靠这个机构，我们不仅要对古陵县的政策性问题做出迅速反应和研究，而且，从此出发，应该对全国范围内的政策研究做出我们的贡献。我相信古陵会出很多经验的。同志们相信吗？"

人们既活跃又有些拘谨地笑了。

"第三点，这个政策研究室的主任，我和常委几位同志已经交换过意见，提议由小胡同志担任，原来政研室的主任老周同志年纪大了，有病，我和他谈过了，他主动提出了退二线。至于为什么安排小胡同志担任这个工作，很简单：他胜任。当然，"他把目光温和地投向小胡，"这有个前提，那就是小胡愿意留在我们古陵县工作啰。从我个人来说，我希望你能这样独当一面，干出些实际成绩来。"

小胡还是低着头，看不见他的眼睛。

"好，我们先告一段落，去那儿看看吧。让小胡慢慢考虑，常委同志们也还可以再酝酿酝酿。"李向南挥了一下手，说道。

考虑什么呢？小胡随着人们踏着湿漉漉的小草在稻田间的小路上走着，一簇簇刚插不久的秧苗在阳光下嫩绿透亮，稻田里的水镜子一样照出他的脸。留不留在古陵，现在是个不用考虑就已朦胧看到结果的事情了。那个结果，虽然他的自尊心一时还不愿承认，但是他直感到，那是自己最终不会违抗的。

那他还考虑什么呢？他想考虑一下自己与李向南的关系？

李向南来古陵是有宏图大略的，这他看得太明白了。他早就承认李向南干得很漂亮。天下有两种人：一种人是专门在他嫉妒的人身上寻找不如自己的地方来和自己比较，以安慰自己；另一种人是专门在他嫉妒的人身上寻找比自己强的地方来与自己比较，不断地苦恼自己。小胡就是后一种人。他不断地发现着李向南高于他的政治才能，增加着嫉妒的折磨。可是此刻，很奇怪，他心中几乎感觉不到对李向南的妒忌。是因为敌视情绪的消除？不是。他知道，嫉妒能产生敌视，但嫉妒也常常在毫无敌视的关系中产生。那是因为什么呢？他想不清楚。他只感觉李向南在自己心目中的形象发生了一些变化：他开始把他看成县委书记而不是一个与自己同龄的青年了。他现在完全承认：李向南远比自己成熟得多。可为什么看清了相互间的差距，嫉妒反而没有了呢？他不知道，嫉妒恰恰是在一定的间距内发生的，间距拉开了，嫉妒便消失了。就像一般人从不嫉妒伟人，尤其不嫉妒去世的伟人一样。人只是嫉妒自己能够嫉妒的人。

那他和李向南的关系还有什么可考虑的呢？

来到了那群农民前。姑娘讲话停止了，眼睛亮闪闪地看着宋安生领来的这群人。

"这是县委李书记，这是县委常委的领导们，来看看咱们。"宋安生介绍道。

蹲在稻田边的农民们，青年的、中年的鼓起掌来，老年的则仰着脸露出恭敬的笑容。有人撑着膝盖站起来，李向南伸开双手示意大家不用起来。农民们认出他们熟悉的小胡和龙金生，显得不那么拘束了。龙金生也在农民中蹲下，接过一个老汉手中的旱烟袋吱吱地抽起来。

"你是秀秀吧？你一定讲得不错啰。"李向南笑着向那个姑娘伸过手去。

那个叫秀秀的姑娘握着县委书记的手，有点脸红了，圆圆的眼睛却泼辣辣地闪着光芒。她身材挺拔，一股子学生气；剪着齐耳根的短发，脸、脖颈、滚圆的手臂都晒得黝黑光润，穿着一件粉红色的确良短袖衬衫，下身是一条料子裤，随便地卷到膝盖上，打着赤脚，两腿的泥，还有几道划破的伤痕；旁边不远处扔着一双珍珠色半高跟凉鞋。她笑了一下，弯细的眉毛和小嘴都显出孩子气来，很利索地一甩短发，对县委书记抱怨道："有人说我搞技术剥削呢，压制我。"

秀秀是个高中毕业的回乡青年，一心钻研农科技术。她指导着远近百来户农民育杂交水稻种。合同很简单，口头的一句话：收获够七十斤稻种，她抽一斤。拜她为师的很多是种地几十年的老把式，可在育种上对她崇拜得五体投地。

李向南是在"提意见大会"上听宋安生介绍的，引起了极大兴趣。

"这不是有公社副主任支持你吗？"李向南指着一旁的宋安生说道。

"他？谨小慎微的，什么事还要别人给他支持呢。"秀秀瞟着宋安生，冲他一撇嘴，亲热地揶揄道。

小胡在一旁看着，心中笑了笑。长久绷紧他神经的敌意已然消逝，刚才被震动的思想也已平静。人们的注意力离开了他，他能用客观的眼光来看待李向南的工作了。

"谁像你那么勇敢啊，一个人就骑着摩托去省里了？"李向南打趣道。

秀秀不好意思地笑了。为了找科研资料，她上午找来一辆"嘉陵"学了学，中午饭也没吃，就开着连夜六百里一个人赶到省城去了，把她爹吓得一夜没睡觉，一天没吃饭。他家就这么个闺女。

"你父亲在这儿吗？"李向南问。

"爹，叫你呢！"秀秀转过头带点撒娇地说，"怎么老磨磨蹭蹭的。"

一个眯缝着小眼好像没睡醒似的中年农民慢慢腾腾嘟囔着从地上站起来。

"'黄牛慢，水牛慢，没有老屠的脾气慢。'这段拉拉唱说的是你吧？"李向南笑问道。

农民都笑了。因为县委书记这样了解村里的俚俗，他们都感到很亲切。

李向南把自己的"前门"烟连盒递到老屠手里，从他手里接过烟袋锅，笑着打了个手势："换着抽抽。"然后一边很熟练地用烟锅在烟荷包里挖着烟，一边指着稻田对老屠笑道："听说你还不太同意秀秀这么干？"

"不同意我也管不了她。"老屠有点罗圈腿，膝盖弯着，好像半蹲着站在那儿；绵声细气像是诉苦似的唠叨着，"像个假小子，成天慌慌张张的。心里就跟长了草似的。"

"地里没长草就行。"秀秀抢白着她父亲。大家都笑了。

"你管不了她，可她管了你啦。这不是你也跟着她学育种来了？"李向南笑着说，划着火柴，哒哒地抽着了烟袋锅。他感觉到了自己抽旱烟的熟练动作在几十双农民眼睛里引起的惊奇。他对自己很有点满意。他插过队，知道怎么和农民打成一片，"秀秀很光荣啊，这不是报社记者也来了？"他扭头对刘貌说，"可要给我们的秀秀宣传宣传。"

"应该宣传。"刘貌从挎包里掏出了照相机，"待会儿，我拍个照。"

农民更活跃了。

"海广是谁啊，在不在？"李向南笑问大伙。

一个一米八的高个子在地上摁灭烟头从人群的一头站起来，然后拉直一下自己的灰衬衫。他长着淡淡的剑眉，严肃的神情中有一种军人和地方干部相混合的气质。他很不自然地笑了笑，露出一口整齐的白牙，又紧闭上嘴，气宇轩昂的外形却流露出一些腼腆。

"黄金龙呢？"李向南又问。

一个戴黄框眼镜的人，抽着烟，和周围的人一边说笑打诨，一边乐呵呵地从人群另一头站起来。他脸上堆满皱纹，一笑，更看不出年龄了。

"听说你们俩见面还不说话是吗？"

海广目光不自然地闪了一下，见脚底下的半截烟还在冒烟，他用脚碾着踩灭了。黄金龙抓着后脑勺左右看看，呵呵笑着。两个人都没说话。这两人是村里的重要人物。海广是1964年从公安战线复员回来的，黄金龙是从砖瓦厂回村里的。两人各当过村里几任大队支书，你上来，我下去，有矛盾；后来演变成"文化大革命"中村里的两派，十几年闹得冤家对头，连两家的老婆孩子见了都不说话。

"你们俩是谁都不服谁，是不是？可现在怎么都服开秀秀了？"李向南揶揄道，"种起水稻来，只有一个观点，是不是？"

黄金龙呵呵地干笑了两声，海广只略略倒了一下脚，仍然一言不发。

"他们坐都不往一块儿坐。"秀秀在一旁指着说道，"李书记，你看，那边都是跟海广叔好的；这边一群都是金龙叔一派的；你没看我爹他是中间那一大堆儿，他们是中间派。"

大家笑了。连海广也绷不住脸笑了笑。

秀秀依然像在数落一群小学生："你不知道，过去他们都不一起来。他来你不来，你来他不来，我还得分开讲，多不好啊。李书记，你给他们做做工作。"

"这个工作我不做，做不了。"李向南幽默地摆了一下手，"过去不一起来，现在一起来，已经团结多了。让他们慢慢往一起坐吧。自觉自愿，不用找人做媒。"

众人又笑了。小胡也止不住有点笑了。

"来明，你也来了？"李向南目光落在一个人身上，那是个文质彬彬的中年人，苍白的脸，单薄的身子。他不好意思地笑笑。小胡知道，他叫孙来明，十几年一直是大队干部，在公社还借用过一阵。他农田里的活儿基本不会，身体也不好，包产到户，真是叫苦连天了。

"田里的活还有困难吗？"李向南关切地问。

孙来明苦笑了一下："对付吧。"

"前一阵发了不少牢骚,是吧?"

孙来明一下子忐忑不安了。

李向南看了孙来明一眼,没再批评什么;"主要是还不习惯。很多事情要慢慢来。"

孙来明怔住了,感动地点了点头。

"十几年的大队干部不会种地,这种情况不应该再继续了,是吧?"李向南温和地批评道。

小胡在旁边不知被什么东西触动了。

"同志们,"李向南面对着人群笑道,"你们大伙儿,有当干部的,有上年纪的,有闹冤家对头的,还有当爹的,"他冲老屠笑了笑,"也没有谁下命令,你们咋都心甘情愿坐在这儿听秀秀这么个姑娘指挥啊?"

"秀秀是我们的权威呗。"一个壮实英俊的小伙子,蹲在人群里一举手调皮地笑道。秀秀冲他使劲一瞪眼。

"那大伙儿想想,她的权威靠什么啊?是靠科学技术,是不是?"李向南停顿了一下,"我们现在管理生产有行政手段,比如下计划,下种植亩数;有经济手段,比如超产奖励啦,调整价格啦,等等;还可以有科学技术手段。像现在育种,我们有屠秀秀,以后,种田、养猪、养鸡、养蜂、果树,各方面都可以出这样的技术权威。咱们的秀秀是自己冒出来的,这叫自下而上的。我们县里,"他转头看着庄文伊,"还要自上而下加强科学技术指导。这样自下而上、自上而下,互相结合,"他两手一上一下,相对着有力地打着手势,"就一定会出现各种形式的、多级的科技辅导员、辅导站、辅导中心。慢慢联成片、联成网,就可以从里面产生出新的农业生产的指导体系和管理体系。同志们,这是大事啊。这条路走通了,在全国闯出个经验来,好不好?"

"好!"

刘貌兴奋地记录着,钢笔没水了,赶紧又拔出圆珠笔。小胡也感到了这个设想的重大意义。这时,他又意外地听到李向南正在对大伙讲到自己:"同志们,我今天给你们介绍一个人,小胡,胡小光,你们都认识吧?"

"认识。"

"我们今天来卧龙庄,和小胡同志有很大关系。他很关心咱们村的情况,写了调查报告。以后,卧龙庄的事,我们让小胡多关心关心,你们有什么困难想法，多和小胡谈谈，像你们和秀秀这种技术辅导合同的经验，让小胡和你们一起研究总结，向全县推广，好不好？"

"好！"人们鼓着掌。

刘貌看到李向南讲完了，立刻端起相机来，转来转去地找着角度，想拍几张照片。

人群活跃起来。

在一片谈笑中，李向南走过来对小胡低声嘱咐道："这个大课题你要抓紧。"至于小胡是否离开古陵的问题，似乎是根本不存在的。

小胡点了一下头。

"一定要把政策研究室搞成个高效率的班子。要什么人，你开个名单给我。"

"嗯。"

"当我们把全部工作的职能、权力，集中到少数精干的机构和少数干练的干部手中后，整个庞大体制的大部分就流于形式了。这就奠定了精简、改革机构的最稳妥的基础。这个道理，你懂吗？"

小胡点了一下头。他懂。

"为了使你对政策研究更有发言权，我还考虑让你同时兼一个公社的工作。辛苦点，啊？为了取得第一线的实践经验。"

"嗯。"

一个是和蔼的；一个是服从的。但两个人都感到有那么一丝还没适应这种新关系的矜持。李向南说话时，一直没有看并肩站着的小胡的眼睛。

"兼任公社工作，这对于你全面锻炼、克服自己的弱点也有好处。你组织能力欠缺一些，有时候对同志欠一些豁达。用北京话说吧，有点小心眼。"说完最后这句话，李向南笑了。他这才感到自己对小胡完全坦率了，态度上也完全自然了。

小胡也正是在这一瞬间，感到了双方间的最后一丝矜持感消失了。

"我也知道我这毛病。"他像孩子一样不好意思地笑了。

第三十章

　　当天晚上，李向南同县委常委们在卧龙庄宿下，分到各家各户吃了派饭，开了几个调查会。第二天一早，按计划原准备到凤凰岭大队去。那里有李向南要做的一篇大文章。汽车开到横岭峪口过河滩时抛锚了，司机满头大汗，一时半会儿修不好。李向南看看前面不远处的横岭峪村，想起什么，安慰地拍了拍司机的肩膀，让他别急。他对车上的常委们打了个手势："咱们抽修车时间去看看孩子们安顿得怎么样。"

　　一进横岭峪公社大院，他们就愣了。一片冷清。李向南同常委们把每个房间走过看了一遍，不但没有孩子们的踪影，连腾房子的迹象也没有。驼秘书驼着背，无声无息地出现在众人面前。

　　"教室怎么没搬？"李向南问。

　　"潘书记说过几天再说，不急。"驼秘书小心地答道。

　　李向南阴沉着脸咬了一下牙："他昨天下午干什么去了？"

　　"他昨天下午回他村里去了，准备给他爹过三周年忌辰。"

　　李向南好一会儿没说话，他慢慢扫视了一下满是灰尘的屋子，最后转身脸色可怕地挥了一下手："走！"

　　常委们又沿着昨天的道路急急走着，刚过独木桥，就远远听见喊声："快来人啊，快来人啊。"傅老顺两手在嘴上捂成喇叭筒，扯着脖子冲着下面已经开始骚动的村子大声嚷着，同时隐约听见孩子们的哭声、尖叫声。又走了几步，几个孩子泪汪汪地跑来。他们认出了昨天的县委书记，哭着用手回指着教室的方向："肖老师——……"

"肖老师怎么了？"

孩子们哇的大声哭开了，话也说不清楚了。

人们三步并作两步赶到了那个土崖凹进去的院子前。一进院门，顿时惊住了。教室那孔窑洞已然塌方了。大大小小的土块已经把窑洞口堵满了。

"肖老师！""肖老师！"几十个孩子哭喊着、拥挤着，用他们的小手往外刨着土。林虹正弓着腰用铁锹拼命挖着。几乎与县委常委们同时，院子里又拥进闻声赶来的男女老少们。孩子们的哭喊声，婆姨们的惊呼声，男人们的嚷叫声响成一片。

李向南分开众人挤上去，用手扳住林虹的肩头拉了她一下。林虹回过头看了他一眼，眼里闪着愤怒。

"怎么回事？"李向南问。

林虹三句话把情况讲清楚了：刚才，课上到一半窑洞就开始往下掉土，婷婷立刻让孩子们搬着小板凳到窑洞外面去。驼秘书的孙子钟钟把自己的橡皮掉在教室里了，又跑进去找，这时窑洞开始塌，婷婷一边叫着一边冲进去拉孩子，窑洞轰然一声全塌了下来。

"你们干的好事！"林虹愤怒地说。

李向南被林虹这种不加区分的说法弄懵了。他愣了一瞬，但来不及解释。

"婷婷和那个孩子都压在里头了？"

"是。"

这时院子里进来的人更多了，潘苟世也满头大汗地跑来了："快快，赶快挖！"他结结巴巴地嚷道。

"挖什么？"李向南目光像刀子一样逼视着他。

潘苟世哆嗦了一下。他没想到李向南今天又回到这儿。

"大家安静！"李向南挥了下手，大声喊道。"妇女们一人领上两个孩子，全部都出院子去。快！你们在这儿耽误事！"

女人们拽上哭喊的孩子们出去了，院子里静了一些。

"这窑洞不能乱挖。"李向南说，"下边挖，上边还要往下塌。"他扫视着众人，"谁是挖窑洞的行家？"

人们左右张望着，把一个老汉拥推出来，是贾二胡。

"贾大爷，你是什么主意？"他问。

"这得一边掏着挖着，一边用柱子撑着。"贾二胡说。

"对，是这个办法。"李向南说，"该挖哪儿，该撑哪儿，你站在这儿全面指挥。我领着人在前面挖。"他抬头看了一下潘苟世，潘苟世正愣怔地站在那儿，"你领着人立刻去扛些木料来。不管什么，拆了拿来。越快越好。"

人们一起投入了紧张的行动。

贾二胡上下左右地看着塌了的窑洞，在后面指点着："先挖这儿，那儿先别动……那块大土疙瘩先撑住它……这儿顶个柱子，短一点的。换一根，再短一点的。用劲！上面垫块木板……好，这儿往里掏。李书记你那儿当心！"

"李书记，你靠后点，我来！"小胡气喘吁吁地用铁锹挖着往前插上来。

"不用！"李向南说。他感到旁边还有一个人挤过来，扭头瞥了一眼，是林虹。

"你走开！"李向南命令道。

林虹不理他，继续弯下腰奋力挖着。

"你在这儿一个不顶一个，碍事！"李向南有些粗暴地抓住她的胳膊用力往后拽，林虹一下没挣脱，转过身来，满脸汗水地看了看自己胳膊上被抓握出的红印，抬头看着李向南，眼睛里闪出敌视的目光，她遇到的是李向南更加强硬的目光。她咬了一下嘴唇，朝后让了让，康乐和一个农村小伙子立刻取代了她的位置。

窑洞有些地方塌实了。有些地方是土块支土块空搭着。人们就从下面连挖带撑，掏进一个一人多高的巷道进去，一筐一筐土递出来。慢慢地外面的看不清里面的人了。里面的人则小心翼翼地连挖带撑着往里进着。下面挖土尤其要小心，怕万一伤着婷婷他们。最后，碰到一只手。在这儿了。他们小心翼翼地用手刨着，把婷婷挖出来了。她弯着腰侧身趴着，显然是在塌方的一刹那用身体掩护着驼秘书的孙子小钟钟。在她身下是那个孩子，一根原来横担在窑顶的木梁压在她腿上。

两个人从巷道里被抱出来了，平躺着放在地上，剔净脸上鼻孔的土，连呼吸都摸不到了。婷婷的膝关节靠上一些的腿部大概是被砸断了，血从裤子里渗出来。

"婷婷，婷婷！"宋安生趴在婷婷身边忍不住哭起来。

"哭什么？"李向南喝道，"先看人有没有救。"

贾二胡老汉上来，翻开婷婷和钟钟的眼皮看了看，又用手放在两人的鼻孔上，闭住眼试了好一会儿，然后抬眼很有把握地说："还有救。"

　　宋安生立刻和人们一起给婷婷和钟钟做起人工呼吸来。

　　贾二胡解下自己头上的毛巾，嗞嗞地竖着撕成两条，系住，成一条布带，他让林虹把婷婷的裤腿卷起来，把流血的腿扎住。他回头看了一下又进到院里的几个妇女："要头发，快点剪，多几把！"

　　剪刀拿来了，林虹先接了过来。她把盘在脑后的头发一松，甩了一下披在了肩上，左手在脖颈后把头发理着握成一把，右手拿着剪刀咯吱咯吱几下把头发剪了下来。又有两个农村姑娘剪了头发。贾二胡捧着头发，到了旁边婷婷住宿的那间小窑前，用炉火把头发燎着，满院腾起一股焦臭。他捧着不多的发灰过来，敷在婷婷的伤口上，又用林虹递过来的一块白毛巾把伤口包扎住。人们疑惑地看着他。

　　"头发烧成灰就是血余炭，懂不？止血中药！"贾二胡拍着沾在手上的头发灰，有些乐呵呵地眯起眼说道。

　　在这种紧张的气氛中，他的话使大家略感放松了些。

　　婷婷的眼皮开始动了，好像有只小虫在眼皮下慢慢蠕动。小钟钟的鼻孔也开始微微翕动，接着他睁开了眼，直愣愣地像熟睡中被惊醒了一下，而后又闭眼睡去了。贾二胡摸了摸两人的脉，眉头皱得更紧了，在众人的目光下，半晌才放心似的点了点头，悠悠地站了起来。他那带着一丝乐呵呵的表情好像是说：好了，这就没事了。

　　他一边用烟袋锅从容地挖着烟丝，一边靠近了李向南，压低声音说："李书记，快送医院。钟钟不要紧，婷婷再三个时辰送不到医院，就没救了！"

　　李向南猛然转过头，询问的目光落在贾二胡脸上。

　　贾二胡在一片烟雾中皱着额头，翻起眼皮看了他一眼："快，说话就没救了！"老汉拿烟袋的手在微微抖着。

　　李向南点了一下头，扭头看着潘苟世："赶快打电话，叫县医院来辆救护车。越快越好！"

　　"我去吧，我从近道跑着去。"一个矮个子年轻人自告奋勇地说。

　　"快一点！"李向南说。

　　小伙子拔腿就跑，才两步，又猛然停住，急转过身来，伸手向潘苟世说："潘书记，快写个字！"

潘苟世看着小伙子，不知道他要什么。潘苟世已被塌方弄懵了。

"潘书记，你快一点，写个字！"小伙子急了，喊道。潘苟世还是愣怔着不知所云。"快写条子，打电话，快写，写个电话票！"

小伙子急得说不清楚，把"电话票"终于也喊了出来。

潘苟世这才手忙脚乱地浑身上下乱按着摸起钢笔和纸片来。

李向南愤怒了。来横岭峪前就听过"电话票"一说，没想到在这人命关天的时刻碰上了。他指着潘苟世："从今天起，废除你的电话票。"

他对那个小伙子一挥手："快去，向县医院要车。就说我要！"

小伙子转身飞跑了。

"看看你这公社书记干的好事！"李向南盯着潘苟世凶狠地说道。

潘苟世狼狈不堪地罗圈着腿站在那儿。

话一出口，李向南猛然感觉到什么，他一转眼，和林虹在不远处注视他的目光相遇了。他在一刹那想到：自己的话和林虹一开始冲自己说的话竟惊人地相似。

龙金生和贾二胡已经领着人用抢险抬来的木料绑扎起担架，上面还铺上了不知是谁抱来的被子。跑去打电话的小伙子又气喘吁吁地跑回来："李书记，县医院派不出车！"

"什么？"李向南正蹲在那儿同人们把婷婷和钟钟轻轻抬上担架，这时腾地站了起来。

"他们说没有车。"

"走！"李向南跟着小伙子连跑带走，从近路往公社大院赶。

迎面看见驼秘书疯了一样跌跌撞撞跑来："李书记，钟钟他……"一看见李向南，驼秘书脚下一滑，摔倒在地。

李向南来不及多说什么，和小伙子一起上去搀起他："去吧，钟钟不要紧。"就往公社大院赶。

一要通电话，李向南就急切说："县医院吗？我是李向南。这儿塌方，有老师学生受了伤，很危险，你们立刻派辆救护车来。"

"李书记，现在没……没车。"接电话的是县医院的办公室主任，他慌乱地回答。

"县医院不是有两辆救护车吗？"李向南厉声问道。

"都不在。"

"干什么去了？"

"嗯……"

"干什么去了，你听见没有？"

"一辆去送人了，还有一辆去接人了。"

"接什么人，送什么人？"

"嗯……"

"嗯什么？你要打掩护，一切你负责任！"

"一辆，去送书记的儿媳妇回娘家了，还有一辆，是，是……到火车站去接院长的小舅子了。"

"书记和院长在不在？"

"就在这儿。"

"叫他们接电话。"

"李书记！"电话里换了个声音，干哑的、惴惴不安的，这是医院党委书记。

"该受什么处分，你们自己打个报告送到县委来。如果因为你们延误了抢救伤号，出了人命，再追究你们的责任。好，现在你们马上做好抢救伤号的医疗准备。"李向南哐地按下电话。他马上让县总机给他接县公安局、县武装部："哪个先通，先要哪个。"

县公安局的电话先接通了。

"县公安局吗？对，我是李向南。你们的车在不在？……好，请你们立刻赶到横岭峪来。三十里地，半小时之内无论如何赶到！好，现在是九点，九点半以前等你来车。"

他放下电话，想往塌方现场赶。金生领着人们抬着两个担架来了。

"叫来车了吗？"龙金生问，显然他已经把一切都安排妥了。

李向南点了点头："过半个小时就到。"

"担架抬到这儿等车吧，那儿车上不去。"

"好。"李向南扫了一下抬着担架进来的人群，除了常委们、公社干部们，还有林虹、贾二胡等不多的十几个群众。几个执意不肯回家的孩子还泪汪汪地站在婷婷的担架边，在他们后面站着他们的父母。

"你看还有什么事情要处理，就抓紧处理吧。"龙金生说。

李向南点了点头，心中有点发热。他走到担架边看了看，钟钟闭着眼不时咳嗽着，嘴角流出一丝带血丝的唾沫，驼秘书用手绢轻轻给他擦着。婷婷依然昏迷着，听说刚才睁过一次眼，宋安生蹲在旁边。

李向南默默地拍了拍驼秘书和宋安生的肩，然后抬起眼，瞧了一下大家说："同志们，我们就这样开一个简短的县委常委扩大会。"

潘苟世等公社干部，还有林虹、贾二胡等人一听这话，都准备离开此地。

"你们也参加吧。这次常委扩大会，请在场的人一起参加。"李向南伸手招呼着人们都停留下。

担架轻轻放到了地上。李向南沉重的目光环顾着人们。林虹平静地迎视着他。他阴郁地看了她一眼，目光最后落在了潘苟世身上。

"你说，现在应该怎么办？"他盯视着潘苟世。

"我……我检查。"

"检查？"李向南哼了一声，把目光投向常委们，"同志们，横岭峪的情况，大家有目共睹。我不用多说了，请同志们说说应该怎样处理。"

"我认为，"龙金生率先发言，"苟世同志继续担任公社书记，对工作，对他自己都没有好处。我提议撤销他的职务。"

他一反往常的绵善既出乎众人意料，也没引起什么惊讶，这个提议太自然了。

"我也同意撤销老潘的公社书记。"胡凡说。

几个人相继表态支持。

"大家的意见呢？"李向南的目光扫过宋安生、驼秘书、贾二胡、林虹等人，"其他同志也可以谈谈你们的意见。"

没有人讲话。

"老驼，你的意见呢？"

驼秘书蹲在担架边抬起头，眼睛透过镜片迟钝地看看大家，又转过来看看低着头站在旁边的潘苟世，叹了口气："他这样，既害人，又害己。"

"同志们，"李向南顿了顿，说道："我完全同意老龙同志的提议。如果我们允许潘苟世这样的同志继续掌握权力，独霸一方，错误行事，人民一定会气愤地指责我们：'看看你们干的好事。'"

他停了一下，与稍远处的林虹又目光相视了。

林虹的目光是淡然静观的，他的目光则是阴郁深沉的。

"请常委们举手表决。"李向南说，"同意撤销潘苟世同志公社书记职务的人请举手。"

十几只手都举了起来。慢慢的，迟疑了一下，最后举起手的是冯耀祖。

"好，从今天起，撤销潘苟世同志横岭峪公社书记的职务。文件另发。"李向南说道。"我再提议，由胡小光同志兼任横岭峪公社书记的职务。这对于县委政策研究室能更有效地工作也是必要的。"李向南又说。

十几只手再一次举起，通过了提议。

李向南严峻地看了看大家，说道："这样的事情，只撤换一个人够不够呢？"

人们在他的目光下沉默了一瞬。

小胡提议道："应该发个通报。"

李向南点了点头，这正合他意。他问众人："大家有意见吗？……好，同意小胡同志的提议，发个通报。"他扭过头对康乐说："你记一下要点，立刻拟定通报全文。"

康乐掏出笔记本。

"第一，"李向南思索地蹙起眉心，"把事件的经过、始末和对潘苟世的处分通报全县。第二，结合横岭峪公社党委的整个状况，说明：发生这样的事件不是偶然的。"他停顿了一下，看了潘苟世一眼："第三，县委领导同志曾在一年前视察过横岭峪，听过教室情况的汇报，但熟视无睹，麻木不仁，延误至今。说明原因不仅在横岭峪公社，官僚主义作风渗透着我们上下各个层次。"

康乐一边记一边很快地和李向南交换了一下目光。

"第四，现县委主要负责同志——就是我了，点名——李向南，对这个问题处理督察不力，致使教室的迁移又被延误一天，终于酿成事故，他责无旁贷。责成李向南对全县人民做出检查，另文通报全县，上报地委。"

有人想对他说什么，却遇到了他铁一样阴沉的目光。

"最后一条，"他说，"告诫全县各级领导干部，像这样不关心人民疾苦的官僚主义作风再也不能继续下去了。"他转头看着康乐吩咐道："等会儿送婷婷去医院，你跟车回县里，立刻拟定全文。不要再审查了，今晚就交广播站对全县广播。"

"好。"康乐写完最后几个字，收起来。

李向南又对胡凡说："老胡，明天回到县里，是否考虑安排一下对全县的校舍做一次普遍检查？"

"好，"胡凡立刻点头答道，"我考虑可以在这个塌方现场开个现场会。"

"行，就这样定了。"李向南扭脸向小胡吩咐道，"你现在是公社书记了。你看看，婷婷受伤了，谁来代她教一个阶段课，安排一下，不要耽误了孩子。"

"是！"小胡点点头。

李向南抬起眼，和稍远处蹲在担架旁的林虹的目光又相遇了。

林虹双肘垫在膝盖上，用手撑着下巴，正入神地看着李向南，目光含着一丝惆怅。看见李向南注意到她，她略垂下眼睛，恍惚地笑了一下。然后，大方地看着李向南。她并不掩饰自己的情感。如果李向南对她作什么说教，不会让她感兴趣；但在他平平常常工作中所显示出的魄力却魅惑着她。她感到了这个。她此时心中唯一若有所失的是李向南对她这样不在意：昨天是临离开教室窑洞时才想起来回头看了她一眼，现在是隔半天才偶尔往这儿瞥一眼。她的存在对他并不重要。这让她心中很不是滋味。

李向南当然从林虹的目光中感觉到了什么。十几年前林虹听他讲话时，经常双手托着下巴，用发亮的目光崇拜地看着他。重逢以来，又一次见到这种透彻人心的目光，让他感到林虹和自己亲近了。

他迅速把目光移开，向县委常委们说道："好，就这样吧。"

潘苟世垮了一样缩着脖子。

李向南阴郁地看了他一会儿，问："你本人还有什么意见吗？"

潘苟世摇了摇头。

"要重新学着为人民工作。"李向南声音放平和了一些，"我们处分一个干部，也是为了治病救人。"他抬起头看着大家，"希望每个干部能从中汲取教训。"

李向南最后对潘苟世说的这段话，在林虹心中激起强烈反感。哼，对潘苟世还来个安抚，太会当官了。

外面响起了汽车喇叭声。一辆中吉普、一辆小吉普相继开进了公社大院，公安局高局长下了车。人们把婷婷和钟钟往车上抬。

这时，婷婷在担架上睁开了眼睛。她的嘴微微翕动着，目光询问着什么。

李向南俯下身看着她："你想说什么？"

"是问钟钟吗？"宋安生站在一旁问道。

她微微合了一下眼。

"他不要紧，和你一起去医院。"李向南说，"好好养伤，啊。"

她露出一丝孩子般的笑容，好像在为自己受伤难为情。接着又闭上眼，昏过去了。

"马上送走！"李向南挥手说道。

"我送他们去吧？"小胡忙活着把婷婷、钟钟在车里安置好后，向李向南请示道。他已承担起了公社书记的职责，"到县城也好给他们安排一下。"

"可以。"

"李书记，还有什么指示吗？"

"去吧，横岭峪以后就交给你了。"李向南有力地握了一握小胡的手。

两辆吉普开走了。

"'你们干的好事'……你这样笼统说，很不公正啊。"当常委们都回到公社院里稍事休息等待大轿车修复开来时，李向南站在门口，收回远眺的目光，对一旁的林虹说道。

两人都觉得需要说什么。

"有什么不公正的？"林虹冷淡地说。

"你太偏激了。"

"谁能像你那样正统？"

李向南微微笑了笑，看着林虹："社会弊病，我们应该设法革除它。光埋怨有什么用？我们总应该有自己的立足点。"

林虹一下激动起来："立足点？说穿了不就是立场吗？我们的立场是不一样的。你对潘苟世是什么态度？作为一个人，你可能也恨他，可这样的人多了，比他有权势的更腐败的人也有的是。你最终不也得和他们合成一片吗？你能对潘苟世最后来个安抚，我对他们只有愤恨，只有偏激。我和你立场就是不一样。"

李向南看着林虹激动的神情，和缓地说道："林虹，我们都经历了各种挫折。"

"可说到底，你是时代的宠儿。"林虹打断他的话说，"我知道，你坐过监狱，受过迫害，你没说我也知道了。可那算什么？比起有些看起来平平顺顺的人，你才是这个时代真正的宠儿。咱们不一样！"

262

李向南震惊了。他这才发现他和她之间还存在着这样尖锐的对立。

林虹克制住自己，甩了一下头发，平静地抬起了头，"所以，我告诉过你，我是不会被任何说教改变的。"

"要改变一个人对生活的态度，就要改变她的生活。"李向南有些发狠地说。

林虹淡淡地一笑。

"懂吗？"李向南阴沉地盯着林虹，"我要改变你的生活。"

林虹看着李向南凄凉地一笑，慢慢摇了摇头。那是不可能的。

李向南盯视了她几秒钟，手猛一挥，准备转身进公社大院。这时，大轿车在前面的街口出现了。龙金生从公社大院门口急忙出来："向南，十点半还要去庙村公社凤凰岭大队开现场会。"

"好，马上去凤凰岭大队。"李向南扬手说道。

第三十一章

　　李向南与常委们下乡之后，顾荣觉得自己的病该好点了，该在县城里走动走动了，老待在"贵宾院"里也挺闷的。他慢慢溜达到县医院门口，两辆吉普车正风驰电掣而来，嘎地刹住。小胡、康乐推开车门跳下来。

　　"小胡？"顾荣停住脚步，"你们回来了？"

　　"不是，是来送伤员。顾书记出来走走？"小胡一边回答，一边旁顾不暇地张罗着人们把婷婷、钟钟抬出来。

　　"什么伤员？"顾荣问。

　　"横岭峪公社的教室窑洞塌方了，砸着了老师和学生。"

　　"噢！"顾荣明了地点点头，这是一桩很平常的事情。"怎么能塌方呢？"作为领导，他表现出应有的关心。

　　"窑洞早就有危险，这几天下雨又漏水，塌了。"小胡一边和人们一起小心地往外抬着担架，一边匆匆答道。

　　顾荣背着手皱起眉听着，批评道："有危险怎么不早发现，不早搬走呢？太粗心大意了。"

　　小胡回过头很快地看了他一眼。

　　钟钟被抬出来了。

　　"这是学生。"小胡介绍道。

　　顾荣背着手点点头，深为关切地看了看。

　　婷婷被抬出来了。

　　"这是老师，叫肖婷婷。她是为了救学生又冲进教室的，被一起埋在了里头。"

顾荣又点了点头。

也许因为一路的颠簸，婷婷苏醒过来，她微微睁着眼。

"你表现得很勇敢啊，小肖同志！"顾荣微微俯下身表扬道。

"顾书记……"婷婷吃力地说道，她认出这位顾书记了。

顾荣像长辈一样慈爱地勉慰道："你受伤了，好好治疗吧。"

"顾书记……谢谢你。"婷婷低弱的声音几乎听不见。

"不要谢我。"顾荣说。

"谢谢县委……教室……总算快解决了……"

顾荣疑惑地看看身旁的小胡和康乐，他不知道婷婷的话是什么意思。

"谢谢顾书记……谢谢县委……"婷婷声音低弱，又昏迷过去。

顾荣略皱了一下眉头，似乎依稀有了一丝记忆。他来不及想，直起身子挥了一下手："赶快送进去抢救！"院长曾大夫也从医院大门急匆匆领人出来接伤员。"你们要全力抢救！"顾荣背着手严肃地指示道。

"是！"曾大夫连连点着头。

"要不惜一切代价，有什么困难直接向我汇报！"顾荣吩咐道。

"是！"

"小胡！"顾荣招呼道。小胡正跟着担架往医院里进，急忙中停住步。"伤员交给曾大夫他们负责，你来我这里一下。"

"这……"小胡为难地回头看了看正在抬进医院的担架。

"你先跟着送进医院也行，过会儿到我这儿来一下吧。"顾荣摆了一下手说道。

小胡犹豫了一下，说声"好"，匆匆跟着进了医院。

顾荣在街上略转了转就回到了"贵宾院"。他要等小胡来，详细了解一下下乡的情况。作为政治家，他头等关心的是政治斗争，其他都是琐事。

小莉背着挎包，扬着一封信推开门进来了："叔叔，你的信。我从县委机关给你捎来了。"

顾荣接过信，一看信封下写的"北京李缄"，就明白是谁的信了。他立刻拆开。

"叔叔，这封信是北京谁来的？"小莉一边把几个水果罐头从包里拿出来放在桌子上，一边好奇地问。

"噢……"顾荣低着头在沙发上看信，信口敷衍地应着。

"噢什么呀？"小莉不满意地嗔道，"这个姓李的是谁呀？"

"是李向南的父亲。"

小莉一下敏感地停住了手："叔叔，他给你来信干什么呀？"

"他是我老首长嘛！"

小莉站在那儿眼睛一眨一眨地注视着顾荣。

顾荣从头到尾把这封重要的信又看了一遍。然后满意地蹙眉凝视着前面什么地方，把信慢慢叠起放进信封。过了几秒钟，他从恍惚中醒来，看看对面的小莉，舒坦地笑了。

"老首长很关心古陵啊。"他把信放到茶几上拍了拍，高兴地说。

小胡额头冒汗地推门进来了。

"来来，小胡！"顾荣破例站起来招呼着，"坐下坐下。才一天没和同志们见面，我这儿就有了冷落之感。"

小胡拘谨地笑了笑，擦着汗在对面的沙发上坐下。小莉也大大方方坐在一旁。

"伤员安顿了？"顾荣问。

"正在动手术。"小胡答道。

"怎么样？昨天一天到现在，李向南领着你们转得怎么样？"顾荣仰在沙发上抽着烟，悠悠地问道。

"先去了黄庄水库。"

"这我听说了。"

小胡抬眼看了看顾荣。

"是不是把龙金生和庄文伊敲打了一顿啊？"顾荣问道。

"嗯……是批评了他们思想方法各自的片面性吧。"小胡第一次感到回答顾荣问题的困难。

"他俩服吗？"

"他们没说什么，大概，没什么不服吧。"小胡含糊地说道。

"没什么不服吗？"顾荣一摇头，"龙金生那张嘴只要闭上不说话，那就是他最大的不服气啰。"

他用手指敲了敲沙发扶手，又看着小胡，"在黄庄水库还有什么戏啊？"

"您不是都听说了？"

顾荣略一摆手："我耳朵再长，消息再灵通，也是大概听了几句。把朱泉山又抬出来了？"

小胡看了顾荣一眼，不知如何回答。

"有什么不好谈的，因为小莉在？"顾荣笑着问。

"不不！"小胡连忙说，他冲小莉笑了笑。

小莉转过头看着顾荣。她与顾荣隔着一张茶几，她的注意力一直在茶几上的那封信上。

"那就坦率说嘛。在那儿，向南又做了什么决定吧？"

"是。"小胡开始镇静了。

"什么决定？"

"一个决定，是当场批准了黄庄大队租用水面的合同。一个决定，是要搞个调查报告。"

"什么调查报告？"顾荣一下抬起眼。

"通过对黄庄水库的解剖，看看是什么压制了人才和生产力？"

顾荣一下从沙发上坐起身子："这是冲我来啰？"

"具体没这么明确讲。"小胡尽量镇静地答道。

"压制人才，这人才就是朱泉山啰。"顾荣冷冷地说。

小胡沉默了几秒钟，说道："是这个意思吧。"

"朱泉山算什么人才？"顾荣讥讽地继续说，"他把你小胡这样的一批干部排挤到一边是什么？是重用人才？来古陵才三天，就把人撵出县委办公室。"他停了一下，"还有什么决定？"

"让朱泉山负责全县的渔业。"

"这等于是提到县委当常委啰？"

"另外让他帮助老龙照管全县农业。"

顾荣一下子站了起来，脸色阴沉地在房间里踱了几步："帮助照管全县农业？这是一种策略。那明摆着是要让朱泉山以后来当副县长、县长了。"他悻悻地说道。李向南带着常委下去就这样干，够狠毒的。他对这一点太估计不足了。

他看了看茶几上的信，平静住了自己："到了横岭峪公社，又唱了些什么戏？"他重新坐下，问道。

"把潘苟世撤职了。"

"因为什么？"顾荣一下子又抬起眼。

"因为工作上不称职吧……还有，因为这次小学教室塌方。"

"一个教室塌方，伤一两个人，就因为这件偶然事情撤换一个公社书记？"顾荣冒火了。

小胡又沉默了几秒钟："塌方不完全是偶然的。"

"不是偶然的？在横岭峪公社塌方，责任可以算到潘苟世头上，在古陵范围内的塌方就该都算在我头上了？想算谁就算谁？"

"这事潘苟世是有责任。公社其他同志关于这个教室窑洞危险，今年以来就给他提过十几次了。"

顾荣瞪眼看着小胡，一下没说上话。

"向南昨天看了教室，就指示他当天搬，潘苟世阳奉阴违，拖到今天塌方了。"

"阳奉阴违？"顾荣疑惑地看了看小胡。这是什么立场？

顾荣忽然明白过来。他脸色一下变得严肃了："小胡，你过去和潘苟世有些矛盾，那是过去的事。现在要顾全大局，不要把过去小小的个人成见带过来。"

小胡低着头抽了口烟："我没带成见。"他垂着眼顶着顾荣目光的压力说道，然后抬起头看着顾荣，"我觉得潘苟世这个公社书记是不称职。"

"你也投赞同票了？"顾荣问。

"是，全体都投了赞同票。"

顾荣脸色骤然阴沉下来，他狠狠抽着烟。

小莉暂时把注意力离开了茶几上的那封信，她注意地听着顾荣和小胡的对话。对与李向南命运有关的事情她现在都很关心。

"还有什么？"过了一会儿，顾荣又问。

"还决定发一个通报，今晚通过有线广播对全县广播，另外上报地委。"

"通报塌方事件和对潘苟世的处理？"

"是。还有对县委一些主要领导的批评。"

"对谁？"

"是……对您吧。不过没点名。"

"为什么？"

"这间教室的危险情况，您去年去横岭峪检查工作时听过汇报。那个教师

268

肖婷婷找您当面汇报过。"

"肖婷婷？"

"您当时答应她很快研究解决。"

"我？……"

"这个小学老师一年来一直和学生们等着您解决问题。我们昨天去的时候，孩子们正顶着塑料布坐在漏雨的窑洞里上课。肖婷婷还用您去年答应的话鼓励孩子们，说您很关心他们。"说完，小胡抬眼看了看顾荣。

小莉也扭头看着顾荣。

顾荣抽着烟沉默了。他这才明白刚才医院门口肖婷婷为什么说那样的话了。

"通报总的精神，就是这样的官僚主义不能再继续下去了。"小胡又汇报道。

"就是我这副书记不能再继续干下去啰。"顾荣冷冷地自嘲道。

小胡咬住嘴唇停了一会儿："向南也做了自我批评，说他昨天督察不力，有责任。"

"他那是沽名钓誉，收买民心。"顾荣把烟一下摁灭在烟灰缸里。

小胡闭住嘴不说了，他感到了自己对顾荣的反感。

小莉看看小胡，又看看顾荣，目光在两个人脸上扫来扫去。

顾荣可能觉得自己有点失态，又抽出一支烟，点着，也沉默了。

"顾书记，您还有什么事？您要没事了，我去医院再看看。"小胡略欠了欠身，请示道。

顾荣往沙发上一仰，从刚才的恼怒中摆脱出来："那儿有医生嘛，"他朝上略摆了一下手，爱护地批评道，"你这小政治家怎么就不知道关心政治大事呢？不要把注意力局限在一些具体事务上嘛！"

"肖婷婷他们很危险，我不放心。"小胡不安地解释道。

"医院每天都有生命危险的病人，我们要把注意力都放在那儿，我们还干不干正经工作了？领导者不是医生，不是看护！"顾荣不满地说。

小胡沉默了一会儿："顾书记，您这样说不合适。"

顾荣愣了一下，长叹了一口气："你怎么就不理解我的意思呢？我们是要关心人民群众疾苦，可是我们要从根本上关心，从全体上关心。对不对？政治搞不好，光关心某个人具体受什么伤，某个农民有什么冤枉上访，那不解决问题嘛。"

"可是要从根本上、全体上就不关心呢？"

"你这是什么意思？"顾荣严厉地望着小胡。

小胡垂下眼抽烟，没说话。

顾荣仰头哈哈笑了："你看，我怎么和你发开脾气了。小胡，你还是小孩子个性啊。"

"我不是小孩子个性。"小胡说。

顾荣脸上的笑容消失了："小胡，我觉得你的态度有点变了。"

"可能吧。"

顾荣目光锋锐地看着小胡："为什么？"

"不为什么。"

顾荣抽着烟，隔着烟雾看了看小胡。他对这个年轻人有点摸不透了："在横岭峪还做了什么决定？任命谁当公社书记了？"

小胡沉默片刻，说："我。"

顾荣恍然大悟："李向南又把你排挤下放到公社去了？"

"我是兼。"

"兼公社书记？人还留在县委政研室？"

"是。"

"还是挂着副主任？"顾荣问。

"老周退二线了。"

"什么意思？他不是政策研究室主任吗？"顾荣对小胡的所答非所问摸不着头脑了。

小胡没回答。

"让你当主任了？"顾荣突然脑子一动，"同时兼着公社书记？"

"是。"

顾荣全明白了。他冷冷地看了看小胡，站起来在房间里踱着。

"我们的小胡被招安啰。"他感叹道。

小胡坐在那儿默然不语，抬手看了看表。

顾荣停住步，慢慢坐下："年轻人都想干点事业，这我理解。"他慢慢说道，"要想干事业，就要有领导信任、重用，就要靠一个领导，这我也理解。"他又在烟灰缸里弹了弹烟灰，略顿一顿，"可是要靠的领导靠不长久呢？"他抽了口烟，往沙发上一仰，很有意味地感叹道，"那就很难说啰。"

小胡迅速看了顾荣一眼。

"向南可能在古陵待不长啰，起码是县委书记干不长啰。"顾荣好像深为惋惜地叹道。

小莉也吃惊地转向顾荣："他怎么了？"她脱口问道。

顾荣不满地瞥了小莉一眼。小孩子家不该打扰他和别人的谈话。然后，他把目光移向小胡："年轻人看问题要看长远啊。"他微微颔首。既像是爱护的告诫，又像是冷冷的敲打。小胡垂下眼，抽着烟，烟雾在他脸前弥漫起来。"这不是，"顾荣拍了拍茶几上的信，"他父亲来信也谈了这个事。"

小胡扶了扶眼镜，依然低着头。

"省委也已经有了这考虑啰。"顾荣又慢悠悠地加了一句。

小胡眼皮颤动着，一动不动地坐在那儿。

"一个年轻人做事情，下决心，都要前瞻后顾多考虑考虑。考虑不周到，做事太片面，太绝对，条件一变就很难收住，很难工作下去啰。"顾荣感慨地训导道。他打量着小胡，深知此话的分量，"你说，是不是啊？"

小胡站了起来："顾书记，您还有别的事吗？"他声音平静地问道。

顾荣略怔了一下："啊……没别的事。"

"那我先去医院了。"

顾荣看着小胡，他看不透小胡这种态度后面的心理是什么。是感到压力很大？是对自己不满？"那你先去吧。"他有些犹豫地说。

望着小胡的背影，顾荣背着手在窗前立住了。

小莉看了顾荣一眼，拿过茶几上的信，抽出信纸很快地看了起来。

信中的一段话跃入她的眼帘：

……信中所述情况俱悉。我完全相信，不需再从旁了解。向南在家里表现得比这更为严重，似乎真理都在他一人手里。我的话他也不多听得进去。他从小性格固执，现在又加上政治上的自以为是，我经常是为他担忧的。我已经给顾恒同志打了电话，表示了我的担忧，并表示让向南担任县委书记并不合适。对他不好。我同意他到下面去做些实际工作，但在县里当一把手不好，就是到公社也最好不要当一把手，做个平常的工作就行了。他重要的是学会尊重别人，团结别人。当然，这样调动一下，他在古陵也许很难工作，那可以换个县。

顾恒同志已同意考虑我的意见，他要再了解一下情况。

另外，关于你说的他和那个女教师的事，也请你务必以长辈的身份规劝节制他。满北京没有他看上的姑娘，怎么就看上一个生活作风成问题的女人呢？甚为担忧。为这事，我也想把他调离古陵。

我与此信同时也给向南发了一封信。我让他回北京一趟⋯⋯

小莉放下了信。她的心怦怦跳着，很急，很乱。她甩了一下短发，站起身要走。

"你看信啦？"顾荣转过身看着小莉，小莉的神情有些激动。

"让我管向南，真是强我所难哪。"顾荣一摊手叹道，"他连父亲的话都听不进去，还能尊重谁啊？"

"叔叔，你这样做不对。"

"我怎么了？"顾荣吃惊地看着小莉。

"你不应该排挤走他。"

"他是书记，我是副书记，我能排挤动他？"

"你写信说他坏话了。"

"老首长要了解情况，我只是实事求是地介绍一下。"

"你在信中还说他和林虹有特殊关系。"

"县里人都这么说嘛，我还不是听大家反映。"

"这不可能。"

"怎么不可能？工作这么忙，一个县委书记冒着大雨一次次跑好几里地去看一个离了婚的女人，这是平常关系？"

"这就是不可能，我知道！"小莉争辩道。

顾荣看着小莉。小莉神色十分激动。她对李向南表现出的明显的倾心，使顾荣震惊。一个看法像闪电一样突然在他头脑中一亮。他太马虎迟钝了，他怎么就忘记了这样一个重要的真理呢？姑娘有姑娘最特殊的事情。

小莉和李向南真要是那种关系，这可是太糟糕太麻烦了。

"小莉，"顾荣委婉地说，"林虹的底细，你又不是不知道，李⋯⋯"

"我知道。可李向南不会。他和她不会！"小莉急急地说道。她不明白自己为什么越来越激动地为李向南否定这一点。她的眼睛里闪出潮湿。

顾荣叹了口气，在沙发上坐下了："好，这事先不谈了。你说叔叔排斥他，这一个月，你看见了到底是谁排斥谁呢？他完全把我看成他的反对派。"

"你也把他当成你的反对派啊。"

"这……"

"有反对派有什么不好？政治上有反对派，双方相互制约。你们都能谨慎些，少独裁，少犯官僚主义。"小莉像争吵一样激烈地说道。

"小莉你……"

"叔叔，我走了。"小莉低着头走出了门。

顾荣隔着窗户愣愣地看着她上了自行车。

小莉一阵风般骑车到了县委办公室。

"这两天有李书记的信吗？"她问。

"怎么了？"一个干事问。

"我下乡给他捎去。"

"放在他办公桌上了。"

她就是要下乡去找李向南，把消息告诉他。

她来到了李向南的办公室，在里间屋的办公桌上翻寻着。在一摞信件文件中，她找到了同样是"北京李缄"的一封信。她揣到书包里，刚要走，一眼扫见玻璃板角下压着李向南未发出的一封信。

陈村中学

林虹　亲启

小莉心中猛然跳动了一下。她犹豫片刻，把信抽了出来。信还未封口。她又犹豫了一下，把信纸抽了出来。这是一封未写完的信：

林虹：

这是晚上在灯下给你写信。今天从陈村回来，我一直很不平静。这么多年来，我始终未能忘记你，始终记得十几年前在湖畔的谈话，记得你喜欢红色和白色，也记得临插队前我们在操场上的那次散步。虽然十几年过去了，但那样的过去是很难被时间淹没的。

衷心希望你能改变你现在对生活的悲观态度。我知道，说教是没有用的，我愿帮助你首先改变你的生活……

　　信写了半截，在这儿停住了。

　　小莉的思想全乱了，脑子里嗡嗡的。"我愿帮助你首先改变你的生活"。什么叫改变生活？李向南和林虹那天到底说了些什么？难道，这就是指的那层意思吗？不，不，李向南不会要林虹那种人的。可这不是白纸黑字他自己写的吗？不，她不相信。那不是这层意思！小莉把信放回原处，骑上车就走，左一拐右一弯，风一样掠过街道。突然，她嘎地一捏闸，扶着树坐在车上停住了。自己是怎么了？这么嫉妒，这么难过，这么着急万分。脸这么烫，心这么乱。她这颗心再不善于自省，也终于明确无误地知道了：自己是爱上李向南了。这些天，这个自省曾不止一次在她心中掠过，她都笑着一摇头否认了。

　　此刻，她再也不能否认了。

　　她爱得不对吗？一股说不清的委屈涌上来，她眼里涌上了泪水。

　　她还要下乡去给李向南送信吗？李向南会不会又端起架子来训自己？不，她不管这些，她要立刻把信给李向南送去，把情况告诉他。可李向南现在在哪儿呢？他会不会已经离开横岭峪了？这个实际问题她却忘了打听。她揉了一下眼睛，看到了自己手背上的泪水，不好意思地笑了。她蹬上车又来了个高速度，一个个商店行人被甩在后面。这个高速度就是她的性格。她为了达到目的就是这样一往无前。她在县医院门口锁了车，问了问横岭峪伤员在哪儿抢救，就往里走。她要找见小胡，问问李向南和常委们去哪儿了？

　　这是手术室，门紧闭着。门口还站等着一个穿白色连衣裙的女子。她的背影很美，美得让小莉有些嫉妒。她转过身来了，两个人都愣了一下。是林虹。

　　愣怔一闪而过。两个人都目光冷冷地正视着对方。小莉的目光凝聚着她对林虹的轻蔑，她竭力使自己的目光不闪烁，她绝不先躲闪目光。林虹眼里透出的是把对方一眼都看明白的目光，她看着小莉，觉得有一丝好笑似的打量了一下，然后把目光移走了。她看见的只是一个毫不引起她重视的陌生人。林虹在风度上明显高一筹的优胜，激起了小莉的恼怒。

　　"骚货！"她眼睛看着别处，压低声从牙齿缝里骂道。

　　林虹似乎没听见，她扭头打量了小莉一眼，就转了过去。"这是医院，需要卫生。"她平静地说，给了对方一个高傲的侧影。

门开了，小胡从里面出来。

"婷婷怎么样？"林虹急切地问。

"还没脱离危险。你怎么来了？"小胡说。

"看你们车坐不下，我随后骑车来的。"林虹道。

"向南他们呢？"

"去凤凰岭大队了。"

小莉心中更涌上一股强烈的嫉恨，林虹也跟着去横岭峪了。李向南到哪儿，林虹跟到哪儿。真不要脸。火呼一下蹿上她的头。

"小莉，你怎么也来了？"小胡转头发现小莉。

"啊……我要问问你，李向南和常委们去哪儿了？"

"林虹刚才不是说了？"

"我没听见。我问你呢。"

"问谁不一样？他们去凤凰岭了。你问这干什么？"

小莉目光闪烁了一下："有李向南的信，我给他送去。"她冲着林虹的侧影瞟了一眼，坦然地说。

"急什么？他们明天就回来了。"

"李向南托我的，有信一定想办法当天给他送去。"小莉顺口编道。

"什么信这么急？"小胡疑惑地看了小莉一眼。

"他父亲的信。李向南让我一收到这信就送给他。"小莉又瞟了林虹一眼，意识到自己的优胜感。

"噢，那你快去吧。"

"胡主任！"手术室门开了，一个护士叫道。

"好，等一下！"小胡进去了。

只剩下两个女性。小莉打量了林虹一眼："哼，也不看看自己是什么人。"她尖刻地说道，转身就要走。

这话可谓恶毒之至。林虹感到自己胸口有些颤抖，她冷冷地看了看小莉，却淡淡地笑了："你不觉得你表演得可笑吗？"

小莉一下站住："哼，看谁笑到最后！"她恼怒地说道，噔噔噔急步走了。

第三十二章

　　他说啥就是不下山。

　　你说得再邪乎，他也不在乎。一个人在山上种了几十年树，看了几十年林，他还怕啥？死活也在山上了。听说明天县委书记要来凤凰岭大队，他还要找县委书记告状呢，看看现在把林子砍成啥样了。

　　凤凰岭上看山林的老汉闷大爷——他的名字叫赵小闷——还是他那绵羊脾气倔牛性，不管儿子跟来跟去怎么软央求硬发火，他都闷着气不吭声，驼着背在他这间半山腰的小草房前后忙忙叨叨、转来转去着。整整酸枣刺编的小院篱笆，把拾来的枯枝断杈往柴火堆上堆一堆，从房后青石潭里用瓢舀点水浇浇房前房后种的几畦蔬菜：豆角、西红柿、西葫芦……菜畦湿漉漉的，早就浇过，他还是这儿点半瓢，那儿点半瓢。他手不能闲着。

　　"县委书记能管个屁。现在的事，谁能管谁？"儿子实在不耐烦了，瞪起眼有点冒火地嚷道，"爹，怎么跟你就说不通呢？这辈子你还没受够？"他一拳捶在小草房的柱子上，震得小草房颤巍巍地晃起来，一屁股在大树墩上坐下来。

　　儿子叫赵大魁，在离这儿几里地的一个兵工厂里当工段长。胖壮粗圆的身躯，可说是虎背熊腰，才三十多岁，额头上方已油亮亮的开始秃顶，火爆脾气。他是独子。都说他爹人善心好积了德，四十多岁时才得了他这个儿子。独子很少不孝顺父亲的。几年来，他一直劝父亲扔下这草房下山，跟他到厂里享享清福度晚年，可爹就是死心眼。去过一次，住了五天。睡觉不自在，说屋里憋闷；出门不自在，说人多地方窄；吃饭不习惯，说油腻腻的堵心口；待着不自在，说闲着发慌；走路不自在，说是不如山上的路好走，平飘飘的，脚下踏不实在；电灯好是好，就是太刺眼；自来水方便是方便，可有股药味气，不如山上的水清冽。待了五天，给房前房后种了两排树，又拖着个破筐把厂里的垃圾堆翻寻了个遍，给家里拾回一堆破烂，气得大魁红了眼，暴跳如雷地全给扔了回去。他看着儿子发火，破烂不出去拾了，在家里待住了，可却吃不下饭，也睡不着觉了，像病了一样昏昏沉沉的，说是憋得胸口疼，喘不上气来。最后，怎么说也不行，还是回山上来了。转眼又是几年，已是七十七岁的老人了，再没灾没病，一个人住在山上谁能放心？这几天，凤凰岭大队又刮开哄砍森林的风了，父亲驼着个背跑来跑去的拦挡砍伐，拦没拦住，人已经跌倒爬起来地被推推搡搡多少次。过去那些年，因为他念错了语录，被游过街，受过刺激，现在还不时犯精神病。真要出个三长两短怎么办？赵大魁猛叹一口气，扭脸看见站在篱笆外的六岁儿子，正仰头入神地看着树上叽叽喳喳在枝梢跳跃的小鸟，他把自己的火使劲平了下来。

"海海！"他招呼着儿子过来，"快叫爷爷和咱们一起回家去。会说不会说？"这次为了请父亲下山，他特意把儿子带来了。父亲在山上只有一想，那就是他这个独苗孙子。

海海看了看父亲，走到闷大爷身旁，双手拉住爷爷拿瓢的胳膊，然后回头眼睛闪闪地望着父亲，用目光请示着。

大魁摆了摆手，让儿子就这么干。

"爷爷！"小海摇起闷大爷的胳膊撒开娇了："我要你跟我一块回家去嘛！"他使劲地晃着爷爷的胳膊，把瓢里的水弄洒了，"走嘛，爷爷。不要你一个人在山上嘛。你听见没有啊？"

"海海，来，爷爷给你摘点豆角，带回去吃。"闷大爷赶紧哄着小海。对儿子能不理，对孙子就不能不理了。

"我不要嘛，豆角我们那儿也能买到。"

"傻娃娃，山上的东西新鲜，吃了没灾没病。"

"不嘛，我要爷爷跟我走。"

"来，海海，进屋来，爷爷还给你留着吃的呢！"闷大爷驼着背，两手伸在身后，慢慢腾腾地往小草房里走。

吱嘎嘎草房门被拉开的声音，使云雾缭绕的山林更显出清晨的空旷。父亲从 1952 年就到了山上，盖了这个草房，整整种了三十年树。赵大魁站起来，隔着半人高的篱笆，看了一眼渐渐隐没在雾中的下山小路，叹了口气，跟进了屋。

屋里黑阴阴的，靠墙的木板床上一年四季铺着狗皮褥子。进门迎面贴墙放着一个土改分的有雕花装饰的红漆木橱柜，满是抽屉，还有四扇小门。旁边还摞着几个木箱，大小水缸，脸盆架，圆桌上放着暖壶、马灯、手电、半导体收音机。这些现代货都是大魁给买的。闷大爷拉开一个抽屉，瑟瑟地摸出一盒点心，拉起小海的手，塞给他。

大魁一看点心盒上的彩字图案就火了："爹，这是早半年托人从北京带来的奶油蛋糕，你怎么放到今天还没吃？"

"七老八十了，吃这些怪破费的。我留着给海海吃的。"闷大爷叨叨道。

大魁一把拿过点心盒打开一看，已经受潮长绿霉了。他叭地往地下一扔："都放坏了，也舍不得吃，你这是图啥啊？"

他一口气把十几个抽屉、四扇门都哐哐当当地拉开了，一看气更大了。红糖、白糖、水果糖、茶叶、猪肉罐头、点心、香皂、新毛巾、袜子、手套、栽绒帽……都原封不动地存在那儿。红糖白糖因为受潮都变成一坨一坨的了。有一个抽屉里整整齐齐排放着他给父亲送来的治气管炎的各种中西药。

他把这些药叭叭叭地拍在桌上："爹，你成年气喘，你怎么不吃药啊。"

"我捡点柏树子熬着喝就行了，那些药怪金贵的，都是钱。"

大魁往父亲身上看了一眼，一身破衣烂裤，棉裤露着棉花，他老寒腿，一年四季穿棉裤，又蹿上一股火，上去哐当当打开箱子，把他送上来的一套一套的新衣裤都摞着堆到床上："衣服就是穿的，你留着它沤肥啊？"

闷大爷一边忙忙叨叨地在屋里转来转去，把这样东西拿过去，把那样东西拿过来，一边木呆呆地看一眼翻箱倒柜的儿子。当他看到儿子就要翻到箱底时，眼里闪出一丝紧张。箱底有他最大的秘密。

儿子没有再翻下去。他从床上的衣服堆里捡出一身新的黑布衣裤，摞到父亲跟前："把你这身换下来。"

闷大爷想解释什么，看着儿子雷霆大怒的模样，没敢吭气，把衣服换了。生怕儿子再往下翻出他的秘密的担心，增加了他此时的顺从。

儿子把换下的破烂衣裤一团，把脸盆架上搭的破毛巾也抽下来摞在衣服堆上，又把角落里一些碎布烂鞋破瓶裂罐——这都是爹在山下的凤凰岭火车站捡来的——都哗地拖了出来，连同破烂衣服往一个大背篓里一塞，背起来就往外走。

"你干啥？"闷大爷慌忙拦着问。

"我把它们扔到沟里去！"

老汉没敢拦，眼睁睁看着儿子背着背篓走了。

过了一会儿，儿子回来了。他撂下空背篓，从抽屉里拿出雪白的毛巾搭在脸盆架上，拿出一块香皂，剥掉包装纸，放在肥皂盒里。他又一眼瞥见灶台，上去一掀锅盖，一屉的窝头。他砰地盖上锅盖，把旁边几个放米面的大瓮都一一打开，抓起来一看，没有白的，都是黄的。

"爹，我送来的白面呢？"

"我背到下面车站上换了。"闷大爷坐在门槛上编着荆条筐。院里已经底朝上一个扣一个地摞着十来个编好的筐了，到时候都可以捎下山卖钱。

"好好的白面不吃，都换粗粮吃干啥？你要不够吃，我再多送点白面来。"

"够够够，够了，我都够了……我是牙不行，白面粘牙，还是这窝头爽口……"闷大爷抬起昏花的老眼小心地看了看儿子，唠唠叨叨地解释道。

他眼里又闪出一丝紧张来。这粮食里又有他的一个秘密。

"爹，你是说啥也不下山了？"

"你要让我好好活两年，就让我一个人在山上待着。"

儿子瞪着他愣了一会儿，无可奈何地摇摇头，拉开带来的黑色人造革旅行袋，从里面提出一瓶香油，两瓶豆油，一瓶特制酱油，一瓶熏醋，一罐豆瓣辣酱，咚咚地蹾在桌上，最后双手小心地端出一个青花白瓷的大泡菜坛子，里边是一只炖得烂乎乎的连汤母鸡："这是海海他妈给你炖的。"又取出一盒电池，拿过半导体收音机和电筒，把电池都换了，废电池劈劈啪啪都扔在了墙角。

闷大爷心疼地往墙角瞅了一眼，放下手中编的筐，拿起一个小笸箩，到院里给孙孙摘豆角去了。

他是铁石心，到死不离开山了。可当他站在篱笆墙院门口，看着儿孙相牵着下山时，心里也像丢了什么。小海一只手拉着他爸爸一蹦一跳向下走着，一只手不断回过头来向他摇着："爷爷，你当心身体。"奶声奶气的声音隔着雾气传来，老人的眼睛湿了。

他回到屋里，收拾着儿子带来的东西。半导体收音机下面压着的三张崭新的拾元票子，又让他喉咙头有点哽住了。不过，山里人没那么多伤感。他咳嗽两声，哽咽劲儿就过去了。新票子硬刷刷地划拉着他布满粗茧和干裂的手，他感到舒服实在。在他眼里，钱买的东西从来不如自家种的东西好。买的菜就不如自己种的菜新鲜，买的果子就不如自家树上结的甜，就连花钱买的水（自来水）也不如自己到泉眼担的水清凉。可是，钱本身在他心目中却还是一尊神。

自古以来离了钱就不行。

他打开箱子，手瑟瑟缩缩地一直翻到箱底，最后，像捧宝贝似的捧出一个红漆小木匣，尺二长，八寸宽，像个梳妆匣。他小心翼翼地放到床上。外面门咯吱一声响，他一惊，看了看是风，这才放了心。关了门，打开匣子，里面是个红布包。打开红布包，里面是黑污的黄油布，打开几层油布，他的眼睛在晦暗中亮了。全是钱啊！有解放初期的一万元算一元的票子，有三十年来各种版面、各种面值的大小人民币，拾元的，伍元的，贰元的，壹元的，贰角的，壹角的，新的，旧的，红的，绿的，还有哗啦啦响的钢镚。

他把三张拾元的票子又加了进去。

总数他是知道的，记得比自己的年龄还清楚。连同今天这三十块，是五千三百三十块零三角。这是他几十年编筐卖篓、省吃俭用积蓄下的。每张票子他差不多都认识，能说出它的来历。

这笔钱他没告诉过人，这是他的秘密。

但是，眼下揪心的是他当天的秘密。他今夜要去干一件顶要紧的大事，要赶紧动身。明天县委书记就来了。

他里三层外三层地包起钱，捏了又捏，还不放心，又打开看了看，没有少，这才再包起，放到匣子里。临往箱子里放时，掂着匣子的分量又不放心了，又打开匣子看了看，确信钱还实实地在里头，这才探着头把匣子放到箱子最底下，盖上衣服，隔着几层衣服按了按，又把床上堆的衣服都放进去，关上箱子。

他掀开锅盖在怀里揣上五六个窝头，一个咸菜疙瘩，拿上手电棒、割草镰刀，背上背篓，刚准备出门，又看见桌上套着黑皮套的半导体收音机了。带不带它呢？城里的洋玩意，就这戏匣子他喜欢。背着在山上转，能听个戏，没有戏，也能随便听个响，解闷。更重要的是，常常能听到广播保护山林的事，那最紧要了。可今天，天不对，可能要下雨，自己的老寒腿酸疼疼的。算了，不带了，淋坏了。他把半导体收音机也瑟瑟地放进了箱子。

可他又看见那柜上靠墙立着的十几个奖状镜框了，被儿子都碰歪了。他上去一个一个把它们立好，排齐。左右端详了几遍。他不识字，可知道这都是奖他种树、看林、绿化的。有的镜框早漆皮剥落，隔着玻璃，奖状纸也变成焦黄了；有的玻璃早碎裂了，他用布条面糊歪七斜八地粘着；有的是新楚楚亮闪闪的。奖状不管是新是旧，下面都盖着圆红大印。他知道，这圆红大印是比钱还实在管用的东西。那些把奖状双手递给他的公社、县里，还有更上边的领导们，都笑眯眯地和他握过手。他别的事记不住，给他发奖状的人他一辈子忘不了。

他总算出了草房门。

篱笆院四周的绿树上雾气缭绕，鸟鸣一片。他在草房前后的青石板上撒了几把小米高粱。那是他每天离开草房前留下喂鸟的。他一边撒一边低着头粗声瓮气地和树上的鸟叨唠着："给你们把食留这儿了，看见了不？"

拉上篱笆门一出院子，他就警觉地抬起头，雾气弥漫中，下面上山的小路上传来说笑声。不一会儿，几个小伙子扛着两支猎枪从雾气里慢慢露了出来。

"闷大爷，这雾今天啥时散？"小伙子们问道。这里有几个是山下凤凰岭火车站的铁路工人，大多认识他。

"今天雾散就是下雨了。"闷大爷回答，心中有些紧张，他最怕人上山打猎。

"得了，那还打什么劲啊！"一个一口地道北京腔的年轻人对同伙说。

"老头，这山上有什么打的没有？"这是个留着小胡子戴着鸭舌帽的小伙子。

"没有，没有！"

"连个兔子、狐子都没有？没个活的？"小胡子怀疑地看着闷大爷。

老汉的样子再忠厚不过了：背几乎驼成直角，头不得不很吃力地抬着，头和背又是一个直角。穿着一身黑衣服，整个身子的姿势就像个墨写的"句"字。完全的秃顶，浑浊的小眼睛愣怔怔地瞅着人。

"前两天倒是来过个豹子。"忠厚人急了，也顺口诌开瞎话了。

年轻人吐着舌头，互相看了看。

"不怕，六七个人，两杆枪还怕个豹？"小胡子充硬汉地说道，"山上还有啥？"

"就是蛇多。我这草房顶上，见天蛇吊着尾巴。"

年轻人搔着后脑勺，毛了。

"得了，回吧，不是地儿！"老北京说。

"白来了？"小胡子说。

"不白来，不白来，"闷大爷唠叨着推开篱笆院门，"把我这山上种的豆角、黄瓜摘上点吧。"能送这几个后生赶紧下山，把几畦菜都赔上他也心甘情愿。

老北京摆了摆手："算了，我们再找个地儿打吧。"说着掏出烟来，给伙伴一人扔一支，又摸出火来。

闷大爷急了，指了指路边写着"护林公约"的木牌："后生们，下山抽吧。"

"没事。"

"下山抽吧。"

"算了，算了。下山再抽吧！"老北京对同伙们挥手劝说道。

看着年轻人提着枪往下走入雾气里，小路上传来碎石滚动的声音，闷大爷松了口气。刚才编瞎话吓唬了年轻人，他既有些模模糊糊的疚悔，又有些隐隐约约的满意。算了，顾不上多思谋了，今晚的事要紧。

他像个墨黑的"勹"字穿过雾霭，在崎岖的小路上走着。为了保持平衡，两个胳膊朝身后伸着，背篓也尽量靠后。低挂的树梢湿漉漉地拂着他的脸，清凉凉的。树上的露水滴落在他的秃顶上也是清凉的。雾气带着松的清香、柏的清香、槐的清香、草的清香，沁入肺腑，他更觉得爽快。他看了看自己小腿上紧紧捆住棉裤裤腿的绑腿，腰里扎的红布带，脚上穿的回力球鞋（只有鞋他承认花钱买的比自家做得好，耐穿），浑身又利索又吃劲，到天黑赶上三十里山路，不算个啥。

鬼愁涧旁他站住了。这是去凤凰岭的咽喉之路。尺半宽的小路，一边是长满枣刺荆棘的陡坡直上半空，一边是嶙峋怪石黑森森直下深涧。他看着阴沉沉的涧底，踟蹰地停住了。不是涧深路险让他发怵，这使一般人发抖的路，他闭着眼也敢摸过去，他是看见涧底的一堆东西。那一篓旧衣服和破烂，儿子都扔在涧底了。那条破棉裤挂在了半涧腰。什么东西都是一扔，一扔，太糟蹋！城里人的垃圾堆，他看着最不顺眼，有多少家底也得扔穷了。可现在下涧去，天黑前能赶到地方吗？他往前走了两步，回过头不舍地往涧底瞅瞅，走了走，又停住，往涧底望了望；最后是下了决心，往起背了背篓，不回头地朝前走了。等明天再来捡也不迟，东西在涧里，总丢不了吧？

前面路和山涧分了岔，涧斜着黑龙一样游走了。路宽了，能过辆平车。左右两边是 V 字形的布满荆棘的陡坡。渐渐，路又窄起来，被乱石烂土、枣刺堆堵的过不去人。闷大爷一边用镰刀拨拉着枣刺困难地往前走，一边往两边坡上张望着，心中充满得意。这些堵路的石头烂土都是他从坡上成年累月放下来的，枣刺也是他成年累月砍下堆在这儿的。一层枣刺一层土块石头，堆得一人多高，砍柴的，伐木的，是人是马，谁也别想过。不是说封山育林吗？这就是他封的山。

咔啦一声，他低下头，黑棉裤在膝盖处被挂破了，露出了白白的棉花。他既心疼新棉裤，又埋怨逼他换衣服的儿子，可也有些得意。裤子是被露出土的一截铁蒺藜网挂破的，那是他从山下铁路旁拾到，拖了几里山路拖上来的。他绝不知道精卫填海的故事。但他填这沟，像是着了魔似的，只要见了带棘刺、蒺藜的东西，是远是近都像宝贝似的拾来扔在这里。天长日久，这半里长的挺宽坦的路填得没人能走了。他看了看陡坡上长满的丛丛枣刺，他今天没时间割，"下回再来补上吧……"他自言自语地叨唠着，离开了这段布满荆棘的山谷。

雾气朦胧中，凤凰岭隐隐出现了。一个突兀而起的小孤峰在云雾的环绕中像是转头顾盼的凤头，接连三个弧形岭，一个比一个低，一个比一个平缓舒展，柔和迤逦地描画出凤凰肩、背、尾的飘曳曲线。凤凰岭并不大，但这几十里山岭却因此而得名。祖辈传说，这山上原来长满一样高低大小的柏树，远看像个绿凤凰，夏日阴凉连蚊蝇也不飞。但后来就一直是荒山秃岭了。闷大爷从1952年上山种树，主要的汗都流在这儿了。现在秃山又变成绿凤凰了。到处是浓荫蔽日的树林。前年来了个戴金丝眼镜的老林业专家，领着学生满山转着估了一下，凤凰岭上现在有松柏林三千亩，山桃、山杏、槐、柳、杨、桦、榆总有四十多万株，这都是闷大爷自己和他领着人一棵棵种起来的啊。

一到凤凰岭，雾更清凉了，树更湿绿了，老人像见了亲人一样，觉得喉咙又哽住了。他又咳嗽一阵。

他到了他真正的家里。这里每一棵树他都认识，每一条山石小路他都能摸黑走个顺顺当当，每一棵眉眼奇特点的树，每一块大一点的有模样的石头，他都给它们起过名字。名字都是"小"字开头。这棵歪脖松，叫"小歪脖"，二十多年前种它时，被山风吹倒过，后来用木棍撑绑着，长着长着落下个歪脖。那棵高突突立在柏树群里的钻天杨，叫"小大个"，也不知道它是怎么混在柏树林里冒出来的，就显它的个高。路边这棵槐树叫"小迷糊"，那样就像个迷迷糊糊流鼻涕的憨小子。它旁边这块半人高的花石头叫"小胖墩"，它就像个胖墩娃娃蹲在那儿咧嘴笑呢。

他一进凤凰岭的林子，就开始不停地和这一大家子唠叨开了。你这个"小歪脖"越歪得厉害了，你这个"小迷糊"就成天睡不醒，你这个"小胖墩"傻乐啥？他数落着，念叨着，一路没完。沿着小路上个草坡，踏翻了一块脚掌大的石头，他又驼着背一步步慢慢退回来，捡起石头放回原来的泥窝印里。凤凰岭在他眼里是有知有觉、有血有肉的活灵东西，不能随便伤皮动骨。

当他沿着蜿蜒小路穿过蔽天的松林时，头顶上小松鼠眨着眼在枝杈上机灵地跳来跃去，二十年前就开始见它们了，现在闹不清它们有多少了。蹿过草坡时，惊起一只长尾巴野鸡扑腾着翅膀飞蹿起，远远地落到了对面的草坡上不见了，最早见野鸡有十三四年了。头顶的阴云上，好像有只老鹰在盘旋，他仰头看了一会儿，看不清。可他知道，凤凰岭上有一对黑头雕，前年来的，去年哺了雏儿。还有一对白头雕，是大前年来的，一直没见它们下雏儿，不知是哪儿不服水土了？山上的树多了，林密了，迁来的鸟兽也多了，还有黄翅、黑棒槌、啄木鸟、猫头鹰、山鸡、石鸡、野兔、獾子、狐狸……他都知道。他心中有一本它们迁居来的户口簿。每发现一个新客，他就像喝醉了酒一样，乐陶陶的，这是他最大的骄傲。三十年前的秃岭子，连个雀儿都没影。这不是他的功劳？

他现在最惦念的是今年清明那天在凤凰岭上第一次发现的一只野山羊。那天，它惊愣愣地立在松林边的草坡上，一动不动地远远看着他，而后一蹿一跃地上了陡坡跑没影了。后来又见了它三四回。昨天来凤凰岭，那只野山羊站在崖顶上高高地看着他，他把特意带来的一瓦盆玉米粒放了它出没的草坡上就走了。这不是，又到昨天的地方了。青草坡上那只黑瓦盆还在，里面的玉米粒一颗也不剩了。是野山羊吃的吗？他低头用脚蹭着草丛，在瓦盆四周发现了野山羊的粪蛋蛋。他高兴了，赶紧又放下背篓，从里面拿出一个沉甸甸的小布袋，哗地又往瓦盆里倾倒了一二斤黄澄澄的玉米粒。小宝贝，凤凰岭总得留住你啊。

他粮食总不够吃，细粮换粗粮，秘密就在这儿。

他也知道不用喂它们。林子大了，鸟兽自己就来了；林子密了，鸟兽自己就留住了。可新来乍到的，总得有个照顾吧。

眼下，砍林风四面都哄哄地刮起来了，离凤凰岭越来越近了，连岭上的鸟兽都开始惊了，看出它们有点不安生了。这怎么闹啊。他顾不上磨叨了。赶紧背上背篓往前赶路。远远的隔着几重雾沉沉的山岭，好像听见了火车的鸣叫，是票车又上来了。说话就要响午了，千万不能误了晚上的事。

一出凤凰岭，他就气得浑身有点哆嗦起来。眼前这一溜缓坡叫落凤坡，原来他领着人种了清一色的白桦树，齐刷刷地遮天蔽日，风一吹，满坡飒飒响。可前两天，一夜里就被哄砍光了。现在秃秃的，只剩下半膝盖高的树桩，一个个碗大的疤。要说，这落凤坡该谁管，算谁的，他也闹不清。是大队的，还是小队的，是一队的，还是四队的，是归集体，还是分个人，前一阵一直在满天下的吵架斗嘴。嘴没斗完就抢着先动手了。昨天他找了一天公社、大队告状，没人管。他不知道都是谁上山伐的，他今晚就要去连赃带人一伙子抓住他们。

抓贼要抓赃！

气上加急，他身上一阵阵哆嗦得更厉害了。几个齐腰高的树桩从他身边擦过。他停住了，看着树桩白花花的茬口，用满是粗茧的手摸着那还水湿带汁的茬口，摸着连在树桩上的两尺来长的树皮，树皮的外面还是光嫩的，树皮的里面平滑黏腻，凉凉的也带着水汁，还没长到年龄，就这样齐腰高的活活地拽着皮砍走了。像是看到自己的孙孙被人残害一样，他的手摸着树茬口，开始很厉害地抖起来。

"你是保皇派！"有个声音忽远忽近地冲他耳朵嚷起来，满山轰轰地回响着，黑乎乎的人影开始在他周围闪动着，最后那嚷声连同黑影都钻在他脑子里什么地方了。嗡嗡震着他头颅响着。

"你们才是保皇派呢！"他用铜钟一样粗重洪亮的声音爆发地吼了一声。

他的疯病又犯了。

"你们才是打着红旗反红旗！……骑在人民头上屙屎屙尿！……你们坏了良心了！（发自肺腑的洪亮的一吼）……你们坏了良心了！（更高的一吼）……你们和小日本穿一条裤子！……背石头，我不去！……修碉堡，喝人血！……你们砍树，欺负不识字的！缺了阴德了！"他站定在那儿用极其洪亮的声音面对着看不见的人群破口大骂着。骂一阵，累了，停了停，接着更有力地骂起来。然后两眼直愣愣地一边朝前走，一边继续和看不见的对象争辩着，骂嚷着。走一段，他又站住，回过头朝后面大骂着，好像人群远远跟在他后面。

这么大的世界上大概没有人知道，在中华民族文明渊源的黄河流域，在这个偏僻的不为人知的雾气弥漫的山里，此刻正移动着一个黑色的"句"字，同时响着一个疯老汉粗重洪亮的、不停的骂声。这骂声时高时低，时而还夹杂着一些自言自语的咕噜。这些疯话有的明显记录着他在那动乱岁月受的刺激，有的则联系他整个一生也难以弄清的具体所指。也有人说他是装疯，因为这些话在他清醒时从未说过。

山在一路骂声中走过着。

这是牛头山，远看像个牛头。他领着人二十年种的满山绿，都是果树，被公社书记来领着学大寨，遍山红旗一插，一天就都连根刨光了。草也一把火烧光了。说是牛头山要成虎头山。现在遍山黄秃秃的，从上到下一层层带子宽的梯田，稀稀拉拉地长着几根可怜巴巴的豆子，地旱土生，春天撒把籽，有收没收的，快荒了。

造的什么孽啊！杀剐人！

这是到了簸箕谷。缓缓的坡是黄秃秃的。原来也是他领着人种了满坡谷绿。十二年前，说是要盖坦克厂，来了部队、民工，成千上万的，三四天把树砍了个精光，几十部推土机嘎嘎嘎嘎吼着，震得山发抖，推出一块块梯形平地。铁路铺进来了，宿舍盖了几排，厂房起了半截，又都停了，八九十来年，最后也没说出个长短，都走了。

造不完的孽！

他不骂了，骂累了。天上的阴云和眼前的雾气连到一起，迷蒙地包住了远近一个个山头。下开雨了。他浇醒了。发啥子疯？后半晌了，赶紧，有正经事。他在透凉的哗哗大雨中，在崎岖的山路上，溅着泥浆，滑滑跌跌地赶着路。遮天盖地的雨水汇成千万股黄浊的泥水流，刀子一样无情地切割着黄土秃山，一道道从他的回力球鞋上冲刷漫过去。眼看着一层层梯田被呼啦啦冲开口子，哗哗地越豁越大，山上到处挂起了一道道浊黄的泥水瀑布。树都砍光了！山没皮了，任割肉了！他又浑身哆嗦起来，但这次他没有骂出来，湿透的棉裤紧裹着腿，重得抬不起脚来，淋透的衣服冰凉地贴着他脊背，凉劲拔到他胸口，他只有一路的咳嗽声了。

天黑的时候，雨停了，星星在天上眨开了眼，他终于赶到了黄龙滩。

这是古陵与邻近两县的三县交界地。远处天边那黑魆魆的山上一片繁星般闪烁的灯海就是虎山铜矿。黄龙滩是一片空旷荒凉的干河滩，河滩对岸黑森森地劈面当空地立着黄龙山。黑夜中，在河滩旁的公路上，隔着稀疏的树影，远远可以看见马灯、电灯、火把晃动着，人影憧憧。

286

这是个秘密的木料夜市。

这里人密麻麻的，却毫无喧哗，被一种秘密的寂静笼罩着。一堆一堆的木料，几乎都是刚砍下的连皮树，像集市摆摊一样摆在路两旁。堆有大有小，有的垛得半人高，有的只有两三根。卖主多是周围三县的农民，各自守着自己的摊子，点着豆亮的马灯，向前探着身，小声或是无声地用手势招揽着顾客。自行车、平车都靠在他们身后路边的沟里，毛驴也拴在那儿，听见它们嚼草料打喷嚏的声音。买主的人流拉着平车、推着自行车在两边木料摊的夹道中缓缓移动着，俯下身在各个摊上看货议价，不时摁亮手中的手电，照看一下木料，同时也映亮了他们自己的脸。他们有要盖房的农民，也有铜矿的工人——大多是要自己盖个住房，把农村的老婆接来安顿下的主儿。他们也是小声地更多是无声地用手指头比画着和对方讨价还价。还有几个是专门从中做经纪的掮客，穿着长袖衣服站在人流里，略皱着眉，用一种知晓一切的不耐烦神情听着身旁的人小声说着什么，然后点一下头，伸出手来，在袖子里和对方捏指说价。

在集市两头黑暗的公路上，还影影绰绰停着十几辆马车，七八辆卡车。马不时踏响蹄子。一红一暗的烟头在黑洞洞的车窗口一闪一闪地映亮着悠闲地倚在那儿的司机的脸。

闷大爷跌跌撞撞地闯进了这个旷野中的夜市。他背着背篓在人群中挤来挤去，一个摊子一个摊子地凑上去低头寻看木料，他的手电被雨淋瞎了，他更多的是用手摸辨着一摊摊树木。他那不顾先后在人流中往前挤的着急和莽撞，他的不断左右碰人的背篓，还有他那像是寻辨失物似的查看木料的神态，都和夜市上缓慢寂静、按部就班的气氛截然相悖，引起了人们的注意和白眼。有人开始对这个驼背老头投以警戒的目光。有两个以夜市为生的掮客互相交换了一下目光，抱着胳膊悄悄跟上了这个蹒跚的驼背老汉。

在共同的利益和警惕下，这个夜市每天来的全部卖主与买主，都像是一个临时的团体，有默契的不成文的章规。譬如不准喧哗就是大家自然而然遵循的原则。踏入夜市，只要你是买卖木料，无论如何要价，都是一家人。如果你是别有用心来窥探和搅和的，那你就会被全体视之为仇敌。

闷大爷不知道这个厉害，也不知道后面已经跟上了两个穿长袖的掮客。

当然，他更不知道，在掮客后面还跟着一个背着军用挎包的二十多岁的姑娘。她悄悄混在人流中不露声色地观察着夜市，她也注意到了这个闯入夜市的驼背老汉和他后面跟梢的尾巴。

闷大爷的手激动地哆嗦起来，他终于摸到了他的白桦树。连着好几摊都是。长短粗细都没错。特别是树皮，他一摸，就有一种直透心髓的熟悉感觉，它凉凉地贴在粗茧干裂的手里，有一种此时让他十分伤心的滋润和驯顺。这是白桦，而且都是落凤坡上的。它们在哭，那是他摸过千万次的树儿树女呀。

"是你们偷砍了落凤坡上的白桦树！"他声音打抖地说道。这在他，不算高声，在整个夜市上却不啻是个惊雷。

几个卖白桦的农民都惊愣了。整个夜市都停住了买和卖，惊疑地朝这儿望来。

"闷大爷，是你来了？"卖桦树的人中有个装着一只假眼的矮个农民认出老汉，心虚地讪笑道。

"你们为啥砍落凤坡？"

"这不是落凤坡上的。"那个装假眼的农民遮掩地嘿嘿一笑。

"我认得！"

"你咋认得？"

"我种了它们多少年了，我不认得？"闷大爷气得浑身哆嗦着。

人群围成一圈。手电筒的光柱在驼背老汉身上扫来扫去。这是谁？凤凰岭看林的？闷老汉就是他？他不是个疯老头吗？人们相互打听着。那个背着军用挎包的姑娘也在人群后面静静地观察着，她从挎包里小心地掏出一件东西。

"你们拉上木料跟我回去！"闷大爷用他那粗重洪亮的声音对那些卖白桦的人喊道。

"干什么？"

"交赃认罪！"

那个装假眼的矮个农民索性撕开脸："不去。你凭什么管我们？"

"我，"闷大爷哆嗦着从怀里掏出一张裱糊了好几层的东西来，那是一份盖着大红印的反对乱砍滥伐的"通知"，不知是哪年哪月的，纸都黄了。他颤抖着伸出手，"凭这个。这上面盖着印呢！"

"我看看，"跟踪他的捎客之一，一个露着颗金牙的瘦高个儿一伸手把通知拿了过去，打开看了看，"噢，你怎么把这两半裱糊倒个了，嗯？"他瞪着驼背老汉，审问道："什么意思？"

288

"我……"闷大爷说不上话来。

"哼！"瘦高个儿冷笑着扫了一眼"通知"，"这个早过期了。"说着哧哧一撕，扔在驼背老汉的脚下。

"你们无法无天！"闷大爷吼道。

"我们就无法无天，怎么了？"那个装假眼的矮个农民也火了，"白桦是我们砍了，怎么了？我们砍得太晚了。我们没富起来，就是因为我们前一阵胆太小。"

"别啰唆了！"一个高个子工人不耐烦地拨开人群，气汹汹地挤上来，对那个装假眼的农民说："我把我的木料抬走。"他回头挥了挥手，又上来两个人，一人一根地帮他扛。

"你们不能扛！"闷大爷上去拽住他们。

"我花钱买的！"

"这是贼赃！"

"去你的吧！"高个子工人推着老汉的背篓就势一拨拉，闷大爷被呼塌塌摞出几步远，脸朝下摔到人群的脚底下了。他挣扎着从地上爬起来，鼻子、嘴角都往外流血了。

"闷大爷，得了，你管那么多闲事干什么？明天他们四队的还要去砍凤凰岭呢！"卖白桦的农民中有个小眼睛的后生好心劝说道。

"你们才是保皇派！"驼背老汉哆嗦着大吼一声。

人们吓了一跳。有几个年轻工人愣了一下，却笑了："你是造反派，'四人帮'！"

"你们打着红旗反红旗！……你们喝人血，架机枪！"老汉又疯了，站在那儿破口大骂起来，他的声音在旷野黑夜中格外粗重洪亮。

整个夜市都骚乱了。胆小的人们匆匆地卖着，买着，好赶紧收拾离开这个地方。嚓，一片雪亮的光一闪，照亮了夜市中骚动的人群和一摊摊木料。嚓，又一片雪亮的闪光，照亮了一张张正转过头来的惊愕的脸。

惊惶的人们看见那个姑娘正拿着照相机，躲在后面拍照呢。

"你是干什么的？"那个露着金牙的捎客上来凶恶地问。

"我是新华社记者。"姑娘掠了一下头发镇静地答道。

农民一听是记者来了，都匆匆忙忙地收拾起摊子准备走了。

刚才抬木料的大个子工人有些流里流气地晃着膀子走上来："我看看你的记者证，别是冒充的吧？"

姑娘含着讽刺打量了他一下，坦然地把褐色塑料皮的记者证递给他。

他拿过来装模作样地看了看，又不怀好意地端详了一下姑娘："这是假的。"说着往后一扬手把记者证扔到了路边的沟里，"走！"

几个人上了一辆卡车启动了。

姑娘用手电照了一下卡车后面的车牌号，掏出本记了下来。人们看着大事不好，自行车、平车、驴车、马车、卡车，一起哄乱拥挤着离开。

"你们站住！"闷大爷清醒过来，上去拦拉桦木的马车，哄乱中又被人推倒在地，挣扎了几下，起不来了。

"老大爷！"女记者蹲下来扶起他的头，叫着他。他两眼愣怔地看着天，嘴角流着血。这时，马路上已经走空了。一辆停在黑暗中的吉普车开了过来。穿着军装的年轻司机跳下了车。

"老大爷，我们用车送你回去吧，你不是凤凰岭的吗？"姑娘继续说道。那个司机也蹲下身来帮她搀扶老人。

他们明天要去砍凤凰岭！这话像电光一样照亮着老汉的心。他在两个年轻人的扶持下吃力地站了起来，木呆呆地推开两个人的手，两眼直愣愣地顺着公路一瘸一拐地走了。

"老大爷，用车送你回去吧？"姑娘又跟上来劝他。

他听不见，他驼着背往原路蹒跚地走着，他只知道要回去保住凤凰岭。

姑娘呆呆地目送着他走入夜色。

当她在司机帮助下打着手电在沟里寻到记者证后，在对面黑魆魆的山上响起了一个老汉粗重洪亮的骂声："你们缺了阴德了！……断子绝孙！……"

那声音在空旷寂寥的黑夜中显得格外苍凉凄厉。

第三十三章

灶台上的油灯愈来愈暗，即将熄灭。面对十来个时红时暗的烟头和坐满窑洞的黑乎乎人影，高良杰背靠着炕坐在黑暗中沉默着。借着油灯和烟头的微红光亮，能看见他那穿着一身旧军装的魁梧身材，一动不动地凝铸着冷峻。偶尔火柴划亮时，能看清楚他那神情敦厚的脸，一双聪明冷静的眼睛。妻子淑芬早已和衣在炕上和女儿一起睡了。已经后半夜了，停电了，灯油也快燃尽了，一窑洞人就在黑暗中喷烟吐雾地谈着。他们打天黑就开始聚在高良杰家中了。

新来的县委书记今天正领着县委常委在下面巡察。黄庄水库的朱泉山整个被翻过身抬起来，提拔到县里。横岭峪公社的书记潘苟世眼看就要被拿掉。下面，李向南就要领着人马浩浩荡荡来凤凰岭大队。明天上午十点半，县委常委在凤凰岭大队的乌鸡岭召开禁止乱砍滥伐森林的现场会。

"良杰，这肯定是冲着你来的。"黑暗中用南方口音愤然说这话的是县委组织部的干部科科长，烟头的红光映照出他那下巴尖瘦的脸。他说出大家已反复表示过的担心和不安。

"可能吧，来就来，大不了撤了！"高良杰冷静地说。他左臂的一条空袖贴着身子笔直地垂落着，更加强了他凛然的军人气派。他是随时准备着打击落到头上的。

他是凤凰岭这个"大寨式大队"的支部书记，县委委员。他已经公开顶撞过新来的县委书记。在这次全县的"提意见大会"上，他始终沉默不语。最后一定让他表态，他冷着脸，既原则又具体地提了三点意见：一，对过去不要一风吹；二，对现在不要一刀切；三，不要用一个潮流掩盖另一个潮流。然后不做任何解释就缄默封口。当时便弄得会场气氛有些紧张。谁都知道，他是顾荣树起来的学大寨标兵。

人们在黑暗中沉默了。烟头又在一红一暗地映亮着一张张脸。

高良杰是他们心目中的一面旗帜。因为他曾经是全省有名的苦干出来的大寨式大队的支书，并且至今敢用沉默来表明对现在形势的保留；也因为他敦厚沉稳，善于团结上下，给人以主见。还有一条是他们没看透的：恰恰因为他至今还在变动的形势中保持着县委委员和大队支书的职位，所以，他成为失意者和不满者的旗帜。每天晚上，他家窑洞里都这样烟雾腾腾地聚满了人：本大队的干部，外大队的、公社的以至县里的干部。古陵有政治敏感的人无不感到县境内有个凤凰岭，凤凰岭上立着个高良杰。

"这不光影响你一个人。把你高良杰拿掉，又要牵动多大一个面？"那位干部科长在黑暗中愤然摁灭烟头，冒出一句。

"他们总不应该再搞株连吧？"高良杰温和地笑了笑。他今年三十九岁，虽然比在场的许多人还年轻，但他总是以敦厚长者的身份耐心听着人们围着他发牢骚。人们在他身边的这种聚集，使他这两年稍感冷落的心理多少有点安慰。他最不能忍受的是身边没人簇拥。但他自己很少发牢骚，偶尔还要说上两句开导的话。他非常明白自己在古陵的特殊地位。他是个对自己处境、自己与周围关系、各派力量之间关系看得极其清楚的人。他完全知道，为什么这么多满腹牢骚的人往他身边聚，也完全清楚他们每一个人的具体利益。但他心中越清楚，面上越敦厚。他一方面尽力建树着自己在这些人中的威信，另一方面又和每个人都保持一定距离。他只愿在实际上成为这个势力的领袖，但在舆论上他绝对避免这个名声。事关政治，他绝不轻易放弃主见跟着形势做"随风倒"，他也绝不意气用事，拿自己的政治生命开玩笑。

"良杰，我真服了你啦。搞到你头上，你倒沉得住气。"黑暗中一个沙哑的嗓音说道。这是县棉麻站的一个副站长，以前是公社副书记，原准备调到外县去当县委书记了，这是被变化的形势又剥夺了升迁。"我看你是学刘备种菜搞韬晦了。背着个县委委员的牌子，连话也不敢说了。我们芝麻官没什么怕的。现在这些事，我就不理解。古陵过去的大地主王世茂跑到香港几十年，现在回来又成贵宾了。他的管家当时都被毙了，他倒坐着小车，咱们大干部陪上回古陵参观转悠来了，哼！"

"这是为了统战嘛！"高良杰含笑说了一句。这位棉麻站的老兄说话太随便，早晚要出事。他与这位老兄的距离要稍大一些。

"统不过来还要统过去呢，皇陵村把拖拉机大卸八块拆分了，魏庄是把牲口棚稀里哗啦拆成一堆没用的断坏碎瓦了。"

"不是魏庄，是赵庄。"高良杰不打断对方的话，自然地在一旁纠正道。他对这种事记得比谁都清楚。

"黄草坪搞包产，把原来的灌溉渠全扯碎了。"

"是啊，"高良杰略略感叹了一声，觉得有必要在这里插上一句，"集体大生产的水利设施，这是比较先进的生产力，一家一户的耕种，是比较落后的生产关系，当然有矛盾。"他毫无倾向性地说道。

"一部分人先富，怎么富？"棉麻站的那位继续讲道，"县里那个王嘴子，去年到北京买回来一万条长围巾，三块钱一条，回来卖五块。三五个县一转，挣了两万。这号万元户挣的谁的钱？……得了，话多嚼舌头，没用。咱们要发财，倒卖银元去得了。"

黑暗中瞬间沉寂。

高良杰打破了静默："说到卖银元，"他看着一闪一闪的烟头映亮的一张张脸，慢慢说道，"参考上登了，这几年经香港流入欧洲冶炼中心的就价值几亿美元。"他每天都要看人民日报、参考消息，用红笔从一版划到八版。"这个月人民日报上对万元户的宣传，比前两个月平均少了三分之一，版面也排得靠后了。你们注意没有？"他又询问地对大家说道。

黑暗中人们相视着，没人注意。

"良杰，你不慌不急的，什么都想得通。"棉麻站的那位不耐烦了，指着他激动地说，"前些天，乱砍滥伐已经通报了你们凤凰岭，那不就是明天李向南要拿你开刀的借口？"

高良杰沉默不语。

"为了凤凰岭，寒冬腊月你领着开山炸石头，把胳膊赔了，命也差点贴上，拼死拼活苦干多少年，现在一风吹，你就气顺？"

高良杰低下头狠狠抽着烟，暗红的火光照亮了他那眉头紧蹙的脸，腮帮子掠过几丝搐动。他感到了左边那只下垂的空袖，心中涌起一丝悲凉。要说情绪，他远比一些人更强烈。照他看来，中国这样下去迟早要出乱子，但这样的话他从来不露。他的心埋得很深。在部队多年搞的就是政工，回到地方，又被借用在县里搞了几年专案工作，后来是自动要求回村里领着学大寨。他没有说怪话的习惯，那除了自找倒霉，不解决任何问题。他的方法，一条是沉默；还有一条，就是静观其变。一个倾向掩盖另一个倾向，物极必反。他抬起头微蹙着眉看着大家，说道："中国的事要有耐心。"他的目光和声音很含蓄。

这时，门外突然传来怪异的脚步声。接着响起了轻轻的敲门声。

"谁？"高良杰转过头连问几声。

没人回答。敲门声却越来越急，还听见抖抖地摸索门环的哗楞楞声响。这在山区深夜显得格外清脆震耳。满窑洞的人都感到蹊跷，在黑暗中相互交换着警怵的目光。高良杰伸手摸着放在炕边的手电，摁亮了，和在枕头上抬起头的妻子会意地交换了一下目光。照了一下枕头下压的手表，才三点多，窗外一片漆黑。深夜的山风在呜呜地刮着。他灭了手电，在暗黑中站起来，顺手摘下墙上挂的半自动步枪，轻轻磕上了刺刀。这一两年来他总有些不安全感，夜黑走路总要带上枪。特别是前几天，他刚分到家的五只羊夜里被人从院里偷走后，他更警惕了。

门一打开，一个人一头跌进来。他和众人一惊，再一照手电，是闷大爷。

"怎么了，大爷？"他赶忙撂下枪，蹲身扶起口吐白沫、嘴角流血的老人。淑芬闻声也立刻披衣下炕同他一起搀扶。众人也围拢上来。

闷大爷对高良杰有救命之恩。三十八年前，一个寒冬大雪天，闷大爷从山沟沟口的雪地上拾回一个冻僵的婴儿，抱回来用怀暖醒了，然后提上自己仅有的几升老玉米，抱着他送回了三天没揭开锅的婴孩的父母家，这个婴孩就是现在的高良杰。

闷大爷两眼直愣着，被喂了几口水，才醒过神。借着手电的光亮他看见了周围的人。

"小良子，"他叫着高良杰的小名，挣扎着从椅子上往起站，"你快去管，他们要砍凤凰岭！"他哆嗦着粗声瓮气地说出了第一句话。

"怎么回事？大爷，你慢慢说。"高良杰用仅有的一只右手扶着他问道。

"你快去管，他们要砍凤凰岭！"老汉翻来覆去地说着这句话，嗓门越来越高。最后，总算问明白了：老汉是刚从黄龙滩三十里山路摸黑赶回来。他去木料黑市抓偷伐白桦树的人了，有人天一亮就要去哄砍凤凰岭。

"你管不管，小良子？"老人瞪着他大声问。

"我……管……"高良杰点头答应着，眼睛不禁有些发湿。他搀扶着老人，感到了老人那干瘦身体的颤抖。他的身体散发着衰朽的、毫无底蕴的烘热。浑身是泥的黑布衣服皱巴着。淑芬正用湿毛巾在手电光下擦拭着老人嘴角的血迹。

"好，好，你管吧，你管吧！"闷大爷不停地在喉咙里咕噜着。怎么拦劝他歇会儿都拦劝不住，又直愣着两眼背上背篓驼着背，跟跟跄跄往门外走，要回他的凤凰岭了。

"大爷！"高良杰最后一次上去拦他。

"你管不管，小良子？"闷大爷抬起头又直愣起眼吼道，"你不管，我死在你跟前！"

"我管！"高良杰说着让开了道，他转头对窑洞里交代了几句，就背上枪拿着手电跟了出去。

天上寒星闪烁，远近山影黝黑，深夜的山风寒凉透骨。他打着手电，沿着山路送老汉下了高家岭（他所在的高家岭村是凤凰岭大队的一个小队），转过山脚，入了西沟。夜黑中他一抬眼，心中猛一震：那棵一直立在沟口峭壁下的驼背老榆树不知什么时候也被人砍了。三十八年前，他就是在这棵老榆树下的雪地里被闷大爷拾起的。他从小对这棵驼背老榆树抱着亲切的感情，它在寒风中伛偻着身子黑苍苍地站着，总让他想起闷大爷这个善良的老人。闷大爷驼着背从榆树桩旁蹒跚地走过了，木呆呆地什么都没看见。高良杰心中蓦然联想到什么，胸中涌起一阵酸楚。

不远处，在黑魆魆的山洼洼里，西沟小队村口有一间窑洞灯火通明，人声喧嚣。后半夜三四点了，这是在干什么？

他预感到有什么严重的事情在这深夜中酝酿着，但他来不及过去察看。

闷大爷在前面走着，他在后面打着手电一步不落地跟着，三弯八转，一路上山。风声，树声，还有高良杰脚下踏滚的碎石，一路响着，老人在前面驼着背机械地走着，好像他不曾用眼看，是凭几十年记忆一步一个落点地走着，没有踏滚一块石头。终于，到了他那间看林小屋。老人木呆呆地打开了篱笆院门，又瑟缩着从怀里摸出钥匙，打开草房门。高良杰打着手电要跟进去，想安顿一下老人，老人却把他挡在门外。

"你管不管，小良子？"他又直愣起眼瞪着他。

"我管……"

老人愣怔着昏花浑浊的眼睛，好像辨认陌生人一样盯着他，然后低下头喃喃着："好，你管，你管，告他们，找县委书记，他明天来！"就把草房门从里关上了。

高良杰在门口站了一会儿，冰凉的山风嗖嗖地吹着他的衣服，吹着他的脸。油灯亮了，光线从门缝里透出来。听见屋里面的声响，好像是在开箱子。他想了想，转身下山。

他要赶紧到西沟村看看。

他走近路，穿过东沟去西沟。可路过东沟村，他震惊了：只见夜色漆黑中，山坡路口那棵黑苍苍的大槐树下，一间大房也是灯火通明，人声嘈杂。怎么都在通宵开会？他往上背了背枪，灭了手电走过去。这间房是东沟村一年级学生的教室，三面都是玻璃窗。里面点着三四盏马灯，烟气腾腾中满满一屋子人。

一个长着吊眉丹凤眼的壮大小伙子正蹲在课桌上讲话，高良杰知道他叫凤来。他五指张开拍着课桌："凤凰岭过去一多半就是咱们东沟的，西沟凭什么说是他们的。高家岭、小寨也都来伸手抢，现在跟他们没商量的，咱们天一亮就上山把树砍了！"

"就是！"许多人拍桌子振胳膊地应和着。

有个黑黄脸的矮个农民，高良杰知道他叫庆有，正低下头叼着烟准备和别人的烟袋锅对火，这时转过头来添了一句："天不亮就去！"

有几个老汉蹲在墙角一声不响地抽着旱烟袋。还有的蹲在地上耷拉着头打瞌睡，头越来越低，一闪失，醒了，睡眼惺忪地抬起头左右张望着，想弄清商议到哪儿了。

"就这样决定吧，大家通过不通过？"说这话的是小队长赵道增，血红的眼睛，额头有很深的两道横纹，胡茬有些花白。

"这犯法不？"一个戴着瓜皮帽一直低头抽旱烟的老头提问道。

"这犯什么法？"凤来又拍开课桌了。

于是，眼看就要下结论的事情又从头争议开了。通宵会就是这样翻来覆去。只要天一亮，最后结论也就有了。

高良杰走到门口，想推门进去，却没推。

现在不比前两年了。那时，他只要推门往那儿一站，满屋人就会静下来，大气也不出，他什么话不用说，目光一扫就把人头都割倒了。这会儿，什么都散架了，很难说会怎么样。而且他什么事都有他的原则，搞运动，批判人，他让副支书去出面；宣布撤换队干部，他让大队长去出面；批判偷盗庄稼的社员，他让治保主任去出面。虽然一切决定都是他做出的，但是凡事他绝不出面。这样既能发挥每个大队干部的积极性，又能使他保持集中领导的真正权威，在需要团结被处罚的对象时，他又能有出来讲从宽的余地。

　　他匆匆离开东沟小队。到西沟小队时，暗黑的天已经露出一丝曙色。开了一通宵会的人，正嘈嘈杂杂地从窑洞里提着马灯拥出来。不知是谁的嗓音在黑暗中嚷着："大伙快吃饭。都带上家伙。他们砍，咱们就砍！谁砍的归谁！"

　　他不让他们发现，悄悄地大步从村边走了。出了沟口，拐过山脚，要上高家岭时，发现对面黑魆魆的山上，葛家岭、小寨，远远都有手电光、马灯光在星星点点地晃动着。大概都是开了通宵会刚散吧。看来事态是严重的，自己事先却毫无消息。

　　他回到家，一窑洞人早就散了，天也麻麻亮了。见他回来，妻子从灶台旁直起身来。

　　"大爷送到了？……凤凰岭快翻天了，我看你快要倒大霉了！"淑芬一边围着灶台叮叮哐哐地盛饭搋碗，一边麻嘴利舌地数落他。

　　他胸中有数地笑了笑，照常一手端上蓝花大海碗，挺着他那一米八高的魁梧身材，到门外去吃早饭。

　　事情越严重，他越冷静，不露声色。

　　他家窑洞在高家岭村的最高处，门口有一块不大的场院。场院靠边，有一棵黑苍苍的盘顶松，几里地以外就能看见，像个亭子似的。再外边是几丈的黄土峭壁，直落下去，下面是又一排窑洞和几个院落，可以清清楚楚看见下面人家在院内的举动。下边人家做饭，上边人家见烟。整个村子就是这样上上下下、左左右右的多少层窑洞、院落。淡淡的雾气笼罩着远近一个个灰蒙蒙的山头。下边，那被山岭相夹的几十里长的川谷被乳白的浓雾海一样淹没着，看不见山脚下的铁路，只听见下面凤凰岭火车站的机车哧哧冒气的声音。

　　有钟点似的，其他六七个大队干部也都端着冒热气的大碗聚到他家门口，围着圈在盘顶松下蹲下，开始了每天早晨的必定课目。

　　凤凰岭大队有十四个小队，三十多个自然村，散落在这二十里川谷两边的几十个山头上。最远的小队之间相距二十五里山路。像满天星，非常分散。十年前，他一回村担任大队支书，就立刻采取了一系列措施加强集中。在他看来，社会主义的最大优越性就是集中。他上任第一天就决定把小队核算搞成大队核算，越是分散的山区，越要加强集中领导。他采取的第二个措施，就是把几个大队干部从各个山村统统迁到高家岭集中居住。大队干部离开自己村，隔山隔岭往一处搬，这太破天荒了。要是再免职呢？再搬回去？房子呢？他不管，一句话，说做就做到了。开会议事，集中方便。每天清晨，大队干部就端上碗在盘顶松下一蹲，一边喝着开水泡馍，一边就把一天的事安排了。大到春耕夏收、运动斗争，小到婆媳吵架、芝麻琐碎。然后敲钟上工。现在凤凰岭开始包产到户了，大队对生产的集中指挥权基本解体了，可大队干部们每天早晨有事没事端碗一聚仍成惯例，而且比过去还早，人还齐刷，还不耽误。人人都拿它当作一个重要事情，好像以此证明什么似的。这不是，下面高家岭各家各户的人，悠着空桶下山担水的年轻后生，开窝放鸡的婆姨，背着手牵着分到户的黄牛、黑驴在山路上遛牲口的老汉，都在抬头朝这高高的盘顶松下张望一眼，就连对面葛家岭上的点点人影，也隔着淡淡雾气远远朝这儿眺望。这近近远远的目光，高良杰和围蹲着的大队干部们都非常在意地感觉到了。大队干部们每天早晨还在盘顶松下议事——这就是他们每天一大早聚蹲在这儿造成的印象。这也是他们谁也没明说，但都在共同支撑着的一种舆论。当然，聚会的内容是变了，过去是一二三四安排生产，现在一多半是发泄牢骚。

今天没时间天南海北地发牢骚。情况比较严重：几个小队连夜酝酿要哄砍凤凰岭。县委书记要来。他肯定要"解决凤凰岭问题"。横岭峪公社可能已经撤换了领导。高良杰把碗放在膝盖上，一边用筷子划着碗边喝着滚烫的拌汤，一边平静地看着大家，把事情讲明了。

大队干部们相视了一下，气氛沉闷。

"咱们前几年拼命干，倒是干出不是了？"说这话的是副支书兼民兵连长罗清水，粗实黑壮，端着碗像虎一样蹲在那儿。他察看了一下高良杰的表情，接着用筷子转圈气愤地一指，说道，"咱们凤凰岭大队的干部，哪一个不是一年劳动三百天以上？良杰，你冬天领着修渠搞水利，"他看了高良杰的空袖一眼，但没往这上面说，"几次累得吐了血，塌方把肋骨都砸断了，这都有罪了？"

高良杰淡淡地一笑："咱们路线错了嘛，干，当然不如不干。"他说话的神情口气既像是和蔼敦厚地说服对方，又像是灰心无怨的自嘲，还似乎含蓄着深刻的不满和讽刺。

"多打粮食有什么罪？现在凭哪条收拾你？"罗清水愤愤不平地说，顺手把碗给了刚从下面上来的六七岁的闺女。小丫头是专门来给爹拿碗添饭的。

"凭哪条？"淑芬也从窑洞出来给高良杰拿碗添饭，"哼，凭凤凰岭把树快砍完了，也够处分他了。"

"可现在政策大撒手，分山分林，谁还能管住？"罗清水说。

淑芬刚要张嘴争辩，高良杰看了她一眼，她咽下话，转身回窑洞了。

"尽量管吧。"高良杰略沉下脸说了一句。

立刻烟消云散，没人再敢分辩了。

"可到底怎么管啊？"沉默了一会儿，人们小心翼翼地察看着他的脸色问道。

高良杰感到了他的话在这群人中仍有的千锤打锣、一锤定音的权威，也感到了人们看着他脸色小心说话的目光。这都让他感到了权力集中的满足。但是，到底怎么管呢？除了眼前这一伙儿人，在整个凤凰岭，那种令行禁止的集中领导正在解体崩溃，这是他每天都感觉到的。他望了一下在雾气中渐渐显露出来的远近几十个山头，为了在这个分散落后的山区建立统一集中，他费尽了心血。那一整套领导系统像是他的神经网，几十里山路就像他的身体四肢，他的每个意志都影响到凤凰岭山区各个角落。现在，都破解了，什么都抓不住了。他两手空空，凭什么去管呢？但是，眼下情况很紧迫，不管也得管。他再不满，可现在还没被免职。就这一条，他也不能撒手放任自流。

他刚要张嘴。

"哎，我说良杰啊。"一声气喘吁吁的喊嚷，使他们都扭过了头。一个络腮胡子的中年胖子正从一边陡坡小路上往这小场院来，刚上升着露出上半身。他低下头，手撑着膝盖又吃力登了最后几步，嗨的一口粗气，终于上来了。这是凤凰岭车站的站长老董，刚从部队转业下来。"你这儿可真够高的。"他满头是汗地掏出手绢来，说话有些大舌头。

高良杰请他在旁边的石头上坐下。他和董站长很亲切，他这面学大寨红旗在农业战线上早就灰溜溜遭人白眼了，可在穿军装、穿工作服的人眼里，并没遭到什么嫌恶。他敏感到这个差异。

董站长一边喘着擦着汗，一边摇了摇手。他捏提起衣领，搧抖着粘身的军衣，说："赶快给派五百个民工。昨天那场大雨，山上下来的洪水、泥石流把铁路冲断了两处。我说良杰，这事越快越好。路局今天可能要来人。停运一天，损失几十万。"

"现在都各种各家的，一下子从哪儿给你集中这么多劳力啊？"

"你们凤凰岭大队还能号召不动人？没问题，良杰有办法！"董站长不容分辩地一摆手，"再说社员又不无偿劳动。"凤凰岭这一段十几里的铁路养护，铁路与大队在动用民工上有合同。

"我们想办法吧！"人们还想表示为难，高良杰沉稳地说了一句。董站长对他的信任，无疑刺激了他的自尊心。

祸不单行。对面山岭上玄中寺的讲解员小红也气喘吁吁地爬上山了。这是个打扮入时的姑娘，白纱短袖衬衫，粉红背带裙，烫发披肩，额前还留着齐齐的压眉短发，白嫩的小菩萨脸。一有什么对外交涉，寺庙管理处就把她派出来了。

"高书记，"她央求的声调又急又快，"山上冲下来的石头泥巴把玄中寺的后墙都埋了。压得墙都往里斜了，就要塌了。老程让我找见您，找上几十个社员帮我们清理一下，工钱以后再算，今天还要来外宾呢！"

"县委书记今天啥时候来？"一个核桃脸的大队干部惴惴不安地看着高良杰小声问。

"十点半在乌鸡岭上召开现场会。"另一个大队干部答道。

人们都抬眼望了望高家岭后面更高的乌鸡岭。

"这样吧，"高良杰放下空碗说道。大队干部们立刻静下来，每次他这三个字一出嘴，虽然是商量的口气，事情就算拍板了。"你们每个人去一个小队，就去。你去葛家岭，你还是去小寨，你还是去西沟，你东沟，还是按过去分工，分头包干。两个任务：一个，说服群众，凤凰岭的树不能砍，有问题再研究。再一个，把劳力集中起来，帮助抢修铁路。能来多少就来多少。多的人，帮助玄中寺清理一下。高家岭这儿的工作，还是我管。"

"好，那我就等你的人了！"董站长放心地下山了。

小红也因为完成了任务高高兴兴地走了。

一经高良杰分派，大队干部们都毫无二话，把筷子和空碗一合，一手拿着，纷纷站起来各自回家放碗，准备立刻下山奔各小队去。这种一声号令，说怎么干就怎么干的雷厉风行，让高良杰感到一丝痛快和满足。但正是这一丝满足让他更痛楚地感到现在正在失去的一切。他站起来，转身回到家里，放下饭碗就准备往外走。

"砍树闹事能制止住吗？"淑芬问。她正在灶边洗锅刷碗，准备下山，她在大队保健站当卫生员。八岁的女儿芳芳正在扫地。

"难说。"高良杰停住步，看了妻子一眼，答道。

"怎么难说？闷大爷那儿千万别出事。"淑芬停住手。

"现在不比过去，不能靠硬性命令。"

"禁止乱砍滥伐不是有政策规定吗？"

"现在很多政策就是相互矛盾的。"

淑芬吃惊地看着他。她没想过这一层，也没听他说过这一层。高良杰正皱着眉看着墙上挂的那几个学大寨的奖状镜框。他伸手把它们一个一个都摘了下来。

"摘那干什么？"淑芬一下明白了他出于谨慎的考虑，她砰砰哐哐摞着碗，理直气壮地说道，"怕什么？那是历史！谁没历史？"

"别人不一定这么看。"

"你管别人怎么看呢！"

高良杰温厚地笑笑，却透出一丝凄凉来。他性格沉稳，从来不和妻子争吵，但什么事情该怎么办，他还是一定要怎么办的。他把镜框都放到了箱子里。高良杰的目光又落在了炕上的几张人民日报上，上边有些地方被他划着红杠杠。他也收拾起来放进了抽屉。吃政治饭的人知道政治的危险。

"县委书记要看就来看吧，怕什么？"淑芬一边解下围裙上下拍打身上，一边指着窑洞数落道："让他们来参观参观你这大队书记的穷家。看你干了这十来年支书，是多吃了，还是多占了。是做威了，还是做福了。白天黑夜的干，转业费贴进去了，命也差点贴进去。自己往家里多拿一根秫秸秆没有？凤凰岭五百户人，有几户还比你支书家穷的。"

高良杰看了看妻子，紧闭双唇。眼前这孔大窑洞，便是他的全部家当。窑洞很深，装着玻璃窗，仍很阴暗。靠窗是一个大土炕，贴窗放着一个扣箱，旁边铺着炕席，卷起着打补丁的被褥。贴墙再往里是一溜几个水缸、面缸、咸菜缸。另一面，贴墙放着一个油漆剥落的旧三屉桌。窑洞当中的空地上放着几个树墩小板凳,更显出窑洞的空荡。他图什么? 他心中涌起一阵悲怆,脸色却更为冷峻。"少说点牢骚话!"他看了一眼正在一旁簸土的女儿,低声责备着妻子。

淑芬眼里一下渗出泪花,她一把将女儿芳芳拉过来,"谁跟你发过牢骚? 你看看。"她抓起芳芳的手让他看,小手掌上到处是茧皮、水泡、划破的血口子,"孩子手疼得字都没法写。过去,你替集体受了伤,现在谁替你种地? "

高良杰看了看因为劳累更显得干瘦的妻子,轻轻把女儿揽到身边,用手抚摸着她的头发,女儿很乖顺地贴着他的身体。

"手疼吗? "他问。

女儿摇了摇头。他家分了十二亩山地,他断过三根肋骨,又少了一条胳膊,很多活都吃不上劲。淑芬、女儿每天回来就都拿起了锄把。

"过去有错,那是过去的形势。在凤凰岭干这些年,我看你问心无愧。现在该管什么还要管。我相信凤凰岭群众还是拥护你的。"淑芬说。

他感动地看着妻子。是的,他相信群众还是像过去一样拥护他的。他拍了拍女儿的头,稳步出了窑洞,来到盘顶松下。

他临空一站,展望了一下远近山岭,心情更加不平静。

顺着山谷方向刮来的凉风已经把山头的薄雾、山下的浓雾都驱散了。东面山岭上已经亮起一抹淡淡的橘黄。远近几十个山岭都清晰露出了面貌,远远看见山上的点点房舍,蜿蜒小路。下面川谷里,滚滚流淌的黄龙河,黄条带一样的公路,黑线一样的铁路,一排火柴盒一样的小黄房子的火车站,红的灯,紫的灯,空荡荡的站台上寥寥的人影,公路旁凤凰岭大队部空无一人的四方院,都在晨光熹微中历历在目。对面山上,几年前曾用花岗岩块铺砌成两条数百米长的大标语。一条是"农业学大寨",现时不适宜了,他已经让人拆掉了。还有一条,"加强党的一元化领导",除了"党的"两个字被山洪冲模糊了以外,其余几个字还在。离几里路远远望去,赫然地书写在大山上。他望着,有些时过境迁的感慨。

他看到对面山岭上那一根根一人多高的小木杆,拉开着距离牵着细线向山上延伸着。那是他上任第一年就给三十个自然村首次接通了的有线广播线,给每家,包括独户居住在山旮旯里的羊倌都装了低音喇叭。

他又看到了一根根耸着肩的电线杆,拉着电线爬上远近一个个山岭,沿着山脊向四面延伸着。这是他上任第二年到处奔波做的一件事:他使整个凤凰岭山区第一次通了电，用上了电灯，照亮了世世代代点油灯的昏暗山村。

看着联系着一个个山岭的蜿蜒小路，他不能不感慨。几百年来人们踏出了路，使一个个荒僻的山头与社会有了最初的联系网。而十年来，他就给这几十个山岭增加了两层联系网路。为了改变这偏僻山区的落后面貌，把它建成一个统一的整体，十年来，他一直在同分散状态、无政府状态、与世隔绝的小农保守意识做不懈的斗争。终于，他把一切都集中过来了，连一家一户鸡下的蛋也集中在他领导之下。有些，现在看来是过头了，过死了。然而，现在政策一松，全部都散开了，难道不也过头吗？

他的目光落在眼前盘顶松树杈上悬吊的一段两尺来长的钢轨上。他用手摸了一下，透心的冰凉，它微微摆动着。这就是他准备要敲的钟，这也曾经是他加强集中采取的重大步骤。他在每个小队的山头都吊装上了这样的钟，用钟声统一指挥几十个山头上五百户人家的行动。早晨，全大队统一出工。他在这高家岭一敲上工钟，对面最近的葛家岭、小寨一听见也马上敲钟，再传过去是王虎岭、云寨，他们又敲。就这样，像古代烽火台一样，很快钟声传遍二十里山岭，十二个小队，三十个自然村，五百户人一起上工。不管春夏秋冬。

寒风刺骨的严冬，半夜他一敲民兵紧急集合钟，能使二十多里范围内的几十个山头上的几百名基干民兵，在一个多小时内跑步集中到大队部。

他抬手从松树丫杈上拿下一截搞水利时磨短了的钢钎，这是敲钟槌。

他心中突然有些激动，已经很长时间没有敲过钟了。往日敲钟时那种发号施令、朝气蓬勃的心情，带着一丝陌生和新鲜感，连同强烈的感慨、怅惘一起涌上心头，他此时才感到这敲钟的权力无比宝贵。

他举起了钢钎，却感到手有些紧张发抖。

社员还会听从、响应吗？

第三十四章

　　泥石流切断了山谷中通往凤凰岭大队的公路，汽车使人前倾地刹住了，高出车窗的泥沙石堆拦在前面。

　　李向南和常委们下了车。

　　一辆吉普车也在旁边嘎地停住。跳出一个眼睛特别黑，黑得任何人看一眼都不会忘记这双眼睛的年轻姑娘。她正是昨晚在黄龙滩木料夜市上拍照的新华社女记者。她掠了一下随便扎在脑后的卷发，很大方地看着李向南他们问道："去凤凰岭，过不去了吗？"她那与陌生人说话时毫无拘束的爽快，让李向南感到熟悉和亲切。他注视了她一眼：很漂亮。提着军用挎包，又是军用吉普，大概是凤凰岭再过去的兵工厂的。

　　当然，去凤凰岭是过不去了。左边几百米高的山坡上，昨天雨后冲下来的一股泥石流，先是冲垮了山谷中的铁路，又冲断了铁路右边平行的公路，然后跌落十几米，一头扎入公路右边的黄龙河。河水被沙石堵得高涨起来，浊汪汪地淤上对岸，贴着对面山脚下的黑岩陡壁，像个问号似的一弯，又湍流而下了。

　　李向南皱了皱眉，这或许不自觉地和他县委书记的身份有关：十几个养路工正慢腾腾地挥着锹一下一下清理着泥沙石头。他们不认得他这个县委书记，因此也没有表现出任何一点的加油和踊跃。但李向南的皱眉，更多的是因为眼前看到的景象。形成泥石流的山坡遍是砍伐后留下的碗口粗细的松树桩。望到山顶，变成一片密匝匝的白点，可以想象出不久前这里还是一片苍翠。现在秃了，裸了，被山洪切割得沟壑遍布，疮痍满目。

"这就是你前几天批示过材料的那个地方。"龙金生指着山坡对李向南说。

女记者转过脸很注意地打量起李向南来。

这是什么人呢？就是古陵县的县委书记吗？她已听到一些有关他的传闻，知道他叫李向南。她对他印象不算太好。有个和李向南一起插队的同学介绍他说：这是个狂妄分子。也有人说他有思想有才干。这都无所谓，她不在乎这些。让她眼里露出一丝自得的是：她已参了他一本。昨天连夜冲洗出照片后，她已经把古陵县滥伐森林的情况写了"内参"发走了。

李向南并未注意姑娘的注视。他现在完全在县委书记的角色中。听完龙金生的介绍，他不由得从牙齿缝里骂道："愚蠢！"更准确说是愚昧。这种愚昧使李向南眼前奇怪地浮现出一群人赤膊大汗地排成一排，野蛮而疯狂地弯腰向山上大砍大伐的画面，还浮现出潘苟世那哈着腰缩着肩的形象，还有他那瞪着血红眼睛训骂群众的凶相和那充满土王爷气味的"电话票"。中国广大的底层，不少地方还存在着这种愚昧，这种愚昧在对待人和对待自然上都显出着野蛮性。

庄文伊扶了扶眼镜，指着沟沟壑壑的荒坡和被冲得翻倾扭曲的铁轨激愤陈词："这样乱砍滥伐完全是违反法令的。铁道部明文规定：铁路两边超过十五度的山坡不允许砍树伐荒。"

"光有法令有什么用？没有实际力量来保证，一切还不都是废纸？"李向南说了一句，又挥手道，"好了，咱们丢下车走着去吧。这儿去凤凰岭大队，翻点山，走近路，才几里地。"

"我跟你们一路走吧。"女记者爽快地说，让送她的吉普车回去了。

当他们从左边的岔路插进去往凤凰岭大队走时，李向南扫视了一下走在左右的常委们。冯耀祖，永远只让人看到他那油滑的胖脑袋；胡凡，一个忠心耿耿又有点糊涂的老同志；龙金生，一个像黄牛一样勤恳本分的农业干部；小胡和康乐是送婷婷去县里了，那是自己在干部问题上能保持想象力的两个年轻人才；还有就是顾荣了，权谋老练，阴沉沉地蹲在古陵政治中心，让人想到古代大殿里一个铁黑色的大鼎……这就是自己面对的既不过于好也不过于坏的干部现状，平均水平。正好使自己在古陵的试验更有普遍意义。忘了，还有最那边的庄文伊，热情和抱负是一等的，自信和自负也是一等的。李向南心中笑了。他了解这种个性的知识分子。思想上很执拗，顽固难变的思维方式，争论起来有他自己的逻辑，你说你的，他说他的，他总是正确。这是个认真得有些迂执的人，很难说服。但是，自己还要设法说服他。中国的事绝不像他想得那么简单。

路边一个背靠着山坡草丛的大布告牌使所有的人都在它前面停住了步子。使人们感到有些触目的，不是因为上边写着《中华人民共和国森林法》。前边是一个国有林场，这样的布告理所当然。赫然醒目的是：在斑驳脱落的红地白字油漆布告牌上，贴着一张不知是水泥袋还是化肥袋的牛皮纸翻过来写的大字报。

字迹大而歪扭，墨汁新鲜，流着汁：

惊（警）告林场看山的！
你们再仗势气（欺）人，阻挡我们砍树，就小心拳头！

凤凰岭大队贫下中农砍伐委员会

刘貌从军用挎包里掏出相机，闪在一边照了一张相。与此同时，那个黑眼睛的姑娘也不引人注意地掏出相机，闪在另一边很快拍了一张照。及至发现对方手里也拿着照相机往挎包里放，两个人都奇怪地看着对方。

李向南也发现了姑娘在拍照。一瞬间也颇为诧异。但他没有多想。眼前这个情况恰恰刺激了他与刚才相同的情绪。光有法令有什么用呢？一张"砍伐委员会"的"警告"贴在中华人民共和国的《森林法》上，难道不是尖锐的讽刺吗？

他还没张嘴，一辆"解放"牌卡车轰隆隆左右颠晃着从前面拐弯处开出来，上面满载着去了丫杈的大树干。李向南站在路中央，挥手拦住了车。

司机从车窗里探出身子，粗野的瘦长脸，红着眼，嘴里喷出酒气："干什么你们？"

"你们砍的哪儿的树呀？"李向南蹙着眉打量着他，然后掏出烟，一边低头点着一边很平静地问。

"你们管得着吗？"司机又骂骂咧咧地说道。

车上树木上坐着三五个汗淋淋的农民，也直瞪着眼吵架似的嚷道："林业局滚蛋！""开车，别跟他费嘴！""这林子不归他们！""不怕你们，我们想砍就砍！"

李向南打量了一下车上的几个农民，然后看了看车上漆喷的白字。

"你是古陵县粮食局的，是吧？"他把目光移向司机。

"是怎么样？"

"那你下来吧。"李向南声音不高，挥了挥手说。

"你是老几？"

"我？"李向南端详着对方，讽刺地哼了一声。

"是赖生吧？"冯耀祖从人群后面走上来，对司机说道，"这是咱们县委新来的书记。"名叫赖生的司机瞠目结舌了，他认得冯耀祖。开了车门，他抓着后脖颈，往下溜滑着下了车。

"这是怎么回事啊？"李向南指了指车上的木头，问道。

"是他们的，他们砍的，要卖给铜矿上当电线杆，我给他们拉拉。"

"你有什么好处啊？"李向南打量着对方继续问。

"我……上边有几根小的，是我要的。"

那几个农民看着事情不对，都扒着车厢一个个下了车。

"你们这是个人砍的，还是集体砍的？"李向南看着他们问道。

他们相互看了看："个人。"

"你们个人的，送去，铜矿就买下了？"

"……是。"

"你们一共卖了多少了，不止一车两车了吧？"

几个人相互看看，没吭气。

"你们砍的哪儿的树，国有林场的？"

他们又相互看看，其中一个额角有个疤的青年农民不服地争辩道："那过去就归我们村。"

"你今年多少岁？哪年生的？……1956年生的？这个山林1953年就划出来搞国有林场了，知道吗？还归你是吗？"

"那也有我们种的树……"

"那是国家、集体联营的。你们有什么权利砍？谁批准的？"

"他们仗势欺人。"青年农民低着头，含糊不清地嘟囔了一句。

听见他说这话，李向南回头看了一下布告牌，指着说道："这大字报，看来是你写的啰？”

青年农民朝人群背后布告牌上的大字报看了一眼，目光闪烁了一下，似乎想抵赖。

"你这个砍伐委员会有多少人啊？”

"……就我一个。”声音很低的回答。

"你认识字，你看看这布告牌上写的是啥呀？”

那个青年农民抬眼很快地看了一下，低下头道："森林法。”

"什么叫法，知道吗？进过法院吗？”

"没，没有。”额角有疤的青年农民冒汗了。

"随便砍林子，你们已经犯了一个法。又来个什么'砍伐委员会'，这叫成立非法组织，贴在森林法布告上，威胁看林人员，这又犯了一个法，知道吗？想住班房吗？”

"不，不想。”

"你呢，我的国家职工同志？”李向南又把目光转向司机，"也准备住班房吗？”

司机也脸上淌汗了。

"好，你们还是上车吧。”李向南看了看那几个农民说道。

他们几个人惊疑迷惑地看着李向南。

"你开上车吧，”李向南对司机说道，"和他们一块到县公安局，自首去。”

几个人一下子有些惶恐了，告饶道："我们以后不了。”

"以后是以后。以前的能不管吗？要是砍了人，说上一句以后不了，就没事了？”

几个农民相互看看，有些冤屈地分辩道："也不光我们几个人砍过树啊。”

"你们不要管别人，管好自己。主动去公安局把自己违法砍树的事，前前后后交待清楚，争取从宽处理。”李向南严肃地说，停了一下，他把口气放温和些，"你们可以说是我让你们去的。也可以说是你们自己主动去的，好不好？”他把目光移到那个额角有疤的青年农民脸上，"你要愿意减轻一点罪，”他回头指了指布告牌上的大字报，"这会儿去把它撕下来。刚贴上，还没人看见，自己撕了就算了。好不好？”

青年农民连忙点着头跑去撕大字报。

刘貌找了个适当的角度又拍了一张照。正好把布告牌和满载树木的卡车都照上了。刚才是《森林法》上贴着"砍伐委员会"的"警告"，现在是《森林法》下明目张胆地驶过着满载乱砍滥伐树木的大卡车。这两个景象说明的问题太尖锐了。他连刊发这两张照片的短文题目都想好了："《森林法》下开过的卡车"。

那个姑娘看到刘貌拍照，一下醒悟过来，她刚才一直饶有兴趣地看着年轻的县委书记处理问题，入了神。这个李向南还真像那么回事，一板一眼的很有分寸，可是她却忘了照相。看见刘貌照完相，她犹豫了一下，她不愿跟在别人后头。看到司机已经上了车，发动了马达，她才连忙从挎包里拿出相机，发现只有站在刘貌刚才照相的位置上才能把布告牌和卡车都完整地照下来。她想躲开别人选用的角度，但左右躲不过，只能这样了。显然，人家和自己的取景构图是一样的。她和刘貌又很有意味地相互看了一下，笑了笑，走到前面去了。

"我们就是有法不依，执法不严！"看着开走的卡车，庄文伊又慷慨激烈地议论道，"有法不执，还是等于没有。现在，关键是坚决执法。"

"可你说的'关键'，怎么才能做到呢？"李向南一边走一边对庄文伊说，"如果做不到，那'关键'还不是停留在一句话上？"

"关键是我们没想去坚决执法。"

"怎么不想？你不是很想吗？中央国务院和各级政府三令五申，下通知，定法令，报纸上天天登文章，不也是想吗？"

"光想不行，现在关键是没去做。"

李向南揶揄地笑了："你这'关键'可不少层次。可为什么这么多人想做的事，却没有实实在在去做，或者是做了也一直没真正做到，是什么深刻的原因牵制着我们呢？"

庄文伊扶了一下眼镜，想了想："我们应该从整个经济、政治的情况来估计，或者说，应该上升到历史哲学的高度来分析。"

"对。这样咱俩才越来越有共同语言啰！"李向南笑道。

"这一路，我在被你的思想同化呢。"庄文伊也乐了。

山路一转，一幅触目惊心的野蛮景象展开在眼前。

这是国有林场被砍伐一空的一大片山林。满山遍野都是高低不一的树桩，有的树桩竟齐胸高。刘貌拿出钢卷尺量了一下，一米三。李向南看了看刘貌手中的尺子，脸色阴沉。到处是劈下来的树杈树皮，横七竖八地堆着，还有劈下的长达五六米的树端。想必当初砍伐者们是就地砍伐，就地加工，在枝杈堆中还遗弃着几个加工木料用的木架。废木屑漫山遍野，有的竟然长一米多。细木屑和锯末则在脚下厚厚一层，饱吸着水分，踏着湿软软的。没被雨冲平的深陷的车辙印，平车的，马车的，汽车的，积着一道道雨水。有的水洼里汪着马粪黄汤。刘貌从车辙印的泥泞里捡起一盏被压扁的马灯，吸引了大家的目光，它显然记录着这里曾有过的灯火通明、人喧马嘶的通宵砍伐。

李向南在县委常委们前面跨过挡路的遍地枝杈向前走着。愤怒过限，就转为冷静。这一片林场是他来古陵前就已被哄砍完的，哄砍一开始，省报就登了读者来信，但由于县委和林业局的相互推诿，直到最后砍光也没刹住。社会矛盾从来都有深刻的利益性质，一切倾向只有在更有力的情势的规定下才能纳入一定轨道。政治家的全部工作就是因势利导，在旧的情势中引出新的情势。

他们攀登上山，没有过多地在又一片正在砍伐的山林旁停留。

那是凤凰岭大队猫儿岭小队的山林，路转坡现，与那片荒秃的国营林相邻。坡半山腰以上的一半，还浓苍淡绿地交杂着长满松柏槐榆，坡下半部只剩下树桩了。二三十个农民正在分成两群拉着大锯锯树。一棵大杨树哗啦啦、咔嚓嚓倒下来，压断了两棵小树。在坡下路上，突突突地停着两辆带拖斗的胶轮拖拉机。

"砍了，干啥？"李向南与常委们站住，问道。

农民们带点惶惑地看着这群突兀进到山里的"上边来的"人。

"我们承包了队里的小煤窑，砍了树支顶。"一群农民回答，他们正把一根根整木抬上拖拉机。"我们是烧砖窑，也是承包了。"另一群农民中有一个黝黑精瘦的矮个子回答。

李向南扫视了一下，他们是把砍下的整树就地锯成短截又劈开，然后一抱抱垛上拖拉机拖斗。

李向南看了看常委们，没说什么。谁要以为仅仅惩办触犯法律砍伐的人（现在连这一点也做不到）就能刹住乱砍滥伐，谁就是幼稚愚蠢。这集体的森林，集体砍了去烧砖，挖煤，致富，你能说他犯什么法呢？

当他们登上乌鸡岭时，迎接他们的是黑压压一片儿百人。如此多的人云集荒寂的山顶，散发着浓密的烟气，喧嚷的言语。在这凌空开旷的高度上，造成一种特有的宏大气魄。它使人想到人类对自然的生气勃勃有时也是野蛮的占领，如同看到密集的人群出现在任何荒寥的大海、戈壁和杳无人迹的山林时一样。都是县委前天根据李向南的指示预先通知来的。这里有全县各局、各公社的一二把手，三百个大队的支书和大队长。通知他们今天上午来参加禁止乱砍滥伐森林的现场会。这是最高峰，可以看到下面的高家岭和那棵盘顶松。见到县委常委们来了，一堆一堆麇集的人群都散开静了下来。蹲着的站起来，边远的走过来。

　　李向南站在一块稍高的石头上，扫视了一下黑压压的人群，看到人们各自背着水壶和干粮，心里温和地笑了笑。他提高声音向人群讲话："正农忙时节，让大家几十里、上百里的跑来开会，又上这样高的岭，老实说，有点劳民。当然，大家都不是一般的'民'啰。"他略有些风趣地笑了笑，"但是这个'民'，现在得劳一劳。因为事情很重要，关系到我们子孙后代。"

　　他停顿住，眉峰微微蹙起："开会，为什么上最高峰来呢？很简单，站在这儿能把凤凰岭大队对森林的破坏情况先一览全局。"他扫视着人群，"高良杰来了吗？"

　　"还没有，凤凰岭那儿出事了，又有人哄砍森林。"有人答道。

　　李向南猛地皱了一下眉。凤凰岭又闹哄砍事件？闹成啥样呢？这儿开完会马上就去现场。

　　"好，那咱们现场会就先开。大家一起四面看看吧。"他环指着四方，说道。人群随着常委们潮水般在山顶缓缓移动着，朝四面眺望。

　　不知何时天空已布满铅灰色的阴云，阴云下展开的是一幅人类残害自然、自然又报复人类的图画。北面山头相邻。到处是被砍伐一光的荒秃山坡，有的连草也烧光了，一片片胡乱开垦出来的斜坡地被山水冲得支离破碎。只在东北方向，隔着一道山岭能隐约看见一片茸茸苍翠，像头凤凰，那是凤凰岭。转向南边，也是秃山秃坡。有的，大概过去就是秃山，现在还秃着；有的，曾经覆盖着原始森林，被伐光了；有的，是种了树，又砍没了。土山被雨水冲得沟壑万千，梯田一层层开着豁口。对面半山陡坡上有一座庙宇，飞阁相通，楼殿叠架，那是玄中寺，闻名中外的一个名胜古迹。因为上面的一片松林被推了光头，山洪冲出来的一道道沟壑直指寺院，寺院的围墙已经开始坍塌。

李向南转过身来，向着庄文伊、龙金生和其他常委们，严肃地说："不要把我们制止乱砍滥伐看得那么简单，这是一个很深刻的矛盾。一天到晚说制止，为什么制止不了？要分析这里的根源。并不是随随便便就出来一个乱砍滥伐的。"

"是。"庄文伊点头道，"它根源于深刻的经济利益和政治利益。前几年，有的干部想多修大寨田邀功升官，就这一点个人的政治利益也致使不少山林被砍掉。"

李向南说："老庄这样看问题很深刻。各种各样经济的、政治的利益需要，其中有不合法的、合法的，不合理的、合理的，汇集到一起，就产生出这样一个乱砍滥伐。而任何利益，当你不加限制时，它都有无限扩张的自发趋势。是不是？"

"像刚才碰见的卡车上卖电线杆的农民，你要不加限制，他们就是想越卖越多。"龙金生插话道。

"老龙说得很对。所以我们要制止乱砍滥伐，就必须研究力量对比。看看我们的力量在哪儿？除了实际的力量对比，一切主观愿望都是没用的。"李向南停顿了一下，"另外，我们要对各种导致乱砍滥伐的利益进行具体分析，有的要硬性刹住，有的要引导。农民要烧砖致富，对不对？对。那燃料问题应该怎么解决呢？这样一些问题不解决，树还是要被砍光的。"

"唉，我看现在全国的乱砍滥伐都越来越严重，咋就刹不住呢？"龙金生抽着烟叹道。

"你说为啥刹不住？"李向南问。

"我看还是砍得太少。"龙金生愤慨地说。

"是！"李向南有些发狠地说道，"我看这风还得发展下去。到一定程度，真是危害四起，再这样下去不得了啦，没法活了，上上下下就都有了真正的决心来刹了。物极必反！"他凝视着前面的山坡，目光中露出一丝沉重，"可就有些晚啰！"他转过头来，看着庄文伊，"看来，并不是长远利益总占优势的。长远利益要在长远上才能最终显出力量来，在一时，眼下的利益常常显得更要紧、更强大。急功近利，一万年也消灭不了！"

"全国的事，咱们管不了。古陵县从今天起，咱们要坚决刹住！"龙金生说。

李向南感到了这种理解和支持："老龙，等会儿开会，你讲讲吧。"

龙金生点了点头："好。"

会开始了。人潮蠕动着集中过来。李向南环视着黑压压的人群，稍待静了静场，宣布道："现在请龙金生同志代表县委常委讲话。"

"同志们，要看的，大家都看到了。"龙金生口气沉重地说道，"树，是砍光了！山，是都秃了！铁路、公路，是冲断了！致富，致富啊，这荒山秃岭往哪儿富？最后还要穷得光屁股呢！"

人群很静。

"大伙儿都是古陵土生土长的吧？看今天来的人中，五十岁以上的有不少吧？有的都有孙子了吧？……咱们就砍个荒山秃岭，给子孙后代留下个连棵树都没有的古陵？庙村公社的书记来了吗？"龙金生看着人群慢条斯理地问道。

"来了！"一个头发花白、神情忠厚的六十来岁的老干部在人群中走出两步，声音有些沙哑地回答。他叫杨茂山。

"老杨，这都是你的管辖范围吧？"龙金生问道。

"是。"凤凰岭大队属庙村公社。

"中央有关通知，你都知道吧？"

"知……知道。"

"县委一个月前的批示你看了吗？"

"看了，李书记刚来县里就批示的。"

"怎么批的？"

"必须采取坚决措施，刹住……"

"还有呢？"

"否则，对公社主要领导，严加处理。"

"为什么还没刹住，还在砍？"

"我……没做好工作。"

"没做好，那咋处理啊？"

杨茂山低着头，满头大汗。这是个勤勤恳恳工作了一辈子的老同志。李向南在一旁不禁生出些恻隐之心。

人群静寂无声。

"我现在代表县委常委，宣布一个对杨茂山同志的处理决定。"龙金生打破静默，说道。

人群受了震动。

"这是县委常委刚才在上山的路上做的一个决定。"龙金生说明着，而后咳嗽了一声，换了一种他平时没有的郑重口气宣布道："鉴于庙村公社杨茂山同志疏忽渎职，制止乱砍滥伐不力，经县委常委研究决定，撤销其党内外一切职务。决定完了。"

"你有什么意见和要讲的吗？"龙金生看着杨茂山问。

杨茂山低下头摇了摇，声音哽哑地说："我……没什么讲的，我没做好工作。"

"大家还有什么意见吗？"

"我有一点意见。"一个鼓足勇气才发出的不高的声音，是庙村公社的副书记，三十来岁的青年干部。他有些局促而又倔强地说："责任不应该老杨一个人负。我们公社党委都有责任，主要责任应该我负。我分管林业方面的工作。"

龙金生看了年轻人一眼："你的责任再追究。现在，首先处理第一把手。"

"就为他是第一把手吗？"年轻人想争辩什么，嗫嚅了一会儿，抬起头激动地说："可总得历史的看一个干部啊。"他转向龙金生身旁的李向南，"老杨几十年为党工作，就都不看了？打抗日开始，老杨就在这一带工作了。我们公社这些干部哪个不是他培养的？一辈子做了一千件、一万件工作，现在没做好一件，就连改正错误的机会都不给了？李书记，我想不通！……希望县委能重新考虑。"

人群中漾起一片没有言语的骚动。

"我们也希望县委能重新考虑对老杨的处分！"又有一个庙村公社的五十来岁的干部小心地在人群中说道。

"如果县委这样处分老杨，请县委也撤销我的职务！"那个年轻的公社副书记又说。

李向南脸色阴沉地搐动了一下。对杨茂山的处分是不是太急峻了一些？他又看到了那低垂的白发稀疏的头顶。然而，他知道，这个处理是完全必要的。

龙金生开始讲话了。

"你有意见可以提，也可以保留。是不是撤销你的职务，那是县委考虑的事情。"他依然不紧不慢地说，"如果你要撂挑子，要挟党，那你不光可以辞职，还可以主动退党。"

整个会场一下变安静了。

"大家对处理杨茂山同志的决定，还有什么意见吗？"龙金生看着人群问。

人群都不作声。

"有意见，会下还可以再提。现在，我代表县委宣布第二个决定。"

人群都注视着。

"从今天起，各大队、各公社回去后，立刻调查清楚你们那儿的乱砍滥伐情况，采取措施，刹住这股风。在半个月内，还有哪个大队没彻底刹住这股风的，撤销大队一二把手的职务。在一个月内，哪个公社还刹不住这股歪风的，撤销这个公社党委一二把手的职务！如果今后两个月内，不在古陵县彻底刹住乱砍滥伐风，县委书记向南同志他要自动辞职，并要求上级党委给予党纪处分。这是他已经向地委打的报告，向地委立下的军令状。这也是他向大家立下的军令状！大家都听见了吧？"

人群很静。龙金生的喑哑的声音在人们头顶上回响着。

"向南，你还讲点啥吧？"龙金生转头问道。

李向南点了点头。他面向人群，几百双眼睛看着他。

"大家对古陵都是有感情的。"李向南缓缓说道，"有同志可能知道，我也生在古陵，咱们对古陵都应该是有感情的。咱们一起把古陵建设成一个能对子孙后代交待得过去的地方。"

人群一片寂静。新华社的那个女记者和刘貌都在飞快地记录着什么。

"老杨，"李向南看着人群中的杨茂山，用对长辈的口吻劝慰道："你要理解。我知道你血压高，身体不好。"

花白的头低垂着，迟钝地慢慢点了点。

"对你的处分，有些同志可能不太理解。从三八年参加革命到现在，你为人民工作了四十多年。战争年代，光受伤就有十几次。庙村公社这方圆几十里山区，哪一道山梁上没有你流的血和汗？土改到现在，这二十个大队，三百个自然村，没有一条大牲口没被你摸过的，是吧？更不用说人了！"他停顿了一下，"几十年来，你做的工作，人民怎么会忘记呢？"

会场寂静得连挪脚的声音都能听见。

"你是个好同志。"李向南继续说道，"但是在新形势下你没能及时有力地解决新问题，造成庙村公社范围内这样严重的森林被破坏，这样严重的损失，

315

这就是不能原谅的失职。现在，制止乱砍滥伐不力的当然也不止你一个。可是，如果不严格要求，就不能刹住这股砍树风，那这个严格要求应该从一个一般化的同志开始呢，还是应该从一个一贯的好同志开始呢？"

停顿和安静。

"撤销了你的职务，你还可以做工作。到下面多跑跑，搞搞调查，到底应该怎样制止乱砍滥伐？应该如何解决山林管理的政策问题。我今天专门为你带来了几个典型材料，讲林场、林业队、林业户几种承包经验的，供你参考。"

花白的头微微点了一下。

"希望你通过自己的工作，能帮助古陵县解决这样一个涉及子孙后代的大问题，用你的教训和经验，在六十岁的时候，为古陵县做一件重要工作！"李向南放低了声音，"也希望你能给县委一个最后撤销对你处分的机会！"

花白的头垂着，微微有些抖动。

第三十五章

钟声响了。

当当当! ——当当当! ——三下一顿, 高家岭小队社员集合钟的特定节奏。钟声在清晨寒峭的山岭上显得格外清脆悠扬, 远近传来回音。敲完最后一下, 松杈上悬挂的钢轨还在嗡响着, 清晰地透出钢的声音: 冰冷坚硬、森严激昂。高良杰觉得这冰冷的钢音透入他的身心, 他和钢的声音渗透交融在一起, 冰冷中透着坚硬。

社员们应该从各户各院纷纷出来了, 该一边抬头向盘顶松下眺望, 一边三五成群往场院聚集了。过去这是八分钟的事。这不是, 下面院里就有人从窑洞里拍打着衣服出来了。一刹那, 他眼前浮现出以前每次敲钟后, 人们纷纷扰扰沿着各条小路向他身边流来的情景。那每次以他为中心的人群集中都让他感到亲切。

今天还会这样的。

下面院里出来的人是马富海。宽宽大大的身躯, 晃着肩膀, 一年四季戴着顶烂呢子帽。高良杰过去对他很冷蔑, 因为他在傅作义的队伍里当过兵, 历史不那么纯, 又有那么点油滑匪气。可今天, 他对他却感到从未有过的亲切。这是第一个响应他钟声的人。

马富海笑着大嗓门打着招呼, 露出一颗金牙: "良杰, 怎么又敲开钟了?"

"有事啊!"高良杰温和地笑道, "集中起来, 去帮助抢修铁路。"

"噢," 马富海极不屑地一摆手, "那我不去, 我还要卖豆腐去呢!"

高良杰被戗住了, 这才看清马富海一直忙活着收拾当院放的豆腐挑子, 理着箩筛上的绳子，这会儿一蹲身担了起来，哼着戏曲，晃着肩膀悠悠地走出院门下山去了，连头也没再抬一下。院门在他后面嘎吱嘎吱来回摆着。

高良杰看着他的背影，绷住脸，目光铁一样冰冷。

受到自己轻蔑的人的嘲弄，尤其使人倒憋气。

对面山上远远有黑点人影在往这儿松树下瞭望，想必是钟声引起了他们的诧异。但下面高家岭村里家家院院却没什么动静。缕缕炊烟还在飘着，扫院子的婆姨抬头看了一下盘顶松，看见树下站着的高良杰，也没再问啥，又低下头接着扫院子。

左右咣啷咣啷晃着水桶又下山去担水的年轻后生柱子，扭回头朝上打着招呼："良杰哥，咋又敲开钟了？"

"有事啊！"高良杰连忙笑着说。

"有啥事？……集中起来谈？……噢，噢！"柱子一边溜溜达达摆着水桶走着，一边漫不经心对答着，自顾自哼起歌往山下去了。

又是一口凉气。

西边山坡上有五六个老汉正牵着各自的驴马站在一处，议论着牲口的皮毛、膘情、牙口，有的还掰开驴马的嘴，侧着头看牲口的牙齿，指点着，评价着。听见钟声，他们只是先后往盘顶松这儿望了一眼，又相互说了点什么。

钢的声音早已在山岭上消失，连一丝回音也没有了。

高良杰脸色冷峻地站在松树下。钢的冰冷和坚硬都凝冻在他心里了。他站了一会儿，再次毅然举起钢钎，这次把集合钟敲了两遍，也敲得更响更坚决。他的手都震麻了。整个村子没有反应。那几个遛牲口的老汉正在朝更远处走去，听见钟声，只是在快拐过山坡的时候回头朝这儿望了望。驴和马伸长着脖子低头啃着草，被缰绳牵着拐过坡去了。

"良杰哥，是你敲的钟？我还以为是小孩瞎敲的呢！"一个年轻妇女的声音，是下面另一家院子里的月琴在朝他打招呼。她穿着一件肩上打补丁的蓝花袿子，头发有些蓬乱地在脑后挽个髻，蜡黄憔悴的瓜子脸上露着善良又有些腼腆的笑容。见高良杰目光落在她身上，她下意识地理了理头发，麻利地抻展了一下袿子，"是有事吧？"她仰着脸问道。

"是。"

"敲了这么多遍，咋还没人来啊？"月琴关心地问。因为替高良杰着急，她的腼腆消失了。

"好长时间不敲了，人们不惯了吧？"

"我帮你去各家叫人吧！"

"不，不用！"高良杰连忙说道。

看着月琴那憔悴的脸色和肩上那块深蓝色的补丁，他心中涌起一种复杂的情绪。

二十年前，高家岭只有他俩在县城中学上学，高良杰念高中，月琴念初中。从村里到县城几十里，每次来回，两个人都相跟着。遇到雨后蹚水过河，他就卷起裤腿背她过去。她双手搂着他的肩，羞怯却又信赖地把头趴在他肩上。她那温馨的少女的身体，她在他耳根旁的呼吸和撩着他发痒的头发，都曾让高良杰感到冲动、亲昵。1963 年，高中毕业了，他参军去了。她眼里噙着泪，站在人群里看着他戴着红花上了马车。几年的部队生活，擦亮了高良杰的阶级眼光：月琴的父亲过去是国民党县政府的文书。1968 年回村探亲时，他下决心和她谈了：他不能。月琴倚在树旁无声地哭了。她没有怨他，很快找了个人家结婚了。条件很简单：只要对方成分好。她母亲早亡，父亲做主给她招了个外地来落户的上门女婿。等高良杰回村担任支书后，领着清理阶级队伍，发现月琴父亲历史上还有疑点：有三个月的时间没账。马上立案，隔离审查。老头实在记不清也说不清几十年前的事，胆小，上吊自杀了。当然是"畏罪"。接着又查出她丈夫隐瞒成分，不是贫农，是富农子弟，她丈夫经不住批斗，跑了，再也没回来。从那儿以后，她一个年轻寡妇咬牙劳碌着，拉扯着两个年幼的弟弟，一直熬到现在。高良杰对自己过去所做的一切从没有歉疚过，但每次看到月琴在困苦中挣扎而对他无怨无恨，始终对他还怀着一种特殊的情分，他心中总是袭上一种复杂的情感，往往扰乱了他对以往自己所作所为的安然。

"姐，"月琴的兄弟大成，一个已经二十岁的清瘦小伙子，听见她和高良杰说话，从窑洞里出来气冲冲地嚷道，"你磨蹭什么呢，不吃早饭了？"他冷眼瞥了一下站在窑顶上的高良杰，"放凉了吃不烧心是不是？"

"队里要开会，良杰……"看着被自己拉扯大的兄弟发火，做姐姐的小心解释道。

"关你什么事，又不是开你的会。他们愿意开谁的会，就开谁的会！"

月琴抬起头很不安地看了看高良杰，想说什么，又看了看横眉怒眼的兄弟，低下头，迈着贴地面的小碎步悄悄回了家里。二成叭地把一瓢水泼在当院，转身回窑洞去了。接着是砰的一声关门响。

高良杰目光冷凝地站在那儿。

村里再也没有什么对钟声的响应了。这就是自己拼死拼活为凤凰岭干了十几年的结果。过去的一切都不存在了，倒是少年时的那点情谊显得长久一些。这让他感到悲凉。他又一次感到左臂的空袖笔直地垂在身边，沉重地坠着。他感到后面有人，脊背上受到了目光的注视。他慢慢转过身来。准备下山的妻子淑芬牵着背书包的女儿站在后面，她无以安慰地看着他。他也默然地看着她。复杂的目光中，最后透出的是冷毅。逆境造就强者，这是他上中学时就记住的一句格言。

他转身离开了盘顶松，顺着小路下到村里。敲钟不灵，这不算什么。这既然是现实，就敢于承认现实。在什么样的条件下工作，就需要什么样的手段。

一到下面村里，他发现气氛不对。家家户户都没什么人，院子空落落，门虚掩着，有的干脆挂着铁锁，狗趴在窑门前舔着舌头，懒懒地看着他。然而，在表面的安静下，他却感到有一种不安宁的骚动。他没看见，似乎也没听见，但是他似乎闻见了，或者是皮肤在空气中感到了，脚跟在地下感到了。

一声关门响，两个人正从上边的一个院子里顺着陡坡路急匆匆下来。老的一个是"小炉匠"，那是那些年根据《智取威虎山》里的角色起的绰号，小干瘦，罗圈腿，哈哈腰，鼠眉鼠眼的，其实是个木匠。年轻的一个是小白脸，细细眼，叫白庆余，他的徒弟。两个人嘤嘤嘤好像急赶着什么事似的下着坡，和高良杰打了个照面，站住了。

"又出去揽活？"高良杰问。

一瞬间师徒俩脸上都掠过一丝畏惧，那是高良杰过去熟悉的，也是让他感到满足的。"啊，啊……下去一趟。"小炉匠的畏惧瞬间便消逝了，他应酬地笑了笑，含糊其词地朝山下指了指，就顾不上多说地让开高良杰又匆匆下坡了。白庆余也跟着走了。

高良杰冷冷地看着两人的背影。人们现在的眼神都变了，都像喝了酒似的，充着血，放着光。一个钱字，把人们憋得上足了发条一样紧绷绷的。师徒俩是去哪儿呢？他们不是向左拐出村而是向右拐了。

他突然隐约感到了整个村子骚动的方向，立刻转身跟着向下走去。

贴着围墙一拐弯，差点和一个白发苍苍的老太太撞上。一看，原来是母亲。她和高良杰的哥哥一同住在高家岭靠山下。

"妈，您这是去哪儿？"他问。老太太穿着一身平时舍不得穿的青布新褂子，伛着腰，一手拄着拐棍，一手提着两瓶芝麻香油。

"我上玄中寺去。"老太太牙已经掉光了，说起话来嘴唇往里凹着蠕动着，叨叨唠唠的不大清楚。

"妈，您又去拜佛烧香！"高良杰有些生气了，这些年，封建迷信也泛滥开了，真不知道以后要闹成什么样子。老太太自己平时连粒芝麻也舍不得吃，可这几斤几斤的香油就送到寺里给佛灯添油去了。"您真的相信佛就灵吗？"母亲有些耳背，他大声说道。

"心要诚，佛就灵。"

"怎么叫诚啊？"

母亲生气地不理他，低下头就要走。

"妈，您这烧香拜佛为的啥呀？"

老太太站住了，用拐棍颤巍巍地戳指着他："为你！……我还能活几年？为了保佑你！保佑你别遭报应。保佑你们子孙后代！"说着老太太用拐棍拨开他，一脚轻一脚重地走了。

高良杰愣住了。自从听说他分到家的几只羊半夜被人偷走后，老人就一直不安神，说那是老天收走的，成天唠叨着高良杰这几年做事心太硬，伤害下人了，老天要报应。报应什么？老天的报应并不存在，人的报应却是现实而危险的。但他不怕。看着母亲一颠一颠地下山走远了，他收起恍惚的目光，毅然地转身朝山下这一片村里走去。

骚乱的声音越来越近，他很快寻到了高家岭骚动的中心。

这是高家岭小队的小队部，一排六孔窑洞，三面土围墙，围着窑洞前方方正正的一个场院。听见院里一片人声鼎沸。一进院门，哄嗡震耳的嘈嚷声浪迎面扑来。他站住了。院子里聚满了激动叫嚷的人群。围成大大小小的几十堆，挤着，拥着，喊着，振着胳膊，涨红着脸，瞪着眼吵着，头发奓着，脖子梗着，青筋暴露着，有人还互相拽着衣领子骂着。

高良杰一眼就看明白了：这是在分木器厂的财物。今年包产到户了，会木匠活的社员都各自出去揽活了，木器厂停了。小队里一直思谋着把财产分了，高良杰当然不同意。没想到今天他们瞒着大队先斩后奏了。一圈圈人群中，地上堆着电刨、电锯、成套的木匠工具、油漆、架板、原木、板材，还有平车、手扶拖拉机、胶轮大车……一律拍卖给个人。这时，只听见这一堆人在"五块"——"六块"——"六块五"——"七块"地"抬"着喊价，那一堆人是在"六十块"——"六十五块"——"七十"——"七十三"——"七十五"地"抬"着喊价，几十堆"抬"的喊嚷响成一片。

只见小炉匠和徒弟白庆余从一堆人中满头大汗地挤出来，欠起脚四处张望着，喊着："会计，会计！"

会计是个红胖脸的年轻后生，高高站在胶轮车上，左手拿着账本和算盘，右手拿着笔，汗津津地四面招呼着，一会儿手拢在嘴边大声喊嚷，一会儿手放在耳朵上吃力地听着。听见白庆余的喊叫，他用压倒其他喊声的嘶哑嗓子嚷道："好，那套木匠工具，白庆余喊到头了。他出八十块，听见没有？八十块！还有人再抬价吗？没了吧？好，白庆余，那套工具归你们了！折价八十，账记上了。"

小炉匠领着徒弟立刻把那套锯斧凿刨锛从人堆里抱着挤出来，满头大汗地放到院子一角贴墙的空地上。小炉匠病歪歪的黄脸老婆和十三四岁的女儿已经站在那儿等着了。他让她们看守上东西，又领着徒弟挤进包围着一垛木料的人堆中去"抬"了。

有一堆人中，有两个人"抬"的嗓门极高，凶得可怕。

"二百！"

"二百？二百五！"

"二百六！"

"二百七！"

"三百。他妈的，你还抬不抬？"

"你他妈的，四百！"

"五百！"

"他妈的，我一千！你还要不要？"

"行，我不要了，你出一千吧！你别赖账。你不要你是龟孙！"

"你不要了？你不要了，我也不要！"

"你他妈的不是成心捣乱吗？"

"就是和你捣乱，就是让你要不成！"

听见里边两个人噼里啪啦打起来了。人堆哄地涌动着骚乱开，又涌动着合上。

在满院子的吵闹中，一个中年汉子跳上胶轮车，站在会计身旁，他就是高家岭小队的小队长。他伸手向满院喊道："大伙儿要什么都快点，痛快点！都一个村的，好商量！吵什么？分完了，赶紧拿上斧子锯儿，拉上骡马、平车上凤凰岭去！你们怎么还吵？不会静悄点？别吵了！看大伙儿上山没家伙才提前分，知道不？大队干部听见了，还不让分呢！大队……"

他一下愣住了，看见了站在院子门口的高良杰。被他训斥得稍稍安静下来的人群随着他的目光，也转头看见了院子门口站立的高良杰。他的挺直的一米八高的魁梧身材，他的笔直下垂的一只空袖，他的冷静而严肃的目光，都使人群感到一种压力。

这是他们过去熟悉的压力。场院内一下子又静了一些。

"准备上山哄砍林木？"高良杰走进院子，徐徐扫视了一下，抬头看着站在胶轮车上的小队长，严肃地问道。

"这个……"小队长叫田山发，有点不知所措地支吾着。

高良杰非常敏感地知道：自己现在的权威，在小队干部心目中虽然不及大队干部，但还胜过群众。他要先收拾住小队长，才能控制这个场面："谁的主意——把木器厂都分了？"

小队长有些惶窘地朝下面看了看，又瞧瞧高良杰，抓了一下头皮，支吾道："嗯……没有谁的主意。"

高良杰的目光早随着小队长的眼睛落到胶轮车旁站着的一个人身上，那是木器厂原来的会计，叫古尚德。身躯稍显高大，背有些驼，脸色苍白浮肿，整个人有股松松懒懒的病态。

高良杰心中明白是怎么回事了，但仍抬头看着小队长："那就是你的主意了。"

小队长难堪地、不否认地抓抓头。

古尚德在胶轮车旁的人群中抬起头，说道："是我给队长出的主意。"他的眼睛迎着高良杰的目光有些不自然地闪烁着。

高良杰这才把目光直落向他，古尚德的自招自认正如他所预料："你怎么能出这样的主意呢？"他温和地批评道。抓住古尚德这个软包，他对于一步步控制住局面更有自信了。

什么事都要先易后难。古尚德是个圆滑有点子的人，但又是最怕事的人。1957年因为戴右派帽子从县木材公司下来，历次运动都筛他一回，把他的胆都筛没了。高良杰过去对他还比较讲政策（他是一贯讲政策的），所以，古尚德对高良杰一直是感恩戴德的。

面对高良杰的批评，古尚德很谦卑地笑了笑。

"鼓动大家哄砍林木，这是违反国家政策的。"高良杰严肃地说。

"我没让大家上山砍树。"古尚德那苍白浮肿的大脸上立刻布满了惴惴不安的神色，"我理过账，这些东西都是属于高家岭小队的，堆着生锈，不如折价分给个人使用。"他指着满院堆放的一摊摊东西惶惧地解释道。

他一听高良杰讲这些"政策"之类的语言，就克制不住的心悸。高良杰那表面温和敦厚、不露声色的目光，也总让人感到有一种看不透的阴冷，他在那目光的注视下，脊背掠过一阵阵寒噤，膝盖和小腿不由自主地抖动起来。他想用手绢擦一下额头的汗，平静一下自己，但拿手绢的手在脸旁也像是拿着粉扑往脸上扑粉一样，明显地抖起来。

人群的骚乱平息了。

高良杰感到了这个变化，感到了人们目光的集中，他更有把握了。他很平静地看着古尚德。

"现在改正了咱们过去的右派问题，落实了政策，咱们就应该更严格的要求自己，是吧？"高良杰对古尚德打量了足够的时间后，用商量的口吻说道。

一听这话，古尚德却低下头，沉默了。

高良杰感到了什么："咱们要吸取过去的教训。"

古尚德抬眼看了看高良杰，开始一下下慢慢擦去脸上的汗水，手不抖了。

"过去那样搞运动当然是错的，但个人的教训也是有的。"高良杰更为委婉。

"我没什么教训！"古尚德擦干了额头的汗，脸色冷漠地说道。

人群震惊，高良杰也有些惊愕。二十多年来，高家岭的人从没有见古尚德顶撞过任何一个干部。

"不能一点教训没有吧？"高良杰说。

"我没做错事。"古尚德有些倔强地说。看到高良杰还要张嘴说什么，他积蓄已久的情绪突然爆发了："我有什么教训？我没教训！该他们有教训！该你们有教训！"他手指着高良杰下巴激烈地抖着。

高良杰一瞬间有些愣了。

"爸爸，咱们走吧。"古尚德的女儿，一个俊秀的姑娘从人群中走出来，小声劝说道。

古尚德愣着神看看女儿，咽了口唾沫，激愤的情绪一下泄了气："好，咱们走吧。"他目光呆滞地低下头，跟着女儿慢慢分开人群往外走。

人群又开始哄哄嗡嗡骚动起来。高良杰的威严在最怯懦胆小的人面前碰了个粉碎，人们也便更可以不把他放在眼里了。

不知是谁在这一片还带点犹豫不决的骚嚷中高喊了一声："赶紧接着抬价吧——嗨！"

高良杰表面上不露声色，内心却知道：这要闸不住，冲开口子，整个局势连同他的权威就全垮了。

"你这样的态度不但对自己没好处，也要害了子女。"他看着往人群外面走的古尚德，撂过一句似乎和善其实很厉害的话。他知道什么样的话能一句敲住古尚德。

果然，古尚德一下站住了，眼睛里露出惶然的神情。

"1948 年、1949 年在太原，那段时间你就没有一点教训吗？"高良杰和善地、甚至有些含笑地看着他说道。

古尚德在他的目光下哆嗦了一下。

"1957 年你提的那些意见是对的，可你自己没有一点教训吗？给王秀丽的信呢？"

古尚德更厉害地哆嗦了一下。他又掏出了手绢，他的额头又涔涔流汗了。

"还有，那年正月初五的事，你应该多少有点教训吧？"

古尚德整个身子又像刚才一样剧烈地哆嗦起来。

一个人一生中总有一些说不太清楚的事情，而这往往就成了他的软弱点。1948 年，十五岁的古尚德去太原考高中，稀里糊涂考进了阎锡山的一个什么训练班，刚进去半年，太原解放了，这是他第一件说不清楚的事情。王秀丽是他的前妻，1957 年曾拿着他的信揭发了他，离了婚。他是在信中说了些情绪冲动而不当的话，可谁能保证夫妻间的每一句话都经得住政审呢？这是第二件说不清的事情。那年正月初五，炕火烤着了他在木器厂当会计的账本，烧掉了无关紧要的几页，这又是他问心无愧但又说不清楚的第三件事。

这三件事，是一般人根本不在意、不知道或者早淡忘了的事情，可高良杰却样样记得逼真。他对每个人隐藏在隐秘处的那点东西洞若观火。这正是这个人的可怕之处。他的大脑像个巨大的档案室，那里储藏着每一个和他有过关系的人的情况，包括每一个细节（譬如，古尚德在给他前妻信中的那几句不当的话，他能一字不漏地记住）。他每见到一个人，首先在头脑中就浮现出对方的履历表：姓名、年龄、成分、籍贯、政治面貌、家庭及社会关系、简历、历史问题、现实问题……这成为一种条件反射。凡是可以归入档案的那些情况，不管是谁的（社员、干部、同事、同学、上级、下级、朋友、亲戚、有过一次来往的记者、领导……），他总是一下就记住，从不忘却。在他头脑里，没有一个底细不清的人。古尚德明白：就连他过去交待历史问题时在前后几次用语上的细微矛盾，某一天某一时的时间交待上的细微出入，高良杰都记得清清楚楚。

一想到这些，他就不能不在高良杰那目光下浑身发抖。

高良杰平静地看着他，等待着人群的骚嚷在古尚德的颤抖中静落下去。好像一个猎人在欣赏一只被捕获后又企图反扑一下，但被轻轻一击就给打翻了投入笼子里的小野兽一样。他生出一种既从容又冷酷的心情。这种心情像钢一样冰冷，然而又柔和地充填满他的胸膛。古尚德是不堪一击的，他能被抓住的弱点太多。在高良杰眼里，人的强大固在于谨慎含蓄、不暴露自己，不露锋芒；而人的力量则在于清醒，在于尽可能地把一切人的全部弱点都看在眼里，抓在手里。多年来对自己的谨慎约束和对他人的清醒洞察，曾使得他的目光像是独自站在暗处看明处，那样从容冷峻。他有时几乎很难想象：社会上的每个人都有那样多的、不止一处的致命弱点，他们居然还那样粗心大意地、放心地活着。而他们相互冲突时，很少有人能简洁有效地一下击中对方的致命处，那在高良杰看来是最容易不过的。好像一个全身武装、保护周密的人，面对着赤身裸体、毫无保护的人群，他有一种极为冷峻的优越感。在政治上需要时，这种优越感就化为对他人的冷酷打击。

院子里的人群果然如他所料渐渐又静下来。

古尚德的恐惧证明了高良杰的权威。

高良杰的目光在人群中巡视了一下，落到了一个八字胡的秃顶矮个儿老头身上。那是羊倌赵大楞。

"楞大叔，你也准备分了家伙上山砍树去？"高良杰问他。撇开满院众人他不管，眼前这个人又是他现在能完全控制住的一个软包。

"啊，啊，不，不……"老头在人群中慌不迭地摇着头。

老羊倌过去在二战区被匪兵裹挟过几天，清理阶级队伍时，白天黑夜的政策攻心，逼得他差点上吊。后来查清了，没啥问题，高良杰出面给他解除了隔离。这个大字不识的倔强老汉老泪横流，从此认准了高良杰是他的救命恩人。他不知道（知道也不信）整个立案清查都是高良杰一步步具体布置的。

"楞大叔，今儿大队要动员大伙儿一起去抢修铁路，您能去不？"高良杰用对长辈的尊敬口吻商量地问道。

他又避开满院人不问，面对着老羊倌提出了他对全体的动员。

"去去去！"赵大楞又是慌不迭连连点着头。

"你呢，庆明？"他含笑把目光移到赵大楞身旁一个清瘦的高个子青年身上。那是老羊倌的儿子，当过几天民办教师。

"去去，庆明他也去！"老羊倌在一旁紧着点头，用手推着儿子的胳膊。

"我去个屁！"儿子一甩父亲的手冲父亲吼道。

全场惊了。

"庆明，你怎么了？"高良杰问，眼前这个年轻人一直对自己很恭顺。

"我怎么了？"年轻人气得下巴抖着，像是受了不堪忍受的侮辱，"你别再来这一套了！"

"这是谁挑拨你了？"高良杰警觉而疑惑地问。他实在不明白这个平日沉默寡言的老实青年哪儿来的这么大火。

"你别装糊涂了！"

"庆明，这到底是怎么回事？"高良杰平和中透出严肃。

"你比谁都明白！"

"庆明子！"老羊倌在一旁急了，拽着儿子，"你疯了？"

"我没疯，你别管我！"庆明涨红着脸，甩开父亲的手，"我告诉你，"他指着高良杰，手激愤地颤抖着，"你少拿我爹当软蛋欺负。你还没欺负够他？你倒成了他的救命菩萨。那整人的事哪一件不是你指使的？你别以为我也是傻瓜，我爹傻，我不傻！我告诉你，我低着头一回一回去感谢你高书记，大气也不敢出,眉毛都不敢扬,那是我没办法,我爹被你们攥在手心里!我不是没眼睛,早把你看明白了!本来,想忍忍算了,事情也过去了。你现在还拿我爹当傻瓜耍,别想!从今以后,你别来这一套!"

"庆明子,你浑啥?"老羊倌脸涨得通红,"血口喷人!"

"我喷他血?是他杀人不见血!"庆明指着高良杰吼道。

高良杰从不露声色的脸上居然变得红一块白一块。

"你……"老羊倌气得摇撼着双拳跺着脚,哆嗦着说不上话来,"你没王法了?"他劈手夺过旁人手里的一根两寸宽的长木条,朝儿子头上抡去。

庆明抬手一挡,咔嚓一声,木条断了,他疼得弯下腰用手捂住胳膊。老羊倌又一次抢起半截的木条,叭嚓一声打在儿子头上。庆明松开捂胳膊的手,又捂住额头,鲜血从他手指缝里涔涔地流了下来。

一见血,老羊倌怔住了,接着又跺着脚哆嗦着吼了一句:"我打死你!"

儿子捂住额头,鲜血顺着他手臂往下流着,滴滴答答地落到地上。过了一会儿,他放下手,任血从脸上往下流,额头上皮肉翻开着血汪汪的一道很深的斜口子,样子怕人。他直立在那儿,看着父亲。老羊倌只剩哆嗦,说不上话来。

庆明慢慢转过满是鲜血的脸,充满仇视地盯着高良杰,从牙齿缝里慢慢往外说道:"你可够阴的!"那阴冷的声音在高良杰背上掠过一丝寒噤。

庆明满脸是血地一步步慢慢朝高良杰走去。人群以为他要动手,立刻上来哄乱着劝阻:"庆明,有话好好说!""本村本土的,有什么不好说!"

庆明排开拦阻的胳膊,走到高良杰面前站住,用手抹了一把脸上的血,阴沉地看了看高良杰,朝他脸上一甩:"见见血吧!"

高良杰脸上、额上一下被甩溅满了血点、血线。

人群都因触目惊心而凝在那儿了。

高良杰带着满脸血迹盯视着庆明,庆明也满脸淌血地盯视着他。高良杰腮帮子掠过一丝抽搐。十几年来,他的权威,他的人格,从没有受到过这样的侮辱。他的钢锭一样坚强挺直的身躯内也传导过一阵阵轻微的震动。那是愤怒,是要采取强硬手段的狠毒!他的目光盯视着对方一动不动,同时掏出手绢一下一下慢慢擦拭去脸上的血迹。

人群稍稍惊呆了一会儿,又轰动起来,七嘴八舌地上来拉劝庆明。一直张着嘴愣神的小队长,这时一下活灵了。他跳下胶轮车,拨开人群,上来拉扯着劝说道："算了，算了！庆明你这样做不对！楞大叔，你打人更不对！自己儿子也不能随便打呀。良杰，算了，要批评，要教训，等庆明冷静了再说！你有啥事，先忙去吧！大伙儿都别愣在这儿了。今儿分东西就到这儿吧。已经分到手的，就拿上走吧。没分的，过几天研究了再说！"

人群呼隆一声哄乱起来，一边纷纷攘攘地劝说着，一边收拾起自己的东西，扛上就往场院门外走，生怕落后了。

高良杰立在那儿。人群喧嚷着，拥挤着，扛着东西碰撞着从他身旁往院门拥去。他几乎站不稳，挪动了几次脚步。对面的庆明也被人群拥挤到胶轮车后面去了。他和庆明那尖锐的对立，一瞬间就被眼前哄哄闹闹的人群淹没了。人们并不关心庆明甩了他高良杰一脸血，并不关心刚才那尖锐的对峙。人们只关心眼下的个人利益。然而，正是这哄哄闹闹拥挤得他站不稳的人群，才让高良杰真正感到与自己对立的难以控制的可怕力量。从此，他对凤凰岭就完全失控了。

"你们谁敢往外走？"一个苍哑的吼声把涌向院门口的人群镇住了。一个花白胡子的瘸腿老汉，拄着拐杖，举着把乌黑锃亮的铡刀拦在院门口。这是个无儿无女的老鳏夫，从合作化开始，三十年来，集体一直照顾他在牲口棚帮着铡草、喂牲口。

"分，分，分。集体都叫你们分光了。"田老汉气得白胡子打抖地骂道，"谁不撂下东西过来，我就劈了他。"

人群都面面相觑地僵在那儿。

高良杰心中涌上一股又感动又悲凉的情绪：只有这个瘸老汉还记得集体对他的好处。三十年来没有集体对他的照顾，他早饿死了。

这时，两个大队干部匆匆进了院子，他们扫视了一下这个场面，顾不上多思索就穿过人群走到高良杰面前。有几个村的人劝拦不住，已经上凤凰岭去了。情况紧急！

高良杰看了看院子里的人群和举着铡刀立在门口的田老汉："你们把这儿的问题解决一下。"他对两人吩咐道，然后排开人群，从举着铡刀的田老汉身旁走出院门，朝凤凰岭赶去。

还没到鬼愁涧，就远远看见黑压压一片人。在嘈嚷的人群中响着闷大爷那粗重洪亮的骂声。及至赶到，只见几百个人拿着斧头、锯子、绳索闹嚷嚷地挤在洞口。闷大爷两眼直愣愣地瞪着，挥着镰刀拦在洞口，破口大骂着："你们才是保皇派！……你们砍树，烧山，架机枪，断子绝孙！"

人群正闹嚷着要挤开闷大爷往山上去，看见高良杰走来，都把目光转向了他，略迟疑了一下。"走，上山！别理他！现在也不归他大队管了！"人群中有人喊了一声。"对，走，上山！"人群哄嚷着又往洞口涌上去。

闷大爷上来拦。他哆嗦着，却没有用镰刀砍人。生性善良的心再疯迷也知道这一条。他只是驼着背，低着头朝人们撞去。人们三下两下搪拨开他，就涌过去。

老汉真急了。天亮以来，他就一直在前面狭窄的山谷里发疯似的砍着枣刺放着土石拦路堵道，现在看来就要挡不住了。凤凰岭上的树就要被砍光了，一棵都不剩了。凤凰岭上的鸟啊、兽啊都要跑光了，一个都不留了。只听见他大吼一声，低着头像野牛一样朝人群冲撞去。人们纷纷往旁边躲着，老汉直直地一头撞到路边的一堵青石壁上，声音响得骇人，倒下了。

人群这一下才惊呆了。

"人要死了，你们准备住法院！"高良杰蹲下身抱着昏死过去的老汉，抬眼阴沉地扫视着人群。

悲愤之中他没有失去政治上的冷静判断：他终于抓着了弹压住人群的把柄。

第三十六章

现场会一结束，李向南与县委常委们立刻下山赶赴凤凰岭。他们刚到半山腰的看林小屋前便停住了。看林小屋的院子前黑压压的满山坡站满了人。成千上百的农民拿着斧头、锯子、绳索，拉着骡马，一群一群沉默地站着。闷大爷的儿子赵大魁瞪着血红的眼睛吼着："把凶手交出来，你们交出来！"在赵大魁后面，站着他领来的百十名穿着蓝帆布工作服的青年工人。

赵大魁转向站在前面的高良杰："你这当书记的是干什么吃的？让他们把凶手交出来，你听见没有？"

"具体没有凶手。"高良杰解释道。

"你不要在这儿包庇！"赵大魁吼道，像猛兽一样一挥膀子，咔嚓一声把钉着"护林公约"木牌的木柱砸断，木牌子轰隆一声落在地上，鲜血从赵大魁割破的胳膊上滴滴嗒嗒流下来。

"大魁，你先冷静点！责任，"高良杰阴冷地扫视了一下人群，"要慢慢追究。先安静下来让大爷治疗、抢救！"他劝慰道。他对闷大爷始终怀有对父亲一样的感情，他对大魁也有兄弟情分。

"不行，冤有头，债有主！"赵大魁转向农民们，跺着脚满眼喷火地爆发道："你们有没有人性？我爹给你们种了一辈子树，看了一辈子山。你们都瞎了眼黑了心啦，你们就这样欺负他，害他！你们是人不是人？"

农民们都低眉垂眼默立着。

看到县委书记和县委领导们来了，人们的目光一下都转了过来。

"李书记，你要给我爹做主！你一定要惩办凶手！"赵大魁转向李向南大声说道，眼泪急涌下来。

"怎么回事？"李向南扫视了一下满山坡扛斧拿锯的人群，看着高良杰问。

高良杰脸上不易觉察地搐动了一下。他想起了在全县提意见大会上自己与县委书记的对抗。他简单地汇报道："几个村的人要上山哄砍凤凰岭，负责看林的闷大爷拦阻大家。大家不听，硬是上，老人低头朝人群撞去，人们一闪，老人撞在石头上昏死过去了。"

"老人呢？"

"正在小屋里抢救呢。大魁厂里的医生、大队保健站的医生都来了。"

李向南扭头看了一下小屋："危险吗？"

"很危险。"

"为什么不送县医院？"

"现在马上不行，来不及。工厂的医院条件很好，医生护士都来了。"

"看林老人多大年纪？"

"七十七八岁了。"

李向南严峻地看着高良杰；"一个七八十岁的老人孤军作战，拦阻哄砍，你这大队书记干什么去了？"

"我们大队做工作了。"高良杰指了指身旁的五六个大队干部，"全体大队干部都出动了，到各村做工作，可是制止不住。"

"为什么制止不住？"

高良杰绷着脸沉默了一下，说道："现在的大队领导权，还不是名存实亡。"

李向南看了高良杰一眼，他感到了对方那内在的对抗情绪和冰冷强硬的性格力量。他对高良杰心中有数。

"全县这么多大队都没名存实亡，为什么就你这个大队名存实亡了？"李向南平和地说。

高良杰直溜溜地挺着一米八高的身躯，沉默不语。他从不屈从任何一种压力。沉默是他最含蓄的反抗。

"李书记，这事不能怪良杰，他确实管了。"大队干部们你一言我一语地说着。

"良杰，李书记和你说话呢，你怎么不吭气？"龙金生爱护地批评道。这也流露着对高良杰的某种不自觉的袒护。李向南感到了。

高良杰不是潘苟世。他多少年来吃苦耐劳、严正廉洁，在古陵县相当一些干部眼里是难得的好干部，曾被誉为"最有政治水平"的大队书记。他现在的沉默也含有对自己的影响和力量的自觉意识和理直气壮的仗恃。李向南蹙着眉扫视了一下大队干部们，又把目光落在高良杰身上。在这个"最有政治水平"的干部掌管的凤凰岭大队，现在却出现了山林被哄砍一光的大混乱、大破坏局面。

"李书记，你别和他磨嘴皮子！"赵大魁挥着手大声嚷道，"我爹要找你告状，从昨天就开始等你来了。他找大队、找公社告状，他们都不管。"

"你听见了吗？"李向南指着赵大魁对高良杰严肃地批评道。

"能管的我们都管了，有的我们现在管不了。"高良杰毫无表情地说。

"又是大队权力名存实亡，是不是？"李向南有些冒火了，"你嫌现在权小了，权没了是不是？要多大权？"

高良杰沉默着。人群也在寂静中。

"现在县委没有名存实亡吧？"李向南稍稍放平和了声音，"现在县委常委都在，支持你管。你现在就把哄砍事件就地解决了。然后，咱们再谈别的。"李向南指了一下满山坡的人群，"这你能管吗？"

"能！"高良杰看了李向南一眼，神情冷峻地回答。

高良杰慢慢移动着魁伟的身躯，往前向簇集的农民们走了几步。他站住了。整个人群此刻都感到了高良杰的巨大存在。他目光阴沉地缓缓扫过满山坡黑压压的人群。一片片人头被他的目光割倒了，垂下了。高良杰一瞬间又体验到他过去所熟悉的那种权威感。他知道，农民们现在是被闷大爷的生命危险在道义上压迫着，又面对县委领导们的俯视，他们现在有足够的怯惧。他们对他高良杰的敬畏和服从也没有完全忘却，忘却了的，现在也必定又恢复了。他现在要严厉地收拾一下无政府主义。他和背后的李向南是有矛盾的，但是当他此时面对一些无政府的状态时，他感到了自己更为本能地渴求集中的政治冲动，他要在农民面前，同时也要在常委们面前证明自己仍然是强有力的。

他一眼就看见了人群中一个浓眉虎眼的小伙子。那是张锁子，小寨村年轻人的头儿。

"锁子，你怎么带头来砍树？"他严肃地问。

锁子在高良杰的目光下垂着眼。凤凰岭大队的人都知道高良杰对他的大恩。

十年前上山放炮炸石头，一个哑炮炸了，高良杰扑在十五岁的锁子身上，救下他一条命。高良杰自己却炸断了左臂。高良杰这次又抓住张锁子当突破点。

"是不是你带的头？"高良杰又问。

锁子仍然低头沉默着。

"咋不吭气？不是你，那是谁？你说出来。"高良杰温和却又不容违抗地说道。谁都不服从他，锁子也不会不服从他。

"不！"在一片寂静中，锁子低声答道。

黑压压的人群都一下注意起来。

高良杰出乎意料地惊愕了。心中一阵震抖，救命之恩现在也等于零了。他严厉地盯视着锁子，同时感到自己左臂的空袖那样沉重而笔直地下坠着。

"这样砍树是犯法的，你知道吗？"他问。

片刻沉默，只听见人群中骡马踏响蹄子的声音。

"我们小寨的那一山树，不是你领着修梯田砍光的？那不犯法？"年轻人抬起眼，低声而倔强地说道。

高良杰一下说不上话来。

"树砍了，庄稼也没长过！"锁子又低声说了一句。

人群中出现微微的骚动。李向南静观着事态的发展。

"现在不是讨论过去的经验教训，现在是要处理眼下的事件。"高良杰对锁子说道，"你知道这违反国家政策吗？"

"你不要老问我。"锁子垂着眼说道。

"我现在就要问你。一个人不能无组织无纪律……"

"我不想和你说了。"锁子突然抬起头爆发地大声说。

全场一片寂静。

锁子在高良杰的目光下又低下头，过了一会儿，他又扬起脸来激动地说："你放炮时救过我，我知道。就这我该服你一辈子管是不是？你管了这么多年，管得我们越来越苦，还没管够？我爹杀头自己的羊，躲在山上杀，都叫你知道了，上了几次大会。你管得我们还敢喘气吗？"锁子激动得有些打抖，几乎说不下去："放炮炸石头，你救过我，那炸石头干什么？不就是为了砌那条大标语。"锁子伸手一指，从两山夹峙间可以远远望见对面山坡上那条已被山洪冲掉几个字的大标语。他手猛一挥，"你的那一套我们受够了。"

满坡人群鸦雀无声，高良杰目光冰冷地看着锁子。

锁子看了他一眼，目光顺着他左臂的空袖滑下来，又垂下了眼。

"这么说，大家不要我管啰？"高良杰看着人群说道，"不要我管，我从今天开始可以不管。"

"锁子，良杰救你也救错了？"大队干部罗清水讲话了。"咱们山区从来就穷，"罗清水对着人群讲道，"良杰这些年不要城里工作，和咱们同甘共苦，咱们大伙儿不该实事求是点？没有良杰，咱们凤凰岭大队有电灯吗？有水渠吗？咱们村那两年合作医疗，一开始没有良杰拿出自己的转业费来，能办起来吗？现在，良杰要说是个残疾人了，他生活不比咱们都困难？"

"不要说了，有什么可说的！"高良杰脸色阴沉地一摆手，"不要我管，我这大队支书可以辞职。"

"要说，这么个大队也该有个良杰这样硬邦的人管管事，要不非乱了套不可。"人群中一个白胡子老头慢吞吞说道，"可良杰你那管法不咋对。要不就都捏在你一人手心里，要不就是一撒，都分到底。"

"良杰，你该管就管吧。"又有一个矮个老头怕事似的怯怯说道。

"大爷，那是你一个人的意见，"高良杰说，"大伙儿不是这个意见。"

"大伙儿也是这个想法，凤凰岭大队离了你，谁能管起来？"矮个老头转头对着人群，"大伙儿说，是吧？"

"是！"人群中有几个人说道。

"不是！"立刻又有几个人嚷道。

"不是！"又有更多的人振臂嚷道。

"不是！"一片片人嚷着。

高良杰冷静地环顾了一下人群，转过头说道："李书记，我向县委提出辞职。"

"良杰你，"罗清水又气又急，他面向大家嚷道："你们不要高良杰领导，你们说让谁管？你们选出个人来，谁能管得了凤凰岭？"

人群沉默。

"你们谁觉得能管得了，自己也可以站出来。"

"你罗清水就能管嘛。"人群中有谁喊了一句。

"我不行，我们这几个人离了良杰都不行。"罗清水一指几个大队干部，大声说道。

李向南对人群挥了一下手，站了出来："你提出辞职了？"他扭头看着高良杰。

"谁能领导让谁领导吧。"高良杰说。什么事都是物极必反。真到了他要辞职的时候，农民们会明白他高良杰是不可缺少的。除了他，没有任何人能把这几十个山头管起来。他在悲怆中又有了钢一样的坚硬和冷静。

李向南看了看他，平和地说道："我个人同意你辞去大队书记的职务，你这个决心下得是对的。"

高良杰毫无表情的脸上掠过一丝隐隐可觉的搐动。

"你可以去县委党校学习两年。具体决定，等会儿由县委常委和公社党委研究再定。"李向南看着高良杰左臂的空袖，心中升上来一种复杂的情感，"你是辛辛苦苦了十年，大干了十年。但刚才群众的反应你也看到了，那是对你工作的评价和检验。大多数人投了反对票。你是有深刻教训要总结的。那是你个人的教训，也是历史的教训。希望你能尽快完成这个总结。"

高良杰略略垂下眼。

李向南又看了他一下，转过身面向黑压压的农民们："高良杰没能行使领导职能，制止乱砍滥伐，县、社党委可以考虑接受他的辞职，免去他的职务。"他停了停，"至于任命谁接任，这也不会是什么很困难的问题。"

他停顿下来，缓慢地扫视了一下人群。"你们这样一人一把斧头上山乱砍滥伐，是不是犯罪啊？你们知道吗，根据古书记载，咱们古陵县在汉唐以前，还是十六个字：'山清水秀，树木丛茂，风调雨顺，民生富足。'咱们古陵县那座全国有名的九层木塔，就是用凤凰岭大队这山谷里黄龙河边的黄花梁木造的。过去，这一带树木成林，遮天蔽日。现在，还有一棵黄花梁吗？……一千多年来，皇帝们修宫殿来砍，诸侯混战又砍又烧，后来是帝国主义来了又砍又烧，咱们古陵县水土流失越来越严重，成了十年九旱的穷地方。"他提高声音，"现在，咱们自己种了些树，自己又抢开斧头砍，这不是犯罪？"

人群寂静。

"今天，你们公社书记杨茂山因为制止乱砍滥伐不力，刚才在乌鸡岭现场会，已经被县委决定撤销职务。对大队支书高良杰的处分也会很快做出。"李向南沉了一下，"可你们呢？犯了罪，要不要处理？"

人群一片鸦雀无声，他蹙着眉扫视了一下人群。

"具体情况，县委县政府将派出工作组在这里协助公社、大队逐步调查处理。我今天只代表县委县政府宣布几条。第一，凡是哄砍盗伐国有林场树木的人，一律要主动坦白，退出所砍木料，听候从宽处理。今后再犯，一律从严。第二，由于林权不清造成的哄砍也必须从今天起立刻停止。集体林木，以后如何管理，如何划分，权、责、利，由各村群众在公社、大队领导下协商解决。一般不搞分林到户。提倡搞：评议折股，统一经营，专业承包，利润分成。第三，荒滩荒坡，可以搞个人承包，发展种树。承包合同三十年或五十年不变。由县委县政府及公社出面担保。第四，从今天起，关闭古陵县内一切地下木料市场。就这四条。大家有意见吗？"

"没有！"有人喊道。

"没有咱们就要执行！"李向南说，"今天的事件，高良杰为什么处理不动？大家为什么不服？因为这林权混乱，山林管理方向混乱，首先是他放任不管造成的。"他看着人群停顿了一会儿，"今天，你们没有造成砍伐事实，这方面不追究你们的责任。可是，为什么你们今天避免了犯罪？你们想过吗？"

人群沉默。

"是看林老人拼死相撞才挡住了你们。老人现在就躺在这小屋里。你们面对着他，有罪没有？"

"我带的头，我有罪！"锁子在人群中说道。

"东沟村是我带的头！"

"西沟是我带的头！"

"葛家岭是我！"

……

人群中又有几个人先后大声地承认。

这时有人从小屋里匆匆出来对县委领导和大队干部低声汇报："闷大爷可能很危险。"

"大家好好想想吧，应该怎么办？"李向南看着张锁子等人说道，然后转身对干部们一挥手，"咱们看看看林老人去。"

人们快步朝看林小屋走去。

"老人叫什么名字？"李向南问。

"闷大爷。"几个大队干部答道。

"闷大爷？他姓啥叫啥？"

几个大队干部相互看了看："好像是姓赵。几十年不叫名字，想不起来了。"

"姓赵？"

"对了，他姓赵，叫赵小闷。"

"赵小闷？"李向南猛然停住步。

"是，是叫赵小闷，没错！"

李向南左右打量地迅速看了看几个大队干部。

"咋了，李书记？"

"没咋，"李向南盯了这个说话的大队干部一眼，"我一直在找他。"他朝下一挥手，快步朝小屋走去。

夜晚，酒菜丰盛的饭桌上，李向南和父亲及全家人边吃边聊着。这是他临去古陵县上任前回京看望父亲。

"向南，别的都和你说过了，不说了。"父亲看着他道，"到了古陵，你帮我找一个人。"

"谁？"

"他叫赵小闷。四十多年前在凤凰岭一带山区，他救过我。"

"就是您那次受重伤？"

"是。"

"爸爸，没听您提过这个人啊？"

"你去古陵，我才又想起来。到了北京，给他去过信，也没收到过他的回信。可我还一直记着他。"

"他有多大年纪？"

"如果他还活着，快八十了吧？你要是找到他，问他好。他肯定还记得我。他生活上有什么困难，你来信告诉我。"

小屋很阴暗，点着一盏马灯。老人在床上躺着，嘴里咕咕噜噜地骂着疯话。医生护士在手电筒的光线下忙碌着。众多的人影在暗黑的墙上晃动着。除了穿白衣服的医生护士，赵大魁的妻子领着儿子海海也守在床边。又进来这十几个人，屋里显得有些拥挤。人们都靠边一点站着，保持着肃静。

"怎么样？"李向南问一个穿着白大褂的女人，好像是护士。

那女人正是在大队保健站工作的高良杰的妻子淑芬，她正在对刚进来的高良杰小声说着老人的情况。她抬眼看了看李向南，又转脸看着旁边一个男医生。医生看了看李向南，蹙着眉摇了摇头。

李向南走到床前。

老人仰面躺着，闭着眼，嘴里依然断断续续骂着："你们架机枪……你们砍树……我不怕……"

床头边放着一个大背篓，枕边放着一把柴镰。

李向南慢慢拿起柴镰，放到背篓里，准备搬到一边去。

"不要拿走，爷爷不让拿走！"海海抬起哭红的眼睛，说道。

李向南双手端着背篓，疑惑地看看人们。

"是，闷大爷要放在床头的。"

李向南把背篓、柴镰又轻轻放回原处。他轻轻摸了摸海海的头，默默地打量了一下阴暗的看林小屋。他看见了柜子上排放的一溜新旧不一的十几个奖状，目光慢慢一个个扫了一遍。

"闷大爷什么时候上山种树的？"他问左右的大队干部们。

"1952 年。"淑芬说道。

李向南诧异地看了看这位"护士"。

"她是良杰老婆。"龙金生在一旁介绍道。

李向南明白过来，点了点头："他怎么就一个人上山来了？"

"那年他老伴死了，政府救济了一百五十块钱。他安葬了老伴，把大魁放在亲戚家，就一个人上山了。"

李向南看了看正蹲在床头给闷大爷额头换冷水毛巾的赵大魁，微微点了点头。

闷大爷又咕噜了两声，咳嗽起来，吐出一口痰。他睁开眼睛，醒了过来。

"爹，您好点吗？"赵大魁连忙用毛巾擦着他的嘴角。

"好点。"闷大爷清楚地答道。衰竭和低迷从他脸上走了，他的神情变得非常平和。马灯被移到床头，黄亮的灯光照着他的脸。他看着床边围站的人。

"爹，这就是县委李书记，他来看您了。"赵大魁说。

"李书记！"闷大爷颤巍巍地抬起手。

"大爷！"李向南双手握住老人的手，安慰地笑笑，"我们正说您什么时候开始上山种树的呢。"

"1952年，九月初七……"老人慢慢说道。

"九月初七您上的山？"

"九月初七……政府救济了我……一百五。"

李向南心中微微震了一下。事隔三十年，老人还铭记着这笔救济金发给他的日子。

"田老五，张发喜，林大山……"老人一个一个慢慢数出十几个人的名字来。

"爹，我记着呢，没忘。我娘死的时候，他们都帮过忙。"大魁蹲在一旁说道。

"大爷，您记性真好。"李向南说。

"这会儿，我醒了，啥事都看见了……一个个人眉眼都真真的。"闷大爷仰脸看着上面，好像透过房顶看着天空中遥远的地方，喃喃着。马灯光微微跳动着，照着他那谢顶的刻着皱纹的额头，宁静安详："人到这会儿……啥都能看见了。"

"大爷，您还记得一个人吗？"李向南问。

"我啥都记得……真真的……那年，下雪，我讨饭，谁给过我，我都记得……"

"您记得李海山吗？"

"李海山？"

"他是我父亲，四十多年前，他受重伤，就在这凤凰岭一带，您救过他。"

闷大爷茫然无所知地摇了摇头。

"您再想想，您一定记得。您看护过他一个多月。新中国成立后他还给您来过信。"

老人呆呆地望着遥远的地方，又慢慢摇了摇头。

李向南看着老人，心中不禁涌上来一阵悲怆。他救过的人，他已经忘了。

"爹，昨天给您送来的鸡汤您都没喝一口。刚给您热了，您喝上点吧。"赵大魁从妻子手里接过一碗汤来，蹲着端到父亲面前，泪流满面地说。

闷大爷用手慢慢推开了碗："给海海吃吧。"

"我要爷爷吃。"海海在床头说道。

闷大爷摸了摸孙子的小手，指着墙上对赵大魁说："去，拿来。"墙上挂着一个用荆条编的鸟笼子。赵大魁起身摘了下来。

"海海，笼子，给了你……你要爷爷抓个鸟，爷爷没抓……鸟是活的，不能离了山……"闷大爷说着，突然呼吸急促起来，他喘着，喘着，最后呼吸微弱下去，眼合上了。

"爷爷！"海海哭叫着。

"爹！"赵大魁也叫着。

医生们又围上来。

闷大爷又微微睁开眼，他愣怔怔地看着人们，说着："鬼……愁……涧……鬼……愁……涧……"

"大爷，您说鬼愁涧怎么了？"人们问。

"快……"

"爹，我知道您说啥了，"赵大魁站了起来，含泪道，"您等着，我就去。"

"你去……"

赵大魁背上背篓，转身拉门出去了。马灯可能是快没油了，火苗在闷大爷床头跳动着，一点点缩小下来，暗下来。

赵大魁气喘吁吁地赶回来，他双手端着背篓在床头一下子跪下。"爹，我又给您捡回来了。"背篓里是闷大爷的那身破烂衣服。"爹，我从鬼愁涧给您捡回来了，我往后再也不给您扔了。您愿穿破的，您就穿破的。爹，您醒醒啊！"赵大魁满脸流泪地大声说着。

闷大爷慢慢又睁开了眼，他好像要抬手，没抬起来。

"箱……箱……子……"他嘴唇慢慢翕动着。

"爹，您是说箱子里有东西要拿出来是吧？"赵大魁问道。

老人合了合眼，表示了回答。

赵大魁站起来，打开了箱子，往外翻着东西："爹，是这棉袄吗？"

闷大爷微微摇了摇头。

"是这裤子吗？"

闷大爷又微微摇了摇头。

东西全部翻过了，最后拿出的是那个小木匣子："爹，是这个匣子吗？"

老人用合眼表示了回答。

赵大魁把匣子抱了过来。

"打……开……"闷大爷用几乎听不见的声音吩咐着儿子。

匣子打开了，是红布包，红布包打开了，是黄油布，几层油布打开了，人们全愣了：是钱。拾元票一大沓，伍元票一大沓，贰元票，壹元票，角票，钢镚……

"爹，这是您三十年攒下的钱？"赵大魁捧着钱，双手抖着在父亲床边跪下。

"是……"

"您不吃不喝攒它干啥呀？"赵大魁流着泪大声说道。

"五千……三百……三十……三毛……"

"您这一共是五千三百三十块三毛，是吧？"儿子听懂了父亲的话。

父亲又微微点了点头。

"爹，您要说啥就说吧。"赵大魁说。

"盖……房……"

"您是要拿这钱盖房子是吧？"

老人又合了合眼。

"您要在哪儿盖啊？"

老人抬眼看了看草房。

"您是要在这山上盖，是吧？"

老人合了合眼。

"给您盖几间房？"

老人微微地摇了摇头。

"给我盖？"

老人又摇了摇头。

"给海海盖？"

老人睁着眼似乎又摇了摇头。

"您给谁盖啊？"

老人嘴微微翕动着，赵大魁贴近用耳朵听着，还是听不见。

"爹，您要给谁盖，您就看谁一眼。"

老人睁着眼仰望着，一动不动。

李向南在老人身边俯下身子："大爷，您是不是想在这山上盖几间好房子，叫以后看林子的人住，是吧？"他问道。

老人合了一下眼，又合了一下眼。

李向南觉得鼻子一酸，眼泪一下涌上来："大爷，您放心，我们一定盖。"

老人的嘴又无声地微微翕动着。

这次赵大魁听懂了："爹，您说的是筐吧？……筐咋了？……您是让把您编好的那几个筐再卖了，把钱再加进去，是吧？"

老人又合了一下眼。

"爹，您还要说什么？"

老人的嘴微微动着，他在无声地说着他自己才懂的话："羊……别让它走了……羊……别……让它……走了……"

"爹，您说的是羊，是吧？……羊，怎么了？……什么羊啊？"赵大魁哽咽地问道。

老人睁着眼，依然无声地说着，他的嘴的翕动越来越微小。羊，他的凤凰岭的野山羊，不要让它走了。凤凰岭的一鸟一兽，不要让它们吓走了。他说着，可没人能听懂，没人知道他这个秘密。他的嘴的翕动已经完全停止了，可是他的眼还睁着，不肯瞑目。他的眼睛还在说着他那个秘密。

他头顶上的那盏马灯，刚才曾经照亮了他的一生的回忆，现在抖动着，慢慢暗淡下去，熄灭了。灭了，又忽地跳了一下，亮了，最后终于灭了，冒出一丝余烟，最后连一丝余烟也消失了。它留下的是它曾经照亮的那一小片天地。

"爹！"赵大魁扑在老人身上放声痛哭。

"爷爷！"海海也扑在老人身上大哭起来。

"爹！"儿媳妇捧着那个盛着炖鸡的青花白瓷的泡菜坛子跪在床头，泣不成声，"您连口汤也没喝上！"

李向南和在场的人们都低下头默哀。

颤颤巍巍推门进来的是高良杰的母亲。她浑身哆嗦着，用拐杖指着高良杰："你们造的孽啊！"

高良杰弯着腰站在脸盆旁边，用牙咬着毛巾，用仅有的一只手吃力地拧着。左臂的空袖笔直地垂落着。

"你快去给闷大爷跪下。"母亲用拐杖用力戳着他。人老眼花，手又打战，拐杖戳到高良杰耳根，滴滴答答流出了鲜血。

"我来拧吧。"淑芬上来伸过手。

高良杰克制着悲痛，摇了摇头。他用牙咬住毛巾，一下一下拧干。他走到闷大爷床头，双膝跪了下来，用毛巾一下一下擦着老人嘴角的白沫，擦着老人的额头和脸。三十多年前一个风雪天，是这位善良老人暖热的胸口，暖活了一个本该失去生存权利的小生命。高良杰使劲低着头，眼泪大滴大滴地落了下来，落在了老人踏过的土地上。高良杰的母亲也在床边前俯后仰地诉说着大哭起来。

屋里又涌进十几个农民，他们一个个全在老人面前跪下痛哭起来。这里有被闷大爷用草药救活过的人，有砍柴摔昏在山涧被闷大爷背了二十里送回家的人，有各种各样被老人救助过的。现在，在闷大爷离开人世之后，他们都痛疚地感念起这个一辈子善良为人的老汉来。有个农民跪在那儿捶胸痛哭着："你是为了我们子孙后代死的呀。闷大爷，我们对不起你啊。"

然而，老人安静地躺着，什么也听不见了。

李向南同常委们默默走出了小草房。

黑压压的人群静默地围站在小草房前，巨大的肃穆、愧疚和悲痛的气氛笼罩着。

几个人被五花大绑地站在人群最前面，其中有张锁子。

"处理我们吧。"张锁子说。

"你们自己叫大家捆起来的？"李向南问。

"是！"

李向南阴沉地看了看他们，又回头看了一眼那几个跟着走出小屋的大队干部："你们大队考虑怎么处理吧。"

他领着县委常委们走了。他们沉默地在上千的农民面前走过。沉默地走过了鬼愁涧。沉默地走过了被荆棘枣刺堵塞满的V形山谷。翠绿一片的凤凰岭宁静而清新地展现在面前。李向南和常委们都站住了。面对着庄严的充满生命的绿色森林，他们一句话也说不上来。一种巨大的圣洁的东西笼罩着他们，感动着他们。满山苍松散发着湿凉的清香。鸟雀啾啾鸣叫，整个山林更显宁静。这个凤凰岭是与闷大爷的生命相联系的。现在，闷大爷无怨无恨、不需要任何人感念地离开了这个世界，他却留下了这个绿色的凤凰岭。这是他生命的延续。

李向南慢慢回过头，看见了那个眼睛特别黑的姑娘。她一直跟着他们。他阴郁地看了看她，她也默默地看着他。

"你是记者吧？"

"我是新华社的，我叫黄平平。"

李向南目光沉郁地看着眼前的凤凰岭。

"这位大爷救过你父亲？"黄平平在身旁问道。

"可他已经忘了。"李向南没有转过头，目光恍惚。

"你怎么评价他？"黄平平停了一会儿，又问道。

李向南像石像一样阴沉地默立着。

"你对闷大爷有什么评价？他应该是最崇高的人，是吧？"

李向南猛然转过头，火了："我们没有权利评价他！他是这块古老而贫穷的土地的灵魂！"

黄平平默然看着他，看着这个激动的县委书记。

李向南转过头凝视着山林。他远远看见有个鲜艳的红点在翠绿的山坡上出现，跳跃着，迅速移近着，那是一个正在跑来的姑娘。

他认出来了，是小莉。

第三十七章

夜晚，吉普车冒着大雨驶过灯光朦胧的县城街道，在县公安局门口停下了。

"您来了，顾县长。"一直候在雨中的公安局孙副局长小心地拉开车门，对坐在车里的顾荣打着招呼。

"不是县长，是家长。"顾荣脸色黯然，疲惫地说。

他和妻子桂贞一起下了车，来到了公安局那排平房顶头的一间房子里。

"我们来给他送点东西。"顾荣扭头看了看拿着包裹和旅行袋的桂贞，对孙副局长说。今天下午，小荣被县公安局从广州逮捕回来了。

"叫他出来和你们见见吧？"孙副局长说道。

"不坏你们规矩吧？"顾荣垂着眼慢慢拿出烟，低声问道。

"不不不！"孙副局长回头对身旁几个人挥了一下手，他们出去了。

顾荣抽着烟，隔着雨帘从窗户里看了看后面看守所阴沉沉的黑大门。过了一会儿，小荣耷拉着脑袋从黑大门里走出来，听见他垂头丧气的脚步声。门推开了，他慢慢进来了，及至看见面前站的是父母，眼泪唰一下流了出来："爸爸，妈妈！"他抖着肩膀哭起来。

顾荣鼻子一阵发酸，心中刀割一样疼痛。这是他唯一的儿子啊。桂贞上去搂着儿子也哭了起来。顾荣有些冒火地责备道："这是什么时候，什么地方，哭什么！"

"顾县长，你们谈吧。"孙副局长和手下人互相看了看，都退出了房间。

"别哭了，荣荣，现在后悔也来不及了。"顾荣低声安慰着儿子，"我们今天来给你送铺盖和衣服。还缺什么，明天再送来。"

"爸爸，你救救我吧！"小荣哭道。

"爸爸只能做力所能及的事情，事关法律啊。"

"法律法律，爸爸，比我问题大的有的是，为什么我就该坐牢？"

"孩子，别说这些了。爸爸是当领导的，不能一点不顾法律……咱们在法律允许的范围内努力一下，争取从宽处理吧。"

"爸爸，你不管我？"

"别说傻话了，当爸爸的哪有不管儿子的？"

"爸爸，是不是新来的县委书记整你，就拿我开刀啊？"

"不要胡猜乱想。"顾荣劝慰道。

"有人写信给我，我都知道。"小荣边哭边说，"爸爸，你不会去找找大伯？"

"荣荣，说那些都不合适，爸爸心里也不好受。以后，你该接受教训了。"

"爸爸，真要判上两年刑，我想接受教训也晚了。"小荣手撑着桌子，声音嘶哑地喊道，"刑满释放犯——我这辈子还有什么前途啊！"他伸手狠狠地一抹眼泪，咬住牙，直盯盯看着父亲："爸爸，这次你要管了我，我出去一定听你话，接受教训。你要不管我，判了刑，不管几年，我从今往后就什么教训也不要，破罐破摔了。"

"荣荣！"桂贞劝说着。

"就算你们没养我这个儿子。"小荣声嘶力竭地喊着，又猛然低下头哭起来。

在回家的路上，顾荣坐在吉普车中一直阴沉不语，他明显感到自己心中的憋闷。回到家，他在客厅里来回踱着，听着大雨不停地敲打着窗户。

"吃点饭吧。"桂贞小心地劝道，"你还没吃晚饭呢！"

他轻轻摆了一下手，慢慢站住了。墙上的低音喇叭正在广播县委常委今天早晨处理横岭峪教室塌方时发出的通报。第一条，第二条，现在是第三条："……第三，县委领导同志在一年前视察过横岭峪，听取过教室情况的汇报，但视而不见，麻木不仁，延误至今。这说明，原因不仅在横岭峪公社，官僚主义作风渗透着我们上下各个层次……"他脸上掠过一丝抖动，伸手关了喇叭。

过去，每当有线广播里广播着他自己的讲话和报告时，他是百听不厌的，喇叭柔和的嗡嗡声让他感到享受。现在，这声音是刺激的，令人烦躁的。他回到里间屋，在沙发上慢慢坐下，手搭在脸上遮住了眼。他在一片有些昏恹恹的安静中感到心衰力竭，甚至感到人生黯淡。自己精神垮了？自己不是很坚强，经得住任何打击和挫折吗？自己始终自认为在精神上是披着铁甲的，但是，亲生儿子的被捕却轻而易举地击垮了他。人是很软弱的东西，只是软弱点各不相同罢了。

雨声中，他听见开门声，然后是说话声，他知道是小莉进来了。他没有坐起身子，依然沉默地仰靠着。

"叔叔，你不舒服吗？"小莉搬了个小板凳在他身旁轻轻坐下。

"有些疲劳吧。"他淡淡地说道。

小莉沉默了一会儿，她知道这是因为什么："叔叔，小荣哥是初犯，问题再大也会从宽处理的，顶多劳教一两年……"

"小莉，别谈这些了。"顾荣轻声打断道。

沉默。听见外面的雨声。

"叔叔，您想开点。"

"小莉，你说叔叔这样的人是不是该被历史淘汰了？"顾荣手搭着眼慢慢问道。

"您怎么这么想呢？"

是啊，自己怎么会这样想呢？是因为面前出现了一个李向南？

"你说是不是啊？"他依然恍惚地问道。他觉得小莉挨着自己，很近，还安慰地抚摸着自己放在沙发扶手上的那只手；他又觉得小莉很远，自己是在和一个遥远的声音说话。

"也是也不是。"小莉答道。

"什么叫也是也不是啊？"

"你们这一代人迟早要交班，退出历史舞台的，这是规律。可具体到每个人，总有早有晚吧。"

"像我这样的，就该是早点退出舞台的啰！"

"叔叔，你不要这样悲观，你身体好，又有经验。"

"不行啰！"

听见客厅里桂贞和来客说话的声音。

"顾书记要是身体不舒服，我改日再来吧。"来客低声道。

"你等等。"桂贞轻轻推门进来。

"是谁？"顾荣依然手搭在眼上恹恹地问道。

"朱泉山。"

顾荣依然一动不动地仰靠着。

"我回了他，让他改日来吧。"桂贞轻声说。

顾荣坐了起来："不，我这就到客厅去。"朱泉山是他早晨打电话约来的。

"你身体行吗，叔叔？"小莉担心地问道。

"不要紧，机器还能转。"顾荣说着用手搓了搓额头站了起来。他发现自己并没衰竭。他拉开门走进客厅时，虽然还带着淡然的神情，但这却恰恰加强了他那沉稳安详的威严。

"顾书记，您找我？"朱泉山连忙站起来，有些局促地搓着手。

"坐吧。"他随便摆了摆手，和蔼地说道。他回头看了看，小莉和桂贞在里间屋没有出来。

朱泉山拘谨地坐下了："顾书记，您不太舒服？"

顾荣点着了烟，慢慢靠在沙发上，干脆把话说明了："没什么，主要是心情不大好吧。"他今天对朱泉山要采取一个特殊的策略。

朱泉山有些尴尬地笑了笑："工作忙，事多，难免有些烦心事。"

"也不是工作忙，"顾荣倦怠地摇了摇头，叹了口气，"主要是我的小鬼出了点事。你可能早听说了吧？"

"没，没有。"

"不会没有，别看你待在黄庄水库，你也是古陵的消息灵通人士嘛。"

朱泉山不自然地笑笑，不知如何解释好。

"昨天，李向南决定调你到县委来工作，是吧？"

"是让我暂时管管渔业。"

"还让你帮助龙金生照管一下全县的农业，是吧？"

"我帮不了什么。"朱泉山额头开始出汗。

"泉山，你跟我相处多年了，你说我是糊涂人还是明白人？"

"您当然是明白人。"

"你呢？"

"我？……"

"你也不是糊涂人吧？"

"我有很多事情看不清楚，没经验。"

349

"经过这么多年的曲折，你对古陵的事应该比谁都看得清吧？"

"我……不……这些年我眼界很窄，了解情况很少。"朱泉山连连解释道。

"那些看来在上面忙得闹哄哄的人，不一定能把事看看透。你十年受迫害，上上下下，这两年，据说又被我排挤到一个小小水库，这种曲折的遭遇其实会使头脑最清醒。古陵的形势啦，各派力量的关系啦，看得最清楚。"

"顾书记，我……"朱泉山额头汗水淋漓了。

顾荣略仰身一笑："这是规律。我也有过这样的体会。在台上不一定什么都看得清，在台下反而看得清。看戏的人明白，唱戏的人糊涂。旁观者清嘛！"

"顾书记……"

顾荣淡倦地摆了摆手："不要多心，也不要有别的想法。我是想和你坦率交谈一下古陵的形势。咱们明白人之间不说含糊话。其实，你很多事情比谁都看得明白。"

朱泉山不停地擦着汗。

顾荣站起来踱了两步，又慢慢坐下："现在，李向南和我在古陵算是两派力量，你是这样看的吧？"

"不不……"

"别人不这样看还可能，你还能看不明白？"顾荣摆了摆手，"这次，他到黄庄水库唱了一出戏，说是抓养鱼，其实是醉翁之意不在酒，冲我来的吧？"

"不不……"

"让你管全县渔业，又帮龙金生照管农业，这第一步，实际上是要拿你挤掉龙金生，是吧？"

"这……"

"第二步，就是让你来取代我啰？"

"李书记没这个意思。"

"这不是明摆的？把全县农业、渔业都管起来，这就是让你慢慢把全县生产都抓起来，那不就是县长的主要任务？先有实，后定名，先抓工作，再明确职务，这是提拔亲信、改组领导班子最自然而然的手段嘛。你当过县委书记，这一点不会不懂。"

朱泉山吃力地睁着他那怕光的眯缝眼，汗流浃背地想解释什么。

顾荣平和地笑了笑："这样挑明了，你是个什么态度啊？"他温和地问道。

"……"

"还有，泉山，你可能对李向南的根底、情况，也有了判断；对我的根底、上上下下的情况也早清楚。"

"顾书记，您……"

"你现在感觉，我和他之间，谁更适应古陵实际，或者再说明白点，谁更能在古陵实际中站住脚啊？"

"我没这样想过。"

"你现在的行动，说明你已经有了判断——是李向南看着更有力量，是吗？"

"我……"

"泉山，"顾荣慢慢弹了弹烟灰，眼睛在烟灰缸上停了一会儿，又慢慢抬起来，打量地看着朱泉山，"我是和你诚恳谈谈。你是有一二十年经验教训的人。对事情的起落、变化最看得清的，应该是头脑清醒的，眼光长远的。我是想让你帮我分析一下上上下下各方面的情况，从长远一点的时间——不是眼下这一两个月——半年呐，一年呐，两年呐，再长些时间呐，我和李向南谁更能在古陵站住脚啊？"

"顾书记……"

"然后，咱们再来一块儿分析分析，合计合计，你朱泉山采取什么态度更合适一些、妥当一些，更能使你在古陵一点点取得上上下下干部群众的理解和信任，取得立足之地，慢慢发挥你的作用。你看好吗？"

"顾书记，我没那样想过……"

"即使没想过，现在也可以想想嘛。"顾荣注视着对方，"一个人总是分析清了周围环境，才抉择自己的态度吧。"他说着仰身笑了笑，"我很愿意听你坦率谈谈，泉山。我也希望能跟你一起商议着形成一个明确的印象，过两天，好到地区、省里走走，汇报汇报这个印象。"

朱泉山用手绢慢慢擦着脸上的汗，沉默着。

"好了，你既然还没想好，等你想好了，咱们再好好谈吧。咱们先不谈这些了。"顾荣仰在沙发上东一句西一句扯了一会儿，就站起来送朱泉山出门了。临分别，还伸出手和朱泉山关切地握了握："你想找我谈，随时可以来。啊？"

外面的雨似乎更大了。门檐挂下的流水像瀑布一样在水泥门阶上激溅着。

顾荣独自在客厅里踱起来。他面对这些复杂的政治矛盾，哪一件不处理得得心应手，炉火纯青？就是省一级、地区一级，又有几个干部能比自己有经验？凭什么要他退出历史舞台？可笑。他突然站住了，里间屋隐隐传来桂贞的哭声和小莉的劝慰声。他叹了口气，又烦闷起来，在沙发上坐下了，把头慢慢枕在沙发上，闭上了眼。刚才，面对着朱泉山，他感到自己巨大的体积和重量。自己像座铸铁的大山俯视着古陵。这个重量和体积想必把朱泉山压得喘不过气来。可现在呢？他又感到一种人生的虚无。

他恍惚地仰坐着，不知道在黑夜的大雨中，一个湿淋淋的人戴着破草帽，正两脚泥泞地走到他家门口，怯巴巴地在台阶上站了一会儿，而后又卑怯地一步步走上水泥台阶，哈着腰在门外站住了。门檐垂泻下的雨水在他脚下飞溅着。他迟疑着不敢敲门。

他是潘苟世。

今天上午，他被撤销了公社书记，他当时就像失了魂一样，完全垮了。当他从公社大院走回家时，他觉得整个横岭峪的地面都倾斜了。他不知道怎样落脚，他不会走路了。这再也不是他能甩着袖子踢拉着步子，随随便便走来走去的地方了。他躲在家里不敢再在公社大院露面，也不敢再在横岭峪街上露面。

他有什么脸见人？

老婆怜悯地看他，让他恼怒，老婆数落他，也让他恼怒。他想瞪眼，想吼，可他有什么脸还冲老婆厉害？

油漆匠大老张来家里坐，随随便便地谈起给潘苟世油漆家具的工钱、料钱。潘苟世愣怔了：这原本是不要钱的事啊，可原本也没说明，他只能应承下来。现在，天地变了，要钱还不是顺理成章的。他有什么脸再给别人颜色看？

下午，给爹过忌辰三周年时，他趴在坟头上痛哭了一场。他从来没有像今天这样悲痛过。他冒雨顶着天黑赶到县城，他要找给他撑腰的顾书记。

还没进"贵宾院"，招待所的女服务员就把他拦住了："你要找谁？黑灯瞎火的，不吭气就往里闯！"

"我……找顾、顾书记。"他结结巴巴地回答。

"找他干啥？"

"我……我不、干啥。"

"不干啥你还找他？你是哪儿来的？"

"我，我……"他在女服务员的训斥下，可怜巴巴地不知说什么好了。

知道顾荣不在"贵宾院"，他又找到家里。隔着门上的玻璃，看见顾荣仰躺在沙发上，他不敢敲门。他怎么能打扰顾书记休息呢？一刻钟过去了，又一刻钟过去了，他一动不动地站着。风潲雨从背后一阵阵浇在他身上，他早已衣服湿透，全身冰凉了。他像个可怜虫一样站在黑暗中。一阵阵打着冷战。终于，看见顾荣在沙发上慢慢睁开了眼。他伸手想去敲门，手在剧烈颤抖，门没敲响，却把门无声地碰开了。顾荣皱了下眉，看了看开开的门，以为是风吹的，走上来想关上。

"谁啊？"他发现了站在门外黑暗中的人影。

"顾书记……是，是，是我。"潘苟世牙齿打战，结结巴巴地说。

"是苟世？"顾荣把门又开大点，"怎么不进来，站在外面干啥？"

潘苟世眼泪一下涌上来，他又难过又感动，差点哭出来。他畏畏缩缩地进来了，摘下水淋淋的草帽，低着头站在那儿；衣服湿透粘身，往下淌着水；两脚泥泞，在地下印着泥水脚印；牙齿得得地抖着。从头到脚一副垮相。

顾荣又怜悯又蔑视地看了他一眼，摘下一条干毛巾递给他："摸着黑就赶来了？"

潘苟世接过毛巾，低头擦着脸上的雨水："顾……书记……"他眼泪一下淌了出来。

"有话好好说嘛。一个公社书记哭鼻子抹泪，像个什么样子！"顾荣背着手站着，倒转头看着他，不耐烦地训斥道。

"我……"

"你有什么啊？遇到多大的事就怵成这样？不就是个撤职吗。有什么了不起的？"

大概是这训斥让潘苟世感到了巨大的温暖，他一下把脸埋在毛巾里恸哭起来。

顾荣勃然冒火了："你像个搞政治的吗？窝窝囊囊，简直废物！"

潘苟世不哭了。政治上的敬畏和服从有时比任何感情都更有力。

"把头抬起来！"顾荣看着潘苟世说。

潘苟世微微扬了一下头，还是低垂着。

"把腰也直起来！"

潘苟世动了一下，依然弯曲着腰。

"没骨头了？都垮了？"

潘苟世筛糠一样打着冷战，他半抬起头来。

"你记住，要搞政治就要有骨头挺住！要骨头硬，要心硬！心硬才有韬略！自己软了，垮了，顶不住了，就全完了！你听懂了吗？"

"听懂了！"

"古陵的不正常局势很快就要扭转过来了！你听懂了吗？"顾荣严厉地说道。

潘苟世一下抬起头，看着顾荣。"听、听、听懂了！"

顾荣转过头，看见里屋门打开着。桂贞和小莉站在门口，以各自不同的复杂目光看着他。

第三十八章

夕阳照进窗来，火红的，给人以夏日的闷热。小莉一伸手唰地拉上窗帘，但蓝色的窗帘仍然透过来烤人的烘热。简直憋死人！她白天就不能在关窗拉帘的房间里待着，看不见外面天地，她就如坐笼子。她站起身，一伸手拉开了窗帘，太阳又热烘烘地对着她。

她丢下笔，推开正在写的小说稿，站起来在房间里转来转去。她独自在县委机关的小院里住着一间房，靠墙一床，靠窗一桌，一个书架，三只漂亮的大皮箱，简简单单，应该说是整洁干净的。可她这会儿看着满眼就是乱。

她赌气地坐下了。铺开信纸，打算给父亲写封信。写什么呢？她想写写有关李向南的事情。她希望爸爸了解下情，不要轻率地处置下面干部。她写了几次抬头，揉了几张信纸还开不了头。写自己对叔叔的看法？她有什么看法呢？她并不愿意说叔叔的坏话。写她对李向南的评价？她和李向南又是什么关系呢？她不知道自己要写什么。心不在焉地在信纸上乱画着。横七竖八的写了许多"李向南"的名字，最后画的是一条凌乱的、毫无规则的噪音曲线。

信是写不成了。干脆给爸爸挂个长途。她一下站起来，看了看小院斜对面的电话总机室，又犹豫了。现在值班的那个姑娘，是个专门爱窥探小莉机密的"多心眼"，她会窃听的。小莉对人有足够的警惕。

电话不能打，干脆回省城一趟吧。当面对爸爸说是最合适的。她最能影响爸爸的看法。她知道和不同人讲话的智慧。可她说什么呢？李向南需要不需要自己帮忙呢？

去找找李向南。可他会怎么对待自己？还像前天在凤凰岭那样？

"你怎么来了？"李向南转过头，含着一丝批评地问道。

"我给你送信来了。"小莉迅速瞥了一下站在李向南身旁的黄平平，说道。

"急什么？"李向南略皱了皱眉，接过了信，"我们明天就回去了。"

"这信里的事可能挺急的。"

李向南看了一下信封就把信随手塞到了口袋里。

"你现在看看吧。"李向南对她骑车几十里送信之举的冷淡刺伤了她，她有些委屈地看着李向南，小心地说道。

"待会儿吧，现在顾不上。"李向南脸色阴沉地说了一句，就又领着常委们慢慢往前走。

小莉咬着嘴唇站在那儿，看着人群的背影差点流出泪来。

她的自尊心受到了伤害，从小有谁这样冷淡过她？

她放下拉着门柄的手，又在床上坐下了。床头墙上的挂历往右歪了，一个女演员歪着脸笑盈盈地看着她。她生气地伸手往左拨拉了一下，它又往左歪了。她又使劲地往右拨拉了一下，它又往右歪了。她赌气地两手左一下右一下使劲拨拉着，挂历像个钟摆一下一下左右摆起来，而且越摆越高。她越拨拉越生气，越拨拉越用劲，心中涌上来一股凶狠的好斗情绪。挂历摆得像快上天的秋千一样了，那个女演员被荡得一会儿头朝下，一会儿头朝上。小莉心中满意了。她使劲拨拉了最后一下，挂历荡到最高点，翻了一个跟斗跌落在床上。

小莉气消了。可她再一看，那个女演员又淡淡地笑着看她，眼光里有一种打量着她同时又看透了她的轻视。这目光一下刺激了小莉。她想起了林虹。她一下把这一页挂历扯下来，对折着一下一下把它撕碎，把碎片狠狠地摔到床上。

"小莉，你摔摔打打是干什么呢？"顾荣不知何时进来了，站在小莉身后问。

小莉一转身坐了过来，赌气地说："我不喜欢这个美人头。"

"不喜欢也别撕呀，这个月过去了，把她翻过去不就完了。"

"我嫌她讨厌。冷冷地看人，好像比别人了不起似的。我不要她看我！"

"嗬，你这可太霸道啰。别人看看都不行？"顾荣揶揄道，在桌旁的椅子上坐下。

"我就不许她看我。她是什么东西，有什么了不起！"

顾荣打量地看了一眼小莉。他在小莉的话中听到了什么意味，手搭在椅背上笑了："不许她看你，叔叔来看你，总允许吧？"

小莉一甩头发，扑哧笑了。

顾荣看见桌上那张涂得乱七八糟的信纸：抬头是"亲爱的爸爸妈妈"，下面除了凌乱的曲线，就是横七竖八地写满了李向南的名字。

顾荣别有深意地淡淡笑了笑："小莉，听说前天你到凤凰岭给李向南送信去了？"

小莉怔了一下，答道："是。"

顾荣掏出烟慢慢点着，"有些话，叔叔不知该不该和你谈谈。"

"谈吧。"

"……小莉，你到底对李向南什么看法啊？"

"我觉得他挺有才能的。"

"他是有些政治经验，也有些手段。就这些？"

"我觉得他是个有价值的人。"

顾荣沉默了一下，抽了一口烟："还有更具体的看法吗？"他看着小莉，"你知道咱们这个小县城不比大城市，挺封建的。现在，人们已经对你有各种各样的议论了。"

"我才不在乎呢，他们愿说就说下去。"

"有舆论，当然不怕。问题是值得不值得？"顾荣沉吟了一下，"主要是你对李向南是不是有那种特殊的态度啊？"

"有又怎么样，没有又怎么样？"小莉有些激怒。

"有和没有当然不一样，起码叔叔也要重新考虑一下我和他的关系吧？"

"我觉得他挺好的，我愿意和他在一块儿。"

事情是明明白白的了。

停了一会儿，顾荣又问："可他对你有没有这种态度啊？"

"不知道。"

顾荣看着小莉沉默了一会儿，"这种事可不是一厢情愿的。"

"他对我挺好的。"小莉低头说道。

"好在哪儿啊？"顾荣关切地问。

"就是挺好的。我觉得他也愿意和我在一块儿。"

顾荣很有深意地微微颔首："他是个很有心计的人，城府很深。他对你的好，有没有政治上的考虑啊？你到底是省委第一书记的女儿啊。"

小莉心中猛地跳了一下。她是有政治头脑的人，顾荣这话她一听就懂，一懂就有联想。

"我没看出来。"她嘴硬地说道。

顾荣慢慢摇了摇头："冯耀祖告诉我，你去凤凰岭送信给李向南，他连话都没和你多说，当场冷淡了你。"

小莉一下激怒了："冯耀祖。我用他管闲事吗，用得着他多操心吗？"

"人家也是关心你嘛。"

"我不要，他有什么权利！"

顾荣略有些尴尬地停顿了一下，温和地笑了："叔叔关心一下，总有权利吧？"

小莉低下头。

"我和你爸爸的后代里只有你这么一个女孩。你在古陵，我做叔叔的总不能不尽长辈之责吧？你想过没有，他为什么一定主动要求来古陵当县委书记？"

"他小时候在过这儿。"

"有没有其他更现实的原因啊？会不会和其他某个人在古陵有关啊？"顾荣看着小莉，问道，"当然不会是因为你啰，他原来并不认识你。"

"我不知道。我也不想知道。"

顾荣手指轻轻敲着桌子，自言自语地喟叹了："咱们小莉到底是孩子，心太善啊。"停了停，才又慢慢说道："这种事，你总该先了解了对方啊。"

小莉拾起撕碎的挂历，往纸篓里一扔："我想对他咋样就咋样，我不管别人怎么说，也不管他怎么对我。"

"好了，小莉，这事叔叔不多说了。你毕竟还年轻啊。"顾荣说着站起来，"小莉，明天是星期日，来家里吃饭，啊？明天，地委郑书记可能也要回古陵了。"

顾荣走了。

小莉愈加烦乱。她才不是孩子，有些事她比顾荣和李向南还看得明白呢。她完全清楚顾荣和李向南之间的复杂矛盾，也知道自己在这场政治较量中占有的特殊地位。但是，她现在被自己的痛苦冲击着，顾不上冷静地看清一切。心乱则昧。可她不能坐在那儿理清思想。她从来不会静思。她要行动，她只有在行动中才能使自己的思想在混乱中前进。她又站起来。可她要去干什么呢？给爸爸写信写不成，电话不能打。打，现在也心乱得不知说什么。她该干什么呢？先出门再说。反正不能坐在屋里。

一出门，她就知道自己该怎么办了：去找找李向南。

她要告诉他许多事情。叔叔刚才不是说地委郑书记明天要来吗？

到了李向南的办公室，两间屋都关着门。院里空寂无人。她找到康乐。

"自由神，又来找李向南？你对我们这位县委书记可过于感兴趣啰！"康乐坐在门口，一边在大盆里满手肥皂沫地洗着衣裳，一边大大咧咧地开着玩笑。

"我没找他！"小莉不知为什么随口否认道。

康乐聪明地打量了小莉一眼："写什么呢，小莉？"

"我？我想写一篇关于土地的小说，写几代农民对土地的不同态度。"

"不同态度？"

"老一代农民以土地为生命，相信土地会给他们一切，依靠土地，眷恋土地。年轻一代对土地越来越不那么看重了，他们都想离开土地去城市。"

"两代人之间肯定会有冲突，是吗？"

"可能是。"

"嗳，你原来不是要写那个几辈子打井的石老大吗？"

"我写了写，写不下去了，放一边了。我想把李向南写进去，他本人又不让。"

康乐笑了："他有什么权利不让你写？小莉，这是你给了他一个特殊的权利。"

"我给他什么特殊的权利了？"

"你给了他一个能管制你写作自由或者说行动自由的权利。"

小莉眨着眼，愣了一下。

"你想是不是，你要不给他这种特殊权利，他能管你吗？能这样无理地干涉一个女作家的写作自由吗？没有你的服从，哪儿来他的权利呢？自由神变得不自由啰！"

小莉脸一红："你胡说什么。"

"我一点不胡说。"康乐依然逗趣地看着小莉，"我刚才的分析绝对准确。小莉，咱们之间不要虚伪，你承认我的分析吗？"

"承认又怎么样？"

"不怎么样。"康乐搓了两下衣服，停住手，诙谐地说，"小莉，我对这种事，就是你对李向南的特殊态度不置可否。像你这年龄，常常会认认真真地在感情上做些小游戏的，既和自己，也和别人开个玩笑。不过，"他停了一下，"我要告诉你，李向南的日子快不好过啰。"康乐说着甩掉手上的泡沫，用毛巾擦着，站了起来。

"怎么不好过？"

"这不是明摆着，他这古陵县委书记很可能干不长了。"

"为什么？"

"为什么？你的政治头脑还看不明白这个？你又是特殊人物，掌握第一手情报。"

"我就是不知道嘛。我只知道李向南的爸爸给我叔叔来了信，给我爸爸打了长途电话，还有，给李向南也来了信。"

"那不是最新情报了，你叔叔今天上午和地委郑书记通了一上午电话。这不是，李向南很可能被免职调走的舆论已经传开了。"

"谁说的？"

"你看有谁啊？"

"我叔叔？"

"这还不好分析？"

"他胡说！"

康乐注意观察地瞥了小莉一眼，端起一大盆脏污的肥皂水往院子里泼："这可不是胡说呀。李向南这一套干法触犯了既得利益、传统观念，那些利益和传统就联合起来，一个早晨反过来把他打倒了。他要落这个结局，我看他回到省里也不行。到时候我就劝他干脆调回北京，万事大吉。"

"那不行！"小莉急了。

康乐瞟着小莉，哐当放下大盆。这又有什么行不行？现实常常如此。

"李向南呢？"小莉问。

"你不是不找他吗？"

"你怎么还逗我啊？"

"我？"康乐自嘲地一笑，"到了最严重的时刻也变不了这随便劲。"他抬起手一指，"他去西崖边散步犯愁去了。"

小莉拔脚要走。小胡和庄文伊神态有些严重地匆匆走进院子。他们看了看小莉，在康乐面前站住了。

"康乐，听到满城谣传了吧？"庄文伊气愤地说。

"听到了，谣传变为事实以后，也就不能算谣言了。"

"太不像话了！"庄文伊说。

"郑书记明天不要来古陵解决问题吗？咱们可以在桌面上摆道理嘛。"小胡也有些激动地说。

"小胡，别看你和郑书记能说上话，也没多大用。你不知道传统观念的力量。"康乐说道，"这事很可能就是定局了。李向南想扳回来，也很难。"

"地区不行，到省里去打官司。"庄文伊说。

康乐看了看小莉，小胡和庄文伊也看了看小莉。

"小莉，你爸爸我没见过，不了解。不过，按我的经验，你爸爸作为省委书记，很可能采取支持地委意见的态度。你相信吗？"康乐说。

"我不信！"小莉说罢转身就走。

她要去找李向南，她要告诉他什么也别怕。

穿过县委大院，走过那段陡陡的大上坡的街道，绕过正在施工的砖土成堆的土地，经过古陵中药厂，再穿过残破的土城墙豁口，前面豁然开朗。这就是西崖。十几丈直落下去的土崖峭壁，下面是河滩。隔着宽阔的河滩，对面是一层层披满梯田的山坡，再后面是起伏的西山。血红的夕阳正在一点点沉下山去。

小莉沿着小路急急走着。李向南在哪儿呢？他肯定正在一个人发愁。她要告诉他，不要悲观，不要失望。什么被动局面都能扭转的。她要帮他想办法。

但是，小莉突然在几棵松树后面站住了。她的心一阵急跳，血一下涌上脸。隔着松树，李向南正和林虹并肩迎面走来。两人走走停停，一边说着什么。两个人披着晚霞缓缓走着，显得那么和谐亲近，轮廓美丽。

这幅图画猛然刺痛了小莉。美，有时也是可怕的，残忍的。

他们慢慢走近了，听见他们的谈话。

"你还有别的事吗？"李向南问道。

"没有。"

"你今天怎么找到这儿的，见康乐了？"

"没有。传达室老头告我的。"

"没有这样的具体事情，你还会来看我吗？"

"不知道。"林虹说着抬起头，"我挺愿意和你聊聊的，但我也不愿意使你在古陵的处境更复杂了。"

"我不怕。"

他倒不怕！小莉气得咬着牙。

"不是怕不怕，你有你的事业。你刚才不是讲了，你现在的处境有些复杂吗？"

李向南点点头："过两天我去陈村再看你吧，我要和你谈的话始终没谈完。"

"不用了。"

"我去陈村还想看看我的奶娘，看看我小时候待过的地方。"

两个人站住了。

"还记得我们那个小长征队吗？"李向南看着林虹问。

"当然记得。一起走了几千里地，又在农村劳动了十个月。"

"小长征队的好几个人让我问你好。"

"他们现在都干什么呢？"

"大个子现在是农业战略问题专家，胖墩现在是自然辩证法研究生，还出国发表过论文，雯雯是经济学女博士。"

"代我谢谢他们，我走了。"林虹平淡地说。

"林虹，你……"

林虹静静地看着李向南，轻声说："多谢你的好意。"

"我送你几步。"

两个人迎面看见了松树旁站立的小莉。林虹淡淡地看了小莉一眼。

"再见！"她对李向南说道。

"好！"李向南对她伸出手。

"什么时候去陈村？"

"三五天吧。"

林虹松开李向南的手，又看了小莉一眼，转身走了。

"小莉，你怎么来了？"李向南笑了笑，问道。

又和凤凰岭一样，又是一句"你怎么来了"。小莉脸涨得通红："我找你有事。"

"咱们边走边说，好吗？"李向南像个县委书记对年轻娃娃一样和蔼地说道。

"我不要你这么和我说话。"

"我怎么了？"李向南问。

"我不要你摆县委书记的臭架子！"小莉一时委屈得几乎要哭出来。

李向南看了小莉一眼，心中什么都明白。

"好，嫌我摆架子，咱们改正。这行了吧？"他哄劝着慢慢走了两步，问："你要说什么事啊？"

小莉的心乱得简直成了空白："我不想说了。"

"好，不想说，也不勉强。"李向南依然笑着说。

"我不要你气我！"小莉跺着脚说，眼泪唰地流了下来。

李向南一下感到棘手了，看着泪流满面的小莉，也受到感情的冲击。

"怎么了，小莉，遇到什么事了？"他赔着笑安慰道。一瞬间，他感到了自己对小莉的安慰中所包含的相互关系的特殊内容。怎么搞的？他简直有些猝不及防。

小莉低着头哭了一会儿，头甩了一下，不哭了。

"我哪儿气你了？"李向南指着眼前的悬崖，慢慢站住，"你看见这悬崖没有？你这么一哭，弄得我一害怕，保不住我还要从这儿跳下去呢！"

"谁要你跳。你跳吧，摔死才解气呢！"小莉不禁破涕一笑，又一下收住，擦了擦眼泪，平静下来。

"咱们坐下说吧。"李向南指着崖边的一块大青石说道。

"我不要在这儿坐，"小莉看见了石头旁松软的泥土留下的林虹的女式凉鞋印，任性地一摇头，"我不要跟在别人后面坐。"

"好，咱们求通民情，开明开明，换个地方坐。来，这两个大树墩，一人一个，面对面，好吧？"

小莉赌气地瞟了李向南一眼，坐下了。

"说吧。"

"我现在不愿说了。"

李向南半玩笑半认真地点着头："连我们小莉都不愿和我说话了，我这处境就更危险了。"停了一会儿，李向南平静地看着她，"小莉，你来，是想告诉我什么消息吧？"

"我没消息。"

"听说我处境不妙，急着跑来看我的，总是想关心我的，是不是？"

"关心你的人有的是。哪儿用得着我啊。"

李向南沉默了一下："小莉，你不用跟我赌气。我可以告诉你，对古陵的事，对我的下场，我什么准备都做了。"

小莉看着李向南。她的激动过去了，李向南的神情则又严肃起来。小莉又感到了自己那甘愿服从的心情。

"你看过这土崖没有？"李向南指着直落下去的悬崖说道。

小莉探头看了一下。土崖下面是很宽的河滩，一片片绿色的稻田和玉米地，然后是蜿蜒平缓的河水；对面远远地立起土崖，再上面是黄土山坡，一层层梯田，小麦已经黄熟。

"多少万年亿年，水才冲出这样的地貌，才有这样一川不宽的平地。看着它我就想，人生其实是很短暂的。我也要像这河水一样，要在人类社会的社会地貌上留下奋力冲击的一点痕迹。我的话你明白吗，小莉？"

太阳早已沉入西山，晚霞也在群山上渐渐黯下去，远山一片宁静。

"我想回省城一趟。"小莉低着头用脚尖踢着土块说道。

"干什么？"

"我去找我爸爸谈谈。"小莉抬起头。

李向南看着小莉："去帮我说话？……不用。要找，我自己会去找他。我不要你去活动。这样走上层路线，不好。只会增加麻烦。"

"那有什么麻烦的？我说话，我爸爸准听。"

"哪有那么简单。"

"我和爸爸讲话有艺术。"

"艺术？"

"譬如吧，我要让我爸爸恨一个人，我就不直接说他坏，那样，我爸爸才不容易信呢，我只要说他和一个我爸爸最反感的人关系密切，我爸爸就肯定会对他有看法了。"

"你这是什么艺术？"李向南看着这个省委书记的小女儿，心中有些发瘆了。

"就是嘛。"

"我不用你帮忙。"李向南沉下目光严肃地说。

"为什么？"

"我不喜欢这种艺术。"

"搞政治哪有那么单纯的？只要达到目的就行。你不也讲究手腕吗？"

"你这种手腕我不搞。"

"我又不是想让我爸爸恨谁。我也不会说我叔叔坏话，他主要是被冯耀祖这帮小人包围了。"

"算了，以后你要败坏起我来，我受不了。"李向南略含一丝讽刺地说道。

"哼，败坏你？"小莉调皮地一撇嘴，"最容易了。只要说你和一个……"

"和一个什么？"

小莉看了一下李向南的脸色："说你和一个坏女人来往就够了。"

李向南脸色一下阴沉下来了。

"你不爱听了？"

"小莉，你不应该这样说话。"

"我偏要说！坏女人，烂货！"

"小莉！"李向南一下站起来，冒火了，但他盯着小莉又慢慢克制住了，"咱们走吧，我不愿意听你这样说话。"

小莉一下受了刺激。她想到自己受到的冷淡和林虹在李向南这儿得到的热情，嫉恨一下涌上心头，"她就是坏女人嘛。"

"小莉，你为什么对人这样尖刻？一个女人有过生活上、婚姻上的不幸，这是很应该理解的事情。你也是女性，怎么这样缺乏同情心呢？"

"她是什么婚姻不幸？她是破鞋！"

"小莉，我不同意你这样毫无理由地辱骂一个人。"

"我怎么毫无理由？她丈夫为什么和她离婚？就因为她过去不正派。"

"你怎么知道？"

"她丈夫就是我哥哥！"

李向南愣了："是你哥哥，我怎么没听说过？"

"你当然不会听说，县里没人知道。她和我哥哥离了婚才来的古陵。"

"你叔叔也不知道？"

"他现在当然知道。"

李向南呆呆地盯视着小莉，一句话也说不上来。

"我就不同意你和她来往。"小莉说道。

李向南慢慢转过目光，看着别处。

"你没这权利。"他阴沉地说道。

"你知道她底细了，为什么还和她来往？"

"我早就都知道。"

"早就都知道？"

"除了不知道那是你哥哥外。"李向南看着远远的群山，绷着脸说。

小莉怔住了："你……你就喜欢她？"

"我觉得应该理解她，尊重她。我和她之间有过很深的友谊，我没忘记。"

"你……"

"而且，我觉得你也应该尊重她。"

"我这辈子也不想看见她。"

"小莉，"李向南转过头看着小莉，"你就不能与人为善一点吗？你就不能设身处地多理解一点别人吗？"

"我只理解我自己！"小莉激烈地说。

李向南默默地看着小莉。

"小莉，"他说，"你有的时候很可爱；可有的时候，简直让人很难容忍。"

这或许就是他在感情上对小莉的全部矛盾？

小莉一动不动地看着李向南。她咬紧下嘴唇，下巴抖动着，泪水慢慢从眼睛里流了出来。她低下头，转身走了。

李向南凝视着她远去的背影。

有这样一个省委书记的女儿，事情更复杂了。

第三十九章

　　星期一早晨，整个县委县政府都笼罩上一片异常的气氛。上午九点钟，地委书记郑达理将亲自主持召开县委常委扩大会，"解决古陵县委工作中的问题"。

　　此时，郑达理正在县委小招待所"贵宾院"内，同李向南进行着个别谈话。

　　在他下榻的房间里，郑达理背着手慢慢踱着。他中等身材，不胖不瘦，穿着朴素，理着很短的平头，脸庞慈和，形象敦厚，带点知识分子气，又透着点农民气，混合起来，就是个很有修养的干部气。穿着尖口黑布鞋的脚思索地缓缓落在柔软的地毯上。

　　"向南，"他慢慢站住，看了看坐在沙发上的李向南，想起什么似的笑了笑，"你说去地区，我等着你，你可一直也没来。"

　　"郑书记，我是想忙过这一阵，工作打开点局面，再去找您汇报。"李向南连忙欠身解释道。

　　郑达理没说什么，又慢慢踱了两步。他批评人从来话不多、话不重，一言半语，点到就算。"有些情况，现在看来，我应该早几天来。"郑达理又像是自我批评地说道。

　　李向南自然感到了这句话的分量，他尊敬地说："我应该早点去地区汇报了。"

　　郑达理又在房间里慢慢踱开了："我昨天才到，一个下午一个晚上就听了一大堆意见。值得考虑啊。"

　　李向南不知说什么好。

　　"我决定召开这个常委扩大会，你能理解吧？"郑达理站住，用商量的口吻问道。

"能理解。"

"咱们和同志们一起讨论着，把你来古陵这一个多月的工作总结一下。如果同志们有什么意见，你也应该能听得进去。"

"是。"

"一个人，最重要的是谦虚谨慎，平等待人。"

"我来古陵前一天，在地区就听您对我说过这句话。"

郑达理略含一丝不满地看了李向南一眼，说："真理不怕重复。"

"我不是说您重复，我是说，您的话我一直记着。"李向南解释道。和这位地委书记说话，始终要扮演谨小慎微的角色，李向南感到了心理上的压力。

"为人最重要的就是这一条，这应该成为我们的座右铭。"

"是。"

郑达理在写字台前站住，看见玻璃板上压着的一张白纸上写着八个毛笔字："谦虚谨慎、平等待人"。他对顾荣的细心安排感到满意。这套房间中会客室的布置和他原来在古陵任县委书记时的办公室完全一样。他抬头看了看墙上，两条墨迹犹新的隶书大条幅一左一右地挂着。一条是："唯本色"。一条是："慎独"。这是他最喜欢的走到哪儿挂到哪儿的条幅。顾荣没有忘记这一点。这让他觉得受到尊重。

他在沙发上慢慢坐下了："向南，你看见这墙上的两个条幅了吗？"

"啊，看见了。"

"知道什么意思吗？"

"一个人要本色。"

"对，一个人最可贵的是本本色色，不宣扬，不张狂。这一条呢？"

"慎独？我……不太懂。"李向南说，"郑书记您讲讲。"

"慎独，就是说，即使你一个人独身自处，也要谨慎自重，不要放肆无行，忘乎所以。这样才能养成习惯，在任何场合都谦虚谨慎，按规矩办事。"

李向南点点头，同时却感到胸口抵住了一种看似温和其实强大的压力。这位性宽和、寡言语的地委书记，似乎代表着一个比整个古陵现状更为巨大而浑圆的现实。

"我最反对的就是一个人骄傲狂妄，目中无人。"郑达理微微靠在沙发上慢慢说道，"那样的人，十个有十个要跌跟斗的。"他停了一会儿，略含一丝感叹地谆谆告诫道："一个人不能有个人野心。有了野心，再加上点风头主义，家长作风，喜欢我行我素，一个人说了算，那难免要垮台的。"

"是。"对于这样原则的说法，李向南无法表示反对；而对于其中隐含的具体针对性，他则感到了压迫力。

"当领导要有修养。向南，你还年轻，要慢慢磨炼。修养这东西是很难的，要处处注意。比如，我平时在家里，星期天吃什么饭，爱人问我，我也绝不一人说了算，总要说：你们大家说吃什么啊？"郑达理慢慢抽了一口烟，"什么事一个人做主，这种做法要不得。己所不欲，勿施于人，这在政治上尤其是个重要修养。"

"您这民主作风都贯彻到家里了。"李向南晚辈一样笑道。他希望能使气氛融洽，能坦率地谈点什么。

李向南这句话显然使郑达理有了兴致。他慢慢在烟灰缸上一点点蹭掉烟灰，同时看了一下李向南钢筋似的瘦长手指，此时，这只手正一下下有力地弹着烟灰。他接着发挥他的话，"比如这弹烟灰吧，有些人一当领导，弹烟灰都有一股派头，老顾就有这个毛病，这不好。这种细节上也暴露了一个人的品格、作风。真正有涵养的领导，你注意没有？特别是一些高级领导，他们一般不这样扑扑扑地弹烟灰，都是像我这样慢慢蹭去烟灰。这个细节也能表现一个人的谦虚本色，平易近人。"

李向南心中有些震惊。他看着郑达理，手却不由自主又在烟灰缸上弹了一下。

郑达理不快地斜着眼瞥了一下。

"郑书记，您看，我当着您面就又弹了一下，我这习惯可改不了啦。"李向南低头看了一下，连忙解释道。

郑达理温和地笑了笑："当然，这些小事，各人有各人的习惯。我也从不强求别人都这样。因为你是我老首长的孩子，所以，我们谈得随便些。"他又慢慢蹭了蹭烟灰，"向南，我前前后后说了这些话，你能接受吗？"

"能接受。"

郑达理点了点头："如果能接受，我想古陵的问题就好解决一些。"郑达理说着，开始进入实质，"你工作热情是有的，也很有些锐气。但现在也出了不少问题,我觉得最大的问题,就是很有些独断专行。"他停顿住,看了看李向南。

李向南垂着眼抽烟。

"下乡两天,处理那么多问题,你都不和老顾打招呼。一二把手之间搞成这种关系,这不正常嘛。"

"郑书记,关于下乡要解决的问题,我事先曾两次找老顾商量,但他根本不听我谈。开会,他又不来。"

"那你要考虑你的态度、方法上有没有问题嘛。"

"郑书记,"李向南尽量使自己的语气平稳,"事情不是这么简单。老顾他完全不同意我在古陵要推行改革的工作方针,我和您就坦率地直说了,他实际上是采取不合作和反对态度的。我想说服他,但他很难说服。我总不能因为他一个人停止了工作。我是县委书记,应该首先对全县五十万人负责。"

"对同事都不能负责,还能对其他什么人负责?"

"郑书记……"

"好了,先不谈了,"郑达理不快地摆了一下手,"到会上和同志们一起谈吧。"

李向南张了张嘴又闭住了。

"我这次来古陵,一方面是听到古陵同志们的一些反映;另一方面,也是省委书记顾恒同志指示我关心一下古陵情况。"郑达理说道,"有些事,如果解决不了,为了古陵工作,也为了你好,地委不得不在组织上对古陵重新做些安排。"郑达理说到这里,温和地看着李向南:"你考虑怎么样更好啊?"

李向南看了郑达理一眼,低下头抽烟。他没想到事情这样迅速地发展到这一步。现在,要让他在或是抛弃主见、或是被免去职务之间做抉择吗?

"郑书记,"他申辩道,"您能否听我把古陵的整个情况详细谈谈?"

郑达理看了一下手表,站了起来:"好了,咱们去县委开会吧。"

李向南绷住嘴,一动不动坐了一会儿,然后慢慢跟着站了起来。

自己一个多月触犯的对立面,突然在某一个时间、某一个点上汇合起来,对自己着实实来了个全面打击。他应该怎么办呢?既要在这位地委书记面前表现谦谨的顺从,这是赢得他的理解和信任所绝对必需的;又要坦率陈词,坚持自己大刀阔斧、励精图治的路线。这个矛盾,大概他如何努力也很难解决。

一出小招待所到街上，迎面碰见行走匆匆的小莉。

"小莉！"郑达理亲热地打着招呼。

"郑书记，听说您回来了，我还没顾上看您呢！"小莉说道，同时冷冷地瞥了李向南一眼，便转过目光，像不认识似的不理他。

郑达理转头看了看李向南，又看了看小莉，有些奇怪："你们还不认识？这是你们古陵县调来的县委书记啊。"

"谁要认识他？认识不起。"小莉哼了一声，讽刺地说。

郑达理审视地上下打量了李向南一下，李向南无以解释地苦笑了一下。

"小莉，你这匆匆忙忙的干啥？"郑达理又转头问道。

"我准备回省城待一阵，找我爸爸诉苦去。"

"诉什么苦？"郑达理问。

"我？"小莉转过脸，和李向南的目光相遇了。

李向南沉默着。小莉目光复杂而怨恨地看着李向南。

"我在古陵没法待！"小莉气呼呼地说道，一转身，走了。

郑达理看着她的背影，停了一下，转过头来深为不满地看着李向南："向南，你才来一个多月，积怨怎么这么广啊？"

一群人正在街上围着顾荣诉说什么，看见郑达理同李向南走过来，顾荣摆了一下手，他们便都闹闹嚷嚷涌过来。

"你们不都是电业局的吗？"郑达理皱着眉说，"这闹哄哄的是干什么啊？"

"找县委借钱。我们被扣了工资，生活实在有困难。"

"扣什么工资？"郑达理奇怪地问。

"地区电业局金处长来检查工作，我们欢迎了一下，李书记说我们吃喝铺张，扣了我们工资。有人扣了一个月，有人扣了三个月。"

"有这么回事吗？"郑达理转头问李向南。

"是扣了他们工资。"李向南答道。事隔几日，今天突然跑来闹借钱，他一眼看出了这事的政治背景。

"你们欢迎的规模是不是搞得大了些？"郑达理看着人群问。

"大了些，我们自己把酒菜钱出了，不走公款报销还不行？好比我们自己聚餐一下。"

"既然县委已经做出处理决定，一般不能随便推翻。"郑达理说。

"什么县委决定？我们问过顾县长，问过冯耀祖，其他常委都不知道。还不是李书记一个人的决定。"

郑达理略皱了一下眉，他转头看了李向南一眼。

李向南走上前一步，冷静地看着人群："扣了几十个人工资，为什么就你们七八个人来借钱？"

"他们生活不像我们困难。"

"借钱为什么不在局里借？"

人群目光闪烁着。

"是分五个月扣你们一个月的工资，你们有什么困难？"李向南又问。

"我们不是有困难，是有意见！"人群中有人高声说道。

"有意见，为什么这么多天没听你们反映过？我还专门派县纪委的同志和你们座谈过，你们也没表示过啊？"

"我们有意见不敢说，现在郑书记来了，我们反映反映。"

"这种反映方式正常吗？"李向南严肃地扫视着人群问道，"可以告诉大家，事情是我处理的。但这是根据县委事先已做出的决定，'对干部大吃大喝，要进行党纪、政纪的严肃处理，并相应实行经济制裁。'你们电业局吃喝风严重，又屡教不改，这个'相应'就要重些。"

他知道，他这种严厉态度很可能会引起郑书记的不满，但是，他必须这样有力地平息这个闹事风波，同时摆明自己当时处理电业局吃喝风问题的全部原则性与合理性。他停顿了一下，语气强硬地说道："处理决定不能改变。有意见，你们可以向县委、向地委以至向省委反映。我想，不会有任何一级领导支持你们这种错误意见。"

人群一下哑然，面面相觑着。

"好了，"郑达理慢慢挥了一下手，让人群散去，"还有什么意见，等县委常委开完会，你们再慢慢谈。啊？"

人群散去之后，郑达理走了几步，转头看了看李向南，说道："向南，即使道理都在你手里，话也可以不那样说嘛。同志们说你盛气凌人，现在看来，不是毫无根据啊。"

"郑书记，"李向南委婉地解释道，"对待一些屡教不改的积弊，有时候，一定的严厉手段还是必要的。"

"什么事都要商量着来嘛。我在古陵当了多少年的县委书记，也没像你这样发号施令，处置过一件事情。"

李向南笑了笑："您是老书记了，威高望重，稍微点上一两句，就能解决问题。我……"

"你刚上任，又年轻，更应该谦虚谨慎，平等待人嘛！"郑达理脸上明显露出了不快。

"是。"李向南只能收住自己的话，含糊其词地表示接受。

"向南，"郑达理觉得自己的话过于重了，口气又温和下来，"我可能对你要求严格些，你应该能理解。"

"是。"

郑达理看着李向南，他从一开始就不喜欢这个雄心勃勃的年轻人。他一直在竭力克制着本能的反感，告诫自己要宽仁，不要有成见。但是，不管郑达理如何宽仁克制，也不管李向南如何小心谨慎，他们之间的冲突却不可避免地急速升级。

一进县委机关大院，几个农民正围着县委办公室的一个小干事在诉说什么。

"你们有事到来信来访接待站去反映嘛。"小干事对农民耐心地解释道。

"我们要找李书记。"农民们说。

"接待站有常委值班，你们去那儿能解决问题。"

"我们要找李青天，别人管不了！"农民中又有人大声说。

刚刚走到人群面前的郑达理和李向南一听见这话，脸色一下都变了。郑达理是阴沉不快。李向南是感到极大不安。

"李书记，他们一定要找你。"小干事看见了李向南。

农民们一下围了上来。

"你们有什么事？"李向南问道，同时却感受到郑达理在一旁冷眼旁观的压力。

"李书记，你给石老大他们南垴村派去了找水专家，给我们村也派一个来吧。我们是骆驼岭的。""他们南垴都快打出水了。"农民们纷纷诉说着。

李向南笑了，说："专家就请来这一个，第二个没有。等南垴完了，就轮着到别的村了。"

"这南垴后面已经排了几十个村了，啥时才轮上我们村啊？"

"找我这县委书记走后门，不排队想插队？"

农民们笑了："我们村地方僻，知道消息晚。"

"我给你们出个主意好不好？"

"好！"

"有的村找水打井是为了扩大水浇地，你们骆驼岭我知道，吃水都很困难，是吧？"

"是。"

"所以，照理说应该照顾你们提前一点。"

"就是啊。"

"你们去找找水利局，把你们的情况说一说，看他们能不能给你们往前照顾照顾。排队是有先有后，可事情也有轻重缓急。看病还照顾急诊呢，是吧？"

"水利局要不听我们说呢？"

"不会的，他们就是在统筹安排这事。你们去吧。"

"李书记，要不您写个二指宽的条条给我们带上得了。"

李向南笑道："不用了。你们还不放心？那这样，你们就说是我介绍你们去的好不好？过一会儿，我再给他们挂个电话。"

"李书记，有您来古陵可好了。"农民们连连感激地说着，高高兴兴地走了。

郑达理对李向南的反感和不快一下达到了顶点。什么都"以我为中心"，树立个人权威，这是什么作风？有李书记来古陵可好了。那就是说，原来郑达理当书记时并不太好。青天，青天，叫青天，十个有十个要失败。

郑达理脸色阴沉地往前走着。一到县委书记办公室门前，两副对联更增加了他的反感。得道多助，失道寡助——看你清醒不清醒？求通民情，愿闻己过——看你开明不开明？他皱着眉，冷冷地上下看了看。这是闹什么名堂？标新立异，独出心裁，处处显示自己，毫无本分可言。

及至进门，一看县委书记办公室里的格局变化，他更不快了。布置完全与他在时不一样了。外间屋变成了一个简单的会议室。

"怎么搞成这样，就在这儿开会？"郑达理皱着眉问。

"是，"李向南解释道，"里间屋办公，外间屋开会，方便点。"

"这不是让大家都围着你转，当了县委书记就不能多走两步了？"

李向南愣了一下，不知说什么好了。他只能谦恭地笑笑。这样小心地陪着这位地委书记，他有一种手脚被捆起来的感觉。

"九点开会，人们怎么还没来啊？"郑达理看了一下手表，还差十分钟。一般说，开个会，人们提前半个多小时就该陆陆续续、有先有后地来了。

"准点就都来了。为了提高效率，大家都有了开会准时的概念，互不耽误时间。"李向南又解释道。

郑达理又皱了皱眉。闹这套表面文章，又是标新立异。

说话间人们便都来了，呼噜呼噜进了屋。郑达理和大家一一握手。一片椅子拉动的声响，长桌四周坐下一屋子人。郑达理坐在桌首。他洒开目光缓缓扫视了一下与会者。这是常委扩大会。除了常委，小胡、庄文伊、组织部长罗德魁、康乐以及其他几个有关人都被通知来了。名单是郑达理亲自定的。从"提意见大会"后"病倒"以来一直未参加过常委会的顾荣也参加了，与李向南分坐在郑达理两侧。

再严峻的会议，开场白总是温和的。

"咱们今天开个常委扩大会。"郑达理用他那一贯慢声慢气的调子开始说道，同时垂下眼在烟灰缸上蹭了蹭烟灰，"同志们对古陵这一段工作，具体说就是向南同志来以后这一个多月的工作，有各种不同的看法。今天，我代表地委与同志们一起谈谈，总结经验教训，以便统一思想。大家可以畅所欲言。"

会议桌上片刻沉默。就像一切重大的政治冲突、战争爆发前的沉默一样，这个沉默含有着今天会议的全部深刻内容。人人都在这片刻沉默中重新估计了形势，最后审定了自己的目标，再一次明确了自己的决心。沉默就是因为即将说的言语至关重要。

"你们谁开头啊？"郑达理平和地问。

李向南垂着眼慢慢转动铅笔，他不会先说。顾荣抽着烟，蹙眉略有所思，他也不会开头炮。其他人也都各有各的原因沉默着。但沉默总会被某个人打破。

冯耀祖把它打破了。

"我先说两句。"他抬起胖脑袋看了看郑达理。

"好！"郑达理点点头。

"我先声明一点，"冯耀祖有腔有调地说道，"我讲的完全是客观的一点看法，绝没有任何成见。"他停顿了一下，"向南同志来古陵，我们大家开始都是很高兴的。有这样一个年轻、上过大学的县委书记和我们一起工作，可能会使我们思想更解放一点吧？特别是顾书记，更高兴。大家最初都是这个态度，都诚心诚意想和向南同志一起把工作搞好。"他左右看看，堆起脸上的肉干笑了笑，"但是，一个多月古陵局势变得很不正常。常委是四分五裂，下面干部是人心混乱。这到底因为什么原因呢？"他停了一下，屋里很静，"我觉得，主要是因为向南同志在工作中的一些问题，而且是一些性质比较严重的问题造成的。"

他咳嗽了一声，咽了一口唾沫。谁都看明白了，冯耀祖是上来就摊牌。

"我觉得，"冯耀祖讲起长篇话来"我觉得"是离不开的口头禅，"向南同志的问题最主要是两个。第一个，是错误估计形势，全盘否定原来古陵县委的工作。"他抬头看了看郑达理，"我觉得，这不光是否定郑书记、顾书记曾经做的领导工作，实际上也否定了我们古陵县委几年来的工作。"

"要摆事实，讲道理。不要动不动就上纲上线。"顾荣略含不满地批评道，嚓地又点着了一支烟。

听了顾荣含义深藏的插话，郑达理向他投去不满的一瞥。顾荣这个人太会弄权，这是郑达理过去始终有看法的。

"我讲这些都有事实。"冯耀祖接过话说道，"别的不说，这次下乡，一共走了黄庄水库、横岭峪公社、庙村公社凤凰岭大队三个地方。在黄庄水库，先是拿龙金生同志和庄文伊同志开刀，一个左倾，一个右倾，然后是揭露古陵县委压制生产力、压制人才的官僚主义。在横岭峪是撤换了一个公社书记，在庙村公社凤凰岭大队是把公社书记、大队书记一下都撤免了。要是再走下去呢？还不是走一路撤一路？"

他看了看郑达理。

"在横岭峪他亲自口授，发了一个通报，这个通报中说，"冯耀祖低下头翻了翻笔记本，念道："'原因不仅在横岭峪公社，官僚主义作风渗透着我们上下各个层次'。"他抬起头，"各个层次都是官僚主义，我们古陵是什么性质？这一句话，我觉得，反映出李向南对古陵整个形势的估计。"

"这是你说的第一个问题。第二个呢？"郑达理看见冯耀祖神情和语调都激烈起来，便平和地打断道。

"第二？"冯耀祖略怔了一下，立即反应过来，"第二，就是向南同志搞独断专行，以我为中心。对这一条，我觉得，不光是我这样看法，其他同志可能都有强烈看法。人人感到受压抑。处理许多问题，表面上是常委决定的，其实都是他一人说了算。在那种压力下，我就违心地一次次举手。这不是，有些被处理的本人今天也来了。像杨茂山同志，一个现场会，公社书记就被撸了，他本人能服吗？庙村公社很多干部都不服嘛。到底是几棵树重要，还是一个干部重要？"

郑达理抬眼看了看，庙村公社被免了职的书记杨茂山低着头在会议室墙角坐着。

"还有像电业局老典，从来廉洁正派。因为欢迎上面电业局领导，唯一的一次被拉上了饭桌，就又扣工资又通报，不都是向南同志当场一句话就定了？"

典古城双肘撑膝，身子前俯，埋头坐在第一圈人的后面一动不动抽着烟。

"我觉得向南同志的这些错误是严重的。"冯耀祖结束了他的具有纲领性的讲话，合上了笔记本。

浓烈的烟气缭绕弥漫着，使这场会议桌上的斗争更蒙上了深不可测的气氛。

"大家接着各抒己见。"郑达理又心平气和地说道，"向南同志有什么要解释的，也可以谈。"

"我只解释一点。"李向南很克制地说道，"对于古陵县委几年来的工作，我绝无全盘否定的意思。我要否定的是那些存在的弊端。走了两个公社，撤换了两个公社书记，并不等于走二十个公社就要撤二十个公社书记。这次下乡，就是冲着少数有问题的地方去的。"他竭力放慢节奏，以免又露出"盛气凌人"的锋芒，"我想，我到一个地方工作，主要的任务就是发现问题，解决问题；而不是发现成绩，歌功颂德。当然，功要歌，德要颂，这也是完全必要的。"

李向南的话更加剧了郑达理的不快。

"只看见问题，不看见成绩，不是辩证法吧？"他冷冷地说了一句。

"辩证法也不是平均法。矛盾两方总有主有次。"李向南委婉地解释道。

"那你的意思，古陵县几年来的工作，问题是主要的啰？"

"郑书记，您没明白我的意思。对于古陵县几年来的发展，或许应该说：好的是主流，问题是非主流。可是，对于我的工作来讲，发现并解决这些问题恰恰应该是主要方面；总结成绩，歌功颂德，相对来说是次要方面。"

"什么叫'或许应该说'啊？"郑达理的不快越来越明显。

"郑书记，"李向南无从解释地停顿了一下，恳切地说道，"您在这儿主持过工作，可能对这一点很敏感，我……"

"你这是什么意思？"郑达理沉下了脸。

李向南收住了被打断的话，垂下眼："好，我不说什么了。听同志们谈吧。"

一片静默。郑达理对李向南的态度，人们都清楚地看到了。

"好，谁接着谈？"郑达理说。

小胡下了下决心，说道："我说两句。"

郑达理和人们对他投去注视的目光。

"我认为，我们看问题必须客观。"他咬着下嘴唇停顿了一下，心情有些紧张地扶了扶眼镜，"冯耀祖同志说他谈问题是客观的，但我认为不是。他对李向南同志的态度从一开始就掺入了个人的情绪。"

"什么个人情绪啊？"郑达理问。

小胡在郑达理的注视下，目光在眼镜片后面闪烁了一下："李向南一来古陵，就严肃处理了干部子弟走私问题。这涉及到冯耀祖，还有……顾书记的孩子。"

顾荣垂着眼抽烟，冷冷地沉默着。

"小胡，这个问题今天会上不要谈了。"郑达理说道，"子女犯错误，家长有教育不严的责任。但孩子成年了，问题再大，由他们自己负责。这些，由法律系统去解决。今天会上我们只谈谈常委的工作。作为家长的教训，老顾同志，耀祖同志，倒确实应该好好总结总结。"

"我觉得这不只是个家长的教训问题。"小胡固执地说。

"这个问题，我不是说了，会上不谈了。"郑达理不快地说，"什么事和什么事要分开。子女犯错误问题，我昨天个别谈话时，已经批评了老顾同志和耀祖同志。"

"撇开这个背景不说，我也不同意冯耀祖同志刚才讲的话。"小胡坚持地说道，"这次下乡，向南同志选择的是问题最严重的几个地方。可就在这些地方，他在揭露弊病的同时，也充分挖掘出了积极因素。这些积极因素，恰恰是我们其他领导从没发现的。"

"什么积极因素啊？"顾荣含有一丝讽刺地问道。

"在黄庄水库，他发现了朱泉山这样的人才，肯定和推广了租借水库养鱼的典型经验。在横岭峪，揭露了潘苟世一个人的问题，却发现了肖婷婷、宋安生、贾二胡、屠秀秀这样一批先进人物、生产能手，表彰了秀秀的技术辅导承包。

在凤凰岭，发现和高度评价了闷大爷这样的看林老人，绿化模范。"

"还发现了你胡小光这个人才，是吧？"顾荣不满地问道。

小胡沉默半晌，说道："是。"

"小胡，你的看法大概掺入个人因素了吧，所以前后来了个一百八十度大转弯？"顾荣又道。

小胡低头咬着嘴唇，脸上微微有些搐动。

"是。我原来是掺杂过个人情绪。"他抬起头，一下有些激动起来，"顾书记，郑书记，我们看问题有时候有偏见，立场不对，首先是受个人利益的影响。我有过这样的教训，所以，我有这个发言权。我认为，李向南同志的工作是非常出色的，他不仅不应该受指责，而且应该得到表彰。郑书记，您作为上级领导，应该客观全面地看问题。"

小胡的话刺恼了郑达理，他愠然地沉下了脸："同志们对向南同志有些意见都是偏见啰？我这地委书记对向南同志的工作也有些看法，也是掺杂个人利益啰？"

郑达理的声音虽然不高，但话却太重了。会议室一下陷入沉默。

小胡想说什么，张了张嘴又克制住了。

郑达理面有愠色地看了看所有的人："同志们对某一个主要负责人提一些意见，就说是偏见，有个人情绪，古陵现在这样很不正常嘛。"他脸色略平缓了一些，接着说道，"当然，对于这种不正常风气，主要责任不在下面同志。向南本人应该多检查责任。但是，下面一些同志，有时候这样护拥着，反过来也容易助长向南同志犯不民主的错误嘛。"

他停顿了一下，脸色完全恢复了平和，安抚地看着小胡："小胡，我刚才的话重了些。古陵这段工作，你自己总结总结，完了，跟我去地区工作吧。"

小胡低头沉默着。

"不！"过了一会儿，他答道。

郑达理出乎意料地问："不去地区了？"

"是。"

郑达理愣怔地看着这个他曾经最赏识的年轻人，心中感到震动。接着，他脸色不自然地垂下眼，凝视着烟灰缸，转来转去地蹭着烟灰。

"年轻人容易感情用事啊。"过了好一会儿，郑达理慢慢抬起头感叹道，"以后，向南调到哪儿，你就一辈子跟到哪儿？"

小胡显得十分激动："我认为向南现在绝不应该调离古陵，他正在古陵创建一等的工作和典型经验。"

小胡的话把一个最敏感问题挑明了。空气霎时凝冻住了。

"这个会并不谈向南的工作是否调动。即使以后有调动，那也是工作上的需要。"郑达理说道，把会议气氛迅速扳正，"大家还是总结古陵这一个多月的工作吧。"

"我说一句。"组织部长罗德魁坐直了他那高胖的身躯，扬着布满络腮胡的胖脸，嗓门洪亮地说道，"现在古陵老百姓有个叫法，管李向南叫'李青天'。我觉得这个现象十分不正常。这个问题，我过去提过，向南同志不接受。今天我还提出来。到底突出个人还是突出组织？"

李向南低着头慢慢转动着铅笔。他强烈感觉到自己的思维方式、行为方式碰在了一个巨大的传统观念上。好像前面是一块几层楼高的巨大橡胶体，笨钝地阻挡住他，压迫着他的胸口。

在瞬间的静默后，庄文伊脸色有些涨红地站起来："有人说，李向南拿我的思想开刀，我觉得他开得完全有道理，我获益匪浅。我完全不同意冯耀祖同志和罗德魁同志的观点。什么叫全盘否定大好形势？有人用这种观点攻击向南，不过是掩盖自己存在的问题，掩盖古陵存在的问题。"

"文伊，你这话可有些偏激呀。"郑达理温和地批评道。

"我不偏激。我觉得最起码是在掩盖他们自己没能发现问题、解决问题的无能。什么叫'独断专行，树立个人权威'？干事有问题，不干事倒得好。大家都谨小慎微，敷敷衍衍，糊糊涂涂，什么都别干。有人说李向南没修养，我觉得李向南那种坦率、负责、干练，看问题一针见血，做工作果断明确，就是最好的现代干部修养。老百姓不需要一帮吃饭不干事的泥菩萨坐在他们头上。"

郑达理的脸色一下变得从没有过的难看，他沉着脸狠狠地抽着烟。

"老庄，你这话可有问题呀。"罗德魁大声说。

"有什么问题？老百姓叫李向南青天，不是他有问题，是我们有问题。为什么不叫你罗德魁青天？如果我们县委领导同志过去都像向南同志那样工作有效率，就不会出现这种情况。我同意李向南的观点，一个领导要组织大家工作，首先要用自己的工作来做示范。今天有一个李青天，明天几个、十几个青天，后天，都成青天了，就没青天了。这是否定之否定的辩证法。"庄文伊说完，推了一下眼镜，呼地坐下了。

郑达理第一次感到：李向南不仅让他反感，而且对他还有着某种本质上的威胁。因此，他更沉稳，更有修养，脸色也更快地恢复了平和。

"文伊同志还是很有些血气方刚的。"他淡淡地笑着，便好像听了一篇没什么内容的讲话一样，毫不在意地把目光转向大家，"你们谁还讲点更深入、更有分析性的话啊？"

郑达理对庄文伊的讲话用的是最高明的化解法。人们静默着。

"谁接着讲讲啊？"郑达理略略浮出一丝微笑，"老顾，你讲讲吗？"他转头看看顾荣。

"我这段时间没上班，了解情况有限。还是大家都讲讲吧。"顾荣看看左右笑了笑。他的笑也包含着帮助郑达理打破这尴尬沉默的意思。

人们还沉默着。

"老龙，老胡，你们的看法呢？"郑达理尊重地问道，"你们对李向南这一个多月的主持工作，有些什么意见哪？"

龙金生垂着眼，慢慢卷着烟。

"我们这些老同志，应该关心年轻同志嘛。"郑达理笑了笑。

龙金生点着了烟，慢慢喷出烟雾来："我觉着，年轻同志比我们干得好。"他垂着眼慢条斯理地说。

"就这一句话？"郑达理不自然地笑了笑。

龙金生依然垂着眼："可我们还常常看不惯他们。"他接着自己刚才的话又说道。

李向南感到心中涌起了潮湿的感动。

"老胡，你呢？"郑达理又看看胡凡问道。

"我同意老龙的观点，我们应该向向南同志学习。"胡凡抖着花白胡茬的下巴，很干脆地说。

"古城，对古陵县这一个多月的工作，你还谈谈看法吗？"郑达理看着电业局党委书记典古城说道。

典古城依然双肘撑膝，俯身埋头抽着烟，让人们看到的是宽大的脊背。

"我没什么谈的。"他似乎有情绪地闷声闷气地说道。

"来参加扩大会，你应该讲讲嘛。"

"无话可讲，讲也没用。"典古城的情绪似乎更大了。

"有话埋在心里哪儿行啊。"顾荣鼓励道。

典古城直起腰，比满屋人高出多半个头，他瓮声瓮气地问："让讲真话还是让讲假话？"

郑达理和蔼地笑了："当然是讲真话啰。"

"我只有一句话。我觉得今天会上，有些地方不正常。"典古城说。

"就这一句？"郑达理不满足地问。

"就这一句。"典古城又俯下身子埋下了头。

"讲具体点，哪儿不正常？"郑达理循循善诱地引导着。

典古城又坐起了身子："郑书记，我问一个问题。"

"可以。"

"县委书记让不让选举产生？"

"怎么？"

"要选举，我就投李向南一票。"

郑达理愣了。顾荣也愣了。

"郑书记，坦率说，古陵县这些年来的历届县委书记，我认为李向南是最有水平的。"典古城停了停，"我这话可能说了也没用。"他又双肘撑膝埋下了头。

郑达理脸色不很自然地略蹙着眉，一点点蹭着烟灰。蹭干净了，又干脆把半截烟一点点加着压力摁下去。烟像个垂直的小立柱，在压力下缩短了，弯曲了，折断了，裂开了，开花了，散成一撮烟丝，熄灭了。他抬起眼，脸上是地委书记的沉稳、安详和威严。

"同志们今天谈了不少，算是摊开了矛盾。"他扫视了一下会议室，用一种总结的语调平缓地说道，"大家对向南的工作既摆了成绩，也指出了不少缺点错误。看法嘛，当然并不统一。准确点说，是分歧很大。对李向南的工作，是一半人肯定，一半人否定吧。"他停顿了一下，理了理自己面前的文件和材料，"总的印象，在常委内，在干部队伍内，这种对立、分裂很尖锐。而且看来，这种对立和分裂在短时间内很难统一。大概我在这儿也很难统一起来。这样的矛盾与分歧，当然会造成很多消极因素，起码是相互分散、抵消了我们的力量。"他停顿了一会儿，看了看大家，"至于如何解决，有些情况等我回去以后还要和地委同志们一起研究一下。关于李向南同志会不会调动的问题，同志们不要乱猜测，那是组织上考虑的事情。只要向南在这里主持一天工作，大家要尽力消除隔阂，团结工作。好，今天会就开到这儿。"

会散了。李向南一个人在县委院内低着头慢慢散步。

小莉站在一辆吉普车门口。

"去哪儿？"李向南不自然地透出一丝笑来。

"火车站。"

"回省城？"

"不用你管！"

李向南自嘲地苦笑了笑，说道："见了你爸爸，代我问好。"

小莉目光复杂地、充满怨恨地看了他一眼，一拉车门跳了上去："走！"

第四十章

办公室内的气氛十分沉闷。

李向南蹙着眉时走时停地缓缓踱着。庄文伊、康乐、小胡各自坐在椅子上、单人床上，抽着烟沉默不语。要说的已经说过了，只是不时抬头看看踱步的李向南。李向南在窗前的写字台旁慢慢站住了，把烟头用力摁灭在烟灰缸内。窗口流进夏夜的湿热。吊在写字台上的电灯把他的影子放大了，黯淡地投在地上、墙上、书架上。他看了看自己的影子。目光扫到了书架上。在一排排的书中，一本书名吸引了他的目光：《选择的必要》。

任何事情、任何人都要不断面临选择。目标要选择，方向要选择，道路要选择，战略要选择，策略要选择，一切都在不断的选择中进行着。正确的选择从来是最重要的。他下一步的行动应该做什么样的选择呢？

古陵的局势，用记者的新闻语言来说，正在急剧恶化，或可说严重起来。

上午郑达理召开的县委常委扩大会结束后，中午地区纪检委就来了一个调查组，找李向南谈话。这是李向南完全意想不到的又一件事情。

"郑书记，您找我有事？"中午，李向南推门进到"贵宾院"郑达理的房间内。

"坐吧，向南。"郑达理伸了伸手，指着沙发说道，"是地区纪委调查组的几个同志，想找你谈谈。"房间里还坐着三个李向南并不认识的人。一个矮胖的老干部，一个神情严肃的中年人，还有一个戴眼镜的妇女。

"找我谈？"

"我们找你了解一点情况。"矮胖的老干部客气地点了点头，说道。他是调查组组长，姓董。

"了解什么情况？"李向南问。

"嗯……有关你的一些情况。"老董不苟言笑地说。

李向南略怔了一下，他这才感到房间里的气氛有些特别。这种气氛让他一下感到他正处在一种被审查之中。

"向南，你和老董他们谈吧。要冷静。"郑达理说着站起来，"老董，你们就在我这儿谈吧，我去县城里走走。"

郑达理走了。房间里顿时陷入静默。这个静默才两三秒钟，却使调查组的三个人和李向南都迅速适应了各自的地位。

"你能不能谈谈你插队时的事情？"老董是调查组的组长，理应他开头。

"插队时的？"李向南没有任何思想准备，十几年前的事情里有什么呢？

随着老董婉转地一层一层把问题提得具体化，李向南明白是怎么回事了。1970年，李向南在农村插队的第三年，他在一次全村社员大会上被大家选为大队长，取代了原来的大队长，那是一个下放插队的省委机关的普通干部。这个人叫纪鸿儒，当时脸色十分难看。现在，十几年后的今天，他已被提拔为省委的一个副部长，但对那段历史仍耿耿于怀。在李向南被提拔为县委书记后，他给省委写了报告，揭发李向南是个政治品质很坏的野心家，一贯善于用不正当手段窃取权力往上爬。

"你当时没有搞什么不正当手段吗？"老董看着李向南问。

"没有。我当时唯一做的就是在会上谈了我的纲领。"李向南答道。

"纲领？"老董略皱了一下眉。

"就是对大队生产、建设的规划、政策、打算。"李向南解释道。

"你的竞选纲领？"老董却出乎意料地继续追问。

李向南犹豫了一下，承认道："是。"

"自觉制定的？"

"我当然是经过认真考虑的。"

"就是为了竞选大队书记的职务？"

"没有，是竞选大队长的职务。"

"不是竞选大队书记？"老董又翻看了一下手中的黑皮笔记本，诧异地问。

"那时的大队书记都是公社指定，没有党员选举一说，哪来的竞选？"

老董左右看了看调查组的另外两个人，皱着眉想了想，点了点头："你当时是否讲过，你一定要当这大队长？"

"我当时讲的是：如果我当大队长，一定把生产、社员收入搞上去。这个，你们可以到村里去调查。我的目的是改变农村面貌。"

"你认为就是你能改变吗？"

"我觉得我的想法比当时的大队长纪鸿儒更符合实际。"

老董转头和另两位调查组的同志交换了一下目光。那个女同志一边记录，一边不时用同情的目光看看李向南。

"社员听了你一篇讲话就都支持了你？"老董又问。

"我在那之前已经当过一年小队长。那一年，我们小队分红提高了一倍。"

这个回答很有力。老董沉吟了一下。

"当时的形势是处处排挤打击老干部，你作为年轻人，当时对老干部是持什么态度？"他口气平缓地问道。

"我对老干部是尊重的。"李向南答道，同时想到纪鸿儒这个解放初期才参加工作的"老干部"来，"我对纪鸿儒同志也始终是尊重的。不过，我们之间始终在农村政策上发生冲突。"

"什么冲突？"老董注意了。

"他单打一只抓粮食产量，我主张还要搞经济作物，搞林牧副渔，队办企业，全面发展。"

"你当时就反对'左'的路线了？"

"当时，大寨谁也不能不学。不过我有我的解释，要结合本村实际。"李向南诚恳地笑了笑，"我当了两年大队长，社员分红翻了一番。"

"你当时哪来的这样实事求是的思想基础呢？"

李向南蹙眉垂眼沉默了一会儿，说道："我那时已经读过《资本论》了。"

"《资本论》？"老董观察地看了看李向南，"什么时候开始读的？"

"1966 年 11 月。"

"为什么是 11 月？"

"我父亲在 1966 年 11 月被打倒了。"李向南答道。

老董点了点头："你现在能给我讲一点你对《资本论》的理解吗？"

李向南想了想，说："商品生产的整个发展过程说明了社会经济，更广而言之是整个社会的发展都是辩证的，不依人意志为转移的。超越历史的阶段性是不可能的。"

"不是经常有人想超越吗？"

"有人想超越，有人想拖后，在一个时期他们的政策甚至可能推行几天。历史发展的辩证法就是不断使他们都垮台，最后表现出自身的辩证法和必然性。更广地说，就连这些想超越历史、拖后历史发展的力量，它们的存在，本身也是历史发展必然性的丰富表现。"

老董用一种注意的目光看了李向南几秒钟，然后不易觉察地微微颔首。这位调查组组长始终不露出任何倾向性。谈话就是这样有问必答地进行着。随着谈话的进行，李向南越来越对写揭发材料的人感到愤怒，很多事情几乎到了捏造的地步。他极力控制着自己，但终于失控了。

"你在生活上有过什么不检点吗？"老董问。

"什么意思？"

"就是说，你在生活作风上有过什么啊……问题没有？"

"我不明白。"

"这些年你在省里，包括后来在大学，总之，在生活作风方面检查一下自己。"

李向南愤怒了。看来揭发者是广为搜集"材料"了。显然这绝不是纪鸿儒个人的那一点历史嫌隙在起作用了。他隐约感到，上上下下有一些人、有一个势力在对自己下手了。而其整个背景，他现在是难以一时看清的。

"我拒绝回答这个问题。"他说。

"你要冷静，要配合组织上调查清楚。"老董和气地说。

"揭发人可以提出具体事实，你们可以去调查。我要确实犯了党纪国法，可以处理我。"

"向南同志，我们也是帮助你把问题搞清楚。"那位女同志这时温和地说。

"作为一个国家干部，作为一个普通人，我都没丧失过道德。"李向南说，"这就是我要说的。至于我个人在感情方面的任何经历，我没有义务向社会交代。"

谈话结束了。调查虽然不会立刻形成什么结论，但调查本身的影响却在古陵展开了：李向南过去迫害过老干部；李向南是个政治野心家；李向南生活作风有问题；省委有个副部长写材料揭发；省纪委派地区纪委来调查处理……这些舆论顿时在县城汹汹涌涌地扩展开了，而且立刻引起震动。有的舆论能够迅速传开、扩大，是因为它符合一些人的利益；一些舆论能够引起社会震动，是因为它触及、威胁、破坏一些人的利益。

舆论原来是利益斗争的武器。

"向南，你倒是说话啊。"康乐坐在床上实在憋不住了，说道。

"我说什么？"李向南自嘲地哼了一声。

"你首先应该反击一下。应该写份材料揭露纪鸿儒，控告他诬陷人；要求有关部门办他诬陷罪。理直气壮是最有力的策略。我觉得你在这件事上太不强硬，简直不符合你的一贯风格。"

"我还有风格？哼！"李向南站在桌边冷笑了一声。

"我觉得向南应该在最近的某次大会上公开把这事挑明，把谣言彻底粉碎。这些谣传一旦挑明了，它也就没用了。"庄文伊扶了扶眼镜说道。

"不用理它。"李向南不屑地说，"愿意造就造吧，总有造谣造累的时候。"他在桌旁坐下了。

"你不要以为不理睬就是大家风度。舆论能杀人。现在都造你什么谣你知道吗？"庄文伊气愤地说。

"别说了。"李向南摆了一下手。

"有人说你在省城就搞过四五个女人。"

李向南用力把一张纸抓揉在手里，狠狠地一点点攥进手心，手上的筋肉凸起着。他慢慢又克制住了自己，说："别说了。"

"还说你是个最爱搞阴谋权术的政治野心家。"

"别说了！"李向南大发雷霆地站起来。

屋里人全静了。从李向南到古陵来以后，还没有人见他像这样失去控制过。

"你们还要说什么？"李向南两眼冒着火，"你们说啊。"

他看着三个人，三个人也看着他。过了好一会儿，他慢慢坐下了。

"我有点不冷静。同志们有什么话，说吧。"

"我们主要是关心你下一步采取什么行动。"康乐说。

李向南凝视着自己手中摆弄的"中华"铅笔："你们刚才说了几个方案，还有什么方案？"

"方案很多，主要靠你抉择。"康乐说。

李向南紧蹙着眉沉默了一会儿："不管采取什么行动，首先要掌握住古陵

388

形势，推动工作正常发展。这个基础要稳定住。要不我就一无是处了。"

"能不能稳住，很难说。"康乐说。

"你给水利局、粮食局、教育局……昨天开会的一共是七个局吧，给他们的党委书记都打一下电话。"

"干什么？"

"检查一下昨天给他们部署的工作。"

"现在？"康乐和庄文伊都疑惑地看着李向南。

"是，就是现在。"

"李书记可能想看看现在是不是还能令行禁止吧？"一直沉默不语的小胡说了一句。

"先看看指挥是否失灵吧。"李向南说。

康乐笑了，踩灭烟头站了起来："真有你的，怪不得别人要攻击阁下搞政治阴谋呢。"

"不是政治阴谋，是政治智慧。"李向南目光冷静地说道。

康乐在办公室外间屋打电话，里屋的人都静默着，断断续续听到康乐的声音。

电话打完了，康乐回到里屋："一多半人对你的指示照执行不误。"

"一小半呢？"李向南问。

"拖着、推着、顶着你呗。"

政局的这种变化是必然的。"有两位，马局长和孙局长告诉我，他们听到比较确切的消息，郑书记已经准备把你调离古陵。"康乐说。

李向南站了起来。

"你去哪儿？"康乐问。

"我去找找郑书记。"

"和他谈？"

李向南想了想，说："我觉得应该和他谈谈，采取坦率的方针。"

"怎么坦率，给他提意见？"

李向南淡淡一笑："那太愚蠢了。我准备对他坦率谈谈我的全部真实想法，甚至谈谈我的全部经历。"

"你可别拿你北京学生这一套。"康乐说，"他才不会和你进行这样的谈话呢。你越把你的真实暴露出来，他越不理解你，越会增加对你的问号。"

"那我就再坦率些。"

"你想了半天，就是这么个行动？"

"这可能是眼下最重要的。"李向南拉开了门。

他在灯光昏黄的县城街道上走着，一路上考虑着和郑达理的谈话如何进行。他要进行一次难度很高的谈话。这种谈话，看着不事喧嚣，但它常常比处理一个轰轰烈烈的场面更有实质作用。一想到自己是在困境中开拓道路，他的胸中就涌上来一种有力的冲动。他愿意在复杂的环境中施展和锻炼自己的政治才干。他要用最坦率、最诚恳的方针打破郑达理成见的防线。

"贵宾院"到了，灯窗明亮。

他沉着坚定但又极力显得谦虚谨慎地敲了两下，便径自推开了郑达理房间的门。

第四十一章

　　第二天傍晚，静寂无人的县委院内并不协调地响起了贝多芬的《命运交响曲》。李向南在他的办公室开响了录音机。两个喇叭的小"三洋"，从他带到古陵以来，还是第一次用来听音乐。李向南抱着胳膊闭目靠椅背坐着，任凭钢铁雷鸣般的音乐震荡着他的耳膜。是想让音乐镇静、澄清自己思想，还是想让音乐搞乱自己思想？他不知道。

　　昨天晚上的谈话并没能创造奇迹。

　　他虽然讲了许多可以说是披肝沥胆的坦诚之言，但郑达理并没有被感动。他略仰身靠坐在沙发上，始终不失沉稳、威严的"啊""啊"地听着，表情中还带着一种似乎在听年轻人检讨错误的宽仁。这让李向南现在想起来还感到脸热、手心出汗，切齿悻悻然地恨自己。他伸手把桌上小"三洋"的音量键往右移动了一下，《命运交响曲》更震响了。似乎这能冲淡、掩盖他的耻辱。

　　今天早晨的一幕呢？他心中冷笑了一声，可笑。不是他可笑！

　　站在他和郑达理面前的是美国一对搞家庭社会考察的夫妇。詹姆士，魁伟黝黑，爽朗而富有幽默感。他的妻子，一头金黄的秀发不时甩来甩去，听你讲话时，总是微仰着脸兴致勃勃地笑着。

　　"你们看了看？"当和客人握过手，走进特意布置好的一间会客厅里，成半个圆形落座以后，郑达理笑着问道。

　　他和李向南共同接见的这对夫妇，来古陵考察已几十天了。

　　"我们看了二十个农村，看了几百个家庭，还与一些家庭愉快地生活了一些日子。一切令人难忘。"夫妇俩笑着，不时相互看着，你一言我一语通过翻译回答着。妻子还风趣地对李向南说："我们还遇到几个农村的百姓在议论你这个办事干脆的清官。中国老百姓崇尚廉洁政治的深刻传统，也给我们很深的印象。"

李向南对着客人没任何反应地笑笑。他没忘记在郑达理面前要"谦虚谨慎"。

"这不能叫什么传统吧？"郑达理不快地瞥了李向南一眼，温和地对客人说。

"据我们所知，中国古代的小说、戏曲中有不少就是写清官断案的。"夫妇俩又说。

"你们转了转，有什么印象啊？"郑达理没有在这个话题上停留，以主人的身份礼貌地问道。

"用你们中国的话来说，就是不虚此行。我们收获很大。很少有一个国家能像中国这样具有稳定的、独特的、完备的家庭模式的。从血缘关系、经济关系、伦理关系、道德关系，到语言、称呼、婚丧、房屋建筑、居住、生活、亲戚往来、礼仪、风俗，无不是一个完整的、协调的体系。我们对中国的一切都很感兴趣。"夫妇俩通过翻译你一言我一语兴奋地说道。

"我们执行开放政策，愿意和各国人民友好往来，欢迎你们经常来中国做客。"郑达理说道。

"谢谢，我们在中国学到很多东西。"

"学习中国的经验也不要照搬。中国的经验再好，也要结合你们国家的实际情况。"郑达理又说。这句套话用来回答西方的家庭社会学家，显然并不得体。詹姆士夫妇听完翻译后相互含笑地看了看。

李向南笑了，觉得应该把话接过来："古陵是个历史悠久但又比较闭塞、落后的地区。经济文化都发展不快。所以，这里在一定程度上是保存传统东西的活化石。你们在这里会比较多地了解中国黄河流域的传统文明。"

"是。我们发现很多有研究价值的东西，你们传统文化的稳定性、连续性和丰富性让人羡慕。"

李向南谦谨地笑了笑，他希望在尽量不刺激郑达理的范围内把该说的话说完："我们对这一点，可以说既骄傲又惭愧。骄傲于历史之悠久，惭愧于发展之缓慢。不过，历史是必然地发展到今天，我们所关心的是在全部现状中引出建设未来文明的道路来。当然，向未来发展的趋势，也是在现状中内含的。我们要生动敏锐地去感觉它，发现它，把握它。"

李向南尊敬地转头看看郑达理，把谈话的中心位置重新引向他。

但是，詹姆士夫妇对李向南的话感兴趣了，他们并不理解李向南的苦衷。他们在沙发上前倾着身子看着李向南，接连提开了问题："那你能具体谈谈对这种趋势的感觉吗？"

李向南笑笑，转头看着郑达理。

"我们调查研究嘛。"郑达理回答道。

"您认为中国这种趋势中包含着西方文明的影响吗？"詹姆士对郑达理礼貌地略点点头，依然继续问着李向南。

李向南看看郑达理，郑达理脸上毫无表情。他勉为其难地笑笑，然后转向詹姆士夫妇："当然有。"

"您能不能从东西方文明比较的角度谈谈这个问题？"

"东西方文明之所以有你们这些学者进行比较，是因为东西方文明本身在实际相互比较着。"

"这是什么意思？"

"我说的比较是哲学含义的了，它包含着相互较量、竞争、对立、对比。任何两种东西如果它们自身不存在实际的比较，人们并不会去比较它。这几年，东西方文明不是一直在相互比较着吗？西方的科学、技术正是通过这种比较，终于以其本身的力量突破了中国关门主义的壁垒，对中国实行了渗透影响。又比如，中国的民族文化、哲学、艺术、伦理道德，本身不也是在这样实际的比较中显示出它对西方的影响吗？"

詹姆士夫妇愈感兴趣，愈不断地对李向南提问题，李向南愈感到不安。他脸上不时感到旁边郑达理隐隐的不快辐射过来的寒意。但是，他又不好不回答问题。当最后李向南回答完"你们准备如何建设中国式的东方文明"这样的问题之后，詹姆士夫妇很感兴趣地看着李向南问道："既富有理论力量，又富有实践力量，你的这些才干是如何造就的呢？"

李向南笑笑，转过头看着郑达理，郑达理没有看他，双手放在沙发扶手上，正用一种平淡的目光看着对面挡住客厅门口的四扇屏上的山水画。

"很简单，用三句话回答吧。"李向南对詹姆士夫妇说道，"第一句，我们这代人都是理想主义者,始终在为建设一个理想的社会努力,在实践、在读书。这造就了我们富有想象力的品格。第二句,中国的十年动乱使我们广阔地看到了袒露的社会矛盾、社会结构,这造就了我们俯瞰历史的眼界和冷峻的现实主义。第三句,在一个几千年来就充满政治智慧的国家里,不断地实际干事情,自然就磨炼出了政治才干。"

"具体到你自己呢?"

"更简单:从上高中到现在十几年来,我一天也没有停止过读书、实践、思考。"

"你的回答很简洁,也很令人满意。"

郑达理会满意吗?

送走外国客人之后,郑达理一边和李向南慢慢往回走,一边轻轻地拍了拍李向南的胳膊,很温和地一句一句慢慢说道:"向南,我经过再三考虑,既为了古陵工作,也为了你本人好,决定给省委打个报告,把你的工作适当调动一下。"

适当?

"还有一件事,向南,你是年轻人,可又是领导干部,在生活作风上务必要注意检点啊。"

"那是造谣。"

"我并不是指调查组提到的事情。我是指在古陵。这方面的传闻,我这两天也多少听到了一些……"

李向南从心中也从牙缝中发出了狠狠的冷笑。

叭,一只手从背后伸过来,按下了录音机停止键。轰鸣的交响乐戛然而止。

"在为命运感慨?"是康乐来了。他大大咧咧拉过椅子在一旁坐下,跷起二郎腿,"有什么?大不了不伺候这帮庸吏,还回省里,要不就转回北京得了。"

李向南点着了烟,没说什么。

"你清楚你和郑达理的矛盾吗?"康乐说,"你知道你犯了什么忌吗?"

李向南抬头看了康乐一眼,沉默着。

"这叫'声高盖主'。"

"我有什么声望,也一点不想压倒谁。"李向南自嘲地淡淡说道,摆了一下手，站了起来，"走，陪我去遛遛。"

暮色像一层层灰蓝色的薄纱从天上落下来，把被晚霞镀亮的群山慢慢罩起来，把小小的县城也罩起来。黄昏正在黯然退去，空气中荡漾着夏日山区被蒸热一天后散发的气息，有山的气息，田野的气息，正在收割着的黄熟的麦子的香味。他们沿着"之"字形的小路，走下县城外西崖的十几丈黄土陡壁，来到河滩上。这里暮色更浓重些。隔着疏疏树影，能看见河水的闪光，听到河水的声音，能感到脚下沙滩的细腻松软。被踩翻的鹅卵石碰在穿凉鞋的脚面上，还带着日晒的余热。空气中也渐渐分辨出鹅卵石一天滚烫中散出的石腥气。

"我发现，我并不适合搞政治。"李向南慢慢走着，说道。

"真是心随境迁。这会儿，勃勃雄心一下都没了？"康乐笑道。

"我是真的这样想。搞政治要有耐心，要有熬劲，要用大部分精力去搞权术保护自己。我没那种耐心，也不喜欢权术。"

"你不是崇尚政治智慧吗？"

"政治智慧或许应该包含点权术？但智慧总不是权术。"

"你在古陵认输了？"

"认输不会，我还要扳回局势来。我不能输了离开棋盘。"李向南停顿了一下，"我也不会像小说中的改革家那样感情冲动，一惊一乍，悲悲愤愤。那都是小家子气。我只是觉得花很大精力去搞这些政治算术，应付琐碎，没多大意思。"

"那你打算干什么？"

"我想以后当个政治学术家，这是从庄文伊那儿学来的名称。我可以给中国的改革家们当个高级幕僚，提供各种战略方案供他们选择。那样搞点研究，可能更有意义。用你的语言说，更能实现自我。"

"说认真的吧，向南，别看我平常对你的雄心勃勃净说凉话，可你要退出，我不赞同。"

"为什么？"

"因为那样你就不能实现你的真正价值了。"

"怎么不能？我刚才不是说了，我可以搞理论研究、战略研究工作，这并不是消极，而是积极。"

"不，你的政治实践才能是很突出的。你只有这样一边实践一边研究，做个亲自干的战略家，才能打出你的综合优势。"

"我搞研究，实践经验还是有用的，它能使我提出的理论、战略切中实际，有可行性。"

"这不一样。一个人要有所建树，必须看明白自己的优势。你看，当今世界上一切有贡献的人都是依靠他在几个领域的综合优势，在几个领域的接合部、杂交部、边缘部提出新东西。现在，有理论思想的人不少，有实际才干的人也不少，可像你这样兼而有之而且两方面都比较强的人不多。你应该利用你的综合优势，在实践和思想的接合部做出建树。"

两个人慢慢走着，离河靠得近了，这里的沙滩变得湿软。

"你没能说服我。"李向南并不坚决地说。

"我不是说了，心随境迁。你现在的选择是你现在的处境造成的。等你一旦展开实践局面，你又会觉得今天的消极抉择可笑了。"

两个人在蒙蒙的黑暗中走着。高高的土崖在河滩边黑魆魆壁立着，延伸着，土崖上的县城亮起密匝的灯光。宽阔的河滩连同中间的一脉河水也在苍莽中向前延展着。远处，河滩对面黑乎乎的山坡上，亮起村庄昏黄的点点灯光。

李向南突然转过头很有感染力地笑了："咱们能不能谈点轻松的？"

"那太感兴趣了。我对你成天摆着个县委书记的谱早已反感透了。"康乐说。

夜晚的风沿着河滩迎面吹来，送来河边的窃窃低语。一对年轻人从河边站起来，回头看了看，手拉手哗哗地蹚着没膝的河水到对岸去了，听见姑娘压低的笑声。

"惊了鸳鸯了。"康乐笑笑，转头看着李向南，"你现在想什么呢？"

"没什么，"李向南转头一笑，"我在想我该结婚了。"

"事业上不得志了，才感到需要女人的爱抚安慰了吧？"

"我没那么脆弱。"

"女人是男人平静的港湾，是男人的出发点和归宿。都认为男人有力量，其实，男人的力量说到底还要归属女人。这不是脆弱不脆弱的问题。"

李向南笑了笑："我只是觉得这样散步，两个男人，并不是感觉上最舒服的。"

"那当然。你现在需要搂着女人的肩膀散步。或者偎在河边，让她用温柔的手梳理你的头发，你便也就得到了安慰。"

"你越胡诌了。"

"问题是这个女人是谁，是林虹还是小莉？"

"没影的事。"

康乐着实地笑了一阵，问："你为什么还不结婚？"

"没机遇。有过几次，都不成功。"

"你现在经常想女人吗？"

"有时候想。忙的时候就基本忘了。"

"寂寞的时候就很想了吧？伙计，这可没什么耻于承认的，人的天性。"

"一个胸怀大志的改革者，有挫折时，不是悲壮慷慨，而是在漫不经心地溜达，谈女人，这写到小说里，可就不成体统了。"李向南说。

当他们十点钟回到县委大院时，两个人都怔住了。黑暗中，县委书记办公室门前黑乎乎站着一群人。都是县委机关的干部，看样子已经等了很长时间了。

"你们有事？"李向南说道，"进屋谈吧。"他掏出钥匙准备开门。

人群都看着他沉默着。

李向南感到气氛异常："怎么了？"他看到了人群中的龙金生，"出了什么事？"

龙金生垂下眼抽着卷烟，黑暗中烟头在一红一暗地燃着。

"你们一块儿来的？"

龙金生看了看左右的人群，慢慢摇了摇头。

"大家都各有什么事？"李向南问，他看到了人群中站着公安局高局长，"老高，你有什么事？"

"李书记，你不应该离开古陵。"高局长声音阴沉地说。

李向南一下明白了，一股湿潮猛地涌上眼睛，"我现在没走啊。"他竭力笑了笑，"即使有调动，也是工作需要嘛。"

人群沉默。

李向南也没有笑容了，他看了看人群，"我尽量争取不走。"

"你不应该走。"高局长带着怒气又迸出一句。

李向南不知应该说什么好。

"大家准备去找郑书记谈谈。"龙金生慢慢说了一句。

"你们这是搞什么，串联起来请愿吗？"李向南批评道。

"没有串联。大家都是想来看你，碰到一起的。"龙金生瓮声瓮气地说了一句。

"同志们支持我，我理解。"李向南看着黑暗中的人群说道，"你们支持的是我的工作，但工作要靠大家。一个县委书记如果调离了，他的工作还能被继续下去，那这个县委书记就会很高兴，他的工作真正做好了，留下了基础。"他停顿了一会儿，"同志们能理解我的意思吗？"

院子里响起脚步声和晃动的手电光，是杨茂山从凤凰岭几十里赶来，还跟着几个年轻人。

"老杨是你？"李向南迈上两步，"昨天开完扩大会你不是刚回去吗？"

"回去就不能再来？"杨茂山火气很大地说。

人群很静，不知道这个被李向南撤职处分的庙村公社书记什么来意。

"老杨，你是对我有什么意见？"

"我有意见，昨天会上没说，后悔了。"

"那现在说吧。"

"李书记，你要走了？"杨茂山问道。

李向南沉默了一下，消息传得很快。

"走，意见也来得及听啊。"

"我要找你汇报工作！"杨茂山停了一会儿说道。

"汇报工作？什么工作？"

"长远的工作！"杨茂山火了，"一次汇报不行，还要经常汇报！"

"老杨考虑了一个发展林业的规划，想赶来和您汇报。"一个同来的年轻人解释道。

李向南眼睛湿了，他慢慢握住了杨茂山的手，"咱们一起研究吧。"

第四十二章

黄昏时分，李向南独自骑车到了陈村。

他先到了陈村中学。一到操场边的空地上，他便扶着车站住了。林虹正在给一个农村妇女和她怀里搂着的小女孩画像。一群年轻人指手画脚、说说笑笑地围观着。几个中学生站在林虹身后，探头伸脖地看着她手下的画板。林虹一边用铅笔迅速勾画着，一边不断摆手调度着母女俩的姿势，还不时挥手嗔斥着，让遮挡她视线的人们往后靠。年轻人都非常情愿地听从着她，互相拉扯着往后退。

李向南站在一边看着，想不到林虹现在还有这样开朗的另一面。

林虹随着众人的目光转头看见了他，迅速画了两笔，夹着画板站了起来。

"你画吧。"李向南微微笑了笑。

"我画完了。"

"李书记！"那个被画的农村妇女站起来尊敬地招呼道，原来是李向南上任第二天就接待上访的吴嫂。

"是你的女孩？"李向南指着她身边的女孩问。

"是。小英子，快叫李书记！"

"叫李叔叔吧。"李向南笑着说。

"李书记，林老师，我们先走了，改日再来。"人们围着李向南说笑了一阵，就高高兴兴地散了。

"来看你奶妈？"林虹问道。

"是。"

"村东头孙大娘吧？"

"跟我一起去好吗？"

"你不记得路了？"

"我想和你一起走走。"

林虹用什么都看得明白的目光看了他一眼，往后抖了一下剪短的头发，笑了笑："好，走吧。"

"头发剪短了，更好。"李向南推着车，一边走一边扭脸看了看她说。

"好什么？都在横岭峪变成血余炭了。"

"人显得更有朝气。"

"朝气？"林虹自嘲地一笑，脸上掠过一丝阴影，"对这个词我早已很陌生了。"

两个人出了学校，往前面村子走。这儿麦熟早，路两边的麦地一块块已收割完了，裸露着麦茬。麦地里东一块西一块割了麦子才碾平出来的打麦场上，也大多一干二净，只留下些混着麦糠的土堆。尚未归窝的鸡还三三两两地胡乱刨啄着。淡淡的暮色正悄悄溶入桔黄暖亮的黄昏之中。

李向南微蹙着眉，若有所思地慢慢走着。

林虹转头看了他一眼："你今晚上还回县里吗？"

"不，我打算在奶妈家住两天，顺便在陈村搞点调查。"

"什么目的？"

"想从几千年历史的角度考虑一下中国农村的长远发展。"

林虹沉默地走了几步。

"这是你在陈村住两天的全部原因吗？"她显得随便地问道。

"不。"

"还有什么原因？"林虹的声音略低了一些，她克制住自己心中的一种紧张。

"心里有些不痛快。在村里静一静，清理清理头脑。"李向南声音有些疲倦地说。

脚下踏着松软的土路，一群麻雀叽叽喳喳在头顶飞过。

"前天郑达理召集你们开扩大会了？"

"你听说了？"

"我听老校长说的，她是听胡副县长说的。"林虹停顿了一会儿，"对你压力很大？"

"有一点吧。"

李向南的处境不好，使林虹感到两个人的关系有一丝温和的变化。

在村口碰见朱泉山，推着车在等什么人。

"李书记！"他抬起迟钝的目光看了看李向南。

"你怎么来了？"

"我是专门来找你的，康主任说你要来陈村。"

"有急事？"

"我……"

"有什么不好说的？"

"我想……我想回黄庄水库去了。"

"为什么？"

朱泉山低着头沉默了一下，额上又涔涔地渗出汗来。

"你委托我的那一摊重任，我再三考虑，觉得胜任不了。"他困难地说道。

李向南看着朱泉山，一切都很明白。

"古陵这几天小有反复。等什么时候形势再明朗了，你觉得能干了，再找我，好吗？"他温和地说。

"李书记，我……"朱泉山由于内疚，脸涨得更红了，汗水流了下来。

李向南静静地看着他。

"李书记，我……对不起你。"

"不存在这个问题。"

朱泉山抬起眯缝眼，看了李向南一眼。

"你还有什么困难吗？"

"我……走了。"朱泉山慢慢转过身推车走了两步，又停住，动作迟钝地转回头，"李书记，您当心一点。"

"当心什么？"

"我……二十五岁时……也当过一年县委书记。"

"谢谢你，现在事情没那么严重。"

朱泉山推着车走了。李向南蹙着眉凝视着他的背影慢慢消失在拐弯处。林虹在一旁同情地看着李向南。

一辆吉普车卷着尘土在拐弯处出现，嘎地在他们面前刹住。

"还没进村就找见你了。"新华社记者黄平平从车里跳出来，那双特别黑的眼睛闪着笑意。

"什么事这么急？"

"关于闷大爷，还有凤凰岭大队，我各写了一篇报道，想请你看看。我今天半夜就坐火车回北京去。"

"就这事？"

"还有，想和你谈谈。不知道你有没有时间。"黄平平看了旁边的林虹一眼，"想听你谈谈你的关于农村发展的长远设想，你不是有个三十年展望吗？"

李向南笑了："你可真能跟踪追击。"

"当记者的就得这样'追捕'对象。"黄平平快活地一笑。

她又看了看林虹。

"我给你们介绍一下，"李向南说道，"这是新华社记者黄平平，这是陈村中学老师林虹。"

"林虹？一到古陵就听说你了。"黄平平热情地伸出手。

林虹友好地伸出手。黄平平充满活力的性格，还有她那飘甩的头发，黑眼睛中溢射出的热力和光彩，让她隐隐感到一丝妒意。

"这样吧，"李向南看着黄平平说道，"文章你留下。我明天头脑清醒一些再看。你回北京，今晚就照原计划回吧。两天后，会有人去北京，把文章给你送去。有意见给你附上。你看好吗？"

黄平平想了想，问："去北京的人是谁？可靠吗？"

"当然可靠,保管让你满意。"李向南含着一丝幽默说道,"至于三十年展望，我这两天躲在陈村再想想。到时候，或许能给你谈个五十年展望，好吗？"

黄平平想了一下，又看了林虹一眼："好，那就这样吧。"她从书包里掏出文章留下，跳上吉普车走了。

看着吉普车远去，林虹收回了有些恍惚的目光，看着李向南，不无善意地讽刺道："你真是个改革家，一边挨着整，一边还三十年展望。"

李向南推上自行车慢慢走着，自嘲道："又想改革社会，还想改革人生。"

"你以为凭几个佼佼者就能改变这么大一个社会吗？你还没开始行动，就已经要把你改造社会的权力剥夺了。"

李向南一下站住了，他转过头有些发火地说："这个权力我要争。"

林虹垂下眼沉默了一下："已经有人造舆论说你是野心家了。"

"野心家？"李向南冷笑一声，气愤地说，"用这样一条舆论把真正的事业家打下去，而真正的野心家就会在谨慎乖觉、曲意逢迎中，在备受赏识中成长起来。"

"那你还改造什么社会呢？"

"我先要改造这一条。"

奶妈家到了。干打垒的土院墙，小门，门口旁边的墙下停放着一个石碾。

李向南看着碾子站住了。

"孙大娘家到了，这就是。"林虹说。

"我知道。"

"那你愣什么呢？"

"我在看这个碾子。"李向南用手轻轻推了推，碾砣在碾盘上滚动了一下，发出了不大的隆隆声，"这个碾子二十六七年前就在这儿，现在还在这儿，什么都没变。"他抚摸着碾子说道。

"感慨了？"

一个身子硬朗的老太太，正在早已扫得干干净净的院子里拿瓢轻轻泼着水。见有人进了院子，她直起腰。李向南一眼就认出这是奶妈，同时也一眼就看到了她老得多么厉害。二十多年前，她三十多岁，还是个健壮的中年妇女，现在已经是满脸皱纹的老太太了。

"奶妈，我是南南呀！"李向南连忙靠住自行车，上前几步握住老人的手。

碾子没变，院子没变，房子没变，哺育过自己的奶妈却已经衰老了，一种苍凉酸楚涌上来，他两眼湿了。

"哎呀，你是南南啊！"孙大娘揉着眼，"这我可不敢认了。让我看看，都这么高了。跟你爸爸长得一样，比他高，比他细。你托人带信说今天来，咋到这快黑了才来啊。我做着饭一直等你呢！"孙大娘又笑又抹泪，不知说什么好，忙手忙脚地就要弄饭。

"奶妈，我吃了饭来的，您别张罗了。"

"吃了来的，一路也早饿。臭臭，快过来！"她一边里里外外忙着一边喊着。跑来一个十来岁的小男孩。"快叫，这是你南叔。"

"南叔！"小男孩叫道。

"你多大了，十岁了？奶妈，这是根喜哥的孩子？"

根喜是奶妈的儿子，比李向南大半岁。

"是，这是他大的。臭臭，快去叫你爹，说你南叔来了，快去！"

孙大娘一边唠唠叨叨地把孙子打发去了，一边把矮方桌摆在了院子里，一会儿就堆满了盆盆碗碗，又是炒鸡蛋，又是炖肉，又是豆腐。

"我这就给你下饺子，早就捏好了等你。路上跑热了，先吃碗凉粉吧，这是你小时候最爱吃的。那是芥末。吃辣子不？把醋倒上。这是香油，多倒上些。林老师，您也跟着吃一碗。这凉粉吃不坏肚子。您领南南来的？他一走二十六年不回来，家门口也找不见了。"

"奶妈，我这二十多年也没来看您。"李向南端起凉粉说道。

"早把我忘了。"

"奶妈，我可没忘。"

"不来就是忘了，这来了就是没忘。再几年不来，你奶妈就要盖上黄土见不上你了。"孙大娘说着，扯起衣襟揩着脸上流出的老泪。

"奶妈，您身体看着挺硬朗，再活上三四十年没问题。"

"这都六十了，再活那么多年干啥？老得爬不动了，让儿孙嫌。"

"奶妈，这往后我就能常来看您了。"李向南说着放下碗站起来，从自行车后座上拿下一个旅行袋，从里面拿出一包布，"奶妈，这是给您买的一点东西。"

"给我买的？"

"我记得小时候您常唠叨，想扯块灯芯绒做衣服，这是临来，在北京给您扯了两丈，您做身衣服。还有两丈的确良布，两丈花布，您看是您做还是给根喜和孩子们做衣服，都行！"

孙大娘用干瘦的手抚摸着柔软毛茸的黑灯芯绒，眼泪又下来了："你还记得我唠叨过想扯灯芯绒布？"

说话间，臭臭跑进院来："奶奶，我爹来了。"

一个剃着光头、黑瘦精干的中年农民急匆匆进了院子，后面还跟着两个六七岁的孩子，一男一女。

"这是你南南兄弟。"孙大娘揩去眼泪说。

"根喜哥！"李向南上去双手握住根喜的手。

"南南兄弟！"根喜也使劲握着他的手，"我上过两次县城，都说你下乡去了。"

根喜的媳妇水仙抱着个三四岁的闺女也来了。

"嫂子！"李向南叫道。

水仙脸微微一红："兄弟，你咋没带上咱弟媳一起来古陵啊？"她往起抱了抱孩子，问道。

"嫂子，"李向南看了看旁边的林虹，不好意思地笑了笑，"我还没结婚呢。"

"还没结婚？"孙大娘说上话了，"南南，论你们城里人周岁，你三十二了；论虚岁，你是小生日，这都三十四了。晚婚也不能这么晚啊？对象有了不？"

李向南脸红了："还没有。"

"那么个大北京就找不下个好姑娘？"

李向南窘促地笑了笑。

看着李向南脸红，林虹觉得很有趣；听着人们和李向南谈这样的话题，她又有些不自在。又热热闹闹进来一院子人，都是李向南小时候光屁股在河滩玩耍的小伙伴们。有高高兴兴叫南南的，有拘拘束束叫李书记的。李向南从旅行袋中抽出一条"凤凰"烟，笑着散给大家。小院里很快就堆满了人，谈小时候摸鱼捞虾，谈二十多年来村里的经历，谈现在各家情况，谈东村长西村短。谈到李向南当县委书记的事和农村有关李向南的传说时，院子里更说笑一片。

"向南，"在满院热闹中一直蹲着抽烟的一个名叫冬生的中年汉子，这时开口说道，"咋听说又要把你调上走啊，是真的不？"

院子里的人一下都静了下来。

"这是胡说啥？"孙大娘听见，气了。

"我这是听我二叔从县里回来说的。"冬生说道，他二叔在县粮食局上班。

"南南，这是胡说吧？"孙大娘问。

李向南沉默了一下："奶妈，有这种说法。"

"为啥？"孙大娘问，"干得好好的又撵上你走？"

"还不是得罪了那些老爷们。"有人气愤说道。

"调你走，你也别走。"孙大娘说。

李向南笑了笑："真要调动，哪能不走啊。"

孙大娘也呆了。

"没事，奶妈，我不走。我跟上级领导好好说说，他们可能会让我留下的。"

"该好好说就好好说，嘴软点，好话多说上点不吃亏。你打小是个倔楞子，这次别犯倔。"孙大娘连忙嘱咐道。

吃了一顿，聊了一场，天黑了，伙伴们散去。李向南告诉大娘，他要去村里转转，回来再和她坐在炕上慢慢说话，就和林虹一起出了院子。村里各家各户都亮起了电灯。村上的街道没安路灯，黑乎乎的。

405

"在村里走一圈，我再送你回学校，好吗？"李向南说。

"行。"林虹略犹豫了一下，答道。

"我小时候叫爷爷奶奶的差不多都去世了。"李向南一边走着一边说。

"又感慨了？我今天第一次发现你也有那么多惆怅。"林虹在黑暗中说道。

"有一种人生沧桑感。其实，人的一生是很快的，所以得抓紧干点事。"

"这是你的人生哲学？"

"及时行乐是一种哲学；超脱红尘，修身养性，化入虚无是一种哲学；绝对利己是一种哲学；为历史进步捐躯是一种哲学。人生哲学很多，其实，一种哲学都是一种社会处境造就的。"

"那你的哲学是什么处境造就的呢？"林虹看着李向南问。

"一句话很难说清。不过，简单讲，我主张人应该抓紧干些有价值的事，抓紧有价值的生活，是因为我现在能干事，能追求有价值的生活。历史给了我这条件。"

"如果历史剥夺了你这条件，你也一样沉沦垮掉？"林虹尖锐地诘问着。

"当然可能。"李向南坦诚地承认这一点，"对于事业的绝望，对于生活的绝望，有时会使最坚强的信仰都崩溃的。历史上这样的先例还少吗？对这一点，"李向南委婉地停顿了一下，"你应该有切身的体会。"

被院墙相夹的乡村街道在缓缓往后移动着。一个个院子里传来大人的说话声、小孩儿的哭喊声。前面街口出现了一片灯光通明的喧闹。村中心的一大块空地上，一个破篮球架上挂着两个几百瓦的大电灯泡。几十个小伙子正吆喝着，上上下下地支架绑扎着一根根长木杆，钉着木板，拉着幕布。这是在搭戏台。麦收完了，村里农民们凑了份子，要请戏班子来唱三天大戏。

又是黑暗狭窄的街道。

"照你的理论，你现在这样雄心勃勃，有朝气，只是因为处境幸运？"林虹接着刚才的话说道。

"当然有这原因。我承认我是幸运者。所以，我绝不轻视那些不幸而消沉者。别人可能有我没有的困难境遇。"李向南诚恳地说，"可另一方面，同样的境遇，有人垮了，有人没垮，这就是性格强弱的差别了。所以，我鼓励人都能强一些，战胜境遇。"

黑暗中听见一个粗鲁的嗓门在旁边的房顶上喊着："孩子他娘，把烟袋和火给我扔上来。"那是怕热的男人，在房顶铺上席仰面看天地躺下睡了。

"你是唯物主义者。"林虹说。

"可能是吧。所以我说，要改变一个人对生活的态度，最有力的是改变他的生活。要改变整个社会的人生哲学，就要靠改变整个社会生活。"

"可你会不会有一天灰心了，垮掉呢？"

"这个问题，十几年前你问过我。"

林虹沉默了。临插队前在操场上散步的情景又浮现出来。也是黑夜，也是这样宁静，也是这样缓缓并肩的脚步。

"你还是那八个字，百折不挠，愈挫愈奋？"她轻声说道。

"这或许是我的人生格言。"李向南在黑暗中说道，"我感谢历史给了我强者的性格，我绝不有负于历史。"

他们出了村，走在去陈村中学的路上了。夜有些深了。远远看见县城方向星星点点的灯火，天空中横着一条淡淡的星河，田野上升起潮湿的泥土和庄稼的醉人气息。两个人沉默地走着，路显得很短。远远村北口，有人在黑夜中还吱嘎吱嘎地摇着辘轳，从井里绞着水，哗哗地浇着菜地，那声音在深夜中显出一种古老的苍凉。

"我查过历史资料，这辘轳有两千年以上的历史了。"李向南感慨道，"咱们现在的耕种方式、耕种工具，有许多还都是一两千年前的东西。"

"又发你的历史感慨了，"林虹笑了笑，"你不是要争取对社会的改造权吗？你打算下一步怎么争啊？"

李向南沉默了一会儿："我准备搞一个大的行动。"

"在古陵？"

"不，在上层。过两天，我要回趟北京。"

"你跟黄平平说过两天有人去北京，是你自己吗？"

"是。"

"去北京干什么？"

"第一，我要说服我父亲，取得他的支持。否则，他的干预就能把我挡死。第二，我要在尽可能多的上层政策研究机构中活动，广泛争取对我的支持。第三，我要广为接触这一代有思想者，开阔我的思路。我还想请一些年轻的经济理论家，来古陵帮我搞长远改革规划。"

"计划够宏伟的。"

"第二个行动，我要去省里，找省委第一书记顾恒谈谈，争取他对我的支持。"

"他能支持你吗？"

"我觉得可能。我和他谈过几次，他对有抱负的年轻人是很爱惜的。我上个星期已经给他写过一封汇报信。"

"就这么简单吗？"林虹问。

李向南思索了一下，在黑暗中看了看林虹："是有些复杂性。一个是顾荣的影响，亲兄弟的话，会有特殊说服力的吧。"

"不光是这个吧？"

"还有地委书记郑达理的倾向性。这大概也能影响省委对古陵的判断。"

林虹沉默了一下："这可能也不是最复杂的。"

"这够复杂了。"李向南说道，停顿了一下，"还有一个因素，大概就是小莉。"

"她对你，现在什么态度？"林虹过了好一会儿才问。

"我和她叔叔闹矛盾，她总不会太支持我吧？"李向南含糊地说。

"我是问她对你的具体态度。"

李向南沉默良久："和我生了气，已经回省城了。"

"是那天在西崖碰上我以后吗？"

李向南犹豫了一下："是。"

"她是爱上你了。"林虹显得若无其事地说。

李向南自嘲地耸了耸肩："不知道。"

"你怎么会不知道呢？"

两个人在深夜的田间土路上无言地走着。

"有这样一条因素，你在顾恒那儿，大概是很难得到支持的。"林虹说。

"我和省委书记谈古陵县工作，和这一条有什么关系？和她有什么关系？我又不妨碍她什么！"李向南有些恼怒了。

"你大概也知道，顾小莉不是个寻常的女性。"

"她寻常不寻常跟我有什么关系？县委书记和省委书记谈工作，还要看他女儿的脸色吗？"

"你不要激动。你也知道，这跟你有关系。"林虹说道。

"她没那么坏。"李向南低声说道，"准确说，她一点不坏！"

"我没说她坏！"李向南的话一下激恼了林虹，"她坏不坏，要看她对谁。对妨碍她的人，对她嫉妒的人，她能坏到头！"

李向南看了看激动的林虹，沉默了。

"你知道我和小莉的关系吗？"林虹平静下来说道。

李向南沉默着。

"她有个哥哥……"

"我都知道了。"李向南说。

"你知道了？"林虹愣怔地看了看李向南。

"是小莉告诉我的。"

"你知道吗？她哥哥是个最虚伪、最无耻的人。结婚前，我把过去的事都告诉了他，可他最后……"林虹一下激动起来。

"她哥哥坏，和小莉本人没关系。"

"是和她没关系。她有什么理由一块糟践我？尖酸狠毒，他们一样的血液！"

李向南紧闭嘴沉默着。

"那你为什么还来古陵？"好一会儿，他问。

"我不知道这是他们顾家人当县长，也没想到小莉后来也来了古陵。"

"你对小莉还应该客观些，我们对别人都应该宽仁理解。"李向南劝慰地说。

"对不起，我使你的处境复杂化了。"林虹一下站住，冷冷说道。

李向南一下火了，伸手抓住林虹的双肩，粗暴地摇撼着："我不想听你和我这样说话，你知道吗？"

"你没有权利这样命令我。"林虹平静地说。

李向南在黑暗中怔住了，停了好一会儿，手慢慢松开了。

"李书记！"随着手电光的晃动，一辆自行车从后面追上来，县委信访接待站的小周气喘吁吁地跳下车来。

"小周，什么事？"李向南问道。

小周看了看李向南身旁的林虹，脸上掠过一丝复杂的表情："李书记，省里来了个给你的急件，康主任让我给您送来。我找到孙大娘家，她说您和林老师出来了。"

李向南接过一个牛皮纸信封，拆开，又接过小周手中的电筒。

这是一封毛笔写得很简短的信。

李向南同志：你好！

来信看了，颇感兴趣。所提问题既重要又及时，所提设想也颇有价值。信中所讲要重视总体战略研究，要从全部错综复杂的力量中引出合力线，还有对农村发展方向的长远规划，都使我兴奋不已。后生可畏。后来者居上。长江后浪推前浪。信我转常委们阅了。很想和你尽早一谈。

　　此致

敬礼！

顾恒　草

李向南慢慢折上信，熄了手电。

在黑暗中，他看了看林虹。林虹也在黑暗中看着他。

小周骑车走了，只剩下他们两人站在广大安谧的田野中。冲突只在进行时才成其为冲突，一旦被打断了，也便不存在了。他们谁也不记得刚才的冲突了。他们只感到黑夜像海一样深远宁静、温柔融和。

星光闪烁的天穹下，古老而苍莽的大地上正升起着潮湿清新、令人感动的气息。庄严的黎明，新的生命，正在这气息中一点点地孕育着。

一颗清亮的新星在黑魆魆的地平线上慢慢升起。它自信、冷静、倔强地闪烁着，在天穹中照亮着它应该照亮的一角。随着天体的旋转，在冥冥碧空中划出着它顽强磊落地升起的轨迹。

两人凝望着。那颗新星慢慢汇入满天星海之中。

繁星灿烂。

天上一颗星，地上一个丁。

……

一支古老的民歌。

1984 年元月完稿于山西省榆次